FALLEN ANGELS

COBIÇA

Universo dos Livros Editora Ltda.
Rua Haddock Lobo, 347 • 12º andar • Cerqueira César
CEP 01414-001 • São Paulo • SP
Telefone: (11) 3217-2603 • Fax: (11) 3217-2616
www.universodoslivros.com.br
e-mail: editor@universodoslivros.com.br
Siga-nos no Twitter: @univdoslivros

J.R. WARD

FALLEN ANGELS

COBIÇA

São Paulo
2011

UNIVERSO DOS LIVROS

Diretor-Editorial
Luis Matos

Assistente-Editorial
Noele Rossi
Talita Gnidarchichi

Tradução
Carolina Curassá Rosa
[OK Linguística]

Preparação
OK Linguística

Revisão
Felipe Vieira

Arte
Fabiana Pedrozo
Stephanie Lin

Capa
Zuleika Iamashita

Dados Internacionais de Catalogação na Publicação (CIP)
(Câmara Brasileira do Livro, SP, Brasil)

W259c Ward, J. R.

Cobiça / J. R. Ward ; [tradução de Carolina Curassá Rosa]. – São Paulo : Universo dos Livros, 2011.
496 p.

Tradução de: Covet

ISBN 978-85-7930-194-0

1. Anjos. 2. Ficção. 3. Romance. I. Título.

CDD 813.6

Para nosso Theo

AGRADECIMENTOS

Agradeço a:

Kara Cesare, Claire Zion, Kara Welsh, Leslie Gelbman e todos da NAL. Como sempre.

Agradeço também a Steven Axelrod, minha voz da razão.

Com amor, agradeço à Equipe Waud: Dee, LeElla, K e Nath – sem os quais nada disso seria possível. Obrigada também a Jen, Lu e a todos os nossos monitores da Mods e Hall.

E dedico gratidão total a Doc Jess (também conhecida como Jessica Andersen), Sue Grafton, Suz Brockmann, Christine Feehan e sua família maravilhosa, Lisa Gardner e Linda Francis Lee.

E agradeço com todo amor ao meu marido, minha mãe, a melhor parte da WriterDog, e a toda minha família.

PRÓLOGO

Demônio é uma palavra tão desagradável.

E como é fora de moda. As pessoas ouviam *demônio* e remontavam a todos os tipos de imagem do caótico Hieronymus Bosch* – ou pior, a toda aquela porcaria do *Inferno* idiota de Dante. Ora, por favor... Chamas e almas torturadas e todo aquele pranto.

Tudo bem, talvez o Inferno fosse um pouco quente. E se esse reino tivesse um pintor oficial da corte, Bosch estaria no topo da lista.

Mas não era essa a questão. Na verdade, o Demônio via a si mesmo como um Treinador do Livre-Arbítrio. Muito melhor, mais moderno. Mais ou menos como um anti-Oprah, se fosse possível classificar assim.

Era tudo uma questão de influência.

O ponto-chave era: as qualidades da alma não eram diferentes dos componentes do corpo humano. A forma corpórea tinha um número de órgãos vestigiais, como o apêndice, o dente do siso e o cóccix que, na melhor das hipóteses, eram desnecessários; na pior, eram capazes de comprometer todo o funcionamento do corpo.

Com as almas era a mesma coisa. Elas também possuíam itens inúteis que impediam um bom desempenho, benditos pedacinhos irritantes que ficavam pendurados como um apêndice à espera de uma infecção. Fé, esperança e paz... prudência, temperança, justiça e força moral... toda essa tralha inútil simplesmente colocava moralidade demais no coração, o que obstruía o caminho do desejo inato da alma pela malignidade.

---

*Hieronymus Bosch, pintor conhecido por seus trabalhos que retratam cenas de pecado e tentação. [N.E.]

O papel de um demônio era ajudar as pessoas a verem e expressarem essa verdade interna sem que seu ser fosse confundido por toda aquela besteira que desviava a humanidade. Enquanto as pessoas se mantinham fiéis à sua essência, as coisas se encaminhavam na direção certa.

E nos últimos tempos, isso tem se mostrado verdadeiro. Entre todas as guerras do planeta, crime, desrespeito ao meio ambiente e aquela fossa financeira conhecida como Wall Street, assim como as desigualdades sociais em toda parte, as coisas iam bem.

Mas não era o suficiente e o tempo estava se esgotando.

Façamos uma analogia com os esportes. A Terra era o campo e o jogo começou assim que o estádio terminou de ser construído. Os Demônios eram o Time da Casa. O Time Visitante era composto por Anjos que representavam a felicidade e o Paraíso.

Ali, o pintor da corte era Thomas Kinkade*.

Cada alma era um zagueiro no campo, um participante na luta universal do bem contra o mal e o placar refletia o valor moral de uma pessoa relativo aos seus atos na terra. O nascimento correspondia ao início do jogo e a morte ao final dele – ao passo que a pontuação seria acrescentada conforme o maior registro dessas ocorrências. Os treinadores ficavam na beirada do campo, mas eles poderiam colocar diferentes jogadores para completar o time junto com os humanos, para influenciar as coisas – e também era permitido que pedissem um tempo para conversar com o jogador.

Algo muito conhecido como "experiência de quase morte".

O problema era o seguinte: o Criador já estava ficando entediado, como se fosse um espectador que assistisse a um jogo fora de temporada em um lugar duro e frio, cheio de cachorros-quentes no estômago e com alguém gritando o tempo todo em seu ouvido.

Erros de passe demais. Intervalos demais. Prorrogações demais. Era evidente, aquilo que começou como uma competição emocionante

---

*Thomas Kinkade, artista norte-americano, seus quadros geralmente retratam imagens bucólicas, como jardins, correntezas, casas de campo, assim como vários símbolos religiosos. [N.E.]

tinha perdido seu apelo, e os times receberam o aviso: terminem com esse jogo, rapazes.

Então, os dois lados tiveram que concordar em ter um zagueiro específico. Um zagueiro e sete jogadores.

Testar todos os seres humanos seria interminável; em vez disso, decidiram colocar apenas sete almas na balança entre o bem e o mal... sete oportunidades de determinar se a humanidade era boa ou má. Não era mais possível empatar e apostavam simplesmente... tudo. Se o Time dos Demônios ganhasse, poderia ficar com as instalações e com todos os jogadores que já tinham estado ou que estariam um dia ali. E os Anjos se tornariam escravos por toda a eternidade.

Torturar humanos não era nada comparado a esse prêmio.

Se os Anjos ganhassem, toda a Terra não passaria de uma ridícula manhã de Natal gigante, e uma onda asfixiante de felicidade, cordialidade, afeto e solidariedade tomaria conta de tudo. Em meio a esse cenário medonho, os Demônios deixariam de existir, não somente no universo, mas, também, nos corações e mentes de toda a humanidade.

Pelo menos eles não teriam que aturar toda aquela alegriazinha na Terra.

Os Demônios não suportam perder. Simplesmente, isso não era uma opção. Sete oportunidades não eram muita coisa, e o Time Visitante tinha ganhado o cara ou coroa metafísico – então, digamos que eles tinham que investir no zagueiro que iria conduzir as sete "bolas".

Ah, sim... o zagueiro. Não foi surpresa que o processo de escolha daquela posição-chave suscitasse muitas discussões acaloradas. Contudo, em dado momento, alguém foi selecionado, alguém que os dois lados consideraram aceitável... alguém que os dois treinadores esperavam que fosse agir no jogo de acordo com seus valores e objetivos.

Um mero tolo que não sabia o que o esperava.

Contudo, a questão toda era que os Demônios não estavam preparados para deixar tamanha responsabilidade sobre os ombros de um humano. Afinal de contas, o livre-arbítrio era maleável – e se tratava da base do jogo como um todo.

Então, eles enviaram alguém que já estava em campo atuando como um jogador. Claro que isso era contra as regras, mas era coerente com a natureza deles – e também algo que o oponente era incapaz de fazer.

Esse era o trunfo do Time da Casa: a única coisa boa sobre os Anjos é que eles sempre andavam na linha.

Afinal, eles eram obrigados.

Otários.

Capítulo 1

– Ela deseja você.

Jim Heron ergueu os olhos da sua Budweiser. Através do clube escuro e lotado, passando a vista pelos corpos vestidos de preto, com correntes no pescoço, através do ar espesso que cheirava a sexo e desespero, ele pôde ver a "ela" em questão.

Uma mulher de vestido azul parada sob uma das poucas luzes no teto do Iron Mask, um brilho dourado pairava sobre seu cabelo castanho estilo Brooke Shields, pele de marfim e corpo estonteante. Era uma revelação, se destacava dentre todas as cores sombrias, dentre as candidatas cheias de Prozac, tão bonita quanto uma modelo, tão resplandecente quanto uma santa.

E ela *estava* olhando para ele. Contudo, ele questionava a parte correspondente ao interesse dela: seus olhos eram profundos, o que era demonstrado conforme examinava as coisas, e o anseio que fazia arfar seu peito poderia ser apenas resultado da sua constituição óssea.

Que inferno! Talvez ela estivesse apenas pensando sobre o que ele estava fazendo naquele clube. Não era a única.

– Estou lhe dizendo, aquela mulher está a fim de você, cara.

Jim olhou em direção ao Sr. Metido a Cupido. Adrian Vogel era o motivo de ter parado ali, e, definitivamente, o Iron Mask era o lugar do cara: Ad estava vestido de preto da cabeça aos pés e tinha *piercings* em lugares onde a maioria das pessoas não queria ver nenhum tipo de agulha por perto.

– Que nada – Jim tomou outro gole da sua Bud. – Não sou o tipo dela.

– Tem certeza?

– Sim.

– Você é um idiota.

Adrian passou a mão pelas ondas dos seus cabelos pretos, que logo voltaram ao lugar de antes, como se fossem algo bem treinado. Meu Deus, se não fosse pelo fato de trabalhar em construção e de ter a boca tão suja como um marinheiro, qualquer um ficaria pensando se ele não domava o cabelo com *mousses* femininos e frequentava os corredores de *sprays*.

Eddie Blackhawk, o outro cara que estava com eles, balançou a cabeça.

– Se ele não está interessado, não significa que seja um idiota.

– Isso é o que você pensa.

– Viva e deixe viver, Adrian. É melhor pra todo mundo.

Conforme se recostava no sofá de veludo, Eddie parecia mais um motoqueiro que um gótico, com seus jeans e botinas. Parecia estar fora do ninho assim como Jim, embora, devido ao seu tamanho descomunal e àqueles olhos castanho-avermelhados tão estranhos, fosse mesmo difícil imaginá-lo se dando bem em algum lugar que não em meio a um grupo de pugilistas: mesmo com aquela longa trança nos cabelos, ninguém o encarava na construção, nem mesmo os idiotas dos pedreiros, que eram os mais desbocados.

– Certo, Jim, você não fala muito.

Adrian olhou toda a multidão, sem dúvida procurando por sua garota de vestido azul. Depois de olhar as dançarinas que se contorciam nas jaulas de aço, acenou para uma garçonete.

– Depois de trabalhar com você por um mês, sei que não é um idiota.

– Não tenho muito a dizer.

– Não há nada de errado com isso – Eddie murmurou.

Provavelmente, era por isso que Jim gostava mais de Eddie. O filho da mãe também era outro membro do Clube dos Homens de Poucas Palavras, um cara que nunca usava uma palavra quando um gesto ou um aceno com a cabeça alcançariam o mesmo resultado. Como se sentia tão à vontade com Adrian, que não tinha meias palavras no vocabulário, era um mistério.

E como acabou dividindo um quarto com o cara era um fato inexplicável.

Que seja. Jim não tinha a menor intenção de entender esses porquês, como e onde. Não era nada pessoal. Na verdade, eles eram o tipo de caras teimosos e convencidos dos quais ele poderia ser amigo em outro momento, em outro planeta, mas aqui e agora, aquela coisa toda não lhe interessava – e ele só saiu com eles porque Adrian tinha ameaçado ficar insistindo até que aceitasse.

Para começar, Jim viveu sua vida seguindo o código de permanecer afastado das pessoas e esperava que elas o deixassem seguir sua rotina de "sou uma ilha". Desde que saiu do exército, ficou vagabundeando por aí, até que parou em Caldwell, mas só porque foi ali que o carro parou – e planejava pegar a estrada de novo depois de terminar o projeto pelo qual estavam trabalhando.

A questão era: segundo seu antigo patrão, era melhor ser um alvo em movimento. Se não lhe dissessem quanto tempo teria antes de uma "missão especial", era só estalar os dedos e Jim pegava a estrada de novo.

Ao terminar sua cerveja, concluiu que era bom ter apenas suas roupas, seu caminhão e sua Harley já danificada. Claro, ele não tinha muito para mostrar aos seus trinta e nove...

Ah, cara... a data.

Ele tinha quarenta. Aquela noite era seu aniversário.

– Certo, eu tenho que saber – Adrian disse, inclinando-se. – Você tem uma mulher, Jim? É por isso que não está ligando para a Vestido Azul? Quero dizer, vamos cara, ela é muito gostosa.

– A aparência não é tudo.

– Sim, mas não faz mal a ninguém.

A garçonete se aproximou, e enquanto os outros pediam outra rodada, Jim lançou um olhar à mulher da qual tanto falavam.

Ela não desviou o olhar. Não hesitou. Apenas molhou seus lábios vermelhos lentamente como se estivesse esperando que ele fizesse um contato visual novamente.

Jim voltou-se para sua Bud vazia e se acomodou onde estava sentado, com a sensação de que alguém tinha jogado carvões acesos em suas calças. Havia muito, muito tempo que isso não acontecia com ele. Era uma temporada de seca, uma estiagem. O deserto do Saara devia ser assim.

E como se pode imaginar, seu corpo estava pronto para por fim àquilo tudo com nada mais nada menos que uma boa punheta.

– Você deveria ir até lá – disse Adrian. – Apresentar-se.

– Estou bem onde estou.

– Isso quer dizer que vou ter que reconsiderar sua inteligência – Adrian bateu os dedos sobre a mesa, o anel pesado e prateado que usava reluzia. – Ou, pelo menos, sua orientação sexual.

– À vontade.

Adrian revirou os olhos, entendendo bem que não havia chances de negociação quando o assunto era a Vestido Azul.

– Tudo bem, eu desisto.

O cara recostou-se no sofá e ficou esparramado de uma maneira muito parecida com a de Eddie. Como já era de se esperar, ele não conseguiu ficar em silêncio por muito tempo.

– Então, ficaram sabendo do tiroteio?

Jim franziu a testa.

– Outro?

– É. O corpo foi encontrado no rio.

– Eles costumam encontrar por ali mesmo.

– Onde esse mundo vai parar – Adrian disse, voltando-se para o que restava de sua cerveja.

– Sempre foi assim.

– Você acha mesmo?

Jim se recostou quando a garçonete deixou uma nova rodada em frente aos rapazes.

– Não acho, tenho certeza.

"*Deinde, ego te absolvo a peccatis tuis in nomine Patris, et Filii, et Spiritus Sancti...*"

Marie-Terese Boudreau levantou seus olhos em direção à persiana do confessionário. No outro lado da tela, o rosto do padre estava de perfil e oculto pela sombra, mas ela sabia quem ele era. E ele também a conhecia.

Então, ele tinha consciência do que ela tinha feito e por que era levada a se confessar pelo menos uma vez por semana.

– Vá, minha filha. Fique em paz.

Quando ele fechou o painel entre eles, o pânico tomou conta de seu peito. Naqueles momentos tranquilos, enquanto expunha seus pecados, o lugar degradante onde tinha acabado de sair era exposto, as palavras que pronunciava projetavam uma luz brilhante na maneira horrível pela qual passava suas noites.

As imagens desagradáveis sempre levavam um tempo para desaparecer. Entretanto, a sensação de asfixia que resultava ao pensar no lugar ao qual iria em seguida apenas piorava.

Recolheu o rosário, colocou-o no bolso do casaco e pegou sua bolsa do chão. O som de passos fora do confessionário deteve sua saída.

Ela tinha motivos para manter a discrição, algo que não tinha nada a ver com seu "trabalho".

Quando o som dos pesados calcanhares diminuiu, abriu a cortina de veludo vermelha e saiu. Talvez, a catedral em Caldwell de St. Patrick fosse da metade do tamanho de qualquer outra em Manhattan, mas era grande o suficiente para inspirar respeito, até mesmo nos fiéis casuais. Com arcos góticos que pareciam asas de anjo e um teto tão elevado que parecia estar a poucos centímetros de distância do Paraíso, ela se sentia indigna e grata por estar sob essas estruturas.

E adorava o aroma que havia ali dentro. Cera de abelha, limão e incenso. Adorável.

Ao caminhar pela capela dos santos, desviava-se dos andaimes que foram colocados para que os mosaicos dos vitrais pudessem ser limpos. Como sempre, as prateleiras onde cintilavam velas acesas por promessas e as luzes fracas que iluminavam as estátuas a acalmaram, lembrando-a de que há uma eternidade de paz esperando por ela no outro lado da vida.

Presumindo que lhe seria permitido passar pelos portões do paraíso.

As portas laterais da catedral eram fechadas depois das seis horas da tarde e, como sempre, ela tinha que sair pela porta principal – o que parecia um desperdício de toda aquela estrutura. Os painéis esculpidos ficavam muito melhores ao dar as boas-vindas às centenas de pessoas que participavam das missas todos os domingos, ou aos convidados de uma cerimônia de casamento importante... ou aos fiéis virtuosos.

Não, ela era mais o tipo de pessoa que usa a porta lateral.

Ao menos, era assim naquele momento.

Assim que inclinou todo o seu peso para abrir a densa madeira, ouviu seu nome e olhou por cima do ombro.

Pelo que conseguia enxergar, não havia ninguém ali. A catedral estava vazia, até mesmo de pessoas que costumam rezar nos bancos.

– Olá? – gritou. Sua voz produziu eco – Padre? – Quando percebeu que não haveria resposta, um calafrio percorreu sua coluna.

Rapidamente, ela se inclinou contra o lado esquerdo da porta e saiu num rompante em direção à noite fria de abril. Unindo as lapelas do seu casaco, andou com rapidez, seus sapatos faziam um som de toc, toc, toc conforme descia os degraus de pedra e sobre a calçada até chegar ao seu carro. A primeira coisa que fez ao entrar foi trancar todas as portas.

Ainda ofegante, olhou ao seu redor. As sombras sob as árvores sem folhas se encolhiam no chão e a lua se mostrava através de finas nuvens à deriva. Pessoas se movimentavam nas janelas das casas em frente à igreja. Uma caminhonete passou lentamente.

Não havia ninguém a perseguindo, nenhum bandido escondendo o rosto, nenhum agressor à espreita. Nada.

Ao assumir o controle de si mesma, deu a partida em seu Toyota e segurou firme o volante.

Depois de verificar os espelhos, continuou a dirigir cuidadosamente em direção ao centro. Conforme prosseguia, as luzes das ruas e de outros carros reluziam em seu rosto e inundavam o interior do seu carro, iluminando sua mochila preta no assento do passageiro. Seu uniforme abominável estava ali e assim que saísse desse pesadelo, ela o queimaria junto com o que tinha que colocar em seu corpo todas as noites durante o último ano.

O Iron Mask era o segundo local em que "trabalhava". O primeiro tinha explodido há quatro meses. Literalmente.

Ela não conseguia acreditar que ainda estava nesse ramo. Toda vez que preparava aquela mochila, sentia como se estivesse sendo sugada para um pesadelo e ela não tinha certeza se suas confissões na catedral de St. Patrick estavam melhorando ou piorando as coisas.

Algumas vezes, sentia que tudo que fazia era mexer em coisas que seria melhor que ficassem enterradas, mas a necessidade do perdão era muito forte para impedir isso.

Quando fez a curva no sentido da Rua Trade, começou a passar pela concentração de clubes, bares e salões de tatuagem que formavam o Caldie Strip. O Iron Mask era no fim da rua e, assim como nos outros clubes, havia agitação todas as noites, com sua perpétua fila de espera de aspirantes a zumbi. Entrando em um beco, passou por cima de alguns buracos e topou com algumas lixeiras até chegar ao estacionamento.

O veículo se encaixava muito bem em uma das vagas ao longo da parede de tijolos, onde se via escrito "APENAS FUNCIONÁRIOS".

Trez Latimer, o proprietário do clube, insistia que todas as mulheres que trabalhavam para ele usassem as vagas que havia designado, mais próximas da porta dos fundos. Ele era tão bom cuidando dos seus funcionários quanto um reverendo e todos eles o admiravam por isso. Caldwell tinha um lado doente e o Iron Mask estava bem no meio de tudo isso.

Marie-Terese saiu com sua mochila e olhou para cima. As luzes reluzentes da cidade ofuscavam as poucas estrelas que brilhavam em torno das nuvens desiguais e o céu parecia ainda mais distante do que nunca.

Fechou seus olhos, respirou longa e profundamente e uniu a gola do seu casaco com firmeza. Quando entrasse no clube, seria o corpo e a mente de outra pessoa. Alguém que ela não conhecia e que não se importava de não pensar no futuro. Alguém que a enojava. Alguém que desprezava.

O último respiro.

Logo antes de cruzar a porta, o pânico se instalou de novo dentro dela. Apesar do frio, o suor brotava debaixo de sua roupa e em sua testa. Enquanto seu coração batia como se ela estivesse fugindo de um assaltante, pensou quantas noites mais teria que suportar isso. A ansiedade parecia piorar a cada semana, uma avalanche que tomava velocidade, deslizava sobre ela, cobrindo-a com o peso do gelo.

Só que não podia parar. Ela ainda estava pagando contas... algumas financeiras, outras mais existenciais. Até que voltasse ao ponto onde tudo começou, teria que permanecer onde não queria estar.

Além disso, ela disse a si mesma que *não* queria superar essa ansiedade terrível. Isso significava que não havia se rendido às circunstâncias completamente e que ao menos parte do seu verdadeiro eu ainda sobrevivia.

Não por muito tempo, uma voz suave assinalou.

A porta dos fundos do clube se abriu e uma voz com sotaque pronunciou seu nome de uma maneira muito bonita.

– Você está bem, Marie-Terese?

Ela abriu os olhos, colocou sua máscara e caminhou com calma em direção ao seu chefe. Não havia dúvida que Trez a viu em uma das câmeras de segurança; estavam em toda a parte.

– Estou bem, Trez, obrigada.

Ele segurou a porta para ela e, enquanto passava por ele, seus olhos escuros a examinaram. Com a pele cor de café e um rosto que parecia de um etíope, com um formato suave e lábios perfeitamente proporcionais, Trez Latimer era muito atraente – embora suas maneiras fossem o que mais chamasse atenção nele, ao menos na sua opinião. O cara era o cavalheirismo em pessoa.

Contudo, você não iria gostar de cruzar seu caminho.

– Você faz isso todas as noites – ele disse enquanto fechava a porta atrás deles e colocava a barra de ferro em seu devido lugar – fica perto do seu carro e olha para o céu. Todas as noites.

– É mesmo?

– Alguém a incomoda?

– Não, mas se alguém estivesse fazendo isso, eu diria a você.

– *Alguma coisa* a incomoda?

– Não. Estou bem.

Trez não pareceu convencido enquanto a acompanhava até o vestiário feminino.

– Lembre-se, estou disponível vinte e quatro horas, sete dias por semana e você pode conversar comigo a qualquer hora.

– Eu sei. E agradeço.

Ele colocou a mão em seu próprio coração e fez um pequeno aceno.

– O prazer é meu. Cuide-se.

O vestiário era cercado por longas placas de metal e dividido com bancos fixados com parafusos no chão. Ao longo da parede do fundo, havia uma bancada desarrumada cheia de maquiagem com um espelho iluminado de quase dois metros de altura e havia cabelos postiços, roupas minúsculas e sapatos de salto agulha em toda a parte. O ar cheirava a suor de mulher e xampu.

Como sempre, havia um lugar reservado para ela. Era a primeira a chegar e a primeira a sair e, agora que estava no "modo trabalho", não havia hesitações, ela não vacilava em sua rotina.

Colocou seu casaco no armário. Os sapatos para caminhar foram chutados. O prendedor de cabelos foi puxado do seu rabo de cavalo. A mochila foi escancarada.

Sua calça jeans azul, sua gola olímpica branca e sua blusa de lã azul-marinho foram substituídas por um conjunto de roupas que não usaria nem morta, nem mesmo no *Halloween*: saia de lycra microscópica, camiseta sem mangas que cobria até a parte inferior das costelas, meia três quartos rendada e um sapato terrível que esmagava seus pés.

Tudo era preto. O preto era a marca registrada do Iron Mask e tinha sido também a do outro clube.

Ela nunca se vestia de preto quando estava fora do trabalho. Depois de mais ou menos um mês vivendo esse pesadelo, ela jogou fora cada peça de roupa que tinha com algum detalhe preto – a ponto de ter que sair e comprar algo para usar no último funeral a que precisou ir.

Em frente ao espelho iluminado, passou spray por todo seu cabelo castanho, depois passou pelas várias cores dos blushes e sombras, escolhendo os tons mais escuros e brilhantes, que a deixaram parecendo a modelo de uma revista masculina. Fazendo tudo depressa, passou o delineador ao estilo Ozzy Osbourne e colocou alguns cílios postiços.

A última coisa que fez foi mexer na sua bolsa e tirar um batom. Ela nunca emprestava batons das outras garotas. Todos eram devidamente examinados todos os meses, mas não queria correr riscos: ela conseguia controlar muito bem seus atos e tinha escrúpulos quando se tratava de segurança. As outras garotas poderiam ter hábitos diferentes.

O brilho vermelho tinha gosto de um morango plástico, mas o batom era crucial. A regra era não beijar. Nunca. E a maioria dos homens sabia disso, mas com aquele batom molhado pronto para deixar manchas, ela nem precisava discutir: nenhum deles queria que suas esposas ou namoradas soubessem o que faziam na "noite dos rapazes".

Negando-se a olhar o seu reflexo, Marie-Terese se afastou do espelho e se dirigiu para o centro do clube, para enfrentar o barulho, as pessoas e os negócios. Ao entrar pelo longo corredor escuro, que ligava aquele pequeno ambiente ao clube em si, os tons graves da música foram aumentando e o mesmo ocorreu com o som do pulsar do seu coração em seus ouvidos.

Talvez fossem apenas um.

No final do corredor, o clube se estendia ante seus olhos. Suas paredes púrpuras, o chão preto, o teto de um vermelho sangue e sua iluminação escassa davam-lhe a sensação de estar entrando em uma caverna. Toda vibração do ambiente girava em torno do sexo, com mulheres dançando em gaiolas de ferro e corpos se movimentando em duplas ou trios, tudo dava um efeito alucinógeno, a música erótica enchia o ar.

Depois que seus olhos se adaptaram à escuridão, ela examinou os homens com cuidado, aplicando uma base de dados que desejava nunca ter adquirido.

Não era possível dizer se seriam clientes em potencial pelas roupas que vestiam, ou pelas suas companhias ou pelo fato de usarem uma aliança. Não era nem mesmo o caso de observar como eles olhavam, pois todos os homens dão uma olhada em tudo, dos seios aos quadris. A diferença dos clientes em potencial é que eles olham para você com algo a mais que cobiça: enquanto percorrem os olhos pelo seu corpo, a negociação já está fechada no que depende deles.

Contudo, isso não a incomodava. Não havia nada que qualquer homem pudesse fazer que fosse pior do que aquilo que já tinha acontecido.

E existiam duas coisas que ela sabia com certeza: em algum momento, as três horas da manhã chegariam. E, assim como seu turno de trabalho, essa fase em sua vida não iria durar para sempre.

Em seus momentos de maior sanidade, menos depressivos, ela dizia a si mesma que toda essa adversidade era algo que teria que enfrentar e superar, como se sua vida estivesse sofrendo uma espécie de gripe: apesar de ser difícil ter fé no futuro, ela tinha que acreditar que um dia acordaria, voltaria seu rosto em direção ao sol e perceberia que a náusea havia passado e se sentiria bem novamente.

Apesar de assumir que era uma gripe, a situação em que se encontrava era mais como um câncer... talvez parte de sua vida tivesse ido embora, se perdido com a doença, para sempre.

Marie-Terese desligou sua mente e seguiu adiante, em meio à multidão. Ninguém nunca disse que a vida seria divertida, ou fácil, ou até mesmo justa, e algumas vezes você faz coisas para sobreviver que parecem completamente incompreensíveis para a parte do seu cérebro que busca um lar, doce lar.

Mas não há atalhos na vida, e você tem que pagar pelos seus erros.

Sempre.

CAPÍTULO 2

A Joalheria Marcus Reinhardt, fundada em 1893, estava no mesmo edifício de tijolos no centro da cidade de Caldwell desde que a argamassa tinha sido colocada em suas profundas paredes vermelhas. A empresa mudou de dono durante a Depressão, mas a essência do negócio permaneceu a mesma e prevaleceu na era da Internet: tudo era de extrema qualidade, joias finas eram oferecidas a preços competitivos e tudo isso aliado a um atendimento personalizado inigualável.

– O balde de gelo com a garrafa de vinho já está no gabinete, senhor.

– Excelente. Estamos quase prontos.

James Richard Jameson, neto do homem que comprou a loja do Sr. Reinhardt, ajeitou sua gravata em um dos painéis espelhados.

Satisfeito com sua aparência, ele voltou a inspecionar os três funcionários que havia escolhido para ficar além do horário. Todos estavam com trajes escuros. William e Terrence usavam gravatas esportivas pretas e douradas marcadas com o logotipo da loja e Janice usava um colar de ouro e ônix dos anos 1950. Perfeitos. Seu pessoal estava tão elegante e discreto quanto tudo que havia na sala de exposições e eram capazes de conversar bem em inglês e francês.

Os clientes estavam dispostos a viajar de Manhattan e Montreal, de norte a sul, a viagem sempre valia a pena pelo que Reinhardt tinha a oferecer. Ao longo de toda a sala de exposições havia luzes que reluziam e ofuscavam os olhos dos que estavam presentes, toda uma galáxia se alojara ali e os ângulos de direcionamento das luzes e a organização das caixas de vidro foram planejados de forma precisa para diminuir a distinção entre desejo e necessidade.

Pouco antes do relógio de pedestal próximo à porta soar dez horas, James se dirigiu rapidamente a uma porta de correr, tirou dali um aspirador Oreck e apagou as marcas de passos no antigo tapete oriental. Ao retornar ao armário de limpeza, refez seus passos para se certificar de que não havia nada que pudesse frustrar seus planos.

– Acho que ele está aqui – William disse próximo a uma das janelas com grades.

– Meu Deus – Janice murmurou conforme se inclinava ao lado do seu colega. – Com certeza é ele.

James guardou o aspirador para ficar fora de vista e colocou rapidamente seu paletó. Seu coração batia intensa e rapidamente, mas, por fora, enquanto andava na ponta dos pés para olhar a rua, parecia calmo.

Os clientes eram recebidos na loja das dez horas da manhã às seis horas da tarde, de segunda a sábado.

Os que vinham depois desse horário desejavam ter um atendimento privado. Em qualquer dia e horário que se adequassem melhor a eles.

O cavalheiro que saiu do BMW mostrava ser, claramente, um cliente: terno de corte europeu, não usava sobretudo apesar do frio, andava decidido como um atleta, tinha o rosto de um assassino. Era um homem muito inteligente e poderoso que provavelmente tinha um lado sombrio, mas isso não quer dizer que o dinheiro da máfia ou do tráfico era discriminado no Marcus Reinhardt. James estava na área de vendas, não de julgamentos. Assim, até onde lhe dizia respeito, o homem que se aproximava de sua porta era um modelo de virtude, bem alinhado em seus sapatos Bally.

James tirou o cadeado e abriu caminho antes mesmo da campainha tocar.

– Boa noite, Sr. diPietro.

O aperto de mãos foi firme e curto, a voz era profunda e forte e os olhos eram frios e cinzas.

– Estamos prontos?

– Sim – James hesitou. – Sua intenção é juntar-se a nós?

– Não.

James fechou a porta e indicou o caminho atrás de si, ignorando como os olhos de Janice não se desprendiam do recém-chegado.

– Posso lhe oferecer uma bebida?

– Você pode começar mostrando os diamantes, o que acha?

– Como quiser.

A sala de exibição privada tinha óleos sobre tela nas paredes, uma grande e antiga mesa e quatro cadeiras de ouro. Havia também um microscópio, uma almofada de exibição de veludo negro, o vinho no balde de gelo e duas taças de cristal. James fez um sinal com a cabeça aos seus funcionários e Terrence se aproximou para retirar o recipiente de prata, enquanto Janice removia as taças um pouco agitada. William permaneceu no caminho da porta, pronto para atender a qualquer solicitação.

O Sr. diPietro sentou-se e colocou suas mãos sobre a mesa, um relógio platino Chopard reluziu sob a manga de sua roupa. Seus olhos, que eram da mesma cor do relógio, fixaram-se em James como se pudesse ver através de seus ossos.

James limpou a garganta enquanto se sentava em frente ao homem.

– Conforme conversamos antes, selecionei algumas pedras de nossa coleção, além de vários diamantes trazidos diretamente da Antuérpia.

James tirou uma chave dourada e a inseriu no fecho da gaveta superior da mesa. Quando lidava com um cliente que ainda estava entre dar uma olhada ou adquirir algo, como era o caso, ele tinha que entender se tal cliente era do tipo que queria ver toda a gama de opções primeiro ou se pretendia escolher os artigos mais caros.

Estava claro em qual categoria de clientes o Sr. diPietro se encaixava.

Havia dez anéis na bandeja que James dispôs sobre a mesa, os quais tinham sido devidamente lustrados para a exibição. Apesar da diferença ser de apenas um quilate, o primeiro que puxou do veludo negro não era o maior. Contudo, era, sem dúvida, o melhor.

– Este é um anel de esmeralda de 7,7 quilates, escala de cor D, perfeita em seu interior. Possuo tanto o certificado do Instituto Gemológico Americano quando o do Laboratório Gemológico Europeu disponíveis para sua leitura.

James permaneceu em silêncio enquanto o Sr. diPietro pegou o anel e inclinou-se para inspecioná-lo. Não havia necessidade em mencionar que o polimento e a simetria da pedra eram excepcionais ou que a base de platina tinha sido feita artesanalmente para o diamante ou que aquilo era o tipo de artigo muito raro e difícil de encontrar no mercado. A luz e o fogo refletidos falavam por si, os lampejos que cintilavam de maneira tão brilhante faziam com que se pensasse se não se tratava mesmo de uma pedra mágica.

– Quanto? – o Sr. diPietro perguntou.

James colocou os certificados sobre a mesa.

– Dois milhões e trezentos mil.

Para homens como o Sr. diPietro, quanto mais caro melhor, mas a verdade é que aquela era uma boa oferta. Para que a joalheria Reinhardt permanecesse nos negócios, era necessário equilibrar volume e margem de lucros: se houvesse uma margem muito grande, não haveria volume suficiente. Além disso, tendo em mente que o Sr. diPietro não estava na cadeia e/ou em situação de falência, esse era o tipo de homem com quem James gostaria de ter um relacionamento duradouro.

O Sr. diPietro devolveu o anel e estudou os certificados.

– Fale sobre os outros.

– Claro. Sim, claro – James conteve a surpresa.

Ele começou da direita para a esquerda da bandeja e descreveu os atributos de cada anel, enquanto se perguntava se teria se equivocado quanto ao seu cliente. Também pediu para que Terrence trouxesse mais seis, todos de cinco quilates.

Uma hora depois, o Sr. diPietro recostou-se na cadeira. O homem não relaxou ou desviou sua atenção, não checou rapidamente seu *Blackberry*, ou fez piadas para quebrar a tensão. Nem sequer lançou um olhar a Janice, que estava encantadora.

Total e completa concentração.

James fazia suposições sobre a mulher cujo dedo levaria o anel. Tinha de ser bonita, claro, mas muito independente e não muito emotiva. De maneira geral, mesmo o homem mais racional e bem-sucedido mostraria um brilho no olhar ao comprar um anel como esse para sua mulher – mesmo que fosse pela emoção de surpreendê-la com algo acima das expectativas ou pelo orgulho resultante de adquirir algo que apenas 0,1 por cento da população poderia comprar. Geralmente, os homens demonstram alguma emoção por isso.

O Sr. diPietro era frio e duro como as pedras que observava.

– Há algo mais que poderia lhe mostrar? – James disse menos confiante. – Talvez alguns rubis ou safiras?

O cliente procurou dentro de seu paletó e tirou uma fina carteira preta.

– Vou levar o primeiro que me mostrou por dois milhões apenas.

Como James titubeou, Sr. diPietro colocou um cartão de crédito sobre a mesa.

– Se estou lhe dando meu dinheiro, quero que trabalhe por ele. E irá descontar a pedra, pois seu negócio precisa de mais clientes como eu.

James levou um momento para se dar conta do fato de que uma transação poderia realmente acontecer.

– Eu... eu aprecio seu olhar perspicaz, mas o preço é dois milhões e trezentos mil.

O Sr. diPietro bateu levemente o cartão na mesa.

– Débito. Dois milhões. Agora.

James fez uma conta rapidamente em sua mente. Com esse preço ele ainda ganharia cerca de trezentos e cinquenta mil na peça.

– Acho que posso fazer isso – disse.

O Sr. diPietro não pareceu surpreso.

– Muito esperto.

– E quanto ao tamanho? O senhor sabe qual o tamanho do...

– Os 7,7 quilates é o único tamanho que vai interessar a ela. Cuidaremos do resto depois.

– Como quiser.

Normalmente, James encorajaria seus funcionários a conversar com o cliente enquanto voltava-se para colocar o artigo em uma caixa e imprimia a avaliação para fins securitários. Contudo, nessa noite, fez um gesto de negativo com a cabeça para eles, enquanto Sr. diPietro pegou um celular e começou a discar.

Enquanto James trabalhava na parte de trás do escritório, pôde ouvir o Sr. diPietro falando ao telefone. Não houve gracinhas como "Querida, tenho algo pra você", ou algo sugestivo como "Estou indo vê-la". Não, o Sr. diPietro não estava ligando para sua futura noiva, mas para alguém chamado Tom e conversava sobre algo relativo a terras.

James passou o cartão. Enquanto esperava a autorização, limpou o anel novamente, checando periodicamente o painel digital verde da máquina de cartões. Não ficou surpreso ao solicitarem que ligasse para o atendimento do banco vinte e quatro horas, dado o valor da compra. Quando conseguiu entrar em contato, o representante pediu para falar com o Sr. diPietro.

Ao transferir a ligação para o aparelho de telefone na mesa da sala de exibição, James colocou sua cabeça para fora da porta e disse:

– Sr. diPietro...

– Eles querem falar comigo? – o homem estendeu sua mão direita, refletindo aquele relógio e pegou o fone. Antes que James pudesse colocar a linha em espera, o Sr. diPietro o fez por si só e começou a conversar.

– Sim, é. Sim, sou. Sim. Sim. O nome de solteira da minha mãe é O'Brian. Sim. Obrigado.

Ele olhou para James enquanto colocava a ligação em espera novamente e, em seguida, o fone em seu lugar.

– Eles têm um código de autorização para você.

James inclinou-se e voltou para o escritório. Quando retornou, estava carregando uma bolsa elegante de cetim vermelho com alças e um envelope com o recibo dentro.

– Espero que entre em contato conosco novamente se precisar dos nossos serviços.

O Sr. diPietro olhou para sua nova aquisição.

– Planejo ficar noivo apenas uma vez, mas haverá aniversários. Muitos deles.

Os funcionários se afastaram para deixá-lo passar e James teve que assoviar para que abrissem a porta da loja antes que o senhor diPietro chegasse até ela. Depois que o homem saiu, trancou a porta novamente e olhou pela janela.

O carro daquele homem era maravilhoso no arranque, o motor rugia, as luzes brilhantes das ruas refletiam a tinta preta tão acetinada quanto água parada.

Quando James se virou, percebeu que Janice estava apoiada em outra janela, seus olhos estavam fixos. Uma coisa era certa, ela não estava avaliando o carro, em vez disso focava o motorista.

Estranho, não? Aquilo que você não pode ter sempre parece mais valioso do que as coisas que possui e, talvez, fosse por isso que diPietro parecia tão distante: ele poderia obter tudo o que lhe foi mostrado. Assim, para ele, não havia diferença entre aquela negociação e a compra de um jornal ou de uma lata de Coca-Cola para a maioria das pessoas.

Não havia nada que as pessoas verdadeiramente ricas não pudessem obter, e que sorte elas têm.

– Sem ofensas, mas acho que vou embora.

Jim apoiou o copo vazio e pegou sua jaqueta de couro. Ele tinha tomado duas Buds e mais uma faria com que dirigisse alcoolizado, então, era hora de partir.

– Não posso acreditar que está saindo sozinho – Adrian disse devagar, seus olhos se desviaram para a Vestido Azul.

Ela ainda estava sob a luz do teto. E ainda o encarava. E ainda parecia deslumbrante.

– Sim, só eu e eu mesmo.

– A maioria dos homens não possui esse tipo de autocontrole – Adrian sorriu, o aro que tinha no canto inferior da boca brilhava. – Na verdade, é muito impressionante.

– Sim. É isso mesmo. Sou um santo.

– Bem, dirija com cuidado. Assim, poderá continuar a polir sua auréola. Nos vemos amanhã no lugar de sempre.

Houve uma rodada de despedidas com alguns tapas e apertos de mão e, em seguida, Jim seguiu seu caminho entre a multidão. Enquanto seguia, recebia olhares daquelas pessoas cobertas de renda negra e colares com pontas agudas; provavelmente, os mesmos olhares que todos aqueles góticos recebiam enquanto andavam pelo shopping que diziam: "Mas o que eles estão fazendo aqui?"

A calça Levi's e a camisa de flanela limpa que usava ofendiam a sensibilidade dos que usavam couro e renda.

Jim escolheu um caminho que o mantinha longe da Vestido Azul e, já do lado de fora, ele respirou fundo como se tivesse passado por um tipo de teste. Contudo, o ar frio não trouxe o alívio que desejava e, enquanto caminhava de volta ao estacionamento, colocou a mão no bolso da camisa.

Já tinha parado de fumar há um ano, mas ainda levava a mão ao bolso procurando o pacote de Marlboro vermelho. Era um hábito estranho, como se sentisse a dor fantasma de um membro amputado.

Quando chegou à esquina e entrou no estacionamento, passou por uma fila de carros que estavam estacionados em frente às grades do edifício. Todos estavam sujos, com as laterais salpicadas de sal devido às condições das estradas e à sujeira da neve que estava caindo há meses. Sua caminhonete, que estava na parte de baixo, no final da terceira fila, estava exatamente igual.

Olhava à direita e à esquerda enquanto caminhava. Estava em uma parte ruim da cidade e se fosse assaltado, queria ver o que se aproximava. Não é que se preocupasse em enfrentar uma boa briga. Tinha tido muitas quando era mais jovem e o treinaram bem no exército – além disso, graças a seu trabalho durante o dia, estava em ótima forma. Mas, era sempre melhor...

Parou quando viu um ponto luminoso dourado à sua frente, no chão.

Abaixou-se e pegou um pequeno anel dourado – não, era um brinco de argola, um dos que aqueles caras colocavam em si mesmos. Ele jogou a porcaria fora e olhou por cima dos carros. Qualquer um poderia ter deixado cair e não era muito caro.

– Por que você saiu sem mim?

Jim congelou.

Droga. Sua voz era tão sexy quanto o restante do seu corpo.

Endireitou-se, girou sobre suas botas de trabalho e olhou através dos capôs dos carros. A Vestido Azul estava a uns nove metros de distância, parada sob a luz de segurança, o que fazia com que ele pensasse se ela sempre escolhia lugares que a iluminassem.

– Está frio – disse – deveria voltar para dentro.

– Não estou com frio.

Era verdade. Estava *quente demais*.

– Bom, estou indo embora.

– Sozinho? – ela se aproximou, seu salto alto ressoava ao longo do asfalto irregular.

Quanto mais se aproximava, mais bonita parecia ficar. Droga, seus lábios foram feitos para o sexo, profundamente vermelhos e ligeiramente abertos e aquele cabelo... Tudo que ele conseguia pensar era ver aquele cabelo caindo sobre seu peito e suas pernas.

Jim meteu as mãos nos bolsos da sua calça jeans. Ele era muito mais alto que ela, mas a maneira como ela andava era um soco no estômago que o imobilizava com pensamentos quentes e planos intensos: olhando sua pele fina e pálida, ele pensava se era tão macia quanto aparentava. Pensava em várias coisas sobre o que estava debaixo daquele vestido. Pensava em como seria a sensação de tê-la debaixo de seu corpo nu.

Quando ela parou em sua frente, ele teve que respirar fundo.

– Onde está seu carro? – ela disse.

– Caminhonete.

– Onde está?

Naquele momento uma brisa mais fria passou pelo beco e ela teve um leve arrepio, que fez com que levantasse e unisse seus braços finos e adoráveis, como se abraçasse a si mesma. Seus olhos escuros, que estavam sedutores no clube, de repente tornaram-se suplicantes... E faziam com que fosse quase impossível se afastar dela.

Ele iria fazer isso? Ele iria mergulhar naquela mulher que parecia uma piscina quente, mesmo que fosse por pouco tempo?

Outra rajada de vento passou e ela bateu um salto contra o chão, em seguida, o outro. Jim tirou sua jaqueta de couro e diminuiu a distância entre eles. Sem tirar os olhos dela, ele a envolveu com o que o tinha aquecido até aquele momento.

– Está bem aqui.

Ela procurou pela mão dele e a agarrou. Ele mostrou o caminho.

O Ford F-150 não era exatamente ótimo para dar a partida, mas tinha espaço suficiente quando era necessário – e indo direto ao ponto, a caminhonete era tudo que ele tinha para oferecer. Jim a ajudou a subir e, então, deu a volta e ficou atrás do volante. O motor pegou rapidamente e ele ligou a calefação, impedindo que o ar frio entrasse até que as coisas se aquecessem.

Ela atravessou o banco até ele, e, conforme se aproximava, seus seios se elevavam acima do decote apertado do vestido.

– Você é muito gentil.

Gentil não era bem como ele via a si mesmo. Especialmente agora, levando em conta o que se passava em sua mente.

– Não posso deixar uma moça passar frio.

Jim percorreu os olhos por todo o seu corpo. Aconchegada em sua jaqueta de couro barata, ela inclinou o rosto para baixo, seus cabelos longos caíam em seus ombros e faziam ondulações sobre o decote. Ela poderia ter se aproximado como uma sedutora, mas a verdade é que era apenas uma garota.

– Não quer conversar? – ele disse, pois ela merecia algo melhor do que aquilo que desejava dela.

– Não – ela balançou a cabeça. – Não, eu quero fazer... uma coisa.

Certo. Jim definitivamente não era gentil. Ele era um homem que estava a um palmo de distância de uma bela mulher e, mesmo que ela emitisse vibrações de vulnerabilidade, bancar o terapeuta com ela não era o tipo de brincadeira na horizontal que ele procurava.

Quando seus olhos se levantaram, eles pareciam órfãos e tristes.

– Por favor, beije-me.

Jim se conteve, a expressão dela o deteve e fazia mais que isso.

– Você tem certeza disso?

Ela deslizou seus cabelos por cima dos ombros e os colocou atrás da orelha. Quando assentiu com a cabeça, o brinco de diamante do tamanho de uma moeda cintilou.

– Sim... toda certeza. Beije-me.

E quando sustentou o olhar sem vacilar, Jim sucumbiu, sentindo-se enfeitiçado, e não pensava em nada.

– Vou devagar.

Oh... Deus...

Seus lábios eram mais suaves do que tinha imaginado, e acariciou sua boca com cuidado, temendo que a esmagasse. Ela era doce, cálida e acreditava que ele iria com delicadeza, dando as boas-vindas à sua língua dentro da sua boca e depois se inclinando para trás para que a palma de sua mão passasse sobre seu rosto e deslizasse até o colo do seu peito... até chegar em seus seios.

O que mudou o ritmo das coisas.

De repente, ela se sentou e tirou a jaqueta.

– O zíper fica nas costas.

Suas mãos ásperas de trabalhador braçal o encontraram rapidamente e ele ficou preocupado em danificar o vestido azul enquanto deslizava para baixo, revelando um sutiã de cetim e renda que, muito provavelmente, custava mais que sua caminhonete.

Através do fino material, seus mamilos estavam erguidos e, na penumbra produzida pela débil luz que passava através das frestas, eram um banquete espetacular.

– Meus seios são naturais – ela disse suavemente. – Ele queria que eu pusesse implantes, mas eu... eu não quero.

Jim franziu a testa, pensando que o porco idiota que teve essa ideia precisava de uma operação nos olhos – com uma vara de ferro.

– Não faça isso. Você é linda.

– Mesmo? – sua voz vacilou.

– Com certeza.

Seu sorriso tímido significou muito para ele, penetrou profundamente em seu peito. Ele conhecia o lado feio da vida, passou por certas coisas que fizeram um único dia parecer um mês, ele não desejava nada disso a ela. Contudo, parecia que ela tinha suas próprias experiências ruins.

Jim aumentou a temperatura do ar para aquecê-la.

Quando ele se recostou para trás, ela deslizou uma das taças do sutiã e segurou seu seio oferecendo-lhe o mamilo.

– Você é incrível – ele sussurrou.

Jim se inclinou e sentiu-a em seus lábios, fazendo carícias suavemente. Quando ofegou e passou suas mãos pelos cabelos dele, seu seio preencheu sua boca e ele teve um momento de pura luxúria, do tipo que transformava homens em animais.

Porém, por ter se lembrado da forma como ela o olhou, ele sabia que não teria sexo com ela. Ele iria cuidar dela, aqui na cabine da caminhonete, com a calefação ligada e as janelas embaçadas. Iria mostrar-lhe como era bonita e como seu corpo era perfeito para exibir, sentir e... experimentar. Mas, ele não tomaria nada para si.

Droga, talvez ele não fosse tão ruim.

Você tem certeza disso? Sua voz interior o interrompeu. *Você tem mesmo certeza disso?* Não, ele não tinha. Mas, Jim a deitou no banco e fez um travesseiro para a cabeça dela com sua jaqueta de couro e jurou fazer a coisa certa.

Cara... ela estava deslumbrante, um pássaro exótico e perdido que tinha encontrado refúgio em um galinheiro. Por que nesse mundo de Deus ela o quis?

– Beije-me – ofegava.

Assim que apoiou seu peso em seus braços fortes e se inclinou sobre ela, ele olhou de relance o relógio digital no painel: 11h59. O exato minuto em que ele tinha nascido há quarenta anos. Que aniversário feliz estava sendo aquele.

Capítulo 3

Vin diPietro sentou-se em um sofá coberto de seda numa sala decorada em ouro, vermelho e branco nata. O piso de mármore preto era coberto com tapeçarias antigas, as estantes estavam cheias de primeiras edições de livros raros e ao redor havia suas coleções de cristais, ébano e brilhantes estátuas de bronze. Mas a verdadeira atração era a vista panorâmica da cidade, à direita.

Graças a uma parede de vidro que percorria toda a lateral da sala, as pontes gêmeas de Caldwell e todos os seus arranha-céus faziam parte da decoração, assim como as cortinas, a tapeçaria e os objetos de arte. A vista exibia o melhor do estilo urbano em todo seu esplendor, uma paisagem extensa e reluzente que nunca era a mesma, mesmo que os edifícios estivessem sempre ali.

O duplex de Vin no Commodore ocupava o vigésimo oitavo e o vigésimo nono andares com o mais alto nível de luxo, totalizando dez mil metros quadrados. Ele tinha seis quartos, um quarto suíte para empregada, uma sala de ginástica e uma sala de cinema. Oito banheiros. Quatro vagas de garagem subterrâneas. E o interior era exatamente como ele queria, coberto com mármore, lajes de granito, tapetes, carpetes, pisos de madeira – tudo isso tinha sido escolhido por ele dentre o bom e o melhor.

Ele estava pronto para se mudar.

Pelo modo como as coisas estavam acontecendo, percebeu que estaria pronto para colocar as chaves nas mãos do próximo dono dentro de quatro meses, talvez três, dependendo da rapidez com que os operários trabalhassem na construção.

Se esse condomínio era bom, o que Vin estava construindo às margens do rio Hudson iria fazer com que o duplex parecesse uma dessas habitações sociais. Ele tinha comprado meia dúzia de velhos chalés para caça e acampamentos para conseguir o tipo de área litorânea que desejava, mas tudo tinha se encaixado. Derrubou a casa, limpou a terra e cavou uma área grande o suficiente para um campo de futebol. Agora, os operários estavam trabalhando na estrutura e no telhado; em seguida, viria sua frota de eletricistas responsáveis por instalar o sistema nervoso central e os encanadores que colocariam as artérias. Por último, acertaria os detalhes sobre o revestimento dos balcões, os aparelhos domésticos, os acessórios e a decoração.

Estava tudo acontecendo de uma vez, como mágica. E não se tratava apenas do lugar onde ele iria morar.

Em frente dele, sobre a mesa de vidro, estava a caixa de veludo das lojas Reinhardt.

Quando o relógio de pedestal soou meia noite, Vin recostou-se nas almofadas do sofá e cruzou as pernas. Ele não era romântico, nunca tinha sido, e Devina também não era – uma das razões pelas quais eles eram perfeitos juntos. Ela deu a ele espaço, mantinha-se ocupada e estava sempre pronta para entrar num avião quando ele precisava dela. E ela não queria filhos, o que era um grande ponto a mais.

Ele não os queria. Pecados ancestrais e coisas assim.

Ele e Devina não se conheciam há muito tempo, mas quando é para dar certo, acaba dando certo. Era como investir em terras. Você simplesmente sabe quando olha para um terreno que o faz pensar *aqui é o lugar certo para construir.*

Olhando a cidade lá fora, de uma varanda acima de tantas outras, pensou na casa em que tinha crescido. Nessa época, sua visão era a da casa ao lado vista de um segundo andar ridículo e ele passou muitas noites tentando ver além do que conseguia. Ao ouvir o barulho das brigas da sua mãe com seu pai, bêbado, a única coisa que ele queria era ir embora. Para longe de seus pais. Longe daquela vizinhança de classe média baixa patética. Longe de si mesmo e do que o separava de todos os outros. E como pôde perceber, foi exatamente o que aconteceu.

Ele preferia infinitamente a vida que levava agora, aquela paisagem. Ele sacrificou muita coisa para chegar até ali, mas a sorte sempre andava com ele – como mágica.

Bom, mas quanto mais você trabalha, mais sortudo fica. E que tudo e todos explodissem, ali era o lugar onde iria ficar.

Quando Vin checou seu relógio novamente, havia passado quarenta e cinco minutos. E, depois, mais outra meia hora.

Assim que se inclinou para frente e pegou a caixa de veludo, o clique e a abertura da porta da frente fizeram sua cabeça girar. No corredor, saltos batiam no mármore em sua direção. Ou melhor, estavam passando por ele.

Enquanto Devina passava pela arcada da sala de estar, ela tirava seu casaco de pele branco, expondo um vestido azul que tinha comprado com o dinheiro dele. E vamos falar em nocaute: as curvas perfeitas de seu corpo mostravam as faixas de tecido, suas pernas longas tinham linhas melhores do que os sapatos de sola vermelha que usava e seus cabelos escuros brilhavam mais que o lustre cristalino que havia sobre suas cabeças.

Resplandecente. Como sempre.

– Onde você esteve? – ele perguntou.

Ela congelou e olhou para ele.

– Eu não sabia que você estava em casa.

– Estava esperando por você.

– Deveria ter ligado – ela tinha olhos espetaculares, amendoados e mais escuros que seu cabelo – eu teria vindo se tivesse ligado.

– Pensei em fazer uma surpresa.

– Você...? Você não faz surpresas.

Vin se levantou e manteve a caixa escondida na palma de sua mão.

– Como foi a noite?

– Boa.

– Onde você foi?

Ela dobrou o casaco de pele sobre seu braço.

– Só fui até um clube.

Quando se aproximou dela, Vin abriu a boca, sua mão apertando o que tinha comprado para ela. *Seja minha esposa.* Devina franziu a testa.

– Você está bem?

Seja minha esposa. Devina, seja minha esposa.

Ele deteve os olhos em seus lábios. Estavam mais volumosos que o comum. Mais vermelhos. E não tinham qualquer sinal de batom.

A conclusão o chocou e trouxe uma breve e vívida memória de seu pai e sua mãe. Os dois estavam gritando e jogando coisas um no outro, os dois bêbados como gambás. O assunto era sempre o mesmo e ele conseguia ouvir a voz furiosa do pai clara como o dia: "Quem estava com você? Que diabos você estava fazendo, mulher?"

Depois disso, o próximo tópico da agenda seria o cinzeiro de sua mãe acertando a parede. Graças à prática que adquiriu, ela tinha muita força no braço, mas a vodca desviava seu alvo, assim, ela acertava a cabeça do pai apenas uma em dez vezes.

Vin escorregou a caixa do anel para dentro do bolso do seu paletó.

– Você se divertiu?

Devina estreitou o olhar, ela estava tendo dificuldades em julgar seu humor.

– Apenas saí um pouco.

Ele balançou a cabeça, perguntando se o efeito desarrumado do cabelo era moda ou o resultado das mãos de outro homem.

– Que bom. Fico feliz. Vou trabalhar um pouco.

– Certo.

Vin virou-se, atravessou a sala de estar, a biblioteca e chegou ao escritório. Manteve seus olhos nas paredes de vidro e na paisagem o tempo inteiro.

Seu pai acreditava em duas coisas sobre as mulheres: você nunca poderia confiar nelas; e se lhes oferece a mão, tentam ter o braço inteiro. E mesmo que Vin não quisesse nenhum legado daquele filho da mãe, ele não conseguia tirar as memórias de seu pai da cabeça.

O cara sempre esteve convencido de que sua esposa o traía – o que era difícil de acreditar. A mãe de Vin tingia os cabelos apenas duas vezes por ano, exibia círculos negros sob seus olhos da cor de nuvens carregadas e tinha um guarda-roupa limitado a um roupão que lavava com a mesma frequência com que as caixas de tintura capilar apareciam em casa. A mulher nunca saía de casa, fumava como uma chaminé, e tinha um hálito de álcool que poderia derreter a pintura de um carro.

Ainda assim, seu pai achava que os homens poderiam ser atraídos por aquilo. Ou que ela, que nunca levantava um dedo a não ser para acender um cigarro, reunia suas forças regularmente para sair e encontrar tipos cujo gosto por garotas se resumia a cinzeiros e garrafas vazias.

Os dois batiam nele. Ao menos até que tivesse idade suficiente para correr mais rápido que eles. E, provavelmente, a coisa mais gentil que fizeram por ele foi matar um ao outro quando ele tinha dezessete anos – o que foi muito patético.

Quando Vin chegou ao escritório, se sentou atrás da mesa com tampão de mármore e examinou o ambiente de ponta a ponta. Ele tinha dois computadores, um telefone com seis linhas, um fax e um par de luminárias de bronze. A cadeira era de couro cor de sangue. O tapete era da mesma cor do papel de parede. As cortinas eram pretas, creme e vermelhas.

Colocando o anel entre uma das luminárias e o telefone, ele girou a cadeira, afastando-se dos negócios e voltou a olhar a cidade.

Seja minha esposa, Devina.

– Coloquei algo mais confortável – Vin olhou por cima dos ombros e avistou sua mulher, que agora estava envolta em roupas pretas transparentes.

Ele girou sua cadeira.

– Colocou mesmo.

Enquanto se aproximava dele, seus seios sedutores oscilavam de um lado a outro por baixo do tecido e ele podia sentir que estava enrijecendo. Ele sempre adorou os seios dela. Quando ela disse que queria colocar implantes, ele logo vetou a ideia. Ela era perfeita.

– Sinto muito por não estar aqui quando me quis, – ela disse, abrindo seu robe translúcido e ajoelhando-se na frente dele – sinto mesmo.

Vin levantou a mão e começou a passar seu polegar de um lado para o outro sobre todo o lábio inferior dela.

– O que aconteceu com seu batom?

– Lavei meu rosto no banheiro.

– Então, por que o delineador continua intacto?

– Retoquei – sua voz era suave. – Eu estava com meu telefone o tempo todo. Você disse que teria compromisso até tarde.

– É, eu tive.

Devina colocou suas mãos nas coxas dele e se debruçou, o volume dos seios saindo pelo decote do seu vestido. Nossa, que perfume ela tinha.

– Desculpe – ela gemeu antes de beijar seu pescoço e cravar suas unhas em suas pernas. – Deixe-me compensá-lo por isso.

Ela fechou seus lábios na pele dele e o sugou.

Quando Vin deixou a cabeça cair para trás, olhou para ela com os olhos semicerrados. Ela era a fantasia de qualquer homem. E era a sua fantasia.

Então, por que diabos ele não conseguiu pronunciar aquelas palavras?

– Vin... Por favor, não fique nervoso comigo – ela sussurrou.

– Eu não estou.

– Você está sério.

– Eu sou assim – aliás, quando foi exatamente que ele sorriu? – Bem, por que você não vê o que pode fazer para melhorar meu humor?

Os lábios de Devina se ergueram como se esse fosse justamente o convite que esperava e, com uma rápida sucessão de ações, ela desfez sua gravata, abriu seu colarinho e desabotoou sua camisa. Beijando seu corpo até os quadris, desafivelou seu cinto, soltou a camisa das calças e roçou suas unhas e dentes em sua pele.

Ela sabia que ele estava tenso e não tinha o menor problema com isso.

Vin tirou o cabelo dela do rosto quando se excitou e sabia bem que ele não era o único que poderia ver o que ela ia fazer com ele: as duas luminárias na mesa estavam acesas, o que significava que qualquer um naqueles arranha-céus que ainda estivesse em seu escritório e tivesse um par de binóculos poderia assistir a um baita espetáculo.

Vin não a deteve ou apagou as luzes.

Devina gostava de plateia.

Quando sua boca partiu em direção à cabeça de seu membro, ele gemeu e logo apertou os dentes quando ela o levou até a garganta. Ela era muito boa nesse tipo de coisa, encontrava um ritmo que o envolvia, o encarava enquanto agia. Ela sabia que ele gostava de um pouco de luxúria, então, no último momento, ela recuou para que seus seios perfeitos o recebessem.

Rindo baixinho, ela olhou para ele de soslaio, uma garota travessa ainda não saciada. Devina era assim, mudava de acordo com a situação, era capaz de ser uma mulher comportada em um momento e uma vadia no próximo, máscaras de humor que usava e descartava à vontade.

– Vin, você ainda quer mais – sua bela mão deslizou pelo corselete até a calcinha e ficou ali enquanto se inclinava para trás – não quer?

Na luz, seus olhos não eram de um castanho profundo, mas sim pretos de forma densa e estavam cheios de compreensão. Ela estava certa. Ele a queria. Era assim desde o momento em que ele a viu na inauguração de uma galeria, quando levou um Chagall e ela para casa.

Vin saiu da cadeira e ajoelhou-se entre suas pernas, fazendo com que se abrissem mais. Ela estava pronta para ele, que a tomou bem ali, em cima do tapete próximo à sua mesa. O sexo foi rápido e ríspido, mas ela estava louca com isso e o enlouqueceu também.

Quando chegou ao orgasmo, Devina gritou seu nome como se ele tivesse dado exatamente o que ela queria.

Deixando cair a cabeça no tapete de seda fina, ele respirou fundo e não gostou da maneira que se sentiu. Depois que a paixão passou, ele estava mais que desgastado, ele estava vazio.

Alguma vezes, era como se quanto mais se preenchesse mais vazio sentia.

– Quero mais, Vin – ela disse com uma voz profunda e gutural.

Na ducha do vestiário do Iron Mask, Marie-Terese entrou embaixo da água quente e abriu a boca, deixando a água lavar tudo por dentro e por fora. Havia uma barra de sabonete sobre um suporte de aço inoxidável que ela pegou sem olhar. O sabonete estava quase liso, o que significava que duraria apenas mais duas ou três noites.

Enquanto ensaboava cada parte de seu corpo, suas lágrimas se juntavam à água e ao sabão, seguindo seu caminho até o ralo sob seus pés. Sob alguns aspectos, esta era a parte mais difícil da noite, aquele tempo em que ficava sozinha no vapor morno e com o sabonete vagabundo – era ainda pior que a tristeza pós-confissão.

Deus, era tão ruim que até o cheiro do sabonete era suficiente para deixar seus olhos marejados.

Quando terminou, saiu e pegou uma toalha branca áspera. Sua pele tremeu de frio, encolhendo-se, tornando-se uma armadura e sua vontade era fazer o mesmo com suas emoções, mantendo-as em segurança mais uma vez.

No cubículo fora dali, ela voltou a colocar seu jeans, sua camisa de gola e seu casaco de lã, enfiando as roupas de trabalho dentro da mochila. Seu cabelo levou mais dez minutos para secar antes que ficasse pronta para sair na noite fria, e esse tempo extra no clube por causa do secador fez com que rezasse pelo verão.

– Está quase pronta para sair?

A voz de Trez foi ouvida através da porta fechada do vestiário e ela teve que sorrir. As mesmas palavras todas as noites, e sempre no mesmo momento em que desligava o secador.

– Dois minutos – ela gritou.

– Sem problemas – Trez sempre dizia isso também. Ele sempre fez questão de escoltá-la até o carro, não importava quanto tempo levasse para que ficasse pronta.

Marie-Terese apoiou o secador, penteou seu cabelo para trás e enrolou um elástico em torno das mechas grossas.

Inclinou-se para mais perto do espelho. Em algum momento durante aquele turno, ela perdeu seu brinco e somente Deus sabia onde estava.

– Droga.

Pegou sua mochila, deixou o vestiário e encontrou Trez no corredor, mandando mensagens de texto no seu BlackBerry.

Ele colocou o telefone no bolso e olhou para ela.

– Você está bem?

Não.

– Sim. Foi uma noite boa.

Trez balançou a cabeça uma vez e caminhou com ela até a porta dos fundos. Quando chegaram à parte externa, ela rezou para que ele não a importunasse com um dos seus sermões. A opinião de Trez sobre prostituição era a de que a mulher poderia escolher isso, e os homens escolhiam pagar, mas isso tinha que ser tratado profissionalmente – caramba, ele despedia garotas por não usar preservativos. Ele também acreditava que se houvesse ao menos uma leve impressão de que a mulher se sentia incomodada com sua escolha, ela deveria ter todas as oportunidades para repensar o que estava fazendo e sair.

Era a mesma filosofia que o Reverendo tinha no ZeroSum, e a ironia era que, por causa disso, a maioria das garotas não queria deixar essa vida.

Quando chegaram ao carro, ele a deteve colocando a mão em seu braço.

– Você sabe o que tenho a dizer, não sabe?

Ela sorriu um pouco

– Seu discurso?

– Não é só retórica. Acredito em cada palavra.

– Oh, eu sei que sim – ela disse pegando suas chaves. – E você é muito gentil, mas eu estou onde preciso estar.

Por um centésimo de segundo, ela poderia ter jurado que seus olhos escuros reluziram com uma luz obscura – mas, provavelmente, era só um efeito das luzes de segurança que inundavam os fundos do edifício.

E quando a olhou fixamente, como se estivesse escolhendo as palavras, ela balançou a cabeça.

– Trez... por favor, não.

Franzindo o rosto, ele disse algo baixinho e, então, estendeu os braços.

– Vem cá, garota.

Quando se inclinou para frente e foi abrigada por sua força, ela pensou como seria ter um homem como este, um bom homem, que não fosse perfeito, mas que fosse honrado e tentasse fazer o certo e se preocupasse com as pessoas.

– Seu coração não está mais nisso. – Trez disse em seu ouvido com voz suave. – É hora de ir.

– Estou bem...

– Você mente – quando a afastou, sua voz tinha tanta certeza e segurança, que sentiu como se ele pudesse ver dentro do seu coração. – Deixe-me dar o dinheiro de que precisa. Você pode me pagar sem juros. Você não foi feita pra isso. Algumas são. Você não. Sua alma não está se sentindo bem aqui.

Ele tinha razão. Ele tinha toda, toda razão. Mas ela não confiava mais em ninguém, mesmo alguém tão decente quanto Trez.

– Vou sair logo – ela disse batendo levemente em seu grande tórax – só mais um pouco e conseguirei o que preciso. Então, vou parar.

Trez contraiu sua expressão e sua mandíbula ficou rígida, o que deixava evidente que respeitaria sua decisão, mesmo se não concordasse com ela.

– Lembre-se da minha oferta, está bem?

– Vou me lembrar – ela se ergueu na ponta dos pés e beijou sua face – Prometo.

Trez a ajudou a se instalar no carro e depois de ter se afastado um pouco ela olhou pelo espelho retrovisor. Sob as luzes traseiras do seu carro, ele estava olhando para ela, seus braços cruzados sobre o forte peitoral... e, então, ele se foi, como se tivesse simplesmente desaparecido.

Marie-Terese pisou no freio e esfregou os olhos, pensando se ela tinha perdido alguma coisa... mas, então, um carro veio por trás dela, as luzes dianteiras foram refletidas em seu retrovisor e a cegavam. Sacudindo-se, ela acelerou e saiu em disparada do estacionamento. Quem quer que estivesse próximo ao seu para-choque virou na próxima rua e a viagem para casa durou uns quinze minutos.

A casa que alugava era pequena, apenas uma casinha simples em bom estado, mas havia dois motivos pelos quais a escolheu dentre todas as outras que visitou quando chegou a Caldwell: era em uma região escolar, o que significava que teria muitos olhos vigilantes pela vizinhança, e o proprietário permitiu que ela colocasse grades em todas as janelas.

Marie-Terese estacionou na garagem, esperou o portão automático fechar e depois se levantou para entrar no corredor escuro dos fundos. Passando pela cozinha, que cheirava a maçãs frescas que procurava sempre manter em uma cesta, foi na ponta dos pés em direção à luz da sala. No caminho, colocou a bolsa no armário de casacos.

Esvaziaria aquela bolsa e a organizaria quando não houvesse ninguém por perto. Quando parou sob a luz, sussurrou:

– Sou eu.

CAPÍTULO 4

Ele dormiu com ela.

Na manhã seguinte, o primeiro pensamento de Jim foi que realmente ele era um nada e, para tentar sair dessa, ficou rolando na cama. Isso fez com que sua tentativa de se levantar ficasse ainda pior. A luz do amanhecer atingiu a cortina ao lado dele e, enquanto o brilho invadia o ambiente, ele desejava que aquela maldita janela fosse feita de placas de gesso.

Cara, ele não conseguia acreditar que tinha dormido com aquela mulher maravilhosa e vulnerável em sua caminhonete – como se ela fosse algum tipo de prostituta. O fato dele ter voltado e bebido sozinho até ficar à beira de um porre de cerveja era bem mais acreditável. Mas a tudo isso se somava o fato de que ainda se sentia mal pelo que havia feito *e* ainda teria que trabalhar o dia inteiro de ressaca.

Que belo planejamento!

Livrando-se do cobertor, olhou para a calça jeans e a camisa de flanela que vestia no clube. Ele desmaiou antes que pudesse se despir. Estava tudo amarrotado, mas ele iria vestir a Levi's para trabalhar. Contudo, preferiu poupar a camisa das doze horas de trabalho árduo na construção. Era a única "boa" – o que significava que não tinha manchas de pintura, buracos, botões perdidos, nem punhos desfiados. Ainda.

Jim tirou a roupa e jogou a camisa na pilha de roupa suja ao lado da cama. Enquanto levava sua dor de cabeça para uma ducha, ele se lembrava da razão pela qual era bom não ter muita mobília. Além das duas pilhas de roupa, a lavada e a que precisava ser lavada, tudo que tinha era o sofá de vime que tinha vindo com o estúdio e uma mesa com duas cadeiras – os quais, felizmente, estavam fora do caminho do banheiro.

Ele se barbeou e tomou banho rapidamente; colocou as cuecas, a calça Levi's e tomou quatro aspirinas. Em seguida, vestiu a camiseta, seguida das meias e das botas. No caminho da porta, pegou seu cinto de ferramentas e sua jaqueta de trabalho.

O quarto que alugava era em cima de uma garagem, como se fosse uma extensão, e ele parou no topo das escadas, apertando os olhos com tanta força que chegou a mostrar os dentes. Meu Deus... toda aquela luz que perfurava os olhos fazia parecer que o sol tinha decidido ser a atração da Terra e se aproximado um pouco para fechar o pacto.

Desceu os degraus de madeira rangente. Percorreu o caminho até a caminhonete fria. Fez todo o caminho com cara de quem está com um espinho no pé.

Quando abriu a porta do motorista, sentiu uma rajada de perfume e praguejou alguma coisa. As imagens voltavam à sua mente, todas carnais como o inferno, cada uma delas era outra fonte de inspiração para a dor de cabeça.

Ele ainda praguejava e apertava os olhos enquanto dirigia em direção à pista e passava pela fazenda branca, cujo proprietário era o velho Sr. Perlmutter. Ninguém tinha vivido como seu inquilino naquele lugar enorme por tanto tempo quanto Jim. Suas janelas ficavam fechadas por dentro, e a varanda estava sempre vazia.

Aquela rotina de ninguém em casa junto com os trinta dias de aviso prévio eram suas duas partes favoritas de onde estava.

No caminho do trabalho, ele parou em um posto de gasolina e comprou um café grande, um sanduíche de peru e uma Coca-Cola. Aquela pequena loja de conveniência cheirava a sapatos velhos e amaciante de roupas, e havia uma probabilidade de que o lanche de peru tivesse sido feito na semana passada *no* Peru, mas como ele estava comendo a mesma coisa durante todo o último mês e ainda estava de pé, então, obviamente aquela droga não o estava matando.

Quinze minutos depois, ele estava a todo vapor na Rota 151N, tomando seu café, usando óculos escuros e se sentindo um pouco mais humano. O local de trabalho era na margem oeste do rio Hudson, e quando chegou ao início da entrada do local, tampou seu copo de plástico e colocou as duas mãos no volante. A pista que levava à península era toda esburacada, graças a todo maquinário pesado que passava rapidamente pelo caminho sem estrutura, e a droga dos amortecedores da caminhonete reclamava o caminho inteiro.

Em algum momento, colocariam um gramado bem cuidado em toda parte, mas, por enquanto, todo o caminho de terra parecia a pele machucada por espinhas de um garoto de quinze anos. Havia inúmeros tocos de árvores ao longo do gramado desordenado e de um tom de marrom por causa do inverno deixados por um grupo de caras com motosserras. E isso não era o pior de tudo. Quatro cabanas inteiras tinham sido derrubadas, seus alicerces e os assoalhos foram as únicas coisas que sobraram daquelas estruturas que estavam ali há séculos.

Mas tudo tinha que ser derrubado. Essa era a ordem do empreiteiro geral, que era seu próprio cliente.

Era tudo tão divertido quanto uma ressaca em uma manhã fria e animada.

Jim puxou a fila de caminhonetes que ia se formando conforme os trabalhadores chegavam. Ele deixou seu lanche e a Coca atrás, no chão da cabine para permanecer fria, e cruzou a pista de terra mastigada pelos pneus até a casa em construção. Com uma base de dois por quatro já construída, o resultado externo estava aparecendo, as placas de compensado começavam a ser fixadas no esqueleto da estrutura.

Aquela coisa toda era monstruosa, tão grande que era capaz de fazer com que as grandes mansões da cidade ficassem do tamanho de casa de bonecas.

– Jim.

– Chuck.

Chuck, o mestre de obras, era um cara de um metro e oitenta, com ombros quadrados, barriga redonda e um toco de cigarro perpetuamente enfiado na boca – e isso enquanto se conversava com ele. A coisa era: Jim sabia bem em qual parte da casa ele estava trabalhando e o que iria fazer, os dois sabiam disso. Com um grupo de mais ou menos vinte carpinteiros no projeto, havia vários níveis de habilidade, comprometimento e sobriedade e Chuck sabia lidar com todos eles. Se você tem metade de um cérebro e consegue manejar bem um martelo, ele o deixa em paz, por que ele tinha trabalho suficiente com aquele bando de idiotas.

Jim se preparou e foi até onde estavam os materiais. As caixas de pregos eram mantidas em pilhas, em um armário com chave, na garagem de seis carros feita de laje de concreto e, próximo a eles, alinhados em uma fileira, estavam os geradores elétricos movidos à gasolina, já funcionando. Estremecendo por causa do barulho, passou por cima da extensão de cabos que serpenteavam em direção à mesa de serras e pistolas de pregos, e encheu a bolsa do lado esquerdo de seu cinto de ferramentas.

Foi um alívio dirigir-se ao lado sul da casa, que, considerando o tamanho da planta, era praticamente em outro país. Lançando-se ao trabalho, começou a levantar placas de compensado e prendê-las no lugar sobre a armação. Utilizava um martelo em lugar da pistola de pregos porque queria sentir o gosto de como se fazia na velha escola e, mesmo trabalhando manualmente, era um dos carpinteiros mais rápidos dos arredores.

O som de duas motos Harleys vindo da estrada suja chamou sua atenção.

Eddie e Adrian estacionaram suas motos e desmontaram em sincronia, tirando as jaquetas de couro e os óculos escuros pretos no mesmo ritmo também. Quando se aproximaram da casa, já vieram fuzilando em sua direção e Jim gemeu: Adrian estava olhando para ele com uma expressão na sua cara cheia de piercings como quem diz "que diabo aconteceu com a gostosa?".

O que significava que o cara percebeu que a Vestido Azul tinha desaparecido ao mesmo tempo que Jim.

– Droga – murmurou.

– O quê?

Jim sacudiu a cabeça perto do cara que estava ao lado e retomou o foco do que estava fazendo. Posicionando uma das folhas contra a armação, a sustentou com seu quadril, desamarrou seu martelo do cinto, pegou um prego e golpeou. De novo. De novo. De novo.

– Divertiu-se ontem à noite? – Adrian disse quando se aproximou, Jim apenas continuou a pregar.

– Ah, pare com isso, não preciso de todos os detalhes, mas você pode contar alguns – Adrian deu uma olhada para seu colega de quarto – Ajuda aí, pode ser?

Eddie apenas andou em direção a Jim e esbarrou seu ombro no dele, o que era sua forma de dizer bom-dia. Sem que ninguém pedisse, posicionou a placa, o que liberou Jim para que martelasse duas vezes mais rápido. Eles eram uma boa equipe, ainda que Adrian saísse do ritmo. Ele não era um trabalhador exemplar, preferia passar seu tempo andando pela obra e tagarelando sem parar. Era um milagre não o terem despedido naquelas quatro semanas que trabalhou no local.

Inclinando-se contra um batente ainda vazio, Ad girou os olhos e disse:

– Você vai me dizer se ganhou um presente de aniversário ou não?

– Não – Jim posicionou um prego e bateu. Duas batidas e o topo ficou rente com a tábua, e logo ele deu outro golpe, imaginando o rosto de Adrian como alvo.

– Você é um idiota.

Sim, ontem à noite ele realmente foi – e nada daquilo era da conta do seu amigável colega mascador de chiclete filho da mãe que tinha fetiche por metais.

As coisas voltaram ao seu ritmo normal e os outros caras saíam do caminho de Jim e Eddie enquanto eles passavam. Assim, preencheu-se a lacuna do dia anterior, selando esse esquecimento as chuvas de primavera que estavam apenas começando. A casa teria 4 mil e quinhentos metros quadrados. Assim, terminar de fechar tudo em apenas uma semana era uma tarefa difícil. Jim e Eddie estavam se matando e o pessoal que trabalhava com o telhado já estava na metade do caminho com as vigas. No final de semana, já não teriam que se preocupar mais com o chuvisco frio ou com o vento gelado, graças a Deus. O dia anterior tinha sido terrível de tão úmido e desagradável, e ainda havia atoleiros em todo lugar, que respigavam na roupa.

A hora do almoço chegou rápido, que era o que acontecia quando trabalhava com Eddie, e enquanto os outros rapazes se apoiavam na lateral da casa, onde batia o sol, Jim voltou para sua caminhonete e comeu sozinho sentado na cabine.

O lanche ainda estava frio, o que sempre melhorava o sabor, e a Coca estava espetacular.

Quando se sentou sozinho e começou a mastigar, lançou um olhar para o assento vazio ao seu lado... e lembrou-se do escuro cabelo derramado sobre o estofado do carro, do arco do pescoço feminino na penumbra e da sensação de um corpo macio sob o dele.

Ele era um lixo por ter se aproveitado dela assim. Contudo, depois de tudo terminado, ela sorriu para ele, como se tivesse dado exatamente o que ela queria. Só que não podia ser verdade. O sexo entre desconhecidos era apenas um alívio temporário da solidão. Como poderia ser suficiente para alguém como ela? Cristo, nem sequer sabia o nome dela. Quando terminaram de ofegar, ela o beijou e demorou-se sobre seus lábios; então, ajeitou o decote e a barra do vestido e o deixou.

Com um xingamento, Jim abriu a porta do motorista e sentou-se para comer seu almoço na parte traseira da caminhonete. Estava mais quente lá fora, no sol, mas ao menos ali o ar cheirava a tábuas de pinheiro fresco, não a perfume. Ao voltar o rosto para o céu e tentar limpar sua mente, perdeu o interesse pelo sanduíche, colocou-o de lado na embalagem e passou a tomar a Coca-Cola.

Um cachorro apareceu logo depois, espreitando atrás de uma pilha de árvores derrubadas que estavam ali para ser removidas. A coisa era do tamanho de um pequeno terrier e o pelo parecia lã de aço manchada. Tinha uma orelha e um tipo de cicatriz no focinho.

Jim baixou a garrafa de refrigerante quando os dois se entreolharam. O maldito animal estava assustado e usava os tocos acinzentados para se abrigar, pois estavam longe, bem mais longe daquele homem; mas também estava faminto: a julgar pela forma com que aquele nariz preto ficou farejando o ar, estava claro que o aroma do peru estava chamando por ele.

O cão fez a tentativa de dar um passo adiante. E depois outro. E outro.

Andava mancando.

Devagar, Jim conseguiu ficar ao seu lado, com o sanduíche na mão. Tirando rapidamente a parte superior do pão, separou a alface velha, o tomate de isopor e pegou uma fatia de peru.

Inclinando-se, estendeu a carne.

– Não é muita coisa, mas não vai matar. Prometo.

O cão circulou, aproximando-se com aquela pata dianteira mutilada, o vento da primavera movimentou seu pelo e mostrou as finas costelas. A coisa estendeu a cabeça até onde o pescoço permitia, e suas patas traseiras tremiam como se estivessem a ponto de desabar a qualquer momento. Contudo, a fome o impulsionou na direção do lugar onde não queria estar.

Jim permaneceu imóvel e deixou que o animal se aproximasse um pouco mais dele.

– Vamos lá, garoto – disse Jim aproximando-se. – Você precisa disso.

Mais de perto, o cão parecia esgotado e quando pegou o peru, foi com uma dentada rápida e logo recuou. Jim tinha outro pedaço pronto e, dessa vez, o animal se aproximou mais rápido e não se afastou tão depressa. O terceiro pedaço foi aceito com uma mordida delicada, como se seus instintos naturais não fossem aqueles que suas experiências tinham condicionado.

Jim alimentou o bicho com o pão também.

– Isso é tudo.

O cão ficou plantado na frente de Jim, girou até sentar e pendeu a cabeça para um lado. Ele tinha olhos espertos. Olhos espertos, velhos, cansados.

– Eu não sou o tipo de pessoa que tem cachorro.

É claro que o cão não entendia o que ele dizia. Em um salto, que surpreendeu pela elegância, projetou-se para o colo de Jim.

– Mas o... – Jim ergueu os braços e ficou olhando para baixo. – Nossa, você não pesa nada.

Dã. Provavelmente não comia há dias.

Jim experimentou colocar a mão sobre suas costas. Cristo. Tudo o que sentiu foram ossos.

O apito significava que a hora do almoço tinha acabado, assim, Jim fez um pequeno afago no cão antes de colocá-lo de volta no chão.

– Sinto muito... como disse, não sou uma pessoa que cuida de cachorro.

Pegou seu cinto de ferramentas da cabine e o colocou novamente enquanto se afastava. Olhar para trás, sobre o ombro, foi uma má ideia.

Droga, o cão estava na caminhonete, atrás do pneu traseiro e aqueles olhos velhos estavam fixos em Jim.

– Eu não tenho animais de estimação – Jim gritou enquanto se afastava.

O ruído surdo de um carro que se aproximava retumbou ao longo do local de trabalho e, quando os homens que estavam alinhados na lateral da casa o viram, suas expressões mostraram um *"ferrou"* coletivo – o que significava que Jim não tinha que dar outra olhada sobre seu ombro para saber exatamente quem era.

O empreiteiro geral/proprietário/pé no saco estava ali de novo.

O filho da mãe aparecia em diferentes horas do dia, como se não quisesse estabelecer um horário ao qual a equipe pudesse se condicionar, assim, suas inspeções no local seriam mais precisas. E não precisava ser um gênio para entender o que ele estava procurando: trabalhadores folgados, construção descuidada, erros, roubo. Fazia com que se sentisse desonesto e preguiçoso, mesmo se não fosse e, para muitos daqueles caras, era um insulto que estavam dispostos a deixar passar apenas porque eram pagos pontualmente, toda sexta-feira.

Jim intensificou o ritmo dos passos quando o BMW parou bem ao lado dele. Não olhou o carro ou o motorista: sempre ficava fora do caminho do cara, não porque tivesse que se desculpar por alguma razão quanto ao seu rendimento, mas porque ele era simplesmente um chato – quando o general vinha inspecionar as tropas, a hierarquia dizia que o filho da mãe era problema de Chuck, o mestre de obras, não de Jim.

Obrigado, Jesus.

Jim acelerou e se dirigiu para o local onde estava trabalhando. Eddie, sempre pronto para ajudar, o seguiu e Adrian fez o mesmo.

– Mas que droga.

– Está bem... uau.

– *Madre de Dios...*

Os comentários dos trabalhadores que borbulhavam por toda parte fizeram com que Jim olhasse por sobre o ombro.

Ah não, que inferno... é isso, "estou ferrado e mal pago": uma morena linda e estonteante saiu do carro com a graça de uma bandeira que se movimenta com uma brisa calma.

Jim fechou bem os olhos. E a viu na cabine de sua caminhonete, estendida, com seus seios perfeitos e nus em sua boca.

– Ah sim, isso é que é mulher – disse um dos trabalhadores.

Cara, havia momentos na vida em que desaparecer era uma ótima ideia. Não porque fosse um covarde, mas sim porque realmente não precisava ser incomodado com algumas coisas. Esta era uma delas. E uma das grandes.

– Mas que droga, Jim... – Adrian passou a mão por seu cabelo grosso. – Essa é...

Sim, ele sabia.

– Não tem nada a ver comigo. Eddie, está pronto para colocar essa tábua?

Quando Jim virou-se, a morena olhou para cima e seus olhares se encontraram. Seu belo rosto cintilou ao reconhecê-lo, justo quando seu homem se aproximou dela e passou o braço por sua cintura.

Jim recuou sem olhar aonde ia.

Tudo aconteceu num instante. Mais rápido que o acender de um fósforo. Mais rápido que um suspiro.

O salto da bota de Jim se apoiou em uma peça de dois por quatro que estava apoiada ao longo de um cabo e a gravidade se apoderou de seu corpo, desequilibrando-o. Ao cair, rompeu a corda que unia uma placa a outra, o que o lançou em queda livre direto a uma das poças.

Jim atingiu o chão estatelado... o que normalmente só lhe daria algumas contusões nas costas e nos ombros.

Mas ele apoiou as mãos sem proteção na água.

O choque elétrico começou em seu braço e se estendeu diretamente ao coração. Enquanto sua coluna vertebral se inclinava em direção ao céu e os dentes se trancavam, seus olhos saíram de órbita e sua audição entrou em curto, o mundo recuou até que tudo o que sentia era a dor selvagem que consumia seu corpo.

A última imagem que teve foi da longa trança de Eddie balançando muito enquanto ele se equilibrava para ajudá-lo.

Vin não viu o homem cair. Mas ouviu a dura aterrissagem de um corpo grande e, em seguida, um tropel e vozes de pessoas xingando enquanto corriam em todas as direções.

– Fique aqui – disse a Devina enquanto acionava seu telefone celular.

Discou 911 enquanto ia em direção à comoção, mas ainda não tinha apertado o botão "discar". Saltando sobre as pranchas, correu para o lugar e...

Seu dedo polegar apertou o botão e a chamada foi efetivada.

O trabalhador sobre o chão tinha os olhos fixos e perdidos no brilhante céu azul e suas extremidades estavam rígidas como as de um cadáver. O cabo de tensão continuava no atoleiro, mas os espasmos daquele homem o tinham levado para longe da carga mortal.

A chamada de Vin foi atendida.

– Nove, um, um, qual é o tipo de emergência?

– Um homem foi eletrocutado. – Vin afastou o telefone de sua boca. – Desliguem os malditos geradores! – Colocando novamente o celular na boca, disse: – O local de trabalho é a Rota Rural Setenta e Sete, na um cinco um Norte. Parece estar inconsciente.

– Tem alguém fazendo o procedimento cardiorrespiratório?

– Vai ter agora. – Vin entregou o telefone ao Chuck, o mestre de obras, e afastou os homens que estavam no caminho.

Colocando-se de joelhos, arrancou a jaqueta do operário e encostou a cabeça no peito musculoso. Não tinha batimentos cardíacos, e aproximando-se da boca percebeu que também não respirava.

Vin inclinou a cabeça do homem para trás, checou as vias respiratórias, tampou o nariz e soprou bem forte duas vezes naqueles pulmões congelados. Movendo-se para o peito, juntou as mãos, posicionou suas palmas sobre o coração do homem e fez dez compressões fortes com os braços. Mais dois sopros. Mais trinta compressões. Mais dois sopros. Mais trinta compressões. Mais dois sopros...

A cor do rosto do rapaz não era nada boa e só piorava.

A ambulância levou uns quinze minutos para chegar, não porque não estivessem com pressa. Caldwell estava a mais de quinze quilômetros de distância e era o tipo de distância geográfica que nenhum pé pesado conseguiria melhorar. No minuto em que chegaram, os paramédicos não perderam tempo para entrar no local e assumiram o controle no lugar de Vin, fazendo uma verificação dos sinais vitais antes que uma pessoa continuasse o que Vin tinha começado e outra corresse para buscar a maca.

– Ele está vivo? – Vin perguntou quando o trabalhador foi levantado do chão.

Não obteve resposta, pois os médicos se moviam muito rápido – o que talvez fosse um bom sinal.

– Para onde vão levá-lo? – Vin disse enquanto saía da fundação e andava depressa junto com eles.

– St. Francis. Tem um nome, idade, alguma coisa, seu histórico médico?

– Chuck! Venha aqui, precisamos de informação.

O mestre de obras correu.

– Jim Heron. Não sei muito mais que isso. Mora sozinho em Pershing Lane.

– Algum contato em caso de emergência?

– Não, ele não é casado ou qualquer coisa assim.

– Eu sou o contato – disse Vin, tirando um cartão e dando ao médico.

– É parente?

– Eu sou chefe dele e tudo o que você tem neste momento.

– Está bem, alguém do St. Francis entrará em contato. – O médico colocou o cartão de Vin em sua jaqueta e o trabalhador foi empurrado na ambulância. Segundos depois, as portas estavam fechadas e o veículo saía com as luzes e a sirene funcionando.

– Ele vai ficar bem?

Vin olhou Devina. Seus olhos negros brilhavam com lágrimas ainda não derramadas e suas mãos estavam ao redor da gola de seu casaco como se apesar de todo o calor do casaco de pele branco, ela ainda estivesse congelada.

– Não sei – aproximou-se e pegou seu braço de forma espontânea. – Chuck, já volto. Vou levá-la para casa primeiro.

– Faça isso – Chuck tirou o chapéu de construção e sacudiu a cabeça. – Droga. Inferno, mas que droga. Ele era um dos bons.

CAPÍTULO 5

– Nigel, você é um exibicionista.

Jim franziu a testa na escuridão que o rodeava. A voz com sotaque britânico vinha de cima, à direita, e a tentação imediata era abrir os olhos, levantar a cabeça e ver o que estava acontecendo.

Seu treinamento deteve o impulso. Graças a sua passagem pelo exército, tinha aprendido que quando voltava a si e não sabia onde estava, era melhor fingir inconsciência até ter alguma ideia do que estava acontecendo.

Movendo-se de maneira imperceptível, ele abriu as mãos e apalpou o que estava à sua volta. Ele estava sobre algo macio, mas era flexível, como se fosse um tapete felpudo muito bem cuidado ou... grama?

Respirando profundamente, seu olfato confirmou o que suas mãos tinham observado. Droga, grama fresca?

De repente, o acidente em seu local de trabalho veio à tona – exceto, mas que coisa é essa? Até onde sabia, ele tinha cento e vinte volts de eletricidade percorrendo seu corpo – assim, parecia lógico concluir que se ele ainda conseguia unir dois pensamentos, devia estar vivo e, portanto, em um hospital. A não ser pelo fato de que, até onde ele sabia, as camas de hospital não eram cobertas por... grama.

E, nos Estados Unidos, a maioria das enfermeiras e dos médicos não falava como lordes britânicos, nem chamava uns aos outros de exibicionistas.

Jim abriu os olhos. O céu sobre sua cabeça estava salpicado de nuvens de algodão fofo e, embora não visse o sol, o resplendor que via era o de um domingo de verão – não só brilhante e sem qualquer sinal de chuva, mas relaxante, como se não houvesse nada urgente para fazer, nada com que se preocupar.

Ele olhou em direção às vozes... e concluiu que estava morto.

À sombra das muralhas de pedra de um castelo, quatro sujeitos com bastões de críquete estavam parados próximos a muitos *wickets* e bolas coloridas.* O quarteto estava vestido de branco, um deles tinha um cachimbo, outro usava óculos redondos rosados. O terceiro passava a mão na cabeça de um cão de raça irlandês. E o quarto tinha os braços cruzados sobre o peito e uma expressão entediada.

Jim se sentou.

– Onde diabos eu estou?

O loiro que estava alinhando sua tacada olhou e falou através do seu cachimbo. O que fez com que seu sotaque ficasse ainda mais forte.

– Um momento, por favor.

– Estou te dizendo, ele continua falando – murmurou o moreno de braços cruzados, com a mesma voz seca que despertou Jim – Ele está trapaceando de alguma maneira.

– Sabia que se recuperaria – o Óculos Redondos gritou na direção de Jim. –Sabia! Bem-vindo!

– Ah, está acordado – o que estava próximo ao cão se dirigia a ele agora. – Que bom conhecer você.

Maldição, todos tinham boa aparência, com aquela vibração de nada-no-mundo-me-preocupa, resultado não só de ser rico, mas também de descender de gerações de riqueza.

– Terminaram com o falatório, moços? – O sujeito do charuto, que evidentemente se chamava Nigel, deu uma olhada ao redor. – Eu gostaria de um pouco de silêncio.

– Então, por que não para de nos dizer o que fazer? – Disse o de cabelos escuros.

– Vá passear, Colin. – com isso, o charuto fez um movimento e foi para o outro lado da boca, a tacada produziu um estalo e uma bola

**Wickets* são os obstáculos no críquete. [N.T.]

vermelha com listras passou através de um par de varetas e golpeou uma azul.

O loiro sorriu como um príncipe que sem dúvida era.

– Agora é hora do chá. – Ele deu uma olhada em volta e encontrou os olhos de Jim. – Bem, então, vamos.

Morto. Definitivamente ele estava morto e no Inferno. Tinha que estar. Era isso ou aquilo era algum sonho dos mais estranhos depois de ter desmaiado em frente à TV onde estava passando uma maratona de *Quatro Casamentos e um Funeral*.

Jim ficou em pé enquanto os homens e o cachorro se dirigiam a uma mesa posta com prataria e porcelana chinesa e, sem muitas opções, seguiu-os para o "chá".

– Não vai se sentar? – Nigel disse, indicando a cadeira vazia.

– Vou ficar em pé, obrigado. O que estou fazendo aqui?

– Chá?

– Não. Quem são...?

– Sou Nigel. Este tolo bastante perspicaz – o loiro apontou para o rapaz de cabelos escuros – é Colin. Byron é nosso otimista residente e Albert é o amante de cães.

– Meus amigos me chamam de Bertie – o Sr. Canino disse enquanto acariciava as costas do cão. – Logo, por favor, pode fazer o mesmo. E este é o querido Tarquin.

Byron empurrou os óculos redondos e rosados um pouco mais acima do seu nariz reto e bateu palmas.

– Só sei que este chá vai ser fabuloso.

Com certeza será. Claro.

Finalmente aconteceu, pensou Jim. Finalmente perdi a maldita sanidade.

Nigel ergueu um bule de prata e começou a servir em xícaras de porcelana.

– Posso imaginar que está um pouco surpreso por estar aqui, Jim.

Você acha?

– Como sabe meu nome? E o que é este lugar?

– Foi escolhido para uma missão muito importante. – Nigel apoiou o bule e alcançou os cubos de açúcar.

– Uma missão?

– Sim – Nigel levantou seu chá com o dedo mindinho erguido, e quando Jim o observou sobre a borda da xícara, foi difícil especificar a cor de seus olhos. Não era nem azul nem cinza nem verde... mas, não era marrom nem avelã tampouco.

Bom Deus, era uma cor que Jim nunca tinha visto antes. E os demais também tinham.

– Jim Heron, você vai salvar o mundo.

Houve uma longa pausa, durante a qual os quatro moços o olharam com expressão séria. Quando percebeu que ninguém mais faria isso, Jim começou a rir muito, jogando a cabeça para trás, e sua barriga começou a doer tanto que lágrimas chegaram a seus olhos.

– Isto não é uma piada – Nigel interrompeu.

Quando Jim recuperou o fôlego, disse:

– Caramba. Mas é claro que é. Cara, esse sonho é estranho demais.

Nigel apoiou sua xícara, ficou em pé, e caminhou sobre a grama verde brilhante. De perto, seu perfume era como o de ar fresco e aqueles seus olhos estranhos eram muito hipnóticos.

– Isto. Não. É. Um. Sonho.

O bastardo deu um soco no braço de Jim. Simplesmente fechou sua mão macia no punho e disparou com força.

– Merda! – Jim esfregou o braço, o golpe tinha sido considerável. O sujeito do charuto podia ter uma constituição magra e esguia, mas golpeava muito bem.

– Permita-me que eu repita. Não está sonhando e isto não é uma piada.

– Posso ser o próximo a bater? – Colin disse com um sorriso preguiçoso.

– Não, você tem uma pontaria horrível e pode acertar algum lugar delicado. – Nigel voltou para seu assento e tirou um pequeno sanduíche de dentro de um círculo de bolinhos perfeitos. – Jim Heron, você é aquele que deve desempatar o jogo, um homem aceito pelos dois lados para estar no campo e decidir a pontuação.

– Os dois lados? Desempatar? De que diabos está falando?

– Você terá sete chances. Sete oportunidades para influenciar seus companheiros da raça humana. Se o fizer tão bem como acreditamos que o fará, os resultados salvarão as almas em questão e nós prevaleceremos sobre o outro lado. Uma vez que essa vitória ocorra, a humanidade continuará prosperando e tudo ficará bem.

Jim abriu a boca para disparar algum palavrão, mas as expressões dos rapazes o deteve. Mesmo o sabichão do grupo parecia muito sério.

– Isto tem que ser um sonho.

Ninguém se levantou para lhe dar um soco novamente, mas enquanto o olhavam fixamente e com tanta gravidade, começou a suspeitar de que tudo poderia ser alguma outra coisa além do seu subconsciente enquanto dormia.

– Isto é muito real – disse Nigel. – Entendo que não é para onde estava indo, mas foi escolhido e este é o caminho.

– Assumindo que tudo isto não seja apenas um monte de besteiras... E se eu disser não?

– Não vai dizer não.

– Mas, e se eu dissesse?

Nigel olhou ao longe.

– Então, tudo ficaria como está agora. Nem o bem nem o mal ganhariam, e todos, incluindo você, terminaríamos assim. Nenhum Céu, nenhum Inferno, tudo o que existiu antes seria apagado. O mistério e o milagre da criação desapareceriam sem deixar rastros.

Jim lembrou-se de sua vida... as decisões que tinha tomado, as coisas que tinha feito...

– Parece bom pra mim.

– Não é. – Colin tamborilou os dedos na toalha. – Pense nisso, Jim. Se nada mais existir, então, tudo o que foi antes não tem sentido. Assim, por consequência, sua mãe não importa. Está preparado para dizer que ela não é nada? Que o amor dela por você, seu filho querido, não vale nada?

Jim soltou o ar como se tivesse recebido outro golpe. A dor de seu passado ricocheteava em seu peito. Ele não tinha pensado em sua mãe há anos. Talvez décadas. Ela sempre estava com ele, óbvio, no único lugar de ternura em seu coração frio, mas ele não se permitia pensar nela. Nunca.

E agora, de repente, do nada, ele teve uma imagem dela... uma imagem tão familiar, tão vívida, tão dolorosamente verdadeira, que foi como se uma parte do passado tivesse sido implantada em seu cérebro: ela cozinhava ovos para ele sobre o fogão velho em sua antiga cozinha. Segurava firme no cabo da panela de ferro, suas costas estavam retas, seu cabelo era curto e escuro... Ela tinha começado como a mulher de um fazendeiro e terminou como sendo a fazendeira, seu corpo era tão rígido e duro quanto seu sorriso era suave e amável.

Ele amava sua mãe. E, embora preparasse ovos para ele todas as manhãs, ele se recordava daquele café da manhã em particular. Foi o último que ela preparou – não só para ele, mas para qualquer outra pessoa.

Ela foi assassinada ao anoitecer.

– Como sabe... a respeito dela? – Jim perguntou com uma voz trêmula.

– Temos um vasto conhecimento de sua vida. – Colin arqueou uma sobrancelha. – E isso levanta a questão: está preparado para relegar tudo o que ela fez e tudo o que ela foi a, como você diria tão bem, um monte de merda?

Jim não gostou muito do Colin.

– Tudo bem – Nigel murmurou. – Também não nos importamos com ele.

– Isso não é verdade – disse Bertie. – Adoro o Colin. Ele se oculta atrás de sua brutalidade, mas é um maravilhoso...

A voz de Colin cortou o elogio. – Você é uma perfeita fadinha.

– Sou um anjo, não uma fada, e sou igual a você. – Bertie lançou um olhar a Jim e voltou a brincar com a orelha de Tarquin. – Sei que fará a coisa certa, porque amou muito sua mãe para não fazer. Lembra-se de como ela costumava te despertar quando era pequeno?

Jim fechou os olhos com força.

– Sim.

A cama em que dormia durante sua infância era uma pequena de solteiro localizada em um dos cômodos frios, na parte de cima da casa. Ele dormia com as roupas que usava durante o dia na maioria das noites, ou porque estava muito cansado por trabalhar nos milharais o dia todo, ou porque fazia muito frio para se deitar sem muitas camadas de roupa.

Nos dias em que ia à escola, sua mãe entrava em seu quarto cantando...

*"You are my sunshine, my only sunshine.... You make me happy when skies are gray.... You'll never know, dear, how much I love you.... Please don't take my sunshine away."**

Claro que ele não foi o único que a deixou e, quando ela se foi, não o fez voluntariamente. Ela tinha lutado como uma fera para permanecer ao seu lado, e ele nunca se esqueceria do olhar que havia em seus olhos logo antes de morrer. Ela o olhou fixamente com seu rosto desfigurado e falou através de seus olhos azuis e seus lábios ensanguentados, porque já não tinha ar em seus pulmões para produzir o som de sua voz.

"Amo você para sempre", ela articulou. "Mas corra. Saia da casa. Corra. Eles estão lá em cima."

Ele a tinha deixado onde estava, seminua, manchada de sangue e violada. Fugindo pela porta dos fundos, correu para a caminhonete, mas era muito pequeno para dirigir, e seus pés mal conseguiam tocar os pedais enquanto ligava o motor.

Eles vieram atrás dele e, até hoje, não tinha a menor ideia de como conseguiu dar a partida naquela velha caminhonete e conduzi-la tão rápido pela estrada suja de terra.

Bertie falou calmamente.

– Deve aceitar isto como sua realidade e como seu destino. Faça por ela se não puder fazer por outra pessoa.

Jim abriu os olhos e olhou Nigel.

– Existe um céu?

– Estamos bem na borda dele neste momento. – Nigel indicou a parede do castelo com a cabeça, que se perdia na distância. – Do ou-

---

*Tradução: "Você é o meu raio de sol, o meu único raio de sol... você me faz feliz quando o céu está cinza... você nunca saberá, querido, o quanto eu te amo... por favor, não leve embora o meu raio de sol" – trecho da canção "You are my sunshine", popularizada na versão de Jimmy Cliff. [N.T.]

tro lado desta graciosa residência, descansam as almas boas em campos de flores e árvores, passam suas horas sob a luz do sol e com um calor agradável, seus problemas e preocupações já não existem mais, a dor foi esquecida.

Jim encarou a ponte que cruzava sobre o fosso e as enormes portas duplas que podiam ser vistas no outro lado.

– Ela está ali?

– Sim. E se você não triunfar, ela partirá para sempre como se nunca tivesse existido.

– Quero vê-la. – Deu um passo adiante. – Tenho que vê-la primeiro.

– Não pode entrar. Não é bem-vindo agora, só quando estiver morto.

– Que se dane tudo isso e ferre-se você!

Jim começou a caminhar e depois correu para a ponte, suas botas trovejavam ao longo da grama e, em seguida, ecoou nas tábuas de madeira sobre o rio de prata. Quando chegou às portas, agarrou as grandes maçanetas de aço, puxando-as tão fortemente que os músculos de suas costas pareciam gritar.

Apertando sobre os punhos uma de suas mãos, golpeou o carvalho, depois, continuou a puxar.

– Deixem-me passar! Deixem-me passar, seus filhos da mãe!

Precisava saber que ela não sentia mais dor, que já não sofria mais e que estava bem. Necessitava tanto dessa certeza, que sentia como se estivesse se estilhaçando por dentro. Enquanto lutava para conseguir cruzar a barreira, as pancadas de seus punhos eram direcionadas pela memória de sua amada mãe no tapete da cozinha, as facadas em seu peito e o pescoço sangrando no chão, as pernas abertas, a boca escancarada, os olhos aterrorizados e que suplicavam que ele se salvasse, se salvasse, se salvasse...

O demônio que havia dentro dele surgiu.

Tudo ficava sem cor à medida que a raiva tomava conta dele. Ele sabia que golpeava algo com força, que seu corpo estava ficando selvagem, que quando algumas pessoas colocaram uma mão sobre seu ombro, ele as atirou no chão e as esmurrou.

Mas ele não ouvia nem enxergava nada.

Seu passado sempre o revelava, e era exatamente por isso que se comprometeu em nunca, jamais, pensar nele.

Quando Jim recuperou a consciência pela segunda vez, encontrava-se na mesma posição em que estava quando despertou da vez anterior: de costas, na grama sob as palmas das mãos, os olhos fechados. Exceto pelo fato de que, desta vez, havia algo molhado em seu rosto.

Ao bater as pálpebras e focar os olhos, encontrou o rosto de Colin em cima do seu e, enquanto o sangue do cara gotejava sobre as bochechas de Jim, a "chuva" foi explicada.

– Ah, acordou, muito bem. – Colin retraiu o punho e acertou Jim em cheio.

Quando a dor explodiu, Bertie soltou um lamento, Tarquin choramingou e Byron se aproximou correndo.

– Certo, agora estamos quites. – Colin relaxou e sacudiu a mão. – Sabe, assumir a forma humana tem seus benefícios, de verdade. Isso foi bastante agradável.

Nigel sacudiu a cabeça.

– Isto não está indo nada bem.

Jim teve que concordar com ele enquanto sentava e aceitava o lenço que Byron oferecia. Enquanto tentava estancar o sangramento do nariz, não podia acreditar que tinha explodido desta forma na frente das portas daquele castelo... mas, de qualquer maneira, ele sempre ficava chocado depois de algo assim.

Nigel agachou-se e se ajoelhou.

– Você quer saber por que foi escolhido, e acredito que tem o direito de saber.

Jim cuspiu o sangue da boca.

– Ah sim, essa é uma boa ideia.

Nigel se ergueu e pegou o lenço ensanguentado. No instante em que o tecido entrou em contato com suas mãos, a mancha desapareceu, as fibras brancas ficaram tão imaculadas quanto tinham estado antes de ser utilizadas para conter o jato vermelho.

Devolveu-lhe para que usasse mais tarde.

– Você é a união das duas metades, Jim. O bem e o mal em igual medida, capaz de ter grandes reservas de bondade e ápices de depravação. Assim, os dois lados acharam que você é aceitável. Nós e... o outro... os dois acreditam que quando lhe apresentarmos as sete oportunidades, você influirá no curso dos acontecimentos de acordo com nossos valores. Nós para o bem, eles para o mal, com um resultado que determinará o destino da humanidade.

Jim parou de limpar o rosto e se concentrou no homem inglês. Não poderia negar nada do que tinha sido dito a respeito de seu caráter e, ainda assim, seu cérebro continuava revolto. Ou talvez ele tivesse tido uma contusão, graças ao Colin, o maldito bastardo destruidor de narizes.

– Assim, aceita seu destino? – Nigel disse. – Ou termina tudo aqui?

Jim limpou a garganta. Implorar não era algo que estivesse acostumado a fazer.

– Por favor... apenas permita que eu veja minha mãe. Eu... eu preciso saber que ela está bem.

– Lamento muito, como disse, só os mortos podem passar para o outro lado. – A mão de Nigel descansou sobre o ombro de Jim. – O que me diz, rapaz?

Byron se aproximou.

– Pode fazer isso. É um carpinteiro. Você constrói e reconstrói coisas. As vidas são a mesma coisa, sempre em construção.

Jim olhou o castelo e sentiu o pulsar de seu coração em seu nariz destroçado.

Se ele avaliasse tudo, se tudo fosse verdade, se ele era algum tipo de salvador, então... se ele fosse embora, a única paz que sua mãe conhecia desapareceria. E, por mais atraente que fosse a ideia do vazio e da atemporalidade da inexistência, esta seria um mudança drástica de tudo que vivia no momento.

– Como funciona? – perguntou. – O que tenho que fazer?

Nigel sorriu.

– Os sete pecados capitais. Sete almas afetadas por esses pecados. Sete pessoas em uma encruzilhada, com uma escolha que deve ser feita. Você entra em suas vidas e influencia seu caminho. Se eles escolherem a retidão sobre o pecado, nós prevalecemos.

– E se não fizerem isso?

– O outro lado ganha.

– O que é o outro lado?

– O oposto do que somos nós.

Jim deu uma olhada na mesa, com suas toalhas de linho branco e prataria brilhante.

– Certo... estamos falando de um monte de folgados sentados numa poltrona reclinável assistindo *Garotas Selvagens* e bebendo cerveja.

Colin riu.

– Não é bem isso, amigo. Contudo, de fato, é uma imagem.

Nigel encarou seu companheiro e logo voltou a olhar para Jim.

– O outro lado é pura maldade. Permitirei que sua mente obtenha uma referência apropriada, mas se deseja ter uma ideia de onde começar, é só pensar no que fizeram à sua mãe e saber que aqueles que a machucaram gostaram disso.

O intestino de Jim se contraiu tanto, que ele se inclinou para um lado e sentiu o início de uma convulsão. Quando uma mão acariciou suas costas, teve o pressentimento de que era Bertie. E estava certo.

Finalmente, a ânsia de vômito de Jim foi detida, e ele recuperou o fôlego.

– O que acontece se não conseguir fazer isso?

Colin falou.

– Não posso mentir, não vai ser fácil. O outro lado é capaz de qualquer coisa. Mas não estará sem recursos.

Jim franziu a testa.

– Espera, o outro lado pensa que serei uma má influência? Durante a decisão daquelas pessoas?

Nigel assentiu.

– Eles têm a mesma fé que nós temos em você. Mas nós tivemos a vantagem de alcançá-lo.

– Como fizeram isso?

– Atiramos uma moeda.

Jim piscou. Claro, porque... é assim que fazem no *Super Bowl*.

Focando as portas, tentou ver sua mãe, não como a tinha deixado no chão daquela cozinha, mas como estes seres diziam que estava. Feliz. Aliviada de suas cargas. Completa.

– Quem são as sete pessoas?

– Para a identificação da primeira, nós lhe daremos um pouco de ajuda e faremos com que fique óbvio – Nigel disse, ficando em pé – Boa sorte.

– Espere um minuto... como saberei o que fazer?

– Use a cabeça – interveio Colin.

– Não – disse Bertie, embalando a cabeça de seu cão – use seu coração.

– Só acredite no futuro. – Byron empurrou seus finos óculos no nariz. – A esperança é a melhor...

Nigel revirou os olhos.

– Só diga às pessoas o que fazer. Isso encurta a conversa, deixando tempo livre para outras atividades que valham mais a pena.

– Como trapacear no críquete? – Colin murmurou.

– Vou vê-los novamente? – Jim perguntou. – Posso recorrer a vocês para pedir ajuda?

Ele não obteve resposta. Em vez disso, sentiu outra carga elétrica que com certeza parecia ser de uns duzentos e quarenta volts... e, bruscamente, se encontrou sendo lançado por uma entrada longa e branca, a luz o cegava, o vento golpeava seu rosto.

Não tinha a menor ideia de onde iria terminar desta vez. Talvez voltasse a Caldwell. Talvez fosse para Disneylândia.

Da maneira que as coisas estavam acontecendo, quem poderia saber?

Capítulo 6

Ao cair da noite, Marie-Terese segurava a alça da panela antiaderente e deslizava uma espátula em torno das bordas de uma panqueca perfeitamente redonda. A coisa estava no ponto de virar, havia algumas pequenas bolhas se formando na sua superfície cremosa.

– Pronto? – ela disse.

Seu filho sorriu do seu banquinho no outro lado da bancada.

– Vamos contar, certo?

– Tá.

Suas vozes juntaram-se ao dizer três, dois... um. Então, em um rápido movimento com o punho, ela jogou a panqueca para o alto e a pegou de volta com precisão.

– Você conseguiu! – Robbie disse.

Marie-Terese sorriu através de uma tristeza pungente. Crianças de sete anos são espetaculares em questão de aprovação, capazes de fazer você se sentir como se pudesse fazer milagres devido às mais simples vitórias. Se ela ao menos merecesse o elogio pelo grande feito...

– Poderia me passar o molho de panquecas, por favor – ela disse.

Robbie escorregou da cadeira e caminhou até a geladeira com seus chinelos. Ele estava usando uma camiseta do Homem-Aranha, calça jeans e uma blusa com capuz do herói. Sua cama tinha lençóis do Homem-Aranha e edredom do Homem-Aranha e a luminária sob a qual ele lia suas histórias em quadrinhos do Homem-Aranha tinha a sombra do Homem-Aranha sobre ela. Sua obsessão anterior tinha sido o Bob Esponja, mas, em outubro, quando se preparava para deixar os seis anos de idade, ele declarou que era um adulto e que daquele momento em diante seus presentes deveriam ser uma variedade de coisas do "atirador de teias".

Certo. Aqui está.

Robbie abriu a porta da geladeira e pegou a embalagem do molho.

– Nós sempre *fazeremos* exercícios de gramática como hoje?

– O certo é 'faremos' e, sim, é muito necessário.

– Não pode ser mais de matemática?

– Não.

– Pelo menos, eu *fazerei* panquecas para o jantar.

Quando Marie-Terese lançou um olhar em sua direção, ele sorriu.

– Farei panquecas.

– Obrigada.

Robbie pulou de volta na banqueta e mudou o canal da pequena televisão perto da torradeira. Ele podia assistir à mini-TV durante as pausas das tarefas escolares e a TV grande, que estava na sala de estar, era liberada nas tardes e noites de sábado e de domingo depois do jantar até a hora de dormir.

Deslizando a panqueca sobre um prato, ela acendeu o fogo para outra, despejando a mistura na frigideira com uma concha. A cozinha era muito pequena para colocar uma mesa, então eles usavam uma prateleira que ficava ao longo do balcão como se fosse uma, guardavam as banquetas de fórmica embaixo e se sentavam nelas em todas as refeições.

– Pronto para a número dois?

– Sim!

Ela e Robbie fizeram outra contagem regressiva e ela executou outra acrobacia com a panqueca... e o belo anjo que era seu filho sorriu como se fosse o sol do seu mundo de novo.

Marie-Terese entregou o prato dele e, em seguida, sentou-se em frente à salada que tinha feito mais cedo. Enquanto comiam, ela olhava para a pilha de correspondências sobre o balcão e sabia, sem abrir, que eram as contas que se somariam a outras. Duas delas eram por motivos grandes: ela tinha que planejar bem o pagamento do investigador particular que contratou para encontrar Robbie e do escritório de advocacia que a auxiliou em seu divórcio, pois 127 mil dólares não era o tipo de quantia que ela podia colocar em um cheque. Naturalmente, os planos de pagamento envolviam juros e, ao contrário do que ocorre com cartões de crédito, adiar o pagamento não era uma opção, ela não queria dar chances para que o investigador e os advogados tentassem encontrá-la. Como ela pagava em dia, não havia razão para que seu endereço atual fosse descoberto.

E ela sempre enviava as ordens de pagamento para Manhattan.

Depois de dezoito meses, ainda faltava pagar três quartos do que devia, mas, pelo menos, Robbie estava seguro e com ela, e isso era tudo o que importava.

– Você é melhor que ela.

Marie-Terese voltou a prestar atenção.

– Como?

– Aquela garçonete sempre deixa cair comida na bandeja – Robbie apontou para a pequena tela de TV – você nunca faz isso.

Marie-Terese olhou para a propaganda que mostrava uma mulher atrapalhada em um dia ruim, servindo o jantar onde trabalhava. Seu cabelo estava todo arrepiado, seu uniforme tinha ketchup respingado, seu nome no crachá estava fora do lugar.

– Você é uma garçonete melhor, mamãe. E cozinheira.

De repente, a cena mudou e a garçonete atrapalhada estava em um roupão de banho rosa sentada num sofá branco, mergulhando seus pés doloridos em uma bacia que vibrava. A expressão em seu rosto era de pura felicidade, era óbvio que o produto aliviava a dor na sola dos seus pés.

– Obrigada, querido – Marie-Terese disse um tanto áspera.

O comercial entrou na modalidade "peça-agora", um número de 0800 apareceu sob o preço de $49,99 enquanto um narrador dizia, "Mas, espere! Se você ligar agora, vai custar apenas $29,99!". Enquanto uma seta vermelha piscava próximo ao preço, ele perguntava "Não está quase de graça?", e a garçonete feliz e relaxada voltava e dizia "Sim, está!".

– Vamos – Marie-Terese interrompeu – hora do banho.

Robbie deslizou da banqueta e colocou seu prato na lava-louças.

– Eu não preciso mais de ajuda, você sabe. Posso tomar meu banho sozinho.

– Eu sei – meu Deus, ele estava crescendo rápido – só pra ter certeza que vai...

– Lavar atrás da orelha. Você me diz isso toda vez.

Quando Robbie alcançou as escadas, Marie-Terese desligou a TV e começou a limpar a panela e a bacia. Pensando de novo naquela propaganda, ela desejou com todas as forças que fosse apenas uma garçonete – e que tudo o que precisaria para aliviar o seu estresse era de uma pequena banheira ligada na tomada.

Seria o paraíso completo.

É na terceira tentativa que as coisas dão certo.

Finalmente, Jim acordou em uma cama de hospital, esticado sobre lençóis brancos, com um fino cobertor também branco erguido até seu peito, e pequenas grades erguidas em cada lado. E o quarto contava, também, com paredes brancas e vazias, um banheiro no canto e uma TV montada no teto, que estava ligada, mas sem som.

É claro que o acesso intravenoso em seu braço era o verdadeiro diferencial.

Ele estava sonhando. Aquela droga toda vinda daqueles quatro loucos de asas delicadas e o castelo e tudo aquilo tinha sido apenas um sonho estranho. Obrigado, Deus.

Jim levantou a mão para esfregar os olhos – e congelou. Havia uma mancha de grama na palma de sua mão. E seu rosto doía como se tivesse sido esmurrado.

De repente, a voz aristocrática de Nigel soou em sua cabeça muito claramente, era mais que uma memória: "Sete pecados capitais. Sete almas seduzidas por estes pecados. Sete pessoas em uma encruzilhada com uma escolha que precisava ser feita. Você entra em suas vidas e influencia seus caminhos. Se escolherem a retidão acima do pecado, nós prevalecemos."

Jim respirou fundo e olhou na direção da janela, que tinha uma cortina de algodão toda aberta. Escuridão. Perfeito para pesadelos. Mas quanto mais tentava acreditar na ideia de foi-apenas-um-sonho, a droga toda ficava tão vívida, tão real... e homens poderiam ficar com as palmas das mãos peludas ao se masturbarem, mas com gramas?

Além disso, ele não podia ser considerado o mestre do autocontrole com muita frequência. Especialmente não na noite anterior, graças àquela morena. Meu Deus!

O problema era que, se esta era a nova realidade, se ele tinha estado em um universo paralelo onde todos eram um cruzamento de Brad Pitt com George Clooney, se ele tinha aceitado algum tipo de missão... como diabos ele faria...

– Você está acordado.

Jim olhou para cima. Parado ao pé da cama não havia outra pessoa senão Vin diPietro, o empreiteiro geral do Inferno... que, evidentemente, era o namorado da mulher que esteve com Jim... sim.

– Como você está se sentindo?

O rapaz ainda estava vestindo o terno preto que usava quando ele e a mulher tinham aparecido e também a mesma gravata cor de sangue. Com seu cabelo escuro penteado para trás e apenas uma sombra de barba ao longo do rosto rígido, ele aparentava ser exatamente quem era: rico e responsável.

Com certeza, era impossível que Vin diPietro fosse sua primeira tarefa.

– Olá? – diPietro acenou. – Você está aí?

Droga, pensou Jim. Não pode ser. Isso estaria acima e além de qualquer expectativa de chamada para o dever. Sobre o ombro do sujeito, o comercial que aparecia na TV mostrou, de repente, um preço de $49,99 – não, $29,99, com uma pequena seta vermelha que... considerando a posição de Vin, apontava diretamente para sua cabeça.

– Droga, não. – murmurou Jim – É este o cara?

Na tela da TV, uma mulher com um roupão de banho cor-de-rosa sorria para a câmera e dizia, "Sim, é!".

DiPietro franziu a testa e inclinou-se sobre a cama.

– Você precisa de uma enfermeira?

Não, ele precisava de uma cerveja. Ou seis.

– Eu estou legal. – Jim esfregou seus olhos novamente, a mão cheirava a grama fresca e teve vontade de xingar até ficar sem fôlego.

– Escute – disse diPietro. – Presumo que você não tem um seguro de saúde, então eu cobrirei todas as suas despesas. E, se você precisar de alguns dias de folga, eu não descontarei de seu salário. Parece bom?

As mãos de Jim caíram sobre a cama e ele ficou agradecido ao ver que as manchas da grama haviam desaparecido como mágica. DiPietro, por outro lado, não parecia que ia a lugar algum. Pelo menos não até ter uma prova de que Jim não o processaria. Era tão óbvio, de uma forma tão estranha, que o sujeito não estava ao lado do leito de Jim, oferecendo seu cartão de crédito, que, com certeza, era ilimitado, por dar alguma importância ao que Jim estava sentindo. Ele não queria era ações trabalhistas contra sua empresa.

Que seja. O acidente nem sequer passava pela cabeça de Jim; tudo o que ele conseguia pensar era no que havia acontecido na noite anterior na sua caminhonete. DiPietro era exatamente o tipo de homem que carregaria a Vestido Azul pelo braço, mas a frieza de seu olhar significava que também era o tipo que poderia encontrar uma imperfeição em uma mulher perfeitamente bonita. Deus sabia que o filho da mãe via falhas em tudo o que acontecia no local de trabalho, desde a maneira com que o cimento tinha sido aplicado na fundação do porão até a abertura de uma clareira, a classificação dos acres, até mesmo a posição das cabeças dos pregos sobre as placas da estrutura.

Não era à toa que ela procurava outra pessoa.

E, se Jim tivesse que classificar de qual dos sete pecados diPietro era culpado, não haveria muito o que contestar: a avareza estava estampada em toda parte, não somente no estilo do guarda-roupa do cara, mas também em seu carro, sua mulher e suas preferências no mercado imobiliário. Esse cara gostava do dinheiro que possuía.

– Escute, eu vou chamar uma enfermeira.

– Não. – Jim levantou-se sobre os travesseiros. – Eu não gosto de enfermeiras.

Ou médicos. Ou cães. Ou anjos... santos... sejam lá o que aqueles quatro rapazes fossem.

– Está certo, então – disse diPietro suavemente – o que posso fazer por você?

– Nada.

Graças ao modo como o destino havia alcançado e agarrado Jim de calças curtas, a questão era o que ele poderia fazer por seu "chefe".

Que providências teria que tomar para transformar a vida daquele cara? Será que Jim deveria apenas aconselhá-lo a fazer uma grande doação para um centro de caridade? Isso seria o suficiente? Ou será que, droga... ele teria que fazer com que aquele que vestia ternos de seda, dirigia um BMW e era um misógino filho da mãe renunciasse a tudo que fosse material e se transformasse em um monge?

Espere... encruzilhadas. DiPietro devia estar em algum tipo de encruzilhada. Mas como diabos Jim saberia o que era?

Ele estremeceu e massageou as têmporas.

– Você tem certeza de que não quer uma enfermeira?

Logo no momento em que a frustração o colocava à beira de um aneurisma, as imagens na TV mudaram e dois chefes de cozinha apareceram na tela. E o que você vê? Um deles, que tinha cabelos escuros, era parecido com Colin e o rapaz loiro ao seu lado ostentava exatamente a mesma expressão autoritária de Nigel. O par estava inclinado em direção à câmera com uma bandeja de prata coberta, e quando a tampa foi retirada, um prato raso com uma porção minúscula de algum tipo de comida exótica foi revelado.

Maldito seja, pensou Jim enquanto encarava a TV. *Não me faça fazer isto. Por tudo quanto é mais sagrado...*

DiPietro colocou seu rosto no campo de visão de Jim.

– O que posso fazer por você?

Como se tivessem tido a deixa, os chefes de cozinha na TV sorriram, como quem dissesse "*ta-da!*".

– Acho que eu... quero jantar com você.

– Jantar? – DiPietro ergueu as sobrancelhas – Como um... jantar?

Jim conteve o desejo de levantar o dedo para os chefes de cozinha.

– Sim,... mas não assim como um *jantar*, jantar. Apenas comida. Jantar.

– É isso.

– Sim. – Jim mudou a posição de suas pernas para que ficassem penduradas na cama. – É isso.

Alcançando o acesso intravenoso em seu braço, ele arrancou o esparadrapo da inserção e puxou a agulha de sua veia. Enquanto o soro, ou seja lá o que estava dentro do frasco ao lado da cama, começava a vazar pelo chão, ele se movimentou sob os lençóis e grunhiu enquanto arrancava a sonda de seu pênis. Os eletrodos no tórax foram os próximos e, então, ele se inclinou de lado e desligou o equipamento de monitoração.

– Jantar – ele disse de forma áspera. – Isto é tudo o que eu quero.

Bem, isso era um indício sobre o que deveria fazer com o cara. E ele esperava que o seu lado tive-uma-ideia fosse acionado durante a refeição.

Quando levantou, o mundo girou e ele precisou usar a parede para se apoiar. Após respirar fundo algumas vezes, arrastou-se para o banheiro – e percebeu quando algum mané do hospital abriu a porta, pois diPietro disse um "merda" soltando a respiração.

Ficou claro que o cara logo teve uma ideia de tudo o que tinha acontecido com Jim.

Parando na porta, Jim olhou sobre o ombro.

– "Meeerda" é o jeito das pessoas ricas dizerem sim?

Quando seus olhares se cruzaram, o olhar desconfiado de diPietro se estreitou ainda mais.

– Por que diabos você quer jantar comigo?

– Porque nós temos que começar de algum lugar. Esta noite está bom para mim. Oito horas em ponto.

Enquanto tudo o que vinha da parte dele era um silêncio tenso, Jim sorria discretamente.

– Só para ajudar a se decidir é o jantar ou eu vou mover uma ação trabalhista contra você que vai fazer seu talão de cheques sangrar. A escolha é sua, eu ficarei bem com os dois resultados.

Vin diPietro havia lidado com muitos filhos da mãe ao longo da vida, mas esse Jim Heron estava no topo da lista. Não se tratava necessariamente da ameaça. Ou dos 90 quilos que compunham a estrutura do cara. Ou mesmo de toda aquela atitude.

O verdadeiro problema eram os olhos do cara, sempre que um estranho olha para você como se o conhecesse melhor que sua família, você tinha que pensar em qual era o problema. Ele havia pesquisado? Sabia onde os corpos estavam enterrados?

Que tipo de ameaça ele representa?

E o jantar? O bastardo poderia tê-lo pressionado para conseguir dinheiro dele, mas tudo o que ele queria era carne e legumes?

A menos que o verdadeiro pedido estivesse por ser feito fora do hospital.

– Jantar às oito – Vin disse.

– E como sou um cara legal, vou deixar que escolha o lugar.

Que inferno, essa era fácil. Se fosse para ter algum problema, um local público cheio de gente não era o tipo de tempero que Vin apreciava.

– Meu duplex no Commodore. Conhece o edifício?

Heron olhou para a janela sobre a cama e respondeu:

– Qual andar?

– Vigésimo oitavo. Comunicarei o porteiro para permitir sua entrada.

– Então, vejo você à noite.

Heron virou-se, voltando a assentir.

Vin engoliu outro xingamento quando deu uma segunda olhada na tatuagem negra que cobria cada centímetro da pele de Heron que estava exposta. De costas para o que seria a visão de um cemitério, o Ceifeiro da Morte o encarava naquelas costas musculosas, um capuz encobria sua face, seus olhos brilhavam através da sombra criada pela capa. Uma mão esquelética se fechava em torno da sua foice e o corpo estava inclinado para frente, sua mão livre tentava alcançá-lo como se em qualquer momento ele fosse arrebatar sua alma. Tão assustador quanto isso, parecia ser uma marca na parte inferior: abaixo das franjas das vestes do Ceifeiro, havia a marca de duas pequenas filas agrupadas em cinco.

Nesse meio tempo ele já devia ter engolido uns cem palavrões. A porta do banheiro fechou apenas quando uma enfermeira entrou apressada, seus sapatos de sola de borracha chiavam no chão.

– O que... Onde ele está?

– Ele se desconectou. Acho que está tirando água do joelho e depois vai embora.

– Ele não pode fazer isso.

– Boa sorte ao tentar fazê-lo mudar de ideia.

Vin saiu e caminhou até a sala de espera. Ao chegar, ele prestou atenção em dois trabalhadores que insistiram em ficar por perto até que Heron acordasse. O que estava à esquerda tinha *piercings* no rosto e um ar teimoso e pervertido de quem gostava de sentir dor. O outro era enorme, com uma trança longa e escura sobre o ombro da sua jaqueta de couro.

– Ele está pronto para ir.

O de *piercing* ficou em pé.

– Os médicos já o estão liberando?

– Não teve nada a ver com os médicos. Ele tomou a decisão sozinho. – Vin movimentou a cabeça em direção ao corredor. – Ele está no quarto 666. E vai precisar de uma carona para casa.

– Estamos nessa – disse o do *piercing*, seus olhos prateados estavam sérios. – Podemos levá-lo para onde ele precisar ir.

Vin despediu-se dos dois e desceu de elevador até o térreo. Quando entrou no carro, pegou seu BlackBerry e ligou para Devina para que soubesse que teriam um convidado para o jantar. Ele se manteve curto e educado e tentou não pensar no que diabos ela estava fazendo enquanto deixava a mensagem de voz.

Ou com quem estava, como era o caso.

No meio do caminho, o elevador parou com um solavanco e as portas se abriram para deixar dois homens entrarem. Quando a trajetória recomeçou, os dois trocaram murmúrios de afirmação, como se tivessem acabado de concluir uma conversa satisfatória e estivessem reforçando o fato. Os dois estavam vestidos com calças de alfaiataria e malhas, e o que estava à esquerda era calvo bem no centro da cabeça, seus cabelos castanhos se afastavam como se tivessem medo de ficar no topo da montanha...

Vin piscou. E depois piscou novamente.

Uma sombra surgiu em torno do homem calvo, cintilando, a aura mudava para a cor grafite e a consistência era como a de ondas de calor no asfalto.

Não podia ser... oh, Deus, não... depois de todos esses anos de calmaria, não poderia ter voltado.

Fechando os punhos, Vin fechou os olhos e desejou afastar a visão, expulsando-a de seu cérebro, negando o acesso a seus neurônios. Ele simplesmente não viu isso. E, se tivesse, tinha sido uma falha da iluminação.

Aquela droga não tinha voltado. Ele tinha se livrado dela. *Não tinha voltado.*

Ele ficou indignado ao olhar de novo para o rapaz... e sentiu como se tivesse levado um soco no estômago, a sombra translúcida era tão evidente quanto as roupas que o homem estava usando e tão tangível quanto a pessoa parada ao lado dele.

Vin via pessoas mortas, sim. Antes de morrerem.

As portas duplas se abriram no salão de entrada e depois que os dois homens passaram por elas, Vin abaixou a cabeça e caminhou tão rápido quanto podia até a saída. Ele estava enganando o tempo, fugindo de um lado que havia dentro dele que nunca entenderia e nem queria entender, quando trombou com um casaco branco que estava levando uma braçada de arquivos. Vin ajudou a mulher a se equilibrar e, então, abaixou-se para ajudá-la a arrumar a bagunça.

O homem calvo que estava na frente dele no elevador fez o mesmo.

Os olhos de Vin se fixaram no rapaz e se recusaram a ceder. A fumaça emanava do lado esquerdo do tórax do homem... evaporando no ar em um ponto específico.

– Vá ver um médico – Vin ouviu a si mesmo dizendo. – Vá vê-lo imediatamente. Está em seus pulmões.

Antes que alguém pudesse perguntar sobre que diabos ele estava falando, Vin ficou em pé com um salto e saiu correndo do edifício, o coração na garganta, a respiração curta.

Suas mãos estavam tremendo quando chegou ao carro, assim, era ótimo que BMWs ligassem ao entrar no carro sem que precisasse conectar a chave em lugar algum.

Agarrando o volante, ele sacudiu a cabeça para frente e para trás.

Ele pensava que tivesse deixado toda aquela besteira anormal para trás. Ele pensava que a droga daquela segunda visão estivesse enterrada no passado. Ele havia feito o que lhe disseram para fazer e, embora não acreditasse nas atitudes que havia tomado, parecia que tinham funcionado por quase vinte anos.

Ah, droga... ele não podia voltar a ser como era antes.

Simplesmente não podia.

Capítulo 7

Quando Jim saiu do banheiro, diPietro tinha ido embora e uma enfermeira com muito a dizer tinha tomado seu lugar. Enquanto ela não parava de falar sobre... droga, seja lá o que fosse... Jim se concentrou no ombro dela na esperança de cortar a conversa.

– Terminou? – perguntou quando ela fez uma pausa maior que uma pequena respiração.

Cruzando os braços sobre o busto proeminente, olhou para ele como se esperasse ser a única que pudesse recolocar sua sonda.

– Vou chamar o médico.

– Certo. Bom para você, mas não vai me fazer mudar de ideia – ele olhou em volta, percebendo que estar ali naquele quarto particular era resultado da influência de diPietro.

– O que aconteceu com as minhas coisas?

– O senhor não respondia até quinze minutos atrás e estava morto quando chegou aqui. Então, antes de sair como se tivesse tido um simples resfriado, o senhor deveria...

– Roupas. É tudo o que me interessa agora.

A enfermeira olhou para ele com uma espécie de má vontade, como se estivesse farta de pacientes que vinham com essa conversa.

– Você acha que é imortal?

– Pelo menos por enquanto – ele murmurou. – Olha, estou conversando com você. Dê algo para vestir e diga onde está minha carteira ou vou sair andando com isso e fazer com que o hospital pague meu táxi até em casa.

– Espere. Aqui.

– Não por muito tempo.

Quando a porta se fechou, ele andou pelo quarto, uma energia queimando dentro dele. Tinha acordado meio pesado, mas não sentia mais nada agora. Cara, ele conseguia lembrar-se dessa sensação, da época que tinha estado no exército. Mais uma vez, tinha um objetivo e, como antes, isso lhe deu o poder de expulsar a exaustão, as lesões e qualquer pessoa que ameaçasse desviá-lo de seu objetivo.

O que significava que era melhor essa enfermeira sair de seu caminho.

Não foi surpresa quando voltou minutos mais tarde, trazendo não apenas um, mas três reforços. O que não iria ajudá-la. Enquanto os médicos formavam um círculo de conversas racionais ao redor de Jim, ele apenas olhava suas bocas se mexerem, suas sobrancelhas subirem e descerem e suas elegantes mãos gesticulando.

Enquanto pensava em seu novo trabalho – porque com toda certeza não estava escutando a brigada de médicos – perguntou-se como iria saber o que fazer. Sim, tinha um encontro com o diPietro... mas, e daí? E, que inferno, a namorada estaria lá?

Devia estar falando "adivinha quem vem para o jantar..."

Concentrou-se no ambiente lotado.

– Acabou. Estou indo embora. Posso pegar minha roupa agora, obrigado?

Abateu-se um silêncio profundo. Então, todos saíram com raiva, demonstrando que pensavam que era estúpido, mas não mentalmente retardado – porque muitos adultos que tinham as ideias no lugar poderiam tomar decisões ruins.

Enquanto a porta se fechava, Adrian e Eddie colocaram suas cabeças no quarto. Ad sorriu.

– Então você expulsou os jalecos brancos com um chute no traseiro, hein?

–Sim.

O rapaz começou a rir enquanto ele e seu companheiro de quarto entravam.

– Por que isso não me surpreende...?

A enfermeira dedo-duro passou por eles sem pedir licença, com um par de calças de médico e uma grande camisa havaiana sobre seu antebraço. Ignorando Eddie e Adrian como se nem sequer estivessem ali, jogou os objetos na cama e apresentou uma prancheta a Jim.

– Suas coisas estão naquele armário e sua conta já foi paga. Assine isto. É um formulário à Associação Médica Americana que declara que está dando alta a si mesmo. Contra a indicação médica.

Jim pegou a caneta preta e assinalou um X na linha da assinatura. A enfermeira olhou a marca.

– O que é isso?

– Minha assinatura. Um X é legalmente suficiente. Agora, poderia me dar licença? – desatou a gola da camisola de hospital e a deixou cair de seu corpo.

O nu frontal a tirou do quarto sem mais conversas.

Enquanto ela saía rapidamente, Adrian sorriu.

– Não é de muitas palavras, mas sabe como fazer com que as coisas aconteçam.

Jim virou-se enquanto ajustava o cinto nas calças de médico.

– Que diabos de tatuagem tem aí – Adrian disse em voz baixa.

Jim deu de ombros e pegou a camisa ridícula de tão feia. Tinha flores vermelhas e laranjas em um fundo branco, e ele se sentia como um estranho presente de Natal dentro daquela coisa estúpida.

– Ela lhe deu isso porque o odeia – disse Adrian.

– Ou talvez seja apenas daltônica. – Contudo, a primeira opção é a mais provável.

Jim foi até o armário e encontrou suas botas alinhadas na parte de baixo e uma bolsa plástica com o selo do Hospital St. Francis pendurada num gancho. Colocou os pés nus em seus Timberlands e tirou a jaqueta da bolsa, cobrindo com ela a maldita camisa. Sua carteira ainda estava no bolso interior de seu casaco e verificou todos os outros. Estava tudo ali: sua carteira de motorista falsa, seu cartão de seguro social falso, e o cartão de débito vinculado a sua conta do Banco Evergreen. Ah, e os sete dólares que sobraram da compra do sanduíche de peru, do café e da Coca naquela manhã.

Antes que sua vida tivesse sido ferrada acima de todas as expectativas.

– Há alguma possibilidade de algum de vocês não ter vindo de moto? – perguntou aos colegas de quarto. – Preciso de uma carona de volta ao trabalho para pegar minha caminhonete.

Contudo, para sair dali, subiria na garupa de uma Harley, se fosse necessário.

Adrian sorriu e passou a mão sobre o belo cabelo.

– Trouxe minhas outras rodas. Imaginei que fosse precisar de um transporte.

– Entraria num carro de circo a essa altura.

– Pode me dar um pouco mais de crédito que isso.

Os três saíram e, quando passaram pelo posto da enfermaria, ninguém ficou no caminho, apesar de todos os funcionários terem parado o que estavam fazendo para olhá-los.

A viagem do Hospital de St. Francis ao templo nascente do diPietro demorou uns vinte minutos no carro de Adrian, ao som de um CD do AC/DC o tempo todo. O que não seria problema, não fosse o fato de que o cara cantava cada palavra de cada canção de modo esganiçado, alto e entusiasmado demais.

Como Eddie olhava pela janela como se tivesse sido transformado em pedra, Jim aumentou ainda mais o volume com a esperança de afogar os sons de gralha ferida atrás do volante.

Quando finalmente chegaram à estrada empoeirada da propriedade de diPietro, o sol havia se posto e a luz se desvanecia do céu, as copas das árvores e as paredes em estado bruto produziam sombras muito nítidas devido ao ângulo de iluminação. A terra aplainada estava totalmente deserta e sem atrativos, e contrastava com o litoral que se contrapunha a ela, mas não havia dúvidas que diPietro iria replantar sua terra com árvores de todas as espécies.

Ele era sem dúvida do tipo de homem que tinha que ter o melhor.

Quando se aproximaram da casa, a caminhonete de Jim era a única que restava, e ele estava pronto para saltar nela antes mesmo que o veículo parasse completamente.

– Obrigado pela carona – gritou.

– O que? – Adrian levou a mão ao volume e abaixou-o completamente. – O que disse?

No vazio acústico, os ouvidos de Jim soavam como sinos de igreja e ele resistiu à tentação de tirar aquela vibração de seu crânio batendo a testa contra o painel do carro.

– Disse, obrigado pela viagem.

– Sem problema. – Adrian mostrou com a cabeça a F-150. – Está bem para dirigir?

– Sim.

Depois de sair, ele e Eddie bateram as mãos fechadas e, em seguida, Jim caminhou em direção a sua caminhonete. Quando entrou, a mão direita procurou algo no bolso da camisa que o hospital tinha lhe dado. Nenhum Marlboro. Maldito seja. Mas, ora essa, como pregos de caixão poderiam ser um presente de despedida do hospital St. Francis?

Enquanto Adrian e Eddie esperavam por ele, encheu a mão sedenta por cigarros com suas chaves e abriu sua...

Um movimento rápido perto da roda traseira chamou sua atenção.

Jim olhou para baixo enquanto o cão com quem tinha compartilhado o almoço saía mancando de debaixo da caminhonete.

– Oh... não. – Jim sacudiu a cabeça. – Ouça, eu disse...

Ouviu-se o som de uma janela de carro sendo abaixada e, em seguida, a voz de Adrian:

– Ele gosta de você.

O vira-lata fez aquela coisa de girar até sentar e ficar olhando para Jim.

Droga.

– Aquele peru que te dei era muito ruim. Tem que saber isso.

– Se está com fome, tudo fica bom – Adrian interrompeu.

Jim deu uma olhada por cima do ombro.

– Por que continua aqui? Sem ofensas.

Adrian sorriu.

– Não me ofendo. Até mais tarde.

O carro deu uma ré, seus pneus esmagaram a terra fria, os faróis giraram ao redor e golpearam a casa metade construída antes de atravessar toda a superfície limpa e o rio mais à frente. Enquanto a iluminação desaparecia no caminho, os olhos de Jim se ajustaram à escuridão e a mansão se apresentou como uma besta irregular, o primeiro andar fechado era o tronco, o segundo andar incompleto emoldurava sua cabeça de espinhos, os montes dispersos de arbustos e troncos empilhados eram os ossos de suas vítimas. Sua chegada tinha consumido a península, e quanto mais força tivesse, mais dominaria a paisagem.

Deus... seria capaz de vê-la a quilômetros de distância em todas as direções: da terra, da água e do céu. Era um verdadeiro templo à ganância, um monumento a tudo que Vin diPietro tinha obtido em sua vida – o que fazia com que Jim apostasse que o cara tinha vindo do nada. As pessoas que tinham dinheiro herdavam antigas casas deste tamanho; não as construíam.

Cara, afastar diPietro desta droga ia ser difícil. Muito difícil. E, de alguma forma, a ameaça da condenação eterna não parecia em si motivação suficiente. Caras como ele não acreditavam na vida após a morte. De jeito nenhum.

Quando um vento frio varreu a propriedade, Jim voltou a olhar o cão.

A coisa parecia estar esperando um convite. E preparada para ficar sentada pela eternidade.

– Meu apartamento é uma fossa – disse Jim enquanto olhavam um para o outro – mais ou menos no nível daquele sanduíche. Se vier comigo, não haverá nenhuma cama de luxo disponível.

O cão saltava no ar como se um teto e quatro paredes fossem tudo que estava procurando.

– Tem certeza disso? – Mais saltos. – Certo. Tudo bem.

Jim abriu a porta da cabine e se agachou para recolher o bicho, com a esperança de que tivesse entendido a conversa corretamente e de que não fosse perder a ponta de um dedo. Porém, tudo ficou bem. O cão só elevou o traseiro e entregou seu corpo na mão que circulava seu ventre.

– Droga, temos que colocar algum peso em você, cara.

Jim acomodou o animal no assento de passageiro e sentou atrás do volante. A caminhonete ligou rapidamente e ele desligou o ar para que o pequeno não pegasse um resfriado.

Acendendo as luzes, engatou a marcha do motor e seguiu o caminho que Adrian e Eddie tinham forjado, virou-se e saiu da pista. Quando chegou à rota 15I-N ativou a seta da esquerda e...

O cão passou por debaixo de seu braço e sentou em seu colo.

Jim olhou a cabeça quadrada do animal e se deu conta de que não tinha nada para alimentar a coisa. Ou a si mesmo.

– Quer mais peru, cachorro? Posso parar num posto no caminho de casa. – O bicho não só balançou a cauda, mas também todo seu ossudo traseiro.

– Certo. Isso é o que vamos fazer. – Jim pisou no acelerador e saiu da estrada de diPietro, sua mão livre acariciava as costas do cão. – Ah, só uma coisa... tem alguma chance de ser domesticado?

CAPÍTULO 8

A escuridão trouxe consigo, dentre muitas bênçãos, o benefício do predomínio da sombra. Que era algo muito mais útil que a luz do dia.

Quando o homem sentou atrás do volante do táxi, sabia que ele e seu veículo eram invisíveis para aquela a quem estava observando. Ela não podia vê-lo. Não sabia que estava ali, ou que tirava fotos dela ou que a estava seguindo há semanas. E isto confirmava o poder que ele tinha sobre ela.

Através das grades de sua janela, ele a observava enquanto estava sentada no sofá com o menino. Não podia vê-los claramente, pois havia uma cortina de algodão na janela, mas ele reconhecia as formas, a maior e a menor, abraçadas muito juntas no sofá da sala.

Descobrir seus horários fazia parte dos negócios. Durante a semana, ela levava o menino à escola, onde ficava até às três da tarde, além disso, de segunda à quinta-feira, o levava a ACM (Associação Cristã de Moços) para fazer suas aulas de natação e basquete. Enquanto o menino estava no poliesportivo, ela nunca saía. Enquanto o garoto estava nas instalações, ela nunca o deixava – se estivesse na piscina ou na quadra, ela se sentava perpetuamente nos bancos onde as crianças deixavam seus casacos esportivos e suas pequenas mochilas. Quando o menino terminava, esperava por ele fora do vestiário, e depois que se trocava, levava-o direto para casa.

Cuidadosa. Era extremamente cuidadosa – a não ser pelo fato de que sua rotina nunca mudava: todas as noites, exceto aos domingos, ela preparava o jantar do menino para as seis; em seguida, a babá aparecia às oito em ponto e ela, então, saía em direção à catedral de St.

Patrick, tanto para se confessar quanto para participar de orações em grupo. Depois disto, ia àquele clube no fim do mundo.

Ele ainda não tinha estado no Iron Mask, mas a coisa ia mudar nesta mesma noite. Seu plano era segui-la durante horas enquanto ela trabalhava como garçonete, ou como atendente do balcão ou o que fosse, aprender mais a respeito dela e de como vivia. Deus cuida dos detalhes, como dizem por aí, e ele tinha que saber *tudo*.

Olhando no espelho retrovisor, mexeu na peruca e no bigode que usava como disfarce. Não eram sofisticados, mas ocultavam seus traços o suficiente, e precisava deles por uma série de razões.

Além disso, desfrutava da sensação que sentia ao ser invisível para ela, a emoção de vigiá-la sem que ela soubesse era completamente sexual. Às sete e quarenta, um sedã se deteve diante da casa e uma mulher afro-americana desceu do carro. Era uma das três babás que ele tinha visto naquela semana, e após seguir uma delas até sua casa e ver para onde se dirigia na manhã seguinte, soube que todas vinham de um centro social chamado Centro Social para Mães Solteiras de Caldwell.

Dez minutos depois que a babá entrou, a porta da garagem se elevou e ele se agachou em seu assento – pois os dois poderiam jogar o jogo da precaução extra.

Sete e cinquenta. Pontualmente.

A mulher saiu de ré até a rua e esperou até que a porta estivesse bem fechada, como se a preocupasse que em uma das vezes ela pudesse não se fechar por completo. Quando terminava de observar isso, suas luzes de freio vermelhas se apagavam, o carro se endireitava na rua e arrancava.

Ligou o táxi, e já estava engatando a marcha quando a voz da operadora de distribuição de carros rompeu o silêncio.

– Cento e quarenta. Onde está, cento e quarenta? Cento e quarenta, precisamos do seu maldito carro de volta.

Sem chance, pensou. Não tinha tempo para deixar o carro e seguir a mulher. St. Patrick seria a próxima parada, e depois do tempo que gastaria indo devolver o carro, ela já teria partido da igreja.

– Cento e quarenta? Maldito seja...!

Fechou o punho disposto a silenciar o rádio com um golpe. Era difícil dominar seu temperamento. Sempre foi. Mas lembrou-se de que teria que devolver o táxi em algum momento, e devolver o equipamento quebrado implicava ter que tratar com aquela operadora de distribuição.

Ele tinha que evitar conflitos, pois nunca terminavam bem para ele ou para a outra pessoa envolvida. Sabia bem disso.

E tinha grandes planos.

– Estou indo – disse pelo receptor.

Tinha que vê-la no clube, mesmo que se sentisse enganado por não ter seguido seus passos em St. Patrick.

Marie-Terese estava sentada no porão da catedral de St. Patrick, numa cadeira plástica que a machucava. À sua esquerda estava uma mãe de cinco filhos que sempre aninhava sua Bíblia na dobra do braço como se fosse um bebê. À direita havia um sujeito que devia ser mecânico: suas mãos eram limpas, mas sempre tinha uma linha negra sob cada uma das unhas.

Havia outras doze pessoas no círculo e uma cadeira vazia e ela conhecia a todos tão bem quanto à pessoa que estava ausente àquela noite. Depois de escutar a todos eles falando a respeito de suas vidas durante os últimos meses, poderia recitar os nomes de seus maridos, esposas e filhos, se fosse o caso; conhecia os acontecimentos críticos que tinham formado seu passado, e tinha informações sobre os cantos mais obscuros de seus armários interiores.

Ela estava participando do grupo de orações desde setembro. Soube da sua existência por meio de um anúncio no quadro de avisos da igreja: "A Bíblia na vida diária, terças e sextas-feiras, às 8 da noite".

O debate desta noite era sobre o livro do Jó, e as discussões eram evidentes: todos falavam sobre as grandes lutas por que passavam, sobre como tinham certeza de que sua fé seria recompensada e sobre como Deus os levaria a alcançar um futuro próspero – contanto que permanecessem acreditando.

Marie-Terese não dizia nada. Nunca.

Diferentemente do que acontecia no momento da confissão, ali embaixo, no porão, ela estava procurando fazer algo diferente de falar. A questão era que não havia outro lugar em sua vida onde poderia estar próxima de pessoas com aparência normal. Certamente não acharia no clube e, fora do trabalho, não tinha amigos, nem família, ninguém.

Assim, todas as semanas ela ia até lá, sentava-se no círculo e tentava se conectar de alguma maneira com o resto do planeta. Como ocorria agora, sentia como se estivesse em uma praia longínqua, olhando ao longo de um rio caudaloso na Terra dos Hipocondríacos, e não porque invejasse ou menosprezasse aquelas pessoas. Ao contrário, tentava obter forças de sua companhia, pensando que talvez se respirasse o mesmo ar que eles, bebesse o mesmo café, e escutasse suas histórias... talvez algum dia voltaria a viver entre eles outra vez.

Desta forma, estas reuniões não eram algo religioso para ela, e diferente da fértil galinha-mãe ao seu lado com a Bíblia em evidência, o Livro Sagrado de Marie-Terese permanecia dentro de sua bolsa. Ora essa, ela o trazia só para o caso de alguém perguntar sobre em que ponto estava a oração, e era muito bom, cabia na palma da mão.

Com a testa franzida, tentou se recordar de onde a tinha conseguido. Tinha sido em algum lugar ao sul da linha Mason-Dixon, em uma loja de conveniência... Na Geórgia? Alabama? Ela estava sendo seguida por seu ex-marido e precisava de algo, alguma coisa que a fizesse passar os dias e as noites sem perder a cabeça.

Quando foi isso mesmo, há três anos?

Pareciam três minutos e três milênios ao mesmo tempo.

Deus, aqueles meses tenebrosos. Sabia que fugir de Mark ia ser horrível, mas não fazia ideia do quão terrível realmente seria.

Depois de Mark espancá-la e sequestrar Robbie, ela passou duas noites no hospital recuperando-se do que tinha sofrido. Então, encontrou um detetive particular e foi atrás deles. Levou os meses de maio, junho e julho para localizar seu filho, e ainda hoje não tinha ideia de como conseguiu superar aquelas semanas horríveis.

Engraçado, sua fé não tinha se restabelecido desde então, e as coisas ainda funcionavam, o milagre pelo qual tinha rezado fora concedido apesar de não acreditar de verdade naquele a quem estava pedindo. Apesar disso, sem dúvida, as súplicas tinham surtido efeito e podia recordar com total clareza a visão do carro preto do detetive particular aproximando-se do Hotel 6 onde estava hospedada. Robbie abriu a porta da caminhonete e saiu para o sol da Flórida, e ela queria correr na direção dele, mas os joelhos falharam. Deixando-se cair sobre a calçada, estendeu os braços enquanto chorava.

Ela pensava que ele estava morto.

Robbie virou-se para o som abafado que ela produzia... e, no instante em que a viu, percorreu a distância entre eles tão rápido quanto podia. Quando alcançou seus braços, suas roupas estavam sujas e seu cabelo desgrenhado, e cheirava a macarrão com queijo queimado. Mas ele estava vivo, e respirava, e estava em seus braços.

Entretanto, ele não chorou. E não chorava desde então.

Também não falou sobre seu pai ou sobre aqueles três meses. Nem sequer aos terapeutas a quem o tinha levado.

Marie-Terese concluiu que a pior parte da experiência tinha sido não saber se o filho amado que tinha nascido dela estava vivo ou não. Entretanto, sua volta ao lar foi outro inferno. Queria perguntar se estava bem a cada minuto, todos os dias, mas era óbvio que não podia fazer isso. E, de vez em quando, quando falhava e soltava a pergunta, ele apenas respondia que estava bem.

Ele não estava bem. Não era possível que estivesse bem.

Os detalhes que o investigador particular foi capaz de lhe dar eram superficiais. Seu marido percorreu todo o país com Robbie, passando de uma a outra agência de aluguéis de carro, e vivia usando uma série de nomes falsos e devendo uma grande quantidade de dinheiro. Tudo isto mostrou que mantinha um perfil discreto por algumas razões – pois não era só Marie-Terese que procurava por ele.

E para evitar que Robbie tentasse escapar, era provável que Mark tivesse maltratado o garoto. O que lhe dava vontade de matar o ex-marido.

Depois de recuperar Robbie e pedir o divórcio, fugiu o mais longe possível de onde moravam, sobrevivendo com o dinheiro que tinha conseguido de Mark e das joias que tinha comprado para ela. Infelizmente, não eram suficientes para viver por muito tempo, não depois do pagamento dos advogados, da fatura do detetive particular e do custo de reinventar a si mesma.

O que teve que acabar fazendo por dinheiro a fez pensar a respeito de Jó. Ela estava disposta a apostar que quando a maré se voltou contra ele, Jó nem soube de onde vinha o golpe: em um minuto ele estava bem e alegre e, no seguinte, foi despojado de tudo que o definia e tinha sido um golpe tão baixo que certamente pensou em fazer coisas para sobreviver que antes teriam sido impensáveis.

Acontecia o mesmo a ela. Nunca pensou que tudo aquilo pudesse acontecer. Nenhum momento da sua grande queda ou da dura aterrissagem que a levou ao fundo do poço e a dedicar-se à prostituição.

Mas ela deveria ter pensado melhor. Seu ex já tinha mostrado seu lado obscuro desde o início, um homem com dinheiro em toda parte menos em contas bancárias. De onde diabos ela pensava que vinha esse dinheiro? Pessoas que se dedicavam a negócios legítimos tinham cartões de crédito e débito, e possivelmente um par de notas de vinte dólares em suas carteiras. Não guardavam centenas de milhares de dólares em maletas da Gucci escondidas nos armários de suítes de hotéis em Las Vegas.

É claro que ela não tinha conhecimento de tudo isso no princípio. Quando tudo começou, ele a cobriu de presentes, jantares e viagens de avião. Só mais tarde começou a questionar as coisas e, então, era tarde demais, já tinha um filho a quem amava e um marido de quem tinha medo, e isto a calou rapidamente.

Se ela fosse brutalmente sincera consigo mesma, o mistério de Mark era o verdadeiro encanto no início. O mistério, o conto de fadas e o dinheiro.

Ela teve que pagar por aquela atração. Caro...

O som de cadeiras sendo arrastadas pelo chão a tirou de seus pensamentos. A reunião tinha terminado e os participantes estavam em pé dando o abraço solidário como de costume – o que significava que tinha que sair rapidamente antes que fosse importunada.

Uma coisa era escutá-los; outra era senti-los contra si.

Não conseguia lidar com isso.

Levantando-se rapidamente, pendurou a bolsa no ombro e se dirigiu à porta. No caminho da saída, disse algumas coisas breves, alguns pequenos detalhes e, como sempre, obteve aqueles olhares que os cristãos oferecem aos menos afortunados, algo como "oh querida, pobrezinha".

Pensou consigo mesma se seriam tão generosos se soubessem aonde ia e o que fazia depois destas reuniões. Queria acreditar que não seria diferente, mas no fundo duvidava, embora esta ideia não a ajudasse. No corredor, havia outro grupo para a próxima reunião da noite, e tinha ouvido falar que era um grupo dos Narcóticos Anônimos que recentemente tinha começado a se reunir em St. Patrick. Todos eram educados, os dois grupos de problemáticos se misturavam durante a troca da sala.

Procurando na bolsa as chaves do carro, ela...

Bateu contra um homem enorme.

– Oh, sinto muito! – olhou para cima, muito acima, para um par de olhos de leão. – Eu, é...

– Calma, garota – o homem a segurou e deu um leve e afável sorriso. Seu cabelo era tão espetacular quanto aquele olhar amarelo, toda uma variedade de cores fluía sobre seus enormes ombros. – Está bem?

– Ah... – ela já o tinha visto antes, não só no corredor, mas também no ZeroSum, e se maravilhava com sua aparência irreal, chegando a pensar que talvez fosse um modelo. E, claro, parte dela se preocupava com que ele soubesse o que fazia para viver, mas ele nunca parecia estranho com ela ou se esquivava de alguma maneira.

Além disso, se ele participava das reuniões do NA, é porque tinha alguns demônios para enfrentar.

– Senhora? Olá?

– Oh, Deus! Sinto muito. Sim, estou bem – eu preciso mesmo olhar por onde ando.

Ao devolver o sorriso, escapou pela escadaria, chegando ao primeiro andar da catedral e saiu pelas enormes portas duplas da fachada. Na rua, ela se apressou para passar as filas de veículos que estavam estacionados em paralelo e desejou que tivesse conseguido um lugar melhor. Seu carro estava bem longe, e ela batia os dentes de frio quando entrou no veículo e iniciou o ritual de fazer o motor funcionar.

– Vamos... vamos...

Finalmente conseguiu um chiado e um *vroom* e, em seguida, fez uma mudança de sentido ilegal ao longo da linha dupla amarela que percorria o meio da rua.

Mergulhada em seus pensamentos, não notou o par de faróis que deslizavam seguindo sua trajetória… e que assim permaneceram.

Capítulo 9

Quando Jim parou sua caminhonete a meia quadra do Commodore, ele viu que, sim, dava para entender o porque Vin escolheu aquele prédio para morar. O exterior do edifício era rígido, não havia nada além de molduras de vidro instaladas em vigas de aço fino, mas era isso que dava a cada um dos condôminos uma vista incrível. E só a partir do que podia observar da entrada naquele ponto da rua, notava a exuberância do interior, a iluminação artificial, o mármore vermelho sangue, com um arranjo de flores no centro do espaço do tamanho de um caminhão de bombeiros. Também fazia sentido a Vestido Azul morar num lugar como este.

Droga, deveria ter sugerido a diPietro que saíssem sozinhos para comer – com o que aconteceu na noite anterior ainda tão vívido em sua mente, estar no mesmo espaço fechado com essa mulher não era a melhor ideia. E, então, recordou que estava ali para salvar seu maldito noivo da condenação eterna.

Ao desligar o motor, esfregou o rosto e, por alguma razão, pensou no Cachorro, que tinha ficado em casa aconchegado sobre a cama bagunçada. Ele tinha surgido como um raio em sua mente, seu fino dorso subindo e descendo, a barriga cheia era uma bola que fazia suas pernas ficarem abertas.

Como diabos tinha conseguido arranjar um animal de estimação?

Colocando suas chaves na jaqueta de couro, deixou a caminhonete e atravessou a rua. Quando abriu caminho pelo saguão, o que parecia exuberante da rua era magnífico de perto, mas não se demorou admirando o lugar. No instante em que adentrou, o guarda atrás do balcão olhou para ele com uma careta.

– Boa noite, é o senhor Haron? – o cara estava impecável e vestia um uniforme preto, seus olhos não eram nem lentos, nem estúpidos. Havia grandes chances de ele estar armado e saber usar o que estava carregando.

Jim teve de concordar.

– Sim, sou eu.

– Posso ver algum documento de identificação, por favor?

Jim pegou sua carteira e tirou dela a carteira de motorista de Nova York que tinha comprado há uns três anos, depois que chegou a Caldwell.

– Obrigado, vou chamar o Sr. diPietro. – O guarda ficou dois segundos no telefone e, então, estendeu o braço em direção ao elevador.

– À direita, senhor.

– Obrigado.

A viagem até o vigésimo oitavo andar foi suave como seda e Jim se divertiu tentando localizar a maior parte das câmeras de segurança escondidas posicionadas nos cantos superiores, onde os painéis de ouro espelhados formavam um conjunto, e foram feitas para se misturarem à decoração. Através de quatro delas, não importava a que ângulo de visão alguém estivesse posicionado, haveria um claro enquadramento do seu rosto.

Bom. Muito bom.

O sinal que anunciou a chegada de Jim foi bem discreto e quando as portas se abriram, Vin diPietro estava bem ali, parado em um longo corredor de marfim, parecendo o dono de todo aquele edifício. DiPietro estendeu a mão.

– Bem-vindo.

O cara tinha um aperto de mão sólido, firme e rápido e parecia ótimo – o que também não era surpresa. Ainda que Jim usasse sua segunda melhor camisa de flanela e estivesse recém-barbeado, Vin estava com um terno diferente do que usava há apenas três horas, no hospital.

Provavelmente, usava as coisas uma vez e jogava fora.

– Você se importa se eu chamá-lo de Jim?

– Não.

DiPietro liderou o caminho em direção à porta e entrou... droga, o lugar parecia ter saído da coleção de Donald Trump, nada além de mármore preto, arabescos de ouro, umas porcarias de cristal e estatuetas esculpidas. Desde o piso no corredor de entrada, até a escada que levava ao segundo andar... e, então, sim, chegou à sala de estar, onde havia tantos cortes de pedra no acabamento que Jim se perguntou quantas pedreiras tinham sido esvaziadas para montar o local. E a mobília... Cristo, os sofás e as cadeiras pareciam joias, todos cobertos de ouro e pedras preciosas que brilhavam como rubi.

– Devina, nosso convidado chegou – diPietro chamou sobre o ombro.

Enquanto o som dos sapatos de salto alto vinha em direção à sala de estar, Jim admirou a impressionante visão de Caldwell... e tentou não pensar em quando viu a mulher pela última vez. Ela tinha o mesmo perfume que usava na noite anterior. E como seu nome se adequava a ela. Certamente, ela era divina.

– Jim? – disse diPietro.

Jim esperou mais um pouco para dar tempo a ela olhando apenas seu perfil e, assim, poder se recompor. Vê-lo de longe era uma coisa; tê-lo em casa, perto o suficiente para poder tocá-lo, era outra. Será que ela estava de azul de novo?

Não, vermelho. E diPietro tinha seu braço em volta da sua cintura. Jim fez um aceno com a cabeça para ela, recusando-se a permitir que uma lembrança sequer viesse à sua mente.

– Prazer em conhecê-la.

Ela sorriu e estendeu a mão.

– Bem-vindo. Espero que goste de comida italiana.

Jim apertou sua mão rapidamente e, então, enfiou as mãos no bolso da calça.

– Sim, eu gosto.

– Que bom. A cozinheira está de folga até a próxima semana e comida italiana é tudo que consigo fazer.

Droga. Mais essa agora.

No silêncio que se seguiu, os três ficaram parados como se estivessem pensando na mesma coisa.

– Se me derem licença – Devina disse – preciso ver como está o jantar.

Vin beijou-a rapidamente na boca.

– Vamos tomar algo por aqui.

Quando o tinir dos seus saltos se afastou, diPietro foi até o bar.

– Qual é o seu veneno?

Pergunta interessante.

No antigo ramo de trabalho de Jim, tinha usado cianeto, antraz, tetrodotoxina, ricina, mercúrio, morfina, heroína, bem como alguns novos agentes para o sistema nervoso que foram desenvolvidos. Havia injetado, colocado na comida, espalhado nas maçanetas das portas, pulverizado correspondências, contaminava todo tipo de bebida e medicamentos. E isso antes de começar a ser realmente criativo.

Sim, ele era bom com tudo isso assim como era com uma faca ou uma arma ou com suas próprias mãos. Não que diPietro precisasse saber disso.

– Acho que não tem cerveja – disse Jim, olhando para todas as garrafas de bebida no topo da prateleira.

– Tenho a nova Dogfish. É fantástica.

Certo, Jim tinha pensado em uma Bud, e só Deus sabia o que era aquilo – nem cachorros, nem peixes eram algo que combinasse com lúpulo de cerveja. Mas, tudo bem.

– Parece bom.

DiPietro tomou dois copos longos e abriu um painel que se transformou em uma minigeladeira. Pegando duas garrafas, girou as tampas e derramou uma cerveja escura com um colarinho tão branco que parecia espuma do mar.

– Acho que vai gostar disso.

Jim aceitou um dos copos junto com um guardanapo de linho com as iniciais V.S.dP. Um só gole... e tudo o que pôde dizer foi: caramba.

– Bom, não é? – diPietro fez o mesmo e levantou a cerveja contra a luz como se inspecionasse suas características. – É a melhor.

– Diretamente do céu. – Jim saboreou o que descia por sua boca e observou o que o rodeava com um novo olhar para todo aquele excesso de ostentação. Talvez acontecesse alguma coisa diferente com os ricos.

– É. Você tem um baita lugar aqui.

– A casa no litoral vai ser ainda mais magnífica.

Jim andou até as janelas de vidro e se inclinou para observar a vista.

– Por que quer deixar isto?

– Porque para onde vou é melhor.

Uma sutil campainha soou, e Jim olhou para um telefone.

Vin olhou também.

– Essa é minha linha de negócios e tenho que atender. – Com sua cerveja na mão, dirigiu-se a uma porta do lado oposto da sala. – Fique à vontade. Volto em um minuto.

Quando o homem saiu, Jim riu consigo mesmo. Ficar à vontade aqui? Ceeerto. Sentia-se como parte daquelas brincadeiras infantis onde a criança tinha que escolher o objeto que não pertencia ao grupo: cenoura, pepino, maçã, abobrinha. Resposta: maçã. Sofá coberto de fina seda, tapeçaria fina, operário, garrafas de cristal. Resposta: dã, adivinha?

– Olá.

Jim fechou os olhos. Sua voz ainda era adorável.

– Oi.

– Eu...

Jim girou e não se surpreendeu ao ver que aqueles olhos continuavam tristes.

Enquanto lutava com as palavras, elevou a mão para detê-la.

– Não tem que explicar nada.

– Eu... nunca fiz nada como ontem à noite... só queria...

– Algo que não fosse nada parecido com ele. – Jim sacudiu a cabeça e ela começou a ficar agitada. – Oh... droga... olha, não chore.

Apoiou a cerveja que diPietro tinha servido e se aproximou estendendo o guardanapo. Ele mesmo teria enxugado as lágrimas, mas não queria borrar a maquiagem dela.

A mão de Devina tremia quando pegou o que ele havia oferecido.

– Não vou dizer nada a ele. Nunca.

– E também não saberá de nada através de mim.

– Obrigada. – Seus olhos se dirigiram para o telefone do console, onde havia uma luz piscando perto da palavra *escritório*. – Eu o amo. Amo mesmo... Só que... ele é complicado. Ele é... um homem complicado, e sei que se importa comigo à sua maneira, mas, às vezes, me sinto invisível. E você... você realmente me viu.

Sim, ele a viu. Não poderia negar.

– A verdade é que, – murmurou – embora não devesse ter estado com você, não me arrependo.

Jim não estava muito certo disso, uma vez que ela o encarava como se estivesse esperando por palavras de sabedoria ou... absolvição. O que realmente ele não podia oferecer. Nunca teve um relacionamento antes, assim não era o caso de poder aconselhá-la sobre sua relação com Vin – e só a conhecia há uma noite, de modo que sua experiência poderia chocá-la, pois tudo que teve se resumia a sexo.

Contudo, uma coisa estava clara. Quando aquela mulher espetacular o olhou com aqueles olhos escuros, luminosos, ele viu o amor que ela tinha pelo homem com quem estava: vinha do coração e refletia em seu exterior.

Cara, diPietro era um completo idiota se não se desse conta disso.

Jim levantou sua mão e limpou uma de suas lágrimas.

– Escute. Vai esquecer isso, como se nunca tivesse acontecido. Vai trancar isso em algum lugar e não vai pensar nisso de novo, certo? Se não se lembra, não é verdade. Não aconteceu.

Ela fungou um pouco.

– Certo... está bem.

– Boa garota – Jim lhe colocou uma mecha de seu suave cabelo atrás da orelha. – E não se preocupe, vai ficar tudo bem.

– Como pode ter tanta certeza?

E foi então que ele se deu conta. Talvez essa fosse a encruzilhada de Vin – bem ali, em frente dele, esperando que ele a amasse, esperando por essa oportunidade, mas perdendo a luta de permanecerem conectados. Se o cara pudesse enxergar o que ele tinha... não simplesmente os bens imobiliários ou seus carros ou estátuas ou todo o seu mármore, mas o que *realmente* importava, talvez ele transformasse sua vida e sua alma.

Devina aparou uma de suas lágrimas.

– Parece que estou ficando sem fé.

– Não. Estou aqui para ajudar. – Jim respirou fundo. – Vou fazer isso bem feito.

– Oh, Deus!... Está me fazendo chorar mais. – Devina riu e estreitou sua mão. – Mas, muito obrigada.

Maldição... Aqueles olhos faziam com que sentisse como se ela tivesse perpassado seus ossos e estivesse com seu coração em suas delicadas mãos.

– Seu nome – sussurrou – combina com você.

Um rubor coloriu suas bochechas.

– Costumava odiá-lo na escola. Queria me chamar Mary ou Julie, ou ter algum nome normal.

– Não, é perfeito. Não poderia imaginá-la com outro nome. – Jim olhou o telefone e viu que a luz estava apagada. – Ele terminou a ligação.

Ela limpou os olhos.

– Devo estar um desastre. Espere aqui... vou trazer um pouco de *amuse-bouche**. Dê um pouco disso a ele e mantenha-o ocupado no escritório enquanto me arrumo.

Enquanto esperava que ela voltasse da cozinha, Jim terminou sua cerveja e se perguntou como diabos se colocou no papel de cupido.

Cara, se aqueles quatro rapazes *pensaram* que ele usaria asas e uma fralda enquanto disparava flechas, Jim iria renegociar seu contrato de trabalho. E não usaria palavras.

Devina retornou com uma bandeja de prata com pequenos pedaços de alguma coisa.

– O escritório fica nessa direção. Vou me juntar a vocês depois de retocar a maquiagem.

– Entendido. – Jim pegou a bandeja, preparado para atuar como garçom e entreter diPietro. – Vou mantê-lo lá.

– Obrigada. Por tudo.

Antes que ela começasse a falar demais outra vez, Jim saiu, carregando a bandeja com as duas mãos, passando por um número infinito de cômodos. Quando chegou ao escritório, a porta estava aberta e diPietro estava sentado atrás de uma grande mesa de mármore, sobre

---

**Amuse-bouche* é um tipo de aperitivo. Em francês, significa literalmente "entretenimento para a boca". [N.T.]

a qual havia vários computadores. Contudo, o cara não olhava para as máquinas. Tinha girado a cadeira e estava concentrado nas janelas e na vista cintilante.

Na palma da mão tinha algo pequeno e preto.

Jim bateu na porta.

– Trouxe um pouco de *amuse-bouche*.

Vin girou em sua cadeira e pôs a caixa do anel ao lado do telefone. Enquanto Heron estava parado à porta do escritório, com uma bandeja nas mãos, não se parecia nem um pouco com um garçom, e não por causa da camisa de flanela e das calças jeans. Ele simplesmente não parecia ser o tipo de pessoa que servia a outra.

– Sabe francês? – murmurou Vin apontando para o aperitivo.

– Ela me disse o que eram.

– Ah. – Vin se levantou e se aproximou. – Devina é uma grande cozinheira.

– Sim.

– Já provou um desses?

– Não, só digo isso por causa dos aromas que saem da cozinha.

Os dois pegaram um cogumelo recheado. E também um pequeno sanduíche com finas rodelas de tomate e folhas de manjericão. E passaram uma pequena porção de caviar sobre ele.

– Bem, sente-se – disse Vin, assentindo com a cabeça através de sua mesa. – Vamos conversar. Quero dizer, sei que quer jantar... mas, há algo mais, não há?

Heron apoiou a bandeja, mas não sentou na cadeira. Ao invés disso, se aproximou da janela para observar Caldwell.

Em silêncio, Vin sentou novamente em seu trono de couro e avaliou o "convidado". O bastardo tinha uma mandíbula apertada, dura e reta, e estava dando as cartas do jogo: em seu rosto não havia nenhuma demonstração do que estava acontecendo.

O que sugeria que o território onde estava adentrando era obscuro e traiçoeiro.

Quando Vin acionou sua caneta de ouro sobre o papel e esperou o pedido, ele não estava preocupado com nada obscuro e traiçoeiro. A maior parte de seu dinheiro tinha sido ganho na construção, mas não iniciou a vida na legítima arte que envolvia madeira e pregos, e seus contatos com o mercado negro de Caldwell ainda eram bons.

– Você tem o tempo que precisar, Jim. O dinheiro é mais fácil de pedir do que... do que outras coisas. – Ele sorriu um pouco. – Por acaso deseja alguma coisa que não esteja facilmente disponível nos supermercados?

Heron franziu a sobrancelha, mas agia como se apenas continuasse a observar as luzes da cidade.

– Do que está falando exatamente?

– O que você quer exatamente?

Houve uma pausa.

– Preciso saber sobre você.

Vin sentou-se mais à frente em sua cadeira, não tinha certeza de que havia escutado bem.

– Saber sobre mim... como?

Heron virou a cabeça e olhou para baixo.

– Está a ponto de tomar uma decisão. Algo importante. Não é?

Os olhos de Vin dispararam para a caixa de veludo preto que havia escondido.

– O que tem aí? – perguntou Heron.

– Nada que seja de sua conta.

– Um anel?

Vin xingou e alcançou o que tinha comprado na Reinhardt. Enquanto colocava a caixa em uma gaveta, começou a perder a paciência.

– Olhe, pare com essa besteira e diga o que quer. Não é o jantar e não é me conhecer. Por que não assume que não há nada nesta cidade que esteja indisponível para mim e terminamos logo com isto? Que merda você quer?

As palavras suaves que vieram em resposta não soaram muito bem.

– Não é o que quero, mas o que tenho a fazer. Estou aqui para salvar sua alma.

Vin franziu a testa... e logo desatou a rir. Este sujeito com uma tatuagem do Ceifeiro da Morte nas costas e que vestia um cinto de ferramentas queria *salvá-lo*? Sim, fazia sentido.

E nota: a "alma" de Vin não estava perdida.

Quando conseguiu tomar fôlego para respirar um pouco mais profundamente, Heron disse:

– Sabe, foi exatamente assim que reagi.

– A quê? – Disse Vin enquanto passava a mão no rosto.

– Digamos que o dever me chamou.

– É algum tipo de louco religioso?

– Não. – Heron finalmente se movimentou e sentou-se na cadeira com os joelhos afastados. – Posso fazer uma pergunta?

– Claro, por que diabos não poderia? – Vin viu-se imitando a pose de Heron, encostado e relaxado. Neste ponto, a coisa toda estava ficando tão estranha, que começou a pensar que não importava. – O que quer saber?

Heron deu uma olhada nos livros de primeira edição e nas obras de arte ao seu redor.

– Por que precisa de toda esta porcaria? E não estou sendo irônico. Nunca vou viver como você, sou o tipo de pessoa que se pergunta por que alguém tem que possuir tudo isso.

Vin teve vontade de não responder à pergunta, e mais tarde ele se perguntaria por que o fez. Mas, por alguma razão, respondeu a verdade.

– Isso me dá influência e base. Sinto-me seguro cercado de coisas belas em minha casa. – No momento em que as palavras saíram, desejou não as ter pronunciado. – Quero dizer... droga, não sei. Não venho dc uma família rica. Era só um menino italiano do lado norte da cidade, e meus pais sempre lutaram para sobreviver. Encontrei meu caminho para o topo, pois queria algo muito melhor do que tinha.

– Bom, agora você está beeeem no topo, muito alto. – Heron olhou os computadores. – Então, deve trabalhar muito.

– O tempo todo.

– Acho que isso significa que mereceu esta vista incrível.

Vin girou sua cadeira.

– Sim. Tenho olhado muito para ela ultimamente.

– Vai sentir falta quando se mudar?

– Terei o rio para olhar. E aquela casa que você e os outros rapazes estão construindo vai ser espetacular. Gosto de coisas espetaculares.

– Aquela cerveja provavelmente é a melhor que bebi.

Vin concentrou-se naquele comentário olhando o vidro escurecido.

– Heron é seu verdadeiro nome?

Sorriu um pouco.

– Claro que sim.

Vin olhou por cima do ombro.

– Que outros idiomas conhece além do francês?

– Quem disse que sei francês?

– O fato de que nunca tivesse nem provado a cerveja exótica me faz duvidar que seja um conhecedor da linguagem gastronômica. E Devina não teria dito o que são *amuse-bouche,* pois seria uma grosseria pensar que não sabia o que significava. Portanto, deduzo que conheça o idioma.

Heron tamborilou os dedos sobre o joelho enquanto parecia pensar sobre a resposta.

– Diga o que há nessa caixa que escondeu na gaveta e talvez eu responda.

– Alguém já lhe disse que é difícil conversar com você?

– O tempo todo.

Ao pensar que aquilo não era uma autêntica revelação – pois, verdade seja dita, quando Heron teria qualquer relação com Devina? – Vin pegou a caixa da Reinhardt e abriu a tampa. Quando virou a caixa, Heron pôde ver o que havia dentro e deixou escapar um assobio baixo.

Vin deu de ombros.

– Como disse, gosto de coisas belas. Comprei-o ontem à noite.

– Cristo, que diamante! Quando vai fazer "A" proposta?

– Não sei.

– O que está esperando?

Vin agarrou a caixa fechada.

– Já fez mais de uma pergunta. Minha vez. Francês? *Oui ou non*?

– *Je parle un peu. Et vous*?*

---

*Tradução: "Sim ou não?" – "Eu falo um pouco, e você?". [N.T.]

– Fiz alguns negócios imobiliários ao norte da fronteira, assim falo um pouco. Seu sotaque não é canadense, mas europeu. Quanto tempo esteve no exército?

– Quem disse que estive?

– Só uma hipótese.

– Talvez eu tenha feito uma faculdade no exterior.

Vin o olhou com firmeza.

– Eu acho que não faz seu estilo. Não lida muito bem com ordens e não consigo imaginá-lo amarrado atrás de uma mesa durante quatro anos.

– Por que entraria no exército se não recebo ordens?

– Porque permitem que faça algo por sua conta. – Vin sorriu, mas a expressão do outro permaneceu séria. – Eles permitem trabalhar sozinho, não é, Jim? Que mais lhe ensinaram? – O silêncio se expandiu não apenas na sala, mas também ao longo de todo o duplex.

– Jim, percebe que quanto mais fica em silêncio, mais posso tirar minhas próprias conclusões sobre seu corte de cabelo militar e sobre a tatuagem nas costas? Mostrei a você o que queria ver, parece justo retornar o favor. Além do mais, essas são as regras do jogo.

Jim se inclinou lentamente, seus olhos pálidos estavam inertes como uma rocha.

– Se lhe contar alguma coisa, serei obrigado a matá-lo, Vin. E isso acabaria com a festa de nós dois.

Então, aquela tatuagem não era apenas um desenho que o cara tinha visto na parede de um salão de *piercings* e arte corporal insignificante e o tatuou no corpo porque achou legal. Jim era a verdadeira morte.

– Estou muito curioso sobre você – murmurou Vin.

– Sugiro que supere isso.

– Sinto muito, meu amigo. Sou um filho da mãe muito sagaz. Não quero que pense que ganhei toda essa porcaria pela qual está impressionado jogando na loteria.

Houve uma pausa e, então, apareceu um sorriso no rosto de Jim.

– Então, quer que eu acredite que você é um homem de verdade, não é?

– Pode acreditar, meu caro. Sou tão homem quanto você.

Jim se recostou na cadeira.

– Ah, é? Então por que está escondendo aquele anel?

Vin entrecerrou os olhos, a ira o queimava.

– Quer saber o porquê?

– Sim. Devina é uma mulher incrivelmente linda e olha para você como se fosse um deus.

Vin inclinou a cabeça para um lado e falou sobre o que rondava sua mente desde o dia anterior.

– Minha Devina saiu ontem à noite com um vestido azul. Quando chegou em casa, trocou-se imediatamente e tomou um banho. Esta manhã, puxei o vestido do cesto de roupa suja e vi uma mancha escura na parte de trás, como se tivesse sentado em algum lugar que não foi a cadeira limpa de um bar. Mas, mais que isso, Jim, quando aproximei o vestido do meu nariz, cheirei algo sobre o tecido que se parecia muito com colônia masculina.

Vin avaliou cada um dos músculos faciais daquele cara. Em nenhum houve um só movimento. Inclinou-se para frente em sua cadeira.

– Não preciso dizer que não era minha colônia, preciso? E deve lhe interessar saber que parece até demais com a sua... *não* que eu ache que você esteve com ela, mas um homem fica pensativo quando as roupas de sua mulher cheiram ao perfume de outro, não fica? Então, como pode ver, não se trata de eu não ser homem. É porque me pergunto qual foi a outra pessoa com quem ela ficou se agarrando.

Capítulo 10

Bom, isto não era uma maldita festa.

Quando Jim olhou fixamente a mesa de seu anfitrião, percebeu que tinha se passado muito, muito tempo desde a última vez em que encontrou um homem que o tinha impressionado – mas Vin diPietro conseguiu o feito. O filho da mãe era calmo, tranquilo, seguro. Muito esperto e sem um pingo de covardia.

E era evidente que o sujeito realmente acreditava que Jim não esteve com sua namorada – ao menos era isso o que os instintos de Jim lhe diziam e, como raramente estavam errados, estava inclinado a confiar neles. Mas quanto tempo isso duraria?

Cristo, se ao menos pudesse voltar à noite anterior e deixar Devina naquele estacionamento. Ou... apenas acompanhá-la até o interior do clube, onde estava quente, e deixasse que ela encontrasse algum outro cara que a ajudasse a resolver sua confusão e tristeza.

Jim deu de ombros.

– Não pode ter certeza de que ela estava com alguém.

Uma sombra cruzou o rosto de Vin.

– Não. Não posso.

– Já a traiu alguma vez?

– Não. Eu não acredito nessa droga.

– Nem eu. – Estranho... pela primeira vez, mentir estremeceu o peito de Jim. Na verdade, não tinha se preocupado se Devina tinha outra pessoa.

Como o silêncio tomou conta outra vez, Jim sabia que o cara esperava outra revelação, então, vasculhou sua vida, procurando detalhes inúteis. Em dado momento, disse:

– Também falo Árabe, Dari, Paxto e Tajik.

O sorriso de Vin era algo parte mecânico, parte respeito.

– Afeganistão.

– Entre outros lugares.

– Quanto tempo serviu?

– Um tempo. – Ele não brincava a respeito de matar o outro se a troca de informações fosse mais longe. – E vamos parar com essa conversa aqui, se não se importa.

– Concordo.

– Então, desde quando está com sua mulher?

Os olhos de Vin se desviaram para uma pintura abstrata pendurada na parede junto a sua mesa.

– Oito meses. Ela é modelo.

– Parece.

– Foi casado alguma vez, Jim?

– Merda, não.

Vin riu.

– Não está procurando a Sra. Perfeita?

– Sou o homem errado para esse tipo de coisa. Mudo-me muito.

– Verdade? Fica entediado com facilidade?

– Sim. Isso.

O som de saltos altos sobre o mármore atraiu os olhos do cara para a porta do escritório. Era óbvio quando Devina faria sua aparição, e não só pelo perfume tênue, floral que pairava no ar e o olhar de Vin se dirigia lentamente para baixo e logo para cima, como se a visse pela primeira vez em muito tempo.

– O jantar está pronto – disse.

Jim olhou para a janela de vidro do outro lado da sala e estudou o reflexo dela. Ela estava, novamente, debaixo de uma luz, um brilho radiante destacava o contraste com a vista noturna ao fundo...

Franziu a testa. Uma sombra estranha flutuava atrás dela, como uma bandeira negra se desdobrando ao vento... como se estivesse sendo seguida por um fantasma.

Jim virou-se de costas e piscou com força. Enquanto seus olhos procuraram o espaço que havia atrás dela... encontraram um monte de absolutamente nada. Ela estava em pé sob uma luz, sorrindo para Vin enquanto o homem se aproximava e beijava sua boca.

– Preparado para comer, Jim? – o homem disse.

Que tal um transplante de cérebro primeiro, antes da maldita massa?

– Sim, seria bom.

Os três caminharam através dos vários cômodos até chegar à outra mesa de mármore. Esta era grande o suficiente para acomodar vinte e quatro pessoas e, se houvesse mais cristal do que havia no teto, teria jurado que estava em uma caverna de gelo.

O faqueiro era de ouro. E maciço, sem dúvida.

Estão brincando comigo, pensou Jim enquanto se sentava.

– Como a cozinheira está de férias – disse Vin enquanto afastava a cadeira para que Devina se sentasse –, vamos nos servir sozinhos.

– Espero que goste do que fiz. – Disse Devina recolhendo seu guardanapo damasco. – Fiz algo simples, só um pouco de molho à bolonhesa com massa de *linguine* caseiro. E a salada nada mais é que brotos verdes, corações de alcachofra e pimentas vermelhas que bati com um vinagre de vinho gelado.

Seja lá o que fosse, o cheiro da coisa era incrível e a visão era ainda melhor.

Depois que grandes tigelas com bordas de ouro foram passadas uns aos outros e que os pratos estavam cheios, todos começaram a comer.

Certo, Devina era uma cozinheira espetacular. Ponto final. Aqueles brotos sei lá o que com o tempero gelado de qualquer coisa estavam simplesmente incríveis... e ele ainda não tinha provado a massa.

– Então, o trabalho na casa de praia vai bem – Vin disse. – Não acha, Jim?

Isso iniciou uma longa hora de discussão sobre a construção e Jim ficou, mais uma vez, impressionado. A despeito das intensas avaliações que fez de Vin e de seu guarda-roupa chamativo, estava claro que ele tinha experiência direta com o trabalho que Jim e os rapazes faziam, e também com tudo que dizia respeito ao que os eletricistas, encanadores e calheiros se levantavam para fazer todas as manhãs. O cara conhecia ferramentas, pregos, pranchas e sistemas de isolamento. Transporte e eliminação de resíduos. Pavimentação. Permissões. Regulamentos. Contratos.

Toda sua atenção aos detalhes fez com que parecesse não um proprietário inútil que se incomodava com mesquinharias, mas sim um colega de trabalho de alto nível.

Sim. Definitivamente, em algum momento, tinha tido calos nas mãos.

–... então isso vai ser um problema, – estava dizendo Vin – o peso sobre os muros da estrutura do quarto andar onde haverá o saguão em formato de catedral vai precisar de uma mudança nos planos. O arquiteto está preocupado com isso.

Devina falou pela primeira vez.

– Bem, não poderia fazê-la menor? Mais baixa, talvez?

– A altura de teto não é o problema. A questão é o ângulo inclinado e o peso do telhado. Entretanto, acho que podemos solucionar o problema melhorando as vigas de aço.

– Oh. – Devina limpou a boca como se estivesse envergonhada. – Isso soa como uma boa ideia.

Quando Vin iniciou outro discurso sobre a casa, Devina mostrou um interesse especial em dobrar o guardanapo em seu colo.

Droga, o homem podia saber de construção, mas isso fazia com que se perguntasse: se indagado sobre qual era a cor favorita de sua mulher, ele saberia responder?

– Bom, esta foi uma grande refeição – disse Vin. – Ao *chef*.

Quando levantou a taça de vinho e lançou a Devina um aceno com a cabeça, ela devorou a atenção, brilhando de felicidade. Mas o fato era que ele passou o jantar apenas falando de algo com o qual ela não estava familiarizada, relegando-a a ser uma observadora calada que parecia não prestar atenção em nada.

– Vou limpar a mesa e trazer a sobremesa – ela disse, levantando-se. Jim fez menção de ajudá-la. – Não, por favor, sente-se. Só vai levar um minuto.

Jim voltou a sentar em sua cadeira e concentrou-se em Vin. No silêncio que surgiu enquanto Devina entrava e saía pela porta de serviço com os pratos, Jim podia, praticamente, sentir o cheiro da cabeça do cara fervilhando entre as orelhas.

– No que está pensando? – perguntou Jim.

– Nada. – Um rápido encolher de ombros foi seguido de um gole de vinho. – Nada demais.

A sobremesa era sorvete caseiro de cereja com raspas de chocolate e café tão forte que poderia fazê-los ficar acordados a noite toda. A combinação era sublime e, mesmo assim, não era doce ou saborosa o suficiente para desfazer a testa franzida no rosto de Vin.

Quando os pratos da sobremesa estavam vazios, Devina se levantou outra vez.

– Por que não voltam para o escritório enquanto limpo a cozinha? – Ela sacudiu sua cabeça antes que Jim pudesse oferecer sua ajuda. – Não vai levar nem um minuto. Não... de verdade, deixe-me fazer isso. Vocês dois podem voltar lá e conversar.

– Obrigado pelo jantar. – Disse Jim enquanto se levantava da cadeira. – É o melhor jantar que tive em anos.

– Concordo – murmurou Vin enquanto colocava seu guardanapo sobre a mesa.

Quando voltaram ao escritório, Vin foi ao bar do canto.

– Grande cozinheira, não é?

– Sim.

– Conhaque?

– Não, obrigado. – Jim passeou ao redor, olhando os livros encadernados em couro que estavam nas estantes, as pinturas, os desenhos e os selos postais americanos emoldurados.

– Então, você constrói coisas no Canadá também?

– Na verdade, estou por todo o país.

Vin pegou um copo de cristal redondo e serviu-se com um pouco da bebida, em seguida, sentou atrás de sua mesa. Enquanto girava e cheirava seu conhaque, moveu o mouse sem fio e seu rosto se iluminou quando a proteção de tela do computador piscou.

Jim se deteve em frente ao desenho em que Vin se fixou quando estava pensando em Devina. Era a representação de um cavalo... ou algo assim.

– Este artista tinha problemas mentais?

– É um Chagall.

– Sem ofensa, mas é estranho.

Vin riu e observou aquela obra de arte... ou aquela porcaria, dependendo do gosto.

– É relativamente novo. Comprei na noite em que conheci Devina. Deus, não olhava para ele há algum tempo. Lembra-me o cenário de um sonho.

Jim pensou na vida que o homem devia levar. Trabalho, trabalho, trabalho... chegar em casa... não conseguir ver todas as coisas caras que possuía.

– Vê sua namorada aí? – disse bruscamente.

Vin franziu o rosto e tomou um gole de sua taça de conhaque.

Bom, isso não era uma resposta.

– Isto não é da minha conta, – murmurou Jim – mas ela realmente o considera. É um homem de sorte.

As sobrancelhas de Vin se uniram e o silêncio aumentou, Jim sabia que o tempo daquela noite estava acabando. Havia grande possibilidade de lhe mostrarem a porta em quinze ou vinte minutos e, embora tivesse o pressentimento de que tinha identificado o problema de Vin, digamos que ainda não estava nem perto da linha de chegada.

Pensou na televisão pendurada no teto do quarto do hospital e nos dois *chefs* que o tinham metido naquele jantar do inferno.

– Bem... tem alguma TV por aqui? – perguntou.

Vin piscou e pareceu voltar a prestar atenção.

– Sim, veja isto.

Girando sobre seus pés, pegou um controle remoto e deu a volta na mesa apertando os botões. Tudo aconteceu de uma só vez: uma fenda abriu-se entre as prateleiras da estante e uma tela plana do tamanho de uma cama de solteiro se aproximou.

– Cara, você ama esses seus brinquedinhos, hein? – disse Jim com uma risada.

– Sim, não vou mentir.

Os dois se sentaram nas cadeiras em frente à mesa, Vin brincava com mais botões. Enquanto ele trocava os canais, Jim se sentiu um esquizofrênico enquanto rezava por uma pista vinda do que estava sendo exibido – procurando orientação na televisão? A próxima coisa a se pensar era que satélites monitoravam cada um de seus movimentos.

Oh, espere... dito e feito.

Quando a tela brilhou, ele viu diferentes programas: *Quem quer ser um milionário?* Vin queria ser um e agora era. *Lost*. Bem, com ele eram dois – embora Jim fosse o único que soubesse disso. *Home Improvement?* * Muitas coisas desse programa se encaixavam às duas partes... mas, nada era novidade. Ao mudar o canal se deteve em um filme com Leonardo DiCaprio.

– Na verdade, vão lançar um modelo melhor esse ano – disse Vin, colocando o controle remoto de lado. – Vai para a casa nova.

Jim tentou entender algo do que estava acontecendo no filme, mas só via Leo vestido com uma roupa que parecia ter saído de uma feira do Renascimento com uma garota que vestia algo parecido.

Droga, não ajudava.

– Jim, tenho que ser honesto. – Os olhos frios acinzentados de Vin eram claros. – Não sei que diabos você está fazendo aqui, mas, por alguma razão, gosto de você.

– Idem.

– Então, onde isso nos leva? – Justo o que Jim estava se perguntando.

Na tela, as coisas não estavam indo bem para Leo. Uns "caras maus" medievais estavam arrastando o pobre bastardo ao raptá-lo.

– Que diabo de filme é esse?

Vin apertou o controle remoto e uma legenda apareceu na parte inferior da tela: *O homem da máscara de ferro**. Leonardo DiCaprio, Jeremy Irons (1998). Só tinha duas estrelas, claro...

Oh, droga. O Iron Mask? Diabo, o último lugar ao qual ele queria voltar era esse clube. Especialmente com...

Devina apareceu na porta do escritório.

– Algum de vocês gostaria de sair?

Caramba, que bela entrada...

Jim xingou a si mesmo quando tentou imaginar-se lá de novo com ela – mas, desta vez, sob o atento e suspeito olhar de seu namorado. E ele que tinha pensado que todo aquele jantar tinha sido desastroso?

---

*Tradução: "Lost" – Perdidos. "Home Improvement" – Reforma da casa. [N.T.]

A não ser que o filme não fosse um sinal, certo? Os quatro moços disseram que teria ajuda.

– Sim, vamos ao centro –, murmurou – ao... que tal o Iron Mask?

Os olhos de Devina se arregalaram como se estivesse em choque com a escolha do clube.

Houve uma conversa nesse momento e Vin se levantou.

– Bom, se é o que querem, estou dentro. – Aproximou-se de sua mulher, e como estava fazendo um esforço, inclinou-se e a beijou. – Vou pegar seu casaco.

Devina se afastou dele e seguiu seu homem pelo corredor. Jim, deixado para trás no escritório, passou uma mão pelo cabelo desejando poder arrancá-lo por completo.

Talvez devesse deixar de pensar que a TV lhe enviava mensagens. Porque essa era uma droga de ideia estúpida.

---

*Em inglês, o nome do filme é *The Man in the Iron Mask.* [N.T.]

Capítulo 11

Marie-Terese foi quem o viu primeiro.

Enquanto permanecia em pé no balcão do bar que ficava mais próximo à porta da frente do Iron Mask, inspecionava a multidão quando ele entrou no clube. Parecia, como costumam dizer, tirado de um filme: todos desapareceram no instante em que ele entrou, as outras pessoas se desvaneceram na obscuridade, sombras desfocadas enquanto ela se concentrava nele e só nele.

Um metro e noventa de altura. Cabelo escuro e olhos pálidos. Vestido como se tivesse saído de uma loja da Quinta Avenida.

Nos braços, levava uma mulher com um vestido vermelho e um casaco de pele branco, e ao lado dela havia um cara mais alto, com o cabelo cortado muito curto e um porte militar. Nenhum deles se identificava com a multidão vestida em couro, renda e correntes, mas não era essa a razão pela qual ela o olhava fixamente.

Não, o que chamava sua atenção era tudo que se relacionava ao homem em si. Ele chamava a atenção da mesma maneira intensa e impactante que o fazia seu ex: um homem rico com um toque de gângster, um cara que estava acostumado a estar no comando de tudo que acontecia ao seu redor... e alguém que certamente era tão terno e cuidadoso quanto um depósito frigorífico.

Felizmente, afastar sua atração instantânea foi fácil, já tinha cometido o engano de supor que a riqueza e o poder transformavam caras como aquele em alguma espécie de matadores modernos de dragões.

Uma suposição muito ruim, aquela. Às vezes os assassinos de dragões... eram simplesmente assassinos.

Gina, outra garota que trabalhava ali, aproximou-se do balcão.

– Quem *é* aquele perto da porta?

– Um cliente.

– Meu, espero.

Marie-Terese não tinha tanta certeza disso. A julgar pela aparência daquela morena que o acompanhava, não tinha nenhum motivo para comprar companhia sexual. Espere... aquela mulher... tinha estado ali ontem à noite, não? E o outro sujeito também. Marie-Terese lembrou-se deles pela mesma razão pela qual se destacavam esta noite – não pertenciam àquele lugar.

Quando o trio se sentou em um canto escuro, Gina ajeitou seu já gasto sutiã e afastou o cabelo que agora era ruivo. No mês passado estava branco e rosa. No anterior, preto carvão. Se mantivesse esse ritmo, acabaria ostentando o estilo careca do Kojak, graças a toda essa guerra de processos químicos na raiz de seus cabelos.

– Acho que vou até lá me apresentar. Até mais.

Gina se afastou, a saia preta de látex e as botas de salto agulha era o tipo de coisa que usava com orgulho. Diferentemente de Marie-Terese, tinha prazer no que fazia para ganhar a vida e inclusive tinha a ambição de se transformar no que chamava de "uma grande estrela erótica multimídia" seguindo a linha de Janine Lindemulder ou Jenna Jameson, seja lá quem fossem. Marie-Terese só sabia seus nomes porque Gina falava delas como se fossem o Steve Jobs da pornografia.

Marie-Terese recuou e observou a trajetória. Quando Gina começou a vagar em direção a ele, a mulher com o casaco de pele branco deu uma olhada ao que obviamente estava à venda, e seu olhar era uma lâmina afiada. O que foi desnecessário. Seu namorado empresário nem sequer lançou um olhar a Gina – ele estava muito ocupado falando com seu colega. E o único resultado que obteve desse olhar demarcador de território foi apenas encorajar a atitude de Gina que desfilou de forma incansável na frente desse ódio territorial, demorando-se até que o homem finalmente olhou para cima.

Entretanto, ele não olhou o que estava diante dele. Ele deslocou o olhar de Gina e sua saia de látex e se concentrou em Marie-Terese.

Atração. Cósmica. Instantânea. Do tipo que não se consegue esconder das outras pessoas, que não se pode reprimir, que não se consegue desligar mesmo se houver a chance de fazer isso. Em seus olhares fixos um no outro, estavam nus e abraçados, não por horas, mas dias.

O que significava que não ia chegar nem perto dele, e não porque tinha uma namorada possessiva. Se o que tinha sentido em um primeiro momento com seu ex era um problema, neste momento entre ela e aquele estranho tinha todo o potencial para uma catástrofe.

Marie-Terese se virou e atravessou a multidão, sem ver nada diante dela ou ao seu redor. Aqueles olhos de aço cinza do homem a consumiam, e embora ela soubesse que ele não poderia vê-la de novo, ela poderia jurar que sentia que ele ainda a olhava fixamente.

– Ei, querida.

Marie-Terese olhou por cima do ombro. Dois universitários vestidos com jeans de cintura baixa, camisetas e acessórios de caveira – o uniforme obrigatório dos jovens do século vinte e um – tinham se aproximado por trás dela e percorriam seu corpo com os olhos. Dada a forma maliciosa com que a olhavam, ficava bem claro que tinham os bolsos cheios de dinheiro dos pais e as cabeças vazias de tudo, e só exibiam a confiança típica dos grandes e idiotas jogadores de futebol.

Ela também teve a impressão de que eles estavam sob o efeito de alguma coisa, as pálpebras tremiam em vez de piscar e os dois tinham o lábio superior revestido de suor.

Ótimo. Era justamente o que ela precisava.

– Quanto para mim e meu amigo? – disse um deles.

– Acho que seria melhor procurar outra pessoa. – Gina não tinha problemas com trios. Ou com câmeras de vídeo. Ou com celulares com câmeras. Ou com outras mulheres. Felizmente, seus limites não ultrapassavam a linha Catarina, a Grande, e seus assuntos com equinos, mas não se podia ter certeza de nada – era muito possível para ela que um relincho cheio de luxúria significasse "chupa mais forte".

O Sr. Conversador finalizou.

– Não queremos mais ninguém. Queremos você.

Recuando um passo, encarou os dois nos olhos.

– Achem outra.

– Temos dinheiro.

– Sou dançarina. É tudo o que sou paga para fazer.

– Então, por que não está em nenhuma das jaulas?

Ele se inclinou de novo e ela recebeu uma rajada de sua colônia: "acqua-de-cerveja".

– Estávamos te observando.

– Não estou à venda.

– Besteira, bonequinha.

– Se continuarem me perseguindo, vamos ter que bani-los do clube. Só é preciso uma palavra com a administração. Agora, voltem ao inferno.

Marie-Terese se afastou, sabendo muito bem que ficaram enraivecidos e não deram a mínima para o que ela disse – muito obrigada, Trez. Por mais que ela odiasse pedir ajuda ao homem, ela o faria num piscar de olhos se isso significasse permanecer em segurança.

No balcão do bar que ficava na parte de trás, ela pediu uma Coca-Cola com gelo extra e se recompôs. Ainda era cedo, só dez e meia, o que significava que havia mais ou menos outras quatro horas por vir.

– Aqueles dois cabeças-ocas estão incomodando?

Ela olhou para cima e sorriu para Trez.

– Nada com que eu não consiga lidar. – Olhou o casaco de couro que tinha na mão. – Já vai embora?

– Só vou com meu irmão a uma reunião. Ouça, os seguranças estão todos instruídos e devo estar de volta em uma hora, no máximo duas. Mas ligue se você ou as meninas precisarem de alguma coisa, certo? Meu telefone vai ficar ligado o tempo todo. Posso voltar num piscar de olhos.

– Vou fazer isso. Dirija com cuidado.

Ele apertou a mão dela e atravessou a multidão, sua estatura diminuía a de todos no clube.

– Aquele é seu gigolô? Talvez devêssemos falar com ele.

Marie-Terese olhou os garotos universitários por cima do ombro.

– Ele é meu chefe e o nome dele é Trez. Por que não vão e se apresentam a ele?

– Acha que é boa demais para nós?

Ela virou-se e os encarou.

– Façam um favor a vocês mesmos e me deixem em paz. A não ser que queiram sair daqui em uma ambulância.

O que falava sorriu, mostrando dentes brancos afiados.

– Faça um favor a nós e pare de pensar que putas como você têm direito a uma opinião.

Marie-Terese recuou – mas apenas em seu interior.

– Sua mãe sabe que é assim que você fala com as mulheres?

– Você não é uma mulher.

A garganta de Marie-Terese se fechou de forma áspera.

– Me deixem em paz – disse com voz rouca.

– Tente fazer isso.

Vin examinou a multidão para achar a mulher de cabelo escuro e ficou frustrado ao não encontrá-la. Fizeram contato visual por um momento elétrico e, então, ela desapareceu no mar de corpos como um fantasma.

Ele a tinha visto antes. Não conseguia lembrar onde... mas, definitivamente, a tinha visto antes.

– Quem está procurando? – Devina disse em voz baixa.

– Ninguém. – Vin fez um aceno com a cabeça a uma garçonete, que se aproximou rapidamente. Depois que as bebidas foram pedidas, Devina se aproximou e se ajeitou com cuidado, seus seios pressionando os bíceps de Vin.

– Vamos voltar.

– Voltar para onde?

– À parte dos banheiros privados.

Vin franziu a testa quando uma mulher de cabelo escuro em um canto distante se virou... não, não era aquela. Talvez... não, essa também não.

Cabelo preto, olhos azuis, rosto em forma de coração que ele queria tomar em suas mãos. Quem era ela?

– Vin? – Devina pressionou os lábios atrás da sua orelha. – Vamos... estou com fome.

Diferentemente da noite anterior, esse jeito faça-isso-agora mais o aborreceu do que o tentou. Sabia muito bem que aquela rotina de sedução se dava menos em razão do sexo entre os dois do que por aquela prostituta oferecida. A questão era a seguinte: Devina não se importava de incluir outras mulheres na relação desde que seguissem suas regras – e, evidentemente, estes termos não incluíam garotas da noite, seminuas agindo como se quisessem montar nele e fazer com que tivesse um orgasmo em público.

Não, as mulheres tinham que estar mais atraídas por Devina do que por ele para que ela concordasse com isso.

– Quero um pouco de privacidade – ronronou.

– Temos um convidado.

– Não vai demorar muito – sua língua lambeu o lado de seu pescoço, fazendo com que se sentisse um poste sendo marcado. – Prometo. Estou com fome, Vin.

– Sinto muito, – seus olhos procuravam em meio à multidão – estou satisfeito no momento.

Devina encerrou seu ato e sentou-se novamente.

– Então, quero ir para casa.

Bem nesse momento, a garçonete chegou com uma cerveja para Jim, uma dose de tequila Jose Cuervo para Vin e um Cosmopolitan para Devina.

– Não podemos ir agora. – Vin murmurou enquanto dava à mulher uma nota de cem e dizia para guardar o troco.

– Mas eu quero ir para casa. – Devina cruzou os braços sobre o peito e olhou bem em seus olhos intimando. – *Agora.*

– Vamos, Devina. Beba seu drinque...

Antes que pudesse dizer que haveria muita intimidade assim que voltassem ao duplex, Devina o interrompeu:

– Talvez eu deva comprar aquela ruiva já que não vai cuidar de mim.

Certo, muito bem. A coisa errada a se dizer. Com certeza, era o botão errado a ser acionado.

Contorcendo-se um pouco para a sua lateral, Vin pegou as chaves do carro do bolso.

– Quer que a acompanhe até o carro? Ou precisa de dinheiro para a prostituta?

Os olhos de Devina brilharam negros no silêncio que surgiu entre eles. Mas ela já deveria saber que não se jogava pesado com ele.

Após um momento, ela arrancou a chave da mão dele.

– Ah, nem sonhei em incomodá-lo. Jim vai me acompanhar. Assim, você pode ficar e desfrutar um pouco mais a vista.

Com um pequeno aceno, Vin olhou o outro homem.

– Jim, se importaria em fazer as honras?

O homem baixou lentamente a cerveja.

– Olhe, se ela quer ir...

– Então, ela é livre para fazer isso. E ela quer que você a escolte até o carro.

O pobre coitado parecia preferir ter seus dedos reduzidos a tocos a ter que entrar no meio deles, e Vin não o culpava.

Descruzando as pernas, Vin ficou em pé.

– Ah, que inferno, cara, relaxa um pouco aí que eu... – Devina deu o tiro final.

– Jim, por favor, me leve até o carro dele. Agora.

Vin sacudiu a cabeça.

– Não, eu vou...

– Vá pro inferno –, Devina explodiu – não quero que me leve a parte alguma.

– Está tudo bem – disse Jim em um murmúrio. – Eu faço isso.

O homem se levantou, mas deixou a jaqueta de couro, como se não estivesse esperando ir muito longe.

– Só vou levá-la até o carro. Ficamos acertados assim?

– Obrigado, cara.

Vin sentou-se de novo e engoliu sua tequila num gole.

– Estarei aqui esperando.

Jim indicou o caminho para a porta e Devina se afastou, erguendo o queixo e os ombros, o casaco de pele em seus braços.

Enquanto Vin os via sair, pensava que eram momentos assim que o faziam questionar sobre o anel. Ele não tinha feito nada para incentivar a prostituta, nem sequer olhou para ela. *Mas estava olhando para alguém*, ressaltou uma voz interior.

Vin voltou a examinar a multidão, todos pareciam vestir roupas pretas e ter o cabelo escuro. Maldição... por que ela tinha que estar em um clube como este, onde todo mundo era moreno?

A não ser que... bom, o *motivo* parecia bastante óbvio: ela não se vestia como uma cliente.

Com um palavrão, elevou a vista a uma das jaulas, onde uma mulher estava sendo iluminada por uma luz azul, contorcendo-se como se tivessem colocado uma moeda fria na parte da frente de sua calcinha e não fosse permitido usar as mãos para tirá-la. Será que sua mulher de cabelos escuros era dançarina... ou era como aquela primeira mulher?

Oh, a quem diabos ele estava enganando? Sem dúvida, podia comprar o que havia nas jaulas também.

Entretanto, prostituta ou não, tinha sido uma espécie de momento em que os olhos se fixavam mutuamente – a atração era inegável, apesar de não fazer sentido. Não que alguma vez tenha julgado uma mulher por ser uma profissional; o que não podia era imaginar estar com alguém que fazia isso para sobreviver. Que estava *fazendo* isso para ganhar a vida.

Não. De maneira alguma. Mesmo se ela tivesse certeza disso, mesmo se tivesse escolhido fazer isso porque gostava, sua mente não estava preparada para compartilhar nada. Havia muito de seu pai nele e a paranoia ia matá-lo.

Xingando, Vin se perguntou como diabos ele pôde lançar um olhar a uma mulher no meio de um clube, tentando imaginar um relacionamento com ela. Quando já estava tendo um. E havia um diamante do tamanho de uma uva esperando em casa por sua...

De repente, a mulher de cabelo escuro atravessou a multidão. Caminhava rápido, seus ombros se chocavam com as pessoas quando ela passava, tinha o rosto sombrio e apertado. E logo atrás dela havia dois rapazes que tinham pescoços maiores que suas cabeças e expressões desagradáveis.

Era como se eles tivessem dez anos de idade e estivessem a ponto de arrancar as asas de uma mariposa.

Vin franziu a testa... e ficou em pé.

Capítulo 12

Enquanto Jim caminhava até a parte dos fundos do Iron Mask, não estava calmo com o que se passava em muitos aspectos. E sua perspectiva não melhorou quando Devina deslizou o braço pelo seu corpo e pressionou o dela contra o dele.

– Está frio de novo – disse ela em voz baixa.

Sim, estava frio, mas não iria aquecê-la como na noite anterior.

– Então, deixa eu te ajudar a colocar o casaco.

– Não... – Ela acariciou a pele que levava no braço. – Não quero colocar agora.

Uau! Caramba, isso significava que, provavelmente, tinha sido Vin quem tinha comprado aquilo para ela. Essa não era *mesmo* uma boa virada nos acontecimentos.

Jim a acompanhou até o BMW, e no momento em que desativou o alarme de segurança com a chave eletrônica, ele abriu a porta do motorista para ela.

– Não sou boa com câmbio manual. – Disse, contemplando o interior do carro. – Eu realmente não consigo dirigir um desses. – Aguardou como se esperasse que ele dissesse algo. – Jim...

– Vamos. Entre no carro.

Ela lançou um olhar para a caminhonete dele que estava estacionada duas vagas mais abaixo. Apesar de não dizer com palavras, a maneira com que inclinou a cabeça dava a entender o que queria.

– Não posso. – Jim deu um passo para trás. – Desculpe.

Devina abraçou o casaco de pele branco, deixando-o mais próximo de seu peito.

– Não gostou de ontem à noite?

– Claro que sim. Mas o conheço agora, e não importa o que diga neste momento, vai se arrepender depois.

Houve um momento longo e tenso; então, Devina assentiu com a cabeça e lentamente afundou-se no assento do carro. Contudo, em vez de fechar a porta ou colocar o cinto de segurança, ela simplesmente ficou olhando por cima do volante, as luzes do painel iluminavam seu lindo rosto.

– Sinto muito, Jim. Não sei por que pedi... Não é justo com você, ou com ele, ou comigo. É que estou tão sozinha que estou fazendo escolhas ruins e não estou agindo direito.

Droga, ele sabia exatamente como era aquilo.

– Tudo bem. As pessoas fazem isso.

Agachou-se para que pudesse olhá-la nos olhos, e, ao fazê-lo, ficou furioso com Vin. Aquele cara entendido de telhas e construção não sabia o que tinha? Caramba, ninguém é perfeito, e a briga que acabavam de ter no clube demonstrava que as duas partes também não eram. Mas, o que mais ele queria?

– Olha, Devina, você falou com ele? Tentou explicar toda essa... – Mas que droga. Jim não podia acreditar que a palavra com "m" quase escapou na conversa. Tentou explicar como se sente?

– Ele está sempre tão ocupado. – Seus olhos eram sombrios e profundos ao olhar para ele. – Mas talvez você pudesse falar com ele por mim... Dizer que o amo e que quero ficar com ele...

– Espera... ei... – Certo, essa era uma ideia tão ruim quanto fazer sexo com ela outra vez. – Não sou o tipo de cara que...

– Por favor. Jim, por favor. É evidente que ele gosta de você e, acredite em mim, isso não acontece com muita frequência. Você poderia só dizer a ele o que conversamos aqui fora e que sinto falta dele, mesmo morando comigo. Quero dizer, não sou idiota. Sei que tipo de homem ele é. Ganhar dinheiro sempre será importante para ele e há benefícios em estar com alguém assim. Mas tem que existir algo mais. – Parecia que seus olhos estavam brilhando. – Não acha que tem que existir algo mais na vida, Jim?

Quando sentiu essa atração fatal o envolvendo e tomando conta dele, colocou-se em pé.

– Sim, mas você mesma precisa dizer essas coisas.

Por um momento ele pensou ver um brilho severo em seu olhar, mas, então, ela voltou a assentir e atravessou o cinto de segurança.

– Vin não é quem eu imaginava que fosse. – Devina ligou o motor e engatou a marcha. – Esperava que ele me envolvesse, confiasse em mim e me amasse, mas isso não acontece e estou perdendo as forças para continuar, estou perdendo de verdade, Jim.

– Ele comprou um anel para você.

Quando ela virou a cabeça, Jim tinha total consciência de que não tinha só ultrapassado todos os limites, ele tinha explodido todos eles. Entretanto, mantê-la na vida de Vin era o que importava.

– Comprou? – ela ofegou.

– Apenas espere mais um pouco. – Cristo, talvez pudesse falar com Vin esta noite. Deus sabia que Jim era um bom mentiroso e, nesse caso, ao menos uma vez, suas intenções eram boas, ele poderia tentar e argumentar que o casamento era algo em que valia a pena acreditar – Ouça, deixe-me passar um tempo com ele, certo?

– Oh, obrigada. – Ela estendeu as mãos e apertou as dele. – Muito obrigada. Eu realmente quero que isso dê certo.

Jogou um beijo no ar para ele e fechou a porta. Dando alguns passos para o lado, observou-a saindo do estacionamento e acelerando pela Rua Trade, ouviam-se as marchas do motor passando e a engrenagem deslizava como um raio.

Jim fez uma careta e pensou que se isso era o que ela classificava como não saber utilizar o câmbio manual, gostaria que dissesse exatamente o que era saber.

Cara, ele precisava de um cigarro.

Com um estalo e um zumbido, um carro se aproximou do muro de tijolos do clube e estacionou sob um dos sinais de "APENAS FUNCIONÁRIOS". Duas mulheres vestidas com roupas minúsculas, com seios de garotas da *Playboy* e pernas tão finas quanto um palito saíram do carro e se detiveram quando o viram.

– Ei! – a garota loira disse com um sorriso sexy. – Vai entrar no clube?

Sua amiga usava um penteado que parecia uma colmeia estilo Amy Winehouse e um colar onde se lia "VAGABUNDA" em diamantes.

– Que tal *entrar* conosco pela porta dos fundos?

A insinuação era muito óbvia para o gosto de Jim, e aquele colar ao redor de seu pescoço indicava que ele ficaria mais interessado em ir se ela fosse junto – além do mais, e se com isso ele pudesse economizar um retorno sozinho ao clube nessa noite fria? Genial, obrigado, madame.

Jim se aproximava quando um segurança abriu a porta para as moças.

– Ele está com a gente – disse a loira ao cara. – É meu primo.

– E aí, cara? – O segurança estalou os dedos e Jim deu uma gorjeta a eles. – Prazer em conhecê-lo.

Depois que entraram, o cara trancou a porta novamente e falou em seu comunicador encaixado na orelha.

– Na frente? Certo. Estou indo. Droga, garotas, temos uma confusão com o público. É melhor vocês darem um tempo aqui até que termine.

– Oh, encontraremos algo para fazer – brincou a loira.

– Ou alguém – interrompeu a da colmeia, pegando o braço de Jim e esfregando-se contra ele.

Ele se desvencilhou dela.

– Tenho um amigo me esperando.

Homem ou mulher? – perguntou a loira.

– Homem.

– Perfeito para um encontro duplo. O acesso ao clube é por aqui... vemos você em um segundo.

A do cabelo em forma de colmeia se inclinou até seu ouvido.

– Acha que estou bonita agora, espere até me ver com minhas roupas de trabalho.

Elas passaram por uma porta onde havia uma placa dizendo "VESTIÁRIO FEMININO". Ele foi deixado no corredor escuro pensando que se as garotas colocassem algo menor do que aquilo que já estavam usando, as duas sairiam dali vestidas com selos postais.

Quando começou a descer para o clube propriamente dito, uma das "trabalhadoras" de cabelos escuros voltou-se em um dos cantos que havia mais adiante e veio em sua direção. Ele a reconheceu imediatamente: era a mulher que Vin estava observando, quando Devina teve seu ataque de ciúmes, e Jim não ficou feliz em ver quem seguia seu rastro: aqueles dois jovens grandões estavam perto demais dela e a expressão de seus rostos indicava que a tinham encurralado naquele corredor escuro e solitário, pois eles queriam algo que evidentemente ela não estava interessada em lhes dar.

Jim olhou para cima e para trás. O corredor tinha mais ou menos uns doze metros de comprimento e uns três de largura e, depois da porta onde se lia "ESCRITÓRIO", que estava distante da saída, o vestiário era a única chance que tinha de despistá-los.

E os seguranças já estavam ocupados com algum tipo de confusão.

Jim firmou os pés e se preparou para intervir... quando, como se tivesse saído do nada, Vin apareceu no arco onde terminavam os limites do clube; parecia que tinha chegado à mesma conclusão de que aquilo não estava certo. Avançando a passos largos, Vin diminuiu rapidamente a distância entre eles, mas a cena alcançou Jim primeiro.

– Eu disse não – a mulher agarrou os próprios ombros.

– As mulheres do seu tipo não dizem não.

Certo, foi a coisa errada a se dizer naquele momento. Jim se interpôs no caminho dos caras e falou com a mulher por cima do ombro.

– Está tudo bem?

Quando ela se voltou para ele, ficou claro pela expressão rígida em seu rosto e pelo terror em seus olhos que estava mantendo a integridade apenas com muita força de vontade.

– Sim. Só estou dando um tempo.

– Por quê? A sua boca já cansou?

Jim encarou o tipo que tinha falado.

– Por que não desiste logo de uma vez?

– Quem é você? Outro gigolô dela? – O filho da mãe estendeu o braço e agarrou-a pelo pulso. – Por que não a deixa fazer...

Vin diPietro, que tinha vencido a distância, movimentou-se como se enfrentar as dificuldades das ruas ainda estivesse em seu sangue. Antes que Jim entrasse em ação, ele estabeleceu contato com os inconvenientes, agarrando o bíceps do cara e o separou da mulher ao girar bruscamente o garoto. Não disse nada. Não precisava dizer. Ele estava preparado para arrebentar o filho da mãe, seus olhos cinzas já não estavam frios, mas pareciam um vulcão.

– Solte o meu maldito braço! – gritou o cretino.

– Vem! Me faça soltar!

Jim deu uma olhada para a mulher.

– Meu colega e eu vamos dar um jeito nisso. Por que não toma um café e diz às outras duas garotas para ficarem um pouco com você? Chamo vocês quando terminar a aula de boas maneiras.

Ela desviou os olhos para Vin. Era evidente que não gostava de aceitar ajuda, mas também não era idiota. Considerando a excitação evidente nos olhos dos garotos, não era apenas a bebida alcoólica que os estimulava, mas também um pouco de cocaína ou anfetaminas. O que significava que as chances de que a situação piorasse logo eram muito grandes.

– Vou chamar um segurança – murmurou enquanto abria a porta do vestiário.

– Faça um favor – disse Vin, ainda contendo a força do garoto. – Não chame ninguém.

Ela sacudiu um pouco a cabeça e saiu correndo do corredor.

E foi então que apareceu a faca na mão do menino silencioso.

Deixando que Vin lidasse com a parte falante da dupla, Jim deu um passo à frente e previu de qual direção viria o golpe da lâmina. Ah, sim, o maldito idiota com a faca iria cruzar pela direita porque era destro, assim era apenas uma questão de esperar...

Jim agarrou o cara no meio da investida, pegou seu pulso de surpresa, o fez girar rapidamente e pressionou a articulação até que ele soltasse a arma. E assim que lançou a cara do bastardo contra a parede, Vin começou uma briga de socos, esquivando-se de um forte golpe, para, em seguida, esmurrá-lo com os dedos nus como um boxeador. Seu golpe o deixou atordoado... mas o problema dos estimulantes ilegais era que os fazia continuar; além de aumentar a possibilidade de fazê-los cometer delitos graves e levar ao vício, havia os efeitos de algumas propriedades anestésicas.

Assim, o garoto da horrorosa e agora ensanguentada boca parecia não sentir nada. Respondeu ao golpe com um gancho no rosto de Vin e continuou. Os dois pareciam porcos selvagens, transformando o corredor em um tatame de artes marciais, e a coisa se dava de modo que Vin estava agindo não só como o agressor da dupla, mas também como uma espécie de justiceiro.

Para abrir espaço à pancadaria, Jim arrastou seu peso morto para fora do caminho, disposto a manter as coisas civilizadas desde que aquele monte de merda não desse mais problemas e calasse suas opiniões o máximo possível.

Contudo, o imbecil teve que abrir a boca. Simplesmente teve que fazê-lo:

– Por que se importa com o que uma puta faz ou deixa de fazer? Droga, é só um coração pulsando e um buraco, caramba.

A visão de Jim vacilou, mas ele se conteve e olhou para o teto. Tinha certeza de que as câmeras captavam imagens em intervalos regulares – o que significava que tudo estava sendo gravado. Por outro lado... ele e Vin foram espertos o suficiente para deixar que seus oponentes lançassem o primeiro golpe e empunhassem a arma, assim, legalmente, eles poderiam alegar legítima defesa.

Mas, além disso, os dois universitários usuários de drogas ilegais não iriam querer dar uma informação sequer à polícia.

Assim, não havia razão para não acabar com aquilo.

Jim apertou sua mão sobre o pulso do garoto, firmou-a segurando também a parte superior do braço e puxou o garoto para trás para que pudesse sussurrar algo em seu ouvido.

– Quero que respire fundo. Vamos, agora... concentre-se. Fique calmo e respire fundo. É isso aí...

Jim apertou e apertou um pouco mais até que a dor cortasse qualquer resistência. E quando percebeu que ele estava bem submisso devido à respiração regular, deslocou o braço direito do ombro com um movimento rápido. O grito resultante foi alto, mas a música da pista de dança abafou o eco. Motivo pelo qual, levando tudo em consideração, os clubes não eram um lugar ruim para uma briga.

Quando o garoto se jogou no chão, Jim se ajoelhou em frente dele.

– Odeio hospitais. Acabo de sair de um. Sabe o que fariam a alguém que apresentasse uma lesão como a sua? Colocariam o braço de volta no lugar. Vamos lá, vou mostrar como é.

Jim pegou o membro deslocado e nem sequer se importou em dizer ao cara que respirasse fundo. Simplesmente aplicou a pressão adequada para que o osso estalasse e voltasse ao lugar. Desta vez, não houve gritos – o filho da mãe desmaiou.

Enquanto brincava de ser ortopedista, Jim levantou o olhar para ver como estavam as coisas com a outra metade da disputa – e teve a visão de Vin socando o fígado de seu oponente como se fosse massa de pão. O universitário estava muito debilitado e parecia totalmente vencido, tinha as mãos levantadas não para dar socos, mas para proteger-se deles... e seus joelhos se encontravam como se estivesse perdendo o equilíbrio rapidamente.

O que teria sido ótimo não fosse o fato de que tinham problemas.

No final do corredor, havia um cliente do clube a quem eles estavam chamando a atenção. As luzes eram tênues, mas não tão tênues. Tinham que sair daquela droga de lugar.

– Vin, temos que ir – disse Jim entre dentes.

Vin não registrou a informação num primeiro momento, o que não foi surpresa, dada a concentração brutal que estava dedicando à luta. Droga, que se dane a plateia; se ele continuasse com aquilo, ia matar o garoto. Ou, no mínimo, ia transformar o idiota em um vegetal do tamanho de um zagueiro.

Jim se levantou, preparado para intervir com mais que palavras.

Capítulo 13

Vin estava se divertindo demais com aquilo.

Fazia anos desde que lançara socos em mais do que um saco de areia no ginásio, e tinha se esquecido de como era boa a sensação de expressar fisicamente sua opinião a respeito de um imbecil – diretamente na cara do sujeito. Cara, tinha voltado tudo, a postura, o poder, o foco.

Ele ainda possuía tudo isso. Ainda podia lutar.

O problema era que, como tudo que é bom, a festa tinha que acabar e parecia que não ia ser o tipo de finalização com um nocaute – ainda que as pernas do garoto estivessem cambaleando, se Vin fosse um pouco mais adiante...

Mas não, Jim acabou com a diversão, fechou a mão pesada sobre o ombro de Vin e o tirou do alcance do garoto.

– Temos plateia.

Ofegando como um touro selvagem, Vin lançou um olhar para o corredor. De fato, um cara com óculos e bigode estava encarando todos eles, sua expressão era de alguém que tivesse sido testemunha de um acidente de carro.

Porém, antes que qualquer um pudesse reagir, a porta de trás do clube se abriu e um homem afro-americano veio a passos largos em direção à briga, parecendo ser capaz de rasgar o para-choque dianteiro de um carro. Com os dentes.

– Que *diabo* está acontecendo na *minha* casa?

A mulher de cabelos escuros de Vin saiu do vestiário.

– Trez, os dois com camisas de caveira são o problema.

Vin piscou como um idiota ao belo som de sua voz, mas tornou a se concentrar e empurrou com força o rosto miúdo do garoto na parede.

– Fique à vontade para terminar o que comecei aqui – disse ele ao dono do clube.

Jim puxou seu monte de mauricinho do chão.

– Este aqui estava com a faca.

Trez examinou os garotos.

– Onde está a arma? – Jim chutou a coisa e o proprietário do clube se curvou e a pegou do chão. – Chamaram a polícia?

Todo mundo lançou os olhos para a mulher e, enquanto ela balançava a cabeça, Vin se viu incapaz de desviar o olhar. Do outro lado do clube ela tinha feito seu coração disparar; de perto fazia a coisa parar como se fosse morrer. Seus olhos eram tão azuis que ele podia comparar com um céu de verão.

– Acho que estes garotos estão acabados – Trez disse com aprovação. – Bom trabalho.

– Onde você quer que eles fiquem? – Jim perguntou.

– Vamos colocá-los lá fora.

Olhe para mim, Vin pensou olhando em direção à mulher. *Olhe para mim de novo. Por favor.*

– Você é quem manda. – disse Jim, e começou a arrastar sua carga corredor abaixo.

Depois de um momento, Vin seguiu o exemplo e puxou o outro cara. Quando chegaram à porta, Trez abriu caminho como um perfeito cavalheiro e deu um passo para o lado.

– Coloquem no lugar que quiserem – o proprietário disse.

Jim "quis" a parede de tijolo à esquerda, enquanto Vin preferiu o lado oposto – assim que ele jogou o garoto no chão, congelou.

As luzes de segurança ao redor da porta brilhavam sobre a cabeça dos garotos, lançando uma cobertura intensa de iluminação até seus pés. Assim, suas sombras deveriam estar projetadas no asfalto. Elas não estavam. Os dois exibiam halos escuros atrás de suas cabeças que se refletiam no muro de tijolos, um par idêntico de coroas cinza esfumaçadas que se entrelaçavam muito ligeiramente.

– Oh... Cristo – Vin sussurrou.

O garoto em quem ele bateu ergueu o olhar com olhos mais cansados do que hostis.

– Por que você está olhando assim pra gente?

Porque vocês vão morrer hoje à noite, ele pensou.

A voz de Jim foi percebida ao longe:

– Vin? O que é?

Vin chacoalhou a si mesmo e rezou para que aquelas malditas sombras desaparecessem. Estava sem sorte. Tentou esfregar os olhos na esperança de mandá-las embora – e descobriu que seu rosto doía demais por causa dos socos que levara para que pudesse lidar com aquele tipo de atenção.

E as sombras prevaleceram.

Trez acenou com a cabeça em direção ao clube.

– Se vocês dois puderem entrar, vou ter uma palavrinha com estes dois cabeças duras. Só pra que fique perfeitamente claro para eles como são as coisas.

– Tá. Legal. – Vin se esforçou para se movimentar, mas quando chegou à porta, lançou um olhar para os garotos. – Tomem cuidado... cuidem-se.

– Vá se ferrar! – foi a resposta que recebeu de volta. O que significava que eles não consideraram isso um conselho, mas uma ameaça.

– Não, quero dizer...

– Venha, – disse Jim, empurrando-o com força para dentro do prédio – vamos.

Deus, talvez ele estivesse errado. Talvez só precisasse que seus olhos fossem examinados. Talvez tivesse uma enxaqueca dentro dos próximos vinte minutos. Mas qualquer que fosse a explicação, não poderia voltar onde tinha estado com esta droga. Ele simplesmente não conseguiria lidar com aquilo.

No corredor, Jim segurou seu braço.

– Você levou algum golpe forte na cabeça?

– Não. – Contudo, considerando o quanto seu rosto estava machucado, percebia-se que isso não era totalmente verdade. – Eu estou bem.

– Que seja. Vamos dar um minuto ao dono lá fora e quando ele entrar novamente, vou levar você pra minha caminhonete.

– Eu não vou embora até ver aquela... – Mulher. Lá estava ela na porta do vestiário.

Vin dirigiu-se a ela, deixando de lado todas as paranoicas e loucas confusões em sua cabeça e se concentrando nela.

– Você está bem?

Ela havia colocado um casaco por cima de seu traje revelador e a coisa caía por suas coxas, fazendo-a parecer o tipo de mulher que se quer tomar nos braços e segurar a noite inteira.

– Você está bem? – Ele repetiu.

Seus olhos, aqueles olhos azuis deslumbrantes, finalmente se voltaram para seu rosto... e ele sentiu aquilo mais uma vez, aquela carga de alta tensão que percorria seu corpo, que o estimulava.

Os lábios dela se ergueram num pequeno sorriso.

– A questão principal é... você está? – Quando Vin franziu as sobrancelhas, ela fez um movimento em torno do rosto dele. – Você está sangrando.

– Não dói.

– Eu acho que isso vai...

Duas outras mulheres borbulharam para fora do vestiário tagarelando como se fossem matracas, falando a mil por hora, as mãos agitadas como caudas, as correntes de ouro ao redor de suas cinturas saltavam e tilintavam como enfeites de uma coleira. Felizmente, todas estavam interessadas em Jim, mas elas poderiam ter arrancado a saia e desfilado na frente de Vin novamente que ele não teria notado.

– Sinto muito por aqueles caras – disse ele à mulher de cabelos escuros.

– Está tudo bem.

Deus, a voz dela era adorável.

– Qual é o seu nome?

A porta de trás do clube se abriu e o cara chamado Trez se aproximou rapidamente.

– Obrigado novamente por cuidarem das coisas.

A conversa foi se desenvolvendo, mas Vin não estava interessado em ninguém além da mulher na sua frente. Ele estava esperando que ela respondesse, com esperanças de que ela o faria.

– Por favor, – ele disse suavemente – diga o seu nome.

Depois de um momento, a mulher de cabelos escuros virou-se para o proprietário.

– Se importa se eu limpar o rosto dele no vestiário?

– Vá em frente.

Vin deu uma olhada para seu parceiro de surra.

– Não se importa de esperar, Jim?

O rapaz acenou com a cabeça.

– Tudo bem. Especialmente se isso significar que você não vai sangrar por toda a minha caminhonete.

– Não vou demorar muito com ele – a mulher disse.

Sem problema, pensou Vin. O que ele sabia era que ela podia tomar o seu tempo para sempre... mas evitou pensar nisso. Devina podia ter saído de forma intempestiva, mas, neste exato momento, ela estava em sua casa, em sua cama. E ele devia alguma consideração a ela, mais do que a que estava dispensando a esta outra mulher.

Pelo menos, você acha que sabe onde Devina está – sua voz interior assinalou.

– Vamos – a mulher disse enquanto abria a porta do vestiário.

Vin olhou de volta para Jim por alguma razão – e a expressão que encontrou dizia algo como "cuide-se, meu caro".

Vin abriu a boca, preparado para ser razoável, e se conteve.

– Eu volto num instante, Jim – foi tudo o que saiu.

Cadela. Puta. Prostituta.

Ele não conseguia acreditar naquilo. Ela estava se prostituindo. Vendendo seu corpo para homens que a usavam para o sexo. A realidade era incompreensível.

Em um primeiro momento, ele não foi capaz de penetrar no que parecia estar acontecendo. Já seria ruim o suficiente se ela fosse uma *bartender* ou uma garçonete ou, Deus me livre, uma dançarina dentro de uma jaula em um clube como este – contudo, ele a viu caminhando por aí com seus seios à mostra e suas coxas nuas para os olhos de outros homens.

E ela teve o que mereceu por fazer o que fazia. Aqueles dois jovens a perseguiram como a uma presa, tratando-a exatamente como homens tratavam mulheres como ela.

Ele acompanhou tudo: o momento em que a dupla a arrastou para o corredor e viu quando a luta estourou. Foi incapaz de se mexer, tão grande era seu choque. De todas as coisas que tinha imaginado que ela fizesse, de todas as hipóteses que tinha levantado sobre como era a vida dela ali em Caldwell, nunca chegara a isso.

Aquilo não estava acontecendo.

Enquanto os molestadores eram esmurrados no corredor, ele voltou para o meio da multidão e saiu correndo do clube atordoado, sem ter ideia alguma do que estava fazendo ou aonde estava indo. O ar frio da noite não clareou sua mente ou despistou sua confusão, e ele percorreu o estacionamento sem direção. Quando entrou em seu carro discreto, se trancou ali e respirou com dificuldade.

Foi quando a ira o atingiu. Grandes ondas de indignação derramaram-se sobre seu corpo, fazendo-o suar e tremer.

Sabia que seu temperamento já tinha causado problemas antes. Sabia que esta fúria fervente era um problema, e lembrou o que lhe foi ensinado na prisão. Conte até dez. Tente se acalmar. Estabeleça em sua mente uma imagem segura...

O movimento na parte de trás do clube fez com que voltasse a si.

Uma porta se abriu e os dois garotos que a tinham perseguido foram lançados como sacos de lixo na calçada por aqueles que vieram socorrê-la. Um homem negro ficou do lado de fora, no frio, e falou com os dois infratores por um momento e então voltou ao clube.

Por trás do volante, ele encarou fixamente os rapazes.

A força de um raio o atingiu como sempre acontecia, eliminando tudo que estava em seu caminho: sua fúria se condensou e então se cristalizou, se concentrando na dupla que estava próxima à porta dos fundos. Toda a raiva e a sensação de traição e a fúria e a confusão que aquela mulher tinha criado foram direcionadas àqueles dois.

Movimentando-se entorpecido, voltou a conferir se o bigode falso e os óculos estavam onde deveriam estar. As chances eram grandes de que existissem câmeras de segurança nos fundos do clube, e como já tinha sido pego antes por gente como eles, mesmo em sua fúria sabia muito bem o que não fazer na frente de lentes curiosas, ainda que disfarçado.

Então, ele esperou.

Em dado momento, os garotos universitários ficaram em pé com mais firmeza, um deles cuspia sangue, o outro segurava o braço como se tivesse medo de que pudesse cair do tronco. Encarando um ao outro, eles discutiam. Entretanto, as palavras ásperas que trocavam entre si não pareciam nada além de teatro mudo, pois ele estava muito longe para ouvir o que estavam dizendo. Mas a briga não durou muito. Eles ficaram em silêncio bem depressa, como se tivessem perdido o ânimo, e depois de darem uma olhada em volta, cambalearam para o estacionamento como bêbados.

Provavelmente porque suas cabeças giravam devido aos golpes que tinham levado.

Quando passaram pelo seu carro, deu uma boa olhada neles. Pele clara, olhos claros, os dois usavam um ou dois brincos. Seus rostos eram do tipo que se via no jornal, não na seção de criminosos, mas abaixo do título "Esporte Universitário".

Saudáveis, jovens, com muita vida pela frente.

Não pensava em nada de forma consciente enquanto ficava sentado ali e, então, saiu detrás do volante. Ele fechou a porta do carro em silêncio e passou a perseguir os jovens. Tudo que fazia era se movimentar silenciosamente e mais nada.

A dupla foi para a última fila do estacionamento e virou à direita... Entrando em um beco apertado, sem aberturas.

Se tivesse pedido a eles que se direcionassem a um lugar com alguma privacidade, é possível que não fossem tão certeiros.

Ele os seguiu até que estivessem na metade do caminho até os edifícios, entre dois blocos. Com um toque suave, para não perder o controle, nivelou a boca da arma em direção às costas fortes e jovens na frente dele e se deteve com o dedo no gatilho.

Eles estavam a quase dez metros de distância, seus passos largos descuidados atravessavam a lama, seus troncos vacilantes eram alvos móveis.

Mais de perto seria melhor, mas não queria esperar ou correr o risco de assustá-los.

Ele puxou o gatilho, houve um alto *pow!* seguido por uma corrida confusa e um baque. O segundo rapaz da dupla virou-se e...

O garoto caiu com uma bala atravessada no tórax.

A satisfação o fez flutuar, embora seus pés permanecessem no asfalto. A livre expressão de sua raiva, a formigante, orgástica libertação, fez com que sorrisse tanto que seus dentes da frente sentiram o vento gélido.

A alegria não durou. A visão dos dois deitados lado a lado, gemendo, fez emergir tudo que incendiava seu cérebro, deixando uma grande dose de horror racional. Ele tinha acabado de prejudicar a si mesmo. Estava em liberdade condicional, pelo amor de Deus! No que estava pensando?

Ele andou ao redor enquanto os garotos se contorciam em movimentos lentos e jorrando sangue. Ele tinha jurado que nunca mais se encontraria nesta situação novamente. Jurado.

Quando parou, percebeu que as duas vítimas estavam olhando para ele. Considerando que eles ainda estavam respirando, era difícil ter certeza se iriam morrer ou não, só que mais tiros não iriam melhorar a situação.

Ele enfiou a arma na cintura e tirou o casaco. Em seguida, o enrolou como se fosse um travesseiro e se abaixou. Curvou-se sobre o cara mais alto primeiro.

Capítulo 14

Ele era bonito, Marie-Terese pensou.

O homem que a tinha protegido era simplesmente lindo. Cabelos escuros grossos. Pele bronzeada. O rosto que, mesmo com os machucados, era espantosamente atraente.

Um pouco atrapalhada por tudo isso, Marie-Terese puxou uma das cadeiras em frente ao balcão de maquiagem e procurou se recompor.

– Se puder sentar-se aqui, vou pegar uma toalha de rosto.

O homem que havia lutado por ela olhou ao redor e ela tentou ignorar o que ele estava vendo: os sapatos salto agulha arranhados, a minissaia rasgada pendurada no banco, as toalhas espalhadas aqui e ali, o par de cintas-liga movimentando-se na borda do espelho iluminado, as bolsas no chão.

Levando-se em conta o magnífico terno preto listrado que ele usava, aquele tipo de caos barato, definitivamente, não era algo a que ele estivesse acostumado.

– Sente-se, por favor – disse ela.

Os olhos acinzentados do homem descansaram sobre ela. Ele devia ser uns vinte centímetros mais alto do que ela e a largura de seus ombros daria, com folga, duas vezes a largura dos dela. Mas ela não se sentia incomodada perto dele. E não estava com medo.

Cara, a colônia dele era deliciosa.

– Você está bem? – ele disse de novo.

Não era uma pergunta, mas uma calma exigência. Como se ele não fosse deixá-la fazer nada quanto ao estado do seu rosto até ter certeza de que ela não tinha se machucado.

Marie-Terese piscou.

– Estou... bem.

– E o seu braço? – Ele apertou com bastante força.

Marie-Terese subiu a manga do suéter que tinha colocado.

– Está vendo...?

Ele se inclinou em direção a ela e a palma de sua mão estava quente ao envolver o pulso dela. Quente e gentil. Não estava agarrando. Nem exigindo. Ou... possuindo. Era gentil.

De repente, ela ouviu a voz daquele universitário em sua cabeça: *você não é uma mulher.*

O insulto desagradável foi dito com a intenção de ser cruel e de ferir, e conseguiu... mas isso acontecia principalmente porque era o que ela pensava sobre si mesma. Não era uma mulher. Não era... nada. Era apenas vazia.

Marie-Terese retraiu seu braço ao toque do homem e arrastou a manga de volta ao lugar. Ela não conseguia lidar com a compaixão dele. De alguma maneira muito estranha, isso era mais difícil de suportar do que o insulto.

– Você vai ficar com um hematoma – ele disse suavemente.

O que ela estava fazendo? Ah... sim. Toalha de rosto. Limpá-lo.

– Sente-se aqui. Volto já.

No banheiro, ela pegou uma tolha branca dentre uma pilha junto às pias, uma tigela pequena e um pouco de água quente da torneira. Enquanto esperava que o fluxo de água se aquecesse, olhou-se no espelho. Seus olhos estavam arregalados e um pouco alucinados, mas não por causa dos dois que tinham sido inoportunos e desrespeitosos de forma tão grosseira. Estava assim por causa do idiota de mãos gentis sentado na banqueta do lado de fora... aquele que parecia um advogado, mas que tinha lutado como Mike Tyson.

Quando ela voltou para perto do balcão de maquiagem, estava um pouco mais calma. Pelo menos até encontrar os olhos dele. Ele a observava como se estivesse absorvendo a imagem dela dentro de seu corpo, e o que a deixou incomodada não foi o modo como ele a olhou, e sim o seu próprio sentimento: ela se sentia da mesma forma que ele.

Menos vazia.

– Você já viu o seu estado? – perguntou ela, apenas para dizer alguma coisa.

Ele balançou a cabeça e pareceu não se importar o suficiente com isso para tirar os olhos dela e se voltar para o espelho, atrás dele. Ela pousou a tigela e colocou um par de luvas de látex antes de se dirigir até ele e umedecer a toalha.

– Você está com um corte profundo no rosto.

– Estou?

– Prepare-se.

Ele não se preparou, e não recuou quando ela tocou na ferida aberta. De volta à bacia, um pequeno tilintar ao umedecer a toalha.

Ele fechou os olhos e entreabriu os lábios, o peito subindo e descendo de maneira uniforme. Assim tão de perto ela conseguia ver a sombra da barba por fazer sobre o maxilar direito e cada um dos seus longos e negros cílios, bem como os cabelos grossos e curtos. Ele tinha um furo na orelha, apenas na direita, e estava evidente que havia se passado anos desde a última vez em que colocou algo no orifício.

– Qual o seu nome? – ele perguntou, sua voz era gutural.

Ela nunca dava seu verdadeiro nome aos clientes. Mas ele não era apenas um cliente, era? Se ele não tivesse surgido naquele momento, as coisas poderiam ter ficado feias para ela: Trez não estava no clube, os seguranças estavam resolvendo uma briga no bar, e o corredor levava diretamente ao estacionamento. Questão de mais alguns minutos e aqueles dois tipos universitários poderiam tê-la colocado em um carro e...

– Você tem sangue na camisa – ela disse, voltando-se à tigela.

Como eu converso bem... pensou.

Ele ergueu as pálpebras, mas não olhou em direção a si mesmo. Ele olhou para ela.

– Eu tenho outras camisas.

– Aposto que sim.

Ele franziu um pouco a testa.

– Esse tipo de coisa acontece muitas vezes com você?

Com qualquer outra pessoa ela teria encerrado a questão com um rápido *claro que não*, mas ela sentiu que, dado o que tinha feito por ela no corredor, ele merecia algo mais verdadeiro.

– Há alguma possibilidade de estar disfarçado? – ela murmurou. – Não que você precise necessariamente me responder, mas eu tenho que perguntar.

Ele alcançou o bolso da frente de seu casaco e tirou um cartão.

– Não há chance alguma de eu ser um policial. Não faço mais coisas tão ilegais quanto costumava fazer, mas eu não seria elegível para usar um distintivo, mesmo que eu quisesse um. Assim, ironicamente, você pode confiar em mim.

Ela olhou o que ele lhe deu. Grupo diPietro. O endereço no centro de Caldwell. Cartões muito caros, logotipo profissional muito chamativo, e um monte de números e endereços de correio eletrônico para entrar em contato com ele. Quando ela apoiou o cartão no balcão, o seu instinto lhe disse que a parte de não estar envolvido com o departamento de polícia de Caldwell era verdade. Mas e a questão de confiar nele? Ela não confiava mais nos homens.

Especialmente naqueles por quem ela se sentia atraída.

– Então, isso acontece muito? – ele disse.

Marie-Terese voltou ao trabalho, limpando o rosto dele, da bochecha em direção à boca.

A maioria não dá problemas. E a gerência cuida da gente. Eu nunca fui ferida.

– Você é... dançarina?

Por um momento ela alimentou a fantasia de lhe dizer que tudo que ela fazia era passar o tempo em uma dessas gaiolas, mostrando alguns movimentos e sendo nada mais que um colírio para os olhos. Ela já podia adivinhar o que ele faria. Ele daria um profundo suspiro de alívio e passaria a se relacionar com ela como se ela fosse igual a qualquer outra mulher que lhe tivesse chamado a atenção. Sem dificuldade, nem implicações, nada além de um flerte entre duas pessoas que poderia acabar na cama.

O silêncio dela fez com que ele tomasse fôlego e não, isso não pareceu algo do tipo *ah, tudo bem.*

Conforme ele inspirava, os músculos ao redor do pescoço se comprimiam como cordas rígidas, como se ele estivesse reprimindo um estremecimento.

O fato era este: ela nunca mais conheceria um homem e poderia sair com ele de uma maneira normal. Ela tinha um segredo obscuro, do tipo que exigia que você avaliasse quantos encontros aconteceriam até que fosse necessário revelá-lo, para não incorrer em uma mentira por omissão.

– Suas mãos estão doendo muito? – ela disse para preencher o vazio.

Quando ele as suspendeu, ela inspecionou os nós dos dedos. Os direitos estavam feridos e sangrando, e quando ela pegou a toalha para passar neles, perguntou:

– Você socorre muitas mulheres?

– Não, não mesmo. Aliás, você perdeu um brinco.

Ela tocou a orelha.

– Sim, eu sei. Eu pretendia colocar outro par hoje. Mas...

– A propósito, meu nome é Vin. – Ele estendeu a mão e aguardou. – Muito prazer.

Em outras circunstâncias, ela teria sorrido para ele. Dez anos e uma vida atrás, ela teria sorrido enquanto as palmas se tocavam e apertavam. Agora, ela só sentia tristeza.

– Igualmente, Vin.

– Seu nome?

Ela retirou sua mão da dele e baixou a cabeça para se concentrar nos nós dos dedos dele.

– Marie-Terese. Meu nome é... Marie-Terese.

Ela tinha olhos tão lindos.

Marie-Terese, aquela que tinha um lindo nome francês, tinha olhos absolutamente lindos. E era gentil com as mãos, o limpava cuidadosamente com aquela toalha quente como se seus cortes e arranhões fossem algo importante.

Droga, ele queria entrar em outra luta apenas para que ela pudesse cuidar dele de novo.

– Você deveria ir ao médico – disse ela, passando a pequena toalha ao longo de seus dedos feridos.

Distraidamente, ele notou que o tecido felpudo que antes estava branco agora estava rosado com seu sangue, e ficou feliz por ela ter colocado as luvas de látex – não porque ele fosse HIV positivo, mas porque ele esperava que o gesto fosse generalizado e significasse que ela se protegia durante o que fazia para viver.

Ele esperava que tudo que ela fizesse fosse apenas dançar. Realmente esperava.

Ela enxaguou a toalha.

– Eu disse, você deveria ir ao médico.

– Vou ficar bem. – Mas e ela, ficaria? O que teria acontecido se ele e Jim não tivessem aparecido?

Deus, surgiram tantas perguntas de repente. Ele queria saber por que alguém como ela permanecia naquele tipo de trabalho. Ele queria saber que tipo de crueldade a levara àquele lugar. Ele queria saber... o que ele poderia fazer para ajudar, não apenas naquela noite, mas amanhã e depois.

Porém, nada daquilo era da sua conta. E indo mais direto ao ponto: ele tinha a sensação de que se a pressionasse para obter mais detalhes, ela se fecharia.

– Posso fazer uma pergunta? – ele disse, porque não conseguiu evitar.

Ela fez uma pausa com a toalha.

– Pode.

Ele sabia que não deveria fazer o que estava prestes a fazer, mas não podia lutar contra a atração esmagadora que ela lhe despertava. Aquilo não tinha nada a ver com sua mente e tinha tudo a ver com o seu... certo, *coração* era melodramático demais. Mas seja lá o que o estivesse impelindo, vinha bem do meio do seu peito.

Então, tudo bem. Talvez o seu "eu-interior" estivesse mesmo a fim dela.

– Quer jantar comigo?

A porta do vestiário foi escancarada e a prostituta de cabelos de fogo que tinha provocado a saída de Devina entrou rapidamente.

– Oh! Desculpem... eu não sabia que tinha gente aqui. – Quando ela olhou para Vin, seus lábios vermelhos brilhantes se abriram em um sorriso falso que sugeriu que ela sabia exatamente quem estava no vestiário.

Marie-Terese afastou-se dele, levando com ela a toalha quente e a bacia de água e suas mãos macias.

– Já estávamos saindo, Gina.

Vin aproveitou a deixa e ficou em pé. Enquanto amaldiçoava a interrupção da ruiva, lançou um olhar sobre o balcão repleto de maquiagem e se lembrou de que ela tinha mais direito de estar ali do que ele.

Marie-Terese entrou no banheiro e ele a imaginou limpando a tigela, enxaguando a toalha e, em seguida, livrando-se das luvas. Ela sairia de lá e ele iria se despedir e... ela ia tirar aquela blusa e voltar para a multidão.

Olhando fixamente a porta por onde ela passou e enquanto a prostituta ao lado dele não parava de falar, uma estranha sensação se apoderou de Vin. Era como se uma névoa se amontoasse no chão e se entrelaçasse por suas pernas, envolvesse seu peito, até atingir seu cérebro. De repente, ele se sentiu quente por fora e frio por dentro...

Droga, ele sabia o que era aquilo. Ele sabia exatamente o que estava acontecendo. Muitos anos haviam passado, mas ele sabia até onde iria essa constelação de sensações.

Vin agarrou a banqueta e deixou-se cair novamente sobre ela. *Respire. Apenas respire, seu grande bastardo idiota. Respire...*

– Então, vi sua namorada sair, – a ruiva ia dizendo enquanto se aproximava dele – quer companhia?

Mãos com unhas cor de sangue, longas como garras, se estenderam e flutuaram sobre sua lapela manchada. Ele a afastou com um gesto descuidado.

– Pare com isso...

– Tem certeza?

Oh, meu Deus, ele se sentia ainda mais quente do lado de fora, ainda mais frio em seu interior. Ele tinha que acabar com isso... pois não queria saber a mensagem que estava chegando até ele. Não queria a visão, a comunicação, a visão do futuro, mas ele era o telégrafo, incapaz de negar a recepção das cartas enviadas a ele.

Primeiro tinha sido o homem no elevador, depois aqueles dois lá fora... agora isso.

Ele havia exorcizado o lado obscuro de si mesmo anos atrás. Por que isso estava voltando agora?

A ruiva esfregou-se contra o seu braço e se inclinou junto ao seu ouvido.

– Deixe-me cuidar de você...

– Gina, dá um tempo, pode ser?

Os olhos de Vin se moveram em direção à voz de Marie-Terese e ele abriu a boca para tentar falar. Não saiu nada. Pior, enquanto ele olhava para ela, ela se transformou em um turbilhão no qual sua visão foi sugada, e tudo, menos ela, ficou embaçado. Ele se preparou para o que, com certeza, viria em seguida – o tremor começou em seus pés, da mesma forma se iniciou o nevoeiro, que subiu pelo seu corpo, tomando conta dos joelhos, estômago e ombros...

– Como queira, eu não preciso implorar – Gina disse dirigindo-se à saída. – Divirta-se com ele. De qualquer maneira, ele parece muito tenso para uma festa.

– Vin? – Marie-Terese se aproximou. – Vin, você está me ouvindo? Você está bem...?

As palavras borbulhavam para fora dele, não ouvia a própria voz, a possessão dominava tudo de tal forma que ele não sabia o que dizia, pois a mensagem não era para ele, mas para aquele a quem ele se dirigia.

Ele conseguiu ouvir apenas algo sem sentido:

– *Theio lskow... Theio th lskow...*

Ela empalideceu e recuou, levando a mão à garganta.

– Quem ?

– *Theio... th... lskow...*

A voz de Vin era profunda e sombria e não fazia sentido para ele, mesmo quando tentava ouvir as sílabas corretamente, buscando decifrar em sua cabeça o que estava dizendo a ela. Esta era a pior parte de sua maldição – ele não podia fazer nada para afetar o futuro, pois não sabia o que previa.

Marie-Terese se afastou dele até bater contra a porta, o rosto pálido e os olhos arregalados. Com mãos trêmulas, ela tateou a coisa para abrir e desapareceu do vestiário, desesperada para fugir dele.

Foi sua ausência que trouxe Vin de volta à realidade, tirando-o do lugar onde estava aprisionado, quebrando as cadeias que o transformaram num fantoche de... ele não sabia do quê. Ele nunca sabia o que era. Desde a primeira vez em que tinha sido possuído, ele não fazia ideia do que isso significava ou o que ele falava ou por quê; de todas as pessoas do planeta, tinha que ser justo ele o escolhido para suportar esse fardo terrível.

Meu Deus, o que ele iria fazer? Ele não poderia administrar sua empresa ou sua vida com invasões como esta. E ele não queria voltar aos tempos de garoto, quando as pessoas pensavam que ele estava louco.

Além do mais, isso não deveria estar acontecendo. Ele tinha resolvido o assunto.

As palmas das mãos plantadas sobre os joelhos, a cabeça caída sobre os ombros, a respiração superficial, os cotovelos fechados segurando o peso de seu corpo. Foi assim que Jim o encontrou.

– Vin? O que está acontecendo, cara? Você se machucou?

Se ao menos fosse esse o caso. Ele bem que preferia uma hemorragia cerebral àquela coisa de "falar em línguas". Vin forçou os olhos para encarar o outro homem. E, uma vez que sua boca evidentemente ainda não tinha perdido aquela dose de independência, ele se ouviu dizendo:

– Você acredita em demônios, Jim?

O rapaz franziu a testa.

– Como?

– Demônios...

Houve uma grande pausa; então, Jim disse:

– Que tal se a gente te levar para casa? Você não parece bem.

O modo como Jim passou por cima da questão foi um lembrete da maneira educada com que as pessoas lidavam com os loucos da vida. Contudo, havia muitos outros tipos de reação, desde a rápida fuga de Marie-Terese até a crueldade absoluta – que foi o que tinha experimentado quando era criança.

E Jim estava certo. Sua casa era exatamente aonde ele precisava ir, mas ele realmente queria encontrar Marie-Terese e lhe dizer... o quê? Que entre os onze e os dezessete anos ele proferia essas "magias" regularmente? Que isso fez com que ele perdesse amigos e fosse rotulado de aberração e que isso o forçou a aprender a lutar? Que ele sentia muito por ela ter se assustado duas vezes naquela noite?

Mais importante, que ela precisava encarar o que quer que ele tenha dito como a verdade absoluta e se proteger? Porque ele nunca estava errado. Isso o levara ao inferno e estava de volta... mas, o que quer que ele dissesse, isso sempre acontecia.

Aliás, ele sabia que nunca eram boas notícias. Mais tarde, alguém em volta, ou até a própria pessoa, ele ou ela, contaria a ele o que ele tinha dito e o que significava. Deus, como as consequências da verdade o horrorizavam. Quando era garoto e se assustava com mais facilidade, ele ia para o quarto, fechava a porta e se aconchegava embaixo das cobertas, tremendo sem parar.

Assim como ele via pessoas mortas, ele previa o futuro. Um tipo de futuro ruim, sangrento e destrutivo.

Então, em que espécie de problemas Marie-Terese estaria envolvida?

– Vamos, Vin. Vamos embora.

Vin olhou para a porta do vestiário. Provavelmente, a coisa mais gentil que poderia fazer por Marie-Terese seria partir em silêncio – todas aquelas explicações só iriam afundá-la e assustá-la mais ainda. Mas não era isso que iria ajudá-la a evitar qualquer problema que se aproximava dela.

– Vin... deixe-me tirar você daqui.

– Ela está em perigo.

– Vin, olhe para mim. – O homem apontou para seus dois olhos. – *Olhe para mim.* Você vai para casa agora. Você bateu a cabeça em algum lugar daquele corredor e, aparentemente, você está apenas dando brecha para não considerar as coisas com seriedade. Entendo que não queira ir ao médico, tudo bem. Mas está falando com as paredes se acha que vou permitir que esta merda continue por mais tempo. Venha comigo. Agora.

Diabos, esse resultado difuso, a desorientação e a confusão, seu medo sobre o que ele tinha dito e os seus sentimentos fora de controle – droga, até mesmo a expressão de "Mas, que diabos?" no rosto de Jim... ele se lembrava de tudo isso. Tantas vezes...... Vin tinha passado por isso tantas vezes e odiava.

– Você está certo – ele disse, tentando deixar tudo de lado. – Você está realmente certo.

Ele poderia voltar e ter a chance de falar com ela mais tarde, quando as coisas não estivessem tão tumultuadas. Como amanhã. Ele voltaria amanhã, assim que o clube abrisse. Era o melhor que ele podia fazer.

Levantando-se da banqueta com cuidado, ele foi até onde ela deixou seu cartão de visitas sobre a penteadeira. Pegou sua caneta e escreveu duas palavras na parte de trás e, em seguida, olhou para todas as bolsas. Ele sabia exatamente qual era a mochila dela. Depois da Victor Hugo rosa e roxo e da Gucci e das duas Louis Vuitton idênticas... havia uma bolsa lisa preta com nada além de um logotipo da Nike.

Depois de enfiar o cartão nela, ele caminhou para a porta, seus ombros doendo, a mão direita começando a latejar, sentia agulhadas nas costelas toda vez que respirava. Contudo, a verdadeira droga nisso tudo era a dor que sentia sobre as têmporas que não tinha nada que ver com a luta. Ele sempre tinha uma depois... do que quer que fosse aquele inferno.

No corredor, ele olhou para todos os lados e não teve sinal de Marie-Terese.

Por um momento, o impulso de encontrá-la bateu forte e quente, mas quando Jim segurou o seu braço, ele colocou sua fé na racionalidade do outro homem e permitiu que fosse levado até a saída dos fundos do clube.

– Espere aqui.

Jim bateu na porta do gerente e, quando o cara saiu, houve outra rodada de agradecimentos e, depois, Vin se deu conta de estar respirando um ar limpo e frio. Cristo... que noite.

CAPÍTULO 15

No estacionamento do clube, Vin andou entre as filas de carros, mas ele não se detinha em nada... ao menos, não até vir o cara de bigode e óculos que testemunhou a luta no topo do corredor. Felizmente, quando passaram um pelo outro, o homem baixou os olhos como se não quisesse problemas e continuou a puxar seu casaco, como se tivesse saído de um carro depois de pegar a coisa.

Quando chegaram à caminhonete, Vin deslizou no assento do passageiro e esfregou com cuidado seu rosto dolorido.

Deixando cair a cabeça para trás, ele desprezou a dor que girava e o envolvia fazendo seu crânio latejar. E a dor ficou ainda pior quando se deu conta de que enquanto voltava para casa, Marie-Terese tinha voltado ao trabalho. O que significava que ela estava com outro homem nesse exato momento, dando a ele...

Ele tinha que parar de pensar nisso antes que ficasse totalmente louco.

Olhando pela janela, ele via o reflexo da iluminação das ruas surgir e desaparecer quando Jim virava à esquerda, à direita ou parava em algum cruzamento no caminho para o Commodore.

Quando pararam em frente ao arranha-céu, Vin soltou o cinto de segurança e abriu a porta. Ele não tinha ideia se Devina estaria no duplex, ou se em vez disso havia se dirigido até a casa que ela ainda mantinha nos arredores do velho distrito frigorífico de Caldwell.

Como desejava que ela não estivesse em sua cama, sentia-se um bastardo.

– Obrigado – disse a Jim quando saltou do carro. Antes de fechar a porta, ele se inclinou. – A vida é muito doida às vezes, é mesmo... Você nunca sabe o que vai acontecer, não é?

– É isso aí. – O cara passou a mão áspera pelos cabelos. – Ouça, vá ficar com sua mulher. Converse com ela, certo?

Vin franziu a testa em sinal de que lhe ocorrera algo.

– É isso? Para mim e para você? Estamos conversados, agora?

Jim soltou o ar mostrando desapontamento por seu conselho amoroso ter sido ignorado.

– Não, não completamente.

– Por que não diz logo o que você quer?

Jim apoiou o antebraço na parte superior do volante e olhou através do banco. No silêncio, seus pálidos olhos azuis pareciam envelhecidos.

– Eu disse a você porque estou aqui. Seja bom com Devina e depois vá dormir antes que caia duro.

Vin balançou a cabeça.

– Dirija com cuidado.

– Está bem.

A caminhonete partiu e Vin subiu os degraus que levavam à entrada do Commodore. Deslizando o cartão magnético de entrada, abriu uma das portas e entrou na portaria de mármore. Atrás do balcão da recepção, o velho guarda de segurança noturno ergueu o olhar, e quando se deparou com o rosto de Vin deixou cair a caneta que estava segurando.

Vin achava que o inchaço estava aparecendo, o que explicaria o fato de estar com dificuldade em piscar um dos olhos.

– Sr. diPietro... o senhor...

– Espero que você tenha uma noite tranquila – Vin disse enquanto caminhava até a porta do elevador. – Obri... gado.

Subindo o edifício, Vin deu uma boa olhada no que provocou a queda da caneta das mãos do segurança. Nos espelhos escurecidos do elevador, ele olhou para o seu nariz quebrado, para os riscos em seu rosto e para o princípio de um olho roxo que ele teria pela manhã...

De repente, seu rosto começou a latejar acompanhando as batidas do seu coração. O que o fez pensar que se não tivesse visto seu reflexo, talvez seu rosto não tivesse se manifestado.

Chegando ao vigésimo oitavo andar, saiu para o corredor, já com a chave nas mãos. Enquanto manuseava a fechadura, concluiu que, naquela noite, sua vida tinha levado uma surra no confronto com aquele universitário. Tudo parecia estar fora do lugar. Deslocado.

Ele esperava que não fosse o início de uma rotina.

Vin abriu a porta, parou para escutar e foi tomado por uma grande exaustão. Não houve alarme de segurança para desativar e ele podia ouvir o murmúrio da televisão no segundo andar. Ela estava em casa. Esperando por ele.

Fechando a si mesmo ao entrar, girou a fechadura, reativou o alarme e recuou contra a parede. Quando conseguiu se firmar, olhou para o topo da escada de mármore e observou a luz azulada tremulante produzida por um programa qualquer que estava passando.

Parecia um filme antigo, algum tipo de especial Ginger Rogers-Fred Astaire. Tudo indicava que ele teria que subir e enfrentar a música, por assim dizer.

Enquanto a música dos anos 1940 ondulava para fora do quarto, ele imaginou que Devina estaria apoiada nas fronhas de linho egípicio, vestindo uma de suas delicadas camisolas de seda fina. Quando ele entrasse, ela ficaria chocada com seu rosto e tentaria cuidar dele – e ela iria se desculpar por ter desaparecido do clube, bem como por ter feito de tudo para não ser encontrada na noite anterior.

Ou ela tentaria outra coisa. Ele não estava a fim de sexo nessa noite.

Pelo menos... não com ela.

– Droga – ele murmurou.

Era um inferno, mas ele queria dirigir de volta ao clube, mas não para tentar mudar a opinião de Marie-Terese sobre ele. Ele queria sacar quinhentos dólares e comprar algum tempo com ela. Ele queria beijá-la, puxá-la contra o seu corpo e percorrer com as mãos o interior de suas coxas. Ele queria sua língua na boca dela, seu peito contra os seios dela e ele a queria ofegante e úmida. Queria que ela o deixasse possuí-la.

A fantasia o deixou imediatamente rígido – mas não durou muito, nem as imagens quentes, nem a ereção.

O que matou a fantasia foi a lembrança dela naquele casaco. Ela estava tão pequena. Tão... frágil. Não era um objeto a ser comprado, mas uma mulher em um negócio brutal, cedendo seu corpo por dinheiro.

Não, ele não queria estar com ela assim.

Quando ele se deu conta da mecânica cruel que envolvia aquela forma de ganhar a vida, Vin concluiu que era evidente ela estar em perigo. A prova era o que tinha acontecido naquela noite. Os homens não eram confiáveis quando seu órgão sexual estava em jogo, e ele mesmo assumia a culpa de praticar esse tipo de "pensamento peniano". Como agora, por exemplo.

Desesperado por uma bebida, Vin foi até o bar na sala de estar. Devina tinha apagado as luzes, mas a lareira elétrica estava ligada e suas chamas tremulavam ao redor das paredes, tornando-as líquidas e fazendo com que as sombras se movimentassem como se estivessem monitorando seus passos enquanto ele se movia pela sala.

Com a mão ferida pelos golpes dados, ele se serviu de uísque e, enquanto bebia, sentia um ardor em um dos lados do lábio ferido.

Olhando ao redor, avaliava tudo que tinha comprado com o dinheiro que havia ganhado na vida e sob aquela iluminação difusa tudo parecia estar derretendo em volta dele, o papel de parede pingava como folhas que desapareciam, as prateleiras se desvaneciam, os livros e os quadros se desligavam de sua natureza e se transformavam em formas imaginárias, estilo Salvador Dalí.

Dentre as distorções, ele fixou o olhar no teto e imaginou Devina acima dele.

Ela era só mais uma coisa que ele tinha adquirido, não era? Ele a comprou com roupas, viagens, joias e dinheiro para gastar.

E ele havia comprado ontem aquele diamante não porque fosse seu desejo que ela aceitasse a pedra como um símbolo de amor – era apenas mais uma parte da transação em curso.

O fato é que ele nunca havia dito a Devina que a amava... não por ele ser emocionalmente reprimido, mas, sim, porque ele não tinha esse sentimento por ela.

Vin sacudiu a cabeça até que seu cérebro se agitasse o suficiente para que a sala voltasse ao normal. Após beber de um trago o resto do uísque, ele encheu o copo com outra dose, que bebeu. Mais outra dose. Bebeu de um trago. E mais um pouco.

Ele não fazia ideia de quanto tempo aguentou-se em pé bebendo em frente ao bar, mas ele conseguiu ver o nível de bebida na garrafa caindo. E após o nível descer uns dez centímetros, ele decidiu simplesmente terminar o que ainda restava e levou a garrafa com ele até o sofá que ficava de frente para a vista panorâmica.

Observando a cidade lá fora, ele foi ficando muito embriagado. Saturado. Bêbado. Tão alcoolizado que não conseguia sentir as pernas ou os braços e teve que deixar sua cabeça cair para trás contra a almofada, porque não conseguia mais erguê-la.

Algum tempo depois, Devina apareceu nua atrás dele, o seu reflexo no vidro a revelou junto ao arco da sala.

Com a confusão mental associada ao seu estado dormente, ele percebeu que havia algo errado com ela... na forma como ela se movia, no perfume que exalava.

Ele tentou levantar a cabeça para ver com mais clareza, mas era como se a maldita estivesse colada com um velcro na parte de trás do sofá, e ainda que tentasse se esticar até que sua respiração ficasse presa ao passar pela garganta, ele não conseguiu se mover.

Como a sala foi se degradando mais uma vez, tudo parecia uma viagem alucinógena ruim. Ele estava impotente. Congelado. Vivo e morto ao mesmo tempo.

Devina não permaneceu atrás dele.

Ela contornou o sofá, e ele foi ficando de olhos arregalados enquanto se aproximava. O corpo dela estava apodrecido, as mãos contorcidas em forma de garras, seu rosto não era nada além de um crânio com tiras de carne cinzenta penduradas nas bochechas e no queixo. Preso dentro de seu corpo paralisado, ele lutou para escapar, mas não havia nada que pudesse fazer enquanto ela se aproximava.

– Você fez um trato, Vin – ela disse com uma voz sombria. – Você conseguiu o que queria e trato é trato. Você não pode voltar atrás.

Ele tentou sacudir a cabeça, tentou falar. Ele não a queria mais. Não em sua casa, não em sua vida. Alguma coisa mudou quando ele viu Marie-Terese, ou talvez tenha sido Jim Heron – apesar de não fazer ideia do porquê aquele cara tinha alguma importância. Mas qualquer que fosse o motivo, ele sabia que não queria Devina.

Nem na sua mais bela forma e muito menos na atual.

– Sim, você fez, Vin. – Sua voz horrível não estava apenas em seus ouvidos; vibrava por todo o seu corpo. – Você me pediu para vir até você e eu dei o que você queria e mais. Você fez um acordo e tomou posse de tudo o que eu trouxe para sua vida, você comeu, bebeu, transou. Eu sou responsável por tudo isso e você me deve.

De perto, ela não tinha olhos, apenas órbitas que pareciam buracos negros. E ainda assim ela o viu. Tal como Jim havia dito, ela realmente *olhava* para ele.

– Você tem o que você queria, inclusive eu. E há um preço e um pagamento para tudo. Meu preço é... você e eu juntos para sempre.

Devina montou em cima dele, colocando um joelho esquelético em cada lado de suas coxas, e plantando as horríveis e retalhadas palmas das mãos em seus ombros. O cheiro da carne podre envolvia suas narinas e as arestas agudas de seus ossos o cortavam. As mãos horrendas se dirigiram ao seu zíper e ele encolheu-se dentro de sua pele.

Não... ele não queria isso. Ele não a queria.

Como Vin se esforçava para abrir a boca e não conseguia ao menos mover o maxilar, ela sorriu, seus lábios de cera se abriram e revelaram os dentes ancorados em gengivas pretas.

– Você é meu, Vin. E eu sempre tomo o que é meu.

Devina retirou seu sexo da calça, que estava duro pelo terror, e o colocou entre as pernas. Ele não queria isso... ele não a queria. Não...

– Tarde demais, Vincent. É hora de eu tomar posse de você, não apenas neste mundo, mas no próximo. – Com isso, ela o possuiu, seu corpo em decomposição envolvendo o dele, acariciando a sua carne podre num gélido fascínio.

A única coisa que se movia sobre ele, além dela, eram suas lágrimas. Elas escorriam do rosto descendo pela garganta, sendo absorvidas pela gola da camisa. Preso sob ela, possuído contra a sua vontade, ele tentou gritar, tentou alcançar...

– Vin! Vin... acorde!

Ele abriu os olhos de repente. Devina estava bem na frente dele, seu rosto bonito exibia traços de pânico, suas mãos elegantes vinham em sua direção.

– Não! – Ele gritou. Empurrando-a para fora do caminho, ele ergueu-se e ultrapassou os limites de suas forças ao dar um grande pulo, caindo com o rosto no tapete, lançando-se ao chão assim como o copo.

– Vin...?

Ele levantou-se de costas e suspendeu os punhos preparando-se para lutar com ela...

Só que ela não vinha mais atrás dele. Devina estava esparramada no sofá onde ele tinha sentado, com os cabelos brilhantes sobre as almofadas em que ele tinha se recostado, sua pele pálida e perfeita ficava em evidência em uma camisola de cetim cor de marfim. Seus olhos se apresentavam como os dele haviam estado antes, arregalados, apavorados, confusos.

Enquanto ofegava, ele apertou o peito acelerado e tentou decifrar o que era real.

– Seu rosto – disse ela em dado momento. – Deus... sua camisa. O que aconteceu?

Quem era ela? Perguntou-se. O sonho ou... o que via agora?

– Por que você está me olhando assim? – Ela sussurrou, levando a mão à garganta.

Vin olhou para o zíper. Estava fechado e seu cinto amarrado, seu sexo mole em sua cueca boxer. Olhando ao redor da sala, ele descobriu que tudo estava como sempre esteve, em perfeita ordem, a sala cheia de luxo, o efeito deslumbrante das chamas da lareira.

– Droga... ele gemeu.

Devina sentou-se lentamente, como se estivesse com medo de assustá-lo de novo. Encarando a garrafa no chão perto do sofá, ela disse:

– Você está bêbado.

Verdade. Podre de bêbado. A ponto de ele não ter certeza se conseguiria suportar... a ponto de começar a ter alucinações... a ponto de talvez nada daquilo ter acontecido. O que seria uma bênção.

Sim, a ideia de que tudo aquilo não tinha sido nada além de um pesadelo provocado pelo excesso de bebida o acalmou mais do que se respirasse fundo muitas vezes.

Com um impulso, ele começou a se levantar, mas seu equilíbrio estava abalado, então deu uma guinada e bateu na parede.

– Aqui, deixe-me ajudá-lo.

Ele levantou a mão para detê-la.

– Não, fique... – *longe*. – Eu estou bem. Estou ótimo. – Vin se recompôs e, quando recuperou o equilíbrio, procurou o rosto dela. Tudo o que ele viu foi amor, preocupação e confusão. Mágoa, também. Ela parecia não ser mais do que uma mulher de aparência espetacular que se preocupava com o homem que estava olhando. – Eu estou indo para a cama – disse ele.

Vin saiu da sala, e ela o seguiu pelas escadas em silêncio. Enquanto ele tentava não se sentir perseguido, forçava-se para lembrar que não era ela o problema. Era ele.

Quando chegou à porta do banheiro, ele disse:

– Só um minuto.

Depois de fechar-se lá dentro, ele ligou o chuveiro, tirou a roupa e ficou sob a água quente. Ele não conseguia sentir o jato, mesmo em seu rosto arrebentado, e tomou isso como uma evidência de que por mais bêbado que se julgasse, ele deveria ser um pouco mais generoso em sua avaliação.

Quando ele saiu, Devina estava esperando com uma toalha. Ele não permitiu que ela o secasse, mesmo sabendo que, sem dúvida, ela teria feito o serviço melhor que ele, e colocou umas calças de pijama apesar de normalmente dormir nu.

Eles se deitaram na cama, lado a lado, mas sem se tocar, a televisão cintilava como se fosse aquela lareira com chamas azuis. Em um momento de loucura, ele se perguntou se as paredes também derreteriam ali, mas não. Elas permaneceram da mesma maneira.

Na TV, Fred e Ginger estavam dançando, o vestido dela se movimentava esvoaçante, a cauda do traje dele também.

Ou Vin não esteve fora por muito tempo ou então aquela era uma maratona deles em qualquer que tenha sido o canal que ela havia escolhido.

– Você não vai me dizer o que aconteceu? – Devina disse.

– Só uma luta de bar.

– Não com Jim, espero?

– Ele estava do meu lado.

– Ah. Certo. – Silêncio. – Você precisa ir ao médico?

– Não.

Mais silêncio.

– Vin... com o que você estava sonhando?

– Vamos dormir.

Quando ela pegou o controle remoto para desligar a TV, ele disse:

– Deixe ligada.

– Você nunca dorme com a televisão ligada.

Vin franziu a testa, enquanto observava Fred e Ginger se movendo em sincronia, os olhos presos um no outro, como se não pudessem suportar o simples desviar de um olhar.

– Hoje é diferente.

Capítulo 16

Jim acordou na manhã seguinte com batidas na porta.

Embora estivesse num sono profundo, acordou imediatamente... e apontando uma pistola calibre quarenta para o outro lado do cômodo. Como as cortinas da grande janela da frente e das duas menores que havia sobre a pia da cozinha estavam fechadas, não tinha a menor ideia de quem poderia ser.

E levando em conta seu passado, poderia não ser um amigo.

O Cachorro, que estava enrolado nele, levantou a cabeça e emitiu um murmúrio inquisitivo.

– Não tenho ideia de quem é – disse Jim, afastando as cobertas e indo totalmente nu em direção ao lado das cortinas da janela da frente. Ao separá-las ligeiramente, viu o BMW estacionado na entrada.

– Vin? – chamou.

– Sim. – A resposta lhe chegou abafada.

– Espere um pouco.

Jim colocou de volta a arma na cartucheira que pendurava na cabeceira da cama e puxou um par de cuecas boxer. Ao abrir a porta, Vin diPietro estava parado do outro lado, e tinha um aspecto de total desalinho. Apesar de ter tomado banho e se barbeado e trocado suas roupas por um traje informal de homem rico, seu rosto estava machucado e sua expressão era sombria como o inferno.

– Já viu as notícias de hoje? – ele disse.

–Não. – Jim recuou para que o cara pudesse entrar. – Como me encontrou?

– Chuck me disse onde você morava. Teria ligado antes, mas você não tem telefone. – Vin foi até a TV e a ligou. Enquanto trocava de canal, o Cachorro se aproximou e o farejou.

O cara deve ter passado no teste, porque o animal se sentou sobre um de seus sapatos mocassim.

– Droga... não consigo encontrar... estava em todos os noticiários locais – murmurou Vin.

Jim deu uma olhada no relógio digital que havia próximo à cama. Sete e dezessete. O alarme deveria ter soado às seis, mas obviamente ele se esqueceu de ligá-lo.

– O que há nos noticiários?

Nesse momento, o jornal passou a anunciar as notícias locais, e a quase bela apresentadora da estação de Caldwell olhou a câmera com seriedade.

– Os cadáveres dos dois jovens que foram encontrados na altura do número mil e oitocentos da Rua Dez foram identificados como Bryan Winslow e Robert Gnomes, ambos de vinte e um anos de idade. – Surgiram fotografias dos dois universitários idiotas com quem ele e Vin tinham lidado na noite anterior piscando na tela à direita da cabeça da loira. – Tudo indica que os dois foram vítimas de tiros, e seus corpos foram encontrados por um frequentador do clube por volta das quatro da manhã. De acordo com o porta-voz do Departamento de Polícia de Caldwell, os dois dividiam um apartamento na Universidade Estadual de NY em Caldwell e foram vistos pela última vez quando se dirigiam ao Iron Mask, um clube local que está na moda. Ainda não foram nomeados suspeitos. – O ângulo da câmera mudou e ela se voltou para o novo assunto. – Em outras notícias, outro pedido de creme de amendoim foi...

Quando Vin o olhou por cima de seu ombro, Jim exibia um ar centrado e calmo, o que sugeria que ele estava familiarizado em ter problemas com a polícia.

– O cara de bigode e óculos que ficou olhando o corredor enquanto estávamos brigando pode ser um problema. Nós não os matamos, mas há uma boa possibilidade de que as coisas fiquem complicadas para nós.

Verdade.

Virando-se, Jim foi até o armário e tirou o café instantâneo. Havia menos de meio centímetro de grãos no frasco, não era suficiente para uma, muito menos para duas xícaras. Mas tudo bem; de qualquer maneira tinha gosto de água de batata.

Colocou o frasco de volta no lugar e foi para o refrigerador, embora não houvesse nada dentro.

– Olá? Você está aí, Heron?

– Ouvi o que disse. – E desejava mais que tudo que não tivessem atirado naqueles dois idiotas. Envolver-se em uma briga de socos era uma coisa. Estar comprometido em um tiroteio era outra completamente diferente. Depositava bastante confiança em sua falsa identidade a nível local – além disso, tinha sido criada pelo governo dos Estados Unidos. Mas o que ele não precisava era ter seus antigos chefes frente a frente de novo; e ser considerado suspeito de assassinato pelo Departamento de Polícia de Caldwell chamaria a atenção deles imediatamente.

– Eu gostaria de manter isso dentro da maior discrição possível – disse, fechando a porta da geladeira.

– Eu também, mas se o dono desse clube quiser me encontrar, pode fazê-lo.

Isso era verdade; Vin tinha dado seu cartão à prostituta que tinha resgatado. Levando em conta que a bolsa preta era mesmo dela, e que ela não tinha jogado a informação fora, a ligação estava ali.

Vin se inclinou e acariciou o Cachorro por trás de uma de suas orelhas.

– Duvido que sejamos capazes de nos manter completamente fora dessa. Contudo, tenho excelentes advogados.

– Tenho certeza que sim. – *Droga*, pensou Jim. Não podia simplesmente sair às pressas da cidade, não enquanto o futuro de Vin estivesse em jogo.

Bom, a situação não precisava exatamente desse tipo de complicação.

Jim fez um gesto com a cabeça em direção ao banheiro.

– Olha, é melhor que eu tome uma ducha e vá trabalhar. O cara cuja casa estou construindo pode ser um imbecil de vez em quando.

Vin levantou os olhos com um meio sorriso.

– Engraçado, eu penso a mesma coisa sobre meu chefe, só que eu trabalho para mim mesmo.

– Pelo menos você tem consciência disso.

– Mais que você. Hoje é sábado. Assim, não tem que ir à construção.

Sábado. Droga, ele se esqueceu em qual dia da semana estava.

– Odeio os fins de semana – murmurou.

– Eu também. Por isso, passo esse tempo trabalhando.

Vin olhou ao seu redor e se concentrou nas duas pilhas da lavanderia.

– Poderia limpar um pouco este lugar.

– Para que o incômodo? A que está à esquerda é a limpa, a que está à direita é a suja.

– Então deveria lavar a roupa, porque a lama da construção é implacável.

Jim pegou a calça jeans que tinha usado na noite anterior e jogou sobre o monte de roupa suja.

– Ei, caiu alguma coisa... – Vin se agachou e ergueu o pequeno brinco de ouro que estava no bolso da frente da jaqueta de Jim desde a noite de quinta-feira.

– De onde tirou isto?

– Do beco atrás do Iron Mask. Estava no chão.

Os olhos de Vin ficaram presos na coisa como se valesse muito mais que os dois dólares que provavelmente foram gastos para fabricá-lo ou os quinze que tivessem pedido por ele ao vendê-lo.

– Importa se eu guardar comigo?

– Não, nem um pouco. – Jim vacilou. – Devina estava em casa? Quando você chegou?

– Sim.

– Acertaram as coisas?

– Acho que sim. – O aro de ouro desapareceu dentro do bolso do peito de sua camisa. – Sabe, vi como lidou com aquele garoto na noite passada.

– Você não gosta de falar de Devina.

– Minha relação com ela não é assunto de mais ninguém além de mim. – Vin estreitou os olhos. – Você foi treinado para lutar, não foi? E não foi em uma academia de artes marciais de algum shopping.

– Mantenha-me informado se ouvir alguma coisa da polícia. – Jim entrou no banheiro e abriu o chuveiro. Quando os tubos gemeram e se agitaram, um jorrar de água anêmico formou um arco até o chão de plástico do box.

– E não se preocupe em fechar a porta quando sair. O Cachorro e eu ficaremos bem.

O cara encontrou os olhos de Jim no pequeno espelho que havia sobre a pia.

– Você não é quem diz ser.

– Quem sou?

De repente, uma sombra passou pelo rosto de Vin, como se estivesse se lembrando de algo horrível.

– Você está bem? – Jim franziu a testa. – Parece que viu um fantasma.

– Tive um sonho ruim ontem à noite – Vin passou devagar a mão pelo cabelo. – Ainda estou um pouco abalado. – Repentinamente, Jim ouviu a voz daquele cara dentro de sua mente: *acredita em Demônios?* Quando o Cachorro gemeu e começou a mancar e a recuar de onde eles estavam, Jim sentiu um arrepio na parte de trás da nuca.

– Quem estava no sonho. – Não soou como uma pergunta.

Vin soltou uma risada tensa, colocou seu cartão de visitas sobre a mesa do café e se encaminhou para a porta.

– Ninguém. Não sei de quem se tratava.

– Vin... fale comigo. Que droga aconteceu quando chegou em casa?

A luz do sol se derramou no lugar quando o cara foi em direção à escada.

– Vou deixá-lo informado se a polícia entrar em contato comigo. Faça o mesmo. Deixei meu cartão.

Estava claro que não havia como pressioná-lo para falar sobre o assunto.

– Certo, está bem, faça isso. – Jim recitou o número de seu celular e não ficou surpreso quando Vin o memorizou sem escrevê-lo. – Olha, é melhor que fique longe daquele clube.

Só Deus sabia que acrescentar algum tipo de grades de prisão a esta equação não iria facilitar as coisas. Além disso, Vin tinha olhado para a prostituta de cabelo escuro da maneira que deveria olhar para Devina – o que significava que quanto menos tempo passasse com ela, melhor.

– Entro em contato – disse Vin, antes de fechar a porta.

Jim olhou fixamente os painéis de madeira enquanto escutava os pesados passos descerem as escadas e, logo em seguida, o poderoso arranque de um motor. Depois que o veículo partiu fazendo ranger o caminho de cascalho, foi até a porta e deixou que o Cachorro saísse e, então, voltou para a ducha antes que a metade do seu reservatório de água quente não tivesse outra coisa a oferecer além de água fria.

Enquanto se ensaboava, a pergunta que Vin tinha feito na noite anterior ecoou novamente.

Acredita em Demônios?

Do outro lado da cidade, Marie-Terese estava sentada no sofá e tinha os olhos fixos em um filme a que não estava assistindo. Era o... quarto seguido? O quinto? Ela não conseguiu dormir na noite anterior. Nem sequer tentou colocar a cabeça sobre o travesseiro.

Vin não saía de seus pensamentos... estava em sua mente e falando com aquela voz estranha: "*Ele está vindo atrás de você. Ele está vindo atrás de você*".

Quando ele entrou naquele transe bizarro dentro do vestiário, a mensagem que tinha saído de sua boca era aterradora, mas seus olhos fixos eram algo ainda pior. E qual foi a primeira reação dela? Não tinha sido dizer "*De que diabos está falando?*". Não, ela pensou consigo mesma "*Como você sabe?*".

Sem ter ideia do que fazer ou de como lidar consigo mesma, muito menos com ele, saiu correndo do vestiário e pediu a seu amigo que entrasse.

Baixou o olhar para o cartão de visita que tinha na mão. Virando-o pela centésima vez, encarou o que ele havia escrito: *Sinto muito*. Ela acreditava nisso...

O som do telefone ao tocar do seu lado quase a matou de susto, fazendo com que desse um pulo tão grande que o cartão deslizou de sua mão e saiu voando.

Recuperando o fôlego, pegou o celular que estava ao seu lado no sofá, mas este parou de tocar antes que pudesse ver quem era e atender. Tudo bem – não tinha vontade de falar com ninguém e provavelmente tinha sido apenas um engano.

O pequeno Nokia era o único telefone que tinha. O da cozinha, que estava fixado na parede, não tinha tom de discagem, pois ela não tinha ativado a linha. A questão principal era que, por mais privado que pudesse ser um telefone residencial, as pessoas ainda poderiam invadir sua privacidade com muito mais facilidade do que no caso de um celular, e o anonimato era importante para ela – razão pela qual ela procurava alugar apenas locais com todos os serviços inclusos no aluguel mensal, o que significava que as contas permaneceriam no nome do proprietário em vez de serem passadas para o nome dela.

Quando apoiou o telefone, pensou no passado, em como eram as coisas antes que tentasse deixar Mark. Naquela época, o nome de seu filho era Sean. E o dela era Gretchen. O sobrenome deles era Capricio.

E ela era mesmo uma ruiva natural, verdadeira. Diferente de Gina no clube.

Marie-Terese Boudreau era uma completa mentira, a única coisa que continuava verdadeira era sua fé católica. Era isso. Bom, isso e a dívida que tinha com os advogados e o detetive particular.

Naquele momento, depois de tudo pelo que passou, ela tinha a opção de entrar num programa de proteção à testemunha. Mas os policiais poderiam ser comprados – Deus sabia que seu ex e seus capangas tinham ensinado isso a ela. Assim, ela concluiu o que tinha que fazer com a justiça e, quando Mark apresentou seu recurso, ela estava oficialmente livre para fugir para o local mais distante possível de Las Vegas.

Deus, tinha odiado ter que explicar a seu filho que iriam trocar de nome. Ela ficara preocupada com a possibilidade de ele não entender... mas, quando ela começou a explicação, ele a deteve. Sabia exatamente o motivo pelo qual aquilo estava acontecendo e lhe disse que era para que ninguém soubesse quem eram.

Aquele conhecimento simples das coisas partiu seu coração.

Quando seu celular voltou a tocar, ela o pegou. Poucas pessoas tinham seu número: Trez, cada uma das babás e o Centro para Mães Solteiras. Era Trez e a ligação estava ruim, sinal de que estava viajando.

– Está tudo bem? – perguntou-lhe.

– Viu as notícias?

– Estava assistindo à HBO.

Quando Trez começou a falar, Marie-Terese pegou o controle remoto e selecionou o canal da NBC local. Nada além do programa de notícias diário...

As notícias locais fizeram com que gelasse até os ossos.

– Certo – ela disse. – Está bem. Sim, é claro. Quando? Muito bem, estarei lá. Obrigada. Tchau.

– Alguma coisa errada, mamãe?

Antes de olhar seu filho, recuperou o controle do semblante e conteve sua expressão. Quando finalmente se virou para ele, ela pensou que ele parecia estar mais perto dos três anos que dos sete que tinha com aqueles pijamas e seu cobertor arrastando pelo chão.

– Nada. Está tudo bem.

– Sempre diz isso. – Ele se aproximou e arrastou-se para subir no sofá. Quando ela lhe entregou o controle, não trocou de canal para colocar na Nickelodeon. Nem sequer olhou a TV.

– Por que está assim?

– Assim como?

– Os tempos ruins voltaram.

Marie-Terese se aproximou e beijou sua cabeça.

– Tudo vai ficar bem. Olha, vou chamar Susie, Rachel ou Quinesha para que venham e fiquem um pouco com você. Tenho que ir ao trabalho um minuto.

– Agora?

– Sim, mas vou fazer seu café da manhã primeiro. Cereais do tigre?

– Quando você vai voltar?

– Antes do almoço. No máximo, logo depois.

– Certo.

Ao entrar na cozinha, discou para o serviço de babás do Centro de Mães Solteiras e fez uma prece quando começou a chamar. Quando a secretária eletrônica atendeu, deixou uma mensagem e, em seguida, se debruçou na tarefa de encher uma tigela com sucrilhos.

Suas mãos tremiam muito, o que acabou ajudando o cereal a sair da caixa.

Aqueles dois garotos universitários do clube estavam mortos. Levaram tiros no beco que havia atrás do estacionamento. E a polícia queria falar com ela porque um frequentador do clube encontrou os corpos e relatou ter visto que a dupla a assediara.

Quando pegou o leite, disse a si mesma que era apenas uma coincidência. As pessoas sofriam abordagens violentas o tempo todo no centro da cidade e era evidente que aqueles meninos estavam drogados. Talvez tivessem tentado comprar alguma coisa e a operação fracassou.

Por favor, ela pensou, permita que nada disso tenha a ver comigo. Por favor, que a minha antiga vida não me alcance.

A voz de Vin passou em sua mente. *Ele está vindo atrás de você...*

Decidida a deixar de lado essas coisas para não enlouquecer com o medo, concentrou-se no fato de que em menos de meia hora estaria sentada com a polícia. Trez parecia estar muito confiante em seu álibi, o argumento de *eu-sou-apenas-uma-dançarina* era irrefutável. Mas, meu Deus... e se fosse presa pelo que tinha feito?

Veja só, isso era outra coisa que tinha aprendido com seu marido: quando se vive sobre alicerces instáveis, as paredes podem desabar sobre você assim que os policiais começam a fazer perguntas.

Esse tinha sido o verdadeiro motivo pelo qual ele pegou a estrada. Ele e seus "amigos" tinham matado muitos de seus "clientes" no negócio da "construção" e tanto os federais quanto a polícia local saíram atrás deles. A salvação dela foi que, por ser uma mera esposa, ela não tinha ideia de como aquela máfia havia atuado. Por outro lado, sua amante sabia muito mais e recebeu acusações como cúmplice.

Que confusão tinha sido tudo aquilo. Que confusão ainda estava vivendo.

Marie-Terese pegou para o filho a tigela com cereais e a entregou em uma das duas bandejas que usavam para assistir TV. Enquanto perambulava, seu coração batia tão forte que era um milagre que Robbie não pudesse escutá-lo, mas fez o melhor que pôde para manter e aparentar calma...

É claro que ele não se deixou levar pela atuação.

– Vamos nos mudar outra vez, mamãe?

Ela fez uma pausa ao abrir as pernas da bandeja. Não mentia a seu filho – certo, não sobre a maioria das coisas – mas não estava segura de como utilizar as palavras. Mas, ora, não tinha como fazer isso, estava tudo ali. Quando seu celular voltou a tocar, olhou para ele antes de aceitar a ligação da babá.

– Eu não sei.

Capítulo 17

Enquanto Vin percorria todo o território de Caldwell, sua eficiência se devia mais ao piloto automático que ao seu nível de atenção, e era difícil saber o que o atormentava mais: a droga que era aqueles meninos mortos ou o sonho medonho com Devina.

Com certeza a polícia iria aparecer no Iron Mask para um interrogatório estilo "oi, tudo bem? Que droga aconteceu aqui?" e se alguém desse um pio para contar o que tinha acontecido no corredor, iriam querer ver o que as câmeras de segurança haviam captado. O que não seriam boas notícias. Ainda que tivesse certeza de que nem ele nem Jim tinham desferido o primeiro soco nem sacado uma faca, eles continuavam respirando, enquanto os outros dois tinham recebido alguns adereços de chumbo idênticos no peito.

E aquele pesadelo horrível... tinha sido tão real, ele ainda conseguia sentir as mãos ossudas fechando-se sobre seus ombros. Inferno, ao pensar nisso seu pênis se encolhia atrás do zíper, como se a coisa quisesse hibernar no seu intestino delgado.

Você fez um trato e tomou posse de tudo o que eu trouxe para sua vida, você comeu, bebeu, transou. Eu sou responsável por tudo isso e você me deve.

Trato? Que trato? Até onde ele sabia não havia feito qualquer tipo de trato com ela. Ou com qualquer outra pessoa.

Que seja, ele estava pensando sobre o que tinha acontecido em um sonho. E isso era loucura.

Isto era ponto pacífico: ia terminar sua relação com Devina tão rápido quanto possível... e não por ser evidente que seu subconsciente tinha problemas com ela. A questão era que o relacionamento deles não estava baseado no amor e nem sequer na paixão. Paixão era sexo com alma, e não importava quantos orgasmos ela tivesse dado a ele, apenas seu corpo estava envolvido na história.

Ele pensou que aquilo seria suficiente. Concluiu que era o que queria. Mas ele teve a primeira pista de que algo ia mal quando não conseguiu sequer fazer a grande pergunta. E, depois, quando olhou nos olhos de Marie-Terese pôde encerrar o assunto.

É claro que isso não significava que ele e Marie-Terese fossem assistir ao pôr do sol juntos; sua reação a ela apenas lhe indicava que estava faltando muita coisa na relação entre ele e a mulher com quem achou que fosse se casar.

Deus, usar o tempo passado nessa frase era tão impactante quanto um tapa no rosto.

Voltando a prestar atenção à estrada, soltou um palavrão quando percebeu onde estava. Em vez de dirigir para seu escritório, como era a sua intenção, tinha chegado à Rua Trade e quando passou em frente à entrada do Iron Mask, diminuiu a velocidade. Havia dois carros de polícia estacionados em frente ao clube e observou um policial uniformizado junto à porta principal.

O melhor a fazer era continuar seguindo.

E ele continuou. Mais ou menos.

Vin foi até a rua seguinte e virou à esquerda, deu uma volta ao redor do clube e se dirigiu para o estacionamento dos fundos. Assim que entrou no estacionamento, ele se deteve. Havia mais carros de polícia nos fundos e, no quarteirão seguinte, a fita amarela que delimitava a cena de um crime tinha sido esticada entre dois edifícios.

Então, foi ali que os assassinatos tinham ocorrido.

O som da buzina de um carro atraiu seu olhar para o espelho retrovisor. Atrás dele havia um Toyota verde-escuro... e Marie-Terese estava no banco do motorista.

Posicionando a alavanca de marchas em ponto morto, puxou o freio de mão e saiu. Enquanto caminhava até o carro dela, ela baixou o vidro da janela – o que ele concluiu ser um bom sinal.

Cara, ele gostou da aparência dela com os cabelos amarrados em um rabo de cavalo e vestida apenas com uma blusa vermelha e jeans. Sem toda aquela maquiagem, ela era realmente bonita e, quando se inclinou, não sentiu perfume algum, a não ser de lençóis secos, como um cheiro de luz do sol.

Vin respirou profundamente e sentiu que a tensão de seus ombros desaparecia pela primeira vez em... sim, certo, como se ele pudesse recordar quando tinha sido a última vez.

– Chamaram você também? – ela perguntou, olhando para ele.

Ele agitou-se um pouco para voltar a prestar atenção.

– A polícia? Ainda não. Vai falar com eles agora?

Ela assentiu.

– Trez me ligou faz uma meia hora. Tive sorte de conseguir uma babá.

Babá? Seus olhos se desviaram para o volante onde ela apoiava as duas mãos. Não tinha anel de casamento, mas talvez tivesse um namorado... Contudo, que tipo de homem permitiria que sua mulher fizesse o que ela fazia todas as noites? Vin prostituiria a si mesmo antes, se ela fosse sua.

Droga... Como ela se reagiria à pergunta inevitável a respeito de qual era seu trabalho no clube?

– Olha, se precisar de um advogado, conheço alguns bons. – Bem, parecia que este não era o dia de desprezar cartões de advogados. – Talvez devesse conseguir um antes de falar com a polícia, dado que você...

– Vou ficar bem. Trez não está preocupado e eu não estarei até que ele esteja.

Quando lançou um olhar ao redor, ele percebeu que ela já tinha uma estratégia de saída, e não precisava ser nenhum Einstein para descobrir qual era. Era evidente que ela apenas desapareceria se as coisas piorassem demais e, por alguma razão, isso o assustava muito.

– Tenho que entrar – ela disse, mostrando o carro dele com a cabeça. – Você está bloqueando a entrada do estacionamento.

– Ah, sim. Claro. – Vacilou.

A pergunta que precisava fazer ficou presa na garganta, bloqueada pela convicção de que aquele não era o lugar e nem a hora, mas impulsionada por uma série de "se não for agora, quando?".

– Tenho que ir. – disse ela.

– O que lhe disse ontem à noite? No vestiário. Quando eu, você sabe... – ao vê-la empalidecendo, quis golpear a si mesmo. – Quero dizer...

– Sinto muito, mas tenho que ir mesmo.

Droga, não deveria ter trazido esse assunto à tona.

Com um palavrão silencioso, deu um pequeno golpe com o punho sobre o teto do carro como despedida e seguiu para o seu. De volta ao carro, engatou a primeira, soltou a embreagem e deslizou para fora do caminho, dando a volta lentamente enquanto ela estacionava em frente ao clube e saía do Toyota.

O proprietário abriu a porta dos fundos enquanto ela se aproximava e observou bem o estacionamento como se a estivesse protegendo. Quando seus olhos chegaram ao BMW, balançou a cabeça como se soubesse que Vin estava lá o tempo todo e, de repente, Vin sentiu uma pontada em suas têmporas, uma pressão crescente dentro de sua cabeça, como se algo estivesse entrando nele. De repente, seus pensamentos se agitaram como se fossem uma pilha de cartas jogadas para fora de uma mesa, voando em todas as direções, espalhando-se com as faces para cima e para baixo.

Da mesma maneira que tudo começou, cessou; sua mente se endireitou e tudo, do às ao curinga, voltou a se ordenar.

Enquanto fazia uma careta e esfregava a cabeça, Trez sorriu com firmeza e disse algo a Marie-Terese que fez com que ela olhasse o BMW por cima do ombro. Antes que os dois entrassem, ela levantou a mão em um pequeno aceno e logo a porta se fechou atrás deles.

A chuva começou a cair e os limpadores de Vin foram ativados automaticamente, percorrendo o vidro para cima e para baixo, para cima e para baixo.

Seu escritório corporativo não estava longe dali, apenas cinco minutos, e havia muito trabalho para fazer lá e planos arquitetônicos para revisar. Pedidos de autorização para aprovar antes de ser entregues. Ofertas de compra e venda de terrenos ou casas que deviam ser discutidas. Inspeções que devia delegar. Vários desentendimentos entre empreiteiros para resolver.

Estava repleto de toda essa droga para fazer.

Porém, era evidente que ele preferia esperar ali, como um cão, até que ela saísse novamente. Patético.

Vin partiu, deixando o Iron Mask e indo em direção aos arranha-céus que havia junto ao rio. O edifício onde se localizavam seus escritórios era um dos mais novos e mais altos de Caldwell. Quando chegou, deslizou seu cartão de acesso e entrou na garagem subterrânea. Depois de deixar o carro no lugar designado, subiu pelo elevador, passando por andares onde havia escritórios de advocacia, empresas de contabilidade e companhias de seguro de renome.

O elevador emitiu um sinal ao chegar ao quadragésimo quarto andar, as portas se abriram, ele saiu e caminhou rapidamente até a recepção. No alto da parede de uma intensa cor negra que havia atrás do balcão, escrito em letras douradas e iluminadas por baixo, estava o nome de sua empresa: GRUPO DIPIETRO.

Grupo. Que mentira era aquela. Embora uns vinte funcionários tivessem mesas ali e ele tivesse centenas de empreiteiros e trabalhadores na sua lista de pagamento toda semana, era tudo com ele e ponto.

Andando sobre o felpudo tapete preto até seu escritório, sentia-se mais forte a cada passo. Este negócio era algo que conhecia bem e que controlava... tinha construído toda aquela maldita coisa do zero, da mesma forma que construiu suas casas, até que a corporação ficasse melhor e maior que todas do gênero.

Quando entrou em seu escritório, que ocupava uma esquina do andar, acionou o interruptor da luz e todos os painéis de luz que ele havia escolhido a dedo brilharam como se fossem raios de sol. No meio da sua mesa preta, havia um envelope tamanho ofício e ele pensou: sim, Tom Williams sempre trabalhou tanto quanto ele.

Vin se sentou, abriu o envelope e tirou dele uma folha dobrada com o estudo de um terreno e o plano aprovado de três extensões de terra de aproximadamente quarenta hectares e meio que tinha acabado de fechar. O projeto que unificava as fazendas seria uma obra-prima, cento e cinquenta casas de luxo sobre o que agora era uma região de pradaria em Connecticut. O objetivo era atrair moradores de Stamford que costumavam viajar grandes distâncias diariamente e estavam dispostos a dirigir durante quarenta e cinco minutos para chegar ao trabalho, e assim, poderem viver como costumavam dentro do estilo de alto padrão de Greenwich.

Ia começar a demolição e a construção assim que as ofertas dos empreiteiros chegassem ao ponto que ele esperava. O terreno tinha condições perfeitas com um nível freático baixo, o que significava que os proprietários não precisariam se preocupar com que as adegas instaladas em seus porões tomassem um banho todas as primaveras e ele iria instalar um sistema subterrâneo unificado de encanamentos de água, eletricidade e esgoto. O primeiro passo, como tinha sido o caso de sua propriedade na península, seria demolir todas as casas de fazenda antigas e os celeiros, mas tinha decidido conservar as paredes de rocha que demarcavam o local para conservar um pouco de suas características – desde que não atrapalhassem seus planos.

Sentia-se bem com o negócio, especialmente com o preço que tinha obtido. Era uma época difícil e suas ofertas eram mais do que justas. Além disso, tinha enviado Tom para negociar com as imobiliárias locais; o que significava que esses pobres idiotas não tinham tido a menor chance de argumentar.

Tom era seu assassino com cara de bebê. O cara tinha feito MBA em Harvard em um período extremamente curto. Assim, tinha aquele aspecto de um menino de doze anos. Doce como uma torta de maçã, Tom não tinha problemas para interpretar o papel de um conservador ambiental e fazer compromissos verbais inviáveis para preservar a terra que, na verdade, seria transformada.

Bem, não tinha problemas agora. No princípio, Vin teve que treiná-lo para fazer isso, mas assim que o dinheiro começou a entrar de fato, o cara se adaptou ao programa e se superou.

Os dois tinham representado tantas vezes seu espetáculo de persuasão, que praticamente tudo tinha se tornado rotina: Tom dava o pontapé inicial e persuadia os possíveis clientes com seu charme de ecologista radical enquanto Vin embolsava o dinheiro e obtinha as licenças e providenciava a contratação da parte que fazia as coisas acontecerem. Foi exatamente assim que tinham obtido a propriedade do rio Hudson, aquelas quatro cabanas de caça antigas cederam lugar aos quatro hectares sobre os quais ele ia situar sua imponente casa.

No que dizia respeito ao seu palácio, poderia ter construído em qualquer lugar, mas escolheu aquela península devido à regra de ouro do mercado imobiliário: localização, localização, localização. A menos que um terremoto arrasasse a Califórnia da costa oeste, ou que todas as calotas polares do Alasca derretessem, não conseguiria nada melhor e mais próximo ao mar, e tinha em mente que sempre se deve levar em conta a revenda.

Tinha certeza de que em alguns anos iria querer algo maior e melhor do que estava construindo naquele momento e essa era outra coisa para a qual treinava Tom-cara-de-bebê, ele era o único que compraria seu duplex no Commodore.

Não havia nada melhor que aproximar-se da nova geração.

Vin pegou o telefone e chamou seu tenente, preparado para lançar o projétil ainda mais longe no projeto de Connecticut.

– Obrigado, senhora. Acredito que isso é tudo por enquanto.

Marie-Terese franziu a testa e olhou para Trez, que estava sentado próximo a ela em uma das poltronas de veludo do clube. Quando ele descruzou as pernas, como se estivesse se preparando para se levantar, pareceu que não estava nada surpreso com o pouco tempo de interrogatório – quase como se tivesse preparado o policial para que fosse breve e gentil.

Ela voltou a olhar para o policial.

– É isso?

O oficial fechou sua caderneta de anotações e esfregou as têmporas como se estivessem doloridas.

– O detetive de la Cruz é o responsável pela investigação e pode formular mais perguntas mais tarde, mas você não é suspeita ou qualquer outra coisa. – Acenou com a cabeça para Trez. – Obrigado por sua colaboração.

Trez sorriu um pouco.

– Lamento que as câmeras de segurança não estivessem funcionando. Como disse, tenho a intenção de consertá-las há meses. Aliás, tenho um registro dos defeitos que foram constados que ficaria feliz em mostrar.

– Bom, vou dar uma olhada, mas... – o homem esfregou o olho esquerdo. – Mas como você mesmo disse, não tem nada a esconder.

– Nada mesmo. Permita que eu acompanhe a moça até a porta e, em seguida, iremos ao meu escritório.

– Certo. Vou esperar aqui.

Quando Marie-Terese se afastou com Trez e eles se dirigiram de volta ao corredor, ela disse em voz baixa:

– Não posso acreditar que eles não irão mais longe com este assunto. Nem sequer sei para que me fizeram vir.

Trez abriu a porta dos fundos e colocou uma das mãos no ombro dela.

– Eu disse que tomaria conta de tudo.

– E realmente o fez. – Seus olhos percorreram o estacionamento, e hesitou na porta.

– Então você viu que Vin passou por aqui.

– Esse é o nome dele?

– Ele disse que sim.

– Ele a deixa nervosa.

Em muitos aspectos. – Não acredita que ele e seu amigo...

– Mataram aqueles caras? Não.

– Como pode ter certeza? – ela tirou as chaves do carro do bolso. – Quero dizer, você não os conhece. Podem ter ido atrás e...

Assim que pronunciou as palavras, ela não conseguia acreditar nelas: não podia imaginar que Vin ou seu amigo, ou ambos, fossem os assassinos. Brigaram com aqueles garotos, claro, mas o fizeram para protegê-la e pararam antes de machucá-los seriamente. Além disso, Vin esteve com ela no vestiário logo em seguida.

Contudo, só Deus sabia quando os tiros foram disparados exatamente.

Trez se inclinou e acariciou gentilmente seu rosto.

– Pare com isso. Não deve se preocupar com Vin nem com o amigo dele. Sinto como são as pessoas e sempre tenho razão.

Ela contorseu-se.

– Não acredito que as câmeras de segurança estejam quebradas. Você nunca agiu assim como...

– Esses dois caras cuidaram de você quando eu não estava aqui. Por isso eu cuido deles. – Trez colocou o braço em volta dela e a acompanhou até o carro. – Se vir seu Vin outra vez, diga que não se preocupe com nada. Vou dar cobertura a ele.

Marie-Terese piscou com a luz do sol.

– Ele não é meu.

– Claro que não.

Levantou o olhar e o fixou em Trez.

– Como pode ter tanta certeza...

– Pare de se preocupar e confie em mim. Quando se trata de você, o coração deste homem não está obscurecido.

Depois de tudo que tinha passado, Marie-Terese tinha aprendido a não confiar no que lhe diziam. O que ela ouvia era o alarme de segurança que tinha no centro do peito, e ao olhar dentro dos olhos de Trez, seu alarme de advertência interior estava completamente em silêncio, ele sabia muito bem do que estava falando. Ele não tinha ideia de como sabia, mas Trez tinha suas maneiras, como dizem... maneiras de descobrir as coisas, de resolver problemas e de cuidar dos negócios.

Então, sim, a polícia não veria nada que ele não quisesse que vissem. E Vin não tinha matado aqueles dois garotos.

Infelizmente essas convicções a aliviavam apenas em parte. *Ele está vindo atrás de você...*

Trez abriu a porta para ela e em seguida lhe entregou as chaves.

– Quero que tire a noite de folga. Este assunto é difícil.

Ela entrou e, antes de ligar o motor, olhou para cima e expressou com palavras seu maior temor.

– Trez, e se esses assassinatos tiverem alguma coisa a ver comigo? E se alguém viu os dois caras comigo, outra pessoa além do Vin? E se... eles foram baleados por minha causa?

O olhar de seu chefe tornou-se mais penetrante, como se soubesse cada uma das coisas que nunca tinha lhe contado.

– E quem em sua vida faria algo assim?

Ele está vindo atrás de você.

Deus, Trez sabia do Mark. Tinha que saber. E ainda assim Marie-Terese se viu forçada a dizer:

– Ninguém. Não conheço ninguém capaz de fazer algo assim.

Trez entrecerrou os olhos como se não tivesse gostado nada da mentira, mas estava disposto a respeitar sua postura.

– Bom, se você decidir responder de maneira diferente, pode me procurar para pedir ajuda. E ainda se decidir ir embora da cidade, preciso saber se esse é o motivo.

– Está certo – ouviu-se dizer.

– Bom.

– Mas voltarei hoje à noite às dez. – Puxou o cinto de segurança e o cruzou sobre o peito. – Preciso trabalhar.

– Não vou discutir com você, mas não concordo. Lembre-se, se vir seu Vin, diga que estou dando cobertura a ele.

– Ele não é meu.

– Certo. Dirija com cuidado.

Marie-Terese fechou a porta, forçou o veículo a ligar e deu a volta. Quando chegou à Rua Trade, pôs a mão no bolso de seu casaco.

O cartão de Vin diPietro estava exatamente no mesmo lugar em que o tinha colocado depois que o encontrara escondido na bolsa e, enquanto lia seus dados, pensou no aspecto que ele tinha essa manhã com o rosto golpeado e os olhos inteligentes, preocupados.

Pareceu estranho perceber que ela estava mais assustada pelo que ele poderia saber do que pelo que poderia ser.

A questão era: ela era uma garota tipo Scully, que não acreditava em todas aquelas coisas estilo *Arquivo X*. Não acreditava em horóscopos, muito menos... mas muitíssimo menos em qualquer coisa que pudesse transformar um homem em alguma espécie de canal para... sim, para o que quer que fosse. Não acreditava nisso.

Ao menos, não costumava acreditar.

O problema era que depois de ter passado a maior parte da noite repetindo mentalmente o que tinha acontecido no vestiário quando estava com ele, perguntava-se se era possível que algo no qual não acreditava pudesse, de fato, ser verdade: ele estava assustador no meio daquele transe e, a menos que ele tivesse realizado uma atuação merecedora do Oscar, ele não tinha mesmo ideia do que havia dito a ela e estava sinceramente preocupado com o que aquilo significaria.

Tirando o celular da bolsa, discou o número impresso no canto inferior de seu cartão, aquele que não tinha *fax* escrito ao lado. Assim que a ligação começou a chamar, lembrou-se que era sábado e se esse era o telefone de seu escritório, ela iria ouvir uma gravação. Que mensagem poderia deixar?

Olá, sou a prostituta que o Sr. diPietro ajudou ontem à noite e estou ligando para assegurar a ele que meu cafetão vai cuidar de tudo. Não precisa se preocupar com aqueles dois cadáveres no beco.

Perfeito. Bem o tipo de recado de *Post-it* que ele gostaria de receber de sua secretária em seu escritório. Afastou o telefone da orelha e colocou o polegar sobre o botão *end*...

– Alô? – ouviu-se uma voz masculina.

Lutou um pouco para levar o celular de volta à orelha.

– Alô? Ah... estou procurando o Sr. di...

– Marie-Terese?

Oh, aquela voz profunda era perigosa. Cativada pelo som, quase disse: *Não, é a Gretchen.*

– Ah, sim. Desculpe incomodá-lo, mas...

– Não, estou feliz por ter ligado. Aconteceu alguma coisa?

Ela franziu a testa e ligou seu pisca alerta.

– Bom, não. Só queria que soubesse...

– Onde está? Ainda no clube?

– Acabo de sair de lá.

– Já tomou café da manhã?

– Não. – Oh, Deus.

– Conhece o Riverside Diner?

– Sim.

– Vejo você lá em cinco minutos.

Lançou um olhar sobre o painel do relógio. A babá deveria ficar na sua casa até o meio-dia, assim tinha bastante tempo, mas ela tinha que se perguntar que tipo de porta estava abrindo. Grande parte dela desejava fugir de Vin, pois ele era muito bonito e fazia muito o tipo dela e ela seria uma idiota se não tivesse aprendido alguma coisa do passado.

Mas então se lembrou de que poderia fugir. Num piscar de olhos. Droga, de qualquer maneira, estava prestes a deixar Caldwell.

Ele está vindo atrás de você...

Recordar as palavras que ele havia dito deu a ela o ímpeto para encontrar-se com ele. Deixando de lado a preocupação com a atração que tinha por ele, ela queria saber o que ele tinha visto e por que havia dito aquilo.

– Bem, vejo você lá. – Terminou a chamada, acionou a seta para o outro lado e se encaminhou para um dos pontos de referência de Caldwell.

O Riverside Diner estava a apenas três quilômetros de distância e muito próximo à costa do rio Hudson, tanto que a única maneira de ficar mais perto do rio seria com as mesas ancoradas à boias e flutuando sobre a corrente. O vagão-restaurante tinha sido fixado sobre blocos na década de 1950, antes que as leis da Agência de Proteção Ambiental dos EUA entrassem em vigor, e tudo ainda permanecia original, dos bancos giratórios, passando pelo balcão de fórmica, e pelas extensões das caixas em cada mesa até a fonte de refrigerante na qual a garçonete ainda pegava as Coca-Colas para servir aos clientes.

Já tinha estado lá antes com Robbie uma ou duas vezes. Ele gostava da torta.

Quando entrou, viu Vin diPietro no mesmo instante. Estava sentado à última mesa da esquerda e em frente à porta. Quando seus olhos se encontraram, ficou em pé.

Ainda com o olho roxo, o hematoma no rosto e o inchaço em seu lábio inferior, ele era incrivelmente sexy.

Cara... enquanto ela se aproximava, desejava poder se sentir atraída por contadores, podólogos ou jogadores de xadrez. Até mesmo por floristas, talvez.

– Oi – ela disse enquanto se sentava.

Sobre a mesa havia dois menus, dois jogos de talheres de aço inoxidável sobre guardanapos de papel e um par de grossas canecas de cerâmica.

Tudo era muito prático, acolhedor e bonito. E com o suéter de caxemira negra e a jaqueta caramelo, Vin tinha o aspecto de alguém que deveria estar em um café elegante, ao invés de estar ali.

– Oi. – Respondeu baixando lentamente até seu assento, com os olhos fixos nela. – Café?

– Por favor.

Levantou a mão e uma garçonete se aproximou com um avental vermelho por baixo do uniforme vermelho e branco.

– Dois cafés, por favor.

Quando a mulher saiu para buscar o pedido, Vin deu leves pancadinhas com o dedo sobre seu menu vermelho e branco.

– Espero que esteja com fome.

Marie-Terese abriu o seu e examinou as opções, pensando que cada uma delas era apropriada para um piquenique de quatro de julho. Tudo bem, talvez não fosse o caso de todos os itens do café da manhã, mas este era o tipo de lugar onde a palavra *salada* sempre tinha algum modificador como *frango*, *batatas*, *ovos* ou *macarrão* e a alface era apenas para sanduíches.

De fato, era magnífico.

– Tem algo de que você goste? – perguntou Vin.

Não aproveitou a oportunidade para olhá-lo do outro lado da mesa.

– Geralmente, não sou muito comilona. Acho que vou ficar só com o café por enquanto.

A garçonete voltou e serviu o café.

– Já decidiram o que vão comer?

– Tem certeza de que não quer tomar o café da manhã? – perguntou a Marie-Terese. Quando ela assentiu, pegou os dois menus e os entregou à outra mulher.

– Quero panquecas. Sem manteiga.

– Batatas douradas?

– Não, obrigado. As panquecas são o suficiente.

Quando a garçonete se encaminhou para a cozinha, Marie-Terese esboçou um pequeno sorriso.

– O que foi? – perguntou enquanto lhe oferecia o açúcar.

– Não, obrigada, tomo puro. Estou sorrindo porque meu filho... também gosta de panquecas. Eu faço para ele.

– Qual é a idade dele? – a colher de Vin fez um som metálico quando ele começou a mexer o café.

Embora a pergunta tenha sido casual, a maneira como esperava a resposta mostrava algo diferente.

– Sete. – Ela deu uma olhada no dedo anelar (sem aliança) dele. – Tem filhos?

– Não. – Tomou um gole para experimentar e suspirou como se estivesse perfeito. – Nunca me casei, não tenho filhos.

Houve uma pausa, como se ele estivesse esperando que ela utilizasse a informação para iniciar uma conversa.

Ela levantou sua caneca.

– A razão pela qual liguei para você é que meu chefe... ele queria que você soubesse que está se encarregando de tudo... – vacilou. – Você sabe, a respeito do que as câmeras de segurança possam ter gravado ontem à noite e... esse tipo de coisa.

Embora ela estivesse preocupada com o fato de que ele pudesse não gostar que alguém obstruísse a justiça por ele, Vin simplesmente assentiu uma vez com a cabeça, como se fosse o tipo de homem que lidava com as coisas da mesma forma que Trez.

– Diga a ele que agradeço.

– Vou fazer isso.

No silêncio que se seguiu, Vin percorreu a grossa alça de sua caneca com o polegar.

– Ouça, ontem à noite não fiz nada àqueles dois meninos. Bom, nada além do que me viu fazer. Eu não os matei.

– Foi o que Trez disse. – Tomou um gole e teve que concordar com ele: o café era soberbo. – E não mencionei nada sobre você ou seu amigo quando falei com a polícia. Não contei a eles sobre a briga.

Vin franziu a testa.

– O que você disse?

– Só que os dois caras ficaram me perseguindo. Que Trez falou com eles e que, como isso não funcionou, eles foram escoltados até a saída do clube. Acontece que foi o que as outras duas testemunhas disseram depois, sustentando toda a história como combinado.

– Por que mentiu por mim? – ele disse em voz baixa.

Para evitar seus olhos, ela olhou através da janela que estava próxima a eles. O rio, que parecia perto o suficiente para ser tocado, corria lento e opaco, e estava mais denso pela chuva que tinha caído nos primeiros dias da semana.

– Por que, Marie-Terese?

Ela tomou um grande gole de sua caneca e sentiu o café aquecer todo o percurso até o estômago.

– Pela mesma razão de Trez. Por que me protegeu.

– Isso é perigoso, levando em conta o que você faz.

Ela encolheu os ombros.

– Não estou preocupada.

Pelo canto dos olhos, viu que Vin esfregava o rosto e fazia uma careta como se os machucados estivessem doendo.

– Só não quero que se arrisque a se envolver em mais problemas por minha culpa.

Marie-Terese escondeu um sorriso. Engraçado, um homem pode dizer certas coisas que fazem com que uma mulher se sinta totalmente envolvida – não porque as palavras tenham uma conotação sexual, mas sim porque vão além do denominador comum e entram em um território mais importante, mais significativo.

Lutando contra a atração que sua voz, seus olhos, sua rotina de salvador exerciam, ela disse:

– Lamento ter saído tão rápido ontem à noite. Você sabe, do vestiário. É que só estava... confusa.

– Sim... – respirou um palavrão. – E me desculpo por ter enlouquecido como um...

– Oh, não, está tudo bem. É que... parecia que você não tinha muito controle sobre isso.

– Melhor: controle nenhum. – Houve outra longa pausa. – Odeio trazer o assunto à tona outra vez, mas o que foi que eu lhe disse?

– Você não sabe? – Ele negou com a cabeça. – Foi algum tipo de ataque?

A voz dele ficou mais tensa.

– Acho que pode chamar assim. Então... o que foi que eu lhe disse?

Ele está vindo atrás de você...

– O que foi que eu disse? – Vin estendeu o braço e colocou a mão levemente sobre o braço dela. – Por favor, diga.

Ela olhou fixamente o lugar onde ele a tocava e pensou... Sim, às vezes, não eram só as palavras que um homem dizia que conseguiam envolvê-la – apenas a sensação da palma de sua mão sobre seu pulso era o suficiente para aquecer todo seu corpo.

– Suas panquecas – disse a garçonete, interrompendo o momento. Quando os dois se endireitaram em seus assentos, a mulher colocou um prato e uma jarra de aço inoxidável com tampa retrátil sobre a mesa. – Mais café?

Marie-Terese olhou sua caneca quase vazia.

– Para mim sim, por favor.

Vin se ocupou com a calda da panqueca, despejando um fino fio âmbar sobre os três grandes discos grossos e dourados.

– As minhas não são tão grandes – disse Marie-Terese. – Quando faço... não ficam tão douradas, nem tão grossas.

Vin deixou que a tampa da jarra da calda se fechasse sozinha, pegou o garfo e cortou a pilha, formando um garfo cheio.

– Tenho certeza de que seu filho não reclama.

– Não... não reclama. – Pensar em Robbie fez seu peito arder, assim, tentou não se lembrar de como ele olhava para ela com tanto amor e assombro no momento em que arremessava para ele aquelas panquecas caseiras no ar.

A garçonete retornou com a jarra de café e depois que os serviu e saiu, Vin disse:

– Realmente espero que responda à minha pergunta.

Sem saber por que, começou a pensar ainda mais em Robbie. Era um inocente que ela acabou arrastando a uma vida difícil graças, em primeiro lugar, ao marido horrível que tinha escolhido e, depois, à maneira que ela tinha escolhido de arrumar toda aquela bagunça financeira em que se encontrava. Com Vin não era diferente. A última coisa de que ele precisava era ser absorvido pelo buraco negro do qual ela estava tentando sair – e ele já tinha provado que tinha um complexo de "salvador". Pelo menos, no que dizia respeito a ela.

– Eram apenas tolices – ela murmurou. – O que você disse eram tolices.

– Então, se não tem importância, não há razão para não me contar.

Voltou a olhar o rio através da janela... e reuniu todas as suas forças.

– Você disse, "pedra, papel ou tesoura". – Quando os olhos dele dispararam na direção de seu rosto, forçou-se a corresponder o olhar e mentir. – Não tenho ideia do que significa. Para ser sincera, foi mais o seu aspecto do que suas palavras que me deixou mais nervosa.

Vin fixou seu olhar nela.

– Marie-Terese... tenho um histórico desse tipo de coisa.

– Como assim um histórico?

Ele voltou a comer, como se precisasse fazer algo para cortar a tensão.

– No passado, quando ficava nesse estado e dizia coisas... elas se tornavam realidade. Assim, se está escondendo qualquer coisa do que disse para preservar sua intimidade, eu entendo. Mas peço que leve tudo isso muito a sério.

Suas mãos frias apertaram a caneca quente.

– Como se fosse uma espécie de adivinho?

– Você está num ramo de trabalho perigoso. Precisa tomar cuidado.

– Eu sempre tomo cuidado.

– Bom.

Houve outro longo período de silêncio, durante o qual ela permaneceu olhando fixamente para seu café e ele se concentrou na comida.

Era bastante fácil adivinhar que a questão do "cuidado" não se referia somente a idiotas a perseguindo. Tratava-se de outros aspectos do seu trabalho.

– Sei o que está se perguntando – ela disse em voz baixa. – Em primeiro lugar, como posso fazer isso e por que não posso parar de vez.

Quando finalmente ele falou, sua voz foi baixa e respeitosa, como se não a estivesse julgando.

– Não a conheço, mas não me parece que seja... bem, como algumas dessas outras mulheres do clube. Assim, imagino que algo tenha dado terrivelmente errado para você estar nessa linha de trabalho.

Marie-Terese voltou a olhar pela janela e observou um ramo passar flutuando.

– Não sou como a maioria das minhas colegas. E vamos parar por aqui.

– Está bem.

– Era sua namorada ontem à noite?

Ele franziu a testa e levou a caneca aos lábios. Depois de tomar um grande gole, arqueou uma sobrancelha.

– Então, você pode guardar segredos, mas eu não?

Ela encolheu os ombros e pensou que deveria aprender a manter a maldita boca fechada.

– Tem razão. Não é justo.

– Sim, é minha namorada. Ao menos... bem, ontem à noite era.

Marie-Terese mordeu o lábio, na verdade para se conter e não pressioná-lo para obter mais detalhes. Teriam terminado? E se era assim, por que motivo?

Vin voltou a comer, mas seus ombros largos não relaxaram.

– Posso dizer algo que não deveria?

Ela enrijeceu enquanto ele olhava para ela.

– Pode.

– Ontem à noite fantasiei estar com você.

Marie-Terese baixou lentamente a caneca. Certo... havia certas coisas que um homem podia dizer que deixam uma mulher mais quente que o inferno. E alguns olhares que eram tão tangíveis quanto um toque. E as duas coisas de uma vez, vindo do homem que estava na sua frente...

Seu corpo reagiu como uma corrente atordoante: as pontas de seus seios formigaram, suas coxas ficaram rígidas, seu sangue disparou... e o efeito a impressionou. Tinha passado tanto tempo – de fato, uma eternidade – desde que teve algum remoto sentimento sexual por um homem. No entanto, lá estava ela naquele restaurante, sentada frente a um enorme "objeto proibido" vestido com um suéter de caxemira, experimentando de verdade algo que fingia sentir todas as noites com estranhos.

Ela piscou rapidamente.

– Droga, não deveria ter dito nada – murmurou ele.

– Oh, não é você. Sério. – Era sua vida. – Eu não me incomodo.

– Não?

– Não. – Sua voz foi um pouco grave demais.

– Bom, não foi correto.

O coração de Marie-Terese parou no peito. Bom, esse pequeno comentário foi melhor que um balde de gelo para se livrar daqueles formigamentos.

– Bom, se está mesmo se sentindo culpado – ela disse bruscamente. – Acredito que está confessando isso à mulher errada.

Talvez esse fosse o motivo pelo qual estava passando por um mau momento com sua namorada.

Só que Vin negou com a cabeça.

– Não foi correto porque imaginei que pagava por você e eu... não gostei nada de como me senti.

Marie-Terese apoiou a caneca sobre a mesa.

– E por que isso?

Contudo, ela já sabia a resposta: porque alguém como ele nunca poderia estar com alguém como ela.

Quando Vin abriu a boca, ela ergueu uma de suas mãos e pegou sua bolsa ao mesmo tempo.

– Na verdade, eu já sei. E acho que é melhor eu ir para...

– Porque se eu estivesse com você, gostaria que fosse porque você quis me escolher. – Elevou os olhos em direção aos dela e sustentou o olhar. – Queria que me escolhesse. Não que estivesse comigo porque eu paguei para isso. Queria que você... me desejasse e quisesse estar comigo.

Marie-Terese ficou congelada, com metade de seu corpo já para fora da mesa.

Ele continuou falando com suavidade.

– E queria que fosse tão bom para você como eu sei que seria para mim.

Depois de um longo momento, Marie-Terese voltou a se sentar. Levantando sua caneca novamente, engoliu em seco e ouviu-se falando – contudo, foi apenas depois de ter falado que se deu conta do que havia dito:

– Você gosta de ruivas?

Ele franziu a testa levemente e encolheu os ombros.

– Sim. Claro. Por quê?

– Por nada – murmurou atrás de seu café.

CAPÍTULO 18

Uma encruzilhada significava ir para a esquerda ou para a direita, pensava Jim enquanto estava curvado sobre o chão da garagem, uma chave inglesa na mão.

Quando você se vê em uma encruzilhada, por definição, deve escolher um rumo, porque seguir direto pelo caminho em que já vinha não é uma opção: ou você pega a estrada ou permanece na via local. Faz uma ultrapassagem sobre a linha pontilhada, ou fica atrás de um carro para se manter em segurança. Vendo uma luz alaranjada, ou acelera para passar ou começa a diminuir a velocidade.

Algumas destas decisões não são importantes. Outras, ainda que não saiba, o colocam no caminho de um motorista bêbado ou o mantêm fora de seu caminho.

No caso do Vin, esse anel que tinha comprado era o equivalente a virar à direita, o que o manteria longe de um caminhão de dezoito rodas que estava a ponto de escorregar sobre uma placa de gelo: todo o resto de sua vida dependeria do que o cara fizesse agora e ele tinha que alcançar aquela placa de indicação e pegar logo a nova estrada. O tempo do filho da mãe a respeito de sua mulher estava se esgotando e ele tinha que apertar o gatilho com essa pergunta fundamental antes que ela...

– Droga!

Jim deixou cair a chave inglesa que tinha escorregado e sacudiu a mão. Levando tudo em consideração, provavelmente ele deveria prestar um pouco mais de atenção ao que estava fazendo, supondo que ele desejasse manter seus dedos onde estavam. O problema era que ele estava sendo consumido por toda aquela coisa sobre o Vin.

Que diabos ele faria com o cara agora? Como ele iria motivá-lo a pedir a mão daquela mulher em casamento?

Em sua antiga vida, a resposta seria simples: colocaria uma arma na cabeça de Vin e arrastaria o miserável até o altar. E agora? Devia ser um pouco mais civilizado.

Sentando-se novamente sobre o frio chão de concreto, Jim olhou furioso para a grande droga que era a moto que esteve pilotando por aí desde que aterrissou de volta nos Estados Unidos. Não funcionava naquela época e continuava assim agora, e a julgar pelo descuidado conserto que havia feito essa manhã, no futuro ela não requereria um capacete. Cristo, não tinha nem ideia de por que a tinha comprado. Sonhos de liberdade, talvez. Ou era isso ou porque, como qualquer cara com um par de bolas, gostava de Harleys.

O Cachorro levantou os olhos em direção ao caminho de sol sob o qual ele estava cochilando, suas orelhas desgrenhadas ficaram em pé.

Jim chupou o dedo que tinha esfolado.

– Desculpe pelo palavrão.

O Cachorro não pareceu se preocupar e voltou a pôr a cabeça sobre as patas dianteiras, com as espessas sobrancelhas levantadas como se estivesse preparado para continuar escutando, ainda que fossem palavrões ou alguma outra coisa que as pessoas pudessem dizer tendo uma companhia diferente.

– Encruzilhadas, Cachorro. Sabe o que significa isso? Que tem de escolher. – Jim voltou a levantar a ferramenta e fez uma nova tentativa com uma porca que estava tão desgastada pelo óleo velho, que nem sequer poderia se dizer que era hexagonal. – Você tem que escolher.

Pensou em Devina olhando para ele do banco do motorista daquele elegante BMW. *Esperei por ele para que me envolvesse, para que confiasse em mim e me amasse, mas não aconteceu, e estou perdendo as forças para continuar, Jim, realmente estou.*

Então, pensou na forma como diPietro tinha olhado para aquela prostituta de cabelo escuro.

Sim, era uma encruzilhada, sem dúvida. O problema era que diPietro, o maldito idiota, tinha chegado ao letreiro com indicações e, ao invés de ir para a direita, que era para onde apontavam as setas da

"Cidade Feliz", ele estava se atirando em direção à "Meta-se mais cedo numa cova e seja lamentado apenas por seu grupo de contadores."

Jim esperava que ao contar sobre o anel a Devina ele pudesse ganhar um pouco mais de tempo, mas quanto tempo seria?

Droga, em certos aspectos, seu último trabalho era mais fácil, porque ele tinha muito mais controle. Colocar o alvo na mira, abater o bastardo, ir embora.

Entretanto, fazer com que Vin se desse conta de algo que era tão óbvio... era muito mais difícil. Além disso, antes Jim tinha contado com treinamento e apoio. Agora? Nada.

O ruído de duas Harleys fez com que virasse a cabeça. O Cachorro também se virou.

As duas motos subiram pelo caminho de cascalho até a garagem e Jim invejou os filhos da mãe que estavam segurando aqueles guidões. Os veículos de Adrian e Eddie brilhavam, os para-choques e os tubos cromados capturavam a luz do sol e cintilavam como se as Harleys soubessem que eram atraentes e que seria um pecado esconder o orgulho.

– Precisa de ajuda com sua super moto? – perguntou Adrian enquanto chutava o pé de apoio e desmontava.

– Onde está seu capacete? – Jim equilibrou os braços sobre os joelhos. – Nova York tem uma lei.

– Nova York tem um monte de leis. – As botas de Adrian rangeram na entrada da garagem, em seguida, ele pisou no concreto e se aproximou para dar uma olhada no projeto "faça você mesmo" de Jim. – Cara, onde encontrou essa coisa? Em um aterro?

– Não. Consegui em um pátio de sucata.

– Oh, certo. Isso é um pouco melhor. Erro meu.

Os homens foram legais com o Cachorro, mimando-o quando passava entre eles balançando a cauda. E a boa notícia era que parecia estar mancando menos, mas, de qualquer forma, Jim o levaria ao veterinário na segunda-feira. Já tinha deixado mensagens em três lugares diferentes e quem as ouvisse primeiro ganharia.

Eddie desviou o olhar das carícias e mimos que fazia e sacudiu a cabeça em direção à moto.

– Acredito que vai precisar de mais de uma pessoa nisso.

Jim esfregou o queixo.

– Não, estou bem sozinho.

Os três, Adrian, Eddie e o Cachorro olharam para ele com expressões de dúvida idênticas...

Jim baixou lentamente a mão, sua nuca sofria uma pressão como se a palma de uma mão gelada a estivesse apertando.

Nenhum deles tinha sombra. Isso porque estavam iluminados pela brilhante luz do sol em suas costas, em meio às esparsas, magras e escuras sombras dos ramos nus das árvores que havia ao redor da garagem. Era como se a imagem deles tivesse sido trabalhada com Photoshop – estavam na paisagem, mas não pertenciam a ela.

– Conhece... um tipo britânico chamado Nigel? – Assim que as palavras saíram de sua boca, Jim soube a resposta.

Adrian esboçou um pequeno sorriso.

– Parecemos com o tipo de pessoa que andaria na companhia de um britânico?

Jim franziu a testa.

– Como descobriram onde eu morava?

– Chuck nos disse.

– Ele disse que meu aniversário era quinta-feira à noite? – Jim se levantou lentamente – Disse isso também? Porque eu não disse, e ontem você sabia quando me perguntou se eu tinha arranjado um presente de aniversário para mim mesmo.

– Eu fiz isso? – Adrian encolheu seus grandes ombros. – Acertei o chute. E não respondeu àquela pergunta que fiz, não?

Quando os dois ficaram frente a frente, Adrian sacudiu a cabeça com curiosa tristeza.

– Esteve com ela. Ficou com ela. No clube.

– Parece chateado comigo – disse Jim pausadamente. – Algo em que é difícil de acreditar, considerando que foi você o primeiro a apontá-la para mim.

Eddie se interpôs entre eles.

– Calma, garotos. Somos todos do mesmo time aqui.

– Time? – Jim encarou o outro cara. – Não sabia que éramos um time.

Adrian soltou uma risada tensa, os *piercings* da sobrancelha e do lábio inferior refletiram a luz.

– Não somos, mas Eddie é um pacificador por natureza. Diria qualquer coisa para acalmar as pessoas, não é mesmo?

Eddie apenas continuou em silêncio e permaneceu exatamente onde estava. Como se estivesse preparado para intervir fisicamente se fosse o caso.

Jim enfrentou o olhar de Adrian.

– Britânico. Nigel. Anda em companhia de outros três efeminados e de um cão do tamanho de um macaco. Você os conhece, não?

– Já respondi a essa pergunta.

– Onde está sua sombra? Está de pé sob o sol e está projetando um monte de nada.

Adrian apontou o chão.

– É uma pegadinha?

Jim olhou para baixo e franziu a testa. Ali sobre o concreto estava a projeção dos largos ombros e dos magros quadris de Adrian. Assim como também a do enorme corpo de Eddie. E a da cabeça desgrenhada do Cachorro. Jim soltou um palavrão e murmurou:

– Preciso da droga de uma cerveja.

– Quer que te arrume uma cerveja? – perguntou Adrian.– São cinco horas da tarde em algum lugar do mundo.

– Como na Inglaterra – interveio Eddie.

Quando Ad o olhou furioso, deu de ombros:

– E também na Escócia. País de Gales. Irlanda...

– Cerveja, Jim?

Jim negou com a cabeça e plantou o traseiro de volta no chão, imaginando que, se seu cérebro não estava funcionando direito, não estava disposto a arriscar o que viria se seus joelhos decidissem adotar a mesma moda. Enquanto olhava as duas Harleys que havia em sua entrada, deu-se conta de que estava de muito mau humor e claramente paranoico. E nada disso era novidade.

Infelizmente, a cerveja era a única resposta a curto prazo. E os transplantes de cérebro ainda tinham que ser aprovados pelo Departamento de Saúde dos Estados Unidos.

– Existe alguma possibilidade de saber utilizar uma chave soquete? – disse a Adrian.

– Sim.

O cara tirou a jaqueta de couro e estalou os dedos.

– E não tenho nada melhor para fazer do que colocar este pedaço de sucata de volta nas estradas.

Enquanto Vin contemplava Marie-Terese do outro lado da mesa, a cascata de luz do dia que se infiltrava através da janela do restaurante a transformava em uma visão, e algumas questões sobre ela ressoavam no fundo de sua mente. De onde a conhecia? Voltou a pensar. Onde a tinha visto antes? Deus, ele queria tocar seu cabelo.

Vin espetou com o garfo o último pedaço das panquecas e pensou por que ela teria perguntado se gostava de ruivas. Então, se lembrou.

– Não gosto de ruivas o suficiente para ficar com Gina, se é isso o que quer saber.

– Não? Ela é bonita.

– Para alguns... é provável que sim. Olhe, não sou o tipo de homem que...

A garçonete se aproximou da mesa.

– Mais café? Ou desejam a...

– ... fica transando com outras mulheres.

Marie-Terese piscou e também a garçonete.

Droga.

– O que quero dizer é que... – detendo-se, Vin lançou um olhar para a outra mulher, que parecia estar disposta a ficar ali. – Vai servir? Ou o quê?

– Eu... ah, cairia bem um pouco mais de café – disse Marie-Terese, levantando a caneca. – Por favor.

A garçonete a encheu devagar, olhando ora para um, ora para outro, como se esperasse ouvir o resto da história. Quando a caneca de Marie-Terese estava cheia, a mulher foi encher a dele.

– Mais calda? – perguntou.

Ele mostrou o prato limpo.

– Já terminei.

– Oh. Claro. – Recolheu o que havia na frente dele e se afastou com a mesma velocidade com que tinha servido a caneca: servir um melado cristalizado seria mais rápido.

– Não sou infiel – repetiu quando houve um pouco de privacidade. – Depois de ter observado meus pais, aprendi mais do que o suficiente a respeito do que não se deve fazer em um relacionamento, e essa é praticamente a regra número um.

Marie-Terese lhe estendeu o açúcar, e quando ele olhou fixamente o pote como se não soubesse o que era, ela disse:

– Você sabe, é para pôr no café. Você coloca açúcar no seu.

– Sim... coloco.

Enquanto ele preparava sua dose de café, ela perguntou:

– Então o casamento de seus pais não foi bom?

– Não. E nunca esquecerei como foi vê-los machucarem um ao outro.

– Eles se divorciaram?

– Não. Mataram um ao outro. – Quando ela recuou no banco, ele sentiu desejo de xingar. – Desculpe. Eu não deveria ser tão direto, mas foi o que aconteceu. Uma de suas brigas saiu totalmente do controle e eles caíram pelas escadas. Não terminou bem para nenhum dos dois.

– Sinto muito.

– Você é muito gentil, mas isso foi há muito tempo.

Depois de um momento, ela murmurou:

– Parece exausto.

– Só preciso de um pouco mais de café antes de ir. – Inferno, seguindo essa teoria, ele continuaria bebendo até que seus rins flutuassem se isso significasse que teriam mais tempo juntos.

A questão era, enquanto o olhava, sua cálida preocupação fazia dela... preciosa. Completamente preciosa e, portanto, ele estava suscetível a perdê-la.

– Está segura em seu trabalho? – perguntou bruscamente. – E não estou falando de violência. – Durante a longa pausa que se seguiu, ele sacudiu a cabeça sentindo que estava entrando em um assunto delicado. – Desculpe, não é assunto meu...

– Está me perguntando se pratico sexo seguro?

– Sim, e não pergunto porque quero estar com você. – Quando ela voltou a recuar, amaldiçoou a si mesmo. – Não, o que quis dizer, é que desejo saber porque espero que esteja se cuidando.

– Por que isso tem importância para você?

Olhou-a bem dentro dos olhos.

– Simplesmente me interessa.

Ela se virou e olhou para o rio.

– Estou segura. Sempre. O que me diferencia de uma grande quantidade de mulheres que são chamadas de "honradas" e que dormem com todo mundo sem usar nada. E pode parar de examinar meu rosto como se estivesse tentando resolver algum mistério profundo. Quando quiser. Agora seria um bom momento.

Ele se limitou a baixar o olhar até sua caneca.

– Quanto custa?

– Pensei que tivesse dito que não queria estar comigo dessa forma.

– Quanto?

– O quê? Você pretende fazer algo ao estilo *Uma linda mulhe*r e me comprar para me salvar da minha vida horrível por uma semana? – ela explodiu em uma breve e seca gargalhada. – A única coisa que tenho em comum com o papel da Julia Roberts nesse filme é que posso escolher com quem estou. E no que se refere ao preço, não é nada da sua conta.

Ele ainda queria saber. Porque, que inferno, talvez esperasse que se ela fosse muito cara, o nível dos homens com que saía seria melhor – contudo, para ser honesto consigo mesmo, isso era apenas um monte de besteira. Sim, queria *mesmo* fazer o papel do Richard Gere, só que não desejava comprar uma semana. Anos seria mais o caso.

Mesmo que isso nunca acontecesse.

Quando a garçonete se aproximou vagando pela área com a jarra de café nas mãos e os ouvidos atentos, Marie-Terese disse:

– A conta seria ótimo agora.

A garçonete deixou a jarra sobre a mesa e revirou o bolso do avental em busca de seu bloco. Arrancando uma folha, colocou-a sobre a mesa com a face para baixo.

– Cuidem-se, vocês dois.

Quando ela se retirou, ele se estendeu e tocou o braço de Marie-Terese.

– Não quero que isto termine mal. Obrigado por me manter fora de todo o assunto com a polícia, mas quero que fique tranquila sobre mim se sentir qualquer tipo de pressão, certo?

Ela não se afastou, apenas baixou o olhar em direção ao lugar onde estavam tocando um ao outro.

– Sinto muito, também. Não sou uma boa companhia. Ao menos... não para pessoas civilizadas.

Havia dor em sua voz – apenas um pequeno toque, mas ele ouviu a nota tão claramente quanto um sino badalando em uma noite calma.

– Marie-Terese... – Havia tantas coisas que ele queria dizer, mas não seria correto dizer nada... e nenhuma seria bem recebida. – Seu nome é adorável.

– Você acha?

Quando assentiu, ela disse algo sussurrando, que não pôde escutar bem, mas que soou muito parecido com: *por isso o escolhi.*

Ela interrompeu o contato entre eles pegando a conta e segurando o papel enquanto abria a bolsa.

– Fico feliz por ter gostado das panquecas.

– O que está fazendo? Não, deixe que eu...

– Quando foi a última vez em que alguém te levou para tomar café da manhã? – Quando ela levantou o olhar, sorriu um pouco. – Ou a qualquer outra coisa do gênero?

Vin franziu a testa e ficou pensando sobre a questão enquanto ela tirava uma nota de dez e uma de cinco. Engraçado... não conseguia se lembrar de Devina pagando por qualquer coisa. Com certeza, ele sempre dava prioridade ao dinheiro, mas mesmo assim.

– Geralmente eu pago – respondeu.

– Não é surpresa. – Começou a deslizar pelo assento para sair da mesa. – E não estou dizendo isso no mau sentido.

– Não precisa do troco? – disse, pensando que faria qualquer coisa para mantê-la ao seu lado mais um pouco.

– Deixo boas gorjetas. Sei o quanto pode ser ruim trabalhar na indústria de prestação de serviços.

Enquanto ele a acompanhava até a saída do restaurante, colocou a mão no bolso para tirar as chaves e sentiu algo pequeno e fora do lugar. Franzindo o rosto, deu-se conta de que era o brinco de ouro que ele tinha pegado de Jim.

– Ei, sabe de uma coisa? Acho que tenho algo que é seu – disse quando se aproximavam do carro dela.

Ela destrancou a porta.

– É mesmo?

– Acho que isso pertence a você – ele estendeu o aro.

– Meu brinco! Onde o encontrou?

– Meu amigo Jim pegou no estacionamento do clube.

– Oh, obrigada. – afastou o cabelo da orelha e o colocou. – Não queria perdê-lo. Não valem muito, mas eu gosto deles.

– Então... obrigado pelas panquecas.

– Por nada. – Fez uma pausa antes de se posicionar atrás do volante. – Sabe, deveria tirar o dia de folga. Você parece mesmo cansado.

– Provavelmente são os machucados no meu rosto.

– Não, são os que estão atrás dos olhos que o fazem parecer exausto.

Enquanto ela deslizava no banco e ligava o carro, Vin captou um brilho vindo do lado esquerdo e olhou em direção ao rio...

No instante em que o sol tocou suas retinas, seu corpo ficou paralisado e sentiu um arrepio percorrê-lo.

Não era uma possessão gradual e confusa desta vez. O odioso transe tomou conta dele entre um segundo e outro, como se o ocorrido na noite anterior tivesse sido apenas um aquecimento e este fosse o verdadeiro.

Cedendo contra o capô de Marie-Terese, recorreu à sua jaqueta e a abriu para poder conseguir um pouco de ar. Quando a visão o golpeou, foi mais som que imagens e se repetia várias vezes: um tiro. Soando e ecoando. Alguém caindo. Um corpo caindo com um ruído estrondoso...

Quando seus joelhos cederam e caiu sobre o asfalto, lutou para permanecer consciente, agarrando-se mentalmente a qualquer coisa que pudesse – que acabou sendo a lembrança de quando ele teve seu primeiro ataque. Tinha onze anos e o apertar do gatilho tinha sido um relógio, um relógio feminino que tinha visto na vitrine de uma joalheria do centro da cidade. Ele estava em uma excursão com seus colegas de classe visitando o Museu de Arte de Caldwell, e quando passou em frente à loja, olhou o que estava exposto.

O relógio era de prata, e quando o sol o iluminou, seu olhar se voltou para o brilho, o que fez com que parasse de caminhar. Sangue no relógio. Havia sangue vermelho e brilhante sobre o relógio.

No instante em que lutava para entender o que estava vendo e por que ele se sentiu tão estranho de repente, uma mão feminina se estendeu sobre a vitrine e pegou o relógio. Atrás dela, havia um homem parado com uma expectativa feliz no rosto, um cliente...

Só que o cara não devia comprar o relógio – seja lá quem o usasse morreria em seguida.

Com o tipo de força que se adquire apenas com o pânico intenso, Vin rompeu a influência do transe e precipitou-se para dentro da loja. Contudo, não foi rápido o suficiente. Um dos pais que os acompanhavam entrou correndo e o pegou antes que pudesse dizer qualquer coisa e, enquanto ele lutava para chegar ao homem e ao relógio, o agarraram pelo colarinho da camisa e o fizeram a esperar no ônibus enquanto os outros seguiam para o museu.

Não houve resultado algum daquela visão.

Ao menos, não em seguida. Contudo, sete dias depois, Vin estava na escola e viu uma das professoras na cafeteria, com o que parecia ser o mesmo relógio no pulso. Estava mostrando-o a suas colegas, falando sobre um jantar de aniversário que tivera na noite anterior com seu marido.

Naquele instante, um raio de sol refletido sobre o escorregador do parque da escola entrou pela janela e capturou o olhar de Vin... e, então, ele voltou a ver o sangue no relógio, e muito, muito mais.

Vin desabou sobre o tapete da cafeteria e quando a professora correu e se inclinou para ajudá-lo, pôde ver com muita clareza o acidente de trânsito no qual ela estaria envolvida: sua cabeça bateria contra o volante, seu delicado rosto seria dividido com a cisão causada pelo impacto.

Agarrando a frente de seu vestido, tentou dizer a ela para usar o cinto de segurança. Pedir que seu marido a buscasse. Pegar outro caminho. Que fosse de ônibus. De bicicleta. Que caminhasse até sua casa. Mas ainda que sua boca se movimentasse, até onde conseguia entender, nada além de sílabas aleatórias saíam dela – contudo, o horror que surgiu nos rostos das outras professoras e dos alunos sugeria que estavam entendendo o que ele dizia.

Na sequência, ele foi encaminhado à enfermaria e, quando chamaram seus pais, disseram que precisavam procurar um psiquiatra infantil.

E a professora... a adorável e jovem professora e seu marido atencioso morreram naquela tarde no caminho da escola até sua casa com o novo relógio no pulso.

Um acidente de carro. E ela não estava usando o cinto de segurança.

Quando, na manhã seguinte, Vin se inteirou do que tinha acontecido, explodiu em lágrimas na classe. É claro que muitos garotos começaram a chorar também, mas era diferente para ele. Diferentemente dos outros, esteve em uma posição de fazer algo para evitar aquele desenlace.

Tudo mudou depois daquilo. Correu a notícia de que ele havia previsto a morte, o que fazia com que seus professores ficassem nervosos e seus colegas o evitassem ou o ridicularizassem o chamando de maluco. Seu pai começou a bater nele para obrigá-lo a ir à escola.

De repente, Vin perdeu o fio de seu pensamento, o passado foi submerso pelo comando da possessão de sua mente e seu corpo, sua consciência mais lhe escapava que fluía...

Um tiro. Soando e ecoando. Alguém caindo. Um corpo caindo com um ruído estrondoso...

Logo antes de desmaiar, a visão se cristalizou em sua mente, deixando de ser apenas sons para passar a ser imagens fidedignas... um castelo de areia que ia se formando com o vento, ao invés de ser desgastado por ele. Viu Marie-Terese com as mãos levantadas como se estivesse tentando proteger a si mesma, seus olhos eram selvagens por causa do terror e tinha a boca aberta em um grito.

E, então, ouviu o disparo.

Capítulo 19

Meia hora depois que Adrian e Eddie apareceram e se dispuseram a ajudar, Jim atravessou a perna sobre sua velha moto e virou a chave. Plantando a sola da sua bota de trabalho no pedal já golpeado e lançando seu peso para baixo, ele não acreditava nem um pouco que a coisa iria funcionar – aquela moto da Harley voltou à vida imediatamente.

Quando acionou o acelerador, o motor vibrou entre suas pernas e ele gritou através do barulho.

– Nossa, Ad, você conseguiu.

Adrian sorriu, enquanto limpava as mãos cheias de graxa num pedaço de pano vermelho.

– Sem problemas. Vamos levá-la para dar uma volta e verificar o freio.

Jim empurrou a moto para fora da garagem e para a luz do sol.

– Deixe-me pegar meu capacete.

– Capacete? – Adrian montou em sua Harley. – Nunca pensei que você fosse um escoteiro.

Jim voltou com seu capacete preto.

– Evitar ferimentos na cabeça não é coisa de mocinha.

– Mas você tem que pensar no vento no seu cabelo, cara.

– Ou nos eletrodos que vão manter você vivo depois.

– Eu pego o cachorro – Eddie disse, enquanto pegava seu próprio capacete e estendia as mãos. No instante que a oportunidade se apresentou, o cão deu um pequeno salto, e estacionou sobre a capa de couro por cima do tanque de Eddie.

Jim franziu a sobrancelha, pensando que não estava gostando daquilo.

– E se você se acidentar?

– Não vou. – Como se as leis da física não se aplicassem a ele.

Jim estava quase quebrando o acordo quando viu como o Cachorro estava empolgado por estar a bordo, suas garras curvadas no couro, como se a felicidade estivesse fazendo suas patas formigarem, seu rabo batia tão rápido quanto possível.

Além disso, quando o grande homem segurou o guidão, o animal ficou preso entre seus braços.

– Apenas tome cuidado com o maldito cachorro. Se esse animal se machucar, você e eu teremos uma conversinha.

Bem, não é que ele estava se tornando um bom dono?

Afivelando o capacete, ele puxou a jaqueta de couro e montou em sua moto. Quando ligou o motor, a moto liberou um maldito som grave, desagradável e a força de todos aqueles cavalos de potência ressoava por seu corpo.

Cara, apesar do pé no saco que Adrian poderia ser, ele sabia o que estava fazendo com o motor. O que podia finalmente explicar por que Eddie conseguia viver com ele.

Com um "vamos sair daqui" silencioso, os três saíram sob a luz do sol, Adrian na frente e Eddie com o Cachorro atrás.

Quando saíram, a moto de Jim era mágica total, uma fera sem educação e, enquanto eles passavam pela área rural, ele começou a sentir algo pela coisa.

E quem se importa? Você não precisava do vento no seu cabelo para ser livre.

Adrian acabou levando-os até o rio Hudson, indo em direção à cidade e quando eles começaram a atingir as luzes dos semáforos da cidade litorânea, Jim começou a torcer para que pegassem os sinais vermelhos – apenas porque a aceleração dava uma satisfação louca.

Assim que eles pararam no cruzamento entre a Rua Doze e a Rua River, ele gritou para Adrian.

– Preciso abastecer.

– Tem um posto aqui perto, não tem?

– Sim, a duas quadras.

Quando as luzes mudaram, eles saíram rugindo, os sons dos motores explodindo no ar e sendo amplificados quando passavam sob os viadutos da rodovia. No posto, eles estacionaram nas bombas e Jim colocou gasolina aditivada.

– Como estão os freios? – Adrian perguntou, enquanto olhava uma loira sair de um carro velho. A mulher entrou na loja de conveniência com um pequeno rebolado, as pontas do seu longo cabelo faziam cócegas na tatuagem na parte de baixo das suas costas.

Jim teve que rir. O bastardo tagarela se distraiu instantaneamente e era evidente que estava considerando a possibilidade de segui-la e perguntar se ela queria brincar com a sua chave de fenda – cuja resposta, dada a maneira com que permanecia olhando para ele sobre o ombro, seria um grande e redondo *sim*.

– Por que eu tenho a impressão de que o meu é melhor que o seu? – Jim murmurou enquanto abria a boca do tanque.

– Você quer dizer o sistema de freio? – A cabeça de Adrian girou ao redor. – Você acha? Porque eu acho que você foi o único que dormiu com alguém na quinta-feira à noite, não eu.

– E pensar que eu achei que sua companhia valeria suas habilidades com a graxa. – Jim pressionou o bico da mangueira de volta no lugar. – Onde eu estava com minha maldita cabeça?

Ele montou novamente e colocou seu capacete de volta.

– Então, você quer voltar?

– Desculpe.

Jim parou de prender a correia sob o queixo. Adrian estava parado na sua frente, o rosto com uma expressão sinistra, os olhos voltados ao céu acima do posto. Ele estava sério até a morte. Jim franziu a testa.

– Por que está se desculpando?

– Por apontar aquela mulher a você no clube. Eu estava pensando que aquilo não passava de um tipo de jogo, mas não é. Eu não deveria ter encorajado você a pegar aquela estrada. Não foi certo.

Aquilo sobre Adrian estar preocupado como, na verdade, faria a droga de um cara normal, foi uma surpresa, mas talvez houvesse mesmo um pouco de açúcar por baixo daquela casca grossa.

Jim estendeu a mão.

– Está bem. Está tudo bem.

Adrian aceitou a mão que lhe foi oferecida.

– Vou tentar não ser um idiota o tempo todo.

– Não vamos nos precipitar.

Adrian sorriu.

– Sim, talvez eu alterne um pouco sendo canalha.

– Algo que você vai tirar de letra.

Jim ligou a moto e girou o pulso no acelerador para injetar a gasolina naqueles grandes, famintos pistões.

– Podemos ir, cavalheiros?

– Com certeza. – Adrian disse enquanto aquecia sua moto. – Você vai na frente dessa vez.

– O Cachorro está bem, Eddie? – Jim perguntou enquanto olhava o animal, que parecia estar excitado com a aventura.

– Estamos arrasando.

Enquanto Jim liderava o grupo de volta na direção de que tinham vindo, ele percebeu o amarelo do sol, o branco brilhante das nuvens, o azul do céu e o cinza da estrada. À esquerda, o rio paralelo à estrada, pois o caminho tinha sido construído ao longo da margem. Aqui e ali, jovens árvores que pareciam lápis estacados na terra forçavam o asfalto enroscando-se com os canteiros de flores onde, sem dúvida, brotariam tulipas e narcisos em poucas semanas.

O Riverside Diner era outro marco no litoral, um velho restaurante pequeno e intimista, o tipo de lugar onde Jim se sentiria confortável e ele tinha a intenção de comprovar isso. O que todos diziam era que tinha panquecas pelas quais se podia morrer...

Jim aliviou o acelerador. No estacionamento, um BMW, que parecia muito com a de Vin, estava estacionada próxima a um Toyota verde.

E havia um par de pernas estendidas fora entre os dois carros, como se um homem estivesse deitado no chão.

A moto freou bruscamente dando meia-volta.

Porque Jim não tinha dúvida a quem pertenciam àqueles mocassins brilhantes.

Avançando pelo estacionamento, ele acelerou para a mulher que estava curvada sobre... Sim, era Vin diPietro, que estava estirado de barriga para cima. O cara não se mexia e tinha o rosto como se alguém tivesse jogado cera em seus machucados.

– O que aconteceu? – Jim baixou o apoio e desceu da moto.

A mulher do clube olhou para ele.

– Ele simplesmente caiu. Como ontem à noite.

– Droga. – Jim se abaixou enquanto Adrian e Eddie desmontavam de suas motos. Antes que eles pudessem descer de suas Harleys, ele acenou para que ficassem parados, pensando que quanto menos pessoas envolvidas nessa situação, melhor.

– Quanto tempo faz que ele caiu? – Ele perguntou à mulher.

– Há uns cinco minutos mais ou menos – oh, meu Deus... Olá.

Ela se curvou enquanto os olhos de Vin se abriam lentamente. Primeiro, eles se voltaram para Marie-Terese, depois, para Jim.

– Acorda, acorda – Jim murmurou enquanto verificava se as duas pupilas respondiam à luz da mesma maneira. Quando viu que sim, ficou apenas um pouco aliviado.

– Que tal levarmos você a um médico?

Vin grunhiu e lutou para se sentar, Marie-Terese tentava fazer com que ele ficasse parado.

– Não tem nada de errado comigo. – Ele disse rispidamente – E não, eu não tenho nenhuma concussão. – Jim arqueou uma sobrancelha, pensando que o idiota cabeça-dura tinha uma tendência a chamar a atenção quando eles estavam em público, mas Vin não estava surpreso – ou preocupado. Ele estava... resignado.

Já tinha passado por aquilo antes, não tinha?

Quando ele começou a olhar ao redor, Jim lançou um olhar a Adrian e Eddie e acenou com a cabeça para a estrada, dando a eles um sinal para irem embora. Os dois entenderam a mensagem, voltaram para suas motos e acenaram com a mão antes de ir.

– Droga – Vin disse enquanto esfregava o rosto. – Isso não foi engraçado.

– Sim, eu acho que é bem evidente. – Jim deu uma olhada na mulher de cabelos escuros e se perguntou por que os dois tinham se encontrado. Se Vin queria manter as coisas em segredo sobre ter qualquer ligação com aqueles cadáveres, sair com ela não era a ideia mais brilhante – mesmo se fosse só para um café.

– Eu não sei o que aconteceu – ela disse. – Nós tínhamos acabado de tomar café da manhã...

– Você tomou café. – Vin murmurou, indicando que sua memória recente estava funcionando. Concluindo também que ela não tinha comido torrada francesa.

A mulher levantou a mão, como se quisesse acalmá-lo, mas, em seguida, abaixou o braço.

– Ele comeu, nós conversamos e viemos até aqui e...

– Eu estou bem agora – apoiando-se no chão, Vin se levantou e se encostou no capô do carro.

– Bem.

Jim agarrou o cotovelo dele.

– Nós vamos ao médico agora.

– Pro inferno que nós vamos. – Vin puxou seu braço de volta. – Eu vou para casa.

Droga. Levando em conta o ângulo rígido do maxilar do cara, a única chance que Jim tinha de ajudar era bancar o chofer e levá-lo de volta ao Commodore.

– Eu dirijo, então.

Vin abriu a boca para argumentar, mas a mulher pôs a mão sobre seu ombro.

– E se isso acontecer de novo enquanto você estiver atrás do volante?

Enquanto seus olhos se encontraram e sustentaram o olhar, o sol apareceu entre as nuvens manchadas e uma onda de calor líquido se derramou do céu e os banhou com seu brilho.

Jim olhou para os céus, meio que esperando presenciar um momento estilo Michelangelo ao vivo, com a mão de Deus apontando para os dois. Mas não, apenas nuvens e céu e sol... e um bando de gansos canadenses grasnando em seu caminho para o sul.

Jim voltou a se concentrar no casal na frente dele. O que tinha dolorosamente faltado quando Vin olhava Devina durante o jantar, estava total e completamente sendo exposto agora. Seus olhos estavam totalmente fixos na mulher na frente dele e Jim podia apostar seu testículo esquerdo que se ele perguntasse a Vin qualquer coisa sobre o que ela estava usando, qual sua altura, o perfume dela, qualquer coisa, a resposta que daria seria cem por cento precisa.

Jim franziu mais ainda a sobrancelha... E se ele estivesse errado? E se Devina não fosse o destino de Vin?

– Por favor, Vin – a mulher disse. – Deixe que ele leve você.

Que seja. Ele teria tempo para se preocupar com esse assunto depois. Agora, ele tinha que levar Vin para casa.

– Passe as suas chaves, amigo.

– Por favor. – A mulher impeliu.

E assim Vin o fez. Ele pegou o chaveiro, ou, no caso do BMW, uma corrente preta, e a entregou para Jim.

– Como você vai voltar para pegar sua moto? – Vin perguntou.

Jim procurou em seu bolso traseiro, pensando que poderia pegar um táxi – e descobriu que estava tão ilegal quanto Adrian. Sem carteira. O que significava sem carteira de motorista e sem dinheiro para um táxi. Droga, a moto também não tinha registro, nem seguro.

A expressão de Jim parecia falar por si só enquanto Vin ria um pouco.

– Não tem placa naquela Harley que você dirige. Está sem carteira de motorista também?

– Não esperava chegar tão longe. Mas não se preocupe. Vou obedecer a todas as leis de trânsito.

– Seu carro é automático? – A mulher perguntou a Vin. Quando ele negou, ela balançou a cabeça.

– Que pena, pois eu não consigo dirigir um carro manual. Mas talvez eu possa seguir os dois e levar você de volta. – Ela gesticulou para Jim. – Para onde quer que você more.

– Aqui será ótimo.

– Vai chamar um guincho para sua moto? – A mulher disse. – Porque você está ilegal.

– Sim. Um guincho. Vou conseguir um desses.

Certo, era hora para o tipo de despedida que não requeria uma plateia.

Vin apontou seu carro.

– Considerando que você está com a chave, se importa de aquecê-lo?

Jim levantou a sobrancelha.

– Eu posso estar bancando seu chofer, mas eu não vou usar um chapéu e uniforme. Então, se você quer um pouco de privacidade, é só pedir. – Ele se virou e acenou para Marie-Terese com a cabeça – Encontro você na frente do Commodore.

Ela acenou de volta.

– Vejo você lá.

Vin observou-o entrar no carro e fechar a porta. Um momento depois, o motor foi ligado e houve uma enorme vibração. O som estava ligado. Ótimo

Marie-Terese balançou a cabeça.

– Você realmente precisa ir ao médico.

– Você se sentiria melhor se eu dissesse que isso vem acontecendo desde que eu tinha onze anos?

– Não.

– Bem, ainda não me matou. – De repente, ele pensou sobre a visão da arma, e o barulho do tiro, e fez o máximo que pôde para não parecer tão desesperado quanto se sentia. – Escute, eu não sei o que estou fazendo em seu território... – Quando o rosto dela ficou tenso, ele soube muito bem que não poderia continuar depois. – Eu acho que o dono desse clube está fazendo você se sentir protegida, mas isso é apenas no Iron Mask. E se alguém seguir você até em casa?

– Se você visse a minha casa, entenderia porque não estou preocupada.

Vin franziu as sobrancelhas, pensando que, pelo menos, ela parecia preparada.

– Prometo não me intrometer, mas se você souber de alguém que possa estar atrás de você, vá à polícia. E se você não puder ir até eles, peça ao seu gerente para tomar conta de você secretamente.

– Ah... Obrigado pelo conselho.

Cara, ele odiava isso. Se pelo menos ele soubesse o que tinha dito a ela em transe, a não ser que... sim, mas que droga, a arma já tinha dito o suficiente, não tinha?

– Onde você mora? – Ele perguntou suavemente.

Quando ela abriu a boca, ele pensou por um momento que ela iria responder. Mas, então, ela se deteve.

– Onde é o Commodore exatamente? Em caso de eu me separar de vocês. – Ele deu as direções a ela.

– Eu estou no vigésimo oitavo e no vigésimo nono andares.

– Os dois?

– Os dois.

– Não estou surpresa. – Droga, ele podia sentir ela se fechando para ele, desligando a conexão. – Eu vou seguir vocês até lá.

Quando ela começou a se virar, ele segurou o cotovelo dela.

– Qual é o número do seu celular? – Houve uma longa pausa.

– Desculpe... Eu não posso.

– Tudo bem. Eu entendo. Mas você tem todos os meus números. Ligue, por favor. A qualquer hora. – Ele se inclinou para o lado, abriu ainda mais a porta dela para que pudesse entrar e esperou até que ela colocasse o cinto de segurança sobre o peito. Depois de algumas tentativas, o carro dela soltou um assobio como se fosse preguiçoso, e ela olhou para cima como se estivesse esperando que ele começasse a se mover.

O som de uma das janelas do BMW baixando fez com que ele quisesse soltar um palavrão. E, então, veio a voz de Jim.

– A teoria diz que o único jeito de você pegar uma carona para casa é se sentando no banco. A não ser que prefira ir no para-choque dianteiro.

Vin andou em volta do BMW, entrou e se acomodou no banco do passageiro.

– Não perca ela de vista.

– Não vou perder.

E ele não perdeu. Jim lidou perfeitamente com o carro. Ele era rápido, ágil... Mas não tão rápido que Marie-Terese não pudesse acompanhar.

Ao som de um rock clássico ao fundo, Vin não sentiu necessidade de explicar por que ele e Marie-Terese estavam no restaurante sozinhos. Nem um pouco.

Não mesmo.

– Só me responda uma coisa. – Jim disse como se pudesse ler mentes.

– Marie-Terese se encontrou com os policiais e o dono também o fez. – Vin olhou para o carro. – Eles não disseram nada sobre nós e não têm intenção de dizer.

Os olhos de Jim se voltaram para os assentos.

– Não era o que eu ia perguntar, mas é bom saber. E quanto às câmeras de segurança?

– Já cuidaram disso.

– Bom.

– Não fique muito animado. Eu disse a Marie-Terese que se ela ficar comprometida, ou se houver qualquer pressão sobre ela, ela poderia se servir de nós como de um filé.

– Responda uma coisa.

– O quê?

– O que você vai fazer sobre a Devina?

Vin cruzou seus braços sobre o peito.

– Só porque eu tomei café com alguém...

– Besteira! E não negue. O que você vai fazer?

– Por que se importa? – houve uma longa pausa. Tão longa que eles passaram dois sinais vermelhos.

Quando aceleraram depois do segundo, Jim pensou. Seus olhos estavam compenetrados, brilhavam muito.

– Eu me importo, Vin, porque comecei a acreditar em demônios.

Vin virou a cabeça depressa e Jim voltou a se concentrar na estrada, quando continuou.

– Eu não estava brincando quando disse que estava aqui para salvar sua alma. Contudo, estou começando a pensar que eu entendi errado.

– Entendeu o que errado?

– Fale sobre essa maldita e imensa depressão que você está sentindo.

– Espere, o que você entendeu errado?

– Eu não acho que deva ficar com Devina. – O cara balançou a cabeça lentamente e deu uma olhada pelo espelho retrovisor. – Meu trabalho é ajudar você a atravessar essa parte da sua vida e terminar num lugar melhor. E eu estou começando a acreditar que isso significa que você precisa daquela mulher que... sim, acabou de passar por um sinal vermelho para nos acompanhar.

– Você deveria ter parado – Vin repreendeu, segurando o espelho e ajeitando melhor para ver se conseguia enxergar Marie-Terese atrás do volante.

Ela estava segurando o volante com as duas mãos, focada no caminho, a concentração fazia com que apertasse as sobrancelhas. Seus lábios estavam se movendo levemente, como se estivesse cantando uma música, ou falando sozinha, e ele ficou pensando qual das duas coisas ela estava fazendo.

– Então, que negócio é esse de desmaiar? – Jim continuou. – Você não está surpreso quanto a isso, está?

Vin voltou a ajustar o ângulo do espelho. – Você já ouviu falar em médium?

Jim o olhou. – Sim.

– Bem, eu vejo o futuro, e às vezes eu falo quando eu vejo. E tem outras coisas também. Então... É isso. E se pensa que é uma maldita curtição, posso garantir a você que não é. Eu fiz o meu melhor para tirar isso de mim, e pensa que eu consegui? Acho que não.

Quando a única coisa que se ouvia era o movimento do sólido motor do BMW, ele disse asperamente.

– Você ganhou alguns pontos por não rir.

– Você quer saber? Eu poderia ter rido há alguns dias – Jim deu de ombros. – Agora, não estou nem um pouco inclinado a isso. Você sempre foi assim?

– Começou quando eu era criança.

– Então... O que você viu sobre ela? – Quando Vin não conseguiu responder, Jim murmurou:

– Tudo bem. Eu acho que não foi um jantar à luz de velas e uma caminhada romântica na praia.

– Não mesmo.

– O que foi, Vin? Você deve contar a mim também. Eu e você estamos nessa juntos.

A raiva o atingia como pregos, dura e quente. – Certo, eu mostrei o meu. Agora você mostra o seu. Que merda você está fazendo...

– Eu morri. Ontem à tarde... Eu morri e fui mandado de volta para ajudar pessoas. Você é o primeiro. – Agora era a vez de Vin ser compreensivo e silencioso.

– Parece que você também ganhou uns pontos por não rir. – Jim murmurou. – Vejamos, vamos assumir que nós dois temos um pouco dessa droga toda que veio até nós e vamos seguir em frente. Eu preciso salvar sua pele e, como eu disse, tenho um pressentimento de que a solução não é Devina, mas a mulher atrás de nós naquele Toyota. Então por que você não corta essa e me fala o que você viu sobre ela, porque eu não vou falhar na minha primeira missão e quanto mais eu souber, melhor.

Jim Heron não parecia estar delirando, e considerando o local de onde Vin vinha quando começaram essas porcarias, ele percebeu que poderia dar algum crédito ao que o cara dizia. Mesmo que não fizesse mais sentido que... bem, que transes mediúnicos, por exemplo.

– Eu vi... Uma arma disparando.

A cabeça de Jim girou lentamente.

– Quem foi atingido? Você ou ela?

– Eu não sei. Tenho a impressão de que foi ela.

– Você já errou alguma vez?

– Não.

As mãos do cara seguraram firme o volante.

– Bem. Aí vamos nós.

– Parece que temos mais para falar.

– Sim.

Mas, ao contrário, eles não disseram nada: ficaram sentados lado a lado no carro e Vin não conseguia ignorar a metáfora, os dois ligados a algum tipo de corrida, na qual só Deus saberia o que os esperava.

Enquanto olhava no retrovisor novamente, rezava para que Marie-Terese não fosse a pessoa que iria se machucar. Melhor ele. Muito melhor.

Quando finalmente chegaram ao Commodore, entraram na garagem e, como Marie-Terese esperava na entrada, Vin pensou que talvez isso fosse uma coisa boa. Ele tinha acabado de dizer adeus a ela de novo, e já era o suficiente.

– Eu fico na vaga número onze por ali.

Depois que estacionaram, Vin saiu do carro, pegou a chave de seu mais novo amigo e seguiram seus caminhos distintos, com Jim seguindo pela escadaria que o levaria a rua.

Vin andou na direção oposta, a dos elevadores, e quando as portas se abriram para ele, entrou e se virou. Jim estava quase na saída, seus passos largos encurtavam a distância rapidamente.

Vin impediu as portas do elevador antes de se fecharem e gritou:

– Eu vou terminar com a Devina.

Jim parou e olhou sobre seu ombro.

– Bom. Mas pegue leve com ela. Está apaixonada por você.

– Ela faz mesmo com que pareça desse jeito. – Mas embaixo de todo aquele "amor" exteriorizado, havia algo vazio, e esse tinha sido parte do motivo de mantê-la por perto: ele preferia lidar com pessoas calculistas, porque interesse próprio era mais confiável que o amor.

Não era mais assim. Algumas mudanças estavam acontecendo com ele, mudanças que não podia controlar da mesma forma que não podia impedir a imposição daquelas visões. Em um dia comum, ele era noventa e nove por cento trabalho. E nas últimas vinte e quatro horas? Ele tinha passado para cinquenta por cento, talvez menos. Sua mente tinha sido consumida por outras coisas, coisas mais importantes... Coisas que tinham muito a ver com Marie-Terese.

– Vou mantê-lo informado – ele disse a Jim.

– Faça isso.

Vin deixou as portas se fecharem e acionou o botão para o seu andar. Ele tinha que falar com Devina e precisava dar um fim àquela conversa. Não era apenas a coisa justa a ser feita... ele tinha algum senso de urgência sobre o assunto que nada tinha a ver com o fato de que ele não estava tentando magoá-la.

Aquele sonho horrível ainda estava com ele... como se tivesse manchado seu cérebro permanentemente.

No vigésimo oitavo andar, o elevador soltou um discreto *bing*, ele saiu e foi para a sua porta. Assim que ele entrou no duplex, Devina correu pelas escadas, com um enorme sorriso no rosto.

– Olhe o que eu achei enquanto estava arrumando seu escritório. – Ela estendeu as mãos abertas, segurando uma caixa da Reinhardt. – Oh, Vin! É perfeito!

Ela avançou depressa e jogou os braços em volta do pescoço dele, seu perfume o sufocava mais que seu abraço. Enquanto ela falava sobre como não deveria ter aberto a caixa, mas não tinha conseguido se conter e como tinha servido no dedo dela, Vin fechou seus olhos e viu os ecos do pesadelo que teve.

Uma convicção se acendeu no centro do seu peito, e era tão inegável quanto seu próprio reflexo no espelho.

Ela não era quem dizia ser.

Capítulo 20

Quando Jim entrou no Camry verde, ele se inclinou e estendeu a mão.

– Jim Heron. Imagino que poderíamos nos apresentar.

– Marie-Terese.

O sorriso da mulher era leve, mas terno, e enquanto ele esperava por um sobrenome, teve a sensação de que não ouviria um.

– Obrigado pela carona da volta – ele disse.

– Sem problemas. Como está o Vin?

– Para um cara que acabou de cair em um estacionamento, ele parece bem. – Jim olhou para ela enquanto ele colocava o cinto de segurança.

– Você está lidando bem com tudo? Falar com os policiais não é divertido.

– Vin contou? Você sabe sobre as fitas de segurança e...

– Sim, ele disse e obrigado.

– Por nada. – Ela deu seta, olhou o retrovisor e saiu após um veículo grande passar. – Posso perguntar uma coisa?

– Claro.

– Há quanto tempo você dorme com a namorada dele?

Jim apertou os ombros e estreitou os olhos.

– Como?

– Na noite antes de ontem, eu vi você sair com a namorada dele, depois de ela passar quase uma hora encarando você. A mesma coisa ontem à noite. Sem ofensas, mas já faz um tempo que tenho visto pessoas fazer coisas como esta, então, duvido que vocês apenas apertaram as mãos no estacionamento.

Veja só... Ela era esperta. Essa Marie-Terese era esperta.

– O que você acha de Vin? – Ele perguntou.

– Não vai me responder? Não culpo você.

– Qual é o seu sobrenome? – Ele sorriu de uma maneira severa enquanto o silêncio reinava. – Não vai me responder? Eu não culpo você.

Quando ela ruborizou, ele soltou um palavrão.

– Olha, desculpe. Os últimos dias foram difíceis.

Ela assentiu.

– E, na verdade, não é da minha conta.

Ele não tinha muita certeza sobre isso.

– Apenas por curiosidade, o que você acha dele? – Enquanto esperava por uma resposta, Jim pensou: Deus, desde quando tinha se transformado num conselheiro de relacionamentos? Só faltava ele começar a falar sobre roupas e maquiagem também...

– Mas, enfim... – ele disse, percebendo que ela não tinha respondido. – Eu não conheço muito ele, mas Vin é um cara legal.

– Há quanto tempo você o conhece?

– Eu trabalho para ele. Ele trabalha no ramo da construção e eu com um martelo. Uma parceria ideal. – Jim pensou nos Quatro Rapazes de Asas e revirou os olhos. – Literalmente.

Enquanto eles paravam num sinal vermelho, ela disse:

– Não estou atrás dele. Nem de ninguém.

Jim deu uma olhada para o céu através da sua moldura de arranha-céus.

– Você não precisa ir atrás de nada para encontrar o que precisa.

– Eu não vou ficar com ele, então... sim. É isso.

Ótimo. Um passo adiante. Dois para trás. Vin parecia estar ali; Marie-Terese não estava interessada – apesar do fato de que ela estava claramente atraída por aquele cara *e* que ela se importava com ele o suficiente para se preocupar em como ele voltaria seguro para casa.

Enquanto eles seguiam pelo trânsito, passaram por um casal, os dois andando um ao lado do outro, de mãos dadas. Contudo, eles não eram jovens amantes, eles eram velhos. Muito velhos.

Mas apenas na pele, não no coração.

– Já se apaixonou alguma vez, Marie-Terese? – Jim perguntou suavemente.

Uma péssima pergunta para se fazer a uma prostituta, pensou.

– Eu nunca estive. Nunca estive apaixonado, quero dizer. Só pensei se você já esteve. – Ele tocou o vidro, e a mulher idosa percebeu o gesto, e com certeza pensou que ele tinha acenado para ela. Enquanto ela levantava sua mão livre, ele se perguntava se ele já estivera apaixonado um dia.

Ele sorriu e ela sorriu de volta, e voltaram a seguir seus caminhos distintos.

– Porque isso é relevante? – ela disse.

Ele pensou em Vin naquele lindo e frio duplex, cercado por belos objetos inanimados.

E, então, se lembrou do cara olhando para Marie-Terese sob a luz do sol.

Parecia que sua alma tinha sido preenchida naquele momento. Ele tinha sido transformado. Ele estava vivo de verdade.

– É relevante porque eu estou começando a pensar, – Jim murmurou, – que o amor pode ser tudo.

– Eu costumava acreditar nisso. – Marie-Terese disse rouca. – Mas então eu me casei com um homem e toda aquela coisa de fantasia foi jogada pela janela.

– Talvez isso não fosse amor.

A risada chocada dela mostrou que ele estava no caminho certo.

– Sim, talvez. – Eles entraram no estacionamento da lanchonete, e seguiram até a Harley dele.

– Obrigado de novo pela carona – ele disse.

– Fico feliz em ajudar.

Ele saiu do carro, fechou a porta e a observou fazer a volta. Enquanto ela saía, ele memorizou o número da placa.

Quando ele teve certeza de que ela tinha ido embora, colocou seu capacete, ligou a moto e partiu. Considerando sua lista de crimes, uma Harley sem registro não constituía sequer um pontinho em seu radar.

Além disso, o forte vento em seu peito e nos braços reduzia um pouco do estresse e deixava seu cérebro mais claro – contudo, o que fora revelado fez com que se sentisse doente. Era bem óbvio o que ele precisava fazer em seguida, e apesar de odiar aquilo, às vezes você tem que se afundar na lama: ele tinha uma mulher que precisava manter viva, a visão de Vin de um tiro, e dois garotos universitários desagradáveis que estavam mortos agora, graças a terem levado alguns pipocos. O que a situação pedia era informação, e havia só um jeito de tomar conhecimento delas.

Ele não gostava de se prostituir, mas você tem que fazer o que tem que ser feito... E ele poderia apostar que esse mantra também era bem conhecido de Marie-Terese.

Assim que chegou à superfície de cascalho do local onde morava, o Cachorro saiu de baixo da caminhonete e pulou com alegria sobre a moto, sacudindo-se o tempo inteiro enquanto escoltava seu dono até a garagem. Depois que Jim tirou o capacete, ele se inclinou para dizer um oi mais adequado e o rabo do Cachorro balançava tão rápido que era um maldito milagre que o pequeno rapaz conseguisse se sustentar sobre suas patas.

Estranho ter alguém para recebê-lo em casa.

Jim levantou o cachorro, o enganchou em seu braço e subiu as escadas para destrancar a porta. Dentro, ele o acariciou um pouco enquanto procurava seu celular na cama bagunçada.

Sentando no colchão e sentindo o pequeno e terno corpo do Cachorro enrolado em seu quadril, Jim pensou duas vezes antes de discar. Sentia como se estivesse dando um passo para trás e a sensação de que aquilo lhe era familiar o enjoava, o que era interessante.

Cristo, será que ele estava tentando fazer um novo começo para as coisas por aqui?

Olhando em volta, ele viu o que Vin tinha visto: duas pilhas de roupa, uma cama pequena em que nenhuma pessoa com mais de doze anos se sentiria confortável, móveis com adesivos por toda a parte e uma única luz no teto coberto de rachaduras.

Não era exatamente um novo começo material, mas comparando com onde ele tinha estado e com o que ele fazia, dormir num banco de praça já tinha seu valor.

Enquanto ele encarava o telefone, as ramificações do que aconteceria se aquela velha e familiar voz atendesse eram muito claras.

De qualquer jeito, Jim discou os onze dígitos e apertou *send*.

Quando os toques de chamada pararam e ele não ouviu o correio de voz, disse uma palavra:

– Zacharias. – A resposta não era nada mais do que a lacônica risada de um homem para quem a vida não tinha mais surpresas.

– Veja só... Nunca pensei que ouviria esse nome de novo.

– Eu preciso de algumas informações.

– Precisa?

Jim apertou com força o celular na mão.

– É só o rastreamento de uma placa e pesquisa de uma identidade. Você poderia fazer isso enquanto dorme, filho da mãe.

– Sim, essa é bem a maneira para que eu faça qualquer coisa por você. Mas é claro. Você sempre foi tão diplomata.

– Dane-se. Você me deve.

– Devo?

– Sim.

Houve um longo silêncio, mas Jim sabia muito bem que a linha não tinha caído: o tipo de satélite que o governo usava para pessoas como seu antigo chefe era poderoso o suficiente para ser transmitido até no centro da maldita Terra.

Aquela risada baixa veio de novo.

– Desculpe, meu velho amigo. Existe um estatuto de limite de obrigações, e você já ultrapassou o seu. Nunca mais me ligue de novo.

O telefone ficou mudo.

Jim encarou a coisa por um momento e, em seguida, o jogou de volta na cama.

– Acho que esse é um beco sem saída, Cachorro.

Cristo, e se Marie-Terese fosse algum tipo de vigarista e Vin estivesse simplesmente sendo enganado?

Esticando-se nos lençóis enrugados, ele acomodou o Cachorro em seu peito antes de alcançar a pequena mesinha e pegar com força o controle remoto. Enquanto ele acariciava o pelo áspero do Cachorro, da cabeceira da cama ele apontou a coisa para a pequena TV, seu dedo pairou sobre o botão vermelho marcado com a palavra LIGAR.

Eu poderia usar alguma ajuda, rapazes, ele pensou. *Que caminho devo seguir com tudo isso?*

Ele apertou o botão e a imagem surgiu na sua frente, expandindo-se pela tela de vidro. Uma mulher usando um longo vestido vermelho estava sendo conduzida por um cara de *smoking* de uma limusine para um jatinho. Ele não reconheceu o filme, mas considerando que ele tinha passado os últimos vinte anos da sua vida no duro serviço militar, não houve muito tempo para ver malditos filmes.

Quando ele apertou *info*, Jim teve que rir. Era evidente que *Uma linda mulher* era um filme sobre uma prostituta e um homem de negócios que se apaixonavam um pelo outro. Ele deu uma olhada para o teto.

– Acho que eu entendi errado da primeira vez, não foi, garotos?

Naquela noite, quando Marie-Terese entrou na Catedral St. Patrick, seus passos estavam lentos, e o corredor até o altar parecia ter um quilômetro. Enquanto ela passava pela capela dos santos, em direção aos confessionários, parou no quarto vão. A piedosa imagem em tamanho natural de Maria Madalena tinha sido removida do pedestal: sem dúvida, a estátua de mármore tinha sido levada para que limpassem o pó e os resíduos de incenso.

O espaço vazio a fez perceber que ela tinha decidido sair de Caldwell. Era demais para aguentar. Ela simplesmente não estava em um momento da vida no qual pudesse se relacionar emocionalmente com um homem e isso já estava acontecendo com Vin. Deixando de lado aqueles universitários mortos, mais tempo perto dele não iria ajudar, e ela era uma pessoa livre, capaz de cair na estrada a qualquer momento...

O ranger de uma porta atrás dela a assustou, mas quando ela olhou sobre o ombro, não havia ninguém por perto. Como sempre, a igreja e seus bancos estavam essencialmente vazios, com apenas duas mulheres com véus negros rezando mais à frente e um homem de joelhos usando um gorro do time de beisebol Red Sox ao fundo.

Enquanto ela continuava pelo corredor, o peso da decisão de deixar a cidade a deixou exausta. Para onde ela iria? E quanto custaria arranjar outra identidade? E outro trabalho. O que ela deveria fazer sobre isso? Trez era único naquele negócio e o Iron Mask era o único lugar onde ela podia se imaginar fazendo o que fazia.

Se não fosse isso, como ela conseguiria pagar suas dívidas?

Nos dois confessionários, havia duas pessoas esperando na frente dela, então ela esperou com eles, sorrindo uma vez para cumprimentá-los e depois deixando seus olhos vagarem pela sala, como eles fizeram. Era sempre assim que acontecia. A culpa seguia a tendência de não puxar conversa quando estava prestes a ser descarregada, e ela se perguntou se os outros estavam treinando o que iam dizer, assim como ela.

Não importavam quais eram os seus problemas, ela poderia ganhar deles no quesito pecado. Fácil.

– Olá.

Ela olhou para trás, e reconheceu o rapaz do grupo de oração. Ele era quieto como ela, um frequentador regular que raramente abria a boca.

– Olá – ela disse.

Ele acenou e, então, passou a encarar o chão, juntando as mãos e mantendo-se isolado. Por nenhuma razão em particular, ela notou que ele cheirava a incenso, do tipo que era usado na igreja e ela sentia-se bem com o cheiro doce da fumaça.

Eles deram dois passos, quando alguém saiu... depois mais dois passos... e, então, Marie-Terese era a próxima.

Depois de uma senhora com os olhos vermelhos ter saído de trás da espessa cortina de veludo, era a vez de Marie-Terese entrar, e ela deu um sorriso de despedida ao rapaz do grupo de oração antes de entrar no cubículo.

Quando ela se fechou e se sentou, o painel de madeira deslizou e o perfil do padre foi revelado do outro lado da tela de metal que os separava.

Depois de fazer o sinal da cruz, ela disse suavemente:

– Perdão, padre, pois eu pequei. Já se passaram dois dias desde a minha última confissão.

Ela fez uma pausa, porque mesmo já tendo pronunciado aquelas palavras muitas, muitas e muitas vezes, elas eram muito difíceis de dizer.

– Fale, minha filha. Desabafe.

– Padre, eu... pequei.

– De que maneira?

Ele já sabia. Mas a principal característica da confissão era recitar em voz alta as más ações.

Ela limpou a garganta.

– Eu... saio com homens ilegalmente. E eu tenho cometido adultério. – Porque alguns deles usavam alianças. – E... Eu disse o nome de Deus em vão. – Quando ela tinha visto Vin caído no estacionamento. – E eu...

Passou-se um pouco de tempo antes de a lista dela secar e o perfil do padre assentir gravemente quando ela ficou em silêncio.

– Minha filha... Certamente você conhece os erros de seus caminhos.

– Eu sei.

– E as transgressões contra os caminhos de Deus não podem...

Enquanto a voz do padre continuava, Marie-Terese fechou os olhos e colocou a mensagem dentro de si. A dor pelo quão profundo ela tinha afundado e pelo que ela estava fazendo a si mesma apertou seus pulmões até que ela não pôde mais segurar o ar dentro deles.

– Marie-Terese.

Ela se sacudiu, e olhou para a tela.

– Sim, Padre.

– ... e, portanto, eu devo... – o Padre fez uma pausa. – Sim?

– Você disse meu nome?

Um franzir de sobrancelha apareceu no perfil dele.

– Não, minha filha, eu não disse. Mas pelo seus pecados, eu devo decretar que...

Marie-Terese olhou em volta, mesmo sabendo que não tinha nada para olhar além do painel de madeira e da cortina de veludo vermelha.

–... *te absolvo a peccatis tuis in nomine Patris et Filii et Spiritus Sancti. Amen.*

Abaixando a cabeça, ela agradeceu ao padre e depois que ele fechou o painel, ela respirou fundo, pegou sua bolsa e saiu do confessionário. Próximo de onde ela estava, podia ouvir a voz do outro pecador. Macia. Abafada. Totalmente indistinta.

Enquanto ela andava pelo corredor, a paranoia fez seus olhos percorrerem todos os cantos da catedral. O par de mulheres com véus ainda estava ali. O homem que estava rezando tinha ido embora, mas duas outras pessoas tinham chegado e tomado o lugar dele no fundo.

Ela odiava ficar olhando sobre o ombro e se perguntando se tinha ouvido alguém chamar seu nome e se preocupando com a possibilidade de estar sendo seguida. Mas desde que saiu de Las Vegas, ela se tornara hipervigilante e tinha a sensação de que seria sempre assim.

Do lado de fora, deu uma corrida até o carro e não respirou com facilidade até trancar a porta. Pela primeira vez, o Camry pegou na primeira tentativa, como se a sua adrenalina estivesse sendo transmitida para o motor, e ela arrancou em direção ao clube.

Quando chegou ao estacionamento do Iron Mask e saiu do carro com a bolsa, sua paranoia a infernizava. Nenhum carro a tinha seguido. Não havia sombras escuras que se moviam para matá-la. Nada estava fora do normal...

Seus olhos se voltaram para o beco onde os corpos tinham sido encontrados... e ela se lembrou precisamente do que a assustava o tempo todo.

– Como você está?

Marie-Terese se virou tão rápido que acertou a si mesma com a bolsa. Mas era apenas Trez, esperando na porta dos fundos.

– Estou bem.

Quando os olhos dele se estreitaram, ela levantou a mão.

– Não me recrimine. Não esta noite. Eu sei que você diz a coisa certa, mas eu não consigo lidar com isso agora.

– Tudo bem – ele murmurou. – Darei a você o espaço de que precisa.

Felizmente, ele tinha palavra, deixando-a sozinha no vestiário para se trocar. Quando ela se viu em seu horrível uniforme, com o cabelo solto e armado, as pálpebras cobertas com sombra e a boca toda engordurada, andou pelo longo corredor do clube, completamente dissociada de quem era e de onde estava.

Ao alcançar o meio da multidão, não demorou muito para achar trabalho. Um pouco de contato visual, um pouco de quadril, um pequeno sorriso e ela tinha o primeiro candidato da noite.

O cara era um total civil naquele ambiente, em outras palavras, ele pareceria completamente normal em qualquer lugar menos ali, na Goticolândia. Ele tinha mais de um metro e oitenta e cinco, com cabelo e olhos castanhos, e cheirava ao perfume Eternity for Men da Calvin Klein – o favorito dos mais tradicionais, o que indicava que ele não era de todo delicado, mas pelo menos tinha um bom nariz. Suas roupas eram boas, mas não acima da média e ele não usava nenhuma aliança.

A conversa sobre a transação foi sem naturalidade e desajeitada, e ele ficou ruborizado o tempo todo, o que deixava claro que não só nunca tinha feito aquilo antes como também nunca tinha se imaginado na posição de trocar dinheiro por sexo.

Junte-se ao clube, ela pensou.

Ele a seguiu a um dos banheiros, e em uma característica tentativa de distorcer a realidade, ela se sentiu como se estivesse se desencarnando de seu corpo e, dando dois passos atrás, observando o casal entrar e fechar a porta.

Dentro do espaço apertado, ela pegou o dinheiro que ele lhe ofereceu, colocando-o em um bolso escondido dentro da saia, então se aproximou dele, o corpo frio como gelo, a mão tremia enquanto esfregava os braços dele. Abrindo os lábios num falso sorriso, ela se preparou para que ele a tocasse, forçando seu corpo a permanecer onde estava, rezando para seu autocontrole fosse suficiente para ela não sair correndo dali aos gritos.

– Meu nome é Rob – o carinha disse com uma voz nervosa. – Qual é o seu?

De repente, o banheiro começou a se fechar, as paredes roxas e pretas a apertavam fortemente como um compactador de lixo, fazendo-a querer gritar por socorro para que alguém, qualquer um, pudesse detê-las.

Engolindo em seco, Marie-Terese se recompôs e piscou rápido, na esperança de que focar os olhos pudesse limpar seu cérebro e colocá-la de volta nos trilhos.

Quando ela se inclinou, o homem franziu a testa e se afastou.

– Mudou de ideia? – ela perguntou, esperando que ele realmente o tivesse feito, ainda que significasse que ela teria que sair e arranjar outro cliente.

Ele parecia perplexo.

– Ah... Você está chorando.

Recuando, ela olhou para o espelho em cima da pia. Bom Deus... Ele estava certo. Lágrimas estavam escorrendo por sua face em um lento percurso. Levantando as mãos, ela as esfregou fora.

O homem olhou para o espelho também, e o rosto dele estava tão triste quanto ela.

– Quer saber? – ele disse. – Eu acho que nenhum de nós dois deveria estar fazendo isso. Estou tentando voltar para alguém que não se importa com quem eu durmo, e eu só queria que ninguém se magoasse. Foi por isso que me aproximei...

– De uma prostituta – ela terminou por ele. – Essa é a razão pela qual você se aproximou de mim.

Deus, seu reflexo estava horrível. O pesado delineador estava derretendo, as bochechas estavam brancas como papel e seu cabelo, uma bagunça.

Enquanto olhava para seu rosto, ela percebeu que tinha acabado. O momento tinha finalmente chegado. Ela esteve avançando em direção a isso há algum tempo, com toda aquela preparação antes de entrar no clube, aqueles acessos de choro provocados pelo cheiro do sabonete quando estava no chuveiro e os ataques de pânico no confessionário, mas aquela coisa toda não iria durar muito.

Durou até ali.

Ela deslizou a mão pela saia e tirou as notas. Pegando a mão do homem, colocou o dinheiro nela.

– Eu acredito que você está certo. Nenhum dos dois deveria estar fazendo isso.

O rapaz assentiu e apertou forte o dinheiro, parecendo sem esperança.

– Eu sou tão patético.

– Por quê?

– Isso é tão típico de mim. Eu sempre fico sufocado nessas situações.

– Para o que é importante você não ficou. Eu sim. Você foi... gentil.

– Esse sou eu. O cara legal. Sempre o cara legal.

– Qual o nome dela? – Marie-Terese murmurou.

– Rebecca. Ela se senta ao meu lado no trabalho e ela é realmente... perfeita. Eu estou tentando impressioná-la há uns quatro anos, mas tudo que ela faz é falar sobre sua vida amorosa. Eu pensei que se talvez eu falasse de algum encontro meu, no qual eu tivesse me dado bem... O problema é: eu nunca me dou bem e sou um péssimo mentiroso.

Ele puxou as mangas da camisa, como se estivesse tentando melhorar sua aparência frente à sua realidade.

– Você alguma vez a chamou para sair? – Marie-Terese perguntou.

– Não.

– Você já pensou que ela pode estar tentando impressionar você com todos aqueles encontros?

O rapaz franziu as sobrancelhas.

– Mas por que ela faria isso?

Marie-Terese o alcançou e virou seu rosto para o espelho.

– Porque você é realmente atraente e bom, e talvez esteja entendendo a situação de forma errada. A questão é, se você a chamar para sair e ela recusar, não vai querer ouvir isso de qualquer jeito. Mas não há motivo algum para ser como a maioria.

– Deus, eu não consigo imaginar como chamá-la para sair.

– Que tal... "Rebecca, o que você vai fazer quinta-feira à noite?" É melhor chamar num dia de semana. O fim de semana causa muita pressão.

– Você acha?

– O que você tem a perder?

– Bem, ela fica perto de mim no trabalho e eu a vejo todo dia.

– Mas você não está exatamente num bom momento agora, está? Pelo menos, você pode dar um fim nisso.

Ele encontrou os olhos dela no espelho.

– Por que estava chorando?

– Porque... eu não posso mais fazer isso.

– Quer saber, eu estou feliz. Eu escolhi você porque você não parecia o tipo de mulher que...

Ele ruborizou.

– Ah...

– Que deveria estar fazendo isso. Eu sei. E você está certo.

O rapaz virou-se para ela e sorriu.

– Na verdade, até que deu certo.

– Deu sim.

Em um impulso, ela o alcançou e o abraçou.

– Muita sorte para você. E quando você estiver chamando aquela mulher para sair, lembre-se de que você é um bom partido e de que ela terá sorte por ter você. Confie em mim. Eu aprendi da maneira mais difícil que um homem bom é difícil de encontrar.

– Você acha?

Marie-Terese revirou os olhos.

– Você *não* faz ideia.

Ele sorriu ainda mais.

– Obrigado. Mesmo. E eu acho que vou chamá-la para sair. Que se dane, certo?

– Você só vive uma vez.

Ele estava radiante e cheio de vontade enquanto saía do banheiro, e quando a porta se fechou, Marie-Terese voltou a se olhar. À luz que vinha sobre ela, toda a maquiagem preta borrada a fez parecer uma autêntica gótica.

Como era irônico que em sua última noite no clube ela finalmente parecesse uma frequentadora normal.

Inclinando-se para um lado, ela agarrou um pedaço de papel, pensando em arrumar seu delineador. Em vez disso, ela acabou esfregando o batom, tirando a cobertura brilhante de sua boca. Nunca mais. Ela nunca mais usaria aquela coisa horrível e gosmenta outra vez... ou qualquer outra coisa daquela maquiagem... ou aquelas roupas ridículas de prostituta.

Fim. Esse capítulo de sua vida tinha chegado ao fim.

Deus, era incrível como ela se sentia leve. Incrível e insano. Ela não fazia *ideia* do que iria fazer agora, ou para onde iria, ou seja, se fosse seguir esse raciocínio, ela deveria estar em pânico. Mas tudo que ela conseguia pensar era em como se sentia aliviada.

Afastando-se do espelho, ela alcançou a maçaneta de ferro e percebeu que tinha ido do choro ao sorriso. Abrindo a porta para sair, ela... avistou o rosto sombrio de Vincent diPietro.

Ele estava inclinado contra a parede bem em frente aos banheiros privativos, os braços cruzados sobre o peito, seu grande corpo tenso apesar da posição, que deveria fazer com que parecesse relaxado. Sua expressão era a de um homem que acabava de ter suas entranhas abertas.

Capítulo 21

O problema era que ele não tinha motivo e nem o direito de sentir como se tivesse levado um soco no estômago.

Enquanto Vin fitava Marie-Terese, observando o rubor no seu rosto e o fato de que não tinha nenhum batom na boca, ele não deveria ter sentido nada. Do mesmo modo quando aquele homem saiu do banheiro com um sorriso no rosto e os ombros levantados como se fosse "o" cara – não deveria ter acontecido nada de anormal no centro do peito de Vin.

Ela não era mulher dele. Aquilo não era da conta dele.

– Eu preciso ir embora. – Ele disse, desencostando da parede e se afastando. Deu uma olhada na multidão aglomerada e se dirigiu para os fundos do clube pelo corredor onde, graças à noite anterior, ele sabia que havia uma porta no final.

Durante todo o caminho, a voz bêbada de seu pai o perseguia: *Você nunca pode confiar em uma mulher. Elas são putas, todas elas. Dê uma chance a elas e elas acabam com você o tempo todo – e não no bom sentido.*

Marie-Terese o alcançou quando já estava a um terço do caminho para a saída, seus sapatos de salto alto batiam sobre o piso ladrilhado. Agarrando o braço dele, ela o forçou a parar.

– Vin, por que você está...

– Agindo desse jeito? – Droga, ele não conseguia olhar para ela. Simplesmente não podia. – Você sabe, eu não tenho uma resposta para isso.

Ela parecia perplexa.

– Não, eu estava perguntando... Por que você veio? Tem alguma coisa errada?

Deus, por onde começar?

– Tudo está muito bem, excelente. Simplesmente perfeito.

Enquanto ele continuava a andar pelo corredor de novo, ele a ouvia dizer alto e claro.

– Eu não estava com ele. O homem lá dentro. Eu *não* estava com ele.

Vin lançou um olhar sobre o ombro e então marchou de volta em direção a ela.

– Sim, claro. Você está *com* os homens para viver. Ou você acha que eu esqueci o que uma prostituta faz por dinheiro?

Enquanto ele a observava ficar pálida, sentiu-se um grande bastardo. Mas antes que ele pudesse recuar, ela preencheu o silêncio. Levantando o queixo, disse:

– É a verdade, e se você acredita ou não, é problema seu. Não meu. Agora, se você me der licença, eu vou trocar de roupa.

Quando ela levantou a mão para afastar o cabelo que estava sobre seu ombro, ele viu que ela tinha algo preso ao punho... Um pedaço de papel amarrotado e com manchas vermelhas.

– Espere. – Ele a deteve e olhou para a coisa. – Você limpou o seu batom.

– Claro que eu... Espere, você pensou que aquele homem tirou com um beijo, certo? – Ela se virou e seguiu em direção ao vestiário. – Adeus, Vin.

Agora era a vez dele de contar uma novidade.

– Eu terminei com Devina essa tarde. Minha namorada é "ex" agora. Isso foi o que eu vim dizer a você.

Marie-Terese se deteve, mas não o encarou.

– Por que você fez isso?

Ele percorreu seu corpo com os olhos, desde os pequenos ombros, toda a extensão de sua coluna, até os cabelos escuros que caíam em suas costas.

– Porque quando eu olhei para você atrás daquela mesa no restaurante, ninguém mais existia. E ainda que nada aconteça entre nós, conhecer você serviu para me mostrar o que eu estava perdendo.

Ela olhou sobre seu ombro, seus espetaculares olhos azuis estavam admirados.

– É a verdade – ele disse. – A mais pura verdade. E foi por isso que eu estava tão perturbado do lado de fora do banheiro. Eu não estou dizendo que você é minha... Eu apenas gostaria que fosse.

Enquanto a melancólica e depressiva música do clube enchia o ar entre eles, Vin procurava encontrar a combinação mágica de palavras que a impediria de se afastar dele.

E não dirigir o pensamento a seu pai era provavelmente o melhor ponto de partida.

Ele se virou e sentiu seu olhar inquisitivo.

– Eu vou trocar de roupa e dizer ao Trez que estou me demitindo. Você vai esperar por mim?

Como? Ele tinha escutado direito?

– Você está se demitindo?

Ela levantou o pedaço de papel.

– Venho percebendo há algum tempo que eu não poderia continuar fazendo isso... Eu só não sabia que seria essa noite. Mas é.

Vin se aproximou e a envolveu com os braços, segurando-a cuidadosamente, assim, ela poderia se afastar se quisesse. Ela nem pensou nisso. Enquanto seus corpos se encostavam, respirou fundo... E o abraçou também.

– Sim... sim, eu vou esperar por você – ele sussurrou. – Mesmo que leve horas.

Como se soubesse exatamente a hora de aparecer, Trez saiu de seu escritório no fim do corredor e parou na frente deles.

Ele estendeu a mão a Vin.

– Então, você está tirando ela daqui?

– Se ela permitir.

Trez baixou o olhar até Marie-Terese, seus olhos castanhos incrivelmente gentis.

– Você deveria permitir.

Marie-Terese ficou vermelha como um cartão de dia dos namorados.

– Eu... Ah... Olha, Trez, eu não vou voltar mais.

– Eu sei. E eu vou sentir sua falta, mas estou feliz.

Quando o homem estendeu seus braços enormes, os dois se abraçaram brevemente.

– Vou dizer às outras garotas e, por favor, não se sinta no dever de manter contato, às vezes uma ruptura é o melhor. Apenas lembre-se de que, se você precisar de alguma coisa, qualquer coisa, dinheiro, lugar para ficar, um ombro amigo, eu estarei sempre aqui para você.

Certo, Vin gostou desse cara. Bastante.

– Vou me lembrar. – Ela olhou para Vin. – Não demoro.

Depois que ela desapareceu entrando no vestiário, Vin disse em voz baixa, mesmo sabendo que era completamente desnecessário, uma vez que não havia ninguém no corredor com eles.

– Ouça, ela me contou sobre como você está sendo pressionado pela polícia. Eu agradeço por tudo, mas se custar alguma coisa a você ou a ela, você abre o jogo, certo?

O cara sorriu um pouco, sua autoconfiança era notória.

– Não se preocupe sobre os policiais. Apenas tome conta da sua garota e tudo ficará bem.

– Ela não é minha garota, na verdade. – Contudo, se ele tivesse uma chance...

– Posso dar a você um pequeno conselho?

– Sim, claro.

Enquanto Trez se aproximava, levando em conta que era muito alto, era estranho para Vin ter outro homem olhando diretamente nos seus olhos, mas Trez com certeza não tinha problema com isso.

– Ouça-me bem. – O homem disse. – Vai chegar um tempo, talvez mais cedo do que tarde, em que você vai ter que confiar nela. Você vai precisar ter fé de que ela é quem você conhece e não quem você teme. Ela fez o que teve que fazer aqui e talvez ela lhe diga os motivos. Mas esse tipo de porcaria não sairá de suas mentes por um longo tempo... Se é que sairá. Contudo, deixe-me assegurá-lo do que você já desconfia. Ela não é como as outras garotas daqui. Se a vida não tivesse sido como foi, ela nunca estaria aqui, entendeu?

Vin entendeu perfeitamente o ponto de vista do cara – ele apenas se perguntava quanto o dono do clube sabia. Dado o modo como ele olhava para Vin, era como se ele visse... tudo.

– Sim, certo.

– Bom. Porque se você quebrar uma unha dela – o cara colocou a boca bem perto da orelha de Vin – faço uma refeição com a carne dos seus ossos.

Enquanto Trez se endireitava e exibia outro daqueles pequenos sorrisos, Vin não se divertiu nem um pouco com as visões de cachorros-quentes, pães de hambúrguer e molho de churrasco que giravam em sua cabeça.

– Sabe? – Vin murmurou. – Você está certo, amigo, está mesmo.

Trez arqueou um pouco.

– Sinto que você também está.

Quando Marie-Terese apareceu, cerca de dez minutos depois, seu rosto estava sem maquiagem, ela estava de jeans e com um suéter de lã e sua mochila não estava à vista.

– Eu acabei de jogar minhas coisas fora – ela disse a Trez.

– Bom.

Os três andaram até a saída e, quando alcançaram a porta, ela abraçou seu chefe de novo.

– Trez, sobre a polícia...

– Se eles aparecerem aqui procurando por você, eu aviso. Mas não quero que você se preocupe com isso, certo?

Ela sorriu para ele.

– Você toma conta de tudo, não é mesmo?

Uma sombra passou pelo rosto do homem.

– Quase tudo. Agora vão embora, vocês dois. E não me entendam mal, mas eu espero nunca mais ver vocês.

– Adeus, Trez – Marie-Terese sussurrou.

Ele a alcançou e acariciou seu rosto suavemente.

– Adeus, Marie-Terese.

Enquanto o dono abria a porta dos fundos, Vin colocou seus braços em volta da cintura dela e levou-a para o ar noturno.

– Podemos ir para outro lugar e conversar? – Ele disse, enquanto seus passos ecoavam por toda a parte em meio ao silêncio.

– O restaurante?

– Eu estava pensando... Em outro lugar. Na verdade, eu sei o lugar onde quero levá-la.

– Certo. Posso seguir você?

– Que tal se somente eu dirigir? – Enquanto ela olhava de volta para o clube, ele balançou a cabeça.

– Na verdade, siga-me, por favor. Você se sentirá mais segura com seu próprio carro.

Houve uma pausa, como se ela estivesse testando seus instintos. E então ela deu de ombros.

– Não... Isso não é necessário. – Ela olhou para ele. – Eu realmente não acredito que você vai me machucar.

– Você pode apostar sua vida nisso.

Vin a escoltou até o carro, e depois que ela se acomodou no banco de passageiros, ele se sentou atrás do volante.

– Nós estamos indo ao Wood.

– O que é isso?

– Uma parte residencial da cidade onde qualquer rua termina com "Wood". Oakwood, Greenwood, Pinewood.

Ele ligou o motor.

– É como se aqueles que projetaram a cidade tivessem esgotado os nomes criativos ali e você fica se perguntando por que não tem uma avenida Woodwood por lá.

Ela riu.

– Eu estou aqui há pelo menos um ano e meio. Eu deveria saber onde é esse lugar.

– Não é longe. Apenas uns dez minutos daqui.

Cinco quadras depois do clube, ele diminuiu na Northway e entrou na próxima saída, saindo dos subúrbios norte de Caldwell. Enquanto passavam por ruas que pareciam ter saído de selos de cartas, as casas eram pequenas e se tornavam ainda menores conforme prosseguiam.

Ele tinha lembranças daquele bairro, mas não eram do tipo família honesta e feliz. Estavam mais relacionadas às suas fugas de casa para ficar longe dos seus pais e encontrar seus amigos para beber, fumar e brigar. Qualquer coisa era melhor do que ficar em casa naqueles dias.

Deus, como ele rezou para eles irem embora. Ou ele ir embora. E ele tinha realizado seu desejo, não tinha?

– Quase lá – ele disse, embora Marie-Terese parecesse perfeitamente contente perto dele, seu corpo relaxado, a cabeça recostada no apoio do banco enquanto olhava pela janela.

– Eu sinto como se você pudesse continuar dirigindo por horas – ela murmurou. – E eu ficaria feliz apenas em sentar aqui e olhar o mundo passar.

Ele se esticou e pegou a mão dela, apertando-a um pouco.

– Quando foi a última vez que você teve um período de férias?

– Uma eternidade.

– Ah. Eu sei como é.

Quando ele chegou ao número 116 da avenida Crestwood, parou próximo à calçada e foi até uma casa minúscula de dois quartos com revestimento de alumínio e um caminho de concreto até a porta da frente.

O lugar onde ele tinha crescido nunca pareceu tão bom, os arbustos que havia em volta da fundação estavam podados e o grande carvalho estava livre dos galhos mortos – e, quando a grama crescia, deveria ser aparada toda semana. Ele também tinha substituído o telhado há dois anos, refeito o revestimento externo e pavimentado novamente a calçada. Era a casa mais bem cuidada da rua, se não de todo o bairro Wood.

– O que é isso? – ela perguntou.

Ele ficou sem jeito de repente, mas, então, esse era o ponto. Devina nunca tinha estado ali. Ninguém com quem ele trabalhava nem sequer sabia da existência do lugar. Desde que começou a fazer coisas grandes, ele só mostrava às pessoas as coisas de que tinha orgulho.

Ele abriu a porta

– Isso... é onde eu cresci.

Marie-Terese já estava fora do carro quando ele deu a volta, e seus olhos investigaram cada centímetro da casa, da varanda ao encontro das águas do telhado.

Ele pegou o braço dela e a guiou até a porta da frente. Assim que ele destrancou a porta e abriu caminho, o cheiro artificial de limão apareceu como se fosse um tapete de boas-vindas, mas era uma falsa saudação, tão falsa quanto os produtos químicos que foram usados para produzir o cheiro de limão.

Juntos, eles atravessaram o umbral da porta e ele acendeu a luz do corredor, depois fechou a porta e ligou o aquecedor.

Fria. Úmida. Desordenada. Em contraste com seu exterior, a casa estava uma bagunça por dentro. Ele a deixara exatamente do jeito que estava no dia em que seus pais rolaram pela escada juntos: um artefato da feiura.

– Sim, isso é onde eu cresci. – Ele disse roucamente, olhando para baixo em direção à única coisa nova em toda a casa: o tapete, que era o do pé da escada. Onde eles tinham aterrissado depois de terem rolado do topo.

Enquanto Marie-Terese olhava para tudo, ele foi à sala de estar e acendeu uma lâmpada, para que ela pudesse ver também o sofá surrado e com manchas de desgaste nos braços... e a mesa de centro com queimaduras de cigarro... e as prateleiras de livros, que tinham mais garrafas vazias de vodca da mãe dele do que qualquer coisa que se pudesse ler.

Cara, a luz não era gentil com as cortinas amarelas e laranja que estavam penduradas, murchas e exaustas em seus trilhos de ferro batido, ou com o tapete desbotado que tinha uma faixa puída do sofá até a cozinha.

Sua pele estava arrepiada quando ele andou até o arco e acionou o interruptor de luz, acima do fogão.

O que deveria ser uma incrível cozinha era pior do que a sala de estar: as bancadas de fórmica estavam manchadas por latas deixadas ali por semanas, derramando ferrugem na superfície. O refrigerador com o puxador solto era de um dourado queimado, ou provavelmente tinha sido quando foi comprado, agora, era difícil dizer qual teria sido a cor inicial e o quanto havia de deterioração e poeira. E os armários de pinho... que bagunça. Originalmente, haviam sido brilhantes, mas agora estavam mofados, e a parte que ficava embaixo de uma antiga goteira tinha tiras de verniz saltando com bolhas, como o efeito da hera venenosa na pele.

Ele estava tão envergonhado de tudo aquilo.

Esse era o seu verdadeiro quadro de Dorian Gray, a podre realidade que ele tinha mantido trancada em seu conhecido armário enquanto para o resto do mundo ele mostrava apenas beleza e riqueza.

Vin olhou para Marie-Terese. Ela estava perambulando ao redor, a boca entreaberta, como se estivesse vendo a cena de um filme chocante.

– Eu queria que você visse isso, – ele disse – porque essa é a verdade e eu nunca a mostro a ninguém. Meus pais eram alcoólatras, os dois. Meu pai trabalhava como encanador... minha mãe era uma fumante profissional e isso era tudo. Eles brigavam muito e morreram nessa casa e, para ser honesto, eu não sinto a falta deles e não sinto muito por isso. Se isso faz de mim um bastardo, tudo bem para mim.

Marie-Terese caminhou até o fogão. Sentando-se sobre o balcão, entre os queimadores a gás, ela pegou uma velha colher apoiada ali e tirou o pó.

– The Great Escape. Um parque de diversões ao norte. Já ouviu falar dele?

– Não. Como disse, eu não sou daqui.

Ele se aproximou, olhando para o souvenir barato com logotipo vermelho.

– Eu comprei isso em um passeio escolar. Eu pensei que, talvez, se as outras crianças me vissem comprando alguma coisa de casa para minha mãe, elas não iam adivinhar como ela realmente era. Por alguma razão, a mentira era importante para mim. Eu queria ser normal.

Marie-Terese colocou a coisa de volta no lugar, com mais cuidado do que aquilo merecia, e ficou onde estava, encarando-a.

– Eu vou a um grupo de orações toda terça e sexta-feira à noite. Na St. Patrick.

A sua revelação o deixou sem ar... e ele teve que se esforçar para ficar calmo.

– Você é católica? Eu também. Ou pelo menos meus pais eram casados na Igreja Católica. Eu ando meio negligente.

Ela colocou um pouco de seu cabelo atrás da orelha e deu um suspiro trêmulo.

– Eu vou... Eu vou aos encontros porque quero estar cercada de pessoas normais. Eu quero ser... como eles de novo um dia.

Os olhos dela brilharam e encontraram os dele.

– Então, eu entendo. Eu entendo... tudo isso. Não só a casa, mas porque você não traz as pessoas aqui.

O coração de Vin ressoou no peito.

– Fico contente. – Ele disse roucamente.

Os olhos dela percorreram o espaço.

– Sim... Cada pedaço disso, eu entendo.

Ele estendeu a mão.

– Venha comigo. Deixe-me mostrar o resto do lugar.

Ela pegou a mão dele e o seu calor era transformador, acendendo todo o seu corpo, mostrando a ele exatamente o quão frio e adormecido ele normalmente era. Ele esperava que ela o aceitasse mesmo com tudo isso em seu histórico. Rezava.

E agora que ele tinha visto que ela aceitava, por alguma razão, ele queria agradecer a Deus.

À medida que subiam as escadas, os passos chiavam sobre a cobertura do tapete fétido e o corrimão era tão firme quanto um bêbado num barco. No topo das escadas, ele passou pelo quarto dos seus pais, continuou e passou pelo único banheiro e parou em frente a uma porta fechada.

– E neste era onde eu dormia.

Depois que ele abriu, acendeu a luz do teto. Embaixo do beiral do sótão, sua antiga cama de solteiro ainda estava coberta com uma colcha azul-marinho e o único travesseiro na cabeceira ainda era tão fino quanto uma fatia de pão. A mesa onde ele fazia suas tarefas de casa, quando ele fazia algum dever de fato, ainda estava sob a janela, a lâmpada flexível que ele usava para estudar estava virada para o teto. Sobre a mesa estavam seu cubo mágico, seu pente fino preto e a edição de 1989 da *Sports Illustrated Swimsuit* com Kathy Ireland na capa. Tudo estava onde ele tinha deixado pela última vez.

Sobre a penteadeira, seu espelho tinha vários canhotos de ingressos, fotos e outras porcarias presas na moldura de madeira falsa e barata e, quando ele avançou e viu o seu reflexo, sentiu vontade de praguejar.

Sim, ainda o mesmo. Ele ainda estava encarando um rosto com machucados.

Claro, dessa vez, não foi seu pai quem os tinha colocado ali.

Vin andou em direção à janela e, enquanto ele a forçava para deixar algum ar entrar, sentiu vontade de falar. Então, ele falou.

– Sabe, eu levei Devina a Montreal em nosso primeiro encontro. Voei com ela em meu avião e nós ficamos numa suíte no Ritz-Carlton. Ela estava tão impressionada quanto imaginei que ficaria e, até hoje, ela nunca se importou com o lugar de onde eu vim. Muito disso foi opção minha, mas a coisa era: ela nunca se preocupou com o meu passado. Ela nunca perguntou sobre meus pais depois que eu falei que estavam mortos e eu nunca me dispus a dizer.

Ele se virou.

– Eu ia me casar com ela. Tinha o anel comprado e tudo. E quer saber? Ela achou o diamante essa tarde.

– Oh... Meu Deus.

– Que hora perfeita, não? Depois de Jim ter me levado, eu subi até minha casa, abri a porta e lá estava ela, toda emocionada, com a caixa na mão.

Marie-Terese colocou a mão sobre a boca.

– O que você fez?

Vin se aproximou e sentou-se na cama. Quando uma fina fumaça de poeira se levantou, ele fez uma careta, parou de novo e recolheu a colcha em seus braços.

– Espere um minuto.

No corredor, ele bateu a colcha, afastando seu rosto da nuvem de pó. Quando já não estava soltando tanta poeira, ele voltou para o quarto, cobriu o colchão despido e sentou-se de novo.

– O que eu fiz... – ele murmurou – bem, eu tirei os braços dela do meu pescoço e me afastei. Disse a ela que não podia me comprometer com ela, que eu tinha cometido um erro e que eu sentia muito.

Marie-Terese se aproximou e sentou-se ao lado dele.

– O que ela disse?

– Ela encarou tudo com uma calma glacial. O que, se você a conhecesse, não seria surpresa. Eu disse a ela que poderia ficar com o anel e ela subiu as escadas com ele. Voltou uns quinze minutos depois, com um monte de roupa na mala. Disse que passaria depois para pegar o resto de suas coisas e deixou a chave quando saiu. Ela estava totalmente imperturbável e sob controle. O fato é que ela não parecia surpresa. Eu não estava apaixonado por ela, nunca estive e ela sabia disso.

Vin se arrastou para trás para que pudesse se encostar contra a parede. Da saída do aquecedor no teto, derramou-se um ar morno sobre sua face, contrapondo-se ao leve frescor que entrava lentamente pelo parapeito da janela.

Depois de um momento, Marie-Terese seguiu o exemplo dele, mas ela curvou suas pernas e apertou os braços em volta dos joelhos.

– Espero que não se importe se eu perguntar... Mas se você não a amava, por que comprou o anel?

– Era mais uma coisa para se adquirir. Assim como foi com ela. – Ele deu uma olhada em volta. – A propósito, eu não estou orgulhoso disso. Eu apenas não me importava antes...

– Antes?

Ele distanciou o olhar dela.

– Antes de agora.

Houve um longo silêncio enquanto as duas correntes de ar se uniam, a quente e a fria, misturando-se numa confortável temperatura.

– O nome do meu filho é Robbie – ela disse de repente.

Quando ele lançou um olhar sobre ela, viu que as juntas dos seus dedos sobre o joelho estavam brancas devido à tensão.

– Não precisa haver compensação – ele murmurou. – Só porque conto algumas coisas, não significa que você deva retornar o favor.

Ela sorriu um pouco.

– Oh. Eu sei. É só que... Eu não estou acostumada a falar.

– Isso vale para nós dois.

Os olhos dela se moveram em volta do quarto e, então, pararam na porta aberta.

– Seus pais discutiam muito?

– O tempo todo.

– Eles... Brigavam? Digo, mais do que brigas verbais... você sabe.

– Sim. Na maioria do tempo o rosto da minha mãe parecia uma pista esburacada... ainda que fizesse o melhor que podia nas lutas. Não que isso justificasse de alguma maneira os socos do meu pai. – Vin balançou a cabeça. – Não importa o que aconteça, um homem nunca, jamais, deve levantar a mão para uma mulher.

Marie-Terese deitou seu rosto sobre os joelhos e o encarou profundamente.

– Alguns homens não compartilham dessa filosofia. E algumas mulheres não batem de volta como sua mãe fazia.

Quando o som de um grunhido ecoou pelo quarto, ela endireitou-se surpresa... O que confirmou que, sim, o som baixo e perigoso tinha vindo dele.

– Diga que essa não foi sua experiência. – Vin disse sombriamente.

– Oh, não... – ela respondeu rapidamente. – Mas foi difícil sair do meu casamento. Depois de dizer ao meu ex-marido que eu o estava deixando, ele pegou nosso filho e sumiu pelo país. Eu não sabia onde meu filho estava ou o que tinha acontecido... foram três meses. Três meses e um detetive particular e advogados para que eu pudesse me divorciar e me livrar dele. Tudo o que eu fiz foi para ter certeza de que meu filho estava e está a salvo.

Agora a imagem dela estava ficando clara, Vin pensou. E ele estava aliviado, pois, mesmo que tudo tivesse sido muito ruim, ao menos ela não tinha sido espancada.

– Deve ter custado muito dinheiro.

Ela assentiu e abaixou a cabeça novamente.

– Meu ex era bem parecido com você. Muito rico, poderoso... Bonito.

Certo... Droga. Era ótimo que ela o achasse atraente, mas ele não gostava do rumo que aquela conversa estava tomando. Como ele poderia convencê-la de que ele não era...

– Contudo, Mark nunca teria feito algo assim – ela disse calmamente. – Ele nunca se permitiria ser... exposto. Obrigada por isso... É, de verdade, a coisa mais legal que um homem já fez por mim, sem sombra de dúvida.

Quando Vin levantou uma das mãos, ele o fez lentamente, pois, assim, ela saberia exatamente para onde ele estava a direcionando. E, quando ele colocou a palma de sua mão em seu rosto, deu a ela tempo suficiente para recuar. Mas não recuou. Apenas fixou seu olhar nos olhos dele e o manteve.

Aqueles momentos se transformaram em minutos e nenhum dos dois desviou o olhar.

Como o silêncio se intensificou, Vin inclinou-se e os lábios dela se entreabriram, sua cabeça afastou-se de seus joelhos como se ela quisesse que sua boca encontrasse a dele tanto quanto ele queria encontrar a dela.

Contudo, no último segundo, ele apenas beijou sua testa. Então ele a puxou para os seus braços, envolvendo-a e abraçando-a cada vez mais. Enquanto sua cabeça descansava em seu peito, ele alisava suas costas em lentos e grandes círculos. Em resposta, o estremecimento que sentiu foi uma rendição mais completa, mais profunda, mais íntima do que se ela estivesse oferecendo seu corpo a ele para o sexo e ele aceitou o voto de confiança dela com a reverência que merecia.

Descansando seu queixo levemente sobre a cabeça dela, Vin olhou através do quarto... E teve a resposta para a pergunta que ele vinha se fazendo desde a primeira vez que a viu.

Presa na moldura do espelho, apenas algo entre as outras coisas, estava a imagem da Nossa Senhora em um cartão espesso. Na representação, ela tinha cabelos de carvão e brilhantes olhos azuis, o rosto estava inclinado para baixo, havia um halo dourado acima de sua cabeça e a aura ao redor de toda sua forma resplandecia.

Ele ganhara o cartão de um daqueles pregadores que apareciam na porta, há muito, muito tempo.

Como sempre, ele só atendera a porta porque sua mãe bêbada estava a ponto de fazê-lo e ele não conseguiria suportar a vergonha se alguém a visse em seu sujo casaco de ficar em casa e com o cabelo parecendo um ninho de ratos. O cara do outro lado da porta estava vestido com um terno preto e aparentava ser como Vin desejava que seu pai fosse: limpo, organizado, saudável e calmo.

Vin mentiu sobre seus pais não estarem em casa, e quando o homem deu uma olhada para dentro da sala, ele disse que não era sua mãe, e sim uma parente adoentada.

Os olhos do evangelista se encheram de pena, como se estivesse familiarizado com a situação, e o cara pulou seu discurso, apenas entregando o cartão e dizendo a Vin que podia entrar em contato pelo número do verso se precisasse de abrigo.

Vin pegou o que ele ofereceu e subiu as escadas para sentar com a foto nas mãos. Ele amou a moça do cartão de forma instantânea, pois parecia que ela nunca tinha ficado bêbada e nunca tinha gritado ou batido em ninguém. E, para ter certeza de que ela estaria protegida, ele a escondeu de sua mãe e de seu pai, deixando-a exposta e colocando-a bem à vista no espelho – normalmente quando sua mãe saqueava seu quarto, ela recorria apenas às gavetas, armários e alguma coisa que estivesse embaixo da cama.

Agora, ele tinha sua resposta.

Enquanto ele olhava para o cartão, ele percebeu que Marie-Terese se parecia exatamente com ela.

Capítulo 22

Jim trabalhou com sua faca sobre o pedaço de madeira com cuidado e confiança. Em frente dele, no jornal que havia deixado no chão sob seus pés, havia uma pilha de lascas de madeira que estava crescendo e o Cachorro estava bem próximo de toda aquela produção, assistindo a tudo com aqueles grandes olhos castanhos, parecendo entender absolutamente por que alguém escolheria se comportar deste modo em relação a um graveto.

– Vai fazer parte do meu jogo de xadrez.

Jim acenou com a cabeça em direção a uma caixa de sapato que ele estivera enchendo ao longo do último mês.

– Eu acho que vou fazer esta aqui... Bem, eu estou cansado de fazer peões. Então esta será a rainha.

Ele tinha pegado a madeira dos carvalhos da propriedade quando os galhos se quebravam com os ventos e caíam ao chão: ele era lento, mas persistente com seu *hobby*, conseguindo juntar alguns pedaços de vez em quando. A ferramenta que usava era uma faca de caça que ganhara de seu comandante, era algo antigo e nostálgico, mas muito bom. A coisa era uma obra-prima dos armamentos que parecia humilde, não tinha marcas de identificação, números de série ou iniciais e nada que indicasse o fato de que tinha sido feita à mão por um especialista para ser usada... por um especialista. E Jim conhecia a coisa como a palma de sua mão, a lâmina de aço inoxidável era fruto de um trabalho perverso, o cabo envolto em couro tinha sido envelhecido com seu próprio suor.

Erguendo-a, ele mediu a intensidade do brilho que a luz do teto produzia sobre a superfície desgastada da lâmina. Engraçado, ele pensou, aqui, neste apartamento de um quarto, sendo usada para transformar madeira em uma peça de jogo, ela era apenas uma faca. Na maioria das outras circunstâncias, seria uma arma mortal.

O objetivo era tudo, não?

Quando voltou ao trabalho, a lâmina fazia um suave rangido enquanto ele usava o polegar para puxar a faca em sua direção, sua mão cuidadosamente guiando cada golpe, reduzindo a madeira em pedacinhos para revelar a peça de xadrez presa em seu interior.

Ao longo dos últimos vinte anos, ele passara horas assim, sozinho. Sem rádio, sem televisão. Só um pedaço de madeira e uma faca. Ele tinha feito pássaros, animais, estrelas e letras que não formavam qualquer palavra. Rostos e lugares entalhados. Árvores e flores. Havia muitas vantagens em seu *hobby*. Era barato, portátil e ele sempre teria sua lâmina onde quer que estivesse.

As armas de fogo tinham ido e vindo. Outros tipos de armas, também. Oficiais, a mesma coisa.

Mas a faca sempre estava com ele.

Deus, no dia em que ela foi dada de presente a ele, seu flanco era claro como um espelho e a primeira coisa que fez foi levá-la para fora de seu alojamento e esfregar sujeira nela dos dois lados: embaçar todo aquele brilho e esplendor, assim como afiar suas extremidades, tinha sido parte de um processo para realçar sua utilidade.

A arma nunca lhe tinha faltado. E maldito seria se não falasse isso a si mesmo, mas ela cortava em pedaços um excelente pedaço de madeira, também...

Seu celular disparou, tocando em cima da colcha. Enquanto ia ver quem era, colocou o galho de carvalho de lado e manteve a faca com ele por força do hábito.

Abrindo o telefone, viu que era um número não identificável e sabia exatamente quem era. Pressionando com o polegar no botão *send*, ele levou o celular ao ouvido.

– Oi?

Silêncio. E então aquela voz profunda e cínica:

– Em qual peça você está trabalhando?

Droga. O maldito Matthias sempre sabia demais.

– A rainha.

– Antigos hábitos são difíceis de serem extintos, não?

Assim como antigos chefes.

– Achei que você tinha dito que eu não poderia ligar mais.

– Não foram seus dedos que fizeram a ligação, foram?

– E pensar que você desperdiçou todo esse esforço só para descobrir o que eu estava fazendo. – Houve uma pausa.

– O número da placa. Por que você precisa descobrir isso e por que se importa com o dono do veículo.

Ah, então este era o *porquê* do telefonema.

– Não é da sua conta.

– Nós não toleramos trabalho *freelance*. Em qualquer nível. Faça uma tolice como esta e não estará somente fora de atividade, estará aposentado.

O que significava que havia um caixão, não um relógio de ouro, em seu futuro: os chefes dele não o condenavam ao ostracismo presenteando-o com um relógio Rolex. Você simplesmente acordava morto numa manhã.

– Seja como for, Matthias, eu conheço a rotina, e se você ligou só para confirmar isto, perdeu seu tempo.

– E sobre o número da placa?

Jim parou e pensou: acho que ainda existia uma dívida mesmo. Enquanto recitava o número de identificação de Marie-Terese e detalhava o pouco que sabia sobre a mulher, ele estava confiante de que a pesquisa não seria sinalizada como inapropriada, mesmo que ela estivesse sendo feita pelos canais do governo. Por um lado, Matthias era neutro. Por outro, havia apenas mais outro cara com mais poder do que ele.

E aquele filho da mãe trabalhava num escritório oval.

Sim, havia horas em que não doía ter o cachorro grande lhe devendo a vida.

– Entrarei em contato – Matthias disse.

Quando desligou o telefone, Jim baixou o olhar para sua faca. Matthias ganhou uma na mesma época que Jim e se deu muito bem com ela – mas ele também tinha sido excelente no que dizia respeito às políticas do "escritório", enquanto Jim, com todas as suas tendências antissociais, ficou em campo. Um caminho levou Matthias para o topo; o outro colocou Jim... num quarto em cima de uma garagem.

Com um novo grupo de chefes.

Jim sacudiu a cabeça enquanto ele comparava aqueles quatro efeminados aristocráticos, com suas bolas de críquete, seu cão de caça e seu castelo com Matthias e sua laia: era como colocar um punhado de sapatilhas de balé contra botas equipadas com esporas para gelo. Sem chance, pelo menos superficialmente falando. Jim tinha a nítida impressão, porém, de que aqueles garotos no outro lado tinham alguns brinquedos em seus bolsos de trás que fariam todas as armas convencionais e nucleares à disposição de Matthias parecerem brinquedos.

Ele voltou e se sentou na cadeira barata, próximo ao Cachorro, só que desta vez levou seu celular com ele. Enquanto voltava a esculpir, pensava sobre sua nova linha de trabalho.

Supondo que Vin seguiu em frente e rompeu com Devina, e, com isso, o cara conseguiu quebrar a resistência de Marie-Terese, Jim tinha que se perguntar que diabos era seu papel nessa "encruzilhada" toda. Sim, talvez ele tivesse conseguido juntar o casal no mesmo lugar na noite de sexta-feira, mas, além disso, o que ele tinha feito?

Ou este era o bico mais fácil do planeta, ou estava faltando alguma coisa.

Um pouco mais tarde, Jim deu uma olhada no relógio. E, então, meia hora depois, olhou novamente. Matthias trabalhava rápido. Sempre. E por causa disso, o pedido era simples: verificar o registro e o dono de um Toyota fabricado há uns cinco anos e realizar uma busca de antecedentes criminais. Este era o tipo de coisa que levava dois cliques do mouse, seis batidas no teclado e mais ou menos um nanossegundo.

A menos que tivesse acontecido uma emergência de segurança nacional. Ou algo houvesse sido encontrado nos registros de Marie-Terese.

Havia razões pelas quais as pessoas sentiam a necessidade de olhar para trás em becos escuros. Boas razões, pois a maioria tendia a correr, mesmo que não estivesse frio. Excelentes razões, pelas quais ruas iluminadas eram as preferidas durante a noite.

– Oh... Deus, não... Por favor...

O movimento circular para baixo com a parte curvada da faca de aço interrompeu a súplica e houve um corte brusco, como o apagar de uma luz: num momento havia luz, no outro nada além de escuridão. Num momento havia uma voz, no outro nada além de silêncio. O sangue estava nos dois rostos agora.

Enquanto ele começava a matar o homem, a ira ergueu seu braço mais do que qualquer pensamento consciente e sua raiva lhe deu o tipo de força que indicava que aquilo não ia levar muito tempo. Só mais um golpe, se é que seria necessário, e haveria mais do que um silêncio temporário.

Deslocando seu peso para conseguir tirar o máximo proveito da trajetória descendente, ele...

Na outra extremidade do beco, os faróis de um carro fizeram uma varredura ao redor, os dois feixes de luz atingiam os tijolos do edifício à esquerda e revelavam sua parede áspera.

Não havia tempo para outro golpe. Em questão de segundos, ele seria iluminado tanto quanto se estivesse em um palco.

Dando a volta, ele disparou para o lado oposto do beco, correndo tão rápido quanto podia. Enquanto acelerava ao virar a esquina, eles captaram por um momento sua jaqueta e a parte de trás de seu boné de beisebol, mas existiam centenas de blusões pretos em Caldwell e um chapéu preto era um chapéu preto.

Houve um chiado de freios e então alguém gritou alguma coisa.

Ele continuou com o andar apressado por apenas três quarteirões e quando não havia mais nenhum grito e nenhum rugir de carro o perseguindo, diminuiu a velocidade de seu passo e, em seguida, se esquivou rapidamente em uma porta de entrada que não tinha nenhuma iluminação pública. Tirando o blusão, embrulhou o pé de cabra nele, fazendo nó atrás de nó com as mangas para amarrar a coisa enquanto prendia a respiração.

Seu carro não estava muito longe porque ele o tinha deixado em um lugar distinto do estacionamento do Iron Mask apenas para ficar protegido. E não é que aquilo tinha se revelado ser a decisão certa?

Mesmo depois de estar respirando devagar e continuamente, ficou onde estava, escondido e seguro. As sirenes da polícia vieram mais ou menos cinco minutos depois e ele observou dois carros com o símbolo da polícia acelerarem. Mais ou menos um minuto e meio depois um terceiro carro, que não tinha a marca da polícia, mas tinha a luz intermitente presa no painel, passou rasgando por ele.

Quando não havia mais nenhum outro, tirou seu boné de beisebol, o enrolou e o empurrou para dentro do bolso de sua calça. Então, tirou seu cinto, suspendeu seu casaco de lã e guardou o pé de cabra ensanguentado e seu envoltório contra as suas costelas. Depois de cobrir-se novamente, se afastou como um fantasma para fora da entrada da porta e dirigiu-se até seu carro, que estava a menos de quatrocentos metros de distância.

Prosseguindo, ele não caminhava nem rápido nem devagar, e olhava ao redor com seus olhos, mas não com sua cabeça. Para um observador casual, ele era apenas outro pedestre na rua depois da meia-noite; um cara jovem prestes a se encontrar com amigos ou, talvez, a caminho da casa de sua garota: nada fora do comum, passaria totalmente despercebido ao topar com dois sujeitos, uma mulher moradora de rua e um punhado de casais.

Seu carro estava onde ele havia deixado e ele teve que entrar cuidadosamente, graças ao que estava escondido sob seu casaco de lã. Dando a partida no motor, saiu em direção à Rua Trade e, quando uma ambulância o fechou a toda velocidade, ele fez a coisa certa, esquivando-se para o lado e saindo do caminho.

Nada de pressa, garotos, ele pensou. Dada a força com que atingiu aquele cara, não havia como o trazerem de volta.

Seguindo em direção ao rio, ele permaneceu no fluxo do tráfego, nos pontos onde havia algum, mas não havia muitas pessoas nas estradas tão tarde. E havia cada vez menos conforme seguia para cada vez mais longe do centro da cidade.

Uns bons vinte e cinco quilômetros depois, ele parou no acostamento da estrada.

Não havia nenhuma iluminação pública ali. Nenhum carro. Só uma extensão de asfalto com árvores e galhos que chegavam até o acostamento de cascalho.

Saindo, trancou o carro e adentrou pela floresta, em direção ao rio. Quando ele emergiu às margens do Hudson, olhou ao longo do caminho. Havia algumas casas no outro lado, mas apenas as luzes externas estavam acesas, o que significava que os moradores estavam dormindo – contudo, ele não se importaria se eles estivessem acordados, deitados na cama, ou até mesmo caminhando pelas suas cozinhas à procura de um lanche. Ninguém o veria. O rio era largo aqui, largo e profundo.

Levantando seu casaco de lã preto, ele libertou o pé de cabra e, com um forte arremesso, o lançou junto com o blusão na água. Com um baque e apenas alguns respingos, a coisa afundou num piscar de olhos, para nunca mais ser encontrada novamente: o leito do rio tinha, pelo menos, três metros de profundidade nesta parte, mas havia algo ainda melhor: ele escolhera um lugar onde havia uma curva no curso do Hudson – a corrente não só levaria o pé de cabra para longe de Caldwell; arrastaria a coisa mais para o meio, longe da margem.

De volta ao carro, ele entrou e continuou andando.

Dirigiu por um tempo, ouvindo a rádio local, morrendo de vontade de saber o que a polícia iria relatar sobre o que tinha acontecido naquele beco. Mas não havia nada. Apenas *hip-hop* e *pop rock* na FM e teorias de conspiração e líderes da direita falando na AM.

Enquanto prosseguia, pegando aleatoriamente esquerdas e direitas, pensava no modo como as coisas tinham acontecido naquela noite. Ele podia sentir-se deslizando para dentro de antigos modos e hábitos, e isso não era bom – embora, de certa forma, parecesse inevitável.

Era difícil mudar quem você era por dentro. Muito difícil.

O fato era que atirar naqueles universitários na noite anterior o tinha chocado um pouco, mas todo o incidente do pé de cabra neste instante parecia um negócio de rotina. E o gatilho para a matança tinha sido acionado muito mais fundo. O cara não tinha nem mesmo sido agressivo com ela naquele clube. Ele ficou com ela e isso foi o suficiente. Um olhar para o sorriso de satisfação que ele tinha ao sair daquele banheiro onde tinham desaparecido e o filho da mãe era um homem morto.

Mas as coisas não podiam continuar assim. Ele era esperto o suficiente para saber que se continuasse eliminando homens no centro da cidade, suas chances de ser pego aumentariam com cada corpo que deixasse para trás. Então, ou ele precisava parar... ou limpar suas bagunças.

Quando estava satisfeito por não ter sido seguido e quando não conseguia mais lutar contra o desejo de checar a TV, ele se dirigiu para casa – ou para o que tinha sido sua casa nos últimos dois meses.

A casa era de aluguel, no subúrbio da cidade, num bairro cheio de famílias jovens com jovens crianças e também velhos casais sem crianças. E dado o número de pessoas que estava passando por um momento difícil na atual crise imobiliária, tinha sido fácil para ele encontrar alguma coisa.

O aluguel era mil por mês. Sem problemas.

Subindo na calçada, acionou o controle da porta da garagem e esperou enquanto os painéis se levantavam. Estranho. Havia luzes acesas dentro da casa ao lado. Uma no corredor de entrada, outra na sala de estar e uma terceira no alto da escada. O lugar sempre ficava escuro antes.

Porém, não era da sua conta – ele já tinha muitos problemas.

Estacionando em sua vaga na garagem, apertou o botão do controle remoto e esperou dentro do carro até que o portão se fechasse por completo, assim, ninguém o veria sair. Era um hábito que tinha adquirido graças a observar sua mulher. Dentro da casa, ele foi até o banheiro no corredor dos fundos e acendeu a luz. No espelho, percebeu que o bigode que tinha no lábio superior havia saído do lugar – nada bom, mas, pelo menos, ninguém tinha olhado para ele com ar de quem estivesse achando engraçado enquanto caminhava até seu carro. Talvez tivesse acontecido enquanto estava no rio.

Ele arrancou a faixa de penugem, deixou que escorresse pela descarga e pensou em lavar o sangue ali, mas imaginou que o chuveiro da parte de cima seria melhor. E quanto a suas roupas? Seu casaco de lã ficara protegido pela jaqueta, que agora estava no Hudson, mas sua calça jeans estava manchada.

Droga, as calças eram um problema. Havia uma lareira na sala de estar, mas ele nunca a usara antes, não tinha nenhuma madeira e, além disso, se acendesse algo, haveria uma possibilidade de os vizinhos sentirem o cheiro da fumaça e se lembrarem disso depois.

Melhor seria deixá-las no rio depois que escurecesse, assim como ele fizera com o pé de cabra.

O boné. Ele usou o boné, também.

Ele tirou o boné preto do bolso de trás. Havia só algumas manchas nele, mas era o suficiente para jogá-lo na área de esquecimento. Não se conseguia limpar as fibras o suficiente nestes tempos de *CSI*. O fogo ou o desaparecimento permanente eram as únicas opções que havia.

No andar de cima, ele parou no topo da escada. Com as duas mãos, tirou a peruca e alisou seu cabelo de forma que pudesse voltar ao lugar. Ele supunha que seria melhor tomar uma ducha antes de se revelar, mas não podia esperar tanto assim. Além disso, teria que caminhar pelo quarto para chegar ao banheiro, então ela o veria de qualquer maneira.

Ele foi até a entrada da porta.

– Estou em casa.

Do outro lado, ela olhou para ele do canto onde estava; tão bonita e recatada e resplandecente como sempre, seus olhos inundados de compaixão e ternura, sua pele de alabastro brilhava na turva luz lançada pela lâmpada da rua do lado de fora.

Ele esperou por uma resposta e, então, lembrou-se de que não teria nenhuma. A estátua de Maria Madalena que ele havia roubado ao amanhecer permanecia tão quieta quanto estava quando ele a levara da igreja.

Ele teve que levá-la. Agora que sabia o que sua mulher fazia para viver, esta era a representação de seu amor, algo para vencer as dificuldades, até que finalmente e permanentemente a tivesse no lugar ao qual ela pertencia – ao lado *dele*.

A estátua também o lembrava que não devia matá-la só porque ela era uma prostituta suja, imunda. Ela era... uma mulher desorientada, enganada, fora do caminho certo. Algo de que ele próprio era culpado. Mas cumprira sua pena e estava de volta ao caminho agora...

Bem, com pequenas exceções.

Enquanto se ajoelhava na frente da estátua, estendeu-se para acariciar seu rosto com a palma da mão. Ele amava poder tocar em sua mulher, e era um pouco decepcionante não tê-la por perto para retribuir suas carícias ou o adorando como ela deveria.

Mas era por isso que ele precisava da coisa real.

Capítulo 23

Marie-Terese estava convencida de que Vin iria beijá-la na boca.

E havia uma parte dela que queria exatamente isso, mas, ao mesmo tempo, ela estava em pânico: tecnicamente, ela tinha relações sexuais no clube, mas já tinham se passado três anos desde a última vez que ela fora realmente beijada. E a última vez que isto aconteceu, a tinham forçado, como parte de um ato de violência.

Porém, em vez de dar o que ela tanto queria e temia, Vin apenas pressionou seus lábios na sua testa e a apertou contra o seu peito – e aqui estava ela, nos braços fortes de um homem cujo coração estava batendo perto de seu ouvido, cujo calor se dissolvia por todo seu corpo, cuja grande mão estava fazendo círculos lentos em suas costas.

Marie-Terese deslizou a palma da mão em seu peitoral. Por baixo da caxemira, seu corpo era rígido, sugerindo que ele se exercitava muito.

Ela perguntou-se como ele ficaria sem roupa.

E como seria a sensação de seu beijo.

E como seria ter a pele dele contra a sua.

– Eu acho que deveríamos ir – ele disse, sua voz retumbando através do peito.

– Você acha?

Ele prendeu a respiração e depois soltou.

– Eu acho que é melhor.

– Por quê?

Vin encolheu os ombros, o movimento fazia seu suéter roçar seu rosto.

– Apenas acho que é o melhor.

Oh, cara... que tal considerar isso uma educada rejeição? Bom Deus, e se ela tinha entendido tudo errado? De repente, ela se ergueu, afastando-se dos braços dele.

– Sim, eu acho que você está certo...

Em sua pressa, a palma de sua mão escorregou no pelo fino de seu suéter e roçou por cima de algo abaixo de sua cintura que estava duro. E não era sólido como um osso.

– Droga, eu sinto muito – ele disse, movendo seus quadris para longe. – Sim, definitivamente é hora de sair daqui...

Ela olhou para baixo. Sua ereção era inconfundível e, como se pode imaginar, ela teve uma reação sexual estrondosa a isso. Ela o queria. Precisava tê-lo dentro dela. E todos os motivos racionais para não chegar a esse ponto, de repente, não eram nada além de blá-blá-blá...

Com os olhos presos no dele, ela sussurrou:

– Beije-me.

Vin congelou no processo de se levantar. Enquanto seu peito se expandia, ele olhou para o chão e não disse nada.

– Oh – ela disse. – Eu entendo.

Seu corpo poderia querê-la, mas sua mente estava reprimida com o pensamento de estar com uma prostituta.

Em apenas alguns horríveis instantes, ela viu os rostos dos manés com quem ela tinha estado... ou pelo menos daqueles que ela conseguia lembrar. Muitos deles, mais do que ela podia contar, e eles lotaram o espaço entre ela e esse homem que estava sentado em sua cama de infância, parecendo mais sexy do que qualquer outra coisa.

Ela não queria os outros. Tinha se esforçado para estar tão separada deles quanto fosse possível, camadas de látex e barreiras de dissociação eram usadas para tentar permanecer tão intocada pelo contato quanto podia.

Vin, no entanto ... Vin ela queria perto, e ele não poderia chegar a esse ponto.

Não foi esse o dano real que tinha causado a si mesma? Supôs que, enquanto ficasse livre de doenças e fisicamente ilesa, os efeitos em longo prazo estariam limitados a vagas lembranças que ela estaria desesperada para esquecer. Mas aquilo era um câncer, não uma gripe.

Pois ela mal conseguia ver Vin em meio a centenas de outras pessoas, e ele estava tão cego pela multidão invisível e anônima quanto ela.

Engolindo em seco, ela pensou... naquele momento, ela teria desistido de tudo para que pudesse passar uma esponja no quadro entre ela e Vin. Tudo... com exceção de seu filho.

Marie-Terese se deslocou para fora da cama, mas ele pegou sua mão antes que ela pudesse disparar para fora do quarto.

– Eu não vou conseguir parar se apenas beijá-la. – Seu olhar excitado fixo nela. – Essa é a única razão pela qual estou me segurando. Eu gostaria de dizer que sou um cavalheiro e poderia me conter ou parar com apenas uma palavra sua, mas eu não posso confiar em mim. Não esta noite.

Ao longe, tudo que ela conseguia ouvir era: *mulheres como você não dizem não*.

Com a voz rouca, ela disse:

– Você já sabe que eu sou uma vagabunda. Então, não vou detê-lo.

A expressão de Vin tornou-se fria e ele se desvencilhou dela. Depois de um momento, ele se levantou e a olhou.

– Você nunca mais vai se referir a si mesma assim na minha frente de novo. Estamos claros? Nunca mais. Eu não dou a mínima com quem você esteve ou quantos eles foram. Você não é uma vagabunda para mim. Se você quer atacar a si mesma, faça isso sozinha e não tente me arrastar para o meio disso.

Em um instinto de sobrevivência, ela se encolheu e protegeu a cabeça, esperando que as mãos dele se fechassem sobre os punhos e viessem voando sobre ela.

Ela havia sido treinada exaustivamente para se defender do que os homens furiosos faziam contra as mulheres.

Só que Vin apenas olhou fixamente para ela, a raiva em seu rosto desapareceu, deixando transparecer um pálido pânico.

– Ele bateu em você, não foi?

Marie-Terese não conseguiu responder. Pois até um aceno com a cabeça a teria lançado em um espiral de lágrimas. Aquela noite... como o próprio Vin havia dito, aquela noite não era a noite para confiar em si mesma: mesmo considerando que desistir do negócio a fazia se sentir mais forte, isso seria temporário. Aqui e agora, ela era vulnerável como o inferno.

– Jesus Cristo... – Vin murmurou.

Antes que ela percebesse, estava de volta em seus braços, de volta a eles e ainda mais próxima. Enquanto eles estavam juntos, alguma coisa ocorreu a ela sobre as escolhas que tinha feito... algo que ela não queria olhar muito de perto, então afastou isso da mente e se prendeu apertado em seu abraço.

Erguendo a cabeça para olhá-lo, ela disse:

– Fique comigo. Agora.

Vin ficou imóvel... e depois com mãos gentis segurou seu rosto.

– Você tem certeza?

– Sim.

Após um longo momento, ele diminuiu a distância entre suas bocas e a beijou doce e lentamente. Ele era tão suave e cuidadoso, acariciando, inclinando sua cabeça para o lado, acariciando um pouco mais.

Era melhor do que ela lembrava, porque era melhor do que aquilo que jamais teve.

Correndo as palmas das mãos pelos seus braços, ela sentiu como se os dois estivessem suspensos no ar, presos por opção, não capturados pelas circunstâncias. Leve como o contato entre eles era, suave como os lábios dele eram, cuidadoso como as mãos dela eram, o vigor efervesceu entre eles.

Vin recuou um pouco. Ele estava respirando com dificuldade, os músculos do seu pescoço estavam tensos. E não só o pescoço. Quando ele olhou para ela, seu corpo estava ainda mais pronto para o que ia acontecer em seguida. Ele limpou a garganta.

– Marie-Terese…

Estava na ponta de sua língua lhe pedir para que ele a chamasse por seu nome verdadeiro, mas ela se deteve.

– Sim? – Ela sussurrou em uma voz tão rouca quanto a dele.

– Deite-se comigo.

Quando ela assentiu, ele a aproximou e a puxou para a cama de modo que ela acabou ficando por cima. Enquanto seus corpos se uniam para um efeito glorioso, as mãos dele roçaram os cabelos dela, sua face e seus ombros.

– Eu gosto da maneira como você se sente embaixo de mim – ela disse.

Ele sorriu.

– E como eu me sinto?

– Rígido. – Ela se arqueou contra ele, esfregando-se em sua ereção.

Quando Vin recostou-se no travesseiro e silvou, ela colocou a boca sobre os rígidos tendões que se alinhavam ao pescoço, beijando todo o caminho que levava ao seu queixo afiado. Agora, era ela que fundia suas bocas, e ele a acompanhava, línguas se arrastando para dentro e para fora, mãos vagando, quadris se movendo na antiga afluência do sexo primitivo.

Não demorou muito para que ela precisasse de muito mais. Seus seios estavam doendo, os bicos lutando contra o sutiã, e ela tomou a mão dele e a deslizou sob a camisa que ela estava usando. O contato da palma de sua mão em suas costelas a fez chupar a língua dele, o que o incitou a seguir em frente, ela guiando o movimento...

–Vin...

Enquanto ele tocava seu seio, gemia e esfregava o polegar ao redor do seu mamilo.

– Você é um inferno para minha força de vontade. Inferno total...

Com um impulso, ele se inclinou e se aninhou em seus seios por cima da roupa.

– Eu preciso de você nua.

– Era exatamente no que eu estava pensando. – Sentada em seus quadris, ela enrolou sua blusa de lã próxima à cabeça e foi atacada por uma onda de pudor. De repente, ela queria que a sua nudez fosse bonita para ele... ela realmente queria.

Como se ele tivesse lido sua mente, murmurou:

– Você prefere fazer isso com as luzes apagadas?

Bem, sim. Só que dessa maneira ela não poderia vê-lo.

– Eu não sou perfeita, Vin.

Ele deu de ombros.

– Nem eu. Mas eu garanto que o que quer que você escolha me mostrar eu vou gostar, porque é você.

Soltando suas mãos e mantendo fixamente seu olhar, ela disse:

– Então, tire minha camisa. Por favor.

Sentando-se de forma que eles ficassem face a face, Vin desabotoou a camisa até o umbigo, sua boca foi em direção ao seu pescoço e, em seguida, à sua garganta e, finalmente, ao fecho frontal de seu sutiã. Seus olhos se lançaram sobre os dela enquanto ele alcançava e soltava o fecho.

Ele não deixou que os dois lados se separassem, mas os manteve no lugar.

Centímetro por centímetro sua boca beijou todo o caminho até seus seios. Enquanto o fazia, ele expôs lentamente sua carne até chegar ao mamilo e, em seguida, o tirou completamente do bojo. Seu corpo inteiro estremeceu com a luxúria.

– Você está muito errada – ele gemeu. – Olhe para você... Perfeita. – Ele estendeu a língua e a lambeu. E lambeu novamente.

Observá-lo foi quase tão bom quanto senti-lo e os dois juntos, a visão e a sensação, incendiaram o sangue dela até que estivesse ofegante. Ela agradecia por terem deixado a luz acesa.

Vin mudava suas posições, colocando-a embaixo dele e elevando-se por cima dela, seus ombros largos bloqueando as luzes instaladas no teto enquanto ele beijava sua boca novamente. Sob sua força, ela se sentia pequena e frágil, mas poderosa também: ele estava respirando com dificuldade, a desejava, pois o seu desespero era tão mordaz e exigente quanto o dela, ele precisava disso com a mesma urgência que ela. Eles estavam juntos nisso.

E então ela parou de pensar, porque ele lançou sua boca em seu seio e o tragava profundamente enquanto tirava sua camisa do caminho e afastava o bojo do sutiã.

Enquanto ele prosseguia, ela estava morrendo de vontade de saber qual seria a sensação de sua pele na dele. Então, pegou um punhado da parte de trás de seu suéter e começou a puxá-lo. Ele terminou o trabalho, levantando-se para tirar do seu peito.

No espelho do outro lado, ela via as costas dele serem reveladas, a luz por cima batendo na propagação espetacular dos músculos que preenchiam seus ombros e circundavam seu torso. E a visão de seu peitoral foi tão boa quanto.

Ele era uma fantasia que se tornara realidade, seu corpo, nada além de cumes de força que se transformaram em carne macia quando ele levou seus lábios até o mamilo dela novamente. Com os braços curvados sustentando o peso de seu peito, ele era um magnífico animal macho pronto para abrir uma vala em cinquenta mil anos de evolução e desenvolvimento mental a fim de iniciar o acasalamento básico que estava por vir.

Simplesmente perfeito...

Marie-Terese mexeu os quadris e afundou os dedos profundamente em seus cabelos grossos. Seu corpo fluía sob sua boca e seu toque, o calor circulava através dela e aumentava o desejo entre suas pernas. Quando a necessidade erótica era demais, ela abriu suas coxas e...

Os dois gemeram quando sua ereção pousou exatamente no lugar certo.

Vin se arqueou contra ela, e suas unhas o arranharam através da cintura de sua calça comprida: cuidadoso e gentil, tudo muito bom, mas o ímpeto tinha começado a se erguer e toda a preocupação do que fazer foi dissipada.

– Posso tirar suas calças jeans? – ele perguntou. Ou mais parecia um gemido. – Oh, por favor...

Ela se apoiou sobre os calcanhares enquanto ele escorregava o botão superior para abri-lo, abriu o zíper e deslizou o jeans por suas pernas. Sua calcinha era preta e ele parou e apenas olhou fixamente para ela.

– Bom... Deus – ele murmurou.

Suas mãos tremiam de fato quando ele estendeu a mão e percorreu as pontas dos dedos em sua barriga. Ela esperou que ele a beijasse outra vez... ou se movesse por cima dela... ou tirasse sua calcinha...

– Há algo de errado? – ela disse com voz rouca.

– Não... nada... eu só não me canso de olhar para você.

Finalmente, ele chegou até seus lábios. Lambendo sua boca, ele se encaixou sobre ela com todo o seu peso, seu tórax nu sobre o dela, as pernas entrelaçadas. Juntos, eles encontraram um ritmo, um arco erótico e fugidio que a excitava até que começou a ofegar com ele.

– Por favor... Vin...

Enquanto ele a beijava, sua mão deslizou embaixo do seu quadril e por cima de sua coxa, depois roçou toda a extensão de sua calcinha.

– Eu preciso sentir você – ele disse.

Ela pegou seu antebraço e o empurrou para baixo, movendo os dedos dele em direção ao seu cerne, arrastando-os através do calor que a cobria. Quando ela estremeceu e deixou suas pernas caírem ainda mais para os lados, ele levou a boca para seu seio e chupou... enquanto a acariciava por cima do que a cobria.

– Mais – ela disse.

Deslizando sob a extremidade delicada, ele encontrou sua maciez e praguejou muito, seu corpo se rompia com a tensão que sentia da cabeça aos pés, os dentes rangiam, os tendões em seu pescoço se apertavam completamente.

– Ah... Cristo... – disse. – Ah... maldição.

De repente, ele se afastou e olhou para si mesmo.

– O que foi? – ela perguntou ofegante.

– Eu acho que eu acabei de ter um orgasmo.

Enquanto ele ruborizava, ela começou a sorrir e não conseguia parar.

–Você teve?

Ele assentiu com a cabeça para ela.

– Certo, ok, não é uma coisa boa em um momento como este. Cinco minutos a partir de agora? Perfeito. Neste momento? Não tão quente.

– Bem, isso faz com que eu me sinta sexy – ela disse, acariciando seu rosto com a mão.

– Você não precisa de nenhuma ajuda com isso.

Marie-Terese deixou seu toque deslizar devagar ao longo de seu tórax e seu estômago rígido, em seguida, mais embaixo sobre o seu cinto e seu...

Vin jogou a cabeça para trás e gemeu, o peitoral se flexionando, o tronco se curvando para cima.

– Droga.

Movendo sua mão para cima e para baixo em sua ereção, ela aconchegou o rosto em seu pescoço e o mordeu um pouco.

– Eu não acho que levará tanto tempo.

As costelas dele se contraíram, sua respiração se acelerou.

– Eu preciso tirar a roupa.

– Eu espero que sim.

Suas mãos eram ásperas em seu cinto e zíper, e sua calça caiu no chão na velocidade da luz. Uma cueca preta sumária mal cobria seu sexo. Sua ereção era uma crista longa inclinada para um lado, a ponta da cabeça lutando para se livrar da cintura que a mantinha presa.

Antes que ele pudesse deitar de costas, ela o alcançou e arrancou suas cuecas pelas suas coxas rígidas, despertando sua excitação. Ele tinha tido um orgasmo e a ponta do seu sexo brilhante e molhada a fez ficar ainda mais pronta para o que estava vindo rápido.

Envolvendo a mão em torno de seu eixo, ela acariciava o seu sexo e olhava para cima, observando como ele tinha colocado a palma de uma de suas mãos contra a parede e deixado a cabeça cair. Ele se moveu com ela quando ela olhou através do espelho, olhando como suas costas pareciam enquanto seus quadris se balançavam para frente e para trás, apertando e liberando os músculos do tronco e a forma como sua espinha ondulava de uma maneira que constituía a coisa mais erótica quc cla já tinha visto...

Marie-Terese deixou que ele tirasse sua calcinha e se estendeu ao lado dele. Pronta. Vin endireitou a cabeça e olhou fixamente para ela por baixo das sobrancelhas, os olhos dele estavam prateados, iluminados e brilhantes como o cintilar de um metal ao sol do meio-dia.

Os dois se lembraram da mesma coisa ao mesmo tempo.

– Você tem um...

– Eu tenho um preservativo.

Graças a Deus, ela pensou enquanto ele pegou sua carteira e tirou um daqueles pacotes de camisinha Jontex azul. Ela tomava pílula, cortesia de sua visita regular ao médico, e tinha acabado de fazer um *check-up*, mas não importava o quanto ela se sentisse atraída por Vin, ela não seria negligente com seu próprio corpo por ninguém.

O sexo seguro era a única maneira.

E vê-lo proteger os dois era um inferno de tão excitante. Quando ele terminou, eles retomaram a posição na qual estavam antes, de costas contra o edredom, metade dele em cima dela, metade ao lado. O preservativo era frio contra sua coxa, deixando rapidamente um rastro refrescante, e ela desejou que tivesse um momento para sentir verdadeiramente o seu sexo em algum lugar nela. Mas depois ele estava completamente sobre ela e entre pernas, a cabeça de seu membro forçando seu cerne.

Ela o olhou fixamente nos olhos enquanto o guiava.

Aquilo parecia perfeito. Como a união era plena e espetacular. Quão maravilhoso era encontrar seu olhar fixo e ver refletido nele as mesmas coisas que ela estava sentindo – o impacto glorioso de como eles se encaixavam bem, a necessidade de se entrelaçar ainda mais...

E existia outra surpresa para ela: pela primeira vez não tinha doído porque seu corpo realmente o desejava.

– Você está bem? – Ele perguntou com uma voz gutural.

– Mais do que bem.

Marie-Terese envolveu os braços em volta de seus ombros e o segurou tão perto que eles começaram a se mover juntos. Sua última visão antes de fechar as pálpebras foi deles no espelho, seus corpos envolvidos, suas pernas amplamente abertas, seus quadris conduzindo o movimento. Quando ela encontrou seus próprios olhos no espelho, seu reflexo foi um choque. As bochechas estavam vermelhas e os cabelos emaranhados e seus lábios? Entreabertos. Ela se parecia muito com uma mulher que tinha um bom parceiro.

O que fazia sentido. Era sexo à boa e antiga maneira – entre duas pessoas que queriam estar juntas por nenhuma outra razão a não ser por ser a coisa certa no momento certo para os dois.

Quando o que o espelho mostrava era uma onda de lágrimas crescente que saltava de seus olhos, ela os fechou e virou o rosto no ombro de Vin.

De alguma maneira, ele conseguiu abraçá-la e ainda manter o ritmo.

Quando Marie-Terese se lançou sobre a onda de prazer e caiu em queda livre, sobre aquilo de que ela tinha apenas uma vaga lembrança, ela se segurou no homem responsável pelo que sentia e se deixou levar. Seu clímax extraiu algo de seu sexo e ela sentiu uma satisfação absoluta enquanto ele tremia e gozava.

Porém, nesse momento, tudo deu errado. Por uma fração de segundo, ela pensou que estava fazendo tudo por dinheiro, e foi o suficiente para arruinar a situação: uma rajada fria soprou em seu peito e se espalhou até que todas as suas veias estivessem congeladas e seus músculos se contraíssem em seus ossos gelados.

Vin parou como se tivesse percebido a mudança nela e ergueu a cabeça para observá-la.

– Converse comigo.

Ela abriu a boca. Mas nada saía.

– Tudo bem – ele disse suavemente, aparando suas lágrimas com a ponta dos dedos. – Isso deve ser duro para você. Mesmo que pareça certo, deve ser difícil.

Ela lutou para recuperar o fôlego, não pelo esforço que tinha feito, mas pelo que tinha que fazer para não cair nas lágrimas.

– E se tudo isso voltar todas as vezes que eu estiver...

Com você, ela quis dizer, mas ia parecer exagerado. Pelo amor de Deus, ela não sabia se ainda estaria na cidade na próxima semana.

Ele a beijou.

– Outras memórias substituirão tudo isso. Vai levar um tempo, mas vai acontecer.

Ela olhou para o espelho e pensou na maneira como ele se movimentava. Quando ela se lembrou da sensação e do aspecto dele, o frio recuou, levando-a a sentir uma onda de calor.

– Espero que tenha razão – ela disse, passando as mãos pelos cabelos dele. – Eu realmente espero.

Capítulo 24

Enquanto estavam deitados juntos, Vin cobriu Marie-Terese com o melhor cobertor que havia: seu próprio corpo. Caramba, fazia tão bem estar aconchegado em sua pequena cama com ela, ainda que precisasse tomar cuidado com as mãos e para onde se dirigiam. Com tanta pele feminina macia e deliciosamente exposta tão perto dele...

Depois de dois orgasmos, dos quais somente um tinha chegado no momento certo, ainda continuava ereto. E faminto. Mas não ia pressioná-la de maneira nenhuma.

Então, sim, ele observava a palma de suas mãos se movimentarem enquanto a acariciava lentamente, e mantinha os quadris fora do caminho e condicionara seu olhar a permanecer fixo em outro lado do quarto em vez de, digamos, ficar nos perfeitos mamilos rosados dela.

– Lamento sobre as lágrimas – disse ela, como se soubesse que ele estava preocupado.

– Existe algo que possa fazer por você?

Ela pressionou os lábios em seu peitoral.

– Já fez o bastante.

Bom, se isso não o fizesse se sentir um super homem por dentro...

– Eu gostaria de fazer isso outra vez algum dia.

– Gostaria?

– Logo.

O sorriso que ela lhe ofereceu era brilhante como um arco-íris.

– Que pena que você tinha apenas uma camisinha.

– Simplesmente trágico.

Eles permaneceram lado a lado até que a brisa fria que entrava pela janela predominou sobre a corrente de ar quente que vinha da ventilação que havia sobre a cama.

– Está fria – disse ele, esfregando os pelos arrepiados do braço dela.

– Mas estou bem.

Estendeu-se por cima dela para levantar a camisa do chão. Enquanto a ajudava a colocá-la, fez uma pausa para observar seus seios se movimentarem.

– Não deveria nunca usar um sutiã. Jamais.

Ela riu enquanto abotoava a camisa, e, depois que ele lhe entregou o suéter que ela vestia, pegou sua calcinha.

Oh, por Deus... queria ficar com ela. O que fazia dele um pervertido e um imbecil, mas esse era o homem das cavernas que havia dentro dele: desejava ter algo de sua mulher com ele.

Só que ela não era a mulher dele, não é mesmo? Mas que droga, que mulher em sã consciência gostaria de se unir a um cara que tinha acabado de deixar sua futura noiva? Sim, nada muito estável.

– Acho que isto é seu – murmurou, entregando a peça preta com cuidado.

– Sim, é. – Pegou e tratou de fazer um tremendo espetáculo ao colocá-la – não porque estivesse sendo deliberadamente erótica, mas sim porque, para ele, ela era bastante tentadora de qualquer forma, não importava o que fizesse.

A coisa toda o fez pensar no momento em que tirou sua calça jeans. Ele se deteve nesse ponto e a olhou fixamente durante muito tempo, pois desejava deitar-se com ela naquele instante e naquele lugar: ele ficou imóvel imaginando-se levando-a até a beira da cama, ajoelhando-se no chão em frente a ela e aproveitando o tempo sem pressa.

Ainda que, de certa maneira, o sexo oral fosse mais íntimo que toda a coisa relacionada à penetração, ele se preocupava com que pudesse trazer más lembranças a ela. O que foi exatamente o que tinha acontecido.

Mas esperava que houvesse outras vezes. Em breve. E muitas.

Quando ele estava vestido e o sutiã estava metido no bolso dela, saíram de seu antigo quarto, de braços dados, e quando ele passou em frente ao espelho, pegou a imagem da Nossa Senhora e a deslizou para dentro de sua jaqueta.

No andar de baixo, apagou as luzes e diminuiu o aquecimento, e quando chegaram à porta principal, fez uma pausa e olhou ao redor.

– Eu deveria limpar este lugar.

Contudo, tinha a sensação de que não agiria seguindo esse impulso. Apesar de ter uma multidão de homens que poderia enviar para que se desfizesse de todo aquele lixo e demolisse os banheiros e a cozinha, ele sofria de uma terrível inércia quando se tratava de sua casa. De muitas maneiras, era como se aquilo lhe sugasse a vontade de viver.

No caminho de volta ao Iron Mask, ele segurou a mão de Marie-Terese o tempo todo, só a soltava quando precisava mudar as marchas.

Entrando no estacionamento do clube, ele a observou. Enquanto ela olhava pela janela, a linha de seu queixo e a forma como seu cabelo caía sobre o ombro eram incrivelmente belas.

E, então, ele se deu conta do lugar para onde ela estava olhando. O beco do outro lado tinha fitas que isolavam a cena de um crime.

– Quer que eu a siga até sua casa? – ele perguntou.

Ela assentiu, seus olhos ainda fixos no lugar onde aquele meninos tinham sido assassinados.

– Você se importaria?

– Eu adoraria.

Cara, a confiança de uma mulher podia fazer com que um homem se sentisse alto como uma montanha. Marie-Terese voltou-se para encará-lo.

– Obrigada... por tudo.

Ele se inclinou lentamente, pois ser beijada tão perto do lugar onde tinha trabalhado poderia ser demais para ela. Entretanto, ela não se afastou, e quando seus lábios se tocaram de leve, ele aspirou profundamente. Roupa limpa e uma mulher doce. Esse era o aroma dela. Melhor que qualquer perfume que já existiu.

– Posso vê-la de novo? – perguntou.

Abaixando a cabeça, pegou sua bolsa do chão.

– Espero que sim.

Com um último sorriso muito breve, abriu a porta, saiu e foi até seu carro. Em vez de desativar algum tipo de alarme, ela o abriu com a chave mesmo e a porcaria levou uma eternidade para dar a partida.

Ele não gostava do carro dela. Muito pouco confiável.

E enquanto ela estava dentro do carro, ele também não gostou da forma com que ela tinha acabado de evitar o seu olhar.

Quando finalmente o carro decidiu funcionar, ela partiu e ele a seguiu pelo caminho para longe dos carros da cidade e ao longo de um bairro de casas de subúrbio. Ele soube imediatamente qual era a casa dela: a pequena de estilo colonial com grades em todas as janelas, incluindo as do segundo andar. O carro, estacionado bem em frente, paralelo à calçada, era, sem dúvida, o da babá.

Vin aguardou que ela abrisse o portão e entrasse na beira da entrada do caminho até a garagem. Enquanto os painéis giravam até fechar, teve a esperança de lançar mais um olhar sobre ela, mas permaneceu dentro do carro.

O que, sem dúvida, era mais seguro e, portanto, algo muito bom.

Aguardou um pouco mais.

E, então, lá estava ela na janela da cozinha, levantando a mão em um aceno. Devolvendo a despedida, acenou e colocou a mão sobre a buzina para dar um pequeno toque... mas se conteve, imaginando que não apreciaria se chamasse qualquer tipo de atenção sobre ela.

Ele partiu com uma careta que unia suas sobrancelhas, a situação dela era assustadoramente óbvia. Continuava a fugir de seu ex-marido... fugindo não apenas assustada, mas apavorada e esperando que em algum momento ele a encontrasse. Pelo amor de Deus, nem sequer arriscava abrir a porta do carro até que estivesse trancada dentro da garagem.

Seu primeiro pensamento foi que ele queria construir uma fortaleza para ela e cercar o maldito lugar com um pelotão de soldados como Jim.

Seu pensamento seguinte foi a maneira como ela respondeu a sua pergunta antes de sair do carro:

"*Posso vê-la de novo?*"

"Espero que sim"

Ela ia fugir. Tivessem ou não as duas mortes da noite anterior alguma coisa a ver com ela, ia iniciar uma fuga. E a ideia de nunca mais vê-la, de não saber o que lhe aconteceria, de não fazer nada para ajudá-la, o deixava em pânico.

Quinze minutos depois, entrou na garagem do Commodore e estacionou próximo de seu Range Rover preto. Por alguma razão, quando entrou no elevador, ecos do pesadelo que teve com Devina voltaram e ele ouviu aquela voz novamente:

Você é meu, Vin. E sempre tomo posse do que é meu.

No vigésimo oitavo andar, saiu em direção ao corredor...

Vin se deteve. A porta de seu duplex estava aberta e ouviu vozes vindo de seu apartamento. Várias.

Era difícil acreditar que Devina tivesse conseguido com que o pessoal da mudança viesse tão tarde – mas que droga, já tinha passado da meia-noite. Então, que diabos estava acontecendo?

Avançando rapidamente, preparado para enfrentar qualquer um que estivesse em sua casa, Vin irrompeu no local com suas armas verbais a postos.

Policiais.

Havia quatro policiais parados no corredor principal e todos olharam para ele ao mesmo tempo. Maldição, finalmente aconteceu. Todos aqueles subornos a oficiais municipais, todas as fraudes, todas as evasões fiscais... Eles finalmente o pegaram.

– Posso ajudá-los, senhores? – disse, assumindo sua cara de paisagem.

– Ele está aqui – gritou um deles.

Enquanto pensava em quantos deles estariam em seu escritório, seus olhos se deslocaram para a sala...

Sussurrando um palavrão, deu uns passos vacilantes e se apoiou no batente esculpido da arcada. O lugar parecia ter sido atingido por um furacão, os móveis estavam derrubados e fora do lugar, os quadros retorcidos, as garrafas de licor esmagadas.

– Onde está Devina? – perguntou.

– No hospital – respondeu alguém.

– Ela *o quê*?

– Está no hospital.

Voltou-se para o policial que tinha falado. O tipo tinha a constituição de um buldogue e com a expressão dura que tinha no rosto, também se parecia com um.

– Ela está bem? O que aconteceu? – Vin olhou as algemas que o cara desatava do cinturão. – Para que você precisa disso?

– Você está preso por ameaça e agressão. Por favor, mostre suas mãos.

– Como?

– Você está preso por assalto e agressão. – O policial não esperou que Vin lhe obedecesse, mas agarrou o pulso direito e lhe colocou a algema. Uma rápida torção e Vin estava algemado. – Tem o direito a permanecer calado. Tudo o que disser pode e será usado contra você no tribunal. Tem direito a um advogado durante o interrogatório. Se não puder pagar um advogado... – então, a voz do cara começou a ficar distorcida – lhe será nomeado um. Entende os direitos que citei?

– Não estive aqui durante toda a tarde! E a última vez que vi Devina ela estava indo embora.

– Entende seus direitos?

– Eu não fiz nada disso!

– Entende seus direitos?

Vin não era detido há anos, mas era como andar de bicicleta: nunca se esquece. A não ser por um detalhe relevante... naquela época, ele sabia exatamente o motivo pelo qual estava sendo levado sob custódia, pois realmente tinha cometido o crime.

– Responda uma coisa – ele perguntou quando se voltou para confrontar o oficial. – Por que acha que eu a machuquei?

– Porque ela disse que foi você e a julgar pelos nós dos dedos machucados de sua mão direita, diria que participou de uma briga há muito pouco tempo. – Devina... ela dissera uma mentira. Das grandes.

– Não bati nela. Nunca. Não tinha motivos para isso.

– Mesmo? Quer dizer que quando ela contou que se deitou com seu amigo, isso não o irritou? Difícil de acreditar.

– Meu amigo?

– Vamos detê-lo. E, então, pode chamar seu advogado. – O policial lançou um olhar em direção à sala arruinada, que ainda parecia cara, mesmo entulhada como estava. – Algo me diz que não vai precisar recorrer a um defensor público.

Capítulo 25

Jim acordou no domingo deitado de lado, com o Cachorro enfiado em seu peito e a televisão no mudo ao fundo.

A parte de estar deitado de lado e a TV sem som fazia parte do procedimento operacional padrão. Contudo, o Cachorro era um agradável acréscimo quente, amistoso e, por algum motivo, cheirava ao ar do verão. Ele só ficava um pouco desorientado quando o Cachorro sonhava: suas patas se contraíam, sua mandíbula se movia e soltava rosnados e grunhidos abafados de vez em quando.

Ficava se perguntando com o que sonhava. Ficava claro que incluía uma corrida, dado todo o movimento de patas, mas, com sorte, era ele que estava perseguindo.

Jim arqueou o pescoço e observou o que estava passando na televisão. O noticiário local estava sendo apresentado por aquela repórter quase bonita, mas muito loira, que evidentemente cobria as manhãs dos fins de semana. Enquanto descrevia as informações, apareciam à esquerda de sua cabeça imagens gravadas que eram substituídas de tempos em tempos. Votação do conselho escolar. Problemas de buracos nas ruas. Um programa para jovens em situação de risco.

E, então, surgiu uma imagem familiar: o rosto de Vin.

Jim deu um salto, agarrou o controle remoto e aumentou o volume... e não podia acreditar no que ouvia: Vin preso por bater em sua namorada. A fiança seria definida em breve. Devina no hospital durante a noite em observação.

– E em outras notícias – continuou a âncora do programa – houve um segundo ataque brutal no centro da cidade. Robert Belthower, 36 anos, foi encontrado, depois da meia-noite, atirado em um beco não muito longe de onde na sexta-feira à noite duas vítimas foram baleadas. Ele está agora no Hospital St. Patrick e seu estado é grave. Ainda não foi identificado nenhum suspeito pelo crime, e o Chefe de Polícia, Sal Funuccio, emitiu um comunicado pedindo cautela...

Jim acariciou as costas do Cachorro. Mas que merda... Vin diPietro era muitas coisas, mas um espancador de mulheres? Era difícil de acreditar, dada a forma como tinha avançado sobre aqueles dois universitários por assediarem Marie-Terese. E agora outro cara encontrado em um beco? Contudo, talvez esse não estivesse relacionado a... Como se tivesse combinado, porque esta tormenta precisava mesmo de outro tornado na confusão, tocou seu celular.

Jim o pegou da mesa ao lado da cama sem olhar onde estava – um pequeno truque que tinha aprendido graças a ter trabalhado em densa escuridão. Era incrível como o som compensava a visão.

– Bom dia, raio de sol – disse sem olhar quem era.

A voz de seu antigo chefe soava quase tão alegre quanto realmente estava.

– Ela não existe.

A mão de Jim pressionou o telefone, ainda que aquilo não o surpreendesse.

– Não conseguiu encontrar nada?

– Eu não disse isso. Mas sua Marie-Terese Boudreau é uma identidade fabricada por um cara em Las Vegas. O máximo que posso dizer é que foi criada há uns cinco anos e em princípio foi usada por uma moça que acabou na Venezuela. Em seguida, sua garota comprou os documentos, isso no ano retrasado, viajou para o leste e se estabeleceu em Caldwell, Nova York. Vive no número 189, da Avenida Fern. Tem um celular. – Os números passaram pela língua de seu chefe e foram parar diretamente na aguçada memória de Jim. – Quanto à sua declaração de imposto de renda e seus formulários fiscais, são de um lugar chamado ZeroSum e, logo no final do ano passado, trocou para o Iron Mask. Sua ocupação é a de dançarina nos dois lugares. Possui um dependente.

– Quem ela é de verdade?

Houve uma pausa.

– Bom, nesse momento, essa não é a questão.

A satisfação naquela voz profunda não era o tipo de coisa que se desejasse ouvir: significava que suas bolas estavam metidas no meio de um alicate e que alguém com uma grande tendência sádica estava com a mão no cabo.

Jim fechou os olhos.

– Eu não vou voltar. Disse isso a você quando saí, estou fora.

– Vamos, Zacharias, você sabe como funciona. Uma etiqueta no dedão do pé é a única maneira de estar fora de fato. A única razão pela qual deixei que tirasse umas pequenas férias foi porque estava à beira do abismo. Mas quer saber? Você parece muuuito melhor agora.

Jim lutou contra o impulso de socar o punho na parede.

– Apenas uma vez em sua vida miserável pode fazer algo sem esperar nada de volta? Tente. Talvez goste. Poderia começar agora.

– Desculpe. Tudo é uma negociação.

– Será que seu pai arrancou sua moral a pancadas? Ou você simplesmente nasceu sendo um retardado?

– Poderia perguntar a ele, mas morreu há anos. O coitado ficou no caminho da minha bala. Uma lástima, mesmo.

Jim mordeu o lábio e todos os músculos de sua mandíbula e pescoço ficaram tensos.

– Por favor... preciso saber sobre ela. Só me diga. É importante.

Naturalmente, o canalha do Matthias não se comoveu com a ladainha "posso fazer isso, mamãe?".

– O "favor" que supostamente devo chega até aqui. Então, se quiser mais, vai ter que fazer algo para merecer isso. A decisão é sua. E antes que pergunte, a atribuição que tenho em mente é bem a sua área.

– Não mato mais pessoas.

– Hum.

– Matthias, preciso saber quem ela é.

– Eu sei disso. E você sabe onde me encontrar.

A linha ficou muda e, por um momento, Jim considerou seriamente atirar o telefone para o outro lado do quarto. A única coisa que o deteve foi o Cachorro, que ergueu sua cabeça sonolenta e de alguma forma conseguiu dissipar o impulso que havia no braço direito de Jim.

Largou o telefone sobre a colcha.

Enquanto sua mente estava frenética e seu ânimo fervilhava, Jim não sabia que diabos fazer consigo mesmo... então, ele estendeu a mão para o animal e tentou fazer uma carícia sobre o pelo que estava espetado entre as suas orelhas.

– Dá só uma olhada nisso, cara. Você parece o Einstein quando acorda... parece mesmo.

Contato visual é tudo quando se está na prisão.

Vin tinha aprendido isso durante suas incursões no sistema de detenção juvenil: atrás das grades, quando enfrentava os olhares dos caras com quem estava preso, esse era seu *Olá, meu nome é...* e havia cinco categorias principais.

Os drogados tinham olhos vermelhos e sem foco, geralmente por não conseguirem controlar seus nervos ópticos muito melhor do que conseguiam controlar suas glândulas sudoríparas, intestino ou seu sistema nervoso. Eram como as esculturas que ficavam no gramado carcerário, tendiam a escolher um lugar e permaneciam ali e, na maioria das vezes, mantinham-se separados do resto todo porque não instigavam ninguém e eram alvos fáceis para os aborrecidos.

Os ladrões meia-boca, por outro lado, normalmente estavam em sua primeira viagem pelo sistema penal e um pouco assustados, lançavam olhares como bolas de pingue-pongue, querendo e não querendo, sem se demorar muito, seus olhos se lançavam por toda parte. Isto fazia deles os candidatos perfeitos a serem ridicularizados e perseguidos verbalmente, mas em geral não os golpeavam – porque eram os que gritavam chamando a atenção dos guardas num piscar de olhos.

Em contrapartida, havia os filhos da mãe que tinham olhares predadores, sempre sondando em busca de fraqueza e preparados para dar o bote. Eles eram quem escolhiam as presas e adoravam bancar os perseguidores, mas não eram os mais perigosos. Instigavam, mas deixavam que os mais exaltados continuassem com o assunto: eram os meninos que ao brincar no parque quebravam os brinquedos e jogavam a culpa nos outros garotos.

Os exaltados tinham o olhar enlouquecido e amavam lutar. Tudo o que precisavam era do mínimo de abertura e estavam preparados para entrar na dança. Nada mais a dizer.

E, finalmente, havia os genuínos sociopatas, aqueles que simplesmente não davam a mínima e que podiam matá-lo e comer seu fígado. Ou não. De qualquer maneira, não importava. Seus olhos percorriam o lugar, como tubarões oculares que nadavam meio à distância na maior parte do tempo – até que identificavam uma vítima.

Quando Vin se sentou em meio a uma amostra representativa de todos esses tipos, não fazia parte de nenhum desses grupos e pertencia a uma categoria totalmente atípica: ficava longe do problema dos outros e esperava que retribuíssem a cortesia. E se não o fizessem?

– Bonito terno você tem aí.

Com as costas contra a parede de concreto e os olhos fixos no chão, Vin não precisava levantar o olhar para saber que dos onze caras que estavam detidos na cela, ele era o único com um par de lapelas. Ah, sim, um filho da mãe estava reforçando o fato.

Vin deslocou-se para frente decidido e colocou os cotovelos sobre os joelhos. Agarrando um de seus punhos com a outra mão, lentamente girou a cabeça em direção ao tipo que tinha falado.

Musculoso. Tatuado no pescoço. Brincos. O cabelo tão curto que o crânio podia ser visto. E quando o filho da mãe sorriu como se estivesse observando uma refeição que tinha a intenção de saborear, pôde ver que um de seus dentes da frente estava lascado.

Era evidente que ele pensava que tinha agarrado um ladrão meia-boca pelo rabo.

Vin mostrou os próprios dentes e estalou, um por um, os dedos da mão que usava para golpear.

– Você gosta das minhas roupas, imbecil?

Quando essa resposta chegou a ele, o Sr. Personalidade se curou instantaneamente de seu ataque de "essa-vai-ser-boa". Seus olhos castanhos mediram rápido o tamanho do punho de Vin e logo voltou o olhar firme que estava fixo nele.

– Eu perguntei – disse Vin em voz alta e pausada – se você gosta das minhas roupas, *imbecil.*

Enquanto o cara pensava na resposta, Vin esperava que fosse ofensiva, pois era o que parecia que ia acontecer: quando todos os outros homens agiam como espectadores de uma partida de tênis, com o olhar indo de um a outro, a tensão dos ombros do filho da mãe atenuou-se.

– Sim, é muito legal. Um terno bom mesmo. Sim.

Vin permaneceu exatamente onde estava enquanto o outro voltava a sentar-se no banco. E, então, encarou os outros caras do amontoado um a um... e um a um os homens lançaram o olhar ao chão. Só então Vin se permitiu relaxar um pouco.

Enquanto a metade de seu cérebro continuava conectada às políticas do escritório, do jeito que estavam, a outra parte voltou a se agitar pensando em como diabos tinha parado ali. Devina tinha mentido descaradamente à polícia, e que Deus o ajudasse, mas ele ia descobrir toda a maldita verdade do que tinha acontecido. E quanto ao "amigo"? De quem diabos ela estava falando?

Voltou a pensar no vestido azul cheirando a colônia masculina. A ideia de ter sido enganado o deixava perigosamente psicótico, então, forçou seu cérebro a considerar as coisas mais importantes. Como, ah, o fato de que ela tinha sido espancada por outra pessoa, mas eram seu membro e suas bolas que estavam em uma cela.

Cristo, se o sistema de segurança de sua casa tivesse o mesmo tipo de monitoramento que tinha seu escritório. Então, teria um vídeo de todos os cômodos, vinte e quatro horas por dia, sete dias da semana.

O tilintar de chaves anunciou a chegada de um guarda.

– DiPietro, seu advogado está aqui.

Vin se levantou do banco e quando a porta deslizou com um som estridente, saiu e pôs as mãos atrás das costas, oferecendo-as ao guarda para que o algemasse.

Algo que pareceu surpreender o cara das chaves, mas não os que acabavam de testemunhar como Vin estava pronto para bancar o Rocky com o filho da mãe.

Houve um clique, clique e logo ele e o tira andaram pelo corredor até outro conjunto de barras de ferro que devia ser aberto por alguém do outro lado. Depois disso, viraram uma à direita, outra à esquerda e pararam em frente a uma porta que parecia tirada de uma escola de ensino médio, pintada de um bege descorado, a janela com marcas engastadas de arame no vidro.

Dentro da sala de interrogatórios, Mick Rhodes estava recostado contra a parede mais afastada, com os sapatos de cordões cruzados e um terno trespassado no estilo que o Sr. Personalidade também teria aprovado.

Mick ficou em silêncio enquanto o guarda lhe tirava as algemas e saía da sala. Depois que a porta se fechou, o advogado sacudiu a cabeça.

– Jamais esperava por isso.

– Então somos dois.

– Que diabos aconteceu, Vin?

Mick assinalou com a cabeça para cima, em direção a uma câmera de segurança que sugeria que, provavelmente, aquela história de privilégio advogado-cliente era mais uma teoria que uma realidade ali na delegacia.

Vin se sentou ante a pequena mesa, ocupando uma das duas cadeiras.

– Não tenho nem a mais remota ideia. Cheguei em casa por volta da meia-noite e a polícia estava no local, que tinha sido detonado. Disseram-me que Devina estava no hospital e que havia dito que eu era o único culpado por estar lá. Contudo, meu álibi é incontestável. Estive em meu escritório durante toda a tarde até o anoitecer. Posso te dar os vídeos onde apareço sentado na minha mesa durante horas.

– Vi o relatório da polícia. Ela diz que foi atacada às dez.

Droga. Ele presumia que tivesse acontecido mais cedo.

– Certo, mais tarde falaremos sobre todo esse assunto de "onde eu estava" – murmurou Mick, como se soubesse que a resposta a isso era complicada. – Recorri a alguns contatos. Sua fiança será estipulada dentro de uma hora. Vai girar em torno de cem mil ou mais.

– Se me dessem minha carteira, poderia fazer isso agora mesmo.

– Bem. Vou levá-lo até em casa...

– Só para pegar um pouco de roupa. – Ele nunca mais queria ver o duplex novamente, muito menos ficar lá. – Vou para um hotel.

– Não o culpo. E se achar que precisa se isolar um pouco da imprensa, pode ficar comigo em Greenwich.

– Só que preciso falar com Devina. – Não só precisava descobrir quem a tinha golpeado, como também com quem, diabos, estava se deitando. Tinha vários amigos... um homem como ele, com o dinheiro que tinha? Tinha amigos em toda droga de lugar.

– Vamos tirar você daqui primeiro, ok? E, então, conversaremos sobre os próximos passos.

– Eu não fiz isso, Mick.

– Acha que eu estaria vestido assim em um domingo de manhã se pensasse de outra forma? Pelo amor de Deus, homem, eu poderia estar muito bem acomodado com o *Times* nas mãos agora.

– Bem, essa é uma prioridade a qual posso respeitar.

E Mick foi fiel a sua palavra e graças a um rápido saque de cem mil com seu cartão de débito, Vin estava fora da delegacia e entrando no Mercedes de seu amigo, às dez e meia da manhã.

Contudo, ficar livre daquele lugar não era motivo para comemorar. Enquanto iam para o Commodore, a mente de Vin era um caos total, girando fora de controle enquanto tentava encontrar algum tipo de lógica para aquela coisa toda.

– Vin, cara, vai me escutar não só porque sou seu irmão de fraternidade, então sabe que pode confiar em mim, mas também porque sou seu advogado. Não vá ao hospital. Não fale com Devina. Se ela ligar ou entrar em contato, não a atenda.

O Mercedes diminuiu a velocidade para estacionar em frente ao Commodore.

– Você tem um álibi para onde estava entre as dez e meia-noite de ontem?

Olhando para fora através do para-brisa, Vin lembrou-se exatamente de onde estava... e do que estava fazendo. A decisão era clara.

– Nada que eu possa dizer à polícia. Não.

– Mas estava com alguém?

–Sim. – Vin abriu a porta. – Não a envolverei...

– A envolverei? Ela?

– Pode entrar em contato pelo meu celular.

– Espere. Quem é ela?

– Não é da sua conta.

Mick apoiou o antebraço sobre o volante e se inclinou por cima do banco.

– Se quiser salvar sua pele, pode ser que tenha que reconsiderar isso.

– Não machuquei Devina. E não tenho ideia de por que ela armaria algo assim para me incriminar.

– Não? Ela sabe algo a respeito desta sua "ela"?

Vin negou com a cabeça.

– Não, não sabe. Ligue.

– Não vá ao hospital, Vin. Prometa.

– Não é meu próximo destino. – Fechou a porta do carro e andou a passos longos até a entrada do Commodore. – Confie em mim.

Capítulo 26

O complexo do Hospital St. Francis estava instalado com a lógica de um formigueiro. Refletindo uma filosofia de arquitetura interativa, assim como tantos outros centros médicos desse tipo, os edifícios que cobriam sua superfície eram uma miscelânea de estilos, e estavam posicionados onde puderam ser encaixados, como se fossem pinos redondos colocados dentro de orifícios quadrados. No campus, havia um pouco de tudo, desde tijolos góticos, até aço e vidro corporativo ou extensões de colunas de pedra, sendo a única coisa em comum o fato de estar tudo abarrotado.

Jim estacionou sua caminhonete em uma vaga perto de um arranha-céu de quinze andares, e pensou que aquele local enorme era um bom lugar por onde começar, já que era onde tinha ingressado como paciente no serviço de emergência. Cortando caminho entre as filas de carros, atravessou a pista, foi para o pórtico e entrou no edifício através de um conjunto de portas de vidro retráteis.

Ao chegar à mesa de recepção, disse:

– Estou procurando Devina Avale.

A mulher de cento e doze anos com o cabelo azul que estava a cargo do posto lhe sorriu com tanta ternura, que fez com que se sentisse um imbecil por reduzi-la a nada além de sua idade.

– Deixe-me verificar em que quarto ela se encontra.

Enquanto os dedos, que pareciam galhinhos, caçavam e bicavam sobre o teclado, pensou em como ele tinha sido mais rápido quando estava em seu apartamento. Acreditava que o nome Devina era bastante incomum no negócio de modelo, que se o procurasse no Google em seu notebook encontraria a namorada de Vin – e como pode imaginar, não foi nada difícil. Embora normalmente fosse chamada pelo primeiro nome profissionalmente, ela e Vin tinham sido fotografados juntos em um evento beneficente há uns seis meses pelo Jornal de Caldwell e lá estava: Avale.

– Ela está no doze, cinco, três.

– Obrigado, senhora – disse ele com um pequeno aceno.

– Imagine. Suba por esses elevadores que estão ao lado da loja de presentes.

Ele acenou com a cabeça e caminhou até o elevador. Havia um grupo de pessoas aguardando, todas elas seguiam os pequenos números exibidos em cima das três portas, e Jim uniu-se àquele embate.

Parecia ser uma corrida entre o que estava à direita e o do meio.

O elevador do meio ganhou, e Jim se empilhou dentro dele com o resto das pessoas, aderindo à confusão de braços que se estendiam para apertar o botão de seu andar, e logo se posicionou em frente ao visor de números digitais na parte superior. Portas abertas. Pessoas embaralhadas. Portas abertas. Mais gente embaralhada.

Saiu no décimo andar e ao chegar à enfermaria não dirigiu a palavra a ninguém. Tinha sido muito fácil chegar até ali, fácil demais, talvez, e não queria se dispor a qualquer obstáculo. Inferno, não ficaria surpreso se encontrasse alguém da polícia na porta do 1253... mas não havia ninguém. Também não havia familiares, nem amigos rondando a porta fechada.

Ele bateu com suavidade e se inclinou.

– Devina?

– Jim? – chegou-lhe uma voz calma. – Espere um minuto.

Enquanto esperava, olhou o corredor nas duas direções. Um carrinho de limpeza estava estacionado entre o quarto de Devina e o seguinte e um armário vertical com rodinhas vinha em sua direção, o qual, levando em conta o aroma de feijão e hambúrguer que exalava ao passar, provavelmente levava o almoço. As enfermeiras caminhavam para cá, para lá, por toda a parte e, no outro extremo, um paciente estava dando pequenos passos com sua camisola de hospital, sua mão segurava o suporte de soro.

– Tudo bem, pode entrar.

Entrou em um quarto escuro que era exatamente como o que ele tinha ocupado: bege, austero e dominado pela cama de hospital ao centro. Do outro lado do quarto, a cortina estava fechada contra a luz do sol e se movia ligeiramente, como se ela tivesse acabado de ser fechada – talvez para que não pudesse obter uma imagem mais clara de seu rosto.

Que estava um estrago.

Tanto que ele parou por um momento. Suas belas feições estavam distorcidas pelo inchaço de suas bochechas, queixo e olhos, seus lábios estavam partidos e os hematomas púrpura sobre a pele pálida eram como manchas sobre um vestido de noiva – feios e trágicos.

– Está ruim, não está? – ela disse, levantando a mão trêmula para se proteger.

– Meu... Deus. Você está bem?

– Vou ficar, eu acho. Deixaram-me internada porque bati a cabeça. – Quando ela afastou a fina manta que a cobria, os olhos de águia de Jim observaram suas mãos. Sem machucados nos dedos.

O que significava que ela não tinha feito aquilo a si mesma e que não se defendeu – ou melhor, não conseguira fazer isso.

Olhando para ela, Jim sentiu que sua determinação vacilava, como se estivesse buscando uma base. E se...? Não, Vin não poderia ter feito aquilo, ou poderia?

– Sinto muito – murmurou Jim, afundando em uma das extremidades da cama.

– Não deveria ter contado a ele sobre você e eu – puxou um lenço de papel de uma caixa e tocou seus olhos cuidadosamente. – Mas minha consciência estava me matando e eu... não esperava isso. Ele rompeu o noivado também.

Jim franziu a testa, pensando que a última coisa que ele tinha ouvido fora o plano do cara de romper com ela.

– Ele a pediu em casamento?

– Por isso tive que dizer a ele. Ele se inclinou, ajoelhou-se e me pediu isso... e eu disse que sim, mas então tive que contar a ele o que tinha acontecido. – Devina se endireitou e agarrou o antebraço de Jim. – Eu ficaria longe dele. Para o seu próprio bem. Ele está furioso.

Pensando na expressão do cara quando eles conversaram sobre o vestido azul de Devina estar com o cheiro da colônia de outro homem, não era difícil imaginar que isso fosse verdade. Mas havia partes desta situação que apenas não se encaixavam – ainda que fosse difícil pensar assim, vendo o rosto de Devina... e seu braço, onde havia uma série de machucados que davam forma à mão de um homem.

– Quando vão deixá-la sair? – perguntou.

– Provavelmente esta tarde. Deus, odeio que me veja assim.

– Sou a última pessoa com que deveria se preocupar.

Houve um silêncio.

– Dá para acreditar em como tudo isso acabou para gente? – disse em voz baixa.

Não. E em muitos aspectos.

– Você tem alguém da família que virá buscá-la?

– Eles estarão por aqui quando me derem alta. Estão realmente preocupados.

– Posso entender os motivos.

– O problema é que parte de mim deseja vê-lo. Quero... conversar sobre tudo. Mas eu não sei... e antes que me julgue, tenho consciência do quanto isso soa mal. Eu simplesmente deveria me afastar, colocar toda distância possível entre nós. Mas não posso deixá-lo tão facilmente. Eu o amo.

A derrota que havia nela era tão difícil de suportar quanto a condição em que se encontrava, e Jim pegou sua mão.

– Sinto muito – sussurrou. – Muito mesmo.

Ela apertou a mão dele.

– É um amigo tão bom.

Houve uma batida precisa na porta e uma enfermeira entrou.

– Como se sente?

– É melhor eu ir – disse Jim. Enquanto ficava em pé, saudou a enfermeira com a cabeça e voltou a se concentrar em Devina. – Existe alguma coisa que eu possa fazer por você?

– Posso ter seu telefone? Só em caso de... Não sei...

Ele deu os números, disse outro adeus e saiu.

Quando deixou aquela ala do hospital, sentiu-se como em muitas de suas missões militares: havia conflito de informações, ações incompreensíveis, escolhas imprevisíveis... Ele já tinha visto tudo aquilo antes, mudando apenas os nomes e os locais.

Com exceção do que sabia que era verdade, havia muitos espaços em branco a ser preenchidos, e encontrava mais perguntas que respostas concretas.

Quando entrou no elevador e começou a observar os números decrescerem até que aparecesse um T no visor, voltou-se para seu treinamento e sua experiência: quando não se sabe o que está acontecendo, você colhe informações.

De volta ao balcão de informações, aproximou-se da pequena anciã e apontou para as portas duplas pelas quais tinha entrado no edifício.

– Esta é a única porta de saída para os pacientes?

Ela sorriu daquele jeito terno – o que lhe dava a impressão de que devia fazer biscoitos de Natal muito bons.

– A maioria deles sai por aqui, sim. Especialmente quando alguém vem pegá-los.

– Obrigado.

– Por nada.

Jim saiu e observou cuidadosamente a frente do edifício. Havia muitos lugares onde se sentar e olhar a saída, mas os pequenos bancos por entre as árvores carecas que se estendiam ao longo da calçada não tinham cobertura suficiente. E não havia esquinas onde se esquivar.

Olhou mais além, até a entrada principal do estacionamento, desejando muito encontrar um local que...

Naquele mesmo momento, um carro grande deu marcha ré saindo de uma vaga que estava situada a duas de distância das reservadas para deficientes e, por isso, marcadas com sinais azuis e brancos.

Três minutos depois, Jim colocou sua caminhonete no espaço vazio, desligou o motor, e focou seu olhar no centro de internação. O fato de ter que olhar através da janela da *minivan* que estava ao seu lado era a camuflagem perfeita.

Ele tinha aprendido há muito tempo que a informação que se colhia em segredo provavelmente seria a mais útil.

– Está pronto? – gritou Marie-Terese para o andar de cima da cozinha.

– Quase – gritou Robbie de volta.

Olhando o relógio, decidiu que era necessária uma aproximação mais direta para conseguir sair de casa a tempo. Subindo as escadas atapetadas, degrau por degrau, seus sapatos sem salto eram silenciosos sobre o desenho em zigue-zague azul e marrom. Como o resto da decoração, o tapete não era algo que ela teria escolhido, mas era adequado para uma área de muito movimento em uma casa alugada.

Encontrou seu filho em frente ao espelho, tentando fazer com que sua gravata de mini-homem ficasse arrumada.

Por um momento, viu-se dominada por um excesso maternal: em uma fração de segundo, o viu ali parado, desajeitado mas forte, preparando-se para o baile de formatura do colégio. E, em seguida, o viu orgulhoso e alto na formatura da faculdade. E, ainda mais à frente, em um *smoking* no dia de seu casamento.

– O que está olhando? – ele perguntou, inquieto.

O futuro, era assim que esperava. Um futuro normal e bom que estivesse o mais afastado possível do que tinham sido estes dois últimos anos para eles.

– Precisa de ajuda? – perguntou-lhe.

– Não consigo fazer isso.

Deixou cair as mãos para os lados e girou para ela, em sinal de rendição.

Aproximando-se, ajoelhou-se em frente a ele e soltou o nó fajuto. Enquanto o desfazia, ele permaneceu ali com tanta paciência e confiança que era difícil não acreditar em si sendo uma mãe mais ou menos decente.

– Acho que vamos precisar providenciar um casaco maior.

– Sim... está ficando apertado na parte de cima. E olhe só... está vendo? – estendendo os braços, franziu a testa com a forma como as mangas deslizavam para cima, chegando aos cotovelos – Odeio isso.

Fez um rápido trabalho com a curta tira azul-marinho e vermelha, e não foi uma surpresa quando ele aprovou o ajuste da jaqueta. Seu filho sempre gostou de se vestir com ternos, e preferia seus sapatos, ou mesmo os tênis, aos chinelos abertos. O mesmo acontecia com tudo o que tinha: se abrisse suas gavetas ou seu armário veria a roupa toda arrumada e pendurada em ordem, os livros enfileirados nas prateleiras e a cama nunca estava desfeita, a menos que ele estivesse entre os lençóis.

Seu pai era igual, muito minucioso quanto à organização de suas roupas e outras coisas.

Seu filho também tinha o cabelo e os olhos escuros de Mark.

Deus... ela desejava que não houvesse nenhuma parte desse homem nele, mas a biologia era a biologia. E a coisa que realmente a preocupava, o temperamento e a mesquinhez de seu ex, nunca foram aparentes.

– Aí está, pronto. – Quando ele se voltou para se inspecionar, ela teve que lutar contra o impulso de abraçá-lo com força. – Parece bom?

– Está muito mais bom do que eu fiz. – Ela lançou um olhar para ele. – Desculpe, melhor do que eu fiz.

– Obrigada.

Olhando seu reflexo, pensou sobre o custo de um casaco novo... e sapatos... e casacos de inverno e bermudas de verão e tentou não entrar em pânico. Apesar de tudo, ela sempre poderia trabalhar como garçonete. Não chegaria nem perto do que ela vinha ganhando ultimamente... mas seria o suficiente. Tinha que ser o suficiente.

Especialmente quando ela se mudasse para uma cidade menor, onde os aluguéis eram mais baratos...

Deus... apesar de tudo, ela não queria deixar Caldwell – não queria mesmo. Não depois da última noite com Vin.

– Chegaremos tarde, vamos – ela disse.

No andar de baixo, vestiram os casacos e as luvas ao mesmo tempo e logo entraram no carro. A manhã era fria, logo, a garagem estava uma caixa de gelo, e o motor chiou e estalou.

– Precisamos de um carro novo – disse Robbie enquanto ela girava a chave outra vez.

– Eu sei.

Ela acionou a porta da garagem e aguardou enquanto começava a revelar a rua e o mundo lá fora. Saindo de marcha ré, fez uma manobra em L, voltou a acionar o controle remoto e partiu em direção à St. Patrick.

Quando chegaram à catedral, havia carros estacionados ao longo da rua, estendendo-se por vários quarteirões. Circulou com o carro, observando as opções ilegais, e se colocou em uma vaga na esquina que deixava a ponta de seu carro para fora. Saindo, deu a volta no carro e mediu o quanto seu para-choque tinha ultrapassado a faixa amarela que restringia a área de estacionamento.

Pouco mais de meio metro.

– Droga.

Quando os sinos da catedral começaram a soar, ela decidiu que ia ter a esperança de que se um policial passasse por ali, ele ou ela seriam bons cristãos ou daltônicos.

– Vamos – disse, estendendo a mão para Robbie, que tinha se aproximado. Quando deslizou sua mão na dele, começou a caminhar rápido, e ele apertou o passo ao ficar junto dela, seus pequenos mocassins tiveram que redobrar a velocidade sobre a calçada nua.

– Acho que estamos atrasados, mamãe – disse sem fôlego. – E é minha culpa. Queria que minha gravata estivesse arrumada.

Baixou o olhar para ele. Enquanto corriam juntos, a parte superior de seu cabelo se movimentava no mesmo ritmo que sua blusa azul marinho, mas seus olhos estavam imóveis: fixos na calçada e piscando muito rápido.

Marie-Terese parou, o puxou para detê-lo e se ajoelhou sobre as coxas. Colocando as mãos sobre seus braços, lhe deu um pequeno safanão.

– Não há nada de errado em se atrasar. As pessoas se atrasam o tempo todo. Damos o nosso melhor para chegar na hora a todos os lugares e isso é tudo o que podemos fazer, certo? Está bem, Robbie?

Os sinos da catedral silenciaram. Um momento depois um carro passou devagar perto deles. Então, ao longe ouviu-se um cão latir.

Ela percebeu que isso não tinha qualquer relação com se atrasar.

– Fale comigo – sussurrou, colocando o rosto dele em sua linha de visão, apesar de praticamente ela ter que se deitar para conseguir isso. – Por favor, Robbie.

As palavras explodiram de sua boca.

– Eu gostava mais do meu próprio nome. E não quero me mudar outra vez. Eu gosto das minhas babás e do meu quarto. Eu gosto de ir no Clube. Eu gosto do... aqui e agora.

Marie-Terese se sentou sobre seus calcanhares... e quis matar seu ex-marido.

– Sinto muito mesmo. Sei que está sendo difícil para você.

– Vamos nos mudar, não é mesmo? Você chegou em casa cedo ontem à noite e ouvi você conversar com Quinesha. Disse a ela que teria que tomar algumas providências. – A palavra "providências" soou como "previdências" – Eu gosto de Quinesha. Não quero outras providências.

Novamente "previdências".

Olhando para seu filho, perguntou-se como, exatamente, diria a ele que tinham que se mudar porque tinha total convicção de que "os maus tempos", como ele dizia, definitivamente estavam de volta.

O carro que havia passado por eles retornou, tendo fracassado evidentemente em encontrar um lugar onde estacionar.

– Pedi demissão do meu trabalho ontem à noite – disse, tentando expressar o mais próximo da verdade quanto possível. – Deixei de ser garçonete porque não estava feliz ali. Então, preciso conseguir trabalho em outro lugar.

Robbie levantou o olhar até ela e estudou seu rosto.

– Há muitos restaurantes em Caldwell.

– É verdade, mas não devem precisar de empregados neste momento e preciso ganhar dinheiro para nos manter.

– Oh. – Parecia que estava pensando sobre todo o assunto outra vez. – Certo. Isso é diferente.

De repente, ele relaxou, como se aquilo que o estava incomodando fosse um balão de hélio que ele tinha acabado de soltar ao vento.

– Amo você – disse, odiando o fato de que ele se preocupava com o que estava acontecendo exatamente. Eles estavam indo embora por motivos que não estavam relacionados ao seu "trabalho". Mas ela não queria que ele tivesse que carregar esse fardo.

– Eu também, mamãe. – Ele lhe deu um abraço rápido, seus bracinhos só envolviam metade dela. Mesmo assim, sentiu o abraço em todo seu corpo.

– Pronto? – perguntou com voz rouca.

– Sim.

Reassumiram a atitude apressada, conversando o tempo todo até chegarem à catedral e subirem seus grandes degraus de pedra. Em seguida, entraram com passos furtivos pela imponente porta. Dentro do vestíbulo, tiraram os casacos e ela pegou um programa com o anfitrião que estava localizado no pórtico de entrada. Seguindo a direção do homem, ela e Robbie dirigiram-se a uma das portas laterais e seguiram em silêncio até um banco que estava quase vazio.

Assim que se sentaram, foi feito o apelo para que as crianças fossem até à frente para saírem para a Escola Dominical. Contudo, Robbie permaneceu com ela. Nunca saía com as outras crianças – ele nunca pediu e, certamente, ela nunca sugeriu.

Quando os padres e o coro começaram o serviço, ela respirou fundo e deixou que o calor ameno da igreja se infiltrasse dentro dela. E por uma fração de segundo, imaginou como seria ter Vin sentado com ela e Robbie, talvez do outro lado de seu filho. Seria bonito olhar sobre a cabeça de Robbie e ver o homem que amava. Talvez trocassem um sorriso discreto como faziam os casais de vez em quando. Talvez Vin tivesse sido o melhor indicado para ajudar com a gravata de Robbie.

Talvez houvesse uma filha perto da prateleira de livros olhando para eles.

Franzindo a testa, Marie-Terese percebeu que, pela primeira vez depois de uma eternidade, estava sonhando acordada. Na verdade, estava fantasiando com um futuro agradável e feliz. Deus... Quanto tempo havia se passado? Do início do relacionamento com Mark... até então.

Ela o conhecera no cassino Mandalay Bay. Ela e suas amigas, que tinham completado vinte e um todas no mesmo ano, viajaram para Las Vegas para o primeiro fim de semana só das garotas fora da cidade. Ela conseguia se lembrar de como estavam dispostas a sentir o gosto da verdadeira liberdade como adultas.

Enquanto ela e suas amigas perdiam tempo com as apostas de um dólar na parte comum do casino, Mark estava na mesa dos grandes apostadores na ala VIP. Quando a viu, mandou que uma garçonete as convidasse para a seção de luxo – onde as bebidas eram grátis e o mínimo que poderia apostar era vinte dólares.

Em princípio, supunha que tudo aquilo era por causa de Sarah. Sarah tinha sido, e sem dúvida ainda era, uma loira de um metro e oitenta de altura que, de alguma maneira, parecia estar nua mesmo quando estava completamente vestida. A garota tinha um ímã para os homens e dada a grande quantidade de candidatos que tinha para escolher, desenvolveu um alto grau de exigência. E, como se pode imaginar, alguém que podia apostar grandes quantias estava, definitivamente, acima de suas expectativas.

Mas não, Mark só tinha olhos para Marie-Terese. E ele deixou aquilo evidente quando ela sentou-se ao lado dele e Sarah precisou cuidar de si mesma.

Naquela noite, Mark e seus dois sócios, era assim que ele se referia aos dois homens de terno que o acompanhavam, foram, simplesmente, perfeitos cavalheiros, pagando as bebidas, conversando e sendo atentos. Houve muitos beijos nos dados e conversas despreocupadas, o tipo de coisa que, quando se é jovem o suficiente para acreditar no glamour, faz com que você se sinta uma celebridade.

Tinha sido o começo perfeito para o fim de semana: ter vinte e um anos e estar na parte exclusiva do cassino, rodeada de homens com ternos caros, era tudo o que ela e suas amigas desejavam. Logo depois de três ou quatro horas, subiram até a suíte que Mark possuía. Talvez não tenha sido a jogada mais inteligente, mas eram quatro moças e três homens e depois de terem passado um tempo juntos em vitórias consecutivas, produziu-se uma ilusão de amizade e confiança.

Mas nada de ruim aconteceu. Apenas mais bebidas, conversas e flertes. E Sarah acabou em um quarto a sós com o mais alto dos dois "sócios".

No final da noite, Marie-Terese foi para a varanda com Mark.

Ainda conseguia se lembrar da sensação do ar seco e quente soprando sobre a vista cintilante de Las Vegas.

Aquilo tinha sido há dez anos, mas aquela noite ainda estava tão clara em sua mente como no momento em que se transformou em uma lembrança: os dois no terraço, acima daquela cidade feita pelo homem, em pé um ao lado do outro. Ela observava a paisagem. Ele a observava fixamente.

Mark deslizou seu cabelo para um lado e beijou sua nuca... e esse suave contato lhe proporcionou a melhor experiência sexual de sua vida.

E as coisas chegaram apenas até esse ponto.

A noite seguinte foi muito parecida, só que Mark levou todas elas para ver um concerto de Celine Dion e, então, eles voltaram para as mesas de jogo. Brilhante. Luxuoso. Emocionante. Marie-Terese se entregou às cálidas rajadas de promessas, romance e conto de fadas e, no final da segunda noite, voltou à suíte e beijou Mark no terraço. E isso foi tudo.

Ela ficou um pouco desapontada por ele não querer mais, ainda que não fosse capaz de dormir com ele. Não era tão impetuosa como Sarah, que era capaz de conhecer um homem e ir para cama com ele algumas horas depois.

Que ironia a maneira como tinha terminado.

Elas tinham que partir na manhã seguinte e Mark disponibilizou sua limusine para que as levassem ao aeroporto. Ela se sentia arrasada, concluindo que esse era o fim de tudo: quarenta e oito horas de diversão – foi o que o agente de viagens tinha prometido e exatamente o que tinham pagado.

Enquanto ela e suas amigas se afastavam do hotel, esperava que Mark viesse correndo e acenasse a elas para que parassem, mas ele não o fez, e concluiu que a última visão que teria dele seria o momento em que beijou sua mão no quarto de hotel em que ela e suas amigas se hospedaram.

O peso esmagador do retorno à realidade encheu seus olhos de lágrimas. Comparados com Las Vegas, sua vida em casa, seu trabalho de secretária e a escola noturna onde se preparava para a faculdade pareciam um tipo de morte.

Quando a limusine chegou ao terminal, o motorista desceu e abriu a porta, enquanto um funcionário de chapéu vermelho se aproximou do porta-malas e começou a descarregar a bagagem, nada de especial. Marie-Terese desceu no acostamento e virou o rosto para o outro lado porque não queria que rissem dela por estar triste.

O chofer a deteve.

– O Sr. Capricio me pediu que lhe entregasse isto.

A caixa era do tamanho de uma xícara de café e feita de um tecido vermelho com um laço branco – ela abriu a coisa na mesma hora, jogando o papel de embrulho rasgado e a fita de cetim na rua. Dentro, havia uma delicada corrente de ouro com um pingente também de ouro em forma de M. Também havia um pedaço de papel, do tipo que se encontra envolvido em um biscoito da sorte. A mensagem dizia: *Por favor, ligue assim que chegar em casa e estiver em segurança.*

O número foi memorizado instantaneamente e ela permaneceu radiante durante toda a viagem de volta.

Mas que início perfeito. No princípio, não houve qualquer sinal de como as coisas terminariam – contudo, fazendo uma retrospectiva, ela via o pingente em forma de M como uma marca de posse, uma espécie de coleira humana.

Deus, ela usou aquele colar com tanto orgulho – pois ela achava que ele a chamaria de volta. Sendo uma mulher que tinha crescido com uma mãe perturbada e um pai ausente, a ideia de que um homem a desejasse era mágica. E Mark não era o tipo de homem mais ou menos, de classe média – o que, de qualquer forma, teria significado um progresso para ela. Não, ele pertencia à ala VIP, enquanto ela se adequava mais à seção de limpeza.

E ao longo de alguns meses que se seguiram, ele a enganou perfeitamente, seduzindo-a cuidadosa e calculadamente. Até que lhe disse que não queria sexo antes que estivessem casados – assim, ele poderia apresentá-la a sua mãe e avó católicas com a consciência tranquila.

Cinco meses depois estavam casados e as coisas mudaram completamente depois da cerimônia. Assim que se mudou para aquela suíte de hotel com ele, Mark começou a controlá-la a pulso firme. Que inferno, quando a mãe de Marie-Terese morreu, ele insistiu para que seu chofer a acompanhasse até a Califórnia e que estivesse ao seu lado do instante em que descesse do avião até o momento em que voltasse a colocar o pé na suíte.

E a coisa sobre o sexo antes do casamento? Descobriu que não tinha sido um grande sacrifício para ele, pois dormia com suas várias amantes – e ela soube disso quando uma delas apareceu com a barriga do tamanho de uma bola de basquete que começou a surgir um mês antes de secar a tinta da certidão de casamento.

Voltando ao presente, ficou em pé com o resto da missa e cantou as palavras do hinário que Robbie segurava em suas mãos.

Considerando o que o passado tinha ensinado a ela, ela se preocupava com o conto de fadas que tinha composto em sua mente a respeito de Vin.

O otimismo não era para os fracos de coração. E sonhar acordada poderia lhe causar mais problemas.

Sentou-se ao lado dela e ela nunca soube disso. Era essa a beleza dos disfarces. Hoje estava usando o de frequentador de igreja, que consistia em lentes de contato azuis e óculos com armação de metal.

Esperou que ela chegasse com o filho no fundo da igreja e quando nenhum dos dois apareceu, imaginou que tinham faltado ao serviço pela primeira vez e que ainda deviam estar em casa. Ele saiu e dirigiu-se até seu carro, mas, enquanto dirigia, viu os dois na calçada conversando muito concentrados. Circulando o quarteirão, os observou até que se dirigiram rapidamente para a catedral e desapareceram através das grandes portas.

Quando terminou de estacionar, tinha perdido a metade da missa, mas deu um jeito de se sentar bem atrás dela e do filho, deslizando das sombras para sentar-se no banco da igreja.

Ela passou a maior parte do tempo olhando fixamente os afrescos que estavam sendo limpos, com a cabeça inclinada para o lado de tal forma que o ângulo de sua bochecha ficou especialmente adorável. Como sempre, estava vestida com uma saia longa e um suéter – hoje eram marrons – e tinha um par de brincos de pérola. Seus cabelos escuros estavam recolhidos em um coque frouxo e usava um perfume muito suave... ou talvez se tratasse apenas do cheiro do sabão de lavar roupa ou daquelas toalhas da secadora que usava.

Teria que ir ao supermercado e sentir todas as marcas de detergentes de roupa, para ver qual era esse.

Sentada no banco de igreja, ela se parecia com a Boa Mãe, ajudando seu filho a encontrar a página correta no hinário, abaixando-se de vez em quando, ao ver que ele queria lhe fazer uma pergunta. Ninguém sequer pronunciaria a palavra *prostituta* perto dela... muito menos em referência a ela: parecia ser uma dessas mulheres que conceberam seus filhos de forma imaculada.

Isso o fazia pensar no cara que tinha golpeado com o pé de cabra. Não na parte em que o matou, ainda que fosse evidente que aquilo não tinha saído conforme o planejado, já que o idiota só estava em coma – outra razão pela qual os disfarces eram tão necessários. Não, pensava na expressão do rosto erguido do homem quando tinha saído daquele banheiro sujo e imundo, daquele clube sujo e imundo.

Como fora enganosa a sua ilusão.

A raiva fervilhou dentro dele, mas esse não era o momento adequado para tanto, e para se distrair passou a olhar fixamente os delicados músculos que lhe percorriam a nuca. Cachos delicados se formavam ao redor da curva suave, e mais de uma vez ele se viu inclinando-se para tocá-los...

Ou talvez envolver as mãos em volta de sua garganta.

E apertar até que ela fosse sua e só sua.

Podia imaginar como seria subjugar seus esforços e torná-la sua... conseguia imaginar o êxtase nos olhos dela enquanto morria.

Ao se ver envolvido pelo futuro, quase agiu por impulso, mas, felizmente, as partes cantadas da cerimônia o ajudaram a romper sua furiosa concentração e ocupar as mãos. Ele também olhava para o filho de tempos em tempos para não manter sua obsessão centrada apenas nela em uma situação em que, se as coisas se distanciassem dele, perderia tudo.

O filho era muito bem comportado. Tão crescido. Sem dúvida, o homenzinho da casa.

Ela nunca o liberava para que fosse com outros meninos à Escola Dominical, em vez disso, o mantinha ao seu lado. O que era um pouco frustrante, porém, ela era sábia em não permitir que ele saísse do seu campo de visão. Muito sábia.

Mas não, ela não deveria se preocupar. O garotinho estaria com seu pai muito em breve... e ela estaria com seu eterno marido.

O futuro perfeito estava planejado em detalhes para todos eles.

Capítulo 27

Vin atravessou a porta do duplex, trancou-se e sentiu como se alguém tivesse chutado seu estômago. Do corredor, olhou a sala arruinada e não conseguia acreditar no que estava vendo.

Enquanto caminhava pelo lugar, tudo que podia fazer era balançar a cabeça. Os sofás estavam revirados, as almofadas de seda pisoteadas e várias estátuas tinham sido arrancadas de seus suportes. O tapete estava arruinado perto da barra, manchado com o licor derramado das garrafas quebradas, e teriam que repintar as paredes e trocar sua forração, pois parecia que tinham sido atingidas por algumas garrafas de vinho Bordeaux.

Após tirar e jogar seu casaco sobre o sofá arruinado, perambulou pelo espaço que uma vez tinha sido perfeito. Era incrível como todas aquelas coisas inestimáveis tinham sido transformadas em lixo tão rapidamente. Droga, se adicionasse uma camada de sujeira e restos de comida, teria uma caçamba de lixo.

Agachando-se, recolheu alguns fragmentos que escaparam de um espelho veneziano. A coisa tinha sido golpeada por algo que se assemelhava vagamente a costas humanas: parte do centro da peça tinha sido esmagada com um grande tronco humano.

O fino pó branco em toda a parte parecia indicar que a polícia esteve ocupada em polvilhar o local em busca de impressões digitais.

Cara, com certeza alguém tinha sido lançado por toda a casa.

Vin foi até o bar e colocou os cacos do espelho ao lado de algumas das garrafas quebradas. Então, retomou a busca para entender o que os tiras não tinham nenhuma dúvida de que tinha acontecido depois.

Sem sangue que ele pudesse enxergar. Mas talvez já tivessem retirado os objetos manchados.

Além disso, os hematomas sangravam sob a pele, assim, a falta do material não iria necessariamente ajudá-lo.

Não havia dúvida de que, enquanto o Departamento de Polícia permaneceu no edifício, interrogaram o guarda da recepção – contudo, não era o tipo de pessoa que pudesse atestar que Vin não estava no apartamento. Além disso, os moradores poderiam utilizar os elevadores da... garagem.

Vin se aproximou do telefone e ligou para a recepção. Quando uma voz masculina respondeu, não usou meias palavras:

– Gary, é Vin, você deu à polícia acesso às fitas de segurança dos elevadores e dos espaços da escada do edifício?

Não houve pausa alguma.

– Jesus, Sr. diPietro, por que fez...

– Eu não fiz... Juro. O Departamento de Polícia pegou aquelas fitas?

– Sim, eles estão com todas.

Vin suspirou aliviado. Não havia maneira alguma de que pudesse ter chegado ao duplex sem aparecer em uma dessas gravações. De fato, elas provariam que tinha deixado o edifício pela manhã e não havia retornado até depois da meia-noite.

– E você foi filmado – disse o guarda.

Vin piscou.

– O quê?

– Você subiu no elevador da garagem às dez. Está na gravação.

– *O quê*? – Era impossível. Àquela hora ele estava no carro, dirigindo para o Woods com Marie-Terese. – Espere, você viu meu rosto? Realmente *viu* meu rosto?

– Sim, claro como o dia. Ela entrou pela porta principal e subiu ao duplex, então, vinte minutos depois, você entrou pela garagem. Estava com seu casaco de chuva preto e mais ou menos meia hora mais tarde saiu com seu boné do Red Sox puxado para baixo.

– Não era eu. Era...

– Era sim.

– Mas... não estacionei meu BMW na vaga. Estava fora e meu outro carro estava ali. Não utilizei meu cartão de acesso para passar pelo portão. Explique...

– Você pegou uma carona e entrou pela porta de pedestres. Não sei. Olhe, tenho que ir. Estamos testando o alarme de incêndio.

A linha ficou muda.

Vin pendurou o aparelho e encarou o telefone, sentindo como se toda a droga do mundo tivesse enlouquecido. Então, depois de um momento, aproximou-se do sofá, ajeitou as almofadas para que dessem uma aparente ordem e praticamente se jogou.

Quando o sistema de alarme do edifício começou a soar e as luzes intermitentes cintilaram nas luminárias do corredor de entrada, sentiu como se estivesse no sonho que teve, no qual Devina caía sobre ele como algo saído do filme *A Noite dos Mortos Vivos*.

As peças de xadrez estavam se organizando ao seu redor, bloqueando seus movimentos, encaixotando-o.

Você é meu, Vin. E sempre tomo posse do que é meu.

Enquanto outra vez ouvia aquelas palavras em sua mente, o som do alarme era o acompanhamento perfeito para o pânico que ardia em suas veias. Droga. Que diabos ele ia fazer agora?

Vinda de lugar algum, a voz de Jim Heron interrompeu a de Devina: *Estou aqui para salvar sua alma.*

Ignorando essa pista simplesmente inútil, Vin se levantou e foi até seu escritório em busca de algo que era muito mais provável que o tranquilizasse. Junto às garrafas de licor intactas, serviu-se de uísque, bebeu e logo encheu por completo mais uma vez o copo. Tinham deixado a televisão ligada, mas no mudo, e enquanto se colocava atrás de sua mesa, cravou os olhos nas notícias locais.

Quando uma fotografia apareceu perto da cabeça da apresentadora loira, não pôde dizer que ficou surpreso. Levando em conta a maneira como as coisas estavam acontecendo, precisaria que uma maldita bomba caísse no centro de Caldwell para que tirassem a atenção sobre ele.

Alcançou o controle remoto.

"...Robert Belthower, 36 anos, foi encontrado, depois da meia-noite, em um beco não muito longe de onde na sexta-feira à noite duas vítimas foram baleadas. Ele está agora no Hospital St. Patrick e seu estado é grave. Ainda não foi identificado nenhum suspeito pelo crime..."

Era o cara do Iron Mask. Aquele que tinha saído do banheiro com Marie-Terese.

Vin pegou o telefone e discou.

A chamada não foi atendida até o quarto tom, e a voz do Jim soava tensa, como se não quisesse responder.

– Olá, amigo.

Ainda está disposto a salvar minha alma? Vin quis escarnecer.

– Viu as notícias?

Uma longa hesitação.

– Quer dizer sobre Devina?

– Sim. Porém, eu não fiz isso, juro... a última vez que a vi foi quando rompi com ela esta tarde e a deixei sair de minha casa com o anel que tinha comprado para ela. Mas estou ligando mais para falar do cara que foi encontrado no beco no centro da cidade. Ele esteve com Marie-Terese ontem à noite. Eu o vi com ela. O que já seria três homens que nas últimas vinte e quatro horas... Olá? Jim? – Quando houve um "uh-hun", ficou claro qual era o problema. – Olhe, eu não fiz nada à Devina, embora eu saiba que você não vai acreditar em mim.

Outro longo silêncio.

– Alô? Oh, pelo amor de Deus, acredita mesmo que eu poderia machucar uma mulher?

– Pensei que tivesse ligado por causa de mim.

Agora foi a vez de Vin fazer uma pausa.

– Por quê?

Outro longo silêncio.

– Ela disse que tinha contado. Sobre nós.

– Nós? Que nós?

– Disse que foi por isso que perdeu a cabeça e bateu nela.

Vin apertou o copo.

– Exatamente o que havia para contar sobre vocês dois?

O leve praguejar que chegou através da linha era a palavra no idioma universal para se dizer "sexo-que-não-deveria-ter-acontecido".

Os músculos em volta dos ombros e ao longo dos braços de Vin ficaram rígidos.

– Você está brincando. Está de brincadeira comigo.

– Sinto muito...

O copo de vidro se quebrou na mão de Vin, o liquído se espalhou por toda a parte, ensopando a manga e o punho, respingando na frente da camisa e em suas calças.

Terminou a chamada lançando o celular através do escritório.

Enquanto Jim apertava a tecla *end*, poderia apostar que essa não era a forma como Vin tinha terminado a ligação. Não, tinha a sensação de que qualquer telefone que tivesse estado na orelha de Vin era agora material para uma pá de lixo. Ótimo. Simplesmente maravilhoso.

Depois de esfregar os olhos, voltou a se concentrar na entrada do edifício hospitalar e permitiu que a primeira parte da conversa fosse registrada: outro cara golpeado vinculado a Marie-Terese. E quando Vin telefonou, essa era a prioridade em sua mente, mas, além disso, havia o fato de que, ah, sim, estava envolvido em um crime grave por ter triturado a sua namorada com os dedos.

Aquela droga toda com Marie-Terese estava mais forte que nunca para ele. O que, de algum modo, não sentiu que fosse uma coisa tão importante.

Cara, esta missão especial estava indo mais rápido que uma queda livre.

Jim deu uma olhada no relógio e logo voltou a observar cada uma das pessoas que entravam e saíam pelas portas. Era quase uma hora, então, o pessoal de Devina, supostamente, chegaria a qualquer momento e ela sairia com eles.

Deus, Devina era uma mentirosa.

Soou como um sacrilégio chegar a essa conclusão, dado o aspecto do rosto da mulher, mas a verdade era esta: Vin não sabia de nada sobre o que tinha acontecido na noite de quinta-feira na caminhonete de Jim. Nada. Algo como "estou-totalmente-perdido" tinha soado em sua voz abalada.

Por que ela teria mentido a respeito de haver contado ao cara? E sobre mais o que teria mentido?

Com certeza aquilo dava mais credibilidade à negação de Vin.

Bateu uma hora em ponto e passou, e também uma e meia. Em seguida, duas horas. Devina deveria sair em breve, supondo que levaria uma hora para organizar a papelada e que sua família fosse pontual – e supondo que não saísse pelo outro lado.

E supondo que alguém viesse pegá-la.

Desejando um cigarro, pegou o telefone e esfregou a superfície plana da tela até que estivesse aquecida. Verdade. Ele precisava injetar verdade nessa situação. Precisava saber quem era Marie-Terese e quem era Devina e que droga estava acontecendo.

Infelizmente, isso iria lhe custar alguma coisa...

De repente, Devina atravessou as portas duplas com um par de grandes óculos de sol que ocultavam a maior parte de seu rosto. Estava vestida com uma roupa de ioga preta e tinha uma grande bolsa de crocodilo que levava no ombro, e que a fazia parecer magra como uma régua. Quando saiu na calçada da entrada principal, as pessoas a olhavam ao passar, como se tentassem localizá-la no universo das celebridades.

Não havia ninguém com ela.

E... os machucados que tinha no rosto haviam desaparecido. Todos. Estava pronta para participar de uma sessão de fotos, tão encantadora e perfeita quanto durante o jantar da noite da sexta-feira.

Avisos gélidos percorreram as veias de Jim, do tipo que só teve algumas vezes em sua vida.

Aquilo era mau. Muito mau.

Endireitando-se no banco da caminhonete, preparou-se para olhar o pavimento sob seus pés. Sob a luz que se derramava do céu e criava ecos de objetos grandes e pequenos no chão, ela não lançava nenhuma sombra. Ela tinha forma, mas não substância; corpo, mas não carne. *Este era o inimigo*. Estava olhando para o inimigo. Tinha *feito sexo* com o inimigo.

Como se ouvisse seus pensamentos, Devina olhou diretamente para onde ele estava estacionado. E, então, suas sobrancelhas franziram e seu rosto percorreu lentamente o lugar de um lado a outro – o que o levou a concluir que ela não conseguia ver exatamente onde ele estava, mas sabia que alguém a estava observando...

A expressão dela era como uma pedra fria. Não tinha nada da ternura que tinha irradiado diante de Vin ou o que tinha lançado ao redor de Jim na caminhonete ou no carro ou naquela cama de hospital.

Pedra. Fria.

A frieza de uma assassina em série.

E por falar em verdade: era uma sedutora, uma mentirosa e uma manipuladora... e estava atrás de Vin. E não para se casar com ele, mas sim para possuir a alma do homem.

No centro do peito, Jim também tinha a convicção de que ela sabia quem e o que ele era. Sabia desde a primeira noite, quando fizeram sexo – pois ela o seduzira de propósito. Inferno, a lógica era indiscutível. Seus novos chefes, os Quatro Rapazes, o colocaram no campo de batalha, e parecia que o outro lado também tinha enviado um agente para a situação – e que sabia mais que Jim.

Quando lhe veio à mente o velho refrão da música "Devil in a Blue Dress" (O demônio em um vestido azul), começou a se perguntar a respeito dos caras que montavam em Harleys e que também não projetavam sombras. E que provavelmente também eram mentirosos.

Maldição.

Devina examinou o estacionamento outra vez, deu um safanão em um pobre coitado que esbarrou nela por engano, e logo levantou a mão para chamar um dos táxis da fila que havia à sua direita. Quando um táxi se aproximou, ela entrou e partiram.

Hora de acelerar, pensou Jim enquanto ligava a caminhonete e retrocedia saindo de sua vaga. Como ela conhecia seu meio de transporte, mas apenas no escuro, tinha somente um véu para ocultá-lo, não um cobertor, assim teve que se colocar dois carros atrás e rezar para que o taxista não tivesse o hábito de acelerar nas luzes amareladas.

Enquanto ele a seguia, ergueu o celular para fazer uma chamada, e quando pressionou *send*, não havia nada mais que importasse além de conseguir aquilo de que precisava. Nada que fosse preciso fazer era demais. Nenhum sacrifício seria grande ou humilhante demais. Estava de volta à terra para seguir um único objetivo, tão determinado e constante quanto uma bala já disparada.

– Zacharias – disse quando a chamada foi atendida.

Matthias, o sacana, riu baixinho.

– Juro que ando falando mais com você do que com minha própria mãe.

– Não sabia que tinha uma. Pensei que tinha sido desovado.

– Ligou para discutir sobre árvores genealógicas ou há um propósito para isto?

– Preciso da informação.

– Ah, sim. Agora, por que será que eu tinha a sensação de que você voltaria atrás?

– Mas quero informação de dois nomes. Não apenas de um. E não posso fazer o trabalho para você até que termine o que estou fazendo em Caldwell.

– No que está trabalhando exatamente?

– Não é de sua conta.

Ainda que Matthias fosse conseguir uma bela visão daqueles que estavam envolvidos.

– Por quanto tempo vai ficar preso nisso?

– Não sei. Não chegará a seis meses. Nem sequer um, talvez.

Houve uma pausa.

– Darei a você quarenta e oito horas. E, então, você é meu.

– Não pertenço a ninguém, imbecil.

– Certo. Com certeza. Vai receber um e-mail meu explicando tudo.

– Olhe, não vou dar um passo fora de Caldwell até que eu esteja bem e totalmente pronto. Então, envie o que quiser, mas se acha que vai me enviar ao exterior depois de amanhã para eliminar alguém, está com merda na cabeça.

– Como sabe o que vou pedir a você?

– Porque você e todos os meus chefes antes de você só quiseram uma coisa de mim – disse Jim com voz rouca.

– Bom, possivelmente variaríamos um pouco se você não fosse tão brilhante em toda a droga que faz.

Jim apertou com força o celular e decidiu que se houvesse mais alguma bajulação ia adotar o método de Vin de encerrar a ligação.

Limpou a garganta.

– O e-mail não vai funcionar. Não tenho mais conta.

– Eu ia enviar um pacote a você de qualquer jeito. Você não acredita com sinceridade que confio no *Hotmail* ou *Yahoo!*, não é?

– Bem. Meu endereço é...

– Como se já não soubesse – mais daquela risada. – Então, suponho que queira um resumo de Marie-Terese Boudreau?

– Sim, e...

– Vincent diPietro?

Bem, não foi surpresa.

– Não. Devina Avale.

– Interessante. Não seria ela a mulher que ontem à noite disse que o bom e velho Vincent a colocou no hospital, seria? Porque... sim, é ela. Estou com ela bem aqui na tela do meu computador. Que grupo terrível de pessoas está se relacionando. Tão violento.

– E pensar que é uma versão melhorada de gente como você.

Agora havia um pouco menos daquela diversão:

– Como é mesmo aquele ditado? "Não é sábio morder a mão que te alimenta"... Sim, acho que é isso.

– É mais provável que eu aperte o gatilho antes de utilizar os dentes. Para sua informação.

– Sou muito consciente do quanto você gosta de armas, muito obrigado. E apesar de sua pobre opinião sobre mim, tenho toda a informação a respeito de Marie-Terese bem aqui. – A respeito de Matthias, tinha que lhe dar o crédito de ir direto ao ponto. – Gretchen Moore, nascida em Las Vidas, Califórnia. Idade, trinta e um. Graduada na Universidade de Califórnia de San Diego. Mãe e pai mortos. – Houve um som misturado e um grunhido, como se Matthias estivesse mudando de posição – e a ideia de que o cara suportava dores crônicas o satisfazia como o inferno. – Agora, a parte interessante. Casada com Mark Capricio em Las Vegas, há nove anos. Capricio é um autêntico membro da máfia, um grande pedaço de merda com um grande distúrbio de personalidade, segundo seus antecedentes criminais. Um cara que arrebenta crânios. Evidentemente, ela tentou deixá-lo três anos atrás e ele a espancou, pegou o menino e se mandou. Ela levou alguns meses para encontrá-lo e precisou contratar um investigador particular para isso. Quando recuperou seu filho, divorciou-se do imbecil, comprou a identidade de Marie-Terese, e desapareceu, acabando finalmente em Caldwell, Nova York. Desde então, ela manteve um perfil ultradiscreto, e com razão. Homens como Capricio não permitem que suas mulheres os deixem.

Mas. Que. Droga.

Certo... havia uma grande possibilidade de que os dois meninos mortos e o homem espancado na noite anterior no beco indicassem que Capricio a tinha encontrado. Tinha que ser isso. Vin disse que o segundo ataque foi contra um cara que tinha sido visto com ela...

– Mas no que se refere a seu ex-marido, ela não tem nada com que se preocupar em curto prazo.

– Como? – disse Jim.

– Capricio está cumprindo uma pena de vinte anos em uma prisão federal por uma salada de crimes que inclui peculato, lavagem de dinheiro, intimidação de testemunhas e perjúrio. E depois disso, ele tem vários crimes de estado para cumprir pena, incluindo assessorar um assassinato, assalto, agressão física. Caramba, o cara poderia ser uma pergunta de prova em uma faculdade de direito. – Outra mudança de posição que foi marcada por um suave palavrão. – Aparentemente, todo seu mundo estava caindo sobre ele mais ou menos na mesma época em que Gretchen/Marie-Terese o deixou. O que tem lógica. Provavelmente ele foi se tornando cada vez mais violento em casa à medida que os federais e a polícia do Estado de Nevada se aproximavam. Quando ele pegou o filho, estava fugindo da lei, não apenas de sua mulher, o que faz do fato de ter conseguido desaparecer por três meses um testemunho da profundidade de suas conexões. É evidente que alguém o delatou, contudo... também é provável que o detetive particular dela tenha aplicado a pressão certa, no momento certo, ameaçando entregar um de seus protetores. Quem sabe?

– Mas me pergunto se a família dele não viria atrás dela.

– Sim, li a respeito desses dois assassinatos com arma de fogo naquele beco. Duvido que seja a família dele. Eles apenas a teriam matado e levado o menino. Não haveria razão para se exporem a qualquer risco desnecessário aniquilando inocentes.

– Sim e, além disso, estão matando pessoas apenas por estar com ela, é algo pessoal. Logo, a pergunta é, quem está atrás dela? Supondo que ela seja o ponto em comum entre os ataques das noites de sexta-feira e sábado.

– Espera, outra pessoa foi eliminada?

– E eu pensava que você sabia tudo.

Houve uma longa pausa e logo a voz de Matthias retornou – desta vez sem seu habitual tom sarcástico.

– Não sei tudo. E demorou muito para eu me dar conta disso. De qualquer forma, pesquisarei a vida de Devina para você. Fique perto do telefone para atender minha ligação.

– Entendido.

Quando Jim desligou, sentiu como se estivesse vestindo um conjunto de roupas bem conhecidas: o vai e vem com Matthias se desenvolveu igual ao de sempre. Rápido, direto ao ponto, engenhoso e lógico. Esse era o problema. Eles sempre trabalhavam bem juntos.

Bem demais, talvez.

Voltou a se concentrar na perseguição, acompanhando o táxi de Devina enquanto atravessava o centro em direção ao antigo bairro de armazéns. Quando entraram no labirinto de edifícios industriais que foram transformados em *lofts*, deixou que o táxi fizesse uma curva sozinho para pegar a Rua do Canal e continuou até a próxima curva à esquerda. Deu uma volta no quarteirão, e seu uso do tempo era perfeito: quando voltou à Rua do Canal, conseguiu ver Devina descer do táxi e caminhar rapidamente até uma porta. Quando ela entrou utilizando uma chave, tomou aquilo como um indício de que morava ali.

Jim continuou e, enquanto saía do bairro, fez outra chamada.

Chuck, mestre de obras da equipe do Grupo diPietro, respondeu com seu jeito rude de sempre.

– Sim.

– Chuck, é Jim Heron.

– Ei. – Soltou o ar, como se estivesse na metade de um charuto – Como está?

– Bem. Quero que saiba que vou trabalhar amanhã.

A voz do cara ficou um pouco mais gentil.

– É um bom homem, Heron. Mas não se esforce muito.

– Ah. Estou bem.

– Ok, agradeço.

– Escuta, estou tentando entrar em contato com dois dos caras com quem costumo trabalhar e pensei que talvez tivesse o número deles.

– Tenho o número de todos, exceto o seu. De quem precisa?

– Adrian Vogel e Eddie Blackhawk.

Houve uma pausa, e a imagem do cara mascando uma toco de charuto grosso foi irresistível.

– Quem?

Jim repetiu os nomes.

– Não sei de quem está falando. Não tem ninguém com esses nomes pegando no batente. – O cara hesitou, como se ele se perguntasse se Jim estava em sã consciência. – Tem certeza de que não precisa de alguns dias de folga?

– Talvez eu tenha pegado os nomes errados. Eles usam Harleys. Um deles tem cabelo curto e *piercings*. O outro é enorme e tem uma trança que cai pelas costas.

Outra vez soltou o ar.

– Olhe, Jim, você vai tirar folga amanhã também. Vejo você na terça-feira.

– Ninguém assim na equipe?

– Não, Jim, ninguém.

– Então, acho que estou fazendo confusão. Obrigado.

Jim jogou o celular no banco ao lado e quase estrangulou o volante. Não fazem parte da equipe. Grande surpresa.

Isso porque, na verdade, aqueles dois bastardos não existiam, ao menos, não mais que Devina.

Cristo, parecia que ele estava cercado de mentirosos nesse novo trabalho. O que era um terreno bem familiar, não é mesmo?

Seu telefone tocou e ele atendeu.

– Não consegue encontrá-la, não é? Devina Avale não é nada além de fumaça.

Matthias não ria desta vez.

– Nada. Coisa nenhuma. É como se tivesse caído à terra vinda de lugar nenhum. O fato é que, superficialmente, todos os seus documentos são verdadeiros, mas só até certo ponto. Não existe certidão de nascimento. Sem pais. Seu crédito foi estabelecido há apenas sete meses, e o seu número da previdência é o de uma mulher morta. O que não é uma grande fachada, o que significa que deveria ter sido capaz de encontrar alguma coisa, qualquer coisa sobre ela de fato. Mas ela é uma miragem.

– Obrigado, Matthias.

– Não parece nem um pouco surpreso.

– Não estou.

– No que diabos você está envolvido?

Jim balançou a cabeça.

– No mesmo de sempre, mas num dia diferente. E isso é tudo.

Houve um breve silêncio.

– Espere um pacote de minha parte.

– Entendido.

Jim desligou, colocou o telefone no bolso da frente de sua jaqueta e decidiu que era hora de encarar a festa no Commodore. Vin diPietro tinha o direito de saber quem e o que era a sua ex e esperava que o cara estivesse aberto à verdade – mesmo que soasse muito como uma ficção.

De repente, a lembrança de Vin levantando o olhar da banqueta do vestiário do Iron Mask voltou à sua mente.

Acredita em demônios?

Jim esperava que aquela pergunta fosse apenas retórica.

Capítulo 28

Coisa engraçada é o vidro. Quando você o quebra, ele fica chateado e devolve o favor.

No andar de cima, no banheiro da suíte principal, Vin estava rodeado de gaze e esparadrapo branco. O que ele havia feito com a palma de sua mão ao apertar aquele copo de uísque até se desfazer em pedaços estava fora do controle dos *Band-Aids*, então, ele teve que pedir reforços para a variedade dos acessórios de primeiros socorros e as coisas não estavam indo bem. Com relação à lesão que estava na sua mão direita, era um enfermeiro desajeitado e praguejador, atrapalhando-se com todas aquelas faixas, tesouras e esparadrapo.

Era uma coisa boa ser seu próprio paciente. O vocabulário que usava, por si só, muito menos que a incompetência, o faria ser banido do exercício – ou até mesmo de qualquer coisa voluntária equivalente.

Estava quase acabando com o suplício quando o telefone tocou, próximo às pias. E não é que aquilo foi bem divertido? Com um diminuto par de tesouras de unhas na mão esquerda, uma tira de gaze entre os dentes e sua mão direita funcionando pouco mais que uma pata. Isso tudo demandou toda sua coordenação para atender a chamada.

– Pode deixar subir – disse ao guarda da recepção.

Depois de colocar o telefone no lugar, fez um trabalho mais ou menos e deixou toda a bagunça sobre o balcão tal como estava, dirigindo-se para as escadas e descendo até a entrada principal. Quando o elevador emitiu um som e se abriu, ele estava no corredor, esperando.

Jim Heron saiu e não ficou esperando por um olá ou um convite para falar. Algo a ser respeitado.

– Quinta-feira à noite – disse o cara. – Eu não o conhecia. Não a conhecia também. Deveria ter lhe dito, mas, para ser honesto, quando vi você dois juntos, não quis atrapalhar as coisas. Foi um erro e lamento muitíssimo, principalmente pelo fato de que soube por outra pessoa, e não por mim.

Os braços de Heron ficaram soltos ao longo do tronco durante todo o tempo que ele falava, como se estivesse pronto para uma luta se as coisas fossem por esse lado, e sua voz era tão firme e equilibrada quanto seus olhos. Nada de rodeios. Nada de artifícios. Nada de malditas mentiras.

E enquanto Vin o encarava, em vez de raiva, o que ele mesmo esperava sentir com relação ao cara, só sentiu um cansaço extremo. Exaustão e um doloroso latejar na mão. De repente, percebeu que estava se cansando de imitar seu maldito pai no que se referia a mulheres. Graças a esse legado, ao longo dos últimos vinte anos, a natureza desconfiada de Vin tinha encontrado muitas sombras onde não existia nenhuma – e, ainda assim, ele deixou passar o fato de que alguém com quem estava dormindo o tinha traído.

Tanta energia desperdiçada, toda no lugar errado.

Deus, ele simplesmente não se importava com Devina. Neste momento, ele não se importava mesmo com o que ela tinha feito enquanto estavam juntos.

– Ela mentiu sobre o que aconteceu aqui ontem à noite – disse Vin bruscamente. – Devina mentiu.

Não houve qualquer tom de hesitação na resposta:

– Eu sei.

– Ah, é mesmo?

– Não acredito numa palavra do que ela diz sobre qualquer coisa.

– E por que isso?

– Fui ao hospital para vê-la porque estava difícil de acreditar em tudo isso. E ela me ofereceu, cheia de corações e flores, uma história sobre ter contado a você o que tinha acontecido na quinta-feira à noite e que isso tinha sido o motivo pelo qual bateu nela. Mas você não sabia, não é mesmo? Ela nunca disse nada a você, ou disse?

– Nem um pio. – Vin se virou e caminhou para entrar no duplex. Quando Jim não o seguiu, disse: – Você vai ficar aí parado como uma estátua ou quer almoçar?

Comer era muito melhor que bancar a estátua de mármore, e depois que os dois atravessaram a porta principal, Vin a fechou com chave e colocou um cadeado. Com as coisas do jeito que estavam ultimamente, não ia dar chance alguma a nada.

– Mas que merda – disse Jim – sua sala...

– Sim, foi redecorada por uma gangue de pichação.

Na cozinha, Vin pegou alguns frios e o pote de maionese com a mão esquerda.

– Pode escolher entre pão de centeio ou preto.

– Preto.

Enquanto pegava um pouco de alface e um tomate do refrigerador, Vin se preparou.

– Tenho que saber como foi. Com Devina. Conte-me tudo... melhor, não *tudo*. Mas como se aproximou de você?

– Tem certeza de que quer entrar nisso?

Tirou uma faca da gaveta.

– Tenho que fazer isso, cara. Preciso. Sinto como... sinto como se tivesse ficado com alguém a quem não conheço em nada.

Jim praguejou e logo se colocou em um dos bancos do balcão.

– Não coloque tanta maionese para mim.

– Certo. Agora fale.

– Bom, eu não acredito que ela seja quem diz ser.

– Engraçado, eu também não.

– Quero dizer, fiz uma busca de seus antecedentes.

Vin desviou o olhar enquanto tentava tirar a tampa azul de um pote de plástico.

– Vai me contar como conseguiu isso?

– Não nesta vida.

– E o resultado foi...?

– Ela não existe, literalmente. E, confie em mim, se a pessoa que acionei não conseguiu encontrar sua verdadeira identidade, ninguém pode.

Vin colocou pouca maionese Hellman's no pão de Jim, mais no próprio pão de centeio, mas foi um trabalho desajeitado e impreciso. Ele não era ambidestro.

Deus, não se surpreendia com Devina...

– Ainda estou esperando os detalhes da quinta-feira à noite – disse. – Faça um favor a nós dois e fale de uma vez. Não estou com a energia necessária para ser educado nesse momento.

– Droga... – Jim esfregou o rosto. – Certo... ela estava no Iron Mask. Eu estava com... uns amigos, acho que posso chamá-los assim, embora os filhos da mãe também estivessem metidos nisso. Enfim, ela me seguiu no estacionamento quando saí. Estava frio. Ela parecia perdida. Ela estava... Tem certeza disso?

– Sim. – Vin pegou um tomate, colocou sobre uma tábua de cortar, e começou a fatiá-lo com a graça de um menino de cinco anos. Retalhar era a palavra certa. – Continue.

Jim sacudiu a cabeça.

– Estava aborrecida com você. E parecia realmente insegura de si mesma.

Vin franziu a testa.

– Como ela estava aborrecida?

– Como... quer dizer, o motivo? Não entrou em detalhes. Eu não perguntei. Eu só estava como... queria que se sentisse bem consigo mesma.

Agora era Vin que sacudia a cabeça.

– Devina está sempre bem. Essa é a questão. Não importa como esteja seu humor, no fundo, está firme. Essa foi uma das coisas que me atraiu nela... bom, isso e o fato de que é uma das mulheres mais seguras em relação ao seu corpo que já conheci em minha vida. Mas se é assim quando se tem uma constituição perfeita.

– Disse que você queria que ela colocasse implantes nos seios.

Os olhos de Vin se agitaram.

– Está brincando comigo? Dizia a ela que era perfeita desde a noite em que a conheci e falava sério. Nunca quis que mudasse nada.

De repente, Jim franziu a testa e adotou uma expressão severa.

– Parece que você foi enganado, amigo. – Vin rasgou um pouco de alface e foi até a pia com algumas folhas para lavar. – Deixe-me adivinhar, ela abriu o coração, você viu uma mulher vulnerável enrolada com um filho da mãe, você a beijou... talvez você nem imaginasse que as coisas fossem tão longe.

– Não poderia acreditar como tudo acabou.

– Sentia-se mal por ela, mas também estava atraído. – Vin fechou a água e sacudiu a alface romana. – Você queria lhe dar algo que a fizesse se sentir bem.

Jim baixou a voz.

– Foi exatamente assim que aconteceu.

– Quer saber como ela me conquistou?

– Sim. Quero.

De volta ao balcão, Vin estendeu fatias de rosbife que eram tão finas quanto um papel.

– Fui à inauguração de uma galeria. Ela estava lá sozinha, com um vestido decotado atrás até a cintura. Eles colocaram aquelas luzes no teto, dessas que ficam direcionadas para as pinturas que estão à venda e, quando entrei, vi Devina parada em frente ao Chagall que eu tinha comprado. Aquela luz iluminando a pele de suas costas. Extraordinário. – Acrescentou uma camada do tomate destroçado e um cobertor macio de alface, então, fechou os sanduíches. – Fatiado ou inteiro?

– Inteiro.

Entregou o pão a Jim e cortou seu pão de centeio pela metade.

– Sentou-se na minha frente no leilão e eu fiquei sentindo seu perfume o tempo todo. Paguei uma quantidade imensa pelo Chagall e nunca esqueci a forma como ela olhou para trás sobre o ombro, em direção a mim, quando bateram o martelo. Seu sorriso era o que eu gostava de ver no rosto de uma mulher naquela época. – Vin deu uma mordida e lembrou-se com clareza enquanto mastigava. – Eu costumava gostar do sujo, você sabe, estilo pornô. E seus olhos indicavam que não tinha nenhum problema com esse tipo de coisa. Ela veio comigo para casa naquela noite e transei com ela aqui no chão mesmo. Depois nas escadas. Finalmente na cama. Duas vezes. Deixou que eu fizesse tudo com ela e gostava da coisa.

Jim piscou e parou de mastigar, como se estivesse tentando imaginar o que Vim havia feito.

– Ela era – Vin se inclinou para um lado e arrancou duas folhas de papel toalha – exatamente quem eu queria que fosse. – Ofereceu uma a Jim. – Ela me dava total liberdade para fazer o que eu quisesse dentro da minha rotina de trabalho, não se importava se eu ficasse fora durante uma semana sem avisar. Acompanhava-me quando eu queria, ficava em casa quando não. Era como... um reflexo do que eu queria.

Jim limpou a boca.

– Ou, no meu caso, o que aproximaria você de mim.

– Exatamente.

Terminaram seus sanduíches e Vin fez mais dois e, enquanto comiam a segunda rodada, ficaram em silêncio, como se os dois estivessem relembrando o tempo que passaram com Devina... e se perguntando como tinham sido enganados tão facilmente.

Finalmente Vin rompeu o silêncio.

– Então, eles dizem que fui gravado em um vídeo da vigilância de ontem à noite. Subindo no elevador. O guarda de segurança me disse que viu meu rosto, mas isso é impossível. Eu não estava aqui. Quem quer que tenha sido, não era eu.

– Acredito em você.

– É o único.

O outro homem parou com o pão a meio caminho de sua boca.

– Não sei bem como dizer isso.

– Bom, considerando que acaba de contar que transou com minha ex-namorada, é difícil imaginar qualquer coisa mais complicada que essa.

– Mas isso é.

Vin também parou no meio de uma mordida, não estava gostando da expressão no rosto do cara.

– O quê?

Jim levou um bom tempo para falar, inclusive terminou seu maldito almoço. Finalmente, deu uma risada curta e tensa.

– Nem sei como falar sobre isso.

– Olá? E a coisa do sexo com minha ex-namorada mencionada antes? Vamos, vá direto ao ponto.

– Está bem. Dane-se. Sua ex não tem sombra.

Agora era a vez de Vin rir.

– Isso é algum tipo de linguagem militar?

– Quer saber por que acredito que não era você no elevador ontem à noite? Porque é como você a definiu. Ela é um reflexo, uma miragem... não existe e é muito perigosa, e sim, sei que não faz sentido, mas é a realidade.

Vin baixou lentamente o que restou de seu rosbife. O cara estava sério. De uma seriedade mortal.

Era possível, Vin se perguntou, que ele pudesse falar pela primeira vez sobre o outro lado de sua vida? Daquela parte que envolvia coisas que não podiam ser tocadas nem vistas, mas que com certeza definiram seu ser tanto quanto o DNA de seus pais?

– Você disse... que tinha vindo salvar minha alma – murmurou Vin.

Jim segurou as mãos sobre o balcão de granito e se inclinou. Sob as mangas curtas de sua camiseta branca básica, os músculos de seus braços ficaram mais grossos sob o peso.

– Estava falando sério. Tenho um novo e alegre trabalho que envolve afastar as pessoas da beira do abismo.

– Da beira do quê?

– Condenação eterna. Como disse antes... em seu caso, eu achava que era tendo a certeza de que ficaria com Devina no final, mas agora tenho certeza total de que esse é o final errado. Agora... significa outra coisa. Só não sei o quê.

Vin limpou a boca e encarou as mãos grandes e capazes daquele homem.

– Acreditaria em mim se... se eu dissesse que tive um sonho com Devina, no qual ela era como algo saído do filme *28 Dias*, toda podre e ferrada? Ela alegava que eu tinha pedido para que ela viesse até mim, que havíamos feito algum tipo de trato e que não havia saída. E a coisa mais ridícula de tudo isso? Não parecia um sonho.

– Eu acredito que não era. Antes de ter aquele pequeno apagão na sexta-feira com a fiação, teria dito que estava louco. Agora? Agora pode apostar o que quiser que acredito em cada palavra sua.

Finalmente, ao menos alguma coisa estava trabalhando a seu favor ao invés de estar contra ele, pensou Vin enquanto decidia expor tudo.

– Quando tinha dezessete anos, fui a uma... – Deus, mesmo com toda a naturalidade com que Jim estava lidando com a coisa, ainda se sentia um completo imbecil. – Fui a uma mulher que lia a mão, uma adivinha... uma mulher no centro. Lembra-se daquele "transe" que sofri no restaurante? – Quando Jim assentiu com a cabeça, continuou. – Costumava ter aquilo com muita frequência, e eu precisava... droga, precisava dar um jeito de deter aquilo. Estava arruinando minha vida, fazia com que eu me sentisse uma aberração.

– Por que via o futuro?

– Sim, e essa droga simplesmente não é nada boa, sabe? Nunca me ofereci como voluntário e teria feito qualquer coisa para interromper aquilo. – Imagens do passado, de seus colapsos em centros comerciais, escolas, bibliotecas e cinemas inundaram seu cérebro. – Era uma tortura. Nunca sabia quando os transes viriam e não sabia o que dizia neles e as pessoas a quem eu não assustava com aquela porcaria toda pensavam que estava louco. – Ele deu uma risada severa. – Poderia ter sido diferente se eu pudesse prever os números da loteria, mas só tinha más notícias para compartilhar. Enfim, lá estava eu, dezessete anos, sem ter nem ideia de nada, no fim da linha, com nada além de pais violentos e alcoólatras em casa que não podiam me oferecer nenhuma ajuda ou conselho... não sabia mais o que fazer, aonde ir, com quem conversar. Quero dizer, minha mãe e meu pai? Malditos alcoólatras a quem não perguntava nem o que tinha para o almoço, muito menos algo sobre aquela coisa. Então, um dia, próximo ao *Halloween*, que, por sinal, é no dia do meu aniversário, vi na parte de trás do jornal da cidade um monte de anúncios desses sensitivos, curandeiros, qualquer coisa, e decidi fazer uma tentativa com alguns deles. Fui ao centro, bati em algumas portas e finalmente uma delas se abriu. A mulher parecia entender a situação. Disse o que eu deveria fazer e fui para casa e fiz... e tudo mudou.

– Como?

– Primeiro, os transes cessaram e, então, eu tinha a sorte do meu lado. Meus pais finalmente implodiram – vou poupar você dos detalhes, mas digamos que o fim deles foi simplesmente uma evolução do alcoolismo. Depois que se foram, me senti aliviado e livre e... diferente. Fiz dezoito anos, herdei a casa e o negócio de encanamento de meu pai... e foi assim como tudo começou.

– Espera, disse que estava diferente – diferente como?

Vin encolheu os ombros.

– Enquanto crescia, era tranquilo. Sabe como é. Nunca tive muito interesse na escola, contente em apenas seguir adiante. Mas depois que meus pais morreram... sim, nada em mim permaneceu tranquilo. Tinha essa fome de tudo. – Colocou a mão no estômago – Sempre queria mais. Nada era... ou nunca foi suficiente. É como se eu ficasse obeso ganhando dinheiro – faminto, não importava o que eu tinha ou o quanto havia em minhas contas bancárias. Costumava pensar que isso se devia ao fato de ter passado de adolescente a adulto no mesmo momento em que morreram meus pais. Quero dizer, tinha que manter a mim mesmo porque ninguém mais ia fazê-lo. Mas não tenho certeza de que isso explique tudo. O fato era que enquanto passava turnos inteiros trabalhando naqueles encanamentos, entrei no tráfico de drogas. O dinheiro era uma loucura e quando comecei a acumular, eu só queria mais e mais. Comecei a construir casas porque estaria legalizado dessa forma, e isso era importante, não só porque tinha medo da prisão, mas também porque não podia ganhar tanto dinheiro atrás das grades quanto fora. Eu era implacável e não me continha pela ética nem pelas leis nem por nada além do senso de autopreservação. Nada me aliviava... até duas noites atrás.

– O que mudou, então?

– Olhei uma mulher nos olhos e senti... outra coisa.

Vin alcançou seu bolso traseiro e tirou a imagem da Nossa Senhora. Depois de lançar um longo olhar sobre ele, colocou-o sobre o balcão e o girou para que Jim pudesse ver.

– Quando olhei nos olhos dela... eu me senti satisfeito pela primeira vez.

Jim se inclinou e encarou a imagem. Mas que droga... era Marie-Terese. O cabelo escuro, os olhos azuis, o rosto suave e gentil.

– Certo, isso é estranho pra caramba.

Vin limpou a garganta.

– Ela não é a Virgem Maria. Eu sei. E esta imagem não é dela. Mas quando vejo Marie-Terese, aquele abismo ardente em meu estômago se abranda. Devina? Ela só alimentava a coisa. Mesmo com todo o sexo que tivemos, os limites que ultrapassamos, as coisas que ela queria ou os lugares a que fomos. Ela era uma fonte constante de fome. Marie-Terese, por outro lado... é como uma piscina aquecida. Quando estou com ela, não preciso estar em nenhum outro lugar. Nunca.

O cara pegou de volta o cartão de repente e revirou os olhos.

– Caramba, eu pareço um daqueles personagens de filmes românticos.

Jim esboçou um sorriso.

– Sim, bem, se as coisas não derem certos, você pode começar a escrever roteiros de filmes na prisão.

– Bem o tipo de troca de carreira que eu estava procurando.

– Melhor que fazer placas de carro.

– Exige mais talento, com certeza.

Jim pensou em Devina e no assim chamado "sonho" que Vin tinha tido. Havia boas chances de aquilo não ter sido um pesadelo. Pelo amor de Deus, se ela não projetava sombra em plena luz do dia, quais os outros truques que ela tinha na manga?

– O que você fez exatamente? – perguntou Jim. – Quando tinha dezessete anos.

Vin cruzou os braços sobre o peito e praticamente conseguiu ouvir o som de sucção quando foi arrastado de volta ao passado.

– Fiz o que a mulher disse para fazer.

– O que foi…? – Assim que Vin balançou a cabeça, Jim adivinhou que devia ser algo extremamente assustador. – Essa mulher ainda está por aí?

– Sei lá.

– Qual o nome dela?

– Por que isso importa? É passado.

– Mas Devina não é, e você está sendo acusado de coisas que não fez graças a ela. – Quando ele começou a soltar vários palavrões, Jim assentiu com a cabeça. – Você abre uma porta, não seria má ideia voltar e pegar a chave para trancá-la outra vez.

– Esse é o problema. Acreditei que a estava fechando. Quanto a essa mulher, foi há quase vinte anos. Duvido que possamos encontrá-la.

Quando Vin começou a limpar as coisas, Jim observou o curativo desajeitado que tinha na mão.

– Como se machucou?

– Esmaguei um copo enquanto falava com você.

– Está muito bom.

Vin parou de fechar o pacote de pão preto.

– Fico preocupado com Marie-Terese. Se Devina pôde fazer isso comigo, do que mais será capaz, entende?

– Entendo. Ela tem alguma ideia da...

– Não, e vou cuidar para que continue assim. Não quero Marie-Terese envolvida nesta droga.

Mais uma evidência de que Vin não era um idiota.

– Escuta... sobre ela. – Jim queria ser muito cuidadoso ao lidar com este assunto. – Dei uma olhada nos antecedentes dela depois que me contou que o outro cara assassinado no centro também estivera com ela.

– Oh, Deus... – Vin se voltou do armário que tinha aberto. – Aquele ex-marido dela. Ele a encontrou. É...

– Não foi ele, pois está na cadeia. – Jim descarregou as informações que o sacana do Matthias tinha encontrado e adivinha...? Quanto mais a história avançava, mais se franziam as sobrancelhas de Vin. – O ponto chave é – concluiu Jim – ainda que seja possível que algum aliado de Capricio tenha vindo atrás dela, não parece que seja responsável por essas outras mortes, pois, na verdade, a preocupação deles seria apenas com Marie-Terese.

Vin praguejou, o que significava que tinha entendido o quadro geral e todas as suas implicações.

– Então, quem? Supondo que ela seja a conexão entre os dois ataques.

– Essa é a questão.

Vin se apoiou contra o balcão, cruzando os braços e numa postura de quem quer brigar com alguém.

– À propósito, ela se demitiu – ele disse depois de um momento. – Você sabe, daquela droga no Iron Mask. E acho que vai deixar Caldwell.

– Sério?

– Não quero que ela vá, mas talvez seja o melhor. Poderia ser um desses... homens, você sabe, do clube, com quem ela... enfim.

Quando o cara pressionou os lábios como se tivesse o intestino congelado, Jim percebeu que as coisas tinham progredido entre os dois. Rápido. Embora ele ainda não estivesse disposto a apostar o Cachorro, poderia apostar sua caminhonete e sua Harley que Vin e Marie-Terese tinham se tornado amantes – porque a expressão no rosto do cara era desoladora.

– Não quero perdê-la, – murmurou Vin – e odeio que ela esteja fugindo para sobreviver.

– Bem – disse Jim – então, acho que você e eu precisamos fazer com que seja seguro ela permanecer aqui.

E a salvo de Devina... e de qualquer psicopata que fosse atrás dela.

Pelo menos, Jim sabia que diabos fazer com um imbecil que estivesse obcecado por uma mulher. Quanto à Devina? Bom, ele teria que tirar de algum lugar uma solução para isso.

Do outro lado, Vin levantou o olhar, e quando seus olhos se encontraram, o cara assentiu com a cabeça uma vez, como se soubesse que as coisas iriam ficar feias e que concordava com isso. Estendendo a mão enfaixada, disse:

– Excelente plano, meu amigo.

Jim apertou cuidadosamente a mão que lhe oferecia.

– Tenho a sensação de que vai ser um prazer trabalhar com você.

– Digo o mesmo. Acho que a briga do bar foi só um aquecimento.

– É claro.

Capítulo 29

Quando Marie-Terese se sentou depois da última oração da missa, sentiu seu telefone vibrando em sua bolsa e colocou a mão dentro dela para deter aquele movimento.

Robbie a observou, mas ela apenas se acomodou no banco e deu a ele um discreto sorriso. Segundo o que ela sabia, havia três possibilidades para a chamada: engano, babás... ou Trez. E por mais que gostasse de seu velho chefe, esperava que não fosse ele.

De repente, pensou sobre algo que aprendera na faculdade sobre paraquedistas veteranos. Foi na aula de psicologia e fez parte de um estudo sobre percepção do perigo e ansiedade. Perguntados sobre quando ou se já sentiram medo, os paraquedistas, que se ajustavam no perfil dos que assumiam riscos, em sua esmagadora maioria responderam que a única vez que estiveram nervosos foi em seu último salto – como se pudessem ter consumido toda a sua sorte com o passar do tempo e as vantagens que tiveram até aquele ponto fossem aleatórias da mesma maneira que seus saltos.

Engraçado, quando ela estava com dezoito anos e sentada em um salão de conferência, aquilo pareceu tão ridículo. Depois de todos os saltos que aqueles "voadores" deram, por que perderiam seus nervos de aço no último? Agora ela entendia.

Poderia ter se demitido na noite anterior... mas e se aquela ligação fosse de Trez a chamando de volta para se encontrar com o Departamento de Polícia novamente? E se, dessa vez, não fosse sobre aqueles tiroteios, mas sobre o que fazia por dinheiro?

Enquanto ela se sentava perto do filho na igreja, o risco que tinha assumido parecia real pela primeira vez. A questão era: a evolução da garçonete *sexy* para algo mais foi feita em um ambiente onde era uma "escolha de carreira" que muitas pessoas ao redor dela faziam com segurança. De repente, contudo, ela percebeu que deveria estar louca. Se fosse presa, Robbie terminaria em um lar adotivo – com a mãe e o pai atrás das grades.

Certo, nem Trez, nem seu primeiro chefe tiveram algum problema com a polícia, mas como poderia ter tanta confiança naquele histórico considerando o que estava em jogo?

Deus... cortando relações com todo aquele lado inferior e decadente da vida, era capaz de ver sua escolha de fazer o que fazia por dinheiro sob um ponto de vista bem diferente...

Olhando todas as pessoas ao redor nos bancos, estava chocada ao perceber que aqueles eram olhos normais com os quais ela observava suas ações. E, como resultado desse novo olhar, ficou horrorizada consigo mesma.

Cuidado com o que deseja, pensou. Queria estar entre aqueles que se preocupavam demais, porque aquilo parecia tão mais fácil do que onde esteve. Porém, agora que estava mergulhando o pé naquele atoleiro, parecia evidente que o que fez era ainda mais terrível, irresponsável e perigoso.

E, de fato, aquela foi a forma que viveu nos últimos dez anos, não foi? Seu casamento com Mark foi o primeiro passo para um tipo de vida fora da lei que só tinha visto na TV. Atuar por conta própria para manter seu filho seguro foi o segundo. Ingressar na prostituição para conseguir dinheiro a fim de sobreviver foi o terceiro.

Enquanto olhava ao longo do corredor até o altar, ficou irada consigo mesma e com suas escolhas. Ela era a única pessoa que Robbie tinha na vida e, ainda que pensasse que o estava colocando em primeiro lugar, ela realmente não o fez, não é?

E o fato de que não teve outras opções considerando a quantidade de dinheiro que ela devia era muito conveniente.

Quando a cerimônia terminou, ela e Robbie ficaram em pé e se uniram ao aglomerado de pessoas que se amontoavam no átrio ao redor do padre Neely. Na maior parte do tempo, o objetivo dela era conduzir Robbie adiante, mas, de vez em quando, como não podia evitar isso sem ser rude, ela acenava com a cabeça para as pessoas que conhecia do grupo de oração ou de domingos anteriores.

Robbie segurava sua mão, mas o fazia como um homem, acompanhando-a ao invés de ser levado – pelo menos até onde ele sabia fazê-lo. Quando chegaram diante do padre, ele se soltou e foi o primeiro a apertar a mão do homem.

– Ótima missa – disse Marie-Terese apoiando levemente as palmas das mãos sobre os ombros do filho – e as reformas na Catedral estão indo muito bem.

– Elas estão, elas estão. – Padre Neely olhou ao redor com um sorriso, o cabelo branco, porte alto e magro, perfeito para um homem de batina. De fato, ele bem que se parecia com a Catedral, pálido e etéreo. – Uma melhoria nela, e bem na hora.

– Estou contente que vocês estão limpando o estatuário também – ela fez um gesto com a cabeça em direção ao pedestal vazio onde ficava Maria Madalena. – Quando ela volta?

– Oh, querida, você não sabe? Ela foi roubada. – As pessoas se aproximaram e Padre Neely começou a trocar olhares com outros frequentadores e sorrir. – A polícia está procurando pelo vândalo. Contudo, tivemos sorte, considerando as outras coisas que poderiam ter sido levadas também.

– Isto é terrível. – Marie-Terese cutucou Robbie e ele entendeu a dica, apertou sua mão e começou a conduzi-la novamente. – Espero que a recuperem.

– Eu também. – O padre inclinou-se para frente e apertou seu antebraço, seus olhos amáveis sob as sobrancelhas que pareciam bolas de algodão. – Fique bem, minha filha.

Ele era sempre bom com ela. Mesmo sabendo.

– Você também, padre – ela disse bruscamente.

Ela e Robbie saíram na tarde fria de abril e, quando olhou para o céu branco leitoso, ela sentiu um aroma diferente no ar.

– Uau! Acho que teremos neve.

– Sério? Seria tão legal.

Enquanto caminhavam ao longo da calçada, os motores dos carros estavam recomeçando a funcionar por toda a parte enquanto os quinhentos exemplares da edição dominical do *Times* reluziam e a congregação corria de volta para casa para se jogar em sofás e poltronas com o jornal. Pelo menos, era o que achava que faziam, dado o número de pessoas que viu saindo, na rua abaixo, com os braços cheios de *New York Times* e da edição de domingo do *Jornal de Caldwell.*

Sem que pedisse, Robbie pegou a mão dela novamente enquanto andavam pelo meio fio no fim do quarteirão e esperavam juntos por uma brecha entre os carros. Aguardando ao lado dele, se preocupou com o que a esperava em seu telefone – apenas sabia que era melhor checar sem ele por perto. Sua cara de paisagem era boa, mas nem tanto.

Porém, as leis de estacionamento conspiraram a seu favor e o carro não fora rebocado, mas o motor não estava feliz com o tempo frio que fazia. Ela finalmente fez a coisa funcionar, contudo, e arrancou em direção ao trânsito...

Do banco de trás, sua bolsa soltou um pequeno ronronar: era o celular vibrando outra vez, agora, contra sua carteira, o que produzia o som.

Girando o braço, tentou alcançar a bolsa, mas as mãos ágeis e pequenas de Robbie chegaram primeiro.

– Está mostrando 'Trez' – ele anunciou enquanto entregava o celular a ela.

Ela pressionou o botão *send* temerosa. – Alô?

– Você precisa vir ao clube imediatamente – disse Trez. – Os policiais estão aqui por causa do ataque e querem lhe fazer algumas perguntas.

– Que ata... – ela lançou um olhar para Robbie. – Desculpe, do que você está falando?

– Outro homem foi encontrado em um beco ontem à noite. Ele foi espancado e está em estado grave no hospital. Escute, ele é alguém que eu vi com você – e outras pessoas também. Você tem que...

– Mãe!

Marie-Terese pisou fundo nos freios e o carro derrapou guinchando como um porco, quase atingindo o painel lateral de um carro grande que estava na preferencial. Enquanto o outro carro buzinava escandalosamente, o celular deslizou de sua mão e pulou em direção ao para-brisa, saltitando como uma bola de pingue-pongue contra a janela de Robbie antes de desaparecer no chão sob os pés dele.

O Toyota conseguiu parar com a graça de uma guinada de touro e ela virou para o filho.

– Você está bem?

Enquanto ela batia levemente as mãos no tórax do filho, ele acenou com a cabeça e se libertou do aperto mortal do cinto de segurança.

– Eu acho... aquela luz... estava vermelha.

– Com certeza estava. – Ela afastou bem seu cabelo do rosto e olhou através do para-brisa dianteiro.

O furioso motorista do carro fez contato visual, mas assim que o cara viu seu rosto, a raiva dele diminuiu – o que deu a ela uma ideia de como devia parecer aterrorizada. Quando a boca dele pronunciou '*Você está bem?*' ela assentiu com a cabeça e ele acenou com a mão antes de ir embora.

Contudo, Marie-Terese precisava de um minuto – então, graças a Deus o carro estacionou praticamente sozinho paralelo ao meio-fio.

Bem, em cima do meio-fio.

Pelo espelho retrovisor, ela viu um homem saindo de um Subaru azul que parou atrás dela. Enquanto caminhava, ele empurrou seus óculos um pouco mais para cima no nariz e tentou alisar os cabelos loiros revoltos pelo vento. Ela o conhecia, percebeu... do grupo de oração da noite anterior no confessionário.

Ela acionou o vidro da janela, pensando que estava surpresa ao vê-lo se aproximar. Ele parecia tímido e quase nunca falava nas reuniões. O que a fazia supor que ela poderia colocá-lo na mesma tribo dos quietos como ela.

– Todos estão bem? – ele perguntou, curvando-se e colocando seu antebraço sobre o teto.

– Estamos, mas essa passou perto – ela sorriu para ele. – Gentileza sua parar.

– Eu estava atrás de você, e eu devia ter buzinado ou feito alguma coisa quando eu não vi nenhuma luz de freio enquanto você se aproximava do cruzamento. Achei que estivesse distraída. Você está bem, filho?

Robbie se manteve em silêncio, os olhos fixos no chão e as mãos no colo. Ele não estava interessado em encarar o homem e Marie-Terese não tinha interesse em forçá-lo.

– Ele está bem. – Disse ela resistindo ao impulso de verificar novamente se ele tinha se machucado.

Houve um longo momento e, então, o homem recuou.

– Acho que vai voltar a pegar o caminho de casa, então. Cuide-se.

– Você também e obrigada de novo pelo interesse em nós.

– O prazer foi meu. Até mais.

Enquanto ela erguia o vidro da sua janela, um grito veio do chão aos pés de Robbie.

– O telefone! – ela disse. – Oh, não, Trez... Robbie, pode pegá-lo para mim?

Robbie curvou-se e ergueu a coisa. Antes de entregar a ela, perguntou muito severo:

– Você poderia me levar para casa?

Marie-Terese quase riu, mas o que a deteve foi a seriedade no rosto dele.

– Vou tomar mais cuidado. Prometo.

– Certo, mamãe.

Ela bateu levemente em seu joelho e levou o telefone novamente até a orelha.

– Trez?

– Mas que droga foi essa?

Com uma careta, ela segurou o fone longe de sua orelha.

– Ah... foi um farol vermelho com que não consegui lidar muito bem. – Ela checou todos os espelhos do carro e todas as janelas antes de acender o pisca alerta. – Mas ninguém se machucou.

Quando o Subaru azul passou por ela, acenou para o motorista. Paul... Peter... qual era o nome dele?

– Jesus Cristo... eu quase tive um ataque cardíaco – murmurou Trez.

– O que você estava dizendo?

Como se o pequeno deslize no tráfego não fosse o suficiente para uma história comovente.

– Por que você não me liga de volta quando chegar em casa? Eu não sei quantos semáforos existem entre onde você está agora e...

– Estou prestando atenção agora – ela saiu devagar. – Eu juro.

Havia um resmungo masculino na conexão. Então:

– Está bem... o negócio é o seguinte. Os tiras apareceram aqui cerca de meia hora atrás, querendo falar com os funcionários outra vez e com você em particular. Eu acho que eles foram até a sua casa e então tentaram te ligar, e quando não puderam encontrá-la, vieram para cá. Eu não sei muita coisa, apenas que existem pegadas nas duas cenas que sugerem um vínculo entre os dois ataques. A marca de um tênis de corrida, eu acho. Supostamente, eu não deveria saber isso, certo? Aliás, foi enquanto os dois tiras saíram para fumar e passavam algumas fotos entre eles, e pronto, eu peguei um pedaço da conversa. Apenas isso.

O primeiro pensamento de Marie-Terese foi que Vin não usava tênis – ou pelo menos estava usando mocassins de sola plana nas duas noites.

O estranho não era isso. Sua preocupação inicial não era se Vin estava ou não envolvido, nem se Mark estava enviando gente atrás dela, mesmo na prisão. A questão, contudo, era: ela tinha fugido de seu ex uma vez – e podia fazê-lo novamente. Mas a ideia de que ela estava se apaixonando por outro homem violento não era o tipo de coisa da qual poderia cair fora tão facilmente.

– Trez, você tem alguma ideia de quando o... – ela olhou de relance para Robbie, que estava desenhando figuras na janela com a ponta do dedo. – Você sabe quando aconteceu? Ontem à noite?

– Depois que você saiu.

Então, não poderia ter sido Vin...

– Aliás, seu homem está encrencado.

– Como?

– Vin diPietro. Seu rosto está em todos os noticiários. Acredite, a namorada dele acabou no hospital e ela está dizendo que ele é o único responsável por ela estar lá.

Quando lhe veio a segunda rodada de golpe dramático, Marie-Terese tirou o pé do acelerador e deliberadamente ergueu os olhos ao chegar em um cruzamento. Verde. Verde significa "siga", disse a si mesma. Siga significa acelere. Ela pisou cuidadosamente e o carro respondeu com todo o entusiasmo de um paciente no respirador.

– Existe alguma chance – Trez murmurou – de que vocês dois tenham estado juntos ontem à noite, por volta das dez?

– Sim.

– Então respire fundo. Porque de acordo com as notícias, foi quando ela alega que tudo aconteceu.

Marie-Terese soltou a respiração, mas foi breve.

– Oh, meu Deus... o que ele vai fazer?

– Ele já está solto sob fiança.

– Eu posso ajudá-lo.

Contudo, assim que as palavras saíram de sua boca, ficou pensando se era verdade. A última coisa de que ela precisava era seu rosto nos jornais. Não havia chance alguma de saber se ela estava "segura" quanto a Mark até o momento, pois parecia que ele a tinha deixado em paz... ou as pessoas que ele enviou atrás dela ainda simplesmente não a haviam encontrado ainda.

– Sim, porém, talvez você devesse tentar ficar fora disso – disse Trez. – Ele tem dinheiro e contatos e as mentiras são sempre reveladas no final. Em todo o caso, eu posso dizer à polícia que você vai conversar com eles agora?

– Sim, mas eles vão ter que esperar com você. – A última coisa que ela queria era policiais na frente de Robbie novamente, então, o clube era o lugar para encontrá-los. – Vou chamar uma babá agora mesmo.

– Uma última coisa.

– Sim?

– Ainda que esteja fora do negócio agora, um passado como o nosso tem um longo alcance, está me entendendo? Por favor, tenha cuidado com todos ao seu redor e quando estiver em dúvida, é só me ligar. Eu não quero que fique nervosa, mas não gosto destes ataques acontecendo a pessoas ligadas a você.

Ela também não gostava.

– Vou ligar.

– E se você precisar deixar Caldwell, eu posso ajudar.

– Obrigada, Trez – ela desligou e olhou para o filho. – Vou ter que sair um pouquinho esta tarde.

– Certo. Quinesha pode vir?

– Vou tentar.

Quando pararam em um sinal de trânsito, Marie-Terese buscou rapidamente o número do serviço de babás e chamou.

– Mãe, quem é "ele" que você quer ajudar?

Enquanto o telefone chamava, ela encontrou os olhos do filho. E não soube o que dizer.

– Foi por causa dele que você estava sorrindo na Igreja?

Ela desligou antes que atendessem.

– Ele é um amigo meu.

– Oh. – Robbie pegou no vinco de sua calça cáqui.

– Ele é só um amigo.

Robbie franziu as sobrancelhas.

– Eu fico com medo às vezes.

– Do quê?

– Das pessoas.

Engraçado, assim como ela.

– Nem todos são como seu... – ela não queria terminar a frase. – Eu não quero que pense que todo mundo é ruim e vai machucá-lo. A maioria das pessoas é legal, certo?

Robbie pareceu pensar sobre o assunto. Após um momento, ele levantou o olhar para ela.

– Mas como você sabe a diferença, mamãe?

O coração de Marie-Terese parou. Deus, algumas vezes, ao ser pai ou mãe, as palavras escapam e seu peito fica oco.

– Eu não tenho uma boa resposta para isso.

Enquanto o farol ficava verde e eles seguiam adiante, Robbie se concentrou no caminho e ela deixou uma mensagem para a babá. Depois que desligou, teve a esperança de que ele estava olhando tão fixamente para fora porque estava prestando atenção nos semáforos com ela. Mas ela não achava que fosse tão simples.

Eles estavam na metade do caminho para casa quando se lembrou: Saul. O nome do homem do grupo de oração era Saul.

Quando Jim voltou do Commodore, estacionou na frente da sua garagem e saiu. Enquanto subia os degraus, o Cachorro separou as cortinas da janela da sacada com a cabeça e dada a maneira como suas orelhas estavam levantadas e sua cabeça oscilava, ficava claro que aquele rabo curto e grosso se movimentava tão rápido quanto a hélice de um avião.

– É isso aí, estou de volta, garotão.

Jim separou a chave enquanto caminhava até a porta, mas parou antes de colocá-la na fechadura brilhante e nova em folha que instalou depois que se mudou para lá.

Olhando sobre o ombro, prestou atenção ao caminho de terra. Um conjunto de marcas de pneu tinha marcado o chão parcialmente congelado.

Alguém tinha estado lá enquanto ele esteve fora.

Enquanto o Cachorro sapateava com excitação do outro lado da porta, Jim fez uma varredura visual em torno da paisagem e, então, olhou para baixo, para os degraus de madeira. Várias pegadas enlameadas: todas elas estavam secas e denunciavam um caminho feito por botas da Timberland – o que indicava que eram dele mesmo.

Isso significava que não importava quem tinha estado ali: ou limparam os pés na grama primeiro ou levitaram até sua varanda. Ele tinha a sensação que não tinham apenas estacionado na sua calçada, feito uma curva em L e saído na mesma hora.

Colocando a mão na cintura, desembainhou sua faca e usou a mão esquerda para manusear a chave.

O abrir da porta encobriu o barulho das patas do Cachorro sobre o assoalho vazio... e também emitia um ruído suave de raspagem.

Jim esperou, avaliando os sons entre aqueles que o Cachorro emitia para dizer olá, procurando por algo mais. Quando percebeu que não havia nada, abriu a porta da maneira mais precisa possível para não machucar o Cachorro, e seus olhos percorreram todo o ambiente em uma varredura.

Não havia ninguém lá, mas, conforme entrava, encontrou o motivo das marcas de pneu lá embaixo.

Enquanto o cão pulava ao seu redor, Jim curvou-se e pegou um envelope de papel pardo rígido que estava logo abaixo sobre o tapete onde caíam as correspondências deixadas na caixa de correio. Nenhum nome na parte da frente. Nenhum remetente. A coisa pesava tanto quanto um livro, e o que quer que estivesse ali dentro parecia ser um livro, retangular, com bordas precisas.

– Quer sair, garotão? – disse ele para o Cachorro, enquanto apontava para a grande área externa.

Cachorro trotou para fora mancando e Jim esperou na porta com o pacote na mão, enquanto o animal fazia o que precisava na orla de arbustos ao longo do caminho.

Enquanto segurava as ordens de Mathias tentava convencer seu estômago a não emitir ordem de evacuação para aqueles dois sanduíches de rosbife que Vin tinha feito para ele.

Perceba, este era o problema: sua cabeça podia decidir todos os tipos de coisa, mas isso não significava que seu corpo estivesse bem disposto para executar o plano da vez.

Depois que o Cachorro subiu as escadas e passou pela porta, foi diretamente para sua tigela de água.

Como um relâmpago, Jim abandonou o pacote e chegou até ela primeiro, pegando-a, esvaziando-a e lavando a coisa com sabão. Enquanto a enchia novamente, seu coração batia em um ritmo desagradável, estável.

A questão era: o pacote era um pouco maior que a caixa de correio. Logo, eles entraram ali. E, ainda que fosse improvável que tivessem envenenado a água do Cachorro, o animal tinha, de alguma maneira, se tornado parte de sua família nos últimos três dias e isso significava que qualquer margem de risco era inaceitável.

Quando o Cachorro terminou de beber, Jim subiu na cama, sentou-se e agarrou o envelope. O Cachorro mancou e pulou até ele como se quisesse saber o que estava no pacote.

– Você não pode comer isso – disse Jim. – Mas pode urinar nele se quiser. Com certeza, eu desculparia a bagunça. Totalmente.

Usando sua faca, perfurou o papel duro, grosso e abriu uma fenda que se ampliou muito, tirando a coisa do pacote e revelando…

Um *laptop* do tamanho de uma antiquada fita VHS.

Tirou do pacote e deixou o Cachorro dar uma fungada de inspeção nele. Evidentemente, houve uma aprovação, já que o Cachorro deu um empurrão no objeto e se enrolou com um bocejo.

Jim abriu a tela e ligou. O Windows Vista foi carregado e, como se pode imaginar, quando acessou o menu iniciar e ativou o Outlook que fora instalado, ele tinha uma conta. E a senha era a mesma que a anterior.

Na caixa de entrada, ele encontrou um e-mail de boas vindas do servidor de e-mail que ignorou e dois de um remetente em branco.

– Nossa, Cachorro, toda vez que tento sair, eles me puxam de volta – ele disse, sem nem tentar imitar o Al Pacino.

Jim abriu o primeiro e-mail e foi direto para o anexo – que era um arquivo PDF de... um relatório pessoal que tinha bem umas quinze páginas de extensão.

O retrato no canto superior à esquerda era de um idiota que Jim conhecia, e os detalhes incluíam o último endereço conhecido do cara, seus dados pessoais, suas liberações, suas honras, e suas deficiências. Enquanto Jim decorava e absorvia tudo, estava atento ao cronômetro no canto inferior da tela. Tinha começado em cinco minutos e rapidamente diminuiu para dois, e quando os três dígitos separados por dois pontos marcaram 0:00, o arquivo expirou, como se nunca tivesse existido. A mesma coisa acontecia, imediatamente, se ele tentasse encaminhar, imprimir ou salvar o arquivo.

Mathias era astuto assim.

Então, graças a Deus pela memória fotográfica.

E quanto ao relatório propriamente dito? Superficialmente, parecia que nada estava fora do comum, era apenas um resumo de informações diversas de um cara clandestino que era como o arquivo eletrônico – nada além de éter até que desapareceu completamente. A não ser pelo detalhe de haver três letras intrigantes próximas do final da palavra *Status*:

DEA (Desaparecido em ação).

Ah, então esta era a atribuição. Na área do serviço militar em que Jim trabalhava, não havia tal coisa: DEA. Existia ATV, RES ou CX: Ativo, Reservista ou Caixão – o último, um jargão usado extraoficialmente, claro. Jim era RES – ou seja, tecnicamente, ele estava sujeito a ser chamado de volta a qualquer momento e teria que ir, ou, as letras M, O, R, T, O iriam aparecer ao lado de seu *status*. E a verdade era que ele tivera que chantagear o maldito Mathias até para entrar na reserva – todavia, levando em conta o que tinha dado ao cara, deveria continuar assim, se ele não tivesse revendido sua alma.

Bem... a atribuição era clara: Mathias queria aquele homem morto.

Jim tornou a examinar rapidamente o relatório até que tivesse certeza de que poderia fechar os olhos e ler o texto e ver a imagem atrás de suas pálpebras. Então percebeu que o relógio atingiu o marco zero e a coisa desapareceu.

Ele abriu o segundo e-mail. Outro arquivo eletrônico para acessar com um código de segurança e outro relógio no canto inferior que foi ativado quando ele entrou. Desta vez, havia apenas a imagem do cara, só que agora o rosto estava espancado, com uma divisão na testa que deixava escapar uma onda de sangue. Porém, ele não era uma vítima. Seus dedos foram enfaixados para o combate e havia uma cerca de arame atrás de sua cabeça e ombros.

A imagem do soldado era a digitalização de um panfleto para um grupo clandestino de luta que praticava uma mistura de artes marciais. O código de área era 617. Boston.

Considerando que ele não tivesse mudado, o nome do soldado que havia ali era extremamente brega e também muito específico: Punho de aço. Seu nome verdadeiro era Isaac Rothe.

O arquivo durou somente cento e oitenta segundos, e Jim permaneceu atento, encarando aquele rosto. Ele o vira algumas vezes, bem ao seu lado, em algumas ocasiões em que trabalharam juntos.

Cachorro se aninhou à sua maneira, enrolando-se no colo de Jim e colocando a cara sobre o teclado.

Sim, Mathias queria o cara morto porque Isaac pulou fora da jogada – então esses eram o procedimento e as regras-padrão aplicáveis. O que significava que se Jim não o fizesse, outra pessoa faria – e o caçador tomaria providências para que Jim acordasse morto pela manhã, também.

Muito simples.

Jim deslizou a mão pelo flanco do Cachorro e preocupou-se com quem o alimentaria e cuidaria do carinha se algo ruim acontecesse. Droga, era estranho ter algo pelo que viver... mas Jim simplesmente não podia lidar com a ideia do animal perdido, sozinho, faminto e assustado novamente.

Havia um bando de filhos da mãe no mundo que não dariam a mínima importância para um cão burro, feio, desalinhado e manco.

E, ainda, a ideia de matar Isaac era repugnante. Deus sabia o quanto Jim desejava sair daquele serviço terrível, então não poderia culpar o cara por sair: uma vida conduzida no limiar das fronteiras cinzentas entre o certo e o errado, o legal e o ilegal, era uma vida difícil.

Se ao menos o idiota tivesse o senso de não fazer nada em público, mesmo que fosse algo clandestino.

Ainda assim, eles o encontrariam um dia. Eles sempre encontravam... O som de dois motores Harley estacionando na garagem fez com que a cabeça dele e do Cachorro se voltassem ao mesmo tempo. O cão começou a sacudir a cauda imediatamente quando aqueles roncos silenciaram lá embaixo. Enquanto as botas subiam as escadas, o animal saltou da cama e dirigiu-se para a porta. Houve uma única e alta batida.

Cachorro chapinhava as patas na porta, sua excitação fazia com que parecesse muito mais desprezível do que o habitual e antes que a pobre criatura morresse de excitação, Jim levantou-se e andou em direção à porta.

Quando a abriu, encontrou os olhos tranquilos de Adrian.

– O que você quer?

– Precisamos conversar.

Jim cruzou os braços enquanto Eddie se ajoelhava e mostrava seu carinho pelo Cachorro. Dada a forma como o animal reagiu, era difícil acreditar que os motoqueiros estavam jogando no time de Devina, mas só o fato de não estabelecerem uma parceria com ela não legitimava suas ações: tudo o que Jim tinha que fazer era pensar nas sombras que não viu e na confusão na voz de seu mestre de obras Chuck quando perguntou pelos dois.

No mínimo faria com que um cara se perguntasse que droga era aquela parada em sua porta de entrada.

– Vocês dois são mentirosos – disse Jim. – O que faz com que conversas entre nós percam o sentido, não é?

Quando o Cachorro virou de costas para que Eddie pudesse esfregar sua barriga, Adrian deu de ombros.

– Somos anjos, não santos. O que você quer de nós?

– Então vocês conhecem aqueles quatro ingleses malucos?

– Sim, nós conhecemos. – Adrian lançou um olhar em direção à geladeira. – Escute, essa vai ser uma conversa longa. Importa-se de nos servir uma cerveja?

– Vocês existem?

– Cerveja. Então, conversamos.

Quando Eddie levantou o Cachorro com seus braços fortes, Jim levantou a mão.

– Por que mentiram? – Adrian deu uma olhada para seu colega de quarto; então, voltou a olhar para Jim.

– Eu não sabia se você podia lidar com essa droga toda.

– E o que o fez mudar de opinião?

– O fato de que você descobriu o que Devina é e não entrou em parafuso. Você acreditou no que viu naquele pavimento no hospital.

– Ou não vi, foi esse o caso.

Jim encarou os dois, pensando que, com certeza, eles o seguiram – e talvez Devina tenha sentido a presença dos dois, e não a dele, no estacionamento do hospital.

– Não – disse Adrian – nós mascaramos você, então ela não o viu. Isso era o que ela estava tentando descobrir enquanto olhava ao redor. Existem vantagens no fato de ela pensar que você age por conta própria e de que é um ignorante.

– Vocês também leem mentes?

– E tenho total consciência do quanto você não gosta de mim nesse momento.

– Não deve ser uma coisa nova para você – disse Jim, imaginando se alguma vez ele trabalharia com pessoas que não fossem imbecis. – Então... vocês dois estão aqui para me ajudar.

– Sim. Assim como Devina conta com pessoas para ajudá-la.

– Eu não gosto de mentirosos. Tenho experiência demais com eles.

– Não vai acontecer de novo. – Adrian deslizou a mão através de seu cabelo ridiculamente magnífico. – Olhe, isto não é fácil para nós... Para ser honesto, eu tive minhas dúvidas desde o início se provocá-lo seria uma boa ideia, mas esse é um defeito meu. O ponto chave é: você está aqui e é isso, então, ou nós trabalhamos juntos ou ela obterá uma grande vantagem.

Bem, inferno... aquela era uma lógica totalmente incontestável.

– Eu dei fim na cerveja Corona outra noite, então só tenho Bud – disse Jim depois de um momento. – Em lata.

– E é justamente pelo que um anjo anseia. – Adrian revidou.

Eddie concordou com a cabeça.

– Parece bom para mim.

Jim andou para o lado e abriu bem a porta.

– Vocês estão vivos?

Adrian deu de ombros enquanto entravam.

– Difícil responder isso. Mas eu sei que eu gosto de cerveja e de sexo, que tal?

– O que o Cachorro é?

Eddie respondeu essa:

– Considere-o um amigo. Um amigo muito bom.

O animal... ou o que quer que ele fosse... deu uma abanada de cauda tímida como se tivesse entendido cada palavra e estivesse preocupado de o ter ofendido, e Jim se sentiu compelido a se inclinar e dar uma coçadinha em seu queixo.

– Acho que não preciso vaciná-lo, não é?

– Não.

– O que significa esse mancar dele?

– É o jeito de ser dele – a mão grande de Eddie alisava o pelo áspero do cachorro. – Só isso.

Quando o Cachorro sentou na cama e Adrian andava ao redor, Jim assumiu o controle do seu dilema sobre a geladeira, agarrou três Buds, e arrancou as latas fora como se fossem papelão. Um trio de estalidos e silvos cruzou o quarto, então houve um "ahhhh" coletivo.

– O quanto você sabe sobre mim? – Jim perguntou.

– Tudo. – Adrian olhou ao redor e se concentrou nas duas pilhas de roupas de Jim, as sujas e as limpas. – Acho que você não acredita em gavetas, não é?

Jim olhou de relance para as roupas.

– Não.

– Irônico, muito mesmo.

– Por quê?

– Você vai ver.

Adrian se aproximou e sentou-se à mesa. Ao derrubar todas as peças de xadrez da caixa de sapato, ele deu uma olhada para o interior.

– Então, o que você quer saber? Sobre ela, nós, qualquer coisa?

Jim tomou outro gole de sua cerveja e pensou sobre tudo aquilo.

– Só uma coisa importa para mim – disse ele. – Ela pode ser morta?

Os dois anjos ficaram quietos. E balançaram a cabeça lentamente.

CAPÍTULO 30

Considerando o motivo de sua prisão e o caminho que as coisas estavam tomando, Vin não podia acreditar no que estava aparecendo na tela do seu telefone enquanto ele tocava.

Ao atender a ligação, diminuiu o som do jornal local e o segurou com força.

– Marie-Terese?

Houve uma pausa.

– Oi.

Andando em torno de sua cadeira, olhou para Caldwell, e achou difícil de compreender que apenas algumas noites atrás ele olhava a paisagem com aquele sentimento de dominação. Agora ele sentia como se sua vida estivesse totalmente fora de controle e estava lutando para ficar onde estava em vez de tentar ser o rei da montanha.

Nunca alguém foi tão sem rodeios:

– Você escutou as notícias? Sobre mim?

– Sim. Mas você estava comigo ontem tarde da noite, quando aconteceu. Eu sei que não fez aquilo.

Uma onda de alívio percorreu dentro dele – ainda que fosse apenas naquele ponto em particular daquela tempestade.

– E o outro ataque no beco?

– Eu estou indo para o Iron Mask agora. A polícia quer falar comigo.

– Posso vê-la? – Ele deixou escapar sua vez com um desespero que o chocaria em circunstâncias normais.

– Sim.

Vin ficou surpreso com a resposta rápida, mas com certeza não iria comentar isso.

– Estou em casa no Commodore, então, posso encontrá-la em qualquer lugar, a qualquer hora.

– Irei até você assim que terminar com a polícia.

– Eu estou no vigésimo oitavo andar. Vou avisar o porteiro para esperar você.

– Eu não sei quanto tempo isso vai levar, mas eu posso mandar uma mensagem de texto a você no caminho.

Vin direcionou o olhar para a esquerda, imaginando quantos quarteirões de distância a oeste e a sul ela estava dele.

– Marie-Terese...

– Sim.

Ele pensou nela e no seu filho... pensou no tipo de gente que ela tinha conseguido para se livrar do ex... até agora. Seu ex podia facilmente escapar da prisão, talvez já o tivesse feito. Mesmo se os ataques não estivessem relacionados à ela, ou estivessem sendo feitos por outra pessoa, ela ainda precisava manter seu perfil tão discreto quanto possível.

– Não tente me proteger.

– Vin...

– Eu explico quando você chegar aqui. – Ele disse rispidamente. – Mas deixe-me só dizer que sei o quanto você tem a perder se o seu rosto aparecer nos canais de notícias.

Silêncio. Então:

– Como?

Ele podia dizer pela dureza da voz dela que ela não apreciou a pesquisa de seus antecedentes.

– Jim, meu amigo... Ele tem contatos. Eu não pedi a ele para fazer isso, mas ele me contou o que descobriu.

Longa pausa. O que fez com que desejasse demais ter esperado estar na frente dela para soltar essa bomba. Mas, então, ela soltou o ar.

– É um alívio, na verdade. Que você saiba.

– Não preciso dizer que eu não vou contar a ninguém.

– Confio em você.

– Bom, porque eu nunca faria nada para machucar você. – Agora era a vez de Vin ficar quieto. – Deus, Marie-Terese...

Houve um leve ranger de freios.

– Eu estou no clube agora. Conversaremos daqui a pouco.

– Não me proteja. Por favor.

– Vejo você em breve.

– Fique quieta. Não se envolva com essa droga toda relacionada a mim. Pela sua segurança e a de seu filho. O risco não vale a pena.

Ele se deteve naquele momento. Sem chance de contar toda a verdade sobre Devina, em parte porque ele mesmo não entendia tudo e também porque odiava a ideia de Marie-Terese pensar que ele era louco.

– Não é certo. – A voz dela rompeu o silêncio. – Do que ela está acusando você. Não é...

– Eu sei. Apenas acredite em mim quando digo que vou cuidar disso. Vou dar um jeito.

– Vin...

– Você sabe que estou certo. Vejo você daqui a pouco.

Quando terminaram a ligação, ele rezou para que ela agisse com a razão, e pensou, dado o conflito no tom de voz dela, que a matemática fora calculada corretamente em sua mente.

O que era bom.

Em vez de ir até o centro da cidade para tentar achar aquela sensitiva que ele tinha procurado aos 17 anos – que era o que ele pretendia fazer – Vin gastou a hora seguinte na sala de estar, limpando pedaços de vidro e livros com capa de couro rasgados e colocando sofás e cadeiras de volta no lugar. Ele até pegou o aspirador e tentou ressuscitar o carpete, conseguindo sugar os cacos, mas não obteve resultado com as manchas de licor. O telefone ficou com ele o tempo todo e quando a mensagem de texto chegou dizendo que Marie-Terese estava a caminho, ele rolou o aspirador para dentro do armário e correu para colocar uma camisa de seda limpa.

Ele estava quase saindo do quarto, quando se deu conta que ainda estava com a mesma calça e a mesma cueca boxer com que tinha estado na cadeia.

Certo. Voltando.

Depois de uma segunda viagem pelo corredor ele estava com um par de calças preta e uma cueca diferente. Também trocou as meias. Os sapatos eram os mesmos que ele usou durante a semana toda. O cálculo de tempo dela foi perfeito.

O interfone tocou no exato momento em que ele chegou à entrada principal e disse ao porteiro para que a deixasse entrar. No caminho para a porta, Vin conferiu novamente no espelho estilhaçado se tinha arrumado sua camisa direito e se seu cabelo estava bom – o que era algo muito mulherzinha, pensou, mas não se importava.

Fora, no corredor, o elevador parou e ele se afastou um pouco para dar espaço a Marie-Terese, ainda que preferisse segurá-la em seus braços...

Oh, cara. Ela estava linda. Apenas com aquele jeans e o suéter de lã vermelha, com os cabelos soltos e sem maquiagem, ela era uma tentação total para ele.

– Oi. – Ele disse, como um idiota.

– Oi. – Ela moveu sua bolsa para cima no ombro e seus olhos se deslocaram para as portas abertas do duplex. Enquanto ela observava seu corredor dourado, suas sobrancelhas se levantaram levemente.

– Você quer entrar? – Ele deu um passo para o lado e sinalizou com a mão. – Mas saiba que... o lugar está uma bagunça depois...

Enquanto ela passava por ele, Vin respirou profundamente. Veja só. O cheiro de roupa lavada ainda era seu perfume favorito.

Vin fechou a porta, passou a fechadura e colocou o cadeado. O que não parecia deixá-lo nem na metade do caminho de se sentir completamente seguro. Ele tinha uma pequena paranoia sobre Devina que o fazia pensar se esses tipos de coisas convencionais conseguiriam mantê-la fora de qualquer lugar onde quisesse entrar.

– Posso servir alguma coisa para você beber? – Não licor, é claro. Ao menos não na sala. Só Deus sabia que não tinha restado nenhum ali.

Marie-Terese dirigiu-se para os bancos de vidro.

– Isso é como um... – Ela hesitou enquanto passava sobre uma mancha no carpete e olhava por toda a sala, menos para a vista.

– Estava ainda pior antes de eu tentar limpar um pouco. – Ele disse. – Cristo, eu não tenho ideia do que aconteceu aqui.

– Por que a sua namorada mentiria?

– Ex-namorada – ele a lembrou.

Marie-Terese olhou para o vidro quebrado para encontrar os olhos dele, e a visão dos traços dela revolvidos nas fendas do vidro o assustou muito – a ponto de ele ter de se encher de esperanças de poder tirá-la daquele seu reflexo torturante.

Quando ela se voltou para encará-lo, seus olhos estavam assustados.

– Vin... Esse homem que foi atacado. Era aquele homem que eu ajudei no banheiro. Nós entramos juntos e conversamos sobre uma garota que ele queria impressionar. – Ela colocou a mão sobre a boca, e tremeu.

– Oh, Deus... Ele estava comigo e então ele...

Vin se aproximou dela e a envolveu com os braços, segurando-a bem perto. Enquanto ela respirava fundo, sentia o movimento das coxas às costelas e, por Deus, ele poderia até matar para protegê-la.

– Não pode ser Mark. – Ela disse em sua camisa. – Mas e se ele mandou alguém para me encontrar?

– Venha aqui. – Ele pegou a mão dela e foi para o sofá. Mas, então, ele realmente queria conversar com ela em meio aos restos de violência que tinha ocorrido ali?

Detendo-se, ele pensou no escritório... mas tinha lembranças de estar com Devina naquele maldito tapete. O andar de cima... Sim, certo, o quarto não era nada convidativo, e não apenas porque convidar Marie-Terese para subir daria conotações que ele não intencionava: havia Devina demais por lá também.

Vin foi para a mesa da sala de jantar, conduzindo-a e arrumando duas cadeiras para que ele pudesse encará-la.

– Sabe? – Ela disse enquanto deixava a bolsa e eles se sentavam juntos. – Na verdade, eu sou um osso duro de roer.

Ele teve que sorrir.

– Eu acredito nisso.

– Só que parece que você surgiu em um momento difícil.

Vin estendeu sua mão e tocou um dos cachos de cabelo perto do rosto dela.

– Eu gostaria de poder fazer alguma coisa para ajudar.

– Estou deixando Caldwell.

O coração dele parou. Estava na ponta de sua língua argumentar com ela, mas ele não tinha aquele direito. Nem de longe. Além disso, ele estava muito pressionado para negar a decisão: provavelmente, era o melhor.

– Para onde você vai? – Ele perguntou.

– Qualquer lugar. Eu não sei.

No colo, as mãos dela estavam entrelaçadas e torcidas, como se condissessem com os pensamentos em sua cabeça.

– Você tem dinheiro suficiente? – Ele perguntou, mesmo sabendo o que ela ia dizer.

– Vou ficar bem. De alguma maneira... Robbie e eu vamos ficar bem.

– Você vai me deixar te ajudar?

Ela balançou a cabeça lentamente.

– Não posso fazer isso. Não posso... dever para mais ninguém. Eu estou tendo um momento suficientemente difícil pagando as pessoas a quem eu já devo.

– Quanto você deve a eles?

– Tenho mais trinta mil para pagar. – Ela disse, suas mãos se acalmaram. – Eu comecei com cento e vinte.

– E se eu der a você para que me devolva um dia? Eu tenho certeza de que eles estão cobrando juros.

– Dívida é dívida. – Ela sorriu de um jeito triste. – Houve um tempo em que eu esperava que algum homem viesse e me resgatasse da minha vida. E isso aconteceu – só que o resgate se transformou num pesadelo. Agora eu me resgato sozinha. O que significa que eu pago do meu jeito. Sempre.

Mas trinta mil dólares? Cristo, a quantia era o troco de um sofá para ele.

E pensar que ela trabalhou para ganhar aquele dinheiro fazendo...

Vin fechou e apertou os olhos por um momento. Droga, ele odiava as imagens em sua mente – ainda que fossem meramente hipotéticas sobre o que ela tinha sido forçada a fazer, elas o flagelavam. E seria tão fácil para ele fazer com que tudo aquilo se afastasse dela – porém, conseguia entender de onde ela estava vindo: aquele tipo de rotina de salvador, especificamente, a irritou em grande estilo, e a lição tinha sido aprendida de maneira muito dura para deixar passar.

Ele limpou a garganta.

– O que a polícia disse quando você falou com eles agora há pouco?

– Eles me mostraram uma foto do cara e eu disse a eles que eu o tinha visto no clube e que conversei com ele. Eu estava em pânico por imaginar que alguma testemunha ocular tivesse saltado detrás de um arbusto e tivesse dito que tinha me visto entrar no banheiro com ele, mas o policial não mencionou nada sobre isso. Então...

Quando houve uma longa pausa, ele teve o pressentimento de que ela estava tentando escolher as palavras. Soltou um palavrão em voz baixa.

– Diga que você não disse nada sobre estar comigo na noite passada.

Ela alcançou as mãos dele, segurando-as firmemente.

– É por isso que estou indo embora.

Com o coração aos pulos, ele se perguntou se não seria melhor que parasse de bater completamente.

– Você não fez isso. Oh, Deus... Você deveria apenas ficar fora...

– Quando eles me perguntaram o que aconteceu depois de eu ter conversado com aquele cara, eu disse a eles que eu saí com um Vincent diPietro e que eu e você estivemos juntos a noite toda. Das nove e meia, até quase quatro da manhã. – Quando ele ia puxar suas mãos para trás, ela as segurou no lugar. – Vin, eu já fiz coisas o suficiente na minha vida para estar envergonhada. Eu deixei um homem abusar de mim por anos... Mesmo na frente do meu filho. – Sua voz foi interrompida, mas então ficou mais forte. – Eu me prostituí. Menti. Fiz coisas que eu costumava desprezar em outras mulheres... mas eu parei com isso. Não mais.

– Mas que inferno – ele murmurou. – Mas *que* inferno.

Sem pensar, ele se inclinou e deu um beijo rápido nela, em seguida, soltou suas mãos e se levantou. Incapaz de se conter, perambulou pela sala, para cima e para baixo. Então, fez tudo de novo. Ela o observou o tempo todo, um braço envolto ao longo das costas da cadeira ornamentada em que estava sentada.

– Eu dei o número do meu celular à polícia. – Ela disse. – E voltarei para testemunhar se for preciso. Eu acho que Robbie e eu vamos arrumar tudo esta noite e simplesmente ir embora. Se a imprensa não souber como me encontrar, meu rosto não vai aparecer em lugar algum.

Vin parou no arco da sala e pensou na fita de segurança, com seu rosto tão evidente nela. Marie-Terese não tinha ideia no que tinha se envolvido, porque era muito mais do que um simples caso de agressão. Então, sim, era melhor que ela saísse da cidade. Tinha a sensação de que ele e seu estranho amigo Jim teriam que pensar em alguma maneira de se livrar de Devina, e não seria apenas o caso de mandá-la plantar batatas.

E quanto a quem estava no rastro de Marie-Terese? Não podia ser Devina, porque o problema tinha começado... Droga, na noite que ele viu Marie-Terese pela primeira vez no Iron Mask.

– O quê foi? – Marie-Terese disse.

Ele repassou os detalhes daquela noite. Devina tinha ido embora antes que ele e Jim dessem uma surra naqueles dois universitários. O que significava que era teoricamente possível que ela tivesse matado os dois no beco... Só que não fazia sentido. Por que ela iria atrás de homens que tinham estado com Marie-Terese? Como aquele ex-marido, ela não teria outros em seu alvo e, no mais, Vin não tinha muito a fazer com Marie-Terese naquele momento.

– O que está passando pela sua mente, Vin?

Infelizmente, nada que ele pudesse contar a ela. Nada mesmo.

Ele perambulou mais uma vez – e então lhe ocorreu uma coisa – Devia muito a ela, uma vez que se arriscara tanto por ele. E ele era um homem que sempre tirava vantagem desse tipo de coisa.

– Fique aqui. – Ele disse – Eu já volto.

Ele saiu rapidamente da sala em direção ao escritório.

Cinco minutos depois, retornou com as mãos cheias, e no instante em que Marie-Terese viu o que ele estava carregando, ela abriu a boca como quem dissesse um "não mesmo" a ele.

Vin balançou a cabeça e a interrompeu.

– Você disse que paga suas dívidas. – Uma por uma, ele dispôs cinco pilhas de cem dólares. – Bem, eu tenho certeza que você me permitirá fazer o mesmo.

– Vin...

– Cinquenta mil dólares. – Ele cruzou os braços sobre o peito – Pegue. Use para pagar suas dívidas e se manter por alguns meses.

Marie-Terese se levantou da cadeira.

– Eu estou dizendo a verdade, não estou fazendo um favor a você...

– Desculpe. Não vai ganhar essa. Eu devo a você por me proteger, e eu determinei que o valor dessa obrigação é de cinquenta mil. Você tem apenas que lidar com isso.

– Pro inferno que vou. – Ela pegou a bolsa da mesa e a lançou em seu ombro. – Eu não sou...

– Uma hipócrita? Peço que diferencie isso. Você pensa que é a única que tem orgulho? Você está dizendo que não tenho permissão para me sentir em débito com você? Mas que bela mente fechada.

– Você está distorcendo minhas palavras!

– Estou? – Ele movimentou a cabeça em direção ao dinheiro. – Eu não acho. E eu também não acho que você seja louca o suficiente para sair da cidade sem recursos. Se usar seus cartões de crédito, eis uma pista. Você limpa a sua conta no banco, outra pista.

– Vá para o inferno.

– Eu tenho a sensação de que já o fiz por minha conta, muito obrigado.

Ele se inclinou e empurrou as pilhas na direção dela.

– Pegue o dinheiro, Marie-Terese. Pegue, e saiba que não está presa a nada por isso. Você nunca mais quer me ver de novo, tudo bem. Porém, não vá sem nada. Você não pode fazer isso comigo. Eu não seria capaz de viver com isso.

Durante o tenso silêncio, ele percebeu que era a primeira vez, desde que tinha começado a ganhar dinheiro, que estava dando parte dele a alguém. Ou pelo menos tentando. Ao longo dos anos, ele nunca apoiou nenhuma instituição beneficente, ou nenhum tipo de causa – se o dinheiro saísse de seu bolso, ele tinha que ter algo tangível em troca e sempre com um aumento sobre o valor inicial.

– Você vai aceitar isso. – Ele murmurou. – Porque não se trata de algo do tipo "cavaleiro-na-armadura-reluzente." Eu não estou tentando salvar você. Eu estou pagando uma dívida e dando a você uma das ferramentas de que vai precisar para construir um futuro melhor.

Quando ela não respondeu, ele deu um tapinha em um dos maços.

– Pense nisso assim: eu estou ajudando você a comprar seu próprio cavalo branco... Gretchen, pelo amor de Deus, você precisa pegar o dinheiro.

O bastardo usou seu nome verdadeiro. Maldito.

Deus... Fazia tanto tempo que ninguém a chamava de Gretchen. Para Robbie ela era "mamãe". Para qualquer outra pessoa, era Marie-Terese. Ela sempre gostou do seu verdadeiro nome, contudo, e ouvindo-o naquele momento, ela o quis de volta.

Gretchen... Gretchen...

Ela encarou o dinheiro. Vin estava certo: ela pegou-o e teve bastante dificuldade para respirar. Só que... o quanto aquilo era diferente de antes? Era ainda um homem a sustentando. Não parecia certo.

Ela se aproximou dele e colocou as mãos em cada lado do seu rosto.

– Você é um homem muito, muito amável, Vincent diPietro. – Ela o puxou para baixo, para os seus lábios e ele foi com boa vontade, as palmas das mãos levemente nos ombros dela enquanto suas bocas se encontravam. – E eu quero agradecer-lhe.

A alegria brilhou nas duras linhas do rosto dele. Mas apenas por um momento. – Sempre me lembrarei do seu gesto – ela murmurou.

– Você não tem que pegar o caminho difícil – ele disse, suas sobrancelhas se unindo. – Você...

– Mas entenda, isso foi o que eu aprendi. As coisas estão difíceis para mim agora porque eu tentei pegar o caminho fácil da primeira vez. – Ela sorriu para ele, pensando que se lembraria da maneira que ele a olhava para o resto de sua vida. – Esse é o problema com cavalos brancos. Você mesmo tem que pagar por eles ou sempre estará usando o reino de outra pessoa.

Ele a encarou por um longo tempo. – Você está partindo meu maldito coração em dois agora, está mesmo. – Suas mãos apertaram os braços dela e, depois, a soltaram enquanto se afastava dela. – É como se... Eu não pudesse alcançar você ou te tocar, como se já tivesse partido.

– Desculpe.

Ele olhou o dinheiro.

– Sabe... Eu nunca me dei conta disso antes. Mas dinheiro é realmente apenas papel se você parar pra pensar.

– Vou ficar bem.

– Vai? – Ele balançou a cabeça. – Desculpe, isso saiu da maneira errada.

Só que ele estava certo em ficar preocupado. Inferno, ela estava também.

– Eu manterei contato.

– Eu ia gostar disso... Alguma ideia do seu destino?

– Eu não sei. Não parei para pensar sobre isso ainda.

– Bem... E se eu dissesse que tenho uma casa vazia que poderia emprestar a você. É fora do estado. – Ele levantou a mão quando ela ia intervir. – Só um minuto. É em Connecticut, numa área rural. É uma casa de fazenda, mas é perto da cidade, então você não iria ficar isolada. Você poderia dormir lá por algumas noites, colocar os pés no chão, pensar aonde ir em seguida. E é melhor que um hotel, porque você não precisa usar um cartão de crédito. Você poderia deixar sua casa hoje à noite, depois de escurecer, e chegar lá em menos de duas horas.

Marie-Terese franziu a testa enquanto pensava sobre a proposta.

– Não é uma esmola, nem dinheiro, e não haverá laços. – Ele disse. – Apenas um lugar para você e o seu filho deitarem a cabeça. E quando você estiver pronta para partir, apenas tranque o lugar e me envie as chaves de volta.

Marie-Terese andou até a janela da sala de jantar e olhou a vista deslumbrante enquanto tentava pensar sobre como seria o dia seguinte, a semana, o mês...

Não lhe veio nada. Nenhuma pista.

O que era um sinal muito claro de que ela precisava de algum lugar seguro para descobrir tudo isso.

– Certo – ela disse com calma. – Isso eu aceito.

Ela ouviu Vin se aproximar por trás e os braços dele a envolveram, ela se virou e o abraçou também.

Eles se abraçaram por um longo, longo tempo.

Era difícil dizer quando as coisas tinham mudado para ela... quando ela começou a notar não apenas o conforto do peito largo dele contra ela, mas o calor do seu corpo e a força de seus músculos rígidos e o aroma de especiarias do seu perfume caro.

Contudo, ele estava animado.

E sentia-se muito forte.

Então...

Marie-Terese passou as mãos pelas costas dele, sentindo a maciez da camisa de seda que ele usava, mas concentrando-se mesmo no forte homem sob o tecido. Num lampejo, ela o viu no espelho em seu antigo quarto, nu e erguendo-se em frente dela, flexionando os músculos ao longo de sua coluna.

Vin moveu seus quadris para trás.

– Eu acho... Eu acho que provavelmente devemos...

Ela se arqueou contra ele, e sentiu a ereção que estava tentando esconder.

– Fique comigo. Antes de eu ir... Fique comigo?

– Deus, sim.

Ele pegou a mão dela, e os dois subiram as escadas rápido. Por instinto, ela se dirigiu a um quarto preto e dourado que tinha uma cama enorme, mas ele a puxou na direção oposta.

– Ali não.

Ele a levou a outro quarto, que era menor, em tons de vermelho e bronze. Enquanto se deitavam sobre os lençóis de cetim, seus corpos se encaixaram quadril com quadril, as bocas se fundiram, as línguas se encontraram, as mãos foram em direção aos zíperes, botões e fivelas de cintos.

Ela arrancou a blusa dele e, quando seu peito estava nu, as palmas das mãos dela acariciaram sua pele macia e seus músculos tensos. Movendo-se para trás, ela o ajudou a tirar seu jeans e a blusa e, em seguida, se concentrou em tirar as calças dele.

– Santo Cristo. – Ele grunhiu enquanto ela empurrava sua calça até o meio das suas coxas e segurava sua ereção através de sua cueca.

Fundindo suas bocas e chupando a língua dele, ela o acariciou através do fino e flexível algodão da cueca até a cabeça do pênis ultrapassar a cintura. No instante em que ela ficou pele com pele com ele, Vin quebrou o contato de seus lábios, e respirou através dos dentes cerrados.

Sua cueca seguiu o caminho de suas calças, sendo empurrada rudemente por suas pernas e ela se inclinou sobre seu peito, beijando, beliscando, permitindo que seu cabelo caísse sobre ele e o excitasse enquanto ela descia cada vez mais.

Assim que ela o excitou o suficiente e estava pronta para tomá-lo entre seus lábios, as mãos dele apertaram seus braços.

– Espere... – Uma única gota se formou brilhante na ponta e escorreu pela cabeça e pela mão dela.

– Seu sexo não quer esperar, Vin – ela disse roucamente.

Outra gota seguiu a primeira, como se as palavras dela fossem tão eróticas quanto qualquer coisa que ela poderia ter feito a ele fisicamente.

– Eu preciso que você saiba de... uma coisa.

Marie-Terese franziu a testa.

– O quê?

– Eu... – ele colocou as duas mãos no rosto e esfregou como se quisesse desfazer seus traços.

– Quando eu estou com você, não é como quando eu estive... Sabe, com ninguém mais ultimamente.

– Isso... é uma coisa boa?

– Eu realmente acho que sim. – Ele deixou cair os braços. – Mas, para ser honesto, eu fiz algumas coisas erradas fora isso. Com pessoas desconhecidas.

Marie-Terese sentiu suas sobrancelhas se erguerem, como se tivessem se movido por vontade própria.

– Como o quê?

Ele balançou a cabeça como se não quisesse lembrar.

– Nada com homens. Mas esse era realmente o único limite que eu estabelecia. Eu apenas... experimentei de tudo e nem sempre fui cuidadoso. Eu sinto que você merece saber antes de nós fazermos qualquer coisa mais arriscada que um beijo e sexo com preservativo.

– Você não era fiel a Devina? – quando terminou de perguntar, contudo, percebeu que a questão era inútil, pois a mulher não tinha sido fiel a ele.

– Houve outras mulheres ao longo do tempo com ela. Se é que entende o que eu quero dizer.

Uma imagem indesejada de Vin coberto por pele feminina percorreu sua mente.

– Uau.

Ela estava prestes a fazer uma piada sobre isso que falava sobre um homem especial que podia fazer uma prostituta corar, mas dada a maneira como ele reagiu quando soube de sua "profissão", ela se conteve.

– Mas não será assim com você. – Os olhos dele passearam pelos cabelos dela, rosto e seios nus. – Para mim... Você é tudo de que eu preciso, tudo o que eu quero. Eu não consigo descrever. Mas quando você me beija, é tudo o que eu procurava... O quê foi?

Ela sorriu, enquanto o acariciava lentamente.

– Você faz com que eu me sinta preciosa.

– Venha aqui e me deixe mostrar o quanto exatamente você é preciosa.

Ele a puxou delicadamente até seus braços, mas ela resistiu, não querendo ser desviada. Engraçado, parecia estranho e maravilhosamente não familiar querer fazer o que ela fazia em sua profissão.

– Vin, por favor, deixe-me dar isso a você... – Movendo a palma de sua mão para cima e para baixo, ela viu a cabeça dele cair para trás, sua boca se abrir e seu peito se elevar. – E vou me certificar de que não termine antes do tempo. O que acha disso?

Antes que ele pudesse argumentar, ela se inclinou e usou a cabeça dele para abrir seus lábios – rapidamente, ele grunhiu e seus quadris se elevaram, o movimento empurrou sua ereção mais fundo em sua boca. Enquanto ela o chupava, seus punhos se enrolaram no edredom, os músculos dos braços se esticaram, o tórax e o abdômen ficaram rígidos.

Ele estava lindo assim, estendido no cetim vermelho, seu grande corpo excitado a um ponto que já não tinha mais volta...

Naquele momento quente e erótico, Marie-Terese o tinha exatamente onde ela queria que ele estivesse.

Capítulo 31

– Espere... como é que é? Vin deu exatamente o que a ela?

Jim olhou ao redor e depois para Adrian e não gostou da expressão no rosto do cara. Ele parecia um pouco pálido.

– Um anel. – Jim disse. – Ele deu a ela um anel de noivado. Ou, pelo menos, ele disse que ela partiu com ele, quando ele terminou com ela.

O rosto do anjo ficou ainda mais tenso.

– Era feito de quê?

– Era um diamante.

– Não a pedra. Do que ele era feito?

– Eu não sei. Platina, eu acho. Vin é do tipo que escolhe o que há de melhor.

Enquanto Eddie balançava a cabeça e praguejava, Jim disse.

– Certo, agora é o momento feliz, quando vocês me dizem por que diabos vocês dois parecem estar como se alguém tivesse cuspido no tanque de gasolina de suas Harleys?

Adrian deu um fim no resto da cerveja e colocou a lata em cima da mesa da cozinha.

– Você sabe alguma coisa sobre magia negra, meu amigo?

Jim balançou a cabeça lentamente, nada surpreso com a direção que a conversa estava tomando.

– Por que você não me dá uma luz?

Adrian começou a pescar dentro da caixa de sapato cheia de peças de xadrez e tirou todos os peões, um a um, alinhando-os.

– Magia negra é real. Ela existe, e é mais influente do que você imagina – e eu não estou falando sobre cantores que mordem cabeças de morcegos em palcos ou de um bando de adolescentes de dezesseis anos que ficam chapados e brincam com um tabuleiro, ou os tão conhecidos investigadores paranormais masturbando suas glândulas suprarrenais em alguma casa antiga e sombria. Eu estou falando sobre a maldita coisa, de verdade, que te pega por trás. Eu estou falando sobre como os demônios conseguem possuir almas... Eu estou falando sobre magias e maldições que não funcionam só neste mundo, mas também no outro.

Houve uma pausa tensa e sombria, de vasta significância.

A qual Jim rompeu esfregando as mãos e batendo palmas.

– Abracadabra!

Pelo menos Eddie riu. Adrian mostrou o dedo do meio para Jim e foi em direção à geladeira para pegar outra cerveja.

– Não seja idiota – ele respondeu enquanto abria uma gelada.

– Oh, claro, porque dois nesse grupo seria um exagero. – Jim recuou na cama de modo que ficou encostado na parede. – Olhe, eu apenas tentei quebrar a tensão. Continue.

– Isso *não é* uma piada.

Quando Jim assentiu, Adrian tomou um grande gole da lata de cerveja, sentou-se no banco de novo e parecia que estava preenchendo o catálogo de sua mente.

– Existe muita coisa que você vai aprender com o tempo. Então vamos chamar isso de lição um. Demônios colecionam um monte de porcarias das pessoas a quem estão perseguindo. Quanto mais eles conseguem, melhor, e eles ficam com aquilo a menos que alguém pegue de volta. Com essa prática, é como se... pense nisso como um sistema de classificação. Presentes valem mais do que as drogas que eles roubam, e um dos mais fortes são os presentes feitos de metal verdadeiro. Platina serve. Ouro. Prata tem uma extensão menor. É como um vínculo. E quanto mais coisas eles conseguem da pessoa, mais fortes esses vínculos ficam.

Jim franziu a testa.

– Para que serve isso, então? Quero dizer, o que traz a Devina além de um monte de porcarias?

– Quando ela o mata, pode mantê-lo junto a ela pela eternidade. Esses vínculos são traduzidos em um tipo de propriedade, de fato. Demônios são como parasitas. Eles se alojam e podem levar anos para subjugar a alma de alguém, mas é o que eles fazem. Eles entram na cabeça da pessoa e afetam suas escolhas, a cada dia, semana, mês que se passa, eles lentamente invadem a vida que deve ser levada, corrompendo, obstruindo, destruindo. A alma escurece pela infecção e quando chega a hora certa, o demônio entra em cena e um evento mortal acontece. O seu garoto, Vin, está bem nesse ponto crítico. Ela está ajustando e movimentando os eventos, sendo a prisão dele o primeiro passo. É um efeito dominó, e vai piorar rápido. Eu já vi isso muitas vezes para ficar descrevendo.

– Jesus... Cristo.

– Mas não tem muito a ver com Ele, nesse caso.

Enquanto as perguntas giravam na cabeça de Jim, ele disse:

– Mas por que Vin? Por que ele foi escolhido em primeiro lugar?

– Tem que existir uma brecha para a entrada. Pense nisso como pegar tétano de um prego enferrujado. Existe um machucado na alma e o demônio entra através da ferida.

– O que causa uma ferida?

– Um monte de porcaria. Cada caso é diferente. – Adrian moveu os peões ao redor formando um X. – Mas uma vez que os demônios estão lá, precisam ser removidos.

– Você disse que Devina não pode ser morta.

– Contudo, nós podemos dar a ela uma boa ordem de despejo. – Nesse momento, Eddie soltou um grunhido de aprovação. – E é isso que nós vamos ensinar você a fazer.

Bem, essa não era exatamente uma lição pela qual ele ansiava aprender.

Jim passou a mão pelo cabelo e se levantou da cama.

– Quer saber? Vin disse algo sobre... Vin disse que, quando ele tinha dezessete anos, ele foi a um, a um tipo de adivinho, médium. Ele estava tendo aqueles ataques nos quais ele via o futuro e estava desesperado para que aquilo parasse.

– O que ela disse para ele fazer?

– Ele não entrou nessa parte, mas os ataques pararam até bem pouco tempo. Ele mencionou, contudo, que depois que ele seguiu as ordens, por assim dizer, sua sorte mudou no geral.

Adrian franziu a testa.

– Nós temos que descobrir o que ele fez.

Eddie levantou a voz.

– E nós precisamos pegar o anel de volta. Ela está tentando prendê-lo ainda mais antes de matá-lo, e isso é um vínculo forte demais.

– Eu sei onde ela mora. – Jim disse. – Ou, pelo menos, eu a vi entrar naquele depósito no centro da cidade.

Adrian ficou em pé e Eddie também.

– Então vamos fazer uma pequena invasão e entrar, não vamos? – Ad disse, pegando os peões e colocando-os de volta na caixa. Depois que terminou sua cerveja, estralou os dedos. – A última luta que eu tive com aquela vadia acabou muito rápido.

Eddie revirou os olhos e lançou um olhar a Jim.

– Foi na Idade Média e ele ainda não superou.

– Por que há tanto tempo?

– Fomos congelados. – Eddie disse. – Nós éramos um pouco mais baixos do que os nossos chefes poderiam aguentar.

Adrian riu como um filho da mãe.

– Como disse antes, gosto das garotas.

– Normalmente em pares. – Eddie colocou o Cachorro no chão e esfregou suas orelhas. – Nós vamos voltar, Cachorro.

O Cachorro não pareceu feliz com a despedida e começou a circular todos os pés da sala, incluindo os do sofá, o que sugeria que ele considerava o pedaço da mobília uma opção. Não era exatamente o que Jim tinha em mente.

Não, ele iria usar algo um pouco mais poderoso.

Indo até a estante de livros vazia no canto mais afastado, ele puxou uma bolsa preta e abriu o zíper, revelando uma maleta de aço inoxidável de aproximadamente um metro e vinte por noventa centímetros. Correndo o indicador sobre os botões, ele soltou o cadeado e abriu a tampa. Dentro, havia três revólveres e um rifle, que ele deixou onde estavam. Do par de SIG Sauers, cujos canos ele tinha personalizado, pegou uma que cabia perfeitamente na palma de sua mão direita.

Adrian balançou a cabeça, como se as automáticas não fossem mais que pistolas de água.

– Apenas me diga o que você pensa que vai fazer com esses pedaços de metal lá, meu caro *Perseguidor Implacável*?*

– É a minha garantia de segurança, que tal?

Jim verificou a arma rapidamente, trancou a maleta de novo e escondeu a bolsa. A munição estava atrás das latas nos armários sobre a pia e ele pegou o suficiente para encher o pente.

– Você não pode atirar nela com isso. – Eddie disse suavemente.

– Sem ofensa, mas eu só acredito vendo.

– E é por isso que você vai falhar.

Adrian praguejou e bateu a porta.

– Ótimo, você o incitou a brincar de Yoda de novo. Será que podemos ir antes que ele faça nossas malditas motos levitarem?

Enquanto Jim trancava as coisas e eles desciam as escadas, o Cachorro subiu na parte de trás do sofá e os observou através da janela. Ele arranhou um pouco o vidro, como se estivesse protestando por ter sido deixado de fora da ação.

– Vamos pegar minha caminhonete. – Jim disse quando eles chegaram ao cascalho. – Menos barulho.

– E tem um rádio, certo? – Com uma trágica concentração, Adrian começou a esquentar sua voz, soando como um alce sendo acariciado por um ralador de queijo.

Jim balançou a cabeça a Eddie enquanto as portas eram abertas.

– Como você aguenta esse barulho?

– Surdez seletiva.

– Pode me ensinar, mestre?

A viagem até a cidade durou uns quatrocentos anos – o que se deveu muito ao fato de Adrian ter achado a estação de rádio de rock clássico: "Panama", do Van Halen, nunca foi tão ruim, mas ainda não era nada comparada com o que aconteceu com "I Would Do Anything for Love (But I Wont Do That)", do Meat Loaf.

O que evidentemente aludia a Adrian calando a boca.

**Perseguidor Implacável* (Dirty Harry) é um filme norte-americano de 1971, estrelado por Clint Eastwood, que interpreta o detetive Harry Callahan. [N. T.]

Quando eles chegaram ao distrito dos depósitos, Jim colocou fim à baboseira de Adrian e ele nunca ficou tão feliz em acionar um botão de volume.

– O prédio fica a duas ruas abaixo.

– Tem um local para estacionar. – Eddie disse apontando para a esquerda.

Depois que abandonaram a F-150, desceram um quarteirão, viraram à direita e, veja só, eles deram sorte. Assim que viraram a esquina, um táxi parou na frente da porta onde Devina tinha desaparecido antes.

Os três se abaixaram para se esconder e, um momento depois, o táxi passou com Devina no banco de trás passando batom com um espelho compacto na mão.

– Ela nunca faz nada sem uma razão. – Adrian disse suavemente. – Isso é uma coisa que você pode colocar no seu banco de dados. Qualquer coisa que sai da sua boca é quase sempre uma mentira, mas as ações dela... Sempre tem uma razão. Precisamos entrar, achar aquele anel e sair rápido.

Movendo-se rapidamente, eles foram para as portas duplas, puxaram e adentraram no saguão, que tinha tantas nuances arquitetônicas quanto um frigorífico: piso de concreto, paredes caiadas e o espaço era mais gelado do que o ar externo. O único acessório que havia era a luz do teto em estilo industrial. Via-se ainda uma fileira com cinco caixas de correio de aço inoxidável e um interfone com uma lista com cinco nomes. Devina Avale era o número cinco.

Infelizmente, por dentro, o jogo de portas estava fechado com cadeado, mas Jim deu um puxão de qualquer jeito.

– Sempre podemos esperar até que alguém...

Adrian se aproximou, agarrou a maçaneta e deu uma meia volta, sem nenhum empurrão.

– Ou você pode simplesmente abrir a coisa. – Jim disse ironicamente.

Ad esfregou sua mão brilhante e sorriu.

– Eu sou bom com as mãos.

– Melhor do que com suas cordas vocais, com certeza.

Ele odiava trabalhar.

Odiava passar seus dias levando pessoas ingratas ao longo de Caldwell em um táxi que cheirava a alguma coisa que o último motorista tinha comido. Mas, tinha que lidar com o lado prático da vida e, além disso, pelo menos o objeto de sua afeição costumava ficar em casa durante o dia.

Também havia sua política de ignorar. Ele não olhava para seus passageiros, se recusava a ajudar com bagagens e nunca falava mais que o estritamente necessário. Era um bom caminho a seguir – especialmente se levasse em consideração no que suas buscas noturnas tinham resultado ultimamente: não tinha motivo para correr o risco de despertar a memória obscurecida de alguém. Você nunca sabe do que as pessoas são capazes de lembrar sobre a cena de um crime.

Outra lição que ele aprendera da maneira mais difícil.

– Como está o meu batom?

Ao som da voz feminina, as mãos dele apertaram o volante. Ele não dava a mínima para a aparência da boca estúpida de uma mulher.

– Eu perguntei a você... Como está o meu batom? – O tom estava mais ácido agora e fez com que apertasse ainda mais as mãos no volante.

Antes que ela repetisse a pergunta e ele ficasse desagradável, ele olhou no espelho retrovisor. Se qualquer vadia que estivesse atrás dele esperava que...

Olhos negros agarraram os dele e o prenderam como se ela tivesse se inclinado para frente e colocado um cadeado nele. E então ele a sentiu se aproximando e...

– Meu batom. – Ela disse, com uma pronúncia deliberada e cintilante.

Ele deu uma rápida olhada na rua, que estava livre de semáforos pelas próximas duas quadras e logo depois voltou a olhar pelo retrovisor.

– Ah... parece bom.

Com um pequeno golpe deliberado de seu dedo indicador, que tinha a unha esmaltada, ela limpou a linha do lábio inferior e, em seguida, franziu a boca e soltou.

– Vejo que é um homem religioso – ela murmurou fechando o espelho compacto.

Ele lançou um olhar para a cruz que estava colada no para-brisa.

– Não é meu táxi.

– Oh. – Ela alisou seu cabelo para trás e continuou o encarando.

Não demorou muito para perceber que o aquecedor devia estar numa potência muito alta, e ele ainda verificou duas vezes se o ventilador estava ligado também. Não. Ela era apenas uma mulher bonita que olhava para ele como se ele fosse alguma coisa. O que acontecia com a frequência de um...

– Qual o seu nome? – Ela sussurrou.

Sua língua se deteve e, de repente, não teve certeza da resposta, apontou para a licença de taxista que tinha uma foto dele. Lendo o que estava escrito, disse:

– Saul. Saul Weaver.

– Bom nome.

Quando se detiveram em um sinal vermelho de um cruzamento, ele freou e, no instante que o táxi estava completamente parado, ele olhou de volta para o espelho... retro... visor...

As íris dos olhos dela se expandiram até não haver mais nenhuma parte branca para contrastar com o denso negro – e, apesar de aquilo ser o tipo de coisa que o faria sair gritando, ele sentiu um orgasmo líquido tomando o lugar do sangue em suas veias.

O prazer o invadiu, elevando-o mesmo que permanecesse sentado no banco do táxi, invadindo-o mesmo com sua pele intacta, possuindo-o, apesar de não haver nenhum elo tangível entre eles.

– Saul. – Disse a mulher, sua voz transformada em algo tão profundo quanto a voz de um homem e tão ofegante quanto a respiração de uma mulher. – Eu sei o que você quer.

Saul engoliu em seco e ouviu sua voz surgir a uma longa distância.

– Sabe?

– E eu sei como você pode conseguir isso.

– Você... Sabe?

– Estacione naquele beco, Saul. – Assim que ele estacionou, ela abriu seu casaco, revelando uma blusa branca justa que mostrava claramente seus mamilos, como se nada os estivesse cobrindo. – Estacione, Saul, e deixe-me dizer o que você precisa fazer.

Com uma volta no volante, ele mergulhou na sombra entre dois altos prédios e estacionou o táxi. Assim que ele se virou para olhar para ela, ficou completamente cativado: apesar de ficar preso aos olhos dela no espelho, o resto do seu corpo não deixava nada a desejar. Ela era... irreal e não só porque era linda. Olhando aqueles poços negros, ele se sentia completamente aceito, completamente compreendido e ele sabia, sem sombra de dúvida, que acharia o que estava buscando com ela. Ela tinha as respostas.

– Por favor... Fale.

– Venha cá, Saul. – A mulher percorreu suas unhas pintadas pelo pescoço até o decote. – E me deixe entrar.

Capítulo 32

Não gozar seria difícil.

Enquanto Marie-Terese fazia mágica em sua ereção, Vin sentia que sua pele estava em chamas e seu sangue fervilhava e sua medula óssea se transformara em relâmpagos. A cada chupada e a cada carícia, ela o enviava direto ao precipício do qual estava morrendo de vontade de se jogar... e, também, não tinha o menor desejo de se deixar levar. Deus... seu autocontrole o estava matando, no melhor sentido; sua cabeça caiu de encontro ao travesseiro, suas coxas estavam rígidas, seu peito pulsando. Ela o levava ao paraíso e ao inferno em igual medida e ele queria que isso continuasse para sempre.

Mas ele não iria muito longe.

Erguendo a cabeça com toda força, olhou para seu corpo e ficou extasiado de prazer. A boca de Marie-Terese estava bem esticada, seus belos seios estavam empinados e cheios de luxúria, seus mamilos roçavam suas coxas...

– Oh, *droga* – lançou-se e a afastou de sua ereção, os dedos envolveram os braços dela enquanto ele lutava para não gozar.

– Você...?

Vin a interrompeu beijando-a com força e rolando sobre ela. Antes que parasse, passou o braço sob um de seus joelhos e a puxou para cima. Ele estava rosnando, estava selvagem, estava...

– Eu preciso de você agora, Vin! – suas unhas afundaram em seu traseiro enquanto ela se derretia embaixo dele.

– Droga... claro que sim!

Só que os dois congelaram ao mesmo tempo. Disseram juntos:

– *Camisinha*.

Vin grunhiu e se esticou para a mesa ao lado da cama, o movimento o levou a pressionar as curvas dela com mais firmeza – e ela não ajudou a suavizar a situação, movendo-se contra ele como uma onda.

Enquanto a sensação erótica de carne contra carne reverberava através de seu corpo, Vin perdeu o contato com a camisinha que tinha espalmado, o pequeno quadrado foi lançado longe de seu alcance como se tivesse frequentado aulas de voo.

– Maldita!

Inclinando-se para o chão, seus quadris se deslocaram, e seu membro roçou a quente e doce vagina dela. Com um rápido impulso, ele recuou, porque não queria perder o controle, e...

Cara, as coisas não iam bem lá embaixo, com o pacote da camisinha se recusando a abrir.

– Deixe-me ajudá-lo – Marie-Terese disse, juntando-se à caça.

Foi ela quem finalmente pegou o prêmio azul claro, levantando-se e rindo enquanto o segurava acima da cabeça.

– Consegui!

Vin começou a rir junto com ela e, num piscar de olhos, puxou-a junto a si, abraçando-a. Ele ainda estava completamente ereto e pronto para gozar, mas também se sentia leve e solto enquanto sorria e ela dava uma risadinha e eles rolavam juntos, bagunçando o edredom. O preservativo se perdeu no processo, aparecendo e desaparecendo a cada volta, como um peixe na água.

A coisa acabou presa ao lado dele, como se finalmente decidisse ser reivindicada. Ou tinha decidido reivindicá-lo.

Vin arrancou um pedaço, rasgando o resto do pacote e revestiu a si mesmo. Deitando-a de costas novamente, abriu caminho por entre suas coxas e afastou o seu cabelo para longe de seus olhos.

O contato iminente era eletrizante, mas o momento foi suave e doce: ela brilhava enquanto olhava para ele.

– O quê foi? – ela sussurrou, tateando o seu rosto.

Vin parou por um momento para gravar seus traços e a forma como a sentiu sob ele, vendo-a não apenas com os olhos, mas sentindo-a com sua pele e seu coração.

– Olá, mocinha adorável... olá.

Enquanto ela corava de modo gracioso, ele a beijou profundamente, sua língua acariciou a dela, seus corpos conectados. Uma mudança em seus quadris e a ereção dele mudou de posição e, então, se moveu lentamente para frente facilitando para ela. Enquanto o tomava dentro de si e aquela contração espetacular ressoava, ele baixou a cabeça sobre seus lindos cabelos e se deixou levar.

Longo, profundo, vibrante... não há mais riso agora – somente o delicioso desespero que o sufocava e o reanimava em movimentos circulares. Era o mesmo que tinha sentido quando ela teve sua boca nele: o tipo de coisa que não queria que tivesse fim, embora não fosse possível.

No momento de triunfo, Vin rugiu enquanto era tomado por contrações da cabeça aos pés e, de longe, ele a ouviu dizer seu nome, sentiu suas unhas arranhando sua coluna, absorveu as ondas da libertação dela.

Quando recuperaram a respiração, ele ainda estava duro enquanto agarrava a base do preservativo e o retirava.

– Já volto!

Depois de voltar do banheiro, retornou e se estendeu ao lado dela.

– Você sabe o que eu tenho ali dentro? – ele apontou com o polegar em direção à extensa área de mármore que tinha utilizado para se limpar.

– O quê? – ela deslizou as mãos por seus braços e seus ombros.

– Seis. Duchas. De pressão.

– Meeeeesmo?!

– Sim. Larry, Curly, Moe, Joe e Frankie.*

– Espera, apenas cinco tem nomes?

– Bem, tem o "Muito Louco", mas eu não tenho certeza se ele está apto para se juntar aos outros.

A gargalhada dela era outro tipo de orgasmo para ele, o tipo de coisa que o aquecia de dentro para fora.

– Vai deixar que eu a visite? – ele sussurrou. – Depois de você partir.

*Referência ao programa de comédia norte-americano "Three Stooges" (Os três patetas).

Coisa errada a dizer. Drenou toda a felicidade do rosto dela.

– Eu sinto muito – ele disse rapidamente. – Eu não deveria ter perguntado. Droga, eu não deveria...

– Eu gostaria, sim.

Sua resposta foi tão tranquila quanto a pergunta tinha sido, e o *mas* silencioso pendia entre eles tal qual um rastro de fumaça ácida.

– Venha comigo – disse ele, preparando-se para deixar o assunto de lado. Se eles não tinham muito tempo juntos, ele não queria arruinar o pouco tempo que tinham. – Deixe-me tirar o suor de sua pele.

Ela segurou seus braços, suas mãos o apertavam para detê-lo.

Balançando a cabeça, ele roçou a boca na dela.

– Não há promessas e eu entendo isso.

– Eu gostaria de poder fazê-las.

– Eu sei. – Ele deslizou as pernas para fora da cama e a envolveu em seus braços. – Mas eu tenho você agora, não tenho?

Ele a segurou no ar enquanto entravam na banheira... a segurou acima do chão de mármore enquanto ligava o chuveiro... a manteve em seus braços enquanto colocava a mão sob o jato de água e esperava até que ficasse morna o suficiente.

– Você não tem que me carregar – disse ela aninhando-se em seu pescoço.

– Eu sei. Só não quero deixar você ir enquanto ainda está aqui.

– Você já assistiu *Atração Fatal*? – Adrian perguntou.

Quando o elevador de carga do armazém de Devina fechou as portas, Jim olhou o que era, essencialmente, o espaço de uma sala inteira. Caramba, era possível colocar um piano de cauda na parte de cima daquela maldita coisa.

– Como? – ele perguntou.

– *Atração Fatal*. O filme. – Adrian deslizou as mãos para cima e para baixo nas paredes metálicas. – Tem uma ótima cena em um elevador bem como este aqui. Está entre as minhas dez melhores cenas.

– Deixe-me adivinhar, as outras nove estão na Internet.

Eddie apertou o botão onde estava marcado "cinco" e a coisa cambaleou como um cavalo.

– Glenn Close era uma psicopata nesse filme.

Adrian deu de ombros e dissimulou o sorriso no rosto que parecia sugerir que ele se colocava na situação, por assim dizer.

– O quanto isso importa de verdade, então?

Eddie e Jim olharam de relance um para o outro e reviraram os olhos de forma inexpressiva, afinal, qual era o ponto? Você adquiria esse hábito com Adrian e passaria sua vida inteira encarando o teto.

No quinto andar o elevador parou com um solavanco e as portas chacoalharam enquanto Eddie trabalhava para liberar a alavanca e poder sair.

O corredor estava vazio, mas escuro como um galpão, com as paredes de tijolos unidas por uma argamassa antiga, cheia de lama e um assoalho de pranchas de madeira desgastado pela velhice e pela umidade. Para baixo, à esquerda, havia uma porta de metal na altura do elevador, com uma placa sobre ela onde se lia SAÍDA. Mais à direita havia outra porta – feita de painéis de aço niquelado.

Jim retirou sua arma do coldre e a destravou.

– Há probabilidade de ela viver com mais alguém?

– Trabalha sozinha, em geral. Embora ela seja conhecida por pegar animais de estimação de vez em quando.

– Rottweilers?

– Najas cuspideiras. Bocas-de-algodão. Ela gosta de cobras, mas talvez as tenha reciclado, reutilizado em seus sapatos e bolsas. Quem sabe?

Enquanto andavam até a porta niquelada, Jim assoviou suavemente. Empilhadas umas sobre as outras, sete trancas cintilavam como medalhas de honra no peito de um soldado.

– Jesus, dá uma olhada nas fechaduras desta coisa.

– Até os paranoicos têm inimigos, filho – murmurou Adrian.

– Sim... você pode deixar essa coisa idiota de "filho" de lado?

– Quantos anos você tem? Quarenta? Eu tenho quatrocentos, se não me engano.

– Ok, está bem. – Jim olhou por cima do ombro. – Você pode usar sua mágica nisso, *vovô*?

Adrian sacudiu seu dedo do meio, colocou a mão sobre a maçaneta, e... não conseguiu nada.

– Droga. Ela bloqueou isso.

– O que você quer dizer?

– O pior tipo de feitiço. – Adrian moveu a cabeça de maneira sombria para Eddie. – É com você.

Enquanto o homem silencioso avançava, Adrian agarrou o braço de Jim e o puxou para trás.

– É melhor dar espaço para ele.

Eddie ergueu a palma da mão e fechou os olhos e permaneceu um pouco como uma estátua. Seu rosto forte, com os lábios proeminentes e os maxilares quadrados, assumiram uma determinação calma e, depois de um momento, um cântico suave emanou dele. A única coisa estranha era o fato de que, até onde Jim conseguia ver, os lábios do homem... do anjo... ou do que quer que ele fosse... não se moviam.

Oh, espere... não era um cântico.

Ondas de energia pulsavam pela palma da mão do anjo, como o calor que sobe do asfalto no verão, e faziam um som rítmico que ressoava ondulando pelo ar.

Houve uma série de deslocamentos e, uma a uma, as travas foram se abrindo. E, então, houve um clique final e a porta flutuou se abrindo como se o espaço ao redor tivesse soltado um suspiro.

– Bom – murmurou Jim enquanto as pálpebras de Eddie se erguiam. O cara suspirou fundo e moveu seus ombros em círculos, como se estivessem endurecidos.

– Vamos ser rápidos com isso. Não sabemos por quanto tempo ela vai ficar fora.

Adrian entrou primeiro, um tipo vicioso de ódio ardia em sua expressão, e Eddie vinha logo atrás dele.

– Mas... que... droga... – disse Jim enquanto entrava.

– Sempre com uma coleção. – Adrian cuspiu. – Aquela vadia.

O primeiro pensamento de Jim foi que o vasto espaço aberto era como uma maldita espécie de loja de liquidação de móveis. Havia centenas e centenas e centenas de relógios, todos agrupados por tipo, mas, por outro lado, desorganizados: os relógios de pedestal ficavam em um círculo desordenado no canto mais distante, como se estivessem perambulando e tivessem congelado no momento em que a porta se abriu. Os relógios redondos de parede estavam pregados às grossas vigas de madeira que corriam verticalmente do chão ao teto. Espalhados em prateleiras havia relógios de mesa que eram verdadeiras obras de arte, assim como relógios despertadores e metrônomos.

Mas os relógios de bolso eram os mais estranhos.

Suspensos no alto das vigas do teto, como aranhas em teias, relógios de bolso de todas as épocas e fabricantes oscilavam em cordas pretas.

– O tempo continua... deslizando... deslizando... deslizando para o futuro – Adrian balbuciou enquanto caminhava ao redor.

Só que, na verdade, isso não acontecia. Todos os despertadores e relógios estavam parados. Inferno, mais do que parados – os pêndulos dos relógios de pedestal estavam congelados no espaço, no topo de seus arcos.

Jim desviou o olhar daquela mistura caótica de tempo em suspenso e encontrou outra coleção.

Devina tinha um e somente um tipo de mobília: escrivaninhas. No espaço devia haver de vinte a trinta delas, e estavam amontoadas de um modo desorganizado, como se a do meio tivesse chamado as outras para uma reunião rápida e estas estivessem com pressa para chegar. Assim como com os relógios, havia muitos tipos diferentes – antiguidades que pareciam pertencer a museus, novas com linhas delicadas, baratas que pareciam ter sido feitas na China e liquidadas em uma loja de bairro.

– Droga, eu aposto que ela o colocou em uma destas. – Adrian disse enquanto ele e Eddie se reuniam à assembleia confusa.

– E que cheiro é esse? – Jim perguntou, esfregando o nariz.

– Você não vai querer saber.

O duro é que ele queria. Alguma coisa estava muito errada, e não era somente porque ela tinha sérios problemas de TOC para manter aquela decoração: o ar estava contaminado com um perfume que fazia a carne de Jim se arrepiar. Doce... doce demais.

Deixando Eddie e Adrian com sua rotina de procurar agulha no palheiro, Jim foi explorar. Como em todos os galpões, não havia nenhuma divisão de espaço, a não ser uma no canto que devia delimitar o banheiro.

O que significava que as facas de cozinha estavam bem expostas.

No aparador de granito havia todo tipo de lâminas: de caça, militares, canivetes suíços, de açougueiro, de cozinha, feitas por prisioneiros, delicadas e estiletes. As extremidades das coisas eram longas e curtas, lisas e serrilhadas, enferrujadas e brilhantes. E assim como os móveis e os relógios, estavam em uma mistura desorganizada, os cabos e as pontas virados para todos os lados.

Para um homem que achava que já tinha estado em uma série de situações sórdidas, esta era novidade.

Jim sentia-se como se estivesse caminhando na Terra do Tudo Errado.

Respirando profundamente, tentou limpar a mente, mas acabou obstruindo as narinas. E o cheiro... o que era aquilo? De onde estava vindo? Do banheiro, ele percebeu.

– Não entre lá, Jim. – Eddie gritou enquanto ele avançava naquela direção. – Jim! Não...

Sim, dane-se. O cheiro que entrava pelas narinas causava um gosto ruim na boca, e havia uma única coisa que produzia aquilo...

Do nada, Eddie apareceu na frente dele, bloqueando a passagem.

– Não, Jim. Você não pode ir lá.

– Sangue. Aquele cheiro é de sangue.

– Eu sei.

Jim falou devagar, como se Eddie tivesse perdido a sanidade.

– Então, tem alguém sangrando ali.

– Se você romper o lacre daquela porta, poderá ativar também um alarme de segurança. – Eddie apontou para o chão. – Vê isso?

Jim franziu as sobrancelhas e olhou para baixo. Bem na frente de suas botas, havia uma débil linha de sujeira, como se tivesse sido levemente polvilhada lá por uma mão cuidadosa.

– Se você abrir isto – Eddie disse – vai ultrapassar essa barreira e nossa cobertura vai evaporar.

– Por quê?

– Antes de sair, ela preparou o batente da porta com um tipo específico de sangue e aquela sujeira vem de um cemitério. Se alguém passar sobre isso e liberar a energia, ela vai sentir de uma forma muito intensa, como uma bomba atômica explodindo.

– Que tipo de sangue é este? – Jim perguntou, embora soubesse que não iria gostar da resposta. – E por que ela não fez isto na porta por onde entramos?

– Ela precisa de um ambiente controlado para lançar o feitiço de proteção. O corredor lá de fora? Como ela pode ter certeza de que o pessoal da limpeza não varreria a sujeira ou de que alguém não gostaria de estragar tudo? E todas essas coisas aí – Eddie fez um gesto em círculo com a mão – não são tão importantes quanto o que está aqui dentro.

Jim encarou a porta fechada como se a qualquer momento ele pudesse se transformar no Super-Homem e ser capaz de ver através das coisas.

– Jim. Jim... você não pode entrar lá. Nós precisamos achar o anel e sair daqui.

Havia mais coisa ali, Jim pensou. Segundo o que Adrian revelou em seu quarto, os anjos tinham como norma dizer a ele somente o que ele precisava saber no momento e nem uma mera informação a mais. Assim, definitivamente, tinha alguma porcaria acontecendo naquele lugar sobre a qual ele não sabia se...

– Jim.

Jim se concentrou na maçaneta da porta que estava a distância de seu braço. Ele não era o tipo desinformado e se isso o levasse a um confronto com Devina e acelerasse o processo, era difícil imaginar que fosse uma coisa ruim.

– *Jim.*

Capítulo 33

Água morna sobre seus seios e coxa... lábios mornos em sua boca... vapor circundando seu corpo.

Marie-Terese percorreu com as mãos os ombros volumosos de seu amante, impressionada com a diferença entre seus corpos. Ele tão rígido, seus músculos se flexionavam e se soltavam enquanto os dois se moviam um contra o outro, deslocando-se, acariciando-se, buscando e achando. Sua quente ereção tocava a parte superior de sua barriga e, entre suas pernas, ela sentia que estava tão pronta para mais daquilo quanto ele.

Vin separou seus lábios dos dela e os aninhou em seu pescoço. Então, desceram até os ombros... E ele foi ainda mais baixo, curvando-se para chupar seus mamilos, antes de lamber as apertadas pontas. Enquanto ela afundava os dedos em seu liso cabelo molhado, ele se ajoelhou no mármore na frente dela, segurando seus quadris, e a olhou fixamente com um olhar quente. Com seus olhares fixos, a boca dele foi para seu umbigo, tocando-o suavemente, como a água tinha feito antes de ser substituída por sua língua rosada.

Apoiando-se contra a parede de mármore entre duas duchas de pressão, Marie-Terese endireitou sua postura enquanto ele beijava o caminho ao longo de seu quadril. Os dentes brancos fizeram uma breve aparição e, em seguida, se uniram suavemente na pele de sua barriga antes de refazer o caminho com os lábios em movimentos de sucção.

Mais abaixo.

Para dar mais espaço, ela colocou o pé sobre a bancada de mármore construída no canto, e a boca dele foi imediatamente para a parte interna de sua coxa. Ele tinha urgência, mas era gentil no momento em que se aproximava cada vez mais do núcleo que pulsava entre suas pernas. Ela ansiava para que ele fosse exatamente ao lugar para onde estava indo, e quando ele parou na parte interna superior de sua coxa, ela mal conseguia respirar.

– Por favor... – Ela disse bruscamente.

Vin se aninhou mais para cima e lambeu dentro dela com um golpe certo. Enquanto o som de sua voz superava o da água que caía, os dedos dele afundaram em suas coxas e ele gemeu contra seu sexo. Lambidas viciantes misturadas com chupadas impetuosas, até que ela encontrou-se caindo sobre a bancada, um pé apoiado contra a saboneteira na parede e o outro jogado para o lado mais distante das costas dele.

E, então, ele ficou sério. Erguendo a cabeça e encontrando os olhos dela, ele levantou dois dedos e os mergulhou em sua boca. Quando eles saíram brilhantes por terem estado entre seus lábios, ele se debruçou de volta até seu sexo, levando-os com sua língua rosada.

A grossa penetração era acompanhada por um formigamento na parte superior de seu sexo.

O gozo de Marie-Terese veio rígido, longo e sonoro, e quando estava finalmente exausta, ela desmoronou contra a pedra dura, como se não tivesse ossos, assim como a água. Depois que ele deslizou para fora dela, lambeu os dedos, passando a língua ao redor, enquanto olhava para ela sob as sobrancelhas.

Ele estava rígido. Talvez até de uma maneira bruta, dado o comprimento que forçava seus quadris.

– Vin...

– Sim. – Sua voz estava desorientada.

– Estamos mesmo longe do quarto, onde os preservativos estão?

– Sim.

Ela olhou para baixo, para sua ereção.

– Eu não queria que você esperasse tanto.

Seu sorriso era feroz.

– O que você está pensando?

– Eu quero assistir.

Sua risada foi profunda e baixa, e ele se colocou de volta contra a parede de vidro, abrindo suas coxas, sua ereção enorme percorria seu abdômen bem definido. Deus, ele parecia espetacular contra o mármore creme.

– O que exatamente você quer assistir?

Ela corou. Deus a ajudasse, ela corou mesmo. Mas, então, ele estava esparramado no chão do chuveiro, brilhando da cabeça aos pés, pronto para o sexo... E procurando por orientação.

– O que você quer que eu mostre a você. – Ele se demorou ao falar.

– Eu quero que você... Coloque sua mão.

– Aqui? – Ele disse, passando a mão acima de seu peitoral.

– Mais embaixo. – Ela sussurrou.

– Hum... – Sua larga palma se movia para baixo através de suas costelas para o topo de sua ereção.

– Aqui?

– Mais embaixo...

Ele contornou a cabeça de sua ereção e foi até seu quadril.

– Ainda mais embaixo?

– Mais à esquerda. E mais para cima.

– Oh, você quer dizer – quando sua mão encontrou sua ereção, ele arqueou e fechou bem os olhos. – *Aqui?*

– Deus, sim...

Movendo seus quadris em círculos, ele manteve a mão parada e ela teve exatamente o que queria: uma visão deslumbrante da cabeça de sua ereção percorrendo suas mãos e desaparecendo, percorrendo e desaparecendo. Seu grande tórax subia e descia, seus lábios entreabertos, enquanto proporcionava o próprio prazer.

– Vin... Você é tão bonito.

Suas pálpebras se ergueram lentamente e ele a encarou, seus olhos brilhantes a atraíam.

– Eu amo ver você me assistindo.

Nesse momento, passou a outra mão por suas coxas e agarrou suas potentes bolas. Enquanto pressionava a si mesmo, trabalhava em sua ereção com longos golpes e gemia.

– Eu não sei quanto tempo vou aguentar...

Bom... Senhor. O edifício inteiro poderia estar em chamas e ela não conseguiria se mover enquanto ele apertava suas bolas novamente e depois se concentrava na cabeça de sua ereção. Depois de se beliscar com o polegar, passou a usar as duas mãos, a respiração vinha em golpes.

Ele permaneceu olhando nos olhos dela enquanto tocava a si mesmo. Ele estava tão sensual, tão... aberto em sua frente, sem esconder nada, vulnerável e poderoso.

– Você vai... vai me fazer... segurar isso...? – Ele gemeu entre golfadas. O olhar dela era ávido, vagava sobre ele, e ela teve a visão mais erótica dele, que ficaria para sempre em sua memória, como se as imagens fossem esculpidas em pedra. – Eu tenho... que...

– Goze para mim – ela disse. Queria que aquilo durasse para sempre, mas sabia que logo começaria a doer.

Agora seu tórax tinha começado a martelar de fato e suas mãos também – mais rápidas e duras, o suficiente para que os músculos em seus braços se esticassem.

Quando ele teve o orgasmo, o gozo se espalhou por sua barriga e suas coxas, pois ele não conseguia parar. E seus olhos não deixaram os dela até que as palmas de suas mãos finalmente descansaram, se libertaram e, então, caíram para os lados.

Como sua respiração se normalizou, ela sorriu e foi até ele, capturando seu rosto, e o beijou suavemente.

– Obrigada.

– A qualquer hora que desejar esse tipo de show é só me dizer, ok?

– Pode apostar.

Quando finalmente se enxaguaram e saíram do chuveiro, eles tinham sorrisos idênticos de ahhh-que-adorável em seus rostos, e Vin pegou uma toalha com monogramas para ela de uma das prateleiras aquecidas. O tecido branco era tão grande que a cobria dos seios até os tornozelos, e quando ela usou uma segunda como turbante em seu cabelo, sentiu como se estivesse envolvida com um veludo suave.

Vin pegou uma terceira, secou o cabelo até retirar toda a umidade e cobriu os quadris.

– Eu gosto de você em minhas toalhas.

– Eu gosto de estar nelas.

Ele se aproximou e a beijou, e na pausa que se seguiu, a respiração dela ficou presa na garganta.

Ela sabia o que ele queria dizer. E concordou que estava muito, muito, muito cedo para isto.

– Quer comer alguma coisa? – Ele perguntou.

– Eu... acho que preciso ir. – Ela tinha muitas malas para fazer.

– Certo... está bem.

A tristeza fez com que o ar vaporoso ficasse denso quando deslizaram seus braços ao redor um do outro e deixaram o banheiro.

– *Estou interrompendo?*

Marie-Terese congelou, e Vin também.

A mulher que tinha aparecido com ele no Iron Mask estava simplesmente dentro do quarto, suas mãos soltas nas laterais do corpo, o longo cabelo brilhante para baixo dos ombros, o casaco preto com cinto apertado ao redor da sua fina cintura.

Em sua quietude ressonante, ela parecia, por fora, exatamente como qualquer modelo, mas havia algo fora do comum em relação a ela. Fora. Do. Comum.

Em primeiro lugar, se ela dormira mal na noite anterior, seu rosto não estava mostrando quaisquer sinais disso; suas feições e pele eram tão macias e viçosas quanto um mármore recém-cortado. Segundo, ela parecia perfeitamente capaz de matar alguém enquanto olhava fixamente para os dois.

Oh... Deus. Seus olhos. Não existia uma borda branca ao redor de sua íris negra, seu olhar flagrante não era nada além de dois poços tão escuros e profundos quanto buracos negros.

Aquilo não podia estar certo?

Quando a pele de toda parte de trás do pescoço de Marie-Terese enrijeceu, a mulher fixou o olhar nela e sorriu como um assassino que olhava para sua próxima vítima.

– Eu vi sua bolsa lá embaixo, em cima da mesa de jantar, querida. Dada a quantidade de dinheiro que havia perto dela, eu diria que seu preço deve ser estratosférico. Parabéns.

A voz dura de Vin cortou o ar.

– Como você entrou? Eu tranquei tudo...

– Você não entende, Vincent. Sua porta está sempre aberta para mim.

Vin colocou o corpo na frente de Marie-Terese, protegendo-a.

– Vá embora. Agora.

O riso que ela deu lembrava a unhas arranhando um quadro negro, alto e assustador

– Desde o nosso primeiro encontro, as coisas são à minha maneira, Vin, e isso não vai mudar agora. Eu investi muito em você e acho que é hora de levá-lo para casa.

– Foda-se, Devina.

– Você já fez isso. – a mulher fez uma pausa. – E muito bem, posso acrescentar. Mas você não foi o único. Seu amigo Jim também fez isso comigo muito bem e acho que gostei dele mais do que de você. Com ele, eu não precisei de outra pessoa.

– Sim, eu também tive que ter mais do que você me dava. – Vin rosnou.

Uma onda de frieza saiu da mulher e se propagou, e seus olhos, aqueles terríveis buracos negros, deslocaram-se para Marie-Terese e a paralisaram.

– Você conheceu Jim, não foi? Você já esteve sozinha com ele? Talvez... em um carro? Talvez quando o levou para casa ontem?

Inferno! Como ela sabia? Marie-Terese se perguntou.

Enquanto o corpo de Vin ficava rígido, a mulher continuou.

– Quando você o levou de volta para aquele quarto que fica em cima de uma garagem, você gostou do sabor do membro dele, não foi? Mas você o teria chupado mesmo se não quisesse. Você precisa de todo o dinheiro que for possível e ele estava disposto a pagar por isto.

Marie-Terese olhou através do quarto.

– Isso nunca aconteceu. Nunca. Eu não fui até a casa dele.

– Isso é o que você diz.

– Não, é o que *você* diz. Eu sei o que fiz e o que não fiz e com quem. Você, por outro lado, é uma vadia desesperada que está tentando segurar alguém que não a quer.

A mulher recuou um pouco e Marie-Terese teve que admitir que sentiu alguma satisfação por ter respondido daquela maneira.

Mas, então, Vin se afastou, e um olhar em seu rosto pálido fez com que ela percebesse que Trez estava tragicamente certo. Um passado como o seu tinha um longo alcance, e Vin e ela não conheciam um ao outro há tempo suficiente para que uma confiança, mesmo a mais rudimentar, tivesse sido desenvolvida – muito menos o tipo de fé exigida de um homem para acreditar que uma prostituta não fez seu "trabalho" com seu amigo.

Graças a Deus por todas as toalhas que a cobriam, ela pensou.

Porque, de repente, sentiu como se estivesse do lado de fora em meio ao vento gelado.

– *Jim.*

Em pé, na frente da porta do banheiro de Devina, Jim examinou a expressão no rosto de Eddie: mortalmente séria. Para ser mais exato, aquele grande corpo idiota permaneceria no caminho se Jim fizesse qualquer movimento em direção à maçaneta.

Relaxando os músculos tensos, Jim aliviou seu corpo e examinou por cima de seu ombro as escrivaninhas. Adrian estava abrindo gavetas metodicamente e vasculhando tudo e qualquer coisa que estava nelas – e, evidentemente, havia muita coisa ali, dado os ruídos que soavam.

– Bem – Jim murmurou. – Acha que deveríamos nos juntar à caça ao ovo de Páscoa?

– Eu sei que é difícil – Eddie disse. – Mas você tem que confiar em mim.

Eddie bateu em suas costas e juntos foram em direção ao outro cara. Jim deu um passo para trás...

E girou a maçaneta. Enquanto o anjo caído soltava um rugido, Jim escancarou a placa de madeira e rapidamente se deteve.

Uma jovem mulher estava enforcada nua e de cabeça para baixo sobre a banheira de porcelana, suas pernas estavam abertas em V, seus tornozelos estavam amarrados com uma corda preta à barra circular que deveria segurar a cortina do chuveiro. As mãos estavam amarradas juntas com a mesma corda preta e puxadas acima de seu corpo de modo que seus dedos tocassem a ponta de seu sexo. Ao redor de toda a sua barriga havia cortes profundos, dispostos em algum tipo de padrão, e sangue vermelho cobria sua pele branca, percorrendo seu tronco antes de se dividir ao redor da saliência de seu queixo e mandíbula e fluindo ao longo do cabelo loiro.

A banheira estava tampada e cheia.

Oh, Senhor... Ela estava pendurada mais ou menos cinco centímetros acima da banheira. Seus olhos estavam abertos e fixos, mas a boca se movia, constante e ligeiramente...

– Ela está viva! – Jim gritou ao saltar adiante.

Eddie o pegou e o puxou de volta.

– Não, ela não está. E nós precisamos sair daqui agora, graças a você.

Jim se livrou de Eddie e correu para frente, erguendo as mãos, pronto para começar a desamarrar a série complexa de nós.

A palma de uma mão dura e pesada agarrou seu ombro.

– Ela está morta, cara, e nós temos um problema agora. – Quando Jim balançou a cabeça e lutou para se desvencilhar dele, a voz de Eddie se ergueu.

– Ela está *morta*... aqueles são espasmos involuntários, não sinais vitais. Vê os cortes de um lado a outro de sua garganta?

Os olhos de Jim percorreram o corpo, procurando desesperadamente por um mero sinal de respiração ou alguma coisa em seu rosto dizendo que ela poderia ser salva... alguma coisa... qualquer coisa...

– Não! – Ele apontou para os dedos ao se moverem ligeiramente. – Ela está viva!

Ele foi ficando tenso até explodir e a cena mudar diante de seus olhos, o deslocando do horror atual para lembrá-lo de outra tragédia. Ele viu sua mãe rodeada de sangue, seus olhos piscando lentamente, a boca trabalhando para articular as palavras necessárias para fazer com que ele a deixasse.

A voz calma de Eddie se infiltrou em seu ouvido, como se o cara não estivesse falando, mas implantando as palavras:

– Jim, nós precisamos dar o fora daqui.

– Não podemos deixá-la. – Essa era sua voz? Aquele chiado ridículo?

– Ela se foi. Não está mais aqui.

– Não podemos deixá-la... Ela está...

– Ela não está mais conosco, Jim. E nós temos que ir. Para salvar Vin, nós temos que tirar você daqui.

A voz de Adrian explodiu da porta.

– Que *droga* há de errado com você?

– Cala essa maldita boca, Ad. – As palavras de Eddie cortaram a interrupção. – Ele não precisa que você o esmague ainda mais. Jim... Eu preciso que você saia do quarto.

Jim sabia que o sujeito estava certo. A garota estava morta, sangrando como se fosse um mero animal e isso não era o pior de tudo. A expressão congelada da hora de sua morte era um horror, como se seu sofrimento tivesse sido enorme.

– Vamos, Jim.

Então, por Deus, ele sabia que tinha que ouvir o anjo e forçar a si mesmo a aceitar que não existia nenhuma batalha a ser travada ali: o tempo de conflito e a possibilidade de vitória vieram e se foram sem que ele percebesse. E ele acreditou em Eddie sobre a parte de recuarem. Naquele momento, arriscar uma disputa com Devina não seria bom.

Agora, um terço do time estava mentalmente instável.

Jim olhou para trás, mas levou um tapa nas costas, a enorme mão de Eddie pegou seu rosto e colocou-o de volta na direção em que estava.

– Mantenha seus olhos em frente e venha atrás de mim. Não mova sua cabeça. Você entendeu? Eu quero que você se mantenha junto a mim e mantenha sua cabeça onde está. Nós vamos voltar.

– Eu não quero deixá-la – gemeu. – Oh, droga...

Tanto sofrimento, o terror gravado nos traços suaves, pálidos de seu rosto adorável. Onde estavam seus pais? Quem era ela? Enquanto olhou fixamente para o cadáver da jovem, ele memorizou tudo sobre ela, desde o sinal de nascença em sua coxa, o azul claro de seus olhos sem vida, até o padrão que tinha sido utilizado no corte de seu estômago.

– Ela se foi. – Eddie disse suavemente. – Seu corpo foi o que restou, sua alma não está mais aqui. Você não pode fazer nada por ela e nós estamos em uma situação perigosa agora. Nós precisamos tirar você daqui.

Contudo, quanto mais ele a olhava, mais seu interior começava a gritar novamente e ele não conseguia...

De repente, ele ouviu pequenos ruídos que soavam como patas de roedores em um esgoto. Não eram centenas de ratos, porém. Os relógios recomeçaram a funcionar, cada um deles energizados no mesmo exato momento, as caóticas batidas de incontáveis segundos se erguiam no saguão, enchendo o ar. Abruptamente, a voz do Adrian era sombria em vez de severa.

– Nós temos que sair daqui...

Suas palavras foram interrompidas por um estrondo e depois por uma vibração que emanava do piso, algo tão forte que estremeceu a janela opaca do banheiro e formou ondas no sangue da banheira.

– *Agora mesmo.*

– Eu não quero deixá-la.

A voz de Eddie se transformou em um rugido.

– Ela se foi. E nós precisamos...

– Dane-se! – Jim se lançou para frente.

Os braços volumosos de Eddie eram barras de ferro. Quando Jim lutou contra aquele domínio, foi preso como um animal, arranhando e rasgando para se libertar, mas sem chegar a lugar nenhum.

Vozes soaram – a dele e a de Adrian. Mas Eddie permanecia em silêncio quando começava a puxar Jim do banheiro.

Então Eddie atravessou o caos vocal e o embate corpo a corpo:

– Bata nele! Eu não posso mantê-lo afastado do espelho!

Adrian entrou, fechou o punho e armou seu braço para trás. O golpe foi duro e rápido, interrompeu tudo... E atordoou Jim deixando-o submisso.

Ele foi arrastado para fora confuso, o salto de suas botas cruzaram o chão duro, sua cabeça batia como um sino. Uma vez que suas botas passaram o limiar do banheiro, Adrian bateu a porta para fechá-la e Eddie tirou os pés de Jim do chão como num resgate de bombeiros.

Atordoado e desorientado, Jim tentou identificar uma nova onda de sons estranhos que vinham a uma grande distância. Olhando por cima do balcão da cozinha, viu que as facas estavam se movendo, se organizando, promovendo um tipo de ordem na bagunça que eles tinham feito. E acontecia a mesma coisa com os armários – o que explicava as reverberações: as cômodas faziam tremer o chão sob os seus pés, encontrando posições, como soldados em formação.

Ele mal se lembrou do momento em que deixou o galpão e não registrou muita coisa da descida pelos degraus... mas o ar frio lá fora o reavivou o suficiente para que fosse capaz de se soltar de Eddie e seguir para o carro com os próprios pés.

Enquanto Adrian os levava para longe do armazém, tudo que Jim conseguia visualizar era o rosto da garota.

Não houve música dessa vez.

Nem conversas.

Capítulo 34

A provocação de Devina ricocheteou na máquina de *pinball* interior de Vin, ativando todo tipo de sinais diabólicos e passando por locais onde diminuíam os bônus: Jim e Marie-Terese estiveram a sós... no carro dela... voltando da casa dele...

– Conhece todos com quem esteve? – disse Devina a Marie-Terese. – Deve ter uma memória incrível. Mas neste momento só um desses homens importa. Não é verdade, Vin?

Era uma encruzilhada, pensou ele, um lugar onde devo escolher uma ou outra direção.

E tinha uma sensação cristalina de que se deixasse o que Devina estava dizendo se infiltrar nele, estaria perdido para sempre – uma parte dele ainda pensava que o que ela dizia era indiscutível: Marie-Terese tinha estado a sós com Jim, e ela esteve com homens por dinheiro e se aqueles dois estiveram juntos sexualmente, era algo que não seria capaz de superar.

Devina diminuiu o tom da voz.

– Sempre teve medo de se transformar em seu pai. E aí está: sendo enganado por uma prostituta.

Vin deu um passo hesitante em direção a ela e distanciou-se de Marie-Terese. *Enganado por uma prostituta...*

Imagens de seu pai, de sua mãe e do que Marie-Terese fazia para sobreviver foram amplificadas pelas palavras de Devina.

Enganado por uma prostituta...

Ele se concentrou em Devina, a *enxergando* de fato...

– Você tem toda razão – sussurrou, a verdade foi revelada a ele.

De repente, o rosto e os olhos de Devina mudaram, a piedade aqueceu suas feições e drenou a ira.

– Não quero isso para você. Nada disso. Apenas volte para mim, Vin. Volte.

Ele avançou, ficando cada vez mais perto e ela abriu os braços para ele. Quando ficou em frente a ela, estendeu a mão e colocou uma de suas mechas onduladas negras atrás de uma orelha. Inclinando-se sobre ela, aproximou a boca e pressionou seu cabelo.

– Vin… sim, Vin. – Seu nome foi dito com alívio e triunfo. – É assim que deve ser...

– Dane-se. – Quando ela começou a retroceder, ele a deteve naquele lugar pressionando seu crânio – Você *é* a prostituta.

Trez o avisara. Antes, no Iron Mask, o cara disse que chegaria o momento em que teria que acreditar no que sabia a respeito de Marie-Terese ao invés de acreditar naquilo que sempre temeu ser verdade a respeito da mulher que ele queria.

– Não é bem-vinda aqui – disse, dando um empurrão em Devina ao soltá-la e retornando para onde estava Marie-Terese. Enquanto agarrava o braço de sua mulher e a colocava atrás de seu corpo, desejou estar no quarto principal, porque sua arma estava lá. – Saia daqui.

De uma só vez, o ar ao redor de Devina se alterou, como se sua fúria estivesse causando um distúrbio molecular, e ele se preparou para um impacto. Entretanto, em vez de fustigar, ela parecia se recolher.

Com estranho domínio, caminhou até as janelas e o primeiro pensamento de Vin foi tirar Marie-Terese do quarto. Infelizmente, a distância entre as janelas e a porta aberta era curta o bastante para que Devina pudesse atravessá-la facilmente – e a vadia estava olhando pelo vidro, como se tivesse olhos atrás da cabeça.

– Não pode desfazer o pacto, Vin. Não funciona assim.

– Pro inferno que não funciona.

Devina se virou e vagou até a cama. Inclinando-se, pegou sua cueca boxer e observou o edredom amarrotado e os travesseiros jogados por toda a parte.

– Bagunça, bagunça. Poderia exatamente me dizer o que fez com ela, Vin? Ou devo usar minha imaginação? Ela tem tanta prática, tenho certeza de que o satisfez.

Deliberadamente, ela ajeitou um travesseiro, colocando-o de volta a um ponto contra a cabeceira. Com sua distração momentânea, Vin se movimentou rapidamente e empurrou Marie-Terese para trás, de volta ao banheiro e bateu a porta com força. Quando a fechadura girou imediatamente, respirou fundo, apesar de ser evidente que Devina não teria problemas em atravessar a melhor das fechaduras.

Devina levantou suas negras órbitas.

– Tem consciência de que se eu quisesse entrar ali, eu poderia.

– Teria que passar sobre mim primeiro. E, de alguma maneira, não acredito que possa fazer isso, ou pode? Se tivesse a intenção de matar a mim ou a ela agora mesmo, teria feito isso no segundo em que entrou aqui.

– Você pode continuar a dizer isso a si mesmo se o faz se sentir melhor. – Inclinando-se, ela pegou algo dentre o edredom amarrotado – Bem, olhe só. Acredito que tenho…

Devina congelou no meio do discurso e girou a cabeça de tal forma que pôde encarar a janela. De repente, suas sobrancelhas se curvaram, aproximando-se dos buracos negros que tinha nos olhos e as feições de seu rosto sofreram uma rápida transformação, dando uma pequena amostra do que ele já tinha observado ser ela de fato: por uma fração de segundo toda sua magnífica beleza foi substituída por tiras acinzentadas de pele putrefata, e poderia ter jurado que percebeu um cheiro de carne morta.

Droga, talvez isso devesse assustá-lo ainda mais, mas sabia por experiência própria que o incompreendido e o inexplicável não eram menos reais por parecerem loucura. Mais importante: Marie-Terese estava do outro lado daquela porta fina, e ele iria lutar até a morte para proteger sua mulher – não importava quem diabos tivesse vindo buscá-la.

Humano… demoníaco… uma combinação dos dois. Definições não importavam.

Devina voltou a olhar para ele. Deslizando algo para dentro do bolso de seu casaco, disse com uma voz que ecoava de maneira estranha:

– Vou ver os dois muito em breve. Tenho negócios para resolver em outro lugar.

– Vai fazer plástica facial? – disse ele.

– Essa foi boa.

Com um assovio, como se quisesse arrancar os olhos dele, dissolveu-se em uma névoa cinzenta e saiu como um fantasma do dormitório, evaporando-se no carpete e, enfim, escada abaixo.

Vin deu um impulso para frente, bateu a porta do quarto e a trancou, embora tivesse a sensação de que daquela maneira ela poderia simplesmente passar como uma rajada por debaixo da porta. De qualquer forma, era o melhor que ele podia fazer.

Voltou-se logo para o banheiro e bateu na porta.

– Foi embora, mas não sei por quanto...

Marie-Terese escancarou a porta. Estava pálida e muito assustada, mas suas primeiras palavras foram:

– Você está bem?

Foi nesse momento que ele soube que a amava. Claro e simples.

Contudo, não havia tempo para entrar nessa agora. Vin a beijou rapidamente.

– Quero você fora deste lugar. No caso de ela retornar.

E assim que Marie-Terese estivesse em segurança, iria chamar Jim. Precisava de um maldito homem que lhe desse cobertura, e não podia pensar em alguém melhor que em um filho da mãe que já tinha vencido a morte uma vez e não parecia se assustar com qualquer porcaria que teria feito a maioria dos caras se borrarem em suas calças.

De repente, ela cambaleou.

– Eu acho... acho que vou desmaiar...

– Abaixe a cabeça... vamos, ajoelhe-se, por mim...

Ele apoiou sua mão sobre o ombro nu dela e pressionou gentilmente, a colocando sobre o chão. Em seguida, ele a inclinou até que seus longos cabelos tocassem o mármore e as mãos estivessem apoiadas em seus tornozelos.

– Respire, com calma e devagar.

Enquanto ela respirava fundo algumas vezes e seu corpo estremecia, ele queria arrancar a própria pele dos ossos. Maldito fosse, ele era pior que seu ex-marido. Muito mais destrutivo.

Embora estivesse com o coração no lugar certo pela primeira vez em sua vida adulta, ele a expôs a algo muito mais horripilante que qualquer coisa que a máfia pudesse tirar do bolso.

Marie-Terese lançou um olhar a ele.

– Os olhos dela... Que diabos eu acabei de ver?

– Vin! Ei, Vin?

Ante o som do grito abafado, Vin se inclinou no batente da porta e gritou:

– Jim?

– Sim – veio a resposta. – Estou aqui com reforços, digamos assim.

– Nesse caso, suba.

Aquilo era perfeito. Havia uma saída nos fundos do segundo andar e podiam tirar Marie-Terese dali – e não seria muito difícil fazer isso com alguma cobertura.

– Vou me apressar e vestir alguma roupa – ele disse. – O que você acha de se vestir também?

Quando ela concordou, ele a beijou, recolheu as roupas para ela e depois fechou a porta do quarto quando saiu.

Enquanto pesadas botas subiam as escadas, Vin entrou em seu quarto, vestiu calças de moletom e tirou sua arma do criado mudo – e durante todo esse tempo conservou uma louca esperança de que os "reforços" fossem da linha de Jim.

E como pode imaginar, eles eram. Os dois grandes bastardos eram os mesmos que tinham estado no hospital depois de Jim ter sido eletrocutado – e apesar do fato de que os dois estavam vestidos como civis, tinham o olhar de combatentes.

Jim, por outro lado, tinha o olhar vidrado e vazio de alguém que tinha participado de um terrível acidente de trânsito. É claro que ele tinha recebido algumas más notícias nos últimos tempos e, ainda assim, sua voz continuava sendo forte e equilibrada ao apontar com a cabeça para o que estava à direita primeiro:

– Estes são Adrian. E Eddie. São amigos do nosso tipo, se é que entende o que quero dizer.

Muito obrigado, pensou Vin.

– Seu *timing* não poderia ser melhor – disse enquanto lhe apertava as mãos. – Não vão acreditar em quem acabou de sair daqui.

– Oh, aposto que sim – murmurou Jim.

– Bom, tenho algumas perguntas para fazer – o que tinha os *piercings* disse. – Conhecemos sua namorada. Muito bem, infelizmente.

– Ela não é minha namorada.

– Bom, ela não saiu da sua vida ainda, infelizmente. Mas vamos tentar cuidar disso. Nosso garoto aqui, Jim, disse que quando você tinha dezessete, realizou algum tipo de ritual. Pode descrevê-lo?

– Achei que aquilo me libertaria do que há dentro de mim.

É claro que Marie-Terese abriu a porta do quarto de hóspedes bem nesse momento. Vestida com jeans e um suéter, ela tinha amarrado os cabelos e enfiou as mãos nos bolsos da frente de seu pulôver.

– O que há dentro de você? – ela perguntou.

Vin esfregou o rosto e olhou para os homens. Antes que ele pudesse descobrir uma maneira de mascarar a verdade de forma apropriada, Marie-Terese cortou sua ginástica mental.

– Quero saber de tudo, Vin. A coisa toda. E mereço saber agora que a vi de perto, porque, francamente, não tenho muita certeza do que acabo de ver.

Droga. Por mais que desejasse mantê-la alheia à situação, era difícil negar sua linha de raciocínio. Mas, cara, ele desejava demais não se ver obrigado a ter aquela conversa.

– Cavalheiros, poderiam nós deixar um minuto a sós? – disse sem afastar os olhos dos dela.

– Tem cerveja por aqui? – perguntou Adrian.

– Na geladeira perto do bar na sala de estar. Jim conhece o caminho.

– Isso é bom. Porque é ele quem precisa dela. Vocês dois desçam quando estiverem prontos. E não se preocupem, vamos nos certificar de que Devina não volte aqui. Suponho que tem sal na cozinha?

– Ah, sim. – Olhou para ele com a testa franzida. – Mas por que precisa...?

– Onde está guardado?

Depois de dar de ombros e dizer ao cara para ir à despensa de mantimentos não perecíveis, os homens desceram as escadas de novo, e Vin conduziu Marie-Terese até a cama. Contudo, ele não conseguiu ficar quieto e começou a andar pelo quarto.

Dirigindo-se até a vista da cidade, ele se perguntou por que a vida o levara até aquele ponto. Perguntou-se por que começou de onde tinha começado. Perguntou-se... como as coisas iam terminar para ele.

Olhando a estrada junto ao rio e vendo os carros viajando nas pistas indicadas, invejou as pessoas atrás daqueles volantes e as que sentavam nos bancos de passageiro. Poderia apostar que a grande maioria deles iam fazer coisas normais, como ir para casa, ou ver um filme no cinema ou lutar para tomar importantes decisões como o que iam jantar mais tarde.

– Vin? Fale comigo. Prometo que não vou julgá-lo.

Ele limpou a garganta e teve uma grande esperança de que aquilo fosse verdade.

– Existe a possibilidade de acreditar em… – bom, agora, como ele iria terminar? Listou várias porcarias em sua mente: tabuleiros Ouija, cartas de tarô, magia negra, vodu... demônios... sobretudo demônios? Ótimo. Fabuloso.

Ela quebrou o silêncio que ele não conseguia preencher.

– Refere-se às visões que tem?

Ele esfregou o rosto.

– Olha, o que estou prestes a dizer não vai soar real, droga, nem sequer vai soar plausível. Mas você pode não sair até que eu termine? Não importa o quanto pareça estranho?

Continuou a observar a vista porque não queria que ela visse a fraqueza que sabia que havia em seu rosto e ao menos sua voz parecia um tanto normal.

A cabeceira da cama rangeu, indicando que ela sentou-se melhor sobre o colchão.

– Não vou a lugar algum. Prometo.

Outra razão para amá-la. Como se precisasse de alguma.

Vin respirou fundo e se lançou do penhasco verbal.

– Quando se é jovem, você pensa que qualquer coisa que acontece com você, ao seu redor... dentro de você, é normal. Porque não conhece nada diferente. Não foi assim comigo até que fiz cinco anos e fui ao jardim de infância e descobri da maneira mais difícil que os outros meninos não podiam dobrar garfos sem tocá-los ou conter a chuva em seus quintais nem saber o que iam comer no jantar sem falar com suas mães. Entenda, meus pais não podiam fazer nada do que eu fazia, mas eu me sentia totalmente diferente deles de qualquer maneira, assim não achava aquilo estranho. Só pensei que não eram iguais a mim porque eram pais, não crianças.

Ele se recusava a falar a respeito das várias formas como aprendeu que não era igual às outras crianças – e o que aqueles idiotinhas fizeram para castigá-lo por ser fora do normal: os detalhes dos espancamentos que sofria regularmente por grupos de meninos ou das zombarias das meninas não iriam mudar nada a respeito de ela entendê-lo ou não, ou acreditar nele. Além disso, a autopiedade sempre lhe deu coceira.

– Aprendi bem rápido a manter a boca fechada a respeito do que podia fazer e não era difícil esconder. Basicamente, só fazia truques baratos naquela época, nada que interferisse no curso da vida, mas a situação mudou quando completei onze anos e comecei a ter essa droga de cair e começar a balbuciar. Esse era um grande problema. Acontecia a qualquer hora e em qualquer lugar. Eu não tinha controle sobre isso e, ao invés de diminuir ao crescer, como aconteceu com toda a manipulação e a clarividência em baixa escala, ficou cada vez pior.

– Você tinha um dom – ela disse com não pouca admiração.

Ele a olhou por cima do ombro. A cor tinha praticamente voltado ao seu rosto, o que era mais do que ele poderia esperar, mas ele não podia concordar com a afirmação dela.

– Eu via como uma maldição. – Voltou a observar as filas de carros minúsculos que estavam muito, muito abaixo. – Enquanto eu crescia, fiquei maior e mais forte, assim, ser perseguido tornou-se um problema menor, mas os episódios não pararam e eu me sentia cada vez mais frustrado, me sentia como se fosse uma aberração. Finalmente, decidi que tinha que falar com alguém, então, fui ver esta sensitiva do centro da cidade. Sentia-me como um maldito idiota, mas estava desesperado. Ela me ajudou, disse o que eu tinha que fazer e apesar de não acreditar naquilo, fui para casa e fiz... e tudo mudou.

– Parou de ter os ataques?

– Sim.

– Então por que retornaram agora?

– Não sei – e ele também não sabia por que tinham começado.

– Vin? – quando ele olhou para trás, ela deu leves palmadas sobre a cama. – Venha e sente-se. Por favor.

Depois de examinar seu rosto e não ver nada além de ternura e empatia, aproximou-se e sentou-se ao seu lado no colchão. Quando apoiou os punhos sobre o edredom e se inclinou sobre os ombros, ela colocou a mão levemente sobre suas costas e começou a acariciá-lo em um círculo lento.

Ele tirou uma incrível reserva de força daquele contato.

– Depois que cessaram os ataques, tudo foi diferente. E de uma forma bizarra e totalmente desconexa, meus pais morreram acidentalmente pouco tempo depois, o que realmente não me surpreendeu muito, pois violentos como eram um com o outro, era só uma questão de tempo. Assim que faleceram, desisti da escola e fui trabalhar para o chefe de meu pai como encanador assistente. Completei dezoito nessa época, então, podia trabalhar legalmente no comércio e aprendi de tudo no meu negócio. E foi assim que acabei assumindo as coisas que faço. Nunca tirei férias, nunca olhei para trás e desde então, a vida tem sido…

Engraçado, há alguns dias poderia ter dito *ótima.*

– Desde então, a vida tem sido muito boa para quem observa de fora.

Mas estava começando a pensar que tudo o que fez foi pintar uma camada de tinta brilhante e bonita sobre um celeiro apodrecido. Ele nunca tinha sido feliz, não tinha alegrias fora do dinheiro que ganhava... tinha enganado pessoas honestas e violado incontáveis acres de terra e para quê? Tudo o que fez foi alimentar a tênia alojada em seu intestino e que o impulsionava. Nada disso o nutriu de fato.

Marie-Terese pegou sua mão.

– Então... quem é essa mulher? O que ela é?

– Ela é... não sei como responder a nenhuma dessas perguntas. Talvez esses dois caras que vieram com o Jim possam fazer isso. – Deu uma olhada na porta e, em seguida, em Marie-Terese. – Não quero que pense que sou uma aberração. Mas não vou culpá-la se fizer isso.

Quando baixou a cabeça, pela primeira vez em muito, muito tempo, Vin desejou desesperadamente ser outra pessoa.

As palavras eram melhores que nada quando se tratava de explicar coisas, mas isso não significava que eram o suficiente em algumas situações.

Esta é uma dessas situações, Marie-Terese pensou.

Em sua vida, as coisas que Vin lhe tinha contado aconteciam apenas nos filmes ou nos livros... ou eram sussurradas quando se tem treze anos em uma festa do pijama com suas amigas... ou eram mentiras anunciadas no verso de revistas baratas. Não faziam parte do mundo real, e sua mente estava lutando para se ajustar àquilo.

O problema era que ela viu o que viu: uma mulher com buracos negros no lugar dos olhos e uma aura que parecia manchar até mesmo o ar que a cercava; Vin tendo um colapso e pronunciando palavras que parecia nunca ter ouvido antes; e agora... um homem orgulhoso, com a cabeça baixa, com vergonha de algo que não era nem sua culpa nem seu vontade.

Marie-Terese continuou lhe acariciando os ombros, desejando que houvesse algo mais que ela pudesse fazer para acalmá-lo.

– Eu não... – ela deixou a frase à deriva.

Seus olhos cinzentos e reservados se fixaram nela.

– Não faz ideia do que fazer comigo, certo?

Bom, sim... mas não estava disposta a colocar aquilo em palavras por medo de que soasse errado.

– Está tudo bem – disse ele, estendendo a mão e apertando a dela antes de se levantar da cama. – Acredite, não a culpo, nem um pouco.

– O que posso fazer para ajudar? – perguntou enquanto ele andava pelo quarto.

Olhou para ela através da janela.

– Saia da cidade. E talvez não devêssemos nos ver. Pode ser a coisa mais segura para você e essa é a coisa mais importante para mim agora. Não vou deixar que ela te pegue. Não importa o que eu tenha que fazer. Ela não vai se aproximar de você.

Ao olhar o rosto dele, sentiu uma agitação profunda ao se dar conta de que ele era seu conto de fadas que se tornara realidade. Em pé, diante dela, estava disposto a travar uma batalha por ela, em qualquer campo de batalha em que a guerra se iniciasse... estava preparado para aceitar as feridas e fazer sacrifícios por ela... era o caçador de dragões que esperava quando era mais jovem e que tinha perdido a esperança de encontrar ao crescer.

E tão importante quanto tudo isso: quando teria sido muito mais fácil acreditar nas mentiras que a mulher havia dito, quando poderia ter escutado Devina desfiar aquele veneno todo sobre ela ter estado com Jim, ele escolheu pensar mais nela, ao invés de menos. Teve fé nela, e tinha acreditado, apesar do passado dela e dele.

As lágrimas ardiam em seus olhos.

– Olha, eu preciso descer para falar com eles – disse ele bruscamente. – Talvez queira ir.

Ela balançou a cabeça e ficou em pé, pensando que os dois poderiam atuar no jogo do cavaleiro-de-armadura-reluzente.

– Vou ficar, se não se importa. E não acredito que seja uma aberração. Acho que é… – tentou escolher as palavras certas. – Você está bem exatamente como é. Mais que bem: é um homem maravilhoso e um grande amante e simplesmente... gosto de você. – Ela balançou a cabeça. – Não mudaria nada em você e também não tenho medo de você. A única coisa que gostaria que fosse diferente... é que gostaria de tê-lo conhecido anos e anos atrás. Mas é isso.

Houve um longo silêncio.

– Obrigado – disse ele com voz rouca.

Ela se aproximou dele e quando o envolveu em seus braços, murmurou:

– Não tem que me agradecer. É como eu me sinto.

– Não, é um presente – disse dentre o cabelo dela. – Você sempre deve agradecer a uma pessoa que lhe dá algo insubstituível e para mim… a aceitação é a coisa mais preciosa que poderia me oferecer um dia.

Enquanto ela se afogava em seu peito, ele disse três pequenas palavrinhas:

– Eu amo você.

Os olhos de Marie-Terese marejaram, mas ele se afastou e levantou a mão para impedi-la de começar a gaguejar.

– É assim que me sinto. É onde me encontro. E não espero nenhum tipo de reação. Só queria que soubesse. – Gesticulou com a cabeça em direção à porta. – Vamos descer e dançar conforme a música.

Quando ela hesitou, ele a puxou gentilmente.

– Vamos.

Depois de beijá-la, ela se permitiu ser levada para fora do quarto. E levando em consideração a maneira como sua cabeça girava, ficou impressionada que seu senso de equilíbrio estivesse suficientemente bom para poder descer as escadas e entrar na sala de estar sem cair.

Mesmo quando se juntaram aos outros, sentia como se devesse dizer algo a ele, qualquer coisa, mas ele parecia sincero ao dizer que não esperava por reciprocidade ou mesmo por um reconhecimento.

O que a fez se sentir honrada de uma maneira estranha – provavelmente porque significava que o presente que deu a ela era incondicional.

Era evidente que os homens tinham encontrado a cerveja, já que todos tinham garrafas nas mãos, e Jim apresentou os dois homens que vieram com ele a ela. Por alguma razão, ela confiava em todos eles, o que era bastante incomum dada a forma como geralmente se sentia em relação aos membros grandes e musculosos do sexo oposto.

Antes que qualquer um deles pudesse falar, ela disse em alto e bom tom:

– Que diabos aquela mulher é? E o quanto eu devo me preocupar?

Todos os homens a olharam fixamente como se tivessem crescido duas cabeças nela.

Eddie, se é que ela tinha ouvido seu nome corretamente, foi o primeiro a se recuperar. Inclinou-se para frente e colocou os cotovelos sobre os joelhos vestidos de jeans. Depois de um momento de concentração, ele apenas deu de ombros, como se tivesse tentando encontrar uma forma de adoçar as coisas e tivesse decidido desistir da mentira.

– Um demônio. E sim, deve ficar mais do que preocupada.

Capítulo 35

Vin estava completamente impressionado com sua mulher. Depois de ter passado por um abominável e assustador "bem-vinda ao mundo não real" e depois ter sido atingida com uma bomba de "eu te amo", ela estava segurando firme, encarando Eddie fixamente com olhos equilibrados e inteligentes enquanto absorvia sua resposta.

– Um demônio – ela repetiu.

Quando Eddie e Adrian assentiram em uníssono, Jim simplesmente sentou-se no sofá, colocou a garrafa de cerveja gelada em seu rosto inchado e recostou as costas no sofá destruído. O suspiro ondulado que saiu da sua boca parecia sugerir que a nova contusão que exibia era ruim e a dor ainda pior.

Só Deus sabia como ele tinha... oh, espere, as articulações dos dedos de Adrian estavam machucadas.

– O que isso significa? – ela disse.

A voz de Eddie era razoável e mantinha o mesmo tom.

– Sua concepção comum de um demônio é bem precisa no caso dela. Ela é uma entidade demoníaca que se apossa da vida e, depois, da alma das pessoas. Ela trabalha para a destruição e está atrás de Vin. Qualquer coisa ou qualquer um que fique em seu caminho está imediatamente em perigo.

– Mas por que Vin? – Ela olhou através do caminho. – Por que você?

Vin abriu a boca e não saiu nada.

– Eu... Eu realmente não tenho a menor ideia.

Eddie andou ao redor, indo da estante de livros ao espelho arruinado.

– Você disse que foi a uma sensitiva que o orientou a realizar um ritual. O que você fez para chamá-la para você?

– Mas esse é o ponto – Vin disse. – Eu não a chamei. Eu estava tentando me livrar das visões. Foi isso.

– Você fez alguma coisa.

– Não me ofereci como voluntário para essa droga, pode ter certeza.

Eddie assentiu e lançou um olhar sobre o ombro.

– Eu acredito em você. O problema é: eu tenho bastante certeza que armaram para você. Eu não sei o que disseram a você exatamente, mas posso apostar que não era algo para você se livrar dos transes. A coisa toda é: para Devina poder trabalhar, você tem que abrir caminho para ela entrar. – Eddie olhou para Marie-Terese. – Então, nesse caso, estou achando que o que foi dito para ele fazer abriu uma grande brecha nele e Devina tirou vantagem disso.

– Então ela não está ligada às visões dele?

– Não. Ela pode eclipsá-las desde que mantenha uma ligação forte com ele. Mas ele provavelmente vai começar a tê-las de novo, porque o laço está se enfraquecendo um pouco. Quanto a: por que ele? Pense sobre isso como... O equivalente metafísico a um acidente de carro. Vin estava no lugar errado na hora errada, graças a algum péssimo conselho. – Eddie encontrou os olhos de Vin novamente. – Essa sensitiva, como você a encontrou? Ela pode ter feito algum tipo de vingança contra você?

Então as visões iriam voltar. Ótimo.

– Ah, eu nem a conhecia. – Vin deu de ombros. – Ela era só uma mulher do centro da cidade, que eu encontrei por acaso.

Eddie pareceu estremecer – como se Vin tivesse acabado de dizer ao cara que um encanador operaria seu intestino.

– Sim, certo... E o que ela disse para você fazer?

Vin perambulou ao redor, mãos nos quadris. A noite em que ele tinha subido as escadas e se trancado no seu velho quarto voltou a ele – e o que ele se lembrou de ter feito não era exatamente algo que ele se sentia muito à vontade para compartilhar em meio a uma companhia tão diversificada.

Parece que Eddie entendeu aquilo.

– Está certo, voltamos nisso depois. Onde você fez o ritual?

– No meu quarto. Na casa da minha família... Espera, espera, dá um tempo nessa porcaria toda aqui... Eu sou responsável por tudo isso? – Vin esfregou o peito, o peso esmagador sobre seu coração estava dificultando a respiração. – Se eu não tivesse ido até ela, eu não teria... vivido essa minha vida, afinal?

O silêncio foi a resposta, não?

– Oh... mas que droga. – E então tudo começou a se revelar. Devina tinha dito que havia dado tudo a ele... O que significava que ela tiraria essas coisas também? – Oh, meu Deus... até mesmo as mortes? Você está dizendo... Que eu sou a causa das mortes, também?

– Que mortes?

– Dos meus pais. Eles morreram mais ou menos uma semana depois. Eddie olhou para Adrian.

– Isso depende.

– Depende de se eu alguma vez os desejei mortos?

– Desejou?

Vin encarou Marie-Terese e esperou que enquanto ele respondia, ela visse o arrependimento nos olhos dele. Droga, seus pais tinham sido horríveis um com o outro, e piores com ele, mas isso não significava que ele queria ser a causa de seu falecimento.

– Havia duas coisas que eu queria quando era mais novo. – Ele disse duramente. – Eu queria ser rico e eu queria ficar fora do reino de terror deles.

– Como eles morreram? – Eddie perguntou calmamente, como se soubesse que era algo difícil.

– Depois que eu... fiz o que fiz no meu quarto, eu apenas retomei a vida normal, sabe? Escola... bem, mais ou menos, porque eu faltava muito. Eu nunca achei que fosse funcionar, então, eu realmente não pensei mais sobre aquilo. Não percebi, até que me ocorreu que não tinha tido um colapso durante uma semana inteira e comecei a pensar que havia consertado o que havia de errado comigo.

Vin andou até a janela, mas acabou olhando uma mancha no carpete. Fora feita por uma garrafa de vinho quebrada e a escura marca redonda era o tipo de coisa que nenhum limpador de tapete poderia tirar.

– Eu me lembro de voltar para casa depois de ter feito o turno de trabalho do meu pai, o que eu estava acostumado a fazer quando ele ficava bêbado demais para ficar em pé. Era mais ou menos meia-noite.

Coloquei a mão na maçaneta da porta e observei a lua cheia e fiquei louco quando contei todos os dias que se passaram. Eu estava como, hum, você não acha que estou bem agora? E depois eu entrei na casa e encontrei os dois cobertos de sangue no pé da escada. Os dois estavam mortos e, provavelmente, isso aconteceu porque um deles puxou o outro e rolaram juntos.

– Você não é o problema aqui – Eddie interrompeu.

Vin apoiou as mãos na janela e abaixou a cabeça.

– Dane-se.

Sem qualquer bom motivo e, provavelmente, porque era a única coisa capaz de fazê-lo se sentir pior do que já se sentia no momento, ele pensou num sanduíche de pasta de amendoim com geleia. Um específico. O único feito pelo seu pai para ele.

Os dois tinham voltado tarde de um trabalho e não havia jantar na mesa. O que fazia sentido, porque a única pessoa que poderia tê-lo feito estava desmaiada no sofá com um cigarro queimado até as cinzas na sua mão.

Seu pai foi até a cerveja na geladeira, mas quebrou sua tradição ao pegar pão, geleia e manteiga de amendoim no caminho. Ele acendeu um cigarro, dispôs quatro fatias, passou a geleia de morango e depois a pasta de amendoim. Após pegar uma cerveja, jogou um sanduíche para Vin e saiu da cozinha.

Havia impressões digitais pretas no pão branco porque seu pai não tinha lavado as mãos.

Vin jogou o sanduíche no lixo, usou a água da pia e o sabão e fez um limpo para ele.

Por alguma razão, ele se arrependia agora de não ter comido a maldita coisa.

– O que você fez? – Eddie perguntou. – Qual foi o ritual?

– A sensitiva me disse... – Vin foi ricocheteado de volta no tempo.

Depois de ter tido um colapso na frente da escola em um maldito aquecimento antes de um jogo, ele tomou a decisão. E recorreu ao jornal procurando por médiuns, pois ele pensava que eles viam o futuro assim como ele, então, talvez eles soubessem como infernos parar de ver coisas antes de elas acontecerem.

Em um sábado de manhã, ele pegou sua bicicleta e pedalou por todo o caminho do rio, até chegar a ver um grupo de pequenas fachadas velhas com letreiros de neon baratos que diziam coisas como "Tarô Aqui!", "Leituras Astrológicas" e "100% de Acerto! $15!". Ele entrou na primeira porta onde havia a palma de uma mão com um círculo, mas havia uma fila. Então, ele foi à próxima, mas estava trancada. A terceira estava aberta.

Dentro, o lugar escuro cheirava a algo que ele não conseguia reconhecer. Sombrio. Picante. Mais tarde, ele soube que era sexo do tipo vale-tudo, para adultos.

A mulher surgiu de uma cortina de contas e estava vestida de preto, com cabelo preto, e delineador preto, mas em vez de uma túnica e peruca e pálpebras enrugadas, ela estava com um macacão, e parecia com algo saído de uma *Playboy*.

Ele a quis. E ela sabia.

Enquanto o eco de conhecê-la ainda ressoava dentro dele, chacoalhou a cabeça para voltar ao presente.

– Eu disse a ela o que eu queria e ela pareceu entender imediatamente. Ela me deu uma vela preta, e disse para eu ir para casa e derreter no fogão. Quando estivesse líquida, eu teria que puxar o pavio e colocá-lo de lado, então... – Ele olhou para Marie-Terese e desejou profundamente ter outra história para contar. – Então, eu deveria cortar um pedaço do meu cabelo e colocar dentro com um pouco de sangue e... ah... algo mais...

Vin não era o tipo de cara que media as palavras ou gaguejava. Mas admitir para um bando de caras e para a mulher que ele queria em sua vida que se masturbar fazia parte do acordo não era o tipo de afirmação que ele tinha muita pressa em fazer.

– Sim, certo. – Eddie disse, ajeitando-se no assento. – Então o quê?

– Então eu devia esfriar a cera, refazer a vela com o pavio e subir até meu quarto. Ficar pelado. Desenhar um círculo com sal. Ah... – Ele franziu a testa. Estranho, a primeira parte estava tão clara, mas o que ele fez em seguida não estava.

– Fica confuso a partir daí... Acho que me cortei de novo e pinguei o sangue no centro do círculo. Eu deitei, acendi a vela. Disse algumas palavras. Eu não consigo me lembrar quais foram exatamente. Algo como... Não sei... chamar coisas para carregar os fardos ou alguma droga assim.

– O que, na verdade, era besteira. – Eddie disse em tom severo. – Mas, então, o que aconteceu?

– Eu não... Eu não consigo me lembrar com precisão. Eu acho que caí no sono ou algo assim, porque eu acordei mais ou menos uma hora depois.

Eddie balançou a cabeça sombriamente.

– Sim, isso é um ritual de possessão. A cera que ela deu a você tinha partes dela dentro, você adicionou sua metade e foi assim que a porta se abriu.

– Você está dizendo... que era Devina?

– Ela aparece em muitas formas. Homem, mulher. Pode ser um adulto, uma criança.

Adrian entrou na conversa.

– Nós não achamos que ela vire animais ou objetos inanimados. Mas a vadia tem seus truques. Há muito tempo. Existe alguma chance de nós termos acesso àquela casa? Ou nós vamos ter que invadir?

– Na verdade, ela ainda me pertence.

Os dois caras respiraram fundo.

– Bom. – Eddie disse. – Nós vamos precisar ir até lá tentar tirar ela de você. Nós teremos uma chance maior de sucesso se voltarmos ao lugar onde o ritual foi realizado.

– Nós também vamos precisar pegar seu anel de volta. – Adrian acrescentou.

– O diamante? – Vin perguntou? – Por quê?

– Isso faz parte do vínculo. Jim disse que acha que era de platina.

– Claro que era.

– Bom, aí vai. Metal nobre e um presente seu para ela.

– Mas eu não dei para ela. Ela achou.

– Contudo, você comprou para ela. Seus pensamentos e sentimentos são incorporados ao metal ao adquiri-lo. A intenção é transformadora.

Vin soltou as mãos e levantou-se. As duas mãos deixaram impressões no vidro liso e frio, e ele observou elas desaparecerem.

– Você disse que ela rouba almas. Isso significa que ela vai querer me matar?

A voz de Eddie era baixa.

– Mas podemos tentar deter isso.

Vin se virou e olhou Marie-Terese. Ela estava vencida ao se inclinar contra o arco da sala, e ele foi até ela e a envolveu em seus braços. Enquanto eles se abraçavam, ele estava surpreso e grato mais uma vez por ela o aceitar... Mesmo depois de outra cebola ter sido descascada.

– O que podemos fazer para manter Marie-Terese em segurança? – Ele perguntou. – Existe alguma coisa que ela pode fazer para se proteger? Porque Devina acabou de sair daqui depois de nos ver juntos.

Enquanto os caras pensavam em uma resposta, os olhos dela brilharam e depois deslizaram até Eddie.

– Estou deixando a cidade hoje à noite, por razões que nada têm a ver com tudo isso. Será que vai ajudar? E tem algum tipo de... ah, encanto, ou...?

A hesitação falou muito sobre sua descrença e resignação quanto a toda aquela droga que tinha acabado de se impor como "real" em sua realidade.

Eddie encontrou seu olhar firme.

– Devina pode estar em qualquer lugar a qualquer hora, então, a solução para mantê-la em segurança é libertar Vin. Nós a tiramos da vida de Vin e, teoricamente, você está fora do radar dela, porque você não é o que ela quer ou reivindica. Ela só tem olhos para Vin. E para qualquer coisa que o afaste dela.

Adrian praguejou.

– A vadia só se importa com as pessoas em quem ela coloca seu nome. É uma das poucas virtudes dela.

– Talvez a única – Eddie replicou.

– Então vamos fazer isso – Vin interrompeu. – Agora. Vamos para a casa e cuidar disso, porque Devina saiu com pressa só Deus sabe por quê. Eu não a quero voltando aqui e...

– Ela vai se ocupar por um tempo. Confie em mim. – Em seguida, Adrian sorriu como um filho da mãe. – Ela odeia bagunça, e eu sou fod.. em fazer isso nas gavetas dela.

Vin franziu a testa.

– Olha a boca.

– Não, não esse tipo de... você sabe... – Adrian levantou as duas mãos. – Eu quero dizer gavetas...

– Vin devolveu seu brinco? – Jim disse de repente a Marie-Terese. – A argola que você perdeu do lado de fora do Iron Mask.

– Como você soube que eu... – Marie-Terese franziu a testa. – Bem, sim, devolveu.

– Então, onde está?

As mãos dela tocaram sua orelha.

– Oh... Não. Eu perdi aquela coisa de novo.

E ela estava usando quando entrou no Duplex, Vin lembrou.

– A cama – ele disse numa onda de temor. – Lá em cima. Na cama. Devina pegou algo da cama. Maldição.

Enquanto Vin corria para cima com Marie-Terese atrás dele, Jim achou que deveria ir junto para ajudar, mas ele sentiu como se alguém tivesse passado uma "cola tudo" no lugar do sofá onde ele estava sentado.

Adrian apoiou sua cerveja e saiu atrás deles.

– Se Devina pegou um brinco de ouro dessa mulher, nós estamos longe de mudar a situação.

Jim encostou sua cerveja de volta no rosto e deixou sua cabeça cair na almofada atrás dele de novo. Fechar os olhos era perigoso porque ele estava tonto, então ele manteve suas pálpebras o mais baixo possível, até um ponto de ainda ser capaz de ter uma faixa de visão da sala perfeita, agora transformada em lixo.

Cara, quebrar as coisas era tão mais fácil do que limpá-las, não?

– Ela era uma virgem, não era? – Ele disse suavemente. – A garota em cima da banheira?

– Sim.

– Parte de um ritual?

Houve uma pausa.

– Sim.

Deus... e ele pensava que aquilo que vira no serviço militar fosse feio. O que tinha descoberto naquela tarde era absolutamente trágico:

uma moça nova como aquela deveria estar no *shopping* ou algo parecido, mas ela não teria mais um álbum de escola, ou aulas de biologia, ou meninos em bailes para dançar com ela.

– O que vai acontecer com o corpo dela? – Ele perguntou.

– Eu acho que Devina vai descartá-lo. Ela vai ter que fazer isso muito em breve.

– Então toda vez que aquela vadia tem que deixar seu lugar, ela mata?

– Os selos duram por um determinado período de tempo ou até alguém, que não seja ela, os quebre. Esse é o outro motivo pelo qual eu não queria que você passasse por aquela porta.

Ótimo. Agora ele tinha outra morte em sua consciência. Porque tinha uma maldita certeza de que ela iria proteger aquele espaço de novo.

Jim levou a garrafa à boca e tomou um longo gole. Depois de engolir, disse:

– Qual era a grande coisa sobre aquele banheiro, então? Não tinha nada ali.

– Nada que você tenha visto, ainda bem.

Eddie começou a caminhar pela sala. A maioria das fotos e dos livros tinha sido colocada de volta para dar uma ordem aparente, prova de que Vin ou sua empregada andou fazendo uma limpeza. Mas nada parecia certo e Jim achava que aquilo era como uma mulher que tinha acabado de fazer um penteado de cabelo no salão que foi todo bagunçado por um vento forte: não importava o que ela fizesse para arrumar, não voltaria a ser o que era antes.

Eddie começou a endireitar uma coleção de livros, suas mãos grandes eram precisas e gentis nos movimentos.

– O banheiro é onde ela mantém seu espelho, que é seu caminho de entrada e saída desse mundo. É também como ela se veste e muda sua aparência. É a fonte de tudo que ela é, a sede de seu poder.

– Porque simplesmente não quebramos a porcaria, então? – Jim perguntou, endireitando-se. – Que se dane, vocês são tão durões, por que não fizeram isso anos atrás?

– Você o quebra e ele toma conta de você. – A voz de Eddie ficou tensa. – Ele pode capturar você se olhar para ele, mas mesmo se entrasse vendado e com um martelo, no instante em que ele fosse quebrado, os cacos se transformariam em milhares de portais e sugariam você em pedaços, vendo você a coisa ou não.

De repente, Eddie passou para uma seção diferente da estante e voltou a alinhar mais coisas.

– Ela vai ficar pasma por termos quebrado o selo e louca com Adrian por vasculhar suas coisas. E, além de tudo isso, ela vai precisar mudar de endereço. Ela não vai querer deixar aquele espelho em um lugar comprometido.

– Mas por que ela se preocupa com onde a coisa fica? Se nós não podemos quebrar a maldita coisa, que importância tem isso?

– Bem, nós podemos explodi-lo, só que aquele que o faz se sacrifica. Permanentemente. A vida após a morte que ele recebe não é a mesma que você viu quando foi conhecer nossos patrões. Nós reduzimos o antecessor de Devina desse jeito, uma perda considerável para o time.

Missão suicida. Fantástico.

– Então, que tipo de poder temos?

– Nós podemos prendê-la lá. É difícil de fazer, mas é possível.

Múltiplos passos vieram das escadas e Adrian irrompeu com as notícias.

– Não conseguimos achar o brinco, então, concluímos que Devina o pegou.

Eddie balançou a cabeça, como se outro tijolo tivesse sido colocado na carga que ele já carregava nas costas.

– Maldição.

Enquanto Vin colocava um braço em volta de Marie-Terese, protegendo-a, Adrian se aproximou e pegou seu casaco.

– O negócio é o seguinte... Marie-Terese, você precisa estar no ritual agora e você não pode ir para casa antes. Ao menos que queira correr o risco de ela seguir você e comprometer seu filho.

A mulher endureceu.

– Como... Como você sabe que eu tenho um filho? Oh, espere... você checou meus antecedentes?

Adrian deu de ombros e mentiu.

– É. Isso mesmo. Você tem alguém para ficar com o seu garotinho?

Marie-Terese olhou para Vin e, então, assentiu com a cabeça.

– Sim, tenho. E se ela não puder ficar, o serviço que utilizo vai encontrar alguém para liberá-la.

– Bom, porque nós não poderíamos purificar sua casa ou estabelecer um perímetro sem dar a Devina uma dica de onde você mora e eu não quero lutar com ela na frente do seu filho.

– Eu só preciso fazer uma ligação.

– Espere um segundo. – Vin interrompeu. – Por que não podemos cuidar da parte que afeta Marie-Terese aqui e agora?

– Nós não temos o que precisamos para fazer isso e, como Eddie disse, existe uma chance maior de sucesso se voltarmos ao lugar onde você abriu a porta para Devina. Primeiro tiraremos ela de você, depois, se eu não conseguir encontrar aquele brinco, faremos o mesmo por Marie-Terese. A boa notícia é que o laço não é tão forte e ela estará segura com a gente. Eu tenho certeza de que você concorda – não corremos riscos.

Evidentemente, Vin concordou, porque assentiu de maneira sombria com a cabeça.

– Não correm mesmo.

– Ligue para a sua babá agora, certo? – Enquanto a mulher pegava seu telefone, Adrian acenou com a cabeça para Jim. – Você e Eddie vão fiscalizar o ritual na casa velha, mas eu vou ajudar com as preparações antes de sair.

Jim franziu a testa, observando o maxilar do cara, que estava tenso.

– Onde você vai estar?

– Eu vou pegar o maldito diamante e o brinco de volta.

Eddie praguejou sob sua respiração.

– Eu não gosto de você fazendo isso sozinho.

Quando olhou para seu amigo, os olhos de Adrian se tornaram velhos. Muito velhos.

– Nós temos que usar todas as armas que temos. E vamos encarar isso, o que eu posso fazer com Devina é uma das melhores coisas que podemos fazer.

Sim, e pode apostar que não é o caso de apenas estragar as unhas dela, Jim pensou.

Enquanto os detalhes eram preparados para a batalha noturna, Jim sabia que tinha que colocar sua cabeça de volta no jogo. Essa rotina anestesiada e flutuante tinha de acabar e não só porque eles estavam indo enfrentar o inimigo. A questão era que, até aquele momento, ele tinha entendido aquela coisa de "anjo caído" como vida eterna, mas era evidente que esse não era o caso – e se ele perdesse Eddie e Adrian antes de aprender mais do básico, estaria ferrado.

Dez minutos depois, ele e os rapazes se encaminharam para o elevador do prédio e saíram do Commodore. A caminhonete tinha sido deixada a menos de um quarteirão de distância e a pequena caminhada pelo ar frio ajudou.

– Primeira parada, supermercado de Hannaford – Adrian disse enquanto se colocava atrás do volante de novo.

Jim e Eddie entraram na cabine e Jim fechou a porta.

– Eu quero deixar que o Cachorro saia, se vamos ficar fora a noite toda.

– E eu deixei minha moto em sua casa, de qualquer jeito.

Adrian olhou o espelho lateral e saiu do lugar onde estava estacionado.

Enquanto andavam, Jim pensou sobre os dois caras com quem ele estava andando e se perguntou sobre os truques que eles tinham nas mangas. Além de, claro, escolher quando e por quem eles eram vistos. E serem capazes de atravessar cadeados e correntes de porta – algo que ele tinha visto não só no armazém de Devina, como também no duplex de Vin...

Uma coisa lhe ocorreu.

Jim olhou para Adrian.

– Aquela noite, em que nós três saímos juntos... Quinta à noite. Por que você apontou Devina para mim, como se quisesse que eu dormisse com ela?

Adrian parou num sinal vermelho e deu uma olhada para ele... Apenas para voltar a olhar para frente através do para-brisa em silêncio.

– Por que, Adrian? – Menos uma pergunta do que um rosnado dessa vez.

A mão do cara fez uma curva com o volante em um círculo lento.

– Eu disse. Eu não queria trabalhar com você.

Jim franziu a testa.

– Você nem me conhecia.

– E eu não queria trabalhar com você e eu não gostava de você e eu sou um idiota. – Ele levantou um dedo, fazendo um sinal que dizia *vamos com calma*. – Mas eu me desculpei. Lembra?

Jim se inclinou contra o assento.

– Você armou para mim. Praticamente me deu de bandeja para ela.

– Eu não a segui no estacionamento. Eu não dormi com ela...

– Eu não a teria visto se não fosse você.

– Que diabos você está falando? De jeito nenhum que você teria perdido...

– Calem a boca. Os dois.

Eddie descruzou os braços como se estivesse preparado para terminar as coisas à força se necessário.

– Águas passadas. Deixa isso para lá, Jim.

Jim apertou os dentes. Cara, isso era como estar no meio dos tubarões de Matthias. Até mesmo as pessoas com quem trabalhou, quem supostamente estavam do mesmo lado que você, eram capazes de servir você de bandeja para o inimigo.

– Diz uma coisa, Eddie – ele soltou.

– O quê?

– Aquela escala de ligação da qual você estava falando. O sexo é uma das maneiras que Devina se prende a alguém? – Como houve apenas silêncio, ele disse: – É? É uma maneira?

– Sim – ele respondeu finalmente.

– Vá se ferrar, Adrian – Jim disse alto e duro. – Vá se ferrar mesmo.

Adrian virou o volante para a direita, apertou o freio e jogou o carro para estacionar. Enquanto as buzinas de outros carros e as pessoas gritavam e amaldiçoavam, o filho da mãe desceu do carro e deu a volta em torno dele com a expressão de alguém que tinha uma barra de ferro na mão.

Ele escancarou a porta de Jim.

– Saia e vamos resolver isso.

Jim disparou para fora, alimentado pela visão daquela menina inocente e morta, pelo medo no rosto de Marie-Terese, pela agressividade que Adrian estava pondo para fora... E pelo fato de que ele tinha um demônio entre os quadris e que ia montá-lo até que os dois atingissem o objetivo.

E assim por diante.

– Será que os dois cabeças-duras poderiam não fazer isso em público? – Eddie gritou.

Sem chance. Os punhos de Jim estavam prontos para voar antes mesmo de as botas dele baterem no chão e Adrian estava pronto para dar murros.

– Eu disse que sinto muito. – Adrian cuspiu. – Você acha que eu gosto desse meu trabalho? Você acha que eu estava pronto para voltar e ajudar um maldito principiante?

Jim não se deu ao trabalho de falar. Ele apenas pegou impulso e socou o bastardo direto no maxilar, suas juntas ficaram expostas e fizeram contato num piscar de olhos. O impacto foi tão forte que o crânio do anjo caído voou para trás e fez seu belo cabelo cacheado estilo Farrah Fawcett se esparramar no vento.

– Isso é por me derrubar no banheiro de Devina, filho da mãe. – Jim disse. – Agora, vou descontar outra porcaria.

Adrian cuspiu sangue.

– Eu te derrubei para salvar sua pele, filho.

– Sem essa, vovô.

Ninguém entendeu a última palavra por um momento.

Adrian avançou como um touro, pegou Jim pelo meio e o ergueu contra a lateral da caminhonete. Quando o impacto feriu da sua orelha ao calcanhar, Jim apenas ignorou a dor, apesar do dente que ele tinha certeza de ter perdido no painel do carro. Sem perder o ritmo, agarrou o cabelo de Adrian e deu uma testada no nariz do cara e, enquanto a coisa esguichava sangue como uma torneira sobre eles, a reação de Ad foi tão rápida quanto a dele – retornou o insulto dando uma forte joelhada na virilha de Jim, que agarrou as bolas e silenciou.

Droooooga. Nada fazia um homem ver estrelas daquele jeito quanto ter suas partes baixas colidindo com um osso sólido, e enquanto a visão ficava distorcida, a barriga pensava seriamente em mandar a cerveja que ele tinha acabado de tomar na casa de Vin sobre a camiseta de Ad. Força de vontade, e apenas a força de vontade, o fez superar a agonia no pênis e jogar-se para frente, pegando Ad pelas panturrilhas e o desequilibrando sobre a grama.

Rolaram pelo chão. Rolaram muito pelo chão. Punhos voando. Grunhidos trocados. Lama para todos os lados. A única coisa que os diferenciava de dois animais era o fato de estarem vestidos.

E a única coisa que os deteve foi Eddie se aproximando deles, pegando Jim pela parte de trás da gola da camisa e pela cintura do jeans e o puxando para longe do local. Depois de ter sido afastado da luta e jogado de lado como um galho que tinha caído de uma árvore, Jim caiu de bruços no gramado marrom, com o corpo inteiro pulsando como se tivesse saído de um comercial de analgésico contra dor de cabeça.

Respirando o ar frio que cheirava a sangue sujo e fresco, ele tinha machucados por toda parte e se sentia muito melhor ao mesmo tempo. Se apoiando sobre as costas, ele deixou suas mãos caírem para os lados enquanto olhava para o céu leitoso. Nas nuvens acima, ele pensou ter visto o rosto da garota que ele deixou para trás naquele banheiro: parecia que ela o encarava lá de cima, o observava.

Levantando um braço, ele tentou tocar o rosto dela, mas os ventos da primavera mudaram a posição das nuvens, fazendo desaparecer suas amáveis e trágicas feições.

Ele iria descobrir quem ela era.

E ele iria fazer o certo por ela.

Do mesmo modo como tinha feito o certo por sua mãe.

Aqueles idiotas naquele carro Camaro foram os três primeiros homens que ele matou.

– Pronto, crianças? – Eddie rosnou. – Ou eu vou precisar bater nos seus traseiros de modo que não consigam sentar de novo até o próximo inverno?

Jim inclinou a cabeça e olhou para Adrian. O bastardo não parecia melhor do que Jim se sentia.

– Trégua? – o cara disse com os lábios sangrentos.

Jim respirou tão fundo quanto pôde – até que a dor impediu suas costelas de se expandirem. Bem, inferno. Ele podia não ser capaz de confiar em nenhum dos dois, mas precisava de ajuda – e tinha uma trágica experiência em trabalhar com pessoas que eram umas porcarias.

– Sim – ele replicou roucamente. – Trégua.

Capítulo 36

– Certo, eu te amo. Vou chegar em casa mais tarde essa noite. Seja bonzinho com Quinesha. O quê?

Enquanto Vin os levava para a parte residencial da cidade, Marie-Terese falava com seu filho e captava sua voz abafada. A voz dele parecia tão próxima e ao mesmo tempo tão distante.

– Sim. Sim, pode. Eu te amo. Tchau.

Ela apertou a tecla *end* em seu telefone e olhou fixamente para a tela, esperando que Vin perguntasse como tinha sido a conversa. Era algo que seu ex sempre fazia. Sempre que atendia ao telefone, independente de ser alguém do *telemarketing* ou a empregada ou alguém procurando por ele, Mark tinha que saber de tudo.

Só que Vin não perguntou e não parecia estar esperando que ela preenchesse aquele espaço. E o espaço era... agradável. Gostou de como deu a ela o poder de escolha, disse muito sobre respeito e confiança e todas aquelas coisas que ela não teve da primeira vez.

Ela quis dizer "*obrigada.*" Em vez disso, murmurou.

– Ele queria sorvete. Acho que sou uma mãe horrível. Provavelmente vai estragar seu jantar. Ele come cedo. Às cinco.

A mão de Vin cobriu a dela.

– Você não é uma mãe horrível. Posso garantir isso a você.

Enquanto passavam por um ponto de ônibus, ela olhou para fora pela janela. As pessoas em pé sob a cobertura de acrílico olhavam fixamente para o BMW conduzido por Vin e quando, pouco depois, outro grupo de pedestres olhou de relance para o carro, ela teve a sensação de que onde quer que Vin fosse, ele despertaria olhares de inveja, admiração e... cobiça.

– Mark também gostava de carros bons – disse ela sem nenhuma razão específica. – Ele era o homem dos carros luxuosos.

Deus, podia lembrar-se dela andando naqueles carros. Ele pegava um zero todo ano, assim que os modelos novos eram lançados e, no começo, ela se sentava no assento do passageiro ao lado dele com o queixo erguido e as mãos afagando o couro. Naquela época, quando as pessoas a encaravam, seu peito inchava de orgulho, pois o homem que possuía aquele carro era dela e ela fazia parte de um clube de luxo exclusivo que barrava todos os demais, e era uma rainha ao lado do seu rei.

Agora não mais. Agora via os rostos de cobiça como nada mais do que pessoas presas a uma fantasia. Não era porque você podia dirigir ou se sentar em um BMW que você tinha comprado o bilhete de loteria premiado da vida.

Pensando bem, ela tinha sido muito, mas muito mais feliz quando estava na calçada dura do que quando sentada naquele banco macio.

De longe, muito melhor, considerando onde havia acabado.

– Mas eu sou uma mãe ruim – ela murmurou. – Eu menti para ele. Tive que fazer isso.

– Você fez o que precisava fazer para sobreviver.

– Eu vou ter que continuar mentindo para ele. Não quero que ele saiba nunca.

– E não existe nenhuma razão para que ele saiba. – Vin balançou a cabeça. – Penso que a função de um pai é proteger seus filhos. Talvez seja fora de moda, mas é isso o que eu sinto. Não há razão alguma pela qual ele tenha que passar pelo mesmo sofrimento pelo qual você tem passado. Tudo com que você precisa lidar já é muito.

O pensamento que tinha se infiltrado em seu cérebro e que ia e vinha desde que esteve com Vin na noite anterior ressurgiu. E não conseguia pensar em uma única razão para não dizê-lo em voz alta.

– Eu fiz algo para sobreviver, mas às vezes eu penso... – ela limpou a garganta. – Eu sou graduada na faculdade. Tenho um diploma em Marketing. Podia ter conseguido um trabalho.

Ao menos, teoricamente ela poderia. Uma das coisas que a impediu foi o fato de que não confiava cem por cento em sua identidade falsa. Se ela procurasse, de fato, um trabalho de verdade, não tinha certeza se seu número de seguro social não apareceria como de alguma outra pessoa.

Mas outro motivo para sua escolha havia sido algo mais sombrio.

Vin balançou a cabeça.

– Você não pode olhar para trás e questionar tudo. Fez o melhor que podia a partir de onde estava.

– Eu acho que queria me punir – ela deixou escapar. Quando ele a olhou, ela encontrou seu olhar. – Eu me culpo pela situação em que meu filho foi colocado. Eu escolhi o homem errado para me casar e isso é minha culpa. E sinto como meu filho sofreu. Estar com aqueles... homens. Eu odiava aquilo. Eu chorava toda noite quando acabava e, às vezes, ficava fisicamente doente. Permanecia naquilo pelo dinheiro, é verdade... mas estava me machucando deliberadamente.

Vin tomou sua mão, levou-a até os lábios e a beijou ferozmente.

– Escute. Seu ex foi o imbecil nessa, não você.

– Eu deveria tê-lo deixado antes.

– E você está livre agora. Está livre dele e não está fazendo mais aquela... droga. Está livre.

Ela olhou através da janela da frente. Porém, se isso era verdade, então por que ainda se sentia tão presa?

– Você precisa perdoar a si mesma – disse Vin bruscamente. – Esta é a única maneira de deixar isso para trás.

Deus, ela estava tão envolvida, pensou. Supondo que tudo o que aqueles homens haviam dito no duplex fosse verdade – e depois de ter visto o que viu nos olhos de Devina, seria uma idiota de pensar o contrário – Vin tinha acabado de descobrir essa noite que, sozinho, matara os próprios pais.

– Você também – ela apertou a mão dele. – Você precisa fazer o mesmo.

O grunhido que ele soltou era um sinal e meio para que parasse, e assim como ele respeitava a privacidade dela, ela também respeitava a dele. Por mais que ela quisesse induzi-lo a falar sobre o assunto, não iria pressioná-lo.

Inclinando a cabeça para trás contra o encosto, ela olhou fixamente para ele enquanto dirigia. Ele era rápido e ficava à vontade atrás do volante, com suas sobrancelhas baixas e seus lábios mais apertados do que de costume enquanto se concentrava.

Ela estava tão feliz de encontrá-lo. E agradecida por ele ter acreditado nela quando era o que mais importava.

– Obrigada – disse.

Ele olhou de relance e sorriu um pouco.

– Pelo quê?

– Você acreditou em mim ao invés de acreditar nela.

– Claro que acreditei.

Sua resposta era tão firme quanto sua mão no volante, e por alguma razão isso a fez chorar.

– Por que você está chorando? – ele colocou a mão em um dos bolsos da jaqueta e tirou um lenço branco imaculado. – Aqui. Oh, amor, não chore.

– Vou ficar bem. E é melhor fazer isso agora do que mais tarde.

Depois de enxugar as bochechas com as pontas dos dedos, ela pegou o quadrado de linho supersuave, superfino e o abriu bem sobre o colo. Ela ainda tinha um pouco de rímel que tinha passado ao se arrumar para ir à igreja, e não queria arruinar o pano delicado ao usá-lo de fato – até porque gostou de estar com ele. Gostou de correr seus dedos para frente e para trás sobre a costura em alto relevo de seu monograma, VSdP.

– Por que você está chorando? – ele repetiu suavemente.

– Porque você é incrível – ela tocou o V que estava em letra de forma. – E porque quando você diz coisas como que me ama, eu acredito e isso me deixa apavorada – ela tocou no S. – E porque tenho me odiado há tanto tempo, mas quando me olha, não me sinto como se fosse tão suja – finalmente tocou o "dP" de seu sobrenome. – E choro principalmente porque você me faz olhar para o futuro e eu não fazia isso há uma eternidade.

– Você pode confiar em mim – sua mão encontrou a dela novamente. – E quanto ao seu passado, não me importa o que você tenha feito, e sim quem você é. Para mim isso é tudo o que importa.

Ela enxugou mais lágrimas enquanto olhava fixamente para ele entre os bancos, e, embora o belo rosto dele estivesse desfocado, estava aprendendo a conhecer seus traços de cor, então não importava.

– Você deveria mesmo usar meu lenço.

– Eu não quero estragá-lo.

– Eu tenho muitos outros.

Ela olhou para baixo, para suas iniciais novamente.

– O que significa o S?

– Sean. Meu nome do meio é Sean. Minha mãe era irlandesa.

– Verdade? – os olhos de Marie-Terese ficaram ainda mais umedecidos. – Este é o nome verdadeiro do meu filho.

– Vocês dois, idiotas, fiquem aqui.

Eddie bateu a porta do motorista com tanta força que a caminhonete inteira balançou e, enquanto o cara se dirigia desengonçado em direção à entrada do supermercado, as pessoas desviavam de seu próprio caminho para sair do dele.

As bolas de Jim ainda doíam. Muito. Como se tivesse rolado sobre cacos de vidro – formigamento e dor ao mesmo tempo.

No banco ao lado dele, Adrian friccionava seu ombro, sua expressão era de desgosto.

– Maldito, nos dizendo para permanecer aqui. Que diabos... como se quisesse nos ameaçar? Dane-se ele.

Jim olhou pela janela e observou enquanto uma mãe, com um bebê nos braços, andava ao lado da caminhonete, deu uma olhada no rosto dele e se afastou.

– Eu acho que não nos encaixamos mais em sonhos de consumo visuais.

Adrian alcançou e girou o espelho retrovisor em sua direção.

– Que seja, eu sou magnífico... uau. – Eu...

– Pareço uma merda. – completou Jim. – Mas, pelo menos, você poderia caminhar em linha reta se precisasse. Você tinha que atacar as "joias do rei"?

Adrian cutucou o nariz.

– Eu acho que você o quebrou.

– E agora, provavelmente, vou ficar impotente pelo resto da vida. Pelo menos seus inchaços vão desaparecer.

Adrian inclinou-se para trás e cruzou os braços sobre o peito. Como se tivessem combinado, os dois respiraram fundo.

– Você *pode* confiar em mim, Jim.

– Confiança não é algo que se obtém em um laboratório. Tem que ser merecida.

– Então é isso o que eu vou fazer.

Quando Jim soltou um ruído evasivo, deslocou-se suavemente no banco e suas "partes baixas" não gostaram da mudança de posição. Depois que conseguiu encontrar uma posição confortável, voltou a observar as pessoas no estacionamento. Havia um ritmo previsível: elas saíam de seus carros, entravam nas lojas e voltavam com os carrinhos cheios ou com algumas sacolas penduradas nas mãos. Ao testemunhar tudo aquilo, sentiu um choque ao perceber a distância que havia entre ele e o resto do planeta. E não era porque estava em um jogo paranormal agora que a maior parte dos finos clientes do supermercado não acreditaria que ele era real.

Ele sempre esteve distante. Desde que encontrou sua mãe no chão daquela cozinha, foi como se suas raízes tivessem sido arrancadas do solo e carregadas por uma estrada até outro ponto do planeta. Seu trabalho não ajudou. Nem sua personalidade. E agora ele estava sentado ao lado de um anjo caído que poderia ou não existir de verdade... e que lutava de modo sujo.

Droga, não importava se ele tivesse ficado estéril. Nunca iria disparar um projétil para produzir filhos, e manter seu péssimo DNA fora do conjunto genético era sem dúvida o maior favor que ele poderia fazer pela raça humana. Cerca de dez minutos depois, Eddie surgiu com um carrinho cheio de sacolas plásticas e enquanto ele levantava a tampa do bagageiro e começava a transferir a compra toda, Jim não pôde mais ficar com seus próprios pensamentos e saiu para ajudar: todas as mamães e seus queridos filhinhos teriam que olhar para o lado caso não gostassem da aparência dele.

Eddie não disse uma palavra enquanto trabalhavam juntos, o que era uma indicação clara de que não estava naquele espírito de "oba-oba", considerando o que Jim e Adrian tinham acabado de fazer. Sinceramente, ele parecia ser assim com tudo e com todos.

E, sem ofensa, mas o sujeito tinha uma lista de supermercado anormal e bizarra.

Havia uma quantidade de sal grosso suficiente para remover o gelo de uma estrada. Frascos incontáveis de água oxigenada e ervas de hamamélis. Vinagre em galão. Limões. Sálvias frescas empacotadas em caixas transparentes. E quatro latas enormes de carne guisada.

– Mas que diabos – perguntou Jim – nós vamos fazer com tudo isso?

– Muita coisa.

Levaram mais ou menos quinze minutos para voltar para a casa de Jim, e o silêncio estava um pouco menos tenso. Enquanto entravam na garagem, o rosto do Cachorro abriu as cortinas da grande janela.

– Você precisa que suba o material? – perguntou Jim enquanto todos saíam.

– Só uma sacola que eu vou pegar.

Jim subiu as escadas com suas chaves na mão e no segundo em que destrancou a porta, o Cachorro era todo "Ó meu Deus, você está de volta", correndo ao redor dele em círculos com seu rabo propulsor.

Jim olhou de relance por sobre os ombros, franzindo a testa, e deu um tapinha distraído no cão. Embaixo, Eddie e Adrian permaneciam juntos e Eddie balançava a cabeça e falava enquanto Adrian focava em um ponto ao lado da orelha esquerda do sujeito, como se tivesse escutado tudo aquilo antes, mas não tivesse se interessado na primeira vez.

Em um determinado momento, Eddie agarrou o pescoço do cara e forçou um contato visual. Os lábios de Adrian se moveram brevemente e Eddie apertou os olhos.

Depois que se abraçaram por um breve momento, Adrian saiu rugindo em sua Harley. Com um palavrão, Eddie agarrou uma sacola do compartimento de carga da caminhonete e subiu desajeitado pelas escadas.

– Seu fogão funciona? – perguntou enquanto entrava e o Cachorro corria ao redor de seus pés.

– Sim.

Dez minutos mais tarde ele e Eddie estavam sentados em frente a duas tigelas enormes de guisado preparado de acordo com as instruções da lata.

– Fazia anos que não comia isso – disse Jim experimentando um pouco com uma colher.

– Você precisa se alimentar.

– O que você disse para Adrian?

– Não é da sua conta.

Jim balançou a cabeça.

– Desculpe, resposta errada. Faço parte desse time e eu acho que considerando a quantidade de coisas que vocês dois sabem sobre mim, é hora de começar a retornar o maldito favor.

Eddie deu um sorriso tenso.

– É uma maravilha que vocês dois não se deem bem.

– Talvez pudéssemos nos dar bem se vocês falassem comigo.

Um longo silêncio se seguiu até que Eddie colocou uma tigela no chão para que o Cachorro pudesse dar conta das sobras.

– Há três coisas que eu sei sobre Adrian – disse. – Um, ele sempre fará exatamente o que ele quiser, quando quiser. Não existe nenhuma possibilidade de ser razoável com ele ou fazer com que mude de ideia. Dois, ele lutará até que não possa levantar mais por algo em que acredite. E três, anjos caídos não duram para sempre.

Jim recostou-se na cadeira.

– Eu fiquei pensando sobre isso.

– Sim, não somos eternos, apenas relativamente eternos. E isso não pode ser ignorado ao se tornar um.

– Por quê?

– Desejo de matar. Um dia desses... sua sorte vai desaparecer e nós vamos perdê-lo. – Eddie afagou lentamente as costas do Cachorro. – Eu compartilhei muitas coisas com aquele bastardo ao longo dos anos. Conheço o cara melhor do que qualquer outra pessoa, e, provavelmente, sou o único que realmente consiga trabalhar com ele. Quando ele arder em chamas, isso vai me matar...

Eddie não continuou, mas nem precisava.

Jim tinha perdido um companheiro em uma ocasião também, e essa droga esgota toda a vontade de viver de dentro de você.

– O que ele vai fazer com Devina hoje à noite?

Não houve uma pausa sequer para responder essa:

– Você não vai querer saber.

Capítulo 37

Antes de deixar o duplex, Vin preparou um lanche rápido para ele e Marie-Terese, e o que restou dele estava espalhado sobre a mesa lascada na velha cozinha de sua família. O papel alumínio que embrulhava os sanduíches e as Coca-Colas que estavam agora praticamente vazias, assim como o pacote de batatas fritas que eles haviam partilhado seriam facilmente recolhidos.

A sobremesa era a única maçã que ele tinha em casa, e ele a estava cortando em pedaços e alternando um para ela, outro para si. Neste ponto, já era mais caroço do que maçã e agora ele retirava a última fatia viável junto às sementes para dar a ela.

Por nenhuma razão aparente, ele pensou sobre o que havia dito a Marie-Terese:

Não é o que você fez – é quem você é.

Ele tinha certeza de que estava certo com relação a ela... e de que aquilo não se aplicava a ele em nada. A forma como ele viveu a sua vida refletia exatamente quem ele era: um bastardo com fome de dinheiro e desprovido de qualquer consciência.

Mas, assim como ela, ele estava deixando aquela velha vida para trás. Ele ainda tinha um impulso no mais profundo de seu ser – só que agora ele via isso como um problema e não como uma maneira de agir. E o problema era que ele não tinha ideia de qual seria a forma que o futuro assumiria.

– Aqui, pegue o último pedaço. – Ele pegou a fatia da lâmina da faca e ofereceu sobre a mesa. – Eu cortei com cuidado.

Ela estendeu sua mão adorável e aceitou o que ele lhe oferecia.

– Obrigada.

Enquanto ela comia, ele arrumou as coisas, recolhendo os detritos, colocando-os de volta no saco de supermercado, onde os trouxera.

– Quando eles virão? – Perguntou ela.

– Uma hora depois do pôr do sol, eles disseram. Esse tipo de coisa sempre parece acontecer no escuro.

Ela esboçou um sorriso e limpou a boca com um guardanapo de papel. Colocando-se de lado, olhou pela janela, seus cabelos balançavam, caindo soltos sobre os ombros.

– Ainda está bem claro.

– Sim.

Quando ele olhou ao redor, ele imaginou como aquele lugar poderia ser. As bancadas de granito. Aparelhos de aço inoxidável. Quebraria a parede do lado direito e acrescentaria uma sala de estar. Precisaria retirar todos os tapetes. Pintar. Papel de parede. Dar uma renovada na bagunça dos banheiros.

Uma jovem família seria feliz ali.

–Venha comigo – ele disse, estendendo a mão.

Marie-Terese ofereceu a dela.

– Para onde?

– Lá fora.

Ele a levou pela garagem até o quintal – que estava longe de ser um espetáculo. O gramado era tão atraente como a barba de um velho e o carvalho ao fundo parecia os restos mortais de uma árvore que havia sido graciosa um dia, mas, pelo menos, a temperatura não estava tão baixa quanto antes.

Envolvendo os braços em torno dela, ele a abraçou apertado e gentilmente fechou seus olhos com as pontas dos dedos.

– Eu quero que você imagine que nós estamos em uma praia.

– Uma praia – seus lábios se levantaram.

– Flórida. México. Sul da França. Califórnia. Qualquer lugar de que goste.

Ela colocou a cabeça em seu peito.

– Certo.

– A cor do céu está mudando para tons de pêssego e dourado e o mar está calmo e azul. – Vin se concentrava no sol poente enquanto falava com ela, tentando desenhá-lo descendo a linha do horizonte de um oceano, em vez de tocar o telhado cinzento da casa da vizinha.

Vin começou a se movimentar, deslocando seu peso de um lado para o outro, e ela seguiu o ritmo, balançando em seus braços.

– O ar é suave e quente. – Ele colocou o queixo sobre sua cabeça. – E as ondas estão fazendo aquela coisa na areia, indo e vindo, indo e vindo. E as palmeiras estão por todo o lado.

Ele esfregou os ombros dela, esperando que visualizasse o que estava descrevendo, esperando que ela fosse projetada para fora do lugar onde eles realmente estavam: num reles quintal na porcaria de uma casinha insignificante na fria Caldwell, Nova York.

A margem costeira mais próxima que eles tinham era rochosa e era um rio.

Ele fechou os olhos e simplesmente permitiu-se sentir a mulher que tinha em seus braços e, como pode imaginar: foi ela quem transformou a sua paisagem e não suas palavras. Para ele, ela era a razão pela qual o clima estava quente.

– Você é um dançarino maravilhoso – disse ela junto ao seu peito.

– Sou? – Quando ela concordou, ele a sentiu em seu peito. – Bem, isso é porque eu tenho uma boa parceira.

Eles continuaram a se movimentar juntos até que a luz começou a se esvair do céu e a temperatura a cair muito. Quando Vin parou, ela levantou a cabeça e olhou para ele.

Quando ele colocou a mão sobre seu rosto e ficou olhando para ela, ela sussurrou:

– Sim.

Ele a levou para dentro da casa e subiram até seu quarto. Quando ele fechou a porta, se recostou nela e ficou olhando enquanto ela despia a malha pela cabeça e, em seguida, desabotoava a camisa branca simples. O sutiã foi o próximo, então, quando ela se inclinou para tirar o jeans, seus seios se movimentaram.

Vin ficou firme até ela começar a se despir, mas a visão dela tão natural e tão bela provocou uma pressão contra a sua calça.

E, no entanto, aquilo não tinha a ver com sexo.

Quando ela ficou nua diante dele, Vin se aproximou lentamente dela e lhe deu um beijo longo e profundo. O corpo dela sob suas mãos era quente e macio, tão pequeno e suave em comparação ao seu – e ele amava esse contraste, assim como as curvas dela. Amava o cheiro e o gosto dela.

Capturando os seus seios nas mãos, ele tomou um mamilo entre os lábios para chupá-lo enquanto acariciava o outro com o polegar, e quando ela arqueou o corpo contra ele, o nome dele saiu de sua boca.

Cara, como ele adorava o modo como seu nome soava na boca dela.

Com a mão livre, ele lhe acariciou a coxa e depois a parte de trás, deslizando por entre as pernas dela. Ela estava... ah... tão pronta para ele! Úmida e quente.

Murmurando algo sob sua respiração ele a carregou até sua velha cama e a apoiou sobre ela. No momento seguinte, estava completamente nu tal qual veio ao mundo e se estendeu junto a ela, seu sexo ereto cobria-lhe o ventre enquanto ele unia seus quadris com os dela.

Mais beijos. Mãos na pele dele. Na dela.

Mãos entre as pernas dela. Entre as dele.

Marie-Terese acabou em cima, as coxas divididas pelos quadris dele, seu sexo aberto para ele. Depois que ele colocou uma camisinha, ela o cobriu com uma descida lenta e devastadora que lhe roubou o fôlego e o senso. Em resposta, ele arqueou o corpo, as costas se curvaram para fora da cama, o movimento o empurrava de uma maneira cada vez mais profunda.

Plantando as mãos em seus ombros, ela se preparou e passou a balançar os quadris para cima e para baixo, num ritmo arrasador.

Enquanto Marie-Terese o possuía, ele estava mais do que disposto a dar-lhe qualquer coisa que ela quisesse dele. Ele estava ofegante e desesperado debaixo dela enquanto o seu corpo conduzia o dele de modo perfeito.

Por debaixo das pálpebras semicerradas, ela o observava, seus olhos eram como fogo azul.

Mas eles o consumiam sem qualquer dor.

– Esse é o endereço de Vin.

Quando Eddie apontou para uma casinha do tamanho de um Mc Lanche Feliz à direita, Jim encostou o carro e estacionou. Por força do hábito, ele examinou a área. Um típico bairro residencial de classe média baixa, com a maioria dos carros estacionados na calçada, lâmpadas públicas a cada vinte metros, luzes em menor escala vinham de algumas salas de estar e cozinhas familiares. Não havia pedestres, pois todos ficavam em casa durante a noite. Não havia grande cobertura, pois os arbustos e árvores tinham pouca folhagem.

Quando ele e Eddie saíram do carro e pegaram as sacolas guardadas no bagageiro, a iluminação escassa transformou tudo ao redor em uma cor acinzentada, a paisagem parecia uma fotografia em preto e branco.

O BMW de Vin estava parado na entrada e havia luzes no interior da casa, assim, eles caminharam até a porta da frente e bateram. A resposta foi um grito imediato vindo de cima, mas levou um tempo até que fosse possível eles entrarem, e o motivo estava bastante óbvio: o cabelo de Vin estava desarrumado e seu rosto estava corado.

O primeiro pensamento de Jim quando entrou e olhou ao redor foi que o mobiliário barato não tinha envelhecido bem. Pelo que ele podia ver, tudo, desde o papel de parede gasto, passando pelo sofá ruim na sala de estar até a miserável cozinha nos fundos tinha sido fabricado em alguma velha loja de departamentos.

Eram as mesmas coisas com as quais ele havia crescido, e pela primeira vez desde que ele conhecera o cara achou que tinha algo em comum com Vin.

Eddie apoiou uma das sacolas e olhou para um tapete mais novo no corredor de entrada que era diferente de todo o resto.

– Eles morreram aqui no pé das escadas. Seus pais.

– Sim. – Vin moveu-se inquieto. – Como você sabe disso?

– Eu posso ver as sombras deles.

Eddie se afastou para o lado, olhou para Jim, e apontou para baixo com um gesto de cabeça.

Jim não entendia o que aquilo tinha de especial, porque quando ele olhou para o chão tudo que ele viu... foi...

Ele esfregou os olhos para se certificar de que estava vendo direito... mas, sim, ele estava. Na base da escada onde o tapete estava mais limpo, ele percebeu uma perturbação estranha, um eco visual do que havia sido duas pessoas entrelaçadas em um amontoado. A mulher tinha cabelos crespos e desbotados e vestia um roupão amarelo. O homem estava de macacão verde, do tipo que um eletricista ou um encanador usaria. As manchas de sangue sob as cabeças cobriam grande parte do tapete.

Jim limpou a garganta.

– Sim, eu vejo também.

Marie-Terese apareceu no topo da escada.

– Onde vocês querem que a gente fique?

– Eu fiz aquilo no meu quarto – Vin disse.

Eddie deixou algumas de suas sacolas no corredor de entrada e se dirigiu para o piso superior.

– Então, é para lá que vamos.

Com todas as sacolas que ele estava carregando, Jim teve que virar de lado para caber no espaço enquanto subia e Vin foi legal o suficiente para dividir o peso.

– O que são todas essas coisas? – ele perguntou

– Tem um monte de sal.

Quando os quatro se amontoaram dentro do quarto decorado com um desbotado papel de parede azul-marinho e uma mobília estudantil dos anos 1970, Eddie se abaixou e puxou o tapete trançado, no centro.

–Você fez aquilo aqui?

Era evidente, dado o círculo desbotado que havia naquelas tábuas de assoalho.

– Precisamos limpar isso primeiro? – Jim perguntou.

– Limpar o quê? – Vin ajoelhou-se e passou as mãos ao longo do piso de madeira falsa. – Não há nada aqui.

– Está bem...

Eddie pegou o braço de Jim e negou com a cabeça, em seguida, começaram a abrir as sacolas. Ele entregou a Vin e Marie-Terese um recipiente com sal.

– Vocês têm que polvilhar uma linha ao redor do perímetro do andar de cima. Tem de ser uma barreira ininterrupta, exceto naquela janela. – Ele apontou com a cabeça para a direita. – Deixe-a livre. Se houver mobília no caminho, tudo bem, apenas passem ao redor e depois de volta contra a parede. Tem mais nessas sacolas se precisarem.

Quando ele pareceu satisfeito com a forma com que estavam lidando com as coisas, ele tirou dois estojos de charutos de dentro da jaqueta e deu um, com um pouco de sal, a Jim.

– Nós dois vamos fazer o mesmo e um pouco mais lá embaixo.

– Entendido.

Quando voltaram ao primeiro andar, Eddie pegou um isqueiro preto e acendeu o seu Cubano ou seja lá qual fosse. Enquanto ele exalava o que parecia um aroma de... ar fresco do oceano, ele ofereceu a chama e Jim se inclinou para acender o seu. Uma inalada e ele estava no céu. O tabaco tinha um gosto incrível, como nada que ele já tivera em sua boca antes, e se isso faria parte de suas funções em curso, então ele estava dentro.

Cara, ele adorava fumar. E evidentemente toda aquela preocupação sobre câncer estava fora da sua lista agora.

Eddie colocou o isqueiro no bolso e abriu o seu sal.

– Nós vamos andar de sala em sala e expirar enquanto fazemos uma barreira aqui embaixo. Estamos purificando o ambiente e criando um obstáculo para ela. Tem mais sal nessa sacola.

Jim pensou naquela modelo perigosa.

– Isso vai mesmo manter Devina fora?

– Isso vai dificultar a entrada dela. Adrian vai mantê-la ocupada enquanto ele puder, mas mesmo com seus talentos consideráveis, ela vai saber que algo está acontecendo.

Enquanto Jim rompia o lacre do seu sal, ele percebeu que gostava da maneira como estava se sentindo. Bem ou mal – mais para o mal – ele foi formado para lutar, e não apenas porque fosse um peso-pesado filho da mãe. O conflito fazia parte do seu sangue, do seu cérebro e das batidas do seu coração.

Ele sentiu falta de estar em missões. Inclinando a embalagem de sal para baixo, ele ia fumando alegremente enquanto um estreito rio branco jorrava do bico de prata e inundava o tapete. Eddie estava cuidando dos fundos da casa, passando pelo corredor e por toda a cozinha, por isso, Jim se dirigiu para a sala. Foi um trabalho rápido percorrer todo o rodapé afastando as cortinas empoeiradas para fora do caminho, e era satisfatório: ele se sentia como se estivesse demarcando seu próprio território, reivindicando um direito.

Cara, ele quase desejava que aquela vadia entrasse por aquela porta só para que ele pudesse acabar com a raça dela.

Pense em uma mudança de águas. No passado, ele tinha traçado uma linha, religiosamente, fazendo distinção entre homens e mulheres. Ele não hesitaria em matar um homem. Fosse com mutilações, atropelamento ou espancamento. Mulheres, contudo, eram totalmente diferentes. Uma mulher podia se aproximar dele com uma faca empunhada que ele apenas a desarmaria. Ponto final. Render uma mulher poderia acontecer, mas só se fosse absolutamente necessário, e da maneira menos dolorosa e permanente possível.

Mas Devina não era mais uma mulher para ele. Que inferno, ela não era uma mulher, ponto final.

O sal fazia um sussurro enquanto ele traçava a pequena linha vacilante, e embora fosse difícil depositar muita confiança em uma coisa que era usada para temperar batatas fritas, Eddie não parecia um idiota. Nem de longe.

E o charuto arrasava. Totalmente.

Quando eles terminaram, o andar de baixo da casa cheirava como a Flórida e estava precisando de um aspirador de pó, e enquanto se dirigiram para o segundo andar, Eddie desenhou uma linha branca ao longo de cada degrau até a escada parecer uma pista de aterrissagem.

Vin e Marie-Terese também ajudaravam e depois de inspecionar os seus esforços, Eddie disse a eles para relaxarem um pouco na pequena cama e pediu a Jim que o acompanhasse ao banheiro que ficava no topo das escadas. Usando a pia como uma tigela para misturar os ingredientes, o cara juntou a água oxigenada, a *hamamélis* e o suco dos limões ao vinagre de vinho branco e misturou tudo com as próprias mãos, entrelaçando seus dedos pela solução. Assim que o cheiro acre recendeu e se instalou nas narinas de Jim, Eddie começou a falar baixinho enquanto continuava fazendo círculos na pia. As palavras eram pouco mais que um sussurro, e numa língua que Jim não entendia, mas foram repetidas várias e várias vezes.

De repente, o cheiro que havia exalado mudou. Agora não era mais desagradável ao nariz, transformou-se no aroma fresco de um campo primaveril.

Eddie ergueu as mãos e enxugou-as em seus jeans, depois enfiou a mão no casaco e fez surgir duas pequenas armas de cristal...

– Isso são armas? – Jim perguntou.

– Com certeza. – O cara retirou a rolha de uma e submergiu a coisa. Bolhas flutuaram na superfície até o recipiente ficar cheio. Ele a entregou a Jim. – Coloque isso no seu coldre. Ao contrário da sua semiautomática, essa droga realmente vai funcionar contra ela.

Enquanto Eddie abastecia a sua, Jim manuseou o cristal molhado. A arma era uma verdadeira obra de arte, esculpida em quartzo transparente, ele achava, e com uma engenhosa precisão. Colocando-a na palma da mão, ele mirou a parede do banheiro e puxou o gatilho. Uma linha fina e forte da solução lambeu exatamente o lugar que ele apontou.

– Legal – ele murmurou, deixando de lado a SIG.

– Depois te ensino como fazer uma. – Eddie selou a barriga da arma e prendeu-a no coldre atrás das costas. – O fato de você esculpir madeira vai ajudar.

Quando eles voltaram para junto dos outros, Vin estava andando ao redor e Marie-Terese estava sentada na cama. Eddie abandonou seu casaco e vasculhou as sacolas do supermercado que estavam praticamente vazias agora.

Retirando a sálvia fresca, ele abriu o recipiente de plástico e deu o maço de folhas a Marie-Terese.

– Agarre isso e fique fora do caminho. Não importa o que veja ou o que aconteça, não o deixe cair e deve manter isso junto às palmas de suas duas mãos. Isso vai lhe proporcionar alguma proteção.

– O que eu faço? – Vin perguntou.

Eddie olhou por cima do ombro.

– Tire a roupa.

CAPÍTULO 38

Na última vez em que Vin ficou nu em público, o contexto foi bem diferente.

Enquanto jogava sua camisa, calça e cueca na penteadeira, ele se certificou de que sua arma estava na frente e no centro da pilha, e quando ele se virou, estava pronto para fazer o que fosse necessário para acabar de vez com aquilo. Engraçado, ele tinha sido operado apenas uma vez na sua vida, dez anos antes. Ele teve que reconstruir seu joelho depois de anos jogando basquete e tênis e correndo com a maldita coisa – e agora estava exatamente do mesmo jeito que tinha estado na época: pronto para voltar ao normal. Esperando que o resultado depois de a dor desaparecer fosse o melhor.

Ele deu uma olhada para Marie-Terese. Ela estava sentada, completamente imóvel na cama, segurando os raminhos de sálvia fresca entre as mãos de modo que as folhas macias apareciam entre seus polegares, e as hastes ficaram penduradas mais adiante. Quando seus olhos encontraram os dele, ele teve que se aproximar e dar um rápido beijo em sua boca. Ela estava assustada, mas forte – e por mais que ele quisesse que ela não fizesse parte daquilo, ele concordava com Adrian. Nada de riscos para ela. Não poderia haver nenhum risco com relação a ela, nunca, então eles precisavam concluir que Devina tinha pegado seu brinco.

Eddie pegou uma bússola e quatro velas brancas e depois de fazer algumas coisas com sua engenhoca, ele e Jim delimitaram o norte, sul, leste e oeste, marcando cada ponto no chão descoberto com a cera das velas.

Então, distribuiu mais sal, formando um círculo ao redor da estrutura. Enquanto os observava, Vin teve que admitir que o anel que eles fizeram era mais ordenado do que o dele de vinte anos atrás, mas, ele tinha pressa no passado. Não havia como saber quanto tempo seus pais permaneceriam desmaiados.

– Como eu disse, o que você fez foi um ritual de possessão. – Eddie andou em volta, e acendeu cada um dos quatro pavios. – Você pegou três elementos de si próprio, como homem: cabelo, sangue e... você sabe e ofereceu a ela. Ela aceitou os presentes e prendeu-se nos resíduos de sua pele espiritual, digamos assim. Nós vamos limpar ela de você.

– Sim, escutem – Vin interrompeu. – Vocês têm certeza de que não podemos cuidar de Marie-Terese antes e, depois, se preocuparem comigo?

– Não, você é o ponto principal. Você chamou Devina até você. Além disso, Marie-Terese tem um laço mais fácil para quebrar, admitindo que o brinco esteja em posse de Devina.

O cara desapareceu no corredor do banheiro e voltou com as mãos pingando e erguidas como as de um cirurgião.

– Jim, vá até minha jaqueta e pegue o cilindro de couro que está no bolso direito.

Jim procurou e puxou um pacote de vinte e cinco centímetros de altura e seis de largura, que estava preso por uma fita de cetim branco.

– Abra.

As mãos de Jim foram rápidas para puxar o laço e depois desenrolar o couro, revelando uma adaga. Feita de vidro.

– Não toque na faca – Eddie disse.

– Que diabos você vai fazer com isso? – Vin perguntou.

– Nós vamos abrir você. – O homem apontou para o círculo de velas queimando. – Isso é uma cirurgia espiritual e, antes que pergunte, sim. Vai doer demais. Mas quando terminarmos, você não vai estar assustado ou coisa parecida. Agora deite, a cabeça aqui, para o norte.

Vin olhou para os rostos dos homens enquanto eles o encaravam. Austeros. Sérios. Especialmente Eddie.

– Eu nunca vi uma faca como essa antes. – Vin murmurou, enquanto olhava a coisa.

– É de cristal. – Eddie disse, como se soubesse que Vin precisava de um segundo antes de entrar no ritual. – E, sim, pode respirar fundo, porque nós precisamos começar. – Ele olhou para o parceiro. – Jim? Fique próximo a Marie-Terese. Em certo momento, você vai fazer parte do processo, mas, agora, você vai apenas assistir, e se a droga toda ficar séria, você vai ficar encarregado dela.

– Você lê mentes? – Vin perguntou ao cara.

– Às vezes. Agora, podemos começar a trabalhar? Eu não sei quanto tempo Adrian vai ser capaz de segurá-la.

Vin encarou os olhos de Marie-Terese e esperou que ela pudesse ler tudo o que ele queria falar. Quando ela consentiu, como se tivesse entendido perfeitamente, ele se aproximou do círculo de sal e se estendeu no centro. Eddie tinha calculado o tamanho perfeitamente: a cabeça de Vin estava posicionada junto à vela, que apontava para o norte, enquanto a sola dos seus pés apenas tocava a outra extremidade.

– Feche seus olhos, Vin.

Vin lançou um último olhar à Marie-Terese e, depois, baixou as pálpebras e tentou relaxar o corpo. O chão era duro contra suas costas, seu traseiro, e seus calcanhares; e seu coração perfurava sua caixa torácica. Contudo, a droga toda, de fato, não era não poder enxergar: ele não só se sentia isolado, mas o som de tudo que era feito se sobressaía muito. Desde sua própria respiração aos passos de Eddie andando ao seu redor, até o sussurro de palavras estranhas sobre seu corpo nu, era tudo extremamente irritante em alta definição.

E não demorou muito para perder a paciência. Ali estava ele, deitado como um pedaço de carne a ser comido, na frente de Marie-Terese que estava, sem dúvida...

Uma vibração sutil surgiu através do assoalho.

Vin sentiu o som reverberando primeiro em suas mãos e pés e, em seguida, se expandindo dentro dele, círculos concêntricos eram desenhados no centro de seu corpo. Enquanto ele absorvia as ondas rítmicas, uma brisa sutil percorreu os pelos de seus braços, coxas e peito e ele se perguntou se alguém tinha aberto uma janela.

Não... As coisas tinham começado a girar.

Ele não tinha certeza se foi ele ou o quarto que começou a girar, mas, de repente, as ondas e a brisa se uniram e ficaram indistinguíveis enquanto rodavam em volta dele... Ou ele rodava em volta. Como água correndo através de um dreno, a velocidade se intensificou e seu estômago se revoltou, a náusea fazia com que aquele sanduíche que ele tinha comido com Marie-Terese ficasse verde e irritasse seu intestino.

Pouco antes de vomitar, o carrossel parou e ele ficou leve. Não havia mais giros, ele estava suspenso em ar quente, e ficou muito grato por isso. Inspirando profundamente, ele sentiu sua barriga relaxar e a tensão nos braços e pernas diminuir, os músculos ficando frouxos.

E então sua visão retornou. Bom Deus, mesmo com suas pálpebras baixas, ele podia ver a luz branca: a fonte estava em algum lugar embaixo dele, perfurando o piso em que ele supostamente estava, seu corpo formando um molde na iluminação.

O rosto de Eddie apareceu sobre o dele.

A sua boca se movia como se ele estivesse falando, e Vin não ouvia as palavras que eram pronunciadas, apenas as reconhecia em sua mente:

Respire fundo e fique imóvel.

Vin tentou assentir, mas quando Eddie balançou a cabeça, ele apenas pensou na palavra *sim* em direção ao cara.

A faca de cristal se elevou sobre o peito de Vin, a arma ficou estável nas grandes mãos de Eddie. Quando a luz branca o atingiu, um brilhante arco-íris cintilou, todas as cores, de rosa a azul-claro e tons de amarelo pálidos a vermelho-sangue, azul-marinho e ametista profundo, explodiam alcançando várias extensões.

Indecifráveis palavras surgiram na cabeça de Vin, enquanto Eddie as recitava cada vez mais rápido.

Preparando-se, Vin mirou a ponta afiada da lâmina.

Estava indo em direção ao seu coração. Ele simplesmente sabia.

Quando a inevitável descida aconteceu, foi mais rápida que um piscar de olhos e mais lenta que um século – e o impacto foi pior do que ele esperava. No instante em que a adaga afundou na carne de Vin, ele sentiu como se todos os nervos em seu corpo transmitissem dor.

Então, Eddie o abriu.

Vin gritou em meio àquele turbilhão, enquanto seu corpo se fendia a partir de seu peito, sua coluna se esticava enquanto ele se contorcia para cima. Ele tinha uma vaga consciência das palavras de Eddie e, em seguida, a mão brilhante do homem alcançou o centro da agonia, tornando-a muito pior.

Sondando. Pulsando. Uma grande extração.

O que quer que fosse que Eddie estivesse agarrando e retirando, ele segurava firme, e, de repente, Vin não conseguia mais respirar pela imensa pressão nas suas costelas e pulmões. Ofegante, ele lutava para conseguir um pouco de ar em meio a tudo aquilo.

Recomeçou a gritar. O que não fazia sentido, porque ele não conseguia respirar.

Enquanto a luta para a extração o assolava, Vin lutava para se segurar, não por ele mesmo, mas por Marie-Terese. Ele não iria morrer na frente dela. Ele não morreria naquela noite na frente dela. Ele não iria...

Mas Eddie não cessou e a coisa não aliviou e Vin começou a falhar. Seu coração deixou de bater e começou a tropeçar, falhar o bombeamento, e com a fibrilação veio um frio entorpecedor que o trespassou. Ele tentou lutar, tentou trazer seu corpo de volta ao funcionamento, mas não tinha reservas de força a que recorrer. Mesmo que sua mente e sua alma quisessem ficar, sua carne estava acabada.

Só que, então, a maldade foi desprendida.

No início, houve apenas um deslize, como se somente um dos tentáculos que se agarravam a ele tivesse se libertado. Mas, em seguida, outro se rompeu, e mais outro, e mais um monte, e...

Com um som dilacerante, como se metal estivesse sendo rasgado, uma escuridão se levantou dele e se afastou, libertando-o. Seu primeiro pensamento foi que sentia seu corpo muito mais leve com a ausência. O segundo foi que ele ainda estava morrendo...

Vin foi salvo pela luz branca.

De repente, como se soubesse que lhe restava pouco tempo, ele foi reanimado, o calor da iluminação o cobriu, diminuindo a dor e, então, aquilo o deixou limpo como se a tortura nunca tivesse existido. Ele voou livre, leve e transparente, indistinguível daquilo que o cercava.

Ele chorou extasiado de alívio e gratidão.

Era a primeira vez em trinta e três anos em que ele estava sozinho em sua própria pele.

Os olhos de Jim demonstravam lealdade.

Cada vez que um carro descia lentamente pela rua, ele olhava pela janela. Qualquer ruído em volta da casa? Rangido de uma árvore? Vento batendo na janela? Era a mesma coisa. Ele observava os cantos constantemente, esperando que Devina entrasse num rompante.

E, ainda assim, o centro do quarto o consumia.

Ele nunca tinha visto nada parecido. Desde o momento em que o chão se desprendeu de Vin e aquela explosão de luz branca veio do nada, ao elétrico segundo em que Eddie colocou a faca em uso e começou a puxar, foi tudo tão incrível.

Deus, aquela faca.

Era a coisa mais linda que Jim já tinha visto: quando a luz a atravessou, o espectro de cores vívidas se espalhou diante dele, os matizes tão brilhantes e claros... era como se seus olhos fossem jovens de novo e estivessem vendo tudo pela primeira vez.

Mas a luta... Ele tinha certeza de que Vin morreria. No ápice do brilho, Eddie tinha esfaqueado o homem, alcançado o interior de seu peito e começado a puxar como se estivesse tentando arrancar um carro de um pântano. E, em resposta, Vin gritou de uma vasta distância, a agonia saía de sua garganta enquanto seu corpo se tensionava.

Naquele momento, Marie-Terese tinha disparado para frente, mas Jim a pegou, o instinto dizia a ele que ela não poderia ficar no caminho do que estava acontecendo, não importava o quanto as coisas parecessem medonhas. A interrupção não estava no manual: aquilo era uma cirurgia da alma e o câncer tinha que sair. Mesmo que o homem morresse no meio do processo, a tentativa de extração era a coisa certa a se fazer.

Jim a segurou da maneira mais delicada possível, e ela acabou ficando contra ele, as unhas enterradas em seu antebraço enquanto assistia à cena, tão impotente quanto ele com relação ao resultado de tudo aquilo.

A coisa se resumia a Eddie e Vin, seja lá o que fosse acontecer.

E, então, aconteceu. Eddie começou a vencer a batalha – o que ele estava puxando começou a ceder, surgindo primeiro apenas fragmentos, e, em seguida, houve uma separação final e explosiva, que fez com que o anjo caísse para trás. Mas não havia tempo para uma comemoração.

Assim que saiu de Vin, aquela coisa preta indefinida ficou livre no ar. Era uma sombra com um olhar vicioso que flutuava e que, imediatamente, projetou-se sobre Marie-Terese. Ondulando, a coisa juntou seus pedaços, ficando mais escura, como se estivesse reunindo forças, e encarou a mulher.

Jim empurrou Marie-Terese para trás e a forçou contra a parede. Trabalhando rápido com a arma de cristal, ele puxou a tampa do objeto e derramou o que quer que fosse que estivesse dentro sobre ela, até pingando em seu nariz e pelas pontas do seu cabelo.

Ele desejou ter um balde daquela droga.

Girando para trás, ele se preparou enquanto a sombra se atirava contra eles. O impacto foi duro, a fumaça não existente era como mil ferroadas de abelhas na pele de Jim. Marie-Terese gritou...

Não, não foi ela. A coisa gritou e se despedaçou, como projéteis de ar comprimido sendo espalhados pelo chão.

A maldita sombra retomou a forma, mas não tentou outra investida. Evaporou para fora da única janela que estava sem sal na soleira, e a quebra do vidro foi impactante, o som ecoou por toda a casa.

No mesmo momento, a luz do círculo foi sugada do quarto, e a saída foi ainda mais barulhenta, com um estrondo sônico que fez os tímpanos de Jim estalarem e o espelho sobre a penteadeira se quebrar em pedaços. Eddie foi jogado para trás pela explosão de energia e bateu contra a parede assim que Vin foi revelado no chão, pálido, frágil, coberto de suor.

Assim que ele se curvou de lado e puxou os joelhos contra o peito, Marie-Terese se soltou de Jim e correu para ele.

– Vin? – ela alisou o seu cabelo. – Oh, Deus, ele está congelando. Passe o cobertor.

Jim arrancou a coberta da cama e colocou nas mãos dela, e, em seguida, foi examinar Eddie, que parecia estar inconsciente.

– Você está bem, grandão? Eddie?

O cara forçou-se a prestar atenção e olhou em volta como se estivesse momentaneamente perdido. Contudo, e isso era ponto positivo, mesmo em seu estado inconsciente a adaga de cristal estava presa em seu punho, suas juntas brancas apertavam-na como se a coisa tivesse que ser extraída por um alicate.

Sua expressão não era de triunfo.

Quando ele tentou se levantar, Jim segurou-o por baixo de suas axilas e o ajudou a se erguer do chão e ir para a cama.

– Pela sua cara, parece que as coisas não foram bem.

Eddie tomou fôlego.

– Ele está limpo... e foi boa a ideia de molhá-la.

– Achei que seria mais eficaz. – Jim afastou a grossa trança do ombro de Eddie e não conseguia entender por que ele parecia tão desapontado. – Eu não entendo. Qual é o problema?

Eddie encarou a janela quebrada e sacudiu a cabeça.

– Isso foi muito fácil.

Drooooga.

Se isso tinha sido uma volta no parque, Jim se perguntava que inferno seria uma luta de verdade.

Capítulo 39

Saul parou na sua vaga em transe e estacionou o táxi. No leve brilho da garagem, ele ergueu os olhos para o espelho retrovisor e inclinou a cabeça para o lado. Com o dedo cortado, ele alisou o lugar careca perto de sua orelha e lembrou-se de estar com a mulher na parte de trás do táxi. Eles fizeram sexo.

Tinha sido a primeira vez desde que ele esteve na prisão, há dez anos.

Ele gostou... Pelo menos até o fim. No ápice, enquanto ele relaxava embaixo dela, uma estranha e doentia letargia tinha escoado através dele, e ele não se sentia tão relaxado quanto preso numa armadilha.

Foi nesse momento que ela pegou a tesoura. Ela se moveu tão rápido que ele não poderia detê-la, mesmo se estivesse alerta: cortou seu cabelo, talhou sua pele. Então ela esfregou seu sangue com o cabelo que tinha cortado de sua cabeça, desmontou de seus quadris e as mãos dela desapareceram por baixo da saia.

Depois disso, ela o deixou onde o tinha possuído: na parte de trás do táxi.

Ela sequer se incomodou em fechar a porta e, apesar do frio que o congelava, levou um tempo até que ele pudesse alcançar e fechar a porta. Depois de abotoar suas roupas, ele se entregou à exaustão, ignorando o guincho vindo do rádio transmissor e o fato de que não era uma boa ideia estar tão vulnerável no centro da cidade, mesmo no meio do dia.

O sonho que ele teve enquanto dormia foi horripilante e, na luz opaca, ele virou a cabeça e checou novamente se não havia ninguém no banco de trás com ele. É claro que não havia... ele tinha se trancado no carro no instante em que se colocara atrás do volante.

Deus... O pesadelo. Nele, um monstro que era e não era a mulher com quem ele tinha estado transava com ele... e, no sonho, ele tinha feito algum tipo de acordo com ela. Só que ele não conseguia lembrar o que ganhara em troca daquilo que oferecera.

Sua amada... Tinha alguma coisa a ver com sua amada.

Estava escuro quando dois trombadinhas o acordaram ao abrir as portas da frente do táxi e levar sua mochila e sua jaqueta.

Partindo de sua própria vontade, suas mãos se lançaram para frente e agarraram o rabo de cavalo do que estava atrás do volante. Sem dificuldades, ele entendeu que estava cem vezes mais forte do que antes de dormir. Mais forte, focado. Ele se sentia como se fosse... Uma máquina assassina.

O garoto do outro lado do táxi deu uma olhada para o rosto de Saul, largou a carteira na mão dele e desapareceu correndo sem parar.

Saul tinha quebrado o pescoço do outro apenas puxando-o pelo rabo de cavalo do banco de trás e girando sua cabeça até que houvesse um "crack" e um corpo morto.

Ele deixou o cadáver gelado jogado no chão perto de onde o táxi tinha sido estacionado. E olhou em direção a uma câmera de segurança.

Que sorte, apesar de tudo. A luz vermelha, que indicava que a coisa estava ligada, não estava piscando. Então, não havia nenhum registro dele, da mulher ou dos dois garotos.

Não é sorte, ele ouviu uma voz dizer a ele. *Faz parte do trato.*

E foi nesse instante que ele voltou a si: ele queria ficar livre de olhos observadores, fazer o que bem quisesse, sem a preocupação de ser pego. Sem mais armas escondidas, nada de cobrir pistas, de se disfarçar, nada de se esgueirar por aí.

E estava feito.

Entrando pelo lado do motorista, ele sentiu tanto um peso quanto exaltação e foi então que ele percebeu que o motor permaneceu ligado desde que a mulher o deixou. Então, por que ele não estava morto pelo monóxido de carbono? Estava frio e o aquecedor permanecera ligado o tempo todo.

Vá para casa, ele ouviu em sua cabeça.

Quando suas mãos agarraram o volante, ele teve a direção imediatamente definida por uma atração poderosa no peito: ele precisava *ir para casa. Rápido.*

Isso era tudo que ele sabia, e foi precisamente o que ele fez. Ele dirigiu para fora do centro da cidade em direção aos subúrbios, indo tão rápido quanto podia – considerando que, após os outros assassinatos, ele tinha sido tão fiel às leis quanto a esposa de um pastor.

Mas agora, contudo, apesar desse estranho poder correndo pelo seu corpo, se sentiu preso, um motor na marcha errada: tudo que ele conseguia fazer era olhar para frente.

Em uma prateleira obscura de sua mente, ele pensava que estava preocupado sobre o que tinha acontecido pela terceira vez naquele beco. Ele devia ter deixado o carro na companhia de táxi e desaparecido. Nos sonhos tudo era muito bom e corria tudo bem, mas eram fantasias, não realidade. E qualquer um que matasse pessoas podia ser pego.

Não você. Não mais.

Entre.

O pensamento o atingiu com a claridade de um sino tocando ao amanhecer. Destrancando as portas, ele saiu e olhou ao redor, ainda com dificuldades para entender a transformação por que tinha passado. Ele estava diferente por dentro e isso era muito bom, ele se sentia como um vencedor da loteria cujo bilhete ainda precisava ser autenticado. E se isso fosse tirado dele? E se alguma coisa viesse atrás dele e...

Não se preocupe com isso. Entre.

Enquanto ele pegava as chaves da casa, notou que havia uma caminhonete estacionada na frente da casa ao lado e um carro luxuoso no caminho de entrada, mas ele não deu atenção. Ele tinha que *entrar.*

Quando ele estava em pé no seu corredor de entrada, olhou para a sala de estar vazia e para dentro da cozinha, que estava atulhada de pacotes do McDonalds, caixas de pizza e garrafas de Coca-Cola vazias. E agora? Ele não estava com fome ou sede e não estava cansado e, pela sua vida, ele não conseguia entender porque tinha que estar em casa.

Ele esperou.

Não lhe ocorreu nada, então, como fazia todas as vezes que chegava, subiu as escadas.

No segundo em que ele entrou no quarto, a estátua de mármore de sua mulher o energizou e o deixou concentrado. Ele se adiantou, caindo de joelhos na frente dela. Acariciando o rosto perfeito de mármore, ele sentiu suas mãos aquecerem a pedra fria.

E foi aí que o trato veio em sua mente, palavra por palavra. A voz da mulher do táxi ecoou por sua cabeça:

Por um pequeno preço, você pode ter exatamente o que quer. Eu posso dizer a você o que você deve fazer para consegui-la e mantê-la. E eu protejo o que é meu. Eu não vou deixar que nada aconteça a você. Nunca.

Você pode ter exatamente o que quer.

Mate-a e ela será sua.

– Sim – ele disse à estátua. – Sim... Meu amor.

Tudo o que tinha a fazer era ir àquela casa e entrar. Ele tinha que encontrar uma maneira de chegar perto o suficiente de Marie-Terese para...

O som de uma janela quebrando fez com que erguesse a cabeça. Quando o vidro explodiu do lado de fora, na casa ao lado, foi quebrado com tanta força que bombardeou a casa de Saul com milhares de cacos, fazendo sibilar o revestimento de alumínio da garagem.

Por consequência, e com uma contrastante graça silenciosa, a cortina se expandiu para fora do vão que tinha sido deixado, como se a pressão do interior fosse maior que a pressão de fora e sua amada foi revelada a ele.

Sob a iluminação de uma lâmpada no teto, o rosto perfeito de Marie-Terese foi desenhado com linhas de horror e medo enquanto ela olhava para o lugar onde a janela tinha estado. Seu cabelo e suas roupas estavam molhados e não havia cor em suas bochechas – o que a fazia parecer ainda mais com a estátua.

Enquanto a fitava com admiração e alegria, ele não se preocupava em ser visto por ela. Como estava no escuro, ele estava invisível para ela e para os outros dois homens que a acompanhavam.

Interessante... um deles esteve naquele clube repulsivo. Esteve naquele corredor com aqueles dois universitários que ele tinha matado naquele beco.

Não há tempo a perder. Vá... Vá...

Saul deu um salto e correu para fora do quarto e desceu as escadas. – o tempo todo maravilhado pela mulher que esteve no seu táxi.

Ela tinha poder. Verdadeiro poder.

Foi questão de um instante mergulhar no táxi e pegar a arma que estava debaixo do banco do motorista.

Marie-Terese envolveu Vin com o cobertor e o apertou em seus braços. Seu corpo era um cubo de gelo, nada mais que um objeto estático que emanava frio. Enquanto ela o esfregava, tentando produzir calor em seu corpo, ele não ajudava. Estava agitado – irrequieto e contraído, quase como se ele não soubesse onde estava, ou não conseguisse entender o que tinha acontecido.

– Shh... Estou bem aqui – ela disse a ele.

Evidentemente, o som da voz dela era exatamente o que ele precisava ouvir para se acalmar.

– Vin, eu quero que você se deite contra mim. – Enquanto ela o puxava, ele seguia seus comandos, deitando em seu colo e se segurando nela.

– Shh... Você está bem. Eu estou bem...

Com o rosto dele aconchegado na lateral de seu corpo, ela não podia acreditar no que tinha visto e ainda não podia duvidar que tivesse sido real. Também ficou claro para ela que tinha entendido apenas uma parte do que realmente tinha acontecido.

Felizmente, Eddie apenas representou o ato de golpeá-lo, aquela adaga transparente ficou parada bem na direção do peito de Vin. Mas, enquanto os dois lutavam, a agonia tinha sido real. E então... bem, ela realmente não entendeu o que viu depois: Eddie foi jogado para trás, como se tivesse puxado algo de Vin, e então Marie-Terese sentiu uma pontada de pânico que não estava relacionado a nada específico – pelo menos no princípio.

O que mudou rápido. Ela sentiu um mau espírito se concentrando nela e, no momento em que isso aconteceu, Jim a puxou para trás e jogou uma solução nela que cheirava como o mar. Enquanto ela cuspia, o mal pareceu se estilhaçar ao seu redor, e foi nesse momento que a janela quebrou.

Vin se revirou nos seus braços e olhou para seu rosto.

– Você... Está mesmo bem? – Ele mal conseguia pronunciar as palavras por entre os dentes, que tremiam.

– Eu estou bem.

– Você está molhada.

Ela empurrou os cabelos úmidos para trás.

– Eu acho que isso me salvou.

Eddie falou da cama, com sua voz de cascalho.

– Salvou. Jim acertou ao fazer isso.

O homem acenou com a cabeça uma vez, mais preocupado com a expressão severa que seu amigo exibia do que interessado em qualquer elogio.

– Você tem certeza de que não precisa de nada? – perguntou a Eddie.

– Adrian é o único com quem precisamos nos preocupar. Ela não apareceu e ele não está aqui e isso significa que temos...

Problemas, Marie-Terese pensou.

– Problemas. – Jim completou. – Então, eu vou tornar a encher o vidro do molho mágico. – Enquanto ele se encaminhava para o banheiro, Vin soltou um gemido e tentou se sentar.

– Aqui. – Ela disse, colocando seus braços em volta do tronco e levantando a parte de cima do corpo dele do chão. Quando ele conseguiu manter-se ereto, ela puxou o edredom dos seus quadris e o enrolou com ele.

Ele passou a mão pelos cabelos, puxando-os para baixo.

– Terminou? Eu... Estou livre?

Eddie levantou-se com um salto.

– Não completamente. Não até pegarmos aquele diamante de volta.

– Eu posso ajudar com isso?

– Não, é melhor que um de nós tome conta disso.

Vin concordou e, depois de um momento, começou a se levantar. Embora pesasse muito mais do que ela, Marie-Terese o ajudou o melhor que pôde, até que ele conseguiu ficar em pé, segurando-se por si só, então, ela o soltou para que pudesse andar sozinho.

Quando ele foi se vestir, ela não quis parecer com uma intrometida, então se dirigiu para olhar a janela que tinha sido quebrada.

Olhando o dano, questões brotavam em sua mente e se misturavam. A vidraça tinha sido estilhaçada por completo, deixando nada além de alguns cacos para trás na moldura da janela, e ela olhou para fora. Embaixo, no chão, havia cacos e pedaços de vidro e madeira, mas nada maior do que uma caneta.

– Fique longe daí – Eddie disse, aproximando-se dela e a tirando do caminho com seu corpo enorme. – Não está selado, o que significa...

Eddie arfou e pôs a mão na garganta, como se tivesse sido agarrado por trás. Enquanto ele se inclinava para trás, a cabeça e os ombros começaram a cair pela abertura da janela e Marie-Terese disparou até ele – apenas para ser arrastada junto.

– A... faca... – Eddie arquejou.

Tudo aconteceu em câmera lenta enquanto ela gritava sobre o ombro. Graças a Deus, Jim já estava lá, percorreu o corredor rapidamente e foi em direção à faca de cristal que tinha sido deixada em cima da cama. No instante em que a faca tocou a palma de sua mão, Eddie entrou em ação, deslocando a arma e golpeando algo que estava fora da janela.

Marie-Terese agarrou uma das pernas de Eddie, enquanto Jim dava um abraço de urso em volta da cintura do cara. Enquanto eles trabalhavam juntos, Vin foi pegar sua arma na penteadeira e virou-se, apontando para o emaranhado. Ela tinha fé em que ele não iria atirar a menos que...

Do outro lado do quarto, pela porta aberta, ela avistou um homem subindo a escada. Ele subia em silêncio e se movia com uma concentração implacável. Quando ele virou a cabeça, seus olhos encontraram...

Saul... do grupo de oração. O que ele estava fazendo...

A arma na mão dele foi erguida e, em seguida, apontou para ela.

– Amada – ele disse com reverência. – Minha agora e para sempre.

A arma automática disparou.

Vin gritou alguma coisa, assim que Jim jogou seu corpo no caminho da bala: com a graça de um atleta, ele saltou no ar, colocando o peito no caminho do que foi destinado a ela, seus braços abertos, o tronco completamente exposto para o atirador, oferecendo a maior superfície possível de seu corpo para protegê-la.

Quando o som alto e cortante ecoou, Eddie caiu pela janela, sendo derrubado do quarto.

E então um segundo tiro ressoou.

Capítulo 40

Vin se desprendeu de sua letargia no momento em que ficou claro que havia problemas perto da janela. Estava com as calças no meio das pernas quando ouviu a confusão, e seu primeiro pensamento foi em Marie-Terese – só que parecia que ela não era a única que estava sendo estrangulada. Contudo, Jim reagiu rapidamente, passando para Eddie a adaga de cristal e logo dedicando cada grama de músculo que tinha. E Marie-Terese estava bem ali para ajudar, fazendo o possível para evitar que o homem fosse arrastado para fora por só Deus sabia o quê.

O primeiro pensamento de Vin foi que devia procurar a arma que tinha deixado com suas roupas e, rapidamente, assim fez. Deslizando o polegar sobre a trava de segurança, apontou a boca da arma para a confusão de corpos na janela. Não tinha ideia em quem diabos ele deveria atirar, por isso procurou manter-se calmo...

Então, a expressão do rosto de Marie-Terese mudou de repente, passando da determinação ao choque ao olhar em direção à porta.

Mais alguém estava na casa.

Vin girou rapidamente sobre os pés descalços e entreviu a visão que teve durante seu transe: um homem com cabelos loiros finos estava dobrando a quina no alto da escada, erguendo uma arma e apontando-a diretamente para o quarto. Sim... era isso. Iria puxar o gatilho e a bala viajaria através do ar em um piscar de olhos... e Marie-Terese seria atingida.

– Não! – gritou Vin quando o tiro soou.

Do canto dos olhos viu Jim saltar na frente dela, o corpo do homem bloquear o chumbo que fora dirigido ao peito dela e viu o impacto levá-lo para trás e atirá-lo ao chão.

O instinto de Vin foi correr até ela, mas esse não era o movimento certo. Girando-se de repente com a arma, sabia que devia ter certeza de que o intruso não dispararia um segundo tiro – era a única coisa que ele poderia fazer para aumentar as chances de todos sobreviverem.

Contudo, ele tinha a fria e mortal suspeita de que a queda de Jim era definitiva.

Segurando a arma com firmeza, Vin se deteve na porta – e ficou frente a frente com um homem que era quase oito centímetros mais baixo que ele.

Era uma questão de quem apertaria o gatilho primeiro e o elemento surpresa atuou a favor de Vin – o atirador ingenuamente supôs que havia apenas três pessoas no quarto.

Vin não hesitou em disparar diretamente no coração do cara, e o impacto desviou a pontaria do outro e fez com que apertasse o dedo indicador sobre o gatilho ao mesmo tempo. O que levou Vin a ser atingido por uma bala no ombro.

Felizmente foi o esquerdo.

Quando o intruso caiu de costas e seu revólver foi jogado para longe, Vin apontou a arma e disparou mais uma vez e ainda outra até que não existisse qualquer possibilidade de o maldito conseguir sequer piscar, quanto mais erguer uma arma.

A cada disparo, o homem estremecia, braços e pernas se agitavam como se fosse uma marionete.

– Marie-Terese, você está ferida? – gritou Vin quando o tumulto se amenizou.

– Não... mas oh, Deus... Jim mal respira e Eddie caiu pela janela.

Escorria sangue da mão livre de Vin e do jeans do intruso enquanto ele passava por cima do cara e chutava o revólver escada abaixo. Contudo, ele ainda não estava certo de que o bastardo tinha morrido, então, apontou a arma para o rosto pálido diante dele enquanto ouvia com atenção se havia mais passos no andar de baixo.

– Pegue seu telefone – disse a Marie-Terese. – Chame o 911.

– Já estou discando – respondeu ela.

Ele queria se voltar para ela para ver como estava com seus próprios olhos, mas não queria se arriscar. Não tinha como saber quem mais havia entrado na casa e ainda podia ver um movimento superficial no peito do intruso.

Os segundos se transformaram em minutos, e Vin estava totalmente satisfeito com a forma como a cor ia abandonando os traços característicos do rosto do homem, mas Cristo... quem era? O que era?

Contudo, se uma bala conseguira detê-lo, provavelmente era apenas um humano.

A voz de Marie-Terese flutuou através do cômodo.

– Sim, houve um tiroteio no 1-1-6 da Avenida Crestwood. Há dois homens... três homens feridos... precisamos de uma ambulância agora mesmo. Marie-Terese Boudreau. Sim... sim. Sim... não, não é minha residência...

As pálpebras do intruso se abriram de repente e Vin encontrou-se olhando fixamente um par de olhos castanhos que estavam fixos em algo além do que estava à sua frente. Com uma forte contração, os lábios cinzentos começaram a se mover.

– Nããoooo... – a palavra se estendeu durante um exalar de ar aterrorizado, como se a coisa qualquer que estivesse vendo fizesse terríveis pesadelos parecerem uma grande comédia.

Com um suspiro e um estremecimento, o cara passou para a outra vida, com uma expressão de terror congelando-se em seu rosto enquanto um fio de sangue escorria pelo canto da boca.

Vin chutou as pernas soltas do cara algumas vezes e, em seguida, concentrou-se em ouvir. Escutou o vento soprando pelas escadas, mas não se ouvia outro som em qualquer outro lugar.

Recuou lentamente, fazendo oscilar a arma da esquerda para a direita no caso de alguém subir do andar de baixo ou surgir em uma das portas.

Dentro do quarto, ele estendeu bem o braço e Marie-Terese se aproximou dele em um forte abraço. Ela estava tremendo, mas o envolveu com força durante o meio segundo em que estiveram juntos.

– Pode fazer a respiração cardiopulmonar em Jim? – perguntou ele – Ou quer segurar a arma apontada para...

– Não, eu tomo conta dele – aproximou-se do homem, ajoelhou-se e pôs o ouvido perto da boca de Jim. – Ainda respira, mas não muito.

Arrancando o suéter, formou uma bola com ele e a colocou sobre a ferida que sangrava no meio do peito de Jim, pressionando enquanto tomava seu pulso.

– Tão fraco... mas pulsa, então, não posso fazer compressões no peito. A ambulância chegará em cinco minutos.

O que era uma eternidade em uma situação como aquela.

– Não atire – disse uma voz vacilante do andar de baixo. – Sou eu.

– Eddie? – gritou Vin. – Jim foi atingido!

Quando Eddie apareceu no alto das escadas, parecia ter sido atropelado por um carro e, enquanto avançava mancando, observou o intruso.

– Esse sim está realmente morto. Como está Jim?

– Bem – sussurrou Marie-Terese enquanto acariciava o rosto do homem. – Não é, Jim? Está bem e vão cuidar de você. Você vai superar tudo isso muito bem...

Vin colocou a arma sobre a cama e se ajoelhou do outro lado de Jim, espelhando-se na posição em que Marie-Terese tinha se colocado no chão ao socorrer o homem caído.

– Ele me salvou – disse ela, com sua mão pequena acariciando o grosso braço de Jim. – Você me salvou, Jim. Estaria morta sem você... Oh, Deus, Jim você salvou a minha vida...

Vin correu os olhos ao longo daquele grande tronco e não precisava de um diploma de médico para saber que a ferida que o homem tinha era fatal. Jim respirava da mesma forma superficial que o intruso e logo percorreria o mesmo caminho que o atirador tinha seguido: sua cor desaparecia a um ritmo alarmante, o que evidenciava uma hemorragia interna.

Droga, não havia nada que pudessem fazer além de esperar que os profissionais chegassem com a maca. O processo de respiração cardiopulmonar não era uma opção, já que Jim tinha pulso e estava respirando por conta própria e exercer pressão não faria nenhum efeito sobre uma artéria rompida.

Pela primeira vez na vida, Vin começou a rezar pelo som de sirenes.

Jim já tinha sido baleado antes. E apunhalado. Também fora enforcado uma vez. Tinha sido ferido em brigas com murros, com pés de cabra, canivetes e com botas. Foi até mesmo perfurado por uma caneta Montblanc.

Em todas essas situações, ele sabia que ia sobreviver. Não importava o quanto tivesse doído, ou quanto tivesse sangrado, ou quão perigosa era a arma, ele sabia que suas feridas não eram fatais.

E agora sabia com a mesma certeza que a bala em seu peito tinha deixado um rastro dilacerador que iria levá-lo para sua magnífica recompensa.

Anjo ou não, estava morrendo. Engraçado, aquilo não doía muito. Havia pontadas que queimavam, claro, e tinha dificuldades para respirar – o que ele entendeu ser um sinal de que seus pulmões estavam começando a se encher de sangue, ou de que a cavidade de seu peito estava alagada – mas, acima de tudo, estava confortável. Talvez um pouquinho de frio, mas, acima de tudo, sentia conforto.

Então, ficou claro que ele estava em choque.

Aquela bala deve ter acertado uma artéria.

Abriu a boca apenas por instinto, não porque quisesse rezar ou implorar que os médicos chegassem logo: estava se afogando em seu próprio corpo e essa era a versão longa e resumida dos fatos.

E, de fato, não era um resultado tão ruim. Graças aos Quatro Rapazes, sabia que logo veria sua mãe. E esperava encontrar-se com a adorável garota loira que não merecia ter morrido daquela maneira.

Tudo isso o deixava em paz.

Engraçado, ao imaginar aqueles quatro caras britânicos com suas roupas brancas e seu cão, ele quis bem a eles e sentiu pena deles. Concluiu que aqueles anjos deviam estar errados. Ele não era a resposta para seus problemas – apesar disso, ao menos ele conseguiu colocar Vin e Marie-Terese no caminho correto.

E foi estranho perceber que quem tinha passado por uma encruzilhada era ele, e não Vin.

Quando viu a arma apontada e preparada para disparar, seu único pensamento foi sobre Vin e Marie-Terese. Salvá-la significava salvar os dois e o amor deles era muito mais valioso que uma vida insignificante.

Era a primeira vez que fazia algo assim. A primeira vez que ele tinha sido não apenas verdadeiramente altruísta, mas agido segundo sentimentos além da raiva ou da vingança. E nunca tinha sentido tanta certeza de nada, a não ser de vingar sua mãe há tantos anos.

Reunindo suas forças vitais, Jim focou seus olhos e pôde ver Marie-Terese e Vin inclinados sobre ele. Vin apertava sua mão e estava falando com ele, o rosto do homem estava tão intenso que chegava à distorção, suas feições se uniram, os olhos estavam vermelhos. Jim tentou se concentrar e começou a acionar a audição, mas o som estava acima de suas possibilidades. O melhor palpite era que o cara estava dizendo para que aguentasse, que a ambulância estava a caminho, aguente, a ambulância estava chegando... *Oh, Deus, Jim, fique com a gente...*

Do outro lado, estava Marie-Terese chorando silenciosamente, seus lindos olhos resplandeciam na dor, suas lágrimas cristalinas caíam de suas bochechas e atingiam o peito dele. Ela segurava sua outra mão e esfregava seu braço lentamente, como se tentasse aquecê-lo.

Ele não conseguia sentir nada, mas ao observar como ela o acariciava, ficou emocionado.

Infelizmente, ele não tinha muito tempo para estar com eles e não tinha fôlego para falar... então, fez a única coisa que podia fazer.

Com suas últimas forças, Jim juntou as mãos deles, as unindo sobre a ferida em seu peito que tinha mudado tudo para eles três. Ele segurava aquelas duas metades para que fossem um.

Enquanto sua visão se desvanecia, olhou aqueles dedos, os pequenos e os grandes, entrelaçados entre si. De repente, teve certeza de que o futuro iria ser amável com eles. O demônio tinha sido afastado de Vin e de alguma forma aqueles talismãs estavam sob a posse de Adrian. Aquelas duas boas e feridas pessoas iriam curar uma à outra e iriam caminhar horas e dias e anos ao longo das décadas de suas vidas lado a lado, juntas, e isso era o certo, era algo bom.

Ele fez uma coisa boa. Depois de tantos anos tirando vidas, tinha salvado uma que importava. E duas que se somavam.

Na encruzilhada, ele escolheu de maneira sábia.

De repente, o peito de Jim começou a parar, ele tossiu com força e sua boca se umedeceu. Ao inalar o ar novamente, não houve nada além de um murmúrio, e seu coração começou a falhar. Já não faltava muito, quase nada.

Mal podia esperar para ver sua mãe. E ficou surpreso ao ver que tudo o que tinha feito o deixava em paz.

Bem no momento em que as luzes vermelhas começavam a aparecer no teto – sinal de que uma ambulância havia estacionado na entrada da casa – Jim deu seu último suspiro... e morreu com um sorriso nos lábios.

Capítulo 41

A viagem de ambulância foi agitada devido à velocidade, e brilhante por causa das luzes intermitentes. As sirenes, porém, eram ligadas somente nos cruzamentos. Marie-Terese pensou nisso como sendo um bom sinal.

Sentada em um banco embutido ao lado de Vin, com uma das mãos agarrada a uma barra vertical de aço para firmar-se e a outra apertando a cálida palma da mão de Vin, ela acreditava que se sua condição fosse realmente grave, o som agudo e enlouquecedor da sirene estaria ligado constantemente.

Ou talvez ela estivesse apenas tentando se acalmar.

Deitado na maca, os olhos de Vin estavam fechados e seu rosto, pálido, mas ele segurava a mão dela. E cada vez que passavam em um buraco, ele estremecia, retraindo os lábios sobre seus dentes brancos – o que significava que não estava em um choque profundo ou em coma. E isso era bom, não era?

Em comparação com todo o potencial negativo.

Observou a paramédica. A mulher estava concentrava na tela de um equipamento de eletrocardiograma portátil e sua expressão não revelava nada.

Marie-Terese se inclinou para o lado e tentou dar uma olhada na leitura que estava saindo da máquina... e tudo o que viu foi uma linha branca seguindo uma espécie de padrão sobre um fundo negro. Ela não fazia ideia do que aquilo significava.

Ao observar através da janela traseira da ambulância, começou a rezar para ver mais postes de iluminação nas calçadas... e edifícios em vez de apenas shoppings isolados e ruas residenciais... e carros estacionados nas calçadas.

Porque isso significaria que finalmente estavam no centro da cidade.

E não era apenas por causa de Vin.

Mexendo-se um pouco e movendo-se para frente no assento, conseguia olhar através do para-brisa dianteiro e o fato de que a ambulância que ia à frente deles – a que levava Jim – ainda tivesse as luzes acesas a consolava. Os médicos avaliaram os dois homens, chamaram uma segunda equipe e cuidaram primeiro de Jim – e ela permaneceu do lado de fora, no corredor com Eddie, enquanto um desfibrilador portátil era trazido ao quarto e dava o primeiro choque àquele peito ferido... uma vez... duas vezes...

As palavras mais doces que ouviu naquele momento foram as de um homem com um estetoscópio: *tem pulsação.*

Ela esperava que eles fossem capazes de manter isso. A ideia de que Jim pudesse morrer por tê-la salvado era quase insuportável.

E quanto a Saul... não tinha precisado de transporte rápido ao hospital. Sobrava tempo para ele.

Bom Deus... *Saul?*

Ele era praticamente invisível naquelas reuniões do grupo de oração, nada além de um homem tranquilo, calvo, que tinha a aparência patética de quem sempre perdia na equação da vida. Não tinha visto nada nele que a levasse a acreditar que estivesse obcecado por ela, mas o problema era: ele era precisamente o tipo de homem de quem você não se lembraria.

Lembrou-se de ter esbarrado com ele na igreja na noite anterior, na confissão, pensou em quantas vezes teria deixado de notá-lo. Além disso, tinha sido o primeiro carro a parar quando ela teve aquele pequeno problema no trânsito naquele dia, depois da missa. O que sugeria que ele estava bem atrás dela.

Com que frequência a seguira até sua casa? Será que ele tinha ido ao Iron Mask?

Com um calafrio, perguntou-se... será que tinha sido ele quem matou aqueles homens que estiveram com ela?

Aquela coisa toda não fazia com que se sentisse exatamente feliz pelo tipo de homem que tinha sido seu ex-marido. Mas ela agradecia pelas precauções que tinha tomado por causa de Mark.

Pelo para-brisa dianteiro, os escritórios do *Jornal de Caldwell* passaram voando lá fora e ela apertou a mão de Vin.

– Quase lá.

As pálpebras dele se ergueram. Aqueles olhos cinza que a cativaram primeiro fizeram aquele truque mais uma vez: olhando-os fixamente, sentiu como se tropeçasse e caísse e não tivesse ideia de onde iria aterrissar.

Contudo, aquilo já não era mais verdade, era? Sabia exatamente que tipo de homem ele era, e *não* era do tipo com quem tinha que se preocupar.

Era o homem de que precisava em sua vida. Que queria em sua vida.

Inclinando-se sobre ele, afastou seu cabelo para trás, acariciou a barba por fazer e o olhou nos olhos.

– Amo você – disse, inclinando-se e beijando seus lábios. – Amo você.

Ele agarrou a mão dela.

– Também... amo você.

Cara, aquela voz rouca a derretia por dentro.

– Bom. Estamos empatados, então.

– Sim... estamos...

A ambulância colidiu com alguma coisa na estrada e tudo, desde as máquinas, a paramédica, até Vin na maca, sacudiu-se. Ao que ele reagiu com um sussurro agressivo e fechou os olhos com força, ela se inclinou novamente para olhar através da janela da frente, ansiosa para ver o ambiente iluminado do complexo hospitalar do St. Francis... esperando que, de alguma forma, estabelecer contato visual com seu destino pudesse acelerar as coisas.

Vamos... vamos...

De repente a ambulância que ia à frente deles apagou as luzes vermelhas e reduziu a velocidade até o limite legal, e a que levava a ela e a Vin a alcançou rapidamente... e ultrapassou a que estava liderando.

– Por que diminuíram a velocidade? – perguntou enquanto a paramédica reposicionava o monitor de eletrocardiograma. – As luzes estão apagadas. *Por que estão diminuindo a velocidade?*

O gesto negativo com a cabeça que obteve como resposta não foi uma surpresa. Era uma tragédia: só precisavam se apressar se a pessoa estivesse viva. E esse era o motivo pelo qual ninguém tinha atendido Saul depois que o declararam morto.

A morte tinha o tempo de uma eternidade para se ocupar com os corpos. Sem pressa.

Marie-Terese arrastava a respiração, e quando as lágrimas lhe vieram aos olhos, soltou a barra que segurava e esfregou o rosto para enxugá-las. A última coisa que desejava era que Vin abrisse os olhos agora e visse sua tristeza.

– Tempo estimado: dois minutos – gritou o motorista.

A paramédica recolheu um gráfico.

– Senhora, esqueci de perguntar. É parente próxima dele?

Enxugando os olhos, ela se recompôs por causa de Vin e soube com toda certeza que de maneira alguma poderia se arriscar a ficar à margem no que se referia a seu cuidado. Conhecidos e amigos só podiam chegar até certo ponto quando se tratava de falar com médicos e enfermeiras na emergência.

– Sou esposa dele – disse.

A mulher assentiu com a cabeça e anotou alguma coisa.

– E seu nome é?

Ela não fez sequer uma pausa.

– Gretchen. Gretchen Capricio.

– Você é um homem muito sortudo.

Duas horas depois, aquelas palavras do tipo "sim, claro. Tudo bem." foram ditas a Vin enquanto a médica que dava as recomendações retirava as luvas cirúrgicas cor azul brilhante com um estalo e lançava o par em um recipiente de lixo de risco biológico laranja.

Ela tinha razão. Tudo que precisou fazer foi dar uma anestesia local e alguns pontos para fechar as feridas. Não havia ossos quebrados, ou tendões rasgados, nem nervos danificados. O bastardo com a arma só tinha acertado a carne, o que tinha sido uma grande e boa jogada.

Vin realmente teve sorte.

Infelizmente, sua reação às boas notícias foi se inclinar e vomitar na bacia rosa que estava próximo à sua cabeça. E o fato de movimentar o tronco fez com que a dor de seu ombro se transformasse na sensação do momento... o que fez os vômitos piorarem... o que piorou a dor... e assim ele seguiu por um tempo. Ainda assim, tinha que concordar com a mulher vestida de uniforme de médico. Ele era sortudo. Era o bastardo mais sortudo na face da terra.

– Porém, não suporta analgésicos – disse ela.

Obrigado pelas notícias de última hora, pensou Vin. Não parava de vomitar desde que lhe aplicaram a injeção, uns trinta minutos antes.

Após a última onda de náusea, perdeu seu entusiasmo, acomodou-se no travesseiro e fechou os olhos. Quando sentiu uma toalhinha fresca limpando sua boca e o rosto, sorriu. Marie-Terese – na verdade, Gretchen – continuava maravilhosa no manejo do tecido felpudo.

E, se Deus quisesse, ela não teria que fazer uso dessa habilidade nele tão cedo.

– Vou aplicar uma injeção antináusea – disse a doutora – e se o vômito ceder, poderemos lhe dar alta. Os pontos devem ser removidos dentro de dez dias, mas seu médico pode fazer isso. Nós demos um reforço contra tétano e vou prescrever antibióticos orais – temos algumas amostras grátis aqui e já lhe demos um. Alguma pergunta?

Vin abriu as pálpebras, mas não olhou para a médica, olhou para Gretchen. Ela o amava. Foi o que disse quando estavam na ambulância. Ouviu aquelas palavras vindas de sua própria boca.

Então, não, não tinha nenhuma pergunta. Uma vez sabendo do amor dela, estava bem para enfrentar praticamente todo o resto.

– Só me aplique essa injeção, doutora, para que possa ir embora daqui.

A mulher pegou luvas novas, destampou uma seringa e colocou a agulha diretamente em sua veia. Quando apertou o êmbolo, ele não sentiu nada, o que foi tão bom que quase valeu a pena ter tido aqueles vômitos.

– Isso deve dar um alívio imediato.

Vin conteve a respiração, sem esperar realmente que...

Mas que droga. O efeito foi imediato, como se sua barriga tivesse sido enchida com uma dose de calmante. Com um suspiro trêmulo, todo seu corpo relaxou, e ele teve uma ideia clara, como se aquela sessão de vômitos não tivesse sido o suficiente, de como ele se sentia mal.

– Vamos ver se isso resolve – disse a doutora, voltando a tampar a seringa e atirando-a em uma caixa laranja. – Apenas descanse aqui e quando lhe dermos alta, chamaremos um táxi para você e sua esposa.

Ele e sua esposa.

Vin levou a mão de Gretchen à boca e roçou seus dedos com um beijo.

– Parece bom para você? – perguntou. – Querida?

– Perfeito. – Um sorriso ergueu seus lábios. – Assim que estiver pronto, querido, também estarei.

– Estou totalmente pronto.

– Bem, volto para observá-lo. – A doutora seguiu em direção à cortina que separava o espaço de Vin do resto da emergência. – Escute, o Departamento de Polícia está pedindo para vê-lo. Posso lhes dizer para que entrem em contato com você...

– Diga para entrarem – disse Vin. – Não há razão para esperar.

– Tem certeza?

– Qual a pior coisa que pode acontecer? Que eu volte a vomitar outra vez e use os bolsos do cara no lugar da minha bacia? Estou disposto a arriscar.

– Tudo bem, como quiser. Se demorarem demais, toque o botão da enfermaria e nós interviremos. – A doutora fez um aceno com a cabeça e separou a cortina. – Boa sorte.

Enquanto a cortina se fechava, Vin apertou a mão de Gretchen com urgência, porque não sabia quanto tempo tinham.

– Quero que me diga a verdade.

– Sempre.

– O que aconteceu com Jim? Ele...?

A dificuldade em engolir antes de responder esclareceu a tudo, e a poupava de dizer aquilo com palavras. Ele beijou sua mão outra vez.

– Shh, está tudo bem. Não tem que dizer...

– Era seu amigo. Sinto muito...

– Não sei como dizer isto, então, vou dizer logo. – Vin esfregou o pulso dela com o polegar. – Estou muito feliz que ainda esteja aqui. Por seu filho. Por mim. Jim fez uma coisa incrivelmente generosa e heroica e por mais que desejasse que ele não tivesse morrido por causa disso, estou muito agradecido pelo que ele fez.

Ela baixou a cabeça e concordou, seu cabelo ondulado caiu para frente. Enquanto desenhava círculos sobre os finos ossos de seu pulso, ele percorreu as brilhantes ondas com o olhar. A última ação de Jim na terra tinha deixado um tremendo legado, ou seja, uma vida a ser vivida... um filho que ainda tinha a sua mãe... e um apaixonado cujo coração não ficou em pedaços pela perda.

Um bom legado.

– Era um homem de verdade. – Vin limpou a garganta. – Aquele cara... foi um homem de verdade.

Ficaram sentados juntos em silêncio, ele estendido sobre a maca, ela em uma cadeira de plástico, suas mãos unidas com firmeza... assim como o homem que salvou a vida dela as tinha unido sobre seu peito.

Do outro lado da cortina cinza e azul, as pessoas se precipitavam apressadas, suas vozes se sobrepunham, seus sapatos se arrastavam ao passar, seus ombros roçavam as cortinas e faziam com que oscilassem nos ganchos de metal onde estavam penduradas.

Ali, ele e Gretchen estavam imóveis.

A morte faz isso a uma pessoa, pensou Vin. Ela a detém em um lugar no meio das grandes cambalhotas e lutas da vida, isolando-a na quietude do silêncio. No momento em que toma posse, muda tudo, mas seu efeito é como o de um carro se chocando contra uma parede – o que está dentro continua avançando por não saber de nada daquela droga toda... e o resultado é o caos absoluto: toda a roupa que a pessoa usou alguma vez se converte em uma espécie de exibição histórica que deve ser eliminada pelos entes mais próximos e queridos... e suas assinaturas de revistas, contas e os lembretes do dentista deixam de ser recebidos na "caixa de entrada" para serem armazenados na "lixeira"... e o lugar onde morava deixa de ser um lar e passa a ser uma casa.

Tudo para... e nada volta a ser o que era antes.

Deus, quando a notícia da morte de um conhecido seu chega, você tem uma pequena ideia do que o falecido tinha passado: parou de repente e se desentendeu com o negócio da vida enquanto o toque dos sinos ressoava através de sua mente e seu corpo. E como os humanos são uma pedra no sapato, o primeiro pensamento geralmente é: *Não, não pode ser.*

A vida, contudo, não vinha com um botão para rebobinar e com certeza não lhe interessava a opinião da maioria.

A cortina foi afastada, revelando um homem atarracado com cabelos e olhos escuros.

– Vin diPietro?

Vin foi levado a prestar atenção.

– Ah... sim, sou eu.

O homem entrou e tirou um emblema.

– Sou o detetive de la Cruz, do Departamento de Homicídios. Como vai?

– Não tenho vomitado há mais de dez minutos.

– Bem, bom para você. – Acenou para Gretchen com a cabeça e ela lhe fez um pequeno gesto. – Sinto muito por termos de voltar a nos encontrar tão cedo... e sob estas circunstâncias. Agora, vocês poderiam me dar uma rápida versão do que aconteceu? E, entendam, nenhum de vocês está sob voz de prisão – mas se preferirem falar na presença de um advogado, vou entender.

Não tinha chamado Mick Rhodes ainda e o advogado, sem dúvida, não o aconselharia a dizer algo sem que ele estivesse presente, mas Vin estava muito cansado para se importar – e, de qualquer forma, não ia doer se propor a cooperar se tinha agido dentro dos limites da lei.

Vin sacudiu a cabeça sobre o travesseiro.

– Não, está tudo bem, detetive. Quanto ao que aconteceu... estávamos em cima no dormitório com... – Sem qualquer motivo aparente, um instinto primitivo disse a ele para não mencionar Eddie, um instinto tão forte que se sentiu incapaz de resistir – ... com Jim.

O detetive tirou um pequeno bloco de papel de notas e uma caneta, e começou a escrever.

– O que estavam fazendo na casa? Os vizinhos disseram que normalmente não há ninguém ali.

– Sou proprietário do local e finalmente resolvi renová-lo para vendê-lo. Sou construtor e Jim trabalha... trabalhava... para mim. Estávamos ali discutindo o projeto, sabe como é, percorrendo os cômodos... acho que deixei a porta da frente aberta e estávamos no andar de cima quando tudo aconteceu. – Quando o detetive assentiu e começou a tomar notas em seu bloco de papel, Vin lhe deu um tempo para anotar tudo. – Estávamos no dormitório, conversando e o que ouvi em seguida foi o disparo da arma. Tudo aconteceu tão rápido... Jim saltou na frente dela e recebeu a bala... Eu estava perto da penteadeira, de costas para a porta, e fui até minha arma. A qual, a propósito, está registrada, e tenho permissão para usá-la. Disparei a arma no cara e ele caiu.

Mais anotações no bloco de papel.

– Você disparou várias vezes?

– Sim, fiz isso. Ele não teve chance de tentar disparar mais vezes.

O detetive apoiou a mão no bloco de anotações e as páginas anotadas fizeram um som de picote. Quando ergueu o olhar novamente, deu um breve sorriso.

– Certo, tudo bem... então por que não tenta de novo e me diz a verdade dessa vez? Por que estavam naquela casa?

– Já disse...

– Havia sal derramado por toda a parte, aroma de incenso no ar e a janela do dormitório do andar de cima estava quebrada. A pia do banheiro do segundo andar estava cheia de algum tipo de solução, e havia garrafas vazias de coisas como água oxigenada por todos os lados... e o círculo desenhado no chão no meio do dormitório onde estavam dava um toque bonito. Oh... e você foi encontrado sem camisa e sem sapatos, uma indumentária bastante singular para falar de negócios. Assim... ainda que eu esteja inclinado a acreditar em você quanto à parte do tiroteio, porque posso traçar o caminho das balas assim como a trajetória do outro cara, está mentindo para mim com relação a todo o resto.

Bem, era o momento em que não se ouvia uma mosca.

– Acho que deveríamos lhe dizer a verdade, querido – disse Gretchen.

Vin a olhou e se perguntou: *qual seria exatamente essa verdade, querida?*

– Por favor, faça isso – disse o detetive. – E, vou fazer o seguinte, direi a você o que sei se for ajudar. O nome do homem que você matou era Eugene Locke, também conhecido como Saul Weaver. Era um assassino condenado que saiu da prisão há uns seis meses. Alugava a casa ao lado e estava obcecado – o detetive indicou Gretchen com a cabeça – por você.

– Isso é o que não consigo entender... por quê? – Gretchen se deteve. – Espere um momento, como você sabe disso? O que encontrou na casa dele?

O detetive tirou os olhos das anotações, focando um ponto no horizonte.

– O homem tinha fotos de você.

– Que tipo de fotos – perguntou ela em um tom neutro.

Enquanto Vin acariciava sua mão, o detetive encontrou seu olhar.

– Com lentes de aumento, teleobjetivas, esse tipo de coisa.

– Quantas?

– Muitas.

Gretchen apertou a palma da mão contra a de Vin.

– Encontraram mais alguma coisa?

– Havia uma estátua no andar de cima. Uma que tinha sido denunciada como roubada da Catedral de St. Patrick...

– Oh, meu Deus, a Maria Madalena – disse Gretchen. – Vi que estava faltando na igreja.

– Essa mesma. Não tenho certeza se notou ou não, mas se parece muito com você.

Vin lutou contra o desejo de matar aquele cara outra vez.

– Poderia este Eugene... esse Saul... seja lá qual for o nome, ser responsável por aquelas mortes e aquelas surras nos becos?

O detetive folheou o bloco.

– Uma vez que está morto e, portanto, não é possível danificar sua reputação... posso dizer que acredito que esteja vinculado aos dois incidentes. Neste exato momento, o homem que foi ferido na cabeça ontem à noite ainda segue com vida. Se conseguir sobreviver, acredito que identificará seu agressor como alguém de cabelo escuro, porque quando revistamos a casa de Locke, encontramos uma peruca de homem morena com rastros de respingos de sangue. O pessoal da Investigação Criminal já está fazendo testes nisso e acredito que os resíduos vão corresponder a uma ou a todas as nossas vítimas. Também temos a pegada de um sapato extraída da primeira cena que parece ser exatamente a do sapato que Locke usava naquela noite. Então, sim, relacionando tudo... – Mais movimentos com as folhas do bloco de papel, em seguida, outro olhar para Gretchen. – Acredito que Locke tinha como alvo os homens com quem você dançava ou para os quais tinha dançado no clube, e isso explica aqueles ataques. E foi um golpe de sorte, ou de má sorte, seria mais adequado dizer, o fato de morar na casa ao lado daquela em que vocês estavam hoje à noite. Porque ele não sabia que o lugar lhe pertencia, não é?

Vin negou com a cabeça.

– Acho que estive ali uma vez no mês passado e, antes disso... não me lembro. E não acredito que soubesse meu nome para me procurar nos registros da imobiliária. Além disso, há quanto tempo estava morando na casa ao lado?

– Desde que foi solto.

– Sim, ela e eu não nos conhecíamos há... faz três dias.

De la Cruz fez outra anotação.

– Certo, fui sincero com vocês. Que tal devolverem o favor...? Querem me dizer a verdade a respeito do motivo pelo qual estavam ali?

Gretchen falou antes de Vin.

– Você acredita em fantasmas, detetive?

O homem hesitou um pouco.

– Ah... não tenho certeza.

– Os pais de Vin morreram naquela casa. E ele quer mesmo renová-la. O problema é... há um mau espírito nela. Ou havia. Estávamos tentando expulsá-lo.

Vin ergueu as sobrancelhas. Que droga. Aquilo foi fantástico, pensou.

– Mesmo? – perguntou o detetive, seus olhos castanhos iam e vinham entre eles como em uma partida de tênis.

– Mesmo – disseram Vin e Gretchen em uníssono.

– Sem brincadeiras – murmurou o detetive.

– Sem brincadeiras – respondeu Vin. – O sal deveria criar uma barreira ou algo assim e o incenso era para limpar o ar. Olha, não vou fingir que entendo tudo a respeito disso... – Diabos, ele ainda não entendia tudo. – Mas sei que o que fizemos funcionou.

Isso porque se sentia diferente. Ele *estava* diferente. Era apenas ele agora.

De la Cruz passou as folhas até encontrar uma limpa e escreveu algo.

– Sabe? Minha avó era capaz de prever o clima. E havia uma cadeira de balanço em seu sótão que se mexia sozinha. O que lançaram pela janela?

– Acreditaria que se quebrou sozinha? – respondeu Vin.

De la Cruz ergueu os olhos.

– Não sei.

– Bem, foi isso.

– Seja lá o que fizeram, acho que funcionou mesmo.

– Funcionou. – Vin esfregou os olhos com a mão livre até que seu ombro lançou um grito que não podia ignorar e teve que parar. – Esperamos mesmo que tenha funcionado.

Houve uma pausa e logo depois De la Cruz olhou para Gretchen.

– Tenho outra pergunta para você, se não se importa. Disse aos médicos que seu nome é Gretchen Capricio, mas eu tenho seus registros como Marie-Terese Boudreau. Haveria problema em me ajudar com isso um pouco?

Gretchen deu uma explicação detalhada de sua situação e, enquanto falava, Vin encarava seu belo rosto e desejou poder afastar toda a dor de seu passado e a tensão do presente. Havia sombras nos olhos e em baixo deles, mas como ele já podia esperar, sua voz era firme e tinha o queixo erguido.

Cara, estava apaixonado por ela.

O detetive estava balançando a cabeça quando ela terminou.

– Realmente sinto muito por tudo isto. E entendo completamente. Contudo, gostaria que você tivesse sido sincera desde o início conosco.

– Eu tinha medo da imprensa, principalmente. Meu ex-marido está na prisão, mas seus contatos familiares estão por todo o país... e alguns deles trabalham com organismos encarregados da aplicação da lei. Depois do que aconteceu com meu filho, não confio em ninguém... nem em pessoas com crachás.

– O que a fez decidir confessar tudo esta noite?

Seus olhos se dirigiram para Vin.

– As coisas estão diferentes e estou deixando a cidade. Ainda assim, vou providenciar para que saibam onde estou, mas... tenho que sair de Caldwell.

– Depois de tudo isto, posso entender. Contudo, vamos precisar ser capazes de localizá-la.

– Volto a qualquer momento que precisarem de mim.

– Certo. Olha, falarei com meu sargento. Dar uma identidade falsa à polícia é um delito, mas dadas as circunstâncias... – guardou seu bloco de papel. – Também ouvi dizer, interrogando os funcionários do hospital, que disse a eles que era sua esposa?

– Queria ficar com ele.

De la Cruz sorriu um pouco.

– Eu fiz isso uma vez. Minha esposa e eu estávamos em um encontro e ela feriu fundo o dedo com uma faca cortando a salada do jantar. Quando a levei para a emergência, menti e disse que éramos casados.

Gretchen levantou a mão de Vin até seus lábios e a beijou brevemente.

– Fico feliz que entenda.

– Entendo. Entendo mesmo. – O detetive fez um gesto para Vin com a cabeça. – Então, vocês dois simplesmente começaram a sair?

– Isso.

– Imagino que sua antiga namorada não tenha gostado disso, não é?

– Isso... Tenho uma ex-namorada dos infernos.

Literalmente.

De repente, Vin voltou a pensar no estrago que tinha ficado em seu duplex e nas mentiras que Devina havia dito à polícia.

– Ela é cruel, detetive. Pior do que possa imaginar. E não a agredi, nem naquela noite, nem nunca. Minha mãe era agredida por meu pai, e eu não concordo com essa droga. Sairia e deixaria tudo o que possuo antes de bater em uma mulher.

Os olhos do detetive se estreitaram e aquele olhar de águia fixou-se em Vin. Depois de um momento, o homem assentiu.

– Bom, veremos. Não estou lidando com esses assuntos porque estão fora de meu departamento... mas eu não ficaria surpreso se descobrissem que algo mais estava acontecendo, como uma terceira pessoa ou algo assim. Já vi muitos espancadores de mulheres e você não é desse tipo.

De la Cruz guardou o bloco de anotações e a caneta e lançou um olhar para seu relógio de pulso.

– Ei, veja só. Você não vomita há quase meia hora. É um bom sinal. Possivelmente o deixem sair logo daqui.

Vin estendeu a mão livre, ainda que seu ombro não apreciasse o gesto.

– É um bom homem, detetive, sabia disso?

A palma de uma mão firme encontrou a de Vin e se estreitaram.

– Espero que corra tudo bem entre vocês dois. Vou manter contato.

Depois que o homem saiu, a cortina se agitou até voltar para seu lugar e Vin respirou fundo.

– Quanto tempo acha que vou precisar esperar até sair?

– Vamos esperar mais uma hora e se não passarem para ver como você está, vou procurar a doutora.

– Certo.

O problema era: ficar impotente e esperar como um bom menino nunca deu muito certo com ele. Não tinham passado nem cinco minutos, e já se preparava para apertar o botão da enfermaria, quando a cortina se abriu outra vez.

– Que *timing* perfeito – Vin franziu a testa. Em vez de uma enfermeira ou de um médico, era Eddie, com um aspecto tão sombrio quanto o de um homem que acabava de perder um amigo e de cair por uma janela do segundo andar.

O primeiro instinto de Vin foi se erguer da maca, mas não se saiu muito bem. Quando seu ombro soltou um grito como o de um cantor de ópera, teve que fechar a garganta para evitar vomitar em cima de si mesmo... mas ao menos não era por causa do remédio.

Enquanto Gretchen se lançava em busca de uma bacia limpa e Eddie erguia as duas mãos fazendo o sinal universal de "ooooooopaaa", Vin cambaleou na beira do precipício.

Ainda bem que a maré recuou e seu estômago finalmente se tranquilizou.

– Desculpe por isso – disse rouco. – Estou com alguns problemas.

– Sem problema. Problema nenhum.

Vin inspirou pelo nariz e expulsou o ar pela boca.

– Sinto muito... sobre Jim.

Gretchen se aproximou de Eddie e segurou seus enormes antebraços. Em pé na frente dele, parecia minúscula e feroz.

– Devo a vida a ele.

– Nós dois devemos – completou Vin.

Eddie a abraçou brevemente e fez um aceno com a cabeça para Vin. Evidentemente, era o tipo de homem que controlava suas emoções. O que era algo que Vin respeitava.

– Reconheço isso. Mas, agora, a razão pela qual vim. – Eddie colocou a mão no bolso, e quando a tirou, o anel de diamantes e o pingente de ouro estavam no centro da palma dela. – Adrian fez o que devia fazer e os tirou dela. Os dois estão completamente livres e pela forma como funcionam estas coisas, vocês estão totalmente fora dos limites dela agora. Não têm que se preocupar sobre Devina voltar. Apenas guardem isso, certo?

Enquanto Gretchen pegava os objetos e o abraçava outra vez, Vin deixou que o abraço dela dissesse tudo o que desejava poder dizer e não ousava fazer. Ele estava ficando um pouco engasgado, e não devido a seu estômago, que estava revirando para realizar outra evacuação: algumas vezes, a gratidão acentuada tinha o mesmo efeito sobre as vísceras que a náusea. A coisa toda era, ele simplesmente não conseguia entender o que aqueles homens tinham ganhado ao ajudar a ele e a Gretchen. Jim estava morto, Eddie parecia arrasado e quem saberia o que Adrian havia feito com Devina?

– Pessoal, cuidem-se, está bem? – murmurou Eddie, girando-se para sair. – Eu tenho que ir.

Vin limpou a garganta.

– A respeito de Jim... Não sei se estava planejando reclamar seu corpo, mas eu gostaria de lhe dar um enterro adequado. Nada além do melhor. De verdade.

Eddie olhou sobre o ombro, seus estranhos olhos castanhos avermelhados tinham uma expressão grave.

– Isso seria legal... vou deixá-lo encarregado dele. E tenho certeza que ele reconheceria tudo isso.

Vin concordou, selando o trato.

– Quer saber quando e onde? Pode me dar seu número?

O cara recitou alguns números e Gretchen os anotou em um pedaço de papel.

– Mande uma mensagem com os detalhes – disse Eddie. – Não tenho certeza de onde estarei. Estou indo.

– Não quer ser examinado por um médico?

– Não precisa. Estou bem.

– Ah... está bem. Cuide-se. E obrigado... – Vin deixou as palavras no ar porque não sabia como expressar o que havia em seu coração.

Eddie sorriu de forma sábia e levantou uma de suas mãos.

– Não precisa dizer mais nada. Posso senti-lo.

Então, ele se foi.

Enquanto a cortina se agitava até se fechar, Vin observou por debaixo da barra como as botas viraram à direita, deram um passo... e desapareceram no ar. Como se nunca tivessem estado ali em qualquer momento.

Levando a mão direita ao rosto, Vin esfregou os olhos.

– Acho que estou tendo alucinações.

– Quer que eu chame o médico? – Gretchen se aproximou, toda preocupada. – Posso usar o botão da enfermaria.

– Não, estou bem... Desculpe, só acho que estou muito exausto. – Para todos os efeitos, ele sabia que o cara simplesmente se movimentara para a esquerda e naquele exato momento devia estar saindo rapidamente da emergência e adentrando na noite. Vin puxou Gretchen para que ficasse mais próxima dele. – Sinto como se agora tudo estivesse terminado. Todo esse assunto.

Bom, tudo, com exceção de suas visões que tinham voltado para ficar – ao menos segundo o que Eddie havia dito. Mas talvez isso não fosse algo ruim. Talvez pudesse encontrar alguma forma de canalizá-las ou de usá-las para o bem.

Franzindo a testa, percebeu que tinha encontrado um novo propósito. Só que este serviria aos outros, não a si mesmo.

Não era um resultado para se desprezar, considerando tudo o que aconteceu.

Gretchen abriu a mão e as joias brilharam, especialmente o diamante.

– Contudo, se não se importa, vou colocá-las em um cofre.

Enquanto ela os empurrava para o fundo do bolso de sua calça jeans, Vin concordou:

– Sim, não vamos tornar a perder estas coisas de novo, certo?

– Não. Nunca mais.

Capítulo 42

Quando o táxi estacionou em frente à casa alugada de Gretchen, a luz do amanhecer despontava sobre Caldwell formando uma encantadora cobertura cor de pêssego e amarelo dourado. A viagem de saída do St. Francis foi mil vezes melhor que aquela para chegar até a emergência na parte traseira daquela ambulância, mas estava claro para Gretchen que Vin estava longe de estar bem. Com o rosto pálido, esverdeado e rígido, era evidente que ele sentia dor e a mobilidade seria um problema com o braço na tipoia. Além disso, parecia um indigente, com a camisa solta que lhe tinham dado no hospital, seu longo pescoço ficava completamente à mostra, deixando ver debaixo a atadura muito branca que partia da base do pescoço e cruzava um dos lados do seu peito.

– Próxima parada, Commodore, certo? – disse o motorista por cima do ombro.

– Sim – respondeu Vin com voz esgotada.

Gretchen olhou fixamente através da janela para sua pequena casa. O carro da babá estava estacionado em frente, na rua, e havia uma luz acesa na cozinha. No andar de cima, o quarto de Robbie estava escuro. Não queria que Vin voltasse ao duplex sozinho. Não tinha certeza de como Robbie reagiria ao conhecê-lo. E se sentia presa entre os dois.

Voltando-se para Vin, procurou seus traços belos e familiares. Estava falando com ela... acariciando sua mão... provavelmente lhe dizendo para descansar, cuidar-se e para ligar para ele quando acordasse...

– Por favor, entre – ela deixou escapar. – Fique comigo. Acaba de levar um tiro e precisa que alguém cuide de você.

Vin se deteve na metade da frase e a observou fixamente. Também foi exatamente o que fez o taxista através do espelho retrovisor. Por outro lado, tanto o convite, quanto a parte do disparo, sem dúvida, não era surpresa para os dois homens, respectivamente.

– E quanto a Robbie? – perguntou Vin.

Gretchen ergueu o olhar e encontrou os do motorista. Deus, desejava que houvesse alguma maneira de colocar uma separação para que o cara atrás do volante não escutasse tudo aquilo.

– Vou apresentá-los. E começaremos por aí.

Vin apertou a boca e ela se preparou para um "não".

– Obrigado... eu gostaria de conhecer seu filho.

– Bem – sussurrou com uma combinação de alívio e medo. – Vamos.

Ela pagou a viagem e saiu primeiro do táxi para poder ajudar Vin, mas ele negou com a cabeça e se agarrou ao flanco do veículo para se levantar sozinho. O que era uma coisa boa, considerando a forma como os músculos de seu antebraço se contraíram. Devido ao seu peso, era mais provável que ela tivesse caído sobre ele do que ter conseguido colocá-lo em pé.

Uma vez de pé, ela se colocou próxima ao seu lado bom, fechou a porta e o ajudou a caminhar pelo caminho até a entrada principal.

Em vez de tentar encontrar suas chaves, ela bateu silenciosamente à porta e Quinesha abriu imediatamente.

– Meu Deus, olhe para vocês.

A mulher recuou e Gretchen levou Vin até o sofá, onde ele não apenas sentou, mas caiu sobre as almofadas... o que a levou a pensar que seus joelhos tinham falhado.

Durante alguns longos momentos, esperaram para ver se iria precisar que o levassem às pressas ao banheiro.

Quando parecia que ele tinha adquirido o controle de si mesmo, Quinesha não se deteve fazendo muitas perguntas. Apenas deu a Gretchen um de seus rápidos e fortes abraços, perguntou se havia alguma coisa que ela pudesse fazer e pegou a estrada quando Gretchen lhe disse o usual "obrigada-de-coração-mas-não".

Gretchen trancou a porta e apoiou sua bolsa no encosto gasto da cadeira que estava próxima da TV. Vin deixou cair a cabeça para trás e fechou as pálpebras, e ela não ficou surpresa ao ver que ele tomou fôlego várias vezes, longa e profundamente, para se recuperar, mantendo-se, por outro lado, completamente imóvel.

– Quer ir ao banheiro? – perguntou-lhe, esperando que não tivesse que vomitar outra vez.

Quando ele negou balançando a cabeça, ela foi à cozinha, pegou um copo do armário e o encheu completamente com gelo. Graças a seu filho, havia duas coisas que ela sempre tinha em casa: refrigerante e bolachas salgadas. E ainda que Robbie tivesse aulas em casa, brincava com outros meninos na ACM e todas as babás tinham filhos que adoeciam com gripes, resfriados e vírus estomacais. Uma mãe nunca poderia prever quando ia precisar da combinação mágica.

Abrindo a lata, derramou o refrigerante sobre o gelo e observou como a efervescência parecia enlouquecida e formava uma espuma que subiu até a borda do copo. Enquanto esperava que a coisa se acalmasse, tirou um pacote de bolachas e fez uma pilha de uns cinco centímetros sobre uma folha de papel toalha dobrada.

Assim que ela voltou a derramar o líquido no copo, escutou a voz grave de Vin da sala de estar:

– Oi.

Seu primeiro instinto foi correr para tranquilizar Robbie, mas sabia que se fizesse parecer que havia um problema, só tornaria as coisas mais dramáticas do que já seriam. Pegando o que tinha preparado para Vin, obrigou-se a entrar com calma na sala de estar.

Os cabelos de Robbie estavam todos arrepiados na parte de trás da cabeça, como sempre acontecia quando se levantava da cama, e seu pijama do Homem-Aranha fazia com que parecesse menor do que realmente era porque ela os comprava um número maior que o necessário de propósito.

Em pé na sala, ele estava concentrado em seu convidado, e seus olhos eram desconfiados, mas curiosos.

Deus... seu coração batia forte e sua garganta estava apertada e o gelo no refrigerante tilintava por causa do tremor de sua mão.

– Este é meu amigo Vin – ela disse com calma.

Robbie olhou para trás em direção a ela e logo voltou a mirar o sofá.

– Esse é um *band-aid* bem grande. Você se cortou?

Vin assentiu lentamente:

– Foi.

– Com o quê?

Gretchen abriu a boca, mas Vin respondeu primeiro.

– Caí e me machuquei.

– É por isso que também está com essa faixa no braço?

– Sim.

– Você não parece muito bem.

– Não me sinto muito bem.

Houve uma longa pausa. E, então, Robbie deu um passo à frente.

– Posso olhar seu *band-aid*?

– Sim. Claro. – Contudo, aquilo custou a ele bastante agonia. Vin afastou os esparadrapos da tipoia de seu ombro e lentamente desabotoou a camisa emprestada. Jogando a roupa para trás, exibiu a almofadinha, a gaze e a cinta.

– Uaaaaaau – disse Robbie percorrendo todo o caminho até ele para tocá-lo.

– Não toque nele, por favor – disse Gretchen rapidamente. – Dói.

Robbie retraiu a mão.

– Desculpe. Sabe?... mamãe é boa curando meus cortes.

– Verdade? – disse Vin com voz rouca.

– Uh-hum. – Robbie deu uma olhada sobre o ombro – Vê? Ela já pegou o refrigerante. – Baixando a voz até que fosse um sussurro, acrescentou: – Ela sempre me dá refrigerante e bolachas salgadas. Na verdade, eu não gosto muito, mas me sinto melhor depois de comer isso.

Gretchen se aproximou do sofá e pôs as bolachas na mesa ao lado de Vin.

– Aqui está. Isso vai acalmar seu estômago.

Vin pegou o copo e olhou para Robbie.

– Tudo bem para você se eu ficar um pouquinho em seu sofá? A verdade é que estou realmente cansado e preciso de um lugar para descansar.

– Sim. Pode ficar aqui até que esteja melhor. – Seu filho estendeu a mão e se apresentou. – Sou Robbie.

Vin estendeu seu braço bom.

– Prazer em conhecê-lo, amigo.

Depois que apertaram as mãos, Robbie sorriu.

– Tenho uma ideia, também.

Enquanto ele saía da sala, ela disse:

– Poderia tirar o pijama, por favor?

– Sim, mamãe.

Gretchen precisou de cada grama de seu autocontrole para não começar toda aquela coisa de agarrá-lo e abraçá-lo... mas ele estava se comportando como o homem da casa, e garotos de sete anos mereciam ter orgulho de si mesmos.

– Acha que correu tudo bem? – perguntou Vin com voz suave.

– Acho sim. – Piscou rapidamente e se sentou perto dele. – E, por favor, beba um pouco disso.

Vin apertou sua mão com uma rápida pressão e, então, tomou um gole.

– Acho que ainda não estou preparado para as bolachas salgadas.

– Podemos esperar por isso.

– Obrigado... por me deixar conhecê-lo.

– Obrigada por ser tão bom com ele.

– Vou ficar no sofá, pode ser?

– Sim, e nós podemos ter nossas aulas na cozinha. Eu passo as lições para ele em casa e hoje é segunda-feira.

– Amo você – disse Vin, virando a cabeça para olhar seu rosto. – Amo tanto você que chega a doer.

Ela sorriu e se inclinou, beijando-o.

– Talvez seja apenas seu ombro.

– Não, está mais próximo do centro de meu peito. Acho que... é aquilo que chamam de coração? Não tenho certeza, não tinha um antes.

– Acredito que seja o coração, sim.

Houve uma pausa.

– Ainda vai se mudar para minha fazenda?

– Se ainda estiver tudo bem para você, sim.

– Importa-se em ter mais alguém em um dos quartos de hóspedes enquanto estiver lá? Um inquilino, sabe? É um lugar grande e há um quarto de empregada em cima da cozinha que ele poderia usar enquanto você e Robbie ficam com todo o espaço do segundo andar. E eu posso responder pelo cara. É organizado e limpo, tranquilo, respeitoso. Eu o conheço há muito tempo. Está tentando colocar sua vida nos eixos novamente e vai precisar de um lugar para ficar.

Ela acariciou seu rosto e pensou que não se conheciam há muito tempo se contassem as horas... mas considerando o que tinham passado, era como se tudo tivesse que ser medido em anos caninos. Ou mais.

– Acho que seria ótimo.

Voltaram a se beijar rapidamente e ele disse:

– Se não der certo, vou embora.

– De alguma maneira acho que vai ficar tudo bem.

Vin sorriu e bebeu um pouco mais.

– Não tomava esse refrigerante há muitos anos.

– Como está seu estômago?

Robbie voltou a descer, ainda com o pijama.

– Aqui, isto vai ajudar!

Enquanto ele lhe estendia seu gibi favorito do Homem-Aranha, Gretchen pegou a bebida para que Vin pudesse aceitar o presente.

– Isto parece muito legal – murmurou Vin enquanto colocava o gibi em seu colo e o abria na primeira página.

– Vai manter sua mente ocupada – concordou Robbie como se falasse com a propriedade de décadas de experiência. – Às vezes, quando se sente dor, precisa de uma distração.

Distração soou como "*discração*".

– Tenho que me preparar para a escola. Fique aqui. Beba isso. Mamãe e eu vamos cuidar de você.

Robbie saiu da sala como se tivesse arranjado tudo. E foi dessa maneira simples assim que Vin conseguiu ser vitorioso.

Capítulo 43

Novamente, a grama fresca.

Contudo, pelo menos desta vez Jim sabia onde diabos estava.

Quando abriu os olhos e se viu em meio a um monte de verde brilhante e macio, girou o rosto para um lado e respirou fundo de maneira límpida. Seu corpo estava todo dolorido, não só no lugar onde tinha recebido a bala, e esperou que as coisas se acalmassem um pouco antes de tentar algum movimento apressado como... Oh, levantar a cabeça ou alguma porcaria assim.

Concluiu que aquele negócio de ficar de barriga para baixo queria dizer que estava realmente morto...

Um par de sapatos brancos e perfeitamente polidos entrou em seu campo visual, e por cima dos elegantes sapatos, havia um par de calças de linho tão bem passadas que o vinco parecia o fio de uma faca e formava um corte perfeito à altura dos tornozelos.

As barras foram elevadas bruscamente com um puxão e logo Nigel se ajoelhou sobre os tornozelos.

– Como é bom vê-lo de novo. E sim, vai ter que voltar para baixo outra vez. Tem mais missões para completar.

Jim gemeu.

– Terei que morrer primeiro, antes de vir para cá todas as vezes? Porque, sem ofensas, mas que droga, posso simplesmente te dar um telefone celular para que me ligue.

– Você fez tudo certo – disse Nigel. O homem... anjo... seja o que for... estendeu a mão. – Muito certo, posso acrescentar.

Jim empurrou o chão macio e se virou. Enquanto apertava a mão que lhe fora oferecida, o céu era tão brilhante que teve que piscar rapidamente e soltar a mão em seguida para poder esfregar os olhos.

Cara... que jornada tinha sido aquela. Mas, pelo menos, aquelas duas pessoas ficaram bem.

– Você deixou de lado uma informação crucial – ele disse ao anjo. – A encruzilhada era minha, não era? Quando aquela bala disparou, a escolha chave de tudo isto foi minha, não de Vin.

– Sim, foi. Quando escolheu salvá-la ao invés de si mesmo, foi o momento decisivo.

Jim deixou cair os braços ao longo do corpo.

– Foi um teste.

– Você passou, de maneira imprevisível.

– Bom para mim.

Colin e os outros dois almofadinhas se aproximaram e os três estavam vestidos da mesma maneira que Nigel, com calças brancas bem passadas e suéter de caxemira cor de pêssego, amarelo e azul-celeste, respectivamente. A blusa de Nigel era coral.

– Alguma vez vocês usaram roupa de camuflagem? – grunhiu Jim enquanto dava um impulso sobre as palmas das mãos para se levantar. – Ou isso ofende sua sensibilidade?

Colin se ajoelhou e efetivamente colocou os joelhos sobre a grama... o que sugeria que na lavanderia do Céu tinham alvejante.

– Estou muito orgulhoso de você, companheiro.

– Todos nós. – Bertie acariciou a cabeça de seu cão. – Você venceu de maneira maravilhosa.

– Isso mesmo, maravilhosa. – Quando Byron assentiu, seus óculos de cor rosa cintilaram sob a luz difusa. – Mas eu já sabia que você iria escolher sabiamente. Tive certeza o tempo todo, sim, eu tive.

Jim se concentrou em Colin.

– O que mais estão escondendo de mim?

– Temo que as coisas sejam ditas à medida que precise saber delas, meu caro garoto.

Jim deixou cair a cabeça para trás e olhou fixamente o céu azul leitoso que parecia estar, ao mesmo tempo, a quilômetros de distância e suficientemente perto para tocá-lo.

– Por um acaso não conhecem um sacana chamado Matthias, conhecem?

Quando uma brisa suave passou, movimentando a grama, e a pergunta ficou sem resposta, Jim lutou para ficar de pé. Quando Bertie e Byron se inclinaram para ajudá-lo, os afastou apesar de se sentir tão estável quanto um lápis de pé sobre uma borracha.

Jim sabia o que viria em seguida. Outra missão. Eram sete almas e ele tinha salvado uma... ou foram duas?

– De quantos mais tenho que cuidar? – perguntou.

Colin fez um amplo gesto para a esquerda com o braço.

– Veja você mesmo.

Jim franziu a testa e olhou para o castelo. No alto de seu muro ondulando na brisa, havia uma enorme bandeira triangular de um vermelho brilhante. A coisa era incrivelmente brilhante, tão vívida quanto o verde da grama, e enquanto valsava ao som da brisa, ele ficou petrificado.

– É por isso que usamos tons pastel – disse Nigel. – Sua primeira bandeira de honra foi desdobrada e nada, exceto a grama da terra, deve rivalizar com ela.

– Isso é por Vin?

– Sim.

– O que vai acontecer com eles?

Byron falou.

– Viverão seus dias com amor e quando vierem para cá, passarão a eternidade juntos em alegria.

– Desde que não falhe com os outros seis – Colin interrompeu, levantando-se. – Ou desista.

Jim ergueu o dedo para o cara como se fosse uma arma.

– Eu não desisto.

– Veremos... veremos.

– Você é tão idiota.

Nigel assentiu gravemente.

– Ele é muito mesmo.

– Porque sou lógico? – O anjo não parecia nem um pouco preocupado, ou preocupado *em absoluto*, como diria ele, com o rótulo. – Há um ponto em cada jornada em que alguém sente o peso de ter dado muitos passos íngremes. Todos nós passamos por isso e você também. Só esperamos que quando chegue a esse ponto...

– Não vou desistir, imbecil. Não se preocupe comigo.

Nigel cruzou os braços sobre o peito e olhou fixamente para Jim.

– Agora que Devina o conhece e que você tirou algo dela, ela vai começar a se fixar nos seus pontos fracos. Isto se tornará muito mais difícil e muito mais pessoal.

– A vadia pode vir com tudo, o que acha disso?

Colin sorriu.

– É bem surpreendente que não nos entendamos melhor.

Byron limpou a garganta.

– Acho que todos nós devemos aproveitar o momento para dar apoio a Jim ao invés de desafiá-lo ainda mais. Ele fez uma coisa maravilhosa, corajosa e, pelo menos eu, estou bastante orgulhoso.

Quando Bertie começou a concordar e Tarquin a balançar a cauda, Jim levantou as mãos.

– Estou bem... Oh Deus, nada de abraços, não...

Tarde demais. Byron envolveu Jim com seus braços surpreendentemente fortes e o abraçou e, em seguida, veio Bertie, junto a Tarquin, que se levantou sobre suas patas traseiras para colocar as dianteiras em seus ombros. Os anjos cheiravam bem, tinha que reconhecer isso... o cheiro era como a fumaça que saía dos charutos que Eddie acendia.

Contudo, Nigel e Colin não eram do tipo "dá um abraço, irmão". Felizmente.

Algumas vezes você tem sorte.

Engraçado, Jim estava um pouco emocionado, embora não admitisse. E, de repente, também estava pronto para voltar para a batalha. Aquela bandeira, aquele símbolo tangível de seu sucesso, era, de alguma forma, uma grande motivação... talvez porque em sua antiga vida as lápides eram o indicador de um bom trabalho e aquela bandeira ondulando era muito mais atraente e estimulante.

– Bom, o negócio é o seguinte – disse ao grupo. – Há algo que devo fazer antes de meu próximo caso. Preciso encontrar um homem antes que o matem pelos motivos errados. Faz parte de minha antiga vida e não é o tipo de coisa que possa ignorar.

Nigel sorriu, seus olhos estranhamente belos se fixaram em Jim como se vissem tudo.

– É claro, deve fazer o que deseja.

– Então, eu volto aqui quando terminar ou...?

Mais daquele sorriso que tudo sabia.

– Apenas cuide das coisas.

– Como entro em contato com vocês?

– Não procure por nós. Nós devemos entrar em contato com você.

Jim praguejou entre dentes.

– Têm certeza de que não conhecem Matthias?

Colin disse em voz alta.

– Percebe que Devina pode ser algo e qualquer pessoa. Homens, mulheres, crianças, alguns animais. Ela se difunde em suas numerosas formas.

– Vou manter isso em mente.

– Não confie em ninguém.

Jim fez um gesto afirmativo com a cabeça ao anjo.

– Sem problema, tenho muita experiência com essa droga toda. Entretanto, tem uma coisa... vocês se comunicaram comigo através da televisão ou eu estava louco?

– Vá com Deus, James Heron – disse Nigel, levantando a mão – Provou ser digno de lutar contra nosso inimigo. Agora faça isso outra vez, valente bastardo.

Jim lançou um último olhar às muralhas do castelo e imaginou a sua mãe em segurança e feliz do outro lado. Então, uma rajada de energia explodiu da mão do anjo, revolvendo suas moléculas e fazendo-o voar.

Duro. Frio. Mas que droga, ai!

Esses foram os primeiros pensamentos de Jim quando acordou novamente e, ao abrir os olhos, teve outra dose de luz leitosa e difusa que não parecia vir de nenhum lugar específico. O que o fez pensar se a porcaria daquele cintilar na palma da mão de Nigel não o teria enviado de volta ao mesmo lugar onde estavam.

Só que o ar não era fresco. E ao invés de uma cama de grama macia, sentia que estava estendido sobre uma extensão de pavimento...

Quando retiraram bruscamente um lençol de seu rosto, Jim quase saiu de sua pele.

– Ei – disse Eddie. – Pronto para ir?

– Droga! – agarrou o peito. – Quer me matar de susto?

– Um pouco tarde para isso.

Jim olhou em volta. A sala em que estavam tinha azulejos pálidos e esverdeados no piso, nas paredes e no teto e um conjunto de bancos de cinquenta centímetros por um metro de aço inoxidável com maçanetas de congelador de carne que ocupava toda uma parede. Havia ainda mesas vazias de aço inoxidável com escalas de suspensão e mesinhas com rodas colocadas em filas ordenadas e pias no canto mais afastado que eram do tamanho de banheiras.

– Estou na droga de um *necrotério*?

– Bom, sim.

– Jesus Cristo...

Jim se levantou e, claro, havia um saco para cadáver ocupado duas mesas depois da deles e um lençol cobria o corpo cujos pés se sobressaíam perto da barra do tecido. – Então eles colocam mesmo etiquetas no dedão do pé, hum?

Eddie encolheu os ombros.

– Bom, os mortos não podem falar por si, não é mesmo?

Com um palavrão, Jim balançou as pernas para fora da mesa em que estava e nesse momento viu Adrian. O anjo em pé dentro da sala, junto às portas duplas, estava excepcionalmente reservado: normalmente era uma pessoa que ficava à vontade em qualquer lugar, mas nesse momento tinha os braços cruzados de maneira tensa sobre o peito e os pés bem juntos. Com a boca que não era nada além de uma linha e a pele da cor de um lenço de papel, o cara olhava fixamente o chão ladrilhado, com sobrancelhas franzidas e os cílios escuros que contrastavam com o rosto pálido.

Estava machucado. Por dentro e por fora.

– Trouxe algumas roupas – disse Eddie. – E, sim, voltei e trouxe o Cachorro. Está em nossa caminhonete, feliz como um pinto no lixo.

– Então, estou morto?

– Mortinho da Silva. É assim que funciona.

– Mas posso continuar com o Cachorro mesmo que eu seja... – um cadáver?

Deus, haveria alguma palavra politicamente correta para morto? Ele pensou. Ou, em caso de morte, você já não precisa mais se preocupar com política?

– Sim, ele é seu. Em qualquer lugar que esteja, ele estará.

Houve um alívio momentâneo por alguma razão.

– Então, quer estes trapos?

Jim olhou o que Eddie tinha nos braços e, em seguida, baixou o olhar para si mesmo. Seu corpo parecia o mesmo, grande, musculoso e sólido. Os olhos, o nariz e as orelhas pareciam funcionar bem. Como, diabos, aquilo iria funcionar?

– Haverá um momento e um lugar melhores para explicar tudo – disse Eddie, estendendo as roupas.

– Sem dúvida. – Jim pegou o jeans, a camiseta do AC/DC e a jaqueta de couro. As botas eram grandalhonas. As meias eram grossas e brancas. E tudo servia.

Enquanto se vestia, voltava a olhar para Adrian de vez em quando.

– Ele vai ficar bem? – perguntou Jim discretamente.

– Em alguns dias.

– Há algo que eu possa fazer?

– Sim. Não faça perguntas sobre isso.

– Entendido. – Depois de abotoar as fivelas das botas, Jim jogou a jaqueta sobre os ombros. – Escuta, como explicaremos que voltei da morte? Quero dizer, vai faltar um corpo...

– Não, não vai faltar. – Eddie apontou para a mesa em que Jim estava e... mas que droga. Era seu corpo. Estava ali estendido como um pedaço de carne, com a pele cinza e um buraco de bala bem no meio do peito.

– Seu período de experiência acabou – disse Eddie, enquanto voltava a colocar o lençol sobre o rosto. – Não tem como voltar atrás agora.

Jim observou os picos e vales que a mortalha contornava e concluiu que estava muito contente que sua mãe não estivesse viva para “lamentar” por ele. Tornava aquela coisa muito mais fácil.

E agora Matthias não ficaria mais em cima dele.

Isto o fez sorrir brevemente.

– Há vantagens em estar morto e enterrado, não é?

– Às vezes sim, às vezes não. Isso apenas é o que é. Anda, vamos dar o fora daqui.

Ainda olhando para seu cadáver, disse:

– Vou passar um tempo em Boston. Não tenho certeza por quanto tempo. Os rapazes lá de cima não viram problema nisso.

– E nós vamos com você. As equipes permanecem unidas.

– Mesmo que a briga não seja sua?

– Sim.

A ideia de ter sua própria equipe de segurança era atraente. Definitivamente, três poderiam cobrir mais terreno do que um, e só Deus sabia quanto tempo ia levar para encontrar o alvo de Matthias.

– Certo, legal.

Naquele momento, dois jalecos brancos entraram, os dois com canecas de café nas mãos e com a boca em movimento. Jim se preparou para se esconder atrás de algo, de qualquer coisa... e então percebeu que ele podia ver a dupla, sentir o cheiro do que bebiam e ouvir seus sapatos ao andarem pelo chão de ladrilhos, já eles ignoravam totalmente que havia outras três pessoas na sala com eles.

Ou não pessoas, deduziu.

– Quer fazer a papelada desse? – disse o cara da direita, assinalando com a cabeça o corpo de Jim.

– Tudo bem. E eu tenho um número para o qual telefonar se ninguém reclamar por ele. É o... Vincent diPietro.

– Olha só, ele construiu minha casa.

– Ah é? – Os dois apoiaram suas canecas sobre uma mesa e pegaram pranchetas com alguns formulários.

– Sim, minha esposa e eu estamos naquele bairro próximo ao rio.

O homem se aproximou, levantou o lençol acima dos pés de Jim e leu a etiqueta atada ao dedão.

– Deve ser bom.

– É sim. – Começou a encher os espaços do formulário um a um. – Mas saiu caro. Vou ter sorte se conseguir me aposentar aos oitenta anos.

Jim levou um momento para dizer adeus a ele mesmo – o que era extremamente estranho, mas também um alívio: estava em busca de um novo começo quando se dirigira a Caldwell e, cara, ele conseguiu. Agora era tudo diferente: quem era, o que fazia e para quem trabalhava.

Era como se tivesse renascido e o mundo fosse novo outra vez.

Quando Jim deixou o necrotério com seus companheiros, sentia uma exaltação curiosa... e estava totalmente pronto para lutar outra vez. E tinha a sensação de que durante os próximos anos a frase "*Pode vir, vadia*" iria ser sua música tema.

Então se lembrou.

– Preciso voltar àquele armazém – disse a eles já no corredor. – Agora. Quero o corpo daquela garota.

A voz de Adrian soou baixa, mas grossa.

– Ela se foi. Tudo o que estava ali dentro se foi.

Jim parou no meio do corredor. Quando um carregador de maca que empurrava um carro cheio de lençóis atravessou os três, literalmente, Jim não sentiu mais que um tremor no corpo... e talvez, em outras circunstâncias, tivesse dito algo como: "Ei veja só por onde anda", mas ficou instantaneamente obcecado e preocupado com apenas uma coisa.

– Aonde Devina a levou? – perguntou.

Adrian apenas deu de ombros, com os olhos ainda fixos no chão e os *piercings* brilhando tenebrosamente à luz fluorescente do corredor.

– A qualquer lugar que quisesse. Quando acordei no meio do chão daquele lugar, tudo estava vazio.

– Como tirou a porcaria toda tão rápido dali? Tinha um monte de coisas.

– Teve ajuda. Do tipo que pode movimentar tudo com rapidez suficiente. Eu estava preso com correntes ou teria... – O cara interrompeu a si mesmo. – Levou umas duas horas, eu acho. Talvez mais. Eu estava meio inconsciente nessa hora.

– E levaram o corpo da garota?

Adrian assentiu com a cabeça.

– Para se desfazerem dele.

– Como eles se livram disso?

O anjo começou a andar outra vez, como se tivesse encerrado o assunto da conversa por um tempo.

– Da mesma maneira que qualquer outra pessoa descartaria. Eles vão cortar em pedaços e enterrar.

Ao segui-lo, a necessidade de vingança sufocava Jim e sua ânsia se intensificou a ponto de sentir dor. Ele precisava descobrir mais sobre a garota, sua família, saber onde o corpo tinha acabado. E mais cedo ou mais tarde iria cobrar a morte dessa inocente tirando a pele de Devina.

Oh, sim, as coisas iriam para o lado pessoal, com certeza.

Autêntico, sangrento e pessoal.

Jim tinha um trabalho a fazer.

A SEGUIR, UMA PRÉVIA DO SEGUNDO ROMANCE DO FALLEN ANGELS, *DESEJO*.

Cerca de dois anos após o que aconteceu, quando Jim Heron já não estava mais atuando em operações especiais, ele pensaria que Isaac Rothe, Matthias, o filho da mãe, e ele mesmo tiveram suas vidas transformadas na noite em que aquela bomba explodiu na areia.

Claro, naquela época, ninguém sabia o que tudo aquilo significava ou no que resultaria. Mas assim era a vida: ninguém tinha um guia turístico de seu próprio parque temático. Você tinha que participar dos passeios tal como eram apresentados, sem saber se ia gostar daquilo pelo que esperava na fila... ou se algum bastardo ia fazer você vomitar seu cachorro-quente ou seu algodão-doce.

Contudo, talvez aquilo representasse algo de bom. Será que, no passado, ele acreditaria que acabaria lutando com um demônio ao tentar salvar o mundo da condenação eterna?

Pois é.

Mas, naquela noite, no frio seco que banhou o local no segundo em que o sol se pôs atrás das dunas, ele e seu chefe andaram sobre um campo minado... e apenas um tinha saído dali.

O outro? Nem tanto...

– É isso.

Matthias disse enquanto subiam a uma vila abandonada que era da cor do caramelo em um grande sundae.

Eles estavam a mais de vinte quilômetros do alojamento em que dormiam, nas barracas cheias de garotos do exército. Uma vez que ele e seu chefe estavam em operações extraoficiais, eles estavam fora do fluxo do corpo militar definido, o que atuava a favor deles: soldados como eles portavam identidades de todos os ramos de atividades do serviço militar e as usavam sempre que fosse necessário.

Na "vila", havia quatro estruturas de pedra em ruínas e um punhado de barracos de madeira e lona. Quando eles se aproximaram, as bolas de Jim ficaram tensas no momento em que seus óculos de visão noturna verdes captaram movimentos em toda parte. Ele odiava aquelas malditas lonas – elas se agitavam no vento, lançando sombras ao redor como se fossem pessoas armadas andando rápido. Com granadas. E com todos os tipos de coisas ponteagudas e brilhantes.

Nesse caso, eram coisas enlameadas e arenosas.

Ele odiava missões no deserto; era melhor matar em meio à civilização. Apesar de uma missão propriamente urbana ou mesmo suburbana implicar em maior exposição, pelo menos você tinha a chance de saber o que estava vindo até você. Aqui, as pessoas tinham recursos com os quais ele não estava familiarizado e que sempre o faziam ficar tenso como nunca.

Além disso, ele não confiava no homem que estava ao seu lado. Sim, Matthias era o líder da organização e tinha uma ligação direta com Deus. Sim, Jim tinha feito o treinamento junto com o cara. E, sim, ele era seu subordinado ao longo da última década.

Mas tudo isso apenas fez com que ele tivesse mais certeza de que não queria estar sozinho com o grandão – e, ainda assim, lá estavam eles, em uma "vila" no belo povoado de "Nada nem ninguém é encontrado aqui."

Uma rajada de vento assolou a paisagem plana, correndo sobre a areia, pegando as pequenas partículas e carregando todas elas até os colarinhos de suas fardas e extremidades de seus aparelhos digitais. Debaixo de suas botas pretas bem amarradas, o chão mudava constantemente, como se eles fossem formigas andando nas costas de um gigante, e estivessem irritando profundamente o bastardo.

Você começa a sentir que, a qualquer minuto, a grande palma de uma mão pode descer do céu e atingi-lo.

Esta caminhada para o leste foi ideia de Matthias. Algo que não poderia ser discutido em qualquer outro lugar. Então, naturalmente, Jim usava um colete da Kevlar e quase vinte quilos de armas. Também levava água. E refeições instantâneas.

Ele era um animal de carga, mesmo.

– Por aqui. – Matthias disse, esquivando-se para a entrada sem porta de uma das estruturas de pedra.

Jim se deteve e olhou em volta. Nada além de lonas ao longo do caminho, até onde ele sabia.

Ele tirou as duas armas que tinha antes de entrar. Moral da história? Este era o local perfeito para uma inquisição forçada. Ele não tinha ideia do que tinha feito ou do que tinha aprendido a fazer para garantir seu desempenho em um interrogatório, mas uma coisa estava clara para ele: não havia motivos para correr. Essa era a "razão" pela qual ele tinha sido levado até ali, ele encontraria no local mais dois ou três caras que executavam operações extraoficiais para lidar com ele enquanto Matthias fazia as perguntas. E se ele fugisse? Eles o caçariam até o fim do mundo, mesmo que levasse semanas.

Isso explicava porque Isaac Rothe tinha aparecido esta tarde junto ao protegido de Matthias e ao segundo na linha de comando. Aqueles dois era verdadeiros assassinos, dois pit bulls prontos para atacar a garganta de qualquer um.

Sim, isso fazia sentido e ele deveria ter percebido antes – contudo, mesmo se tivesse, não haveria como escapar de um julgamento. Ninguém saía vivo das operações extraoficiais. Não os ativos, não os caras da linha de frente, nem os chefes. Morrer de botas era sua sentença – não que você pudesse saber o que iria acontecer.

E a coisa toda era: ele estava pensando em maneiras de sair. Matar pessoas para viver era tudo o que ele sabia fazer, mas aquilo estava começando a esmagar sua cabeça. Talvez Matthias tivesse adivinhado isso de alguma maneira.

Hora de dançar conforme a música, Jim pensou enquanto entrava.

Poderia lutar com eles...

Apenas Matthias. Ninguém mais.

Jim baixou as armas lentamente e esquadrinhou o espaço apertado novamente. De acordo com seus óculos noturnos, havia apenas o outro homem. Pressionando um botão, ele mudou o modo de busca para termossensível. Nada além de Matthias. Ainda.

– O que está acontecendo? – Jim perguntou.

Matthias estava em um canto mais afastado; a uns três metros de distância dele. Quando as mãos do homem se posicionaram na cintura, Jim colocou suas SIGs de volta à posição de tiro... mas tudo que seu chefe fez foi balançar a cabeça e soltar o cinturão de armas. Um lance rápido e o objeto estava na areia.

E, então, ele deu um passo adiante, abrindo a boca para dizer algo em voz baixa...

Luz. Som. Uma explosão de energia.

Então... não havia nada além de uma chuva suave de areia e restos.

Jim recobrou a consciência momentos depois. A explosão o lançou contra a parede de pedra, fazendo com que batesse com força, e considerando a maneira como ele estava duro, entendeu que ficou um tempo fora de si.

Depois de alguns minutos xingando, ele se sentou com cuidado, pensando se tinha quebrado alguma coisa...

Do outro lado, havia uma pilha de trapos onde Matthias estava.

– Jesus Cristo... – Jim reposicionou seus óculos de busca noturnos e recuperou suas armas, então rastejou pela areia até seu chefe.

– Matthias... Oh, mas que droga de...

A perna do homem parecia uma raiz que tinha sido arrancada do chão, o membro não era nada além de um toco irregular que foi retalhado no final. E havia manchas escuras em seu uniforme que só podiam ser de sangue.

Jim checou o pulso no pescoço. Sentiu alguma coisa, mas estava fraco e irregular.

Desafivelando e afastando seu cinto, girou o couro em torno da parte superior da panturrilha de Matthias e puxou firme, fazendo um torniquete com o membro. Então, ele procurou rapidamente outro ferimen...

Droga. Quando Matthias foi lançado, caiu em uma espiga de madeira. A porcaria atravessou seu corpo, como o palito de dente que segura o enroladinho de salsicha.

Jim deu uma olhada em volta para descobrir se poderia ficar no local e tentar tirar Matthias dali...

Parecia estar tudo livre. Bom.

– ... Bom... ga... roto...

Jim franziu o cenho e olhou para seu chefe.

– O quê?

Os olhos de Matthias se abriram como se suas pálpebras fossem venezianas de aço, mal conseguia levantá-las.

– Deixe-me... aqui...

– Você está sangrando pra caramba...

– Deixe-me...

– Dane-se. – Jim alcançou seu radiotransmissor e rezou para que Isaac, não aquele cara estranho que era o segundo na linha de comando, atendesse.

– Vamos... Vamos...

– Do que precisam? – O sotaque sulista suave que ele escutava em seu fone de ouvido era uma boa notícia.

Graças a Deus por Isaac.

– Matthias foi atingido. Bomba. Certifique-se de que não seremos alvos ao entrarmos em campo.

–Como ele está?

– Mal.

– Onde vocês estão? Vou mandar uma Land Rover para pegá-los.

– Estamos quarenta e seis graus nor...

A arma disparou do outro lado, uma bala passou raspando a orelha de Jim – até ele concluir que tinha sido atingido na cabeça e que a dor já estava sendo registrada. Enquanto ele tocava o ferimento com a palma da mão, Matthias deixou sua SIG cair para o lado... mas, como pode imaginar, Jim não ficou feliz por ter algum tipo de ferimento craniano. Era um tiro de aviso, com certeza.

O olho de seu chefe que estava saudável brilhou com uma luz profana.

– Fuja... vivo... daqui...

Antes que Jim dissesse a Matthias que calasse a maldita boca, ele percebeu que alguma coisa estava batendo na mão que ele tinha deixado solta. Levantando a coisa, descobriu que... era parte do detonador da bomba.

Virando a coisa várias vezes, ele não entendeu, em um primeiro momento, para o que estava olhando.

E, então, soube muito bem o que era.

Estreitando os olhos em Matthias, colocou o fragmento no bolso da frente e se arrastou até seu chefe.

– Não vai brincar comigo assim – disse Jim, severamente. – Não dessa maldita maneira.

Matthias começou a balbuciar assim que palavrões começaram a sair de seu fone de ouvido.

– Eu estou bem. – Jim disse a Isaac. – O tiro passou de raspão. Estou voltando para o acampamento. Certifique-se de que não levaremos um tiro ao nos aproximarmos.

A voz sulista ficou instantaneamente forte e estável, assim como a mão de um assassino.

– Onde vocês estão? Vou mandar uma...

– Não. Fique onde está. Encontre um médico em segredo e certifique-se de que ele consegue manter a boca fechada. E vamos precisar de um helicóptero. Ele precisará ser levado por um transporte aéreo – discretamente. Ninguém pode saber sobre isso.

A última coisa de que ele precisava era Isaac fora do acampamento, no meio da noite, procurando por ele. O cara era a única coisa entre ele e a acusação de ter assassinado o líder da organização mais sombria e mortal do governo dos Estados Unidos.

Ele não poderia sobreviver com a baixa do cara. Literalmente. Mas, pelo menos, aquela correria não seria transformada em notícia. Manter segredo sobre toda aquela merda era o *modus operandi* das tarefas extraoficiais – ninguém sabia quantos ativos havia, aonde eles iriam, o que eles faziam, se usavam o próprio nome ou um pseudônimo.

– Você me ouviu, Isaac? – ele perguntou – Consiga o que eu preciso. Ou ele será um homem morto.

– Entendido – veio a resposta no fone de ouvido. – Câmbio e desligo.

Depois de confiscar a arma que tinha sido colocada em uso, Jim pegou seu chefe, colocou o peso quase morto, escorrendo sangue, em seus ombros e começou a andar.

Estavam fora da cabana de pedra. Fora do alvoroço, iam em direção à noite gélida. Para o outro lado das dunas de areia.

Sua bússola o manteve no caminho certo, o norte o orientava e o levava através da escuridão. Não fosse esse ponto de referência, ele estaria completamente perdido – uma vez que o deserto é uma paisagem espelhada, com nada além de um reflexo de si mesmo em todas as direções.

Dane-se esse Matthias.

Maldito seja.

Então, novamente, concluía que se o cara sobrevivesse, ele daria o passaporte para que Jim ficasse fora das operações extraoficiais... portanto, de alguma maneira, ele devia sua vida ao cara: a bomba pertencia a Matthias e ele soube precisamente onde colocar o pé na areia. E isso só acontece quando alguém quer explodir a si mesmo.

Pelo visto, Jim não era o único que queria ser livre.

Mas que surpresa.

Sobre a autora

J. R. Ward vive no Sul dos Estados Unidos com o marido incrivelmente solidário e o seu amado cachorro golden retriever. Depois de se formar em Direito, começou sua vida profissional na área da saúde, em Boston, e passou muitos anos como chefe de gabinete de um dos mais importantes centros médicos acadêmicos do país. Conheça mais sobre a autora e as séries Irmandade da Adaga Negra e Fallen Angels no site *www.jrward.com* e visite a fanpage *www.facebook.com/FallenAngelsBrasil.*

HR Gráfica e Editora
Rua Serra de Paracaina, 716 – Moóca - São Paulo – SP – CEP 03107-020
Fone/Fax: (11) 0011 0444 • Email: vendas@hrgrafica.com.br
www.hrgrafica.com.br